フランス人の
第一次世界大戦

—— 戦時下の手紙は語る ——

大橋尚泰

えにし書房

À mon ami Jean-François.

序　文

　この大戦は 100 年以上前に起きたものなので、冷静になって話をすることができる。私は第二次世界大戦の終わり頃にロレーヌ地方（フランス北東部）で生まれたが、この地方は昔からフランスとドイツの間で何度も軍の通り道となってきた。大戦初期の戦い（マノンヴィレール要塞の攻略を含む動きの激しい戦い）にも、長い膠着した塹壕戦にも、私は大変興味を抱いてきた。こうした塹壕は、双方から幾度となく攻撃が仕掛けられたが、3 年以上にわたってほんのわずかしか踏み越えられることはなかった。

　この戦争は、1914 年 8 月にフランスであらゆる政治的な党派の和解をもたらし、楽観的な雰囲気の中で始まった（「ぶどうの収穫の頃には戻ってこられるだろう」）。しかし、すぐに兵士たちは前線の恐怖を知り、家族は現実とはかけ離れた知らせを受け取るようになった。もっとも親しかった戦友が自分の腕の中で死んでゆくのを見たと、どのように家族に言ったらよいというのだろうか。

　たまに得られた休暇の際には、兵士たちは自分たちが前線で戦っている間も（特に大都市では）生活が続けられていたことに気づき、いっそう意気消沈して戦地に戻っていった。

　ただ、この時期には、あらゆる社会階級の間で（兵士と兵士の間で、あるいは兵士と前線に残った農民との間で）非常に強い友情の絆が結ばれ、それはとても長い間続くことになったことは注目に値する。

　私は、この本の著者が、この時期に取り交わされた多くの葉書や手紙を駆使し、着実な調査を積み重ね、前線でも銃後でも困難だったこの時期の生活を浮かび上がらせた手法を高く評価している。

　本書は、この大戦による人的および経済的損失について、またこの次に起こることになった大戦との関連について、日本の人々が理解することに大きく役立つはずである。

　この大戦の爪痕は、フランスのどの家族にも残ることになった。

ロレーヌ大学名誉教授
Marc GABRIEL

刊行によせて

大橋尚泰氏のこの著書の日本での刊行は、フランス史上、空前絶後の死者を出した戦争を戦ったフランス兵たちの遺徳をたたえるものとなるだろう。

この桁外れの戦争が始まって100年以上経過するが、その記憶はまだすべてのフランス人の脳裏に刻み込まれている。この大戦で一人の戦死者も出さなかった家族は存在しないからだ。たしかに若い世代の人々にとっては、戦闘の激しさや失われた人命の膨大さゆえに、この大戦は理解に苦しむ謎となっている。なにしろ4年間のフランス軍の死者を平均すると、毎日1,000人近い青年たちが死んでいったのだ。当時人口4,000万人にも満たなかった国フランスは、130万人近いフランス人兵士に加え、10万人のフランス植民地出身者が戦死するという、これほどの試練に、どうして耐えることができたのだろうか？

現代のフランスの歴史家の中には、大戦に従軍したフランス軍兵士が戦争を受け容れたおもな動機として、さまざまな形での「強制」があったと主張する人々もいる。こうした理論を唱える、しばしば論争好きな歴史家は、疑いの余地なく愛国心や犠牲の精神を抱いていた多くのフランス人による戦争への「同意」を否定する羽目に陥っている。

兵士たちは自分の感じたことをすべて手紙に書いたわけではなく、いたずらに家族を心配させることは望まなかった。しかし、本書の著者が選んだ多数の手紙を読めば、この大戦のフランス兵には勇気や愛国心が欠けてはいなかったことがわかる。たしかに困難な時期には士気の低下やうんざりした気持ちが起こることもあったが、これらの手紙を見れば、強い意志、この国の未来を信じる気持ち、公共の利益という考え方が伝わってくる。これは戦争への「強制」という理論だけでは説明がつかないものだ。

70歳を超えている私は、1914年8月の開戦当初から野戦重砲兵連隊の軍曹として従軍した祖父に直接話を聞くことができた。この困難な時期について、祖父は滅多に口を開かなかったが、それでもマルヌ会戦の話は、聞いてから60年経った今でも鮮明に覚えている。祖父の所属する重砲兵第2連隊第2大隊は、155mm速射榴弾砲「リマヨ」12門を擁し、フランス第4軍の一翼を担い、1914年9月6日の朝、ヴィトリー=ル=フランソワ村の南で戦火を交えた。戦った砲兵は約150名だった。戦いが終わったとき、無事だった大砲は3門だけで、他の9門は破壊されたり、酷使して使い物にならなくなっていた。無事だった砲兵は約30名のみで、30名が戦死してその場で埋葬され、90名が負傷して後送された。9月9日の点呼の際にユシェ少佐が数えることができた30名の砲兵の中に、祖父の姿もあった。

他の多くの例と同様、この例でも見られるのは、まぎれもなく犠牲を払うことへの「同意」であり、「強制」による消極的な服従ではない。

こうしたわけで、多くの血が流れたこの困難な時期のフランス人を駆り立てた真の精神状態を浮き彫りにしてくれた大橋尚泰氏には、感謝の意を表したい。

フランス陸軍憲兵少将
Général Guy FRANÇOIS

はじめに

　今から約百年前、1914 ～ 1918 年におこなわれた第一次世界大戦は、本質的には「ヨーロッパ戦争」であり、その対立の中心軸となったのは独仏の対決だった。ドイツが最後まで戦い、敗北したのはフランスにおいてだったし、イギリスもアメリカも、おもにフランスを舞台として、フランス軍に加勢してドイツと戦った。フランスにとっても、この大戦は「対独戦争」に他ならなかった。

　第一次世界大戦は、フランスだけでも 140 万人近い死者を出した。これは第二次世界大戦中のフランスの犠牲者（50 万人台）をはるかに上回る数字であり、フランスで単に「大戦」といえば第一次世界大戦を指すのもうなずける。現在でも、フランスの津々浦々の街や村の教会前の広場などには鎮魂碑が建てられ、戦死者の名がプレートに刻まれている。現代のフランス人のうち、高齢者ならば祖父かその兄弟、もう少し若ければ曾祖父かその兄弟が第一次世界大戦で戦っているはずであり、そのうち一人の戦死者・行方不明者・負傷者・捕虜も出ていないという家族は稀である。自宅か親戚の家のどこかには、この戦争に行った兵隊の写真や手紙、葉書などが保管されているものである。

　ただ、世代交代に伴い、遺品整理としてそうした手紙や葉書が手放され、歴史家や愛好家などの第三者の手に渡ることも多くなっている。本書に収録した手紙・葉書も、すべて筆者が歴史家や直接の子孫から譲り受けたり、葉書商・古物商・古書店・愛好家から買い取ったものである。こうして、場合によっては段ボールで丸ごと入手した手紙や葉書類のうち、当時のフランス人の考え方や行動を知る手がかりとなるような興味深いものを抜き出し、日付順またはテーマ別に整理して全訳し、歴史的な背景を理解できるように解説と注を付したのが本書である。

　当時はまだ電話が普及しておらず、もちろんＥメールもなかったから、離れた人どうしの通信手段としては葉書と手紙、急ぎの場合は速達にするか電報を打つしかなかった。大戦中は兵士が書いた（および兵士宛てに書かれた）葉書・手紙は基本的には郵便料金がすべて免除になったから、フランス史上それまで例を見ない量の私信が飛びかった。こうしてやり取りされた手紙は、前線の兵士と銃後の家族をつなぐ絆となり、離れ離れになった夫婦や親子、兄弟の心の支えとなった。

　当時の史料としては、日記や回想録などもあるが、こうした記録は、あとから整理され、美化されている場合も少なくない。逆に、手紙や葉書は急いで未整理な状態で書かれることも多いので、どうしても一部読みにくい箇所が出てくるし、軍の検閲があったから書きたいことも書けない場合も多かった。しかし、即興で思いつくままに書かれた手紙や葉書は、当時の人々の生の声を聞ける手段として優れており、感動的なものも少なくない。

　ただし、文学作品とは違って、やはり歴史的な記録なので、時間軸と空間軸の中に置いて背景を理解しないと十分にその価値を味わうことができない。そこで本書では、陣中日誌や各兵士の軍人登録簿にも当たり、可能な限りそれぞれの手紙や葉書が書かれた状況を浮かび上がらせようと努めた。

　その過程で気づいたのだが、日本では、第一次世界大戦の概説書はあっても、「フランスにとっての第一次世界大戦」を概観できるような本はあまり見あたらない。そこで、フランス人が第一次世界大戦

をどのように見ていたのかを大まかに把握できるようにすることも、本書のもう一つの野心的な目標となった。こうして、「個々のフランス人の視線から見て構成し直した第一次世界大戦」が本書のテーマとなった。地理的にフランスとドイツの中間に位置するアルザス地方（当時はドイツ領）とベルギーについても特に力を注いだ。さらに、順番に全部読まなくても、関心を持ったものだけを拾い読みしても楽しめるように構成を工夫した。

とはいえ、大戦当時の筆記体を読むのは大変で、日本の毛筆で書かれた草書体ほどではないにしても、現代のフランス人であっても、誰もが読めるというものではない。文学者が書いた自筆原稿なら、まだ綴り間違いもなく、癖も一定しているので読みやすいが、戦場などの極度に疲労した状態で、暗い明りのもとで満足な筆記用具もなく、なんとか家族に近況を伝えたいという一心で、教養のない人が綴りを間違えながら書いた手紙や葉書は、判読に苦労する場合も少なくない。さいわい、筆者は、この時代の草稿を読み慣れた教養ある多数のフランス人の協力を仰ぐことができた。フランスではこうした大戦当時の兵隊たちの手紙を集めた本は何冊か出ており、日本でも一部訳が出ているが、手紙や葉書の原物に直接あたって訳したものは寡聞にして知らない。

本書に収められた手紙や葉書類は、まがりなりにも一次史料なので、基礎資料として専門家の方々にもご活用いただければと思い、見開き右側のページには原文の写真を掲載した。訳にあたっては、簡単に読めるものを除き、最初にフランス語で活字に打ち直してから訳したので、研究のために引用したいという方がおられたら、フランス語のデータを提供するのにやぶさかではないので、ご連絡いただければ幸いである。

最後に、現代の日本との関連について述べておきたい。

第二次世界大戦後の日本では、「戦争＝悲惨なもの」と教え込まれるだけで、それ以上、戦争について具体的に考えることは一種のタブーになっている気がする。たしかに、第二次世界大戦での大量虐殺の記憶はあまりにも生々しく、なかなか直視に耐えない部分がある。そこで、日本も多少は関与したものの、基本的には遠い国で起こり、ある程度時間の経過した第一次世界大戦であれば、比較的冷静に、余裕をもって眺めることができる。この大戦で戦った兵士や家族が書いた手紙や葉書を読むことで、多少は戦争について考えることができるのではないか。これが本書の底流をなすライトモチーフとなった。

全体的にみると、初期の手紙や葉書は愛国的で勇ましいものが多く、戦争が長びくにつれて厭戦気分が広がっていき、「終わり」が待望されるようになる。ようやく戦争終結を迎えると、歓喜のなかで再びフランス人としての「誇り」のようなものが実感される一方で、失ったものの大きさも実感される、といった傾向が見られる。しかし、なるべく筆者の主観は入れず、また「結論」も書かず、現在の歴史学の解釈に沿いながら、ありのままに提示したつもりなので、あとは各人でご判断いただき、考える材料としていただければ幸いである。

2018 年 6 月

大橋尚泰

フランス人の第一次世界大戦　目次

序　文 …………………………………… 3
刊行によせて …………………………… 4
はじめに ………………………………… 5

第1章　1914年 ………………………… 13
　　　ラ・マルセイエーズ　76

第2章　1915年 ………………………… 77
　　　エッフェル塔のカリグラム　144

第3章　1916年 ………………………… 147
　　　レオン・ユデル「兵隊」　192

第4章　1917年 ………………………… 195
　　　クラオンヌの歌　228

第5章　1918年 ………………………… 229
　　　故人追悼のしおり　262

第6章　被占領地域 …………………… 263
　　　占領下の「告示」　292

第7章　アルザス ……………………… 293
　　　「最後の授業」から授業の再開へ　318

第8章　ベルギー …………………………… 319
　　　　ニウーポールのジャン・コクトー　346

第9章　ガリポリとサロニカ ……………… 347
　　　　ガリポリとサロニカに関するド・ゴールの手紙　370

第10章　捕　虜 …………………………… 371
　　　　捕虜ド・ゴール大尉の脱走劇　393

付録1　ある砲兵下士官の葉書 …………… 395
付録2　電　報 ……………………………… 419
付録3　用語解説 …………………………… 437

　　　　参考文献 …………………………… 447
　　　　おわりに …………………………… 453
　　　　索　引 ……………………………… 456

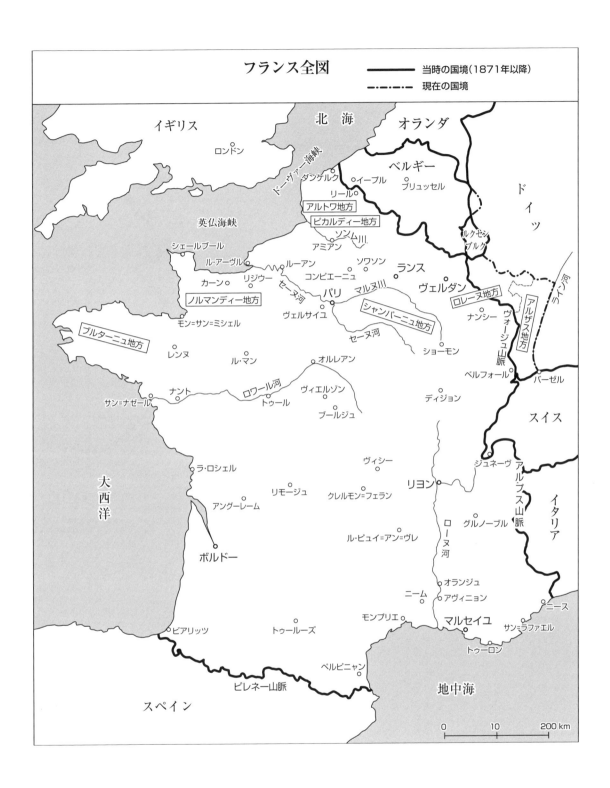

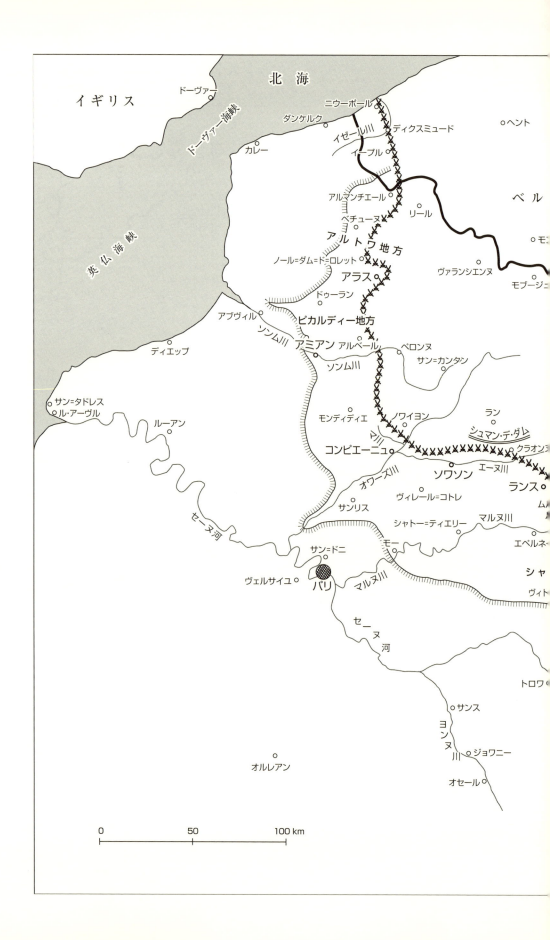

第1章　1914年

　パリの北東130 kmにある街ランス Reims の大聖堂の正面を写した絵葉書。多くの彫像が破壊され、あたり一面に破片が散乱している。ランスの街は、開戦から約1か月が経過した1914年9月4日、ベルギーを通過して侵入してきたドイツ軍によって占領された（p.292参照）。さいわい、マルヌ会戦後の9月12日夜にフランス軍が奪還したが、ランスの街の北側で戦線が膠着することになり、9月19日からドイツ軍が大聖堂に本格的に砲撃を開始した（p.60脚注1参照）。ランスは「殉教の街」となり、多くの被害が出た（p.92参照）。

　文化的に価値が高く、信仰の対象でもあった建築物を故意に破壊することは、野蛮な行為として激しい非難を浴びた。

1914 年以前の年表

1870 ～ 71 年	普仏戦争でフランスがドイツ（プロイセン）に敗北する
1871 年	フランクフルト条約により、アルザスとロレーヌの一部がドイツ領となる
1891 年	フランスとロシアが接近し始め、1894 年に軍事同盟を結ぶことになる
1894 年	ドレフュス事件（1906 年まで）でフランス軍部が弱体化、軍備の現代化が遅れる
1904 ～ 05 年	日露戦争で日本がロシアに勝利
1905 年	第一次モロッコ事件（タンジール事件）で独仏の対立が顕在化
1911 年	第二次モロッコ事件（アガディール事件）で再び独仏が対立
1913 年	兵役義務が 2 年から 3 年になり、すぐに動かせる現役兵の数が 1.5 倍になる

1914 年の年表

6 月 28 日	オーストリア゠ハンガリー帝国の皇太子夫妻がサラエヴォで暗殺される
7 月 28 日	オーストリア゠ハンガリー帝国がセルビアに宣戦布告
7 月 30 日	セルビアを支持するロシアが総動員令を発令
7 月 31 日	戦争に反対していた社会主義者ジャン・ジョレスがパリで暗殺される
8 月 1 日	独・仏が総動員令を発令、事実上戦争が始まり、フランス全土で早鐘が鳴る
8 月 2 日	ドイツが中立国ベルギーに自由通過を要求
8 月 4 日	ドイツが中立国ベルギーに侵入し、イギリスがドイツに宣戦布告する
	大統領レイモン・ポワンカレが党派の対立を超えた「聖なる連合」を呼びかける
8 月 5 日	ベルギーのリエージュの戦い（8 月 16 日にリエージュ最後の要塞が降伏）
8 月 15 日	ベルギーの「ディナンの戦い」で若きシャルル・ド・ゴールが突撃して負傷
8 月 19 日	一連の「国境の戦い」が始まり、フランス軍が敗北を重ねる（8 月 23 日頃まで、
	ただし「国境の戦い」は漠然とした概念なので含める範囲は人により異なる）
8 月 20 日	ドイツ軍がベルギーの首都ブリュッセルに侵入
8 月 21 日	ドイツ軍がベルギーのナミュール攻略を開始、2 日間でほぼ制圧する
8 月 22 日	この日 1 日で合計 2 万 7 千人のフランス兵が死亡（フランス軍史上最悪記録）
8 月 23 日	ベルギーのディナンの街で 674 人の民間人がドイツ軍に虐殺される
8 月 23 日	日本がドイツに宣戦布告、11 月 7 日にドイツの租借地だった青島を攻略
8 月 26 日	タンネンベルクの戦いが始まり、ロシア軍が大敗北を喫する（8 月 29 日まで）
9 月 2 日	フランス政府がパリを離れボルドーに向かうことを決定（12 月にパリに戻る）
9 月 7 日	北仏モブージュでフランス軍が降伏、一挙 4 万 5 千人がドイツの捕虜となる
9 月 6 ～ 9 日	「マルヌ会戦」でフランス軍が勝利し、ドイツ軍を押し戻す
9 月中旬	両軍が北へ北へと塹壕を掘り進めていく「海への競争」が始まる（11 月中旬まで）
9 月 19 日	フランス北東部のランス大聖堂にドイツ軍が本格的に砲撃を開始
10 月 6 日	ベルギー軍が最後の砦だったアントワープから西に向けて退却を開始
10 月 13 日	ベルギー政府が北仏ル・アーヴル近くのサン゠タドレスに逃れる
11 月中旬	両陣営で「海への競争」が終わり、西部戦線が膠着状態となる
12 月 25 日	一部で自発的な「クリスマス休戦」の現象が見られる

1914年の解説

　フランスにとって、第一次世界大戦の伏線となったのは、1870年の普仏戦争でドイツに敗北した結果、アルザス地方のほぼ全域とロレーヌ地方の一部がドイツに奪われたことだった。それ以来、ドイツへの復讐を主張する人々だけでなく、多くのフランス人が意識の底では失った領土を取り戻す必要性を感じていた。[1] 新興国ドイツに対抗するため、フランスはロシアやイギリスとの同盟を強化し、ヨーロッパの多くの国が2陣営に分かれて一触即発の危険が高まっていた。とくにヨーロッパ南東部のバルカン半島では、トルコ（オスマン帝国）の衰退に伴って独立した国家間で対立が起き、情勢が不安定化していた。

　1914年6月28日、ドイツの同盟国であるオーストリア＝ハンガリー帝国の皇太子夫妻がバルカン半島のサラエヴォを訪問中、同帝国からの独立を求めるセルビアの民族主義者に暗殺されるという「サラエヴォ事件」が勃発する。その1か月後の7月28日、この事件への関与が疑われたセルビアにオーストリアが宣戦布告、逆にセルビアを支持するロシアが7月30日に総動員令を発令し、戦争が不可避となった。ドイツとフランスは8月1日に総動員令を発令したが、最初に軍隊を繰り出して領土を侵犯したのはドイツだった。これ以来、フランスは祖国を守るために戦うという大義名分を手に入れることになる。

　独仏両国はアルザス・ロレーヌ地方で直接国境を接していたが、ドイツ軍はフランスが要塞を築いて守りを固めていたこの地方での正面衝突を避け、8月4日に中立国ベルギーを侵犯し、ベルギーを通過して北側から回りこむようにして8月下旬にフランス領内に侵入した。この間、ドイツ軍はベルギーとフランスの民間人6,400人以上を虐殺し、教会を焼き払うなどの「野蛮」行為を働き、フランス人の義憤を呼びさました。[2]

　8月19日〜23日頃にベルギーとフランスの国境付近で起きた一連の戦いを総称して「国境の戦い」と呼ぶが、全体的に巨大な大砲を多数装備したドイツ軍が圧倒し、仏英軍は敗退を重ねた。恐れをなしたフランス政府は9月2日にボルドーへの遷都を決定する。9月6日にはドイツ軍はパリのすぐ近く（現在のシャルル・ドゴール空港の近く）まで迫っていた。

　9月6日〜9日、マルヌ川流域付近の広範囲（パリ郊外からヴェルダン近郊まで）で「マルヌ会戦」がおこなわれた。パリを守備するガリエニ将軍がパリ中のタクシーをかき集めて兵士を戦地に送り込むなどした結果、英仏軍が勝利し、「マルヌの奇跡」とも呼ばれた。折しも9月8日は聖母マリアの誕生日とされていたから、聖母マリアの力が働いたと思ったカトリック信者も少なくなかった。[3]

　しかし、ドイツ軍を完全に追い払うには至らず、ドイツ軍はフランス北部・北東部で踏みとどまった。両軍が互いに相手の脇を回り込もうとした結果、北へ北へと戦線が伸びていき、ついには北海（英仏海峡の東側）に達したので、結果的にこの動きは「海への競争」と呼ばれる。両陣営とも、敵の砲火から身を隠すために地面に塹壕を掘り、南はスイス国境から北は北海まで、750kmにわたるこの戦線（ドイツから見て西にあるので「西部戦線」と呼ばれる）のほぼ全長にわたって、あたかも万里の長城のように塹壕が掘りめぐらされた。「海への競争」の終着点にあたる北仏やベルギー西端（イープルやイゼール川周辺など）では激しい戦闘が繰り返されたものの、ほどなく戦線は膠着することになる。

---

(1) Grandhomme, 2009, p.8. ガンベタは「決して口には出すな、ただしいつも気にとめておけ」という名言を残した。

(2) 開戦当時たまたまベルギーに滞在していた社会主義者の石川三四郎は、フランスに侵略してくるドイツの「暴力主義に対する義憤」によって、平和主義者や社会主義者も戦争に反対することなく一致団結して戦うという機運が高まり、これが「案外に強い佛軍」の元になったと分析している（石川, 1929, p.426-429）。

(3) Perthuis, 2002, p.18 ; A. Becker, 2015, p.95-96 ; Le Naour, 2014, p.406.

1914 年 7 月 29 日 ― 開戦直前の要塞に走る緊張

　サラエヴォでの暗殺事件から 1 か月後の 7 月 28 日、この事件への関与が疑われたセルビアにオーストリアが宣戦布告し、ヨーロッパ全土に緊張が走った。

　本書で最初に取り上げる葉書は、この翌日、フランス北東部ロレーヌ地方リュネヴィルの東側にあった[1]マノンヴィレール要塞[2]に詰めていた砲兵が書いたもの。いよいよフランスを巻き込んでの大戦争が秒読み段階に入り、刻々と緊張が高まっているようすがわかる。

1914 年 7 月 29 日 午後 2 時

ご両親様

相変わらず事態はますます深刻になっています。

　現在、中隊は装具一式と寝具をたずさえて要塞に詰めており、掩蔽壕（えんぺいごう）で寝ることになります[3]。兵舎に残っているのは私の小隊だけです。各分隊が 2 時間ごとに見張りにつくのです。こんなことが 1 週間も続いたら、ほとんど眠れなくなるでしょう。

　今朝、既婚の士官や下士官たちの家族が去っていきました。食料品店にあった塩、砂糖、パスタを大隊長殿[4]がすべて買い占めました。今朝さらに荷車 12 台分のジャガイモとトラック 3 台分のビールを運び込みました。郵便係はもう為替は扱わず、必ず弾薬の束を携えた兵士 2 人を従えて移動するようになりました。私たちは軍事施設にしか行けなくなりました。

　国境のアヴリクールにドイツの騎兵隊がいます[5]。ここに残っている私の小隊を指揮する特務曹長殿は、「もしドイツ軍がやってきたら起こせよ、戦争になったら眠っている暇などないからな」と私たちに命じています。さきほど、替えのシャツと靴下を背嚢（はいのう）にしまい込み、ヒゲを剃り、銃を掃除したところです。

　これから 2 時間、スープの時間まで眠ることにします。皆さんにキスを送ります。

P. アルヌー[6]

---

(1) リュネヴィル Lunéville は、1870 年の普仏戦争でフランスが敗北してアルザス・ロレーヌの一部がドイツ領となった結果、新たに引かれた独仏国境線（現在のムール＝テ＝モゼル県とモゼル県の県境に相当）に近い街となり、重要性を増していた。この後、1914 年 8 月 22 日～9 月 12 日にドイツ軍に占領されることになる。

(2) マノンヴィレール Manonviller 要塞は普仏戦争後の新しい独仏国境まで 10 km 弱の丘の上に築かれ、ドイツ軍の進撃を食い止める任務を帯び、約 800 人の将兵が守っていた。この後、ドイツ軍から 1 発 950 kg もある 42 cm 砲（愛称「太っちょベルタ」）を 158 発も見舞われ、8 月 27 日に降伏することになる（Gabriel, 2013, p.53, 99）。このあっけない降伏は不名誉で恥ずべきことと見なされ、この要塞はあまり話題にされなかった。なお、この絵葉書はマノンヴィレール村（同村は 1914 年 8 月 23 日～9 月 13 日にドイツ軍に占領された）生まれのロレーヌ大学名誉教授 Marc Gabriel 氏に解説つきで譲っていただいたもので、氏の著書にも全文引用されている（Ibid., p.52-53）。写真は同村を写したもので、中央に写っている農家は氏の生家とのこと。

(3) この兵舎は、マノンヴィレール村からマノンヴィレール要塞に行く途中に建てられていた。

(4) 「大隊長」とはマノンヴィレール要塞を守備するフランス軍の指揮官だったロコル Rocolle 少佐のこと。

(5) アヴリクール Avricourt はマノンヴィレール要塞から 10 km ほど東にある街。当時は国境線が街の真ん中を走り、フランス領（西側）とドイツ領（東側）に分断されていた。

16

(6) 差出人ポール・アルヌーは1891年6月18日生まれ（当時23歳）の現役兵。砲兵第6連隊第8中隊に所属し、マノンヴィレール要塞の守備に当たっていた。この後、要塞が陥落する8月27日に捕虜となり、以後4年間、ドイツ各地の捕虜収容所（ランツフート、フラウンシュタイン、プフハイム収容所など）を転々とすることになる（赤十字CICR捕虜資料 P 14570, P 21683, P 29213, P 49451, P 50896, P 81583による）。なお、この葉書は「穴あき封筒[*]」に入れて送られている（[*]印は巻末の付録3「用語解説」を参照）。

1914 年 7 月 31 日 ― 不可避となった戦争

　オーストリアがセルビアに宣戦布告したことに対抗し、7 月 30 日にはセルビアを支持するロシアが総動員令を発令、同盟関係にあったヨーロッパ諸国を巻き込んだ大戦争が不可避となっていった。

　さらに、7 月 31 日（金曜）の夜 9 時 40 分、戦争に反対していた社会主義者ジャン・ジョレスがパリのカフェで暗殺され、多くのフランス人に衝撃を与えた。

　次の手紙は、このジョレス暗殺と同じ夜に書かれている。これを書いた兵士は、ジョレス暗殺の報に接していたのだろうか。いずれにせよ、今まさに戦争に突入しようとしている事態の推移に少し圧倒されながらも、覚悟を決めて静かにその時を待っているようにみえる。

　シャロン＝スュール＝マルヌ⁽¹⁾にて、1914 年 7 月 31 日夜

　御両親様、兄弟の皆様

　いま起きていることを、皆様は我々よりもよくご存じでしょう。少なくとも、はっきりとした視点からご覧になっているはずです。

　私は皆様を不安にさせたいわけではありません。結局、よくお察しになっているはずです。誰もがそうであるように、我々は出征を覚悟しています。何日かしてから出征するより、すぐに出征した方がよいと思っています。

　今こそフランスは雪辱戦⁽²⁾に挑むのです。決着をつける時です。

　しかし、ヨーロッパがこんなことになろうとは、まだ私には少し信じられません。

　ですが、ぜひ皆様にひと言書いておきたいと思います。午前中から準備を整えていた我々は、夜 8 時、まさにサン＝メミー⁽³⁾を発とうとしていました。その時、私は別れの言葉を告げなかったことを少し後悔しました。それで、今こうして告げているわけです。

　さて、今日の午前中、我々は命令を見越して動員をかけました。⁽⁴⁾とても慌ただしい動きのうちに夜がふけました。

　一日中、我々は不安になることなく待機していました。そして今夜、この臨戦態勢は延期になりました。ですから、今夜はまたサン＝メミーで眠りにつきます。

　もし我々が繰り出すことになったら、……私は恐れてはおらず、それどころか非常に落ちついておりますので、何も後悔することなく繰り出すつもりです。我々より、ここに残る人々の方がつらいのです。

　私はまだここにおりますので、御両親様とポロ、リュシアンにキスを送ります。その他の皆様にも私からの友情を。

息子より　サイン

---

(1) シャロン＝スュール＝マルヌ Châlons-sur-Marne（現シャロン＝アン＝シャンパーニュ）は、大聖堂で有名なランスの約 40 km 南東にあるマルヌ県の県庁所在地。軍事的に重要な拠点として、フランス軍も多数ここに駐屯していた。なお、この手紙を書いた差出人の名前と所属は残念ながら不明。

(2) 「雪辱戦」と訳した la belle は、スポーツやカード遊びで 1 勝 1 敗で迎えた 3 番勝負の最終戦、または勝負に負けた人が所望する追加の「もう一番」を指す言葉。ここでは、1870 年の普仏戦争でフランスが敗れ、今度こそ借りを返すための雪辱戦に挑むのだという認識に基づいている。

(3) サン＝メミー Saint-Memmie はシャロン＝スュール＝マルヌの東隣にある街。このサン＝メミーの兵営に差出人はいたらしい。

(4) 総動員令の発令は8月1日で、実際に総動員の初日となったのは8月2日だったが、ドイツの侵入が予想されたフランス北東部では早めに動員準備が進められていた（AFGG, vol.1, t.1, p.95-111 ; Cabanes, 2014, p.40）。

1914 年 8 月 1 日 ―― 総動員令を告げる早鐘

　　1914 年 8 月 1 日（土曜）の午後 3 時 55 分、戦争大臣がパリから電報を打ち、総動員令の知らせが一斉にフランス全土に伝えられた。役所や郵便局などに総動員令の貼紙が掲示され、それと前後して教会の鐘が切迫した調子で鳴り響いた。[(1)] 鐘の鳴った時刻は、当時の記録では午後 4 時～6 時頃と地域によってばらつきがあるが、かなり長いあいだ鳴り続いた。

　　次の葉書は、その 4 日後、フランス南西部の村に住む女性が親戚または親しい知人女性に宛てたもので、総動員令当日の人々の激しい動揺が生々しい臨場感をもって描かれている。

　　14 年 8 月 5 日 夜 10 時　親愛なるミショへ

　　こんどは私が自問する番です、この葉書は本当にあなたのもとに届くのでしょうか、と。でも、あなたの昨晩の葉書は今朝 10 時に同じ郵便配達人が運んできてくれました。だから希望を持ちましょう。日曜はお便りを差しあげませんでした。その前日の葉書は絶対に届いていないと確信していたからです。[(2)] 少なくとも私たちの村では、まさに大騒ぎの最中だったからです。私は 1 時に無事帰宅しました。ラヴァル村[(3)]は陰うつでした！ 雲が浮いていましたが、今でもその印象を覚えています。胸が締めつけられる思いでさまよい出て、みなさんに安心してもらおうと、急いで郵便局に行きました。サン＝ジェルマンに戻り、最初の数時間は、まだはっきりしたことは何もわからず、とくに悪い知らせもなく、希望を持ちはじめていました…… しかし、ご存知のように、生涯忘れることのない瞬間がやって来ました。6 時頃、自動車の音がしてサン＝ジェルマンの若い男が青ざめて憔悴しきって私たちに叫びました。「早く、早く、フォルタンさんは村役場へ。戦争が始まったぞ！」それは正確な表現ではありませんでしたが、あの人たちにとって総動員は戦争と同義語なのです。[(4)] この言葉がどのような効果と歎きを生んだか、お察しください。いつもとは違うラヴァル村の早鐘の音が鳴り、それに混じってママも小作女も、うめき声を上げていました。みんな、おいおいと泣くものだから、かえって私はまったく泣く気にならず、この時は一粒の涙も出ませんでした。しかし、その 1 分後、2 台の自動車が疾風のごとくに立ち去ったのを見て、はじめて怒りと狂気と絶望の感情がこみ上げてきました。男たちが全員呼び集められているというのに、腕をこまねいて見ているしかないとは！ ああ、私はどれほど女に生まれたことを呪ったことでしょう!!　完全に気がのぼせているなかで、これが私の唯一の考えでした。空気が重く陰気なものに変わり、よくわからない恐ろしい不安で息づまる思いでした。それ以来、同じ悪夢が何日か続きましたが、やっと少し気を取りなおしました。みな同じだと思いますが、夢を見ている気分です。私も新聞記事を追いかけていますが、「明日の戦争」[(5)]に圧倒されています。こちらの村は、何とみじめなことでしょう、男は一人もおらず、馬もほとんどいなくなりました。今朝、やっと父から日曜の手紙が届きました。出征の命令を待っているところだそうですが、どこへ向かうのでしょう。おそろしいことです。ほかに誰がそうなのか、はっきりしたことは何もわかりません。できればお便りをください。みなさんにキスを。

⑴　早鐘は、おもに火事を知らせるときに使われた。縄を引いて鳴らすとゆっくりしたテンポになってしまうので、鐘の舌を持って直接鐘に打ちつけるか、ハンマーなどで直接鐘を叩いた（Laouénan, 1980, p.199）。

⑵　日曜は 8 月 2 日。8 月 1 日（土曜）に総動員令が発令された。

⑶　ラヴァル Laval 村はイタリアやスイスに近いフランス南西部イゼール県グルノーブルの近郊にある。本文に出てくる「サン＝ジェルマン」は、この村の一区画を示す通称か。

第 1 章　1914 年

(4) 大統領ポワンカレは、人心を落ちつかせるために 8 月 2 日に「総動員は戦争ではない」と国民に呼びかけた。しかし、「宣戦布告」は単なる形式にすぎず、実質的には総動員がすなわち戦争の開始となった。

(5)「明日の戦争」 La guerre de demain はエミール・ドリアン Émile Driant（筆名ダンリ Danrit 大尉）の小説 3 部作の題。ジュール・ヴェルヌと並ぶ未来予見的な内容によって当時人気を博した。

21

1914 年 8 月 2 日 — チュニジアの軍楽隊の出征

　この大戦では、フランスの植民地だったアフリカからも多数の原住民（黒人）が動員されてフランスにやってきた⁽¹⁾。また、植民地に住んでいたフランス人も動員された。

　次の葉書は、チュニジアのスース⁽²⁾に駐屯していたチュニジア狙撃兵連隊⁽³⁾の軍楽隊に配属されていた差出人がフランスのリヨンに住む母親に送ったもの。撮影した写真を直接葉書用紙に現像して作られる「カルト・フォト[※]」と呼ばれるもので、ここに写っているうちの誰かが差出人だと思われる。

　スースにて、1914 年 8 月 2 日

　お母様

　きのうの夕方 5 時、総動員令が下ったことを知りました。すぐに非常呼集がかかり、今朝、ドイツとの戦争が始まったことを知りました。戦争は長くは続かないと思います。ペトリュスも、もう出征したに違いありません。でもあまり心配しないでください。まっすぐ戦地に行くわけではありませんので。とくに軍楽隊は担架兵になるのですから⁽⁴⁾。

　我々は各狙撃兵連隊の 2 つの大隊とともに、火曜の夜⁽⁵⁾にアルジェに向けて出発しなければなりません。連隊は 12 あるので、黒人の部隊は結構な人数になります。

　ボンナルデルも出征したに違いありません。もし彼の奥さんに会ったら、よろしくお伝えください。モンマルタンにも。彼は兵役免除となったので出征しませんから。

　出発したら、続いてリヨン⁽⁶⁾を通る場合は電報を送りますので、駅に会いにきてください。みなさんによろしく。

　みなさんのことを心から抱きしめます。

お母さんのことを愛する息子より　クローデュイ

---

(1) 当時、フランスは北アフリカ（モロッコ、アルジェリア、チュニジア）、西アフリカ（セネガルなど）、マダガスカル、インドシナなどを植民地化し、広大な「フランス植民地帝国」を築いていた。植民地からは合計約 60 万人の男性が動員された（Michel, 2012, p.442；平野, 2014, p.25）。

(2) スース Sousse は地中海に面するチュニジアの港街（p.348 地図を参照）。当時は北アフリカにも鉄道網が張りめぐらされ、蒸気機関車が走っていた。

(3) 狙撃兵 tirailleur とは、本来、戦列 ligne を組まずに味方の軍の前方に展開して敵を攪乱する軽装備の歩兵を指す。狙撃兵部隊は 19 世紀の植民地征服の過程で発達し、大多数が原住民によって編成されていたが、将校などで一定数のフランス人も配属されていた。この写真に写っている軍服は、ズワーヴ兵の軍服とも似ているが、細部をよく見るとチュニジア狙撃兵の軍服であることがわる（Jouineau, 2008, p.48）。大戦中の軍服写真に詳しい Emmanuel Schaffner 氏の御教示によると、軍服は連隊によって細部が異なり、明るい水色の布地（白黒写真だと白っぽく写る）と同色の飾りポケットという細部からして、チュニジア狙撃兵第 4 連隊の軍服だと思われるとのこと。同連隊司令部（軍楽隊は連隊の司令部付中隊[※]に所属する）はスースに駐屯していたから、この葉書の差出地と矛盾しない。

(4) 軍楽隊は、負傷兵を搬送する担架兵も兼任した。負傷兵を運ぶときは身軽に動けなかったので、この葉書の文面とは裏腹に、むしろ危険な目にあうことも多かった。

(5) 8 月 4 日（火曜）を指す。

22

第1章　1914年

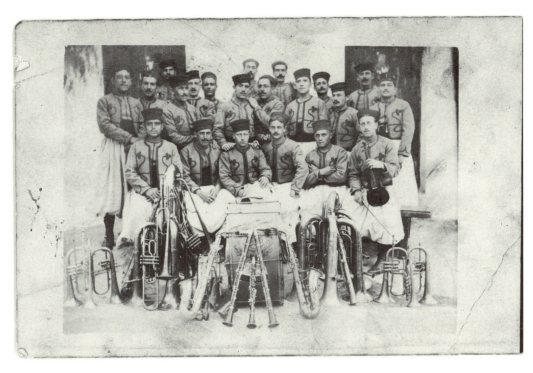

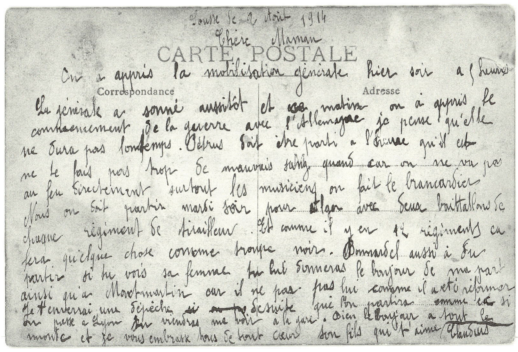

(6) リヨンはフランス南東部にある絹織物産業の中心地。差出人が所属していたと思われるチュニジア狙撃兵第4連隊司令部は、チュニジアのスースから鉄道でチュニスに移動し（この間に第6大隊と合流）、西のアルジェリアのアルジェまで鉄道で移動してから、船に乗り込んで地中海を渡り、南仏セットに上陸、アヴィニョンを経て鉄道で北上したが、リヨンのすぐ手前で西にそれて北仏へと向かった（同連隊第6大隊のJMO*による）。結局、リヨンは通らなかったので、差出人は母親には会えなかった可能性が高い。

23

1914 年 8 月 4 日 ―― 早く戻ってこれるという喜び

　開戦当初は、多くのフランス人がこの戦争はフランスが勝利して早く終わると思い込んでいた。前ページの葉書でも「戦争は長くは続かないと思います」と書かれていたが、こうした言葉は大戦初期の手紙には散見される。それが「大いなる幻想(1)」にすぎないことは、次第に明らかとなるのだが……。

　次の手紙は、フランス北西部ル・マンに近いベレーム村(2)の出身で、歩兵第 115 連隊に属していた下士官ルイ・ユローがマメルス(3)の兵営から妻に書いたもの。

　全体的に楽天的な雰囲気が感じられるが、妻や両親を心配させないために、ことさら楽天的に振る舞っていた可能性もある。(4)

　マメルスにて、1914 年 8 月 4 日夜 10 時

　いとしい妻へ　ご両親様へ

　今日の午後、手紙を受けとった。健康も士気も良好だ。

　我々は 8 月 5 日 8 時 37 分に出発する。目的地は不明だが、ラ・ユット、ル・マン、ノジャン(5)を通っていく。この 2 日間、ろくすっぽ食事をしなかった。やることが多くて大変だったが、すべてうまくいった。

　あとは出発するのみだ。できるだけ早く戻ってこれるという、大きな喜びとともに。

　ロベールと家族みんなにキスをしておくれ。頻繁に手紙をくれると非常にうれしい。

　一生涯のおまえの夫より　　　　　　　　　　　　　　　　　　　　サイン（L. ユロー）

　〔余白の書込み〕きょうの昼、マルセルに会ったよ。夕食に来ないかと誘われたけれど、あいつはくよくよ心配している様子だったから、行くのはやめた。それに遠すぎるからね。あいつは兵役適格と認められたけれど、収穫を迎えていて、さしあたって出征はしない。(6)

---

(1) p.231 脚注 2 参照。

(2) 差出人と家族が住んでいたベレーム Bellême 村は、フランス北西部の都市ル・マンの北東にある。

(3) マメルス Mamers はベレーム村の西隣にあり、ここに歩兵連第 115 隊の兵営があった。

(4) 下士官（特務軍曹）ルイ・ユローの手紙は筆者のもとに 9 通残されているが、たとえば 8 月 13 日の手紙には「くれぐれも心配しないでくれ、我々は無事に戻ってくるから。」と書かれ、8 月 19 日の手紙には「くれぐれも落ちついてくれ。だって、私は無事に帰り、いとしいわが家でおまえとちびっ子たちに再会するという希望をしっかりと持っているからだ」と、家族を安心させるような言葉が書かれている。

(5) いずれも列車の通過する駅名。歩兵第 115 連隊の JMO ※ によると、ル・マンの北側にある街マメルスに駐屯していた同連隊は、8 月 5 日に数回にわけて列車に乗り込み、連隊司令部と第 2 大隊はこの手紙に書かれているとおり 8 時 37 分に出発した。乗り込んだ駅がラ・ユット La Hutte-Coulombiers 駅で、ここからいったん南隣の大都市ル・マンに行ってから、その北東隣のノジャン Nogent-le-Rotrou を経由し、戦地に向かったことがこの手紙からわかる。この後、フランス北東部ヴェルダンの北側で下車し、そこから徒歩で北上して 8 月 21 日にベルギー領内に入ったものの、8 月 22 日に霧の中でドイツ軍の襲撃を受け、相当な兵力を失って退却することになる（「国境の戦い」の一環）。この手紙を書いたルイ・ユローも、8 月 24 日に捕虜となってしまう（p.390

Mamers le 5 Août 1914   10 h. soir

Chère Petite femme et Chers Parents

Reçu ta lettre cet après midi. la santé
va bien et le moral aussi, nous partons le 5 août
à 8 h 37 destination inconnue par le Mans
le Mans et Nogent. j'ai mangé avec nez
pendant les 5 jours que je suis resté, tout
s'est bien passé avec beaucoup de travail et
d'ennui maintenant c'est la route et au
grand plaisir de revenir le plutôt possible
    Embrasse bien Robert et toute la famille
de tes nouvelles souvent me feront
grand plaisir.
    Ton petit mari pour la vie

j'ai vu Marcel ce midi il m'a invité à souper ce soir, mais
comme il avait l'air de se faire de la bile je n'y ai pas été sentant
qu'il y avait trop loin, il allait faire la moisson
il ne faut pas pour le moment étant classé s. A.

の手紙を参照）。この手紙では「早く戻ってこれる」と喜んでいるのに、早々に捕虜となって4年近く間もドイツで苦労を重ねることになるとは、夢にも思っていなかったにちがいない。

(6) 戦争が始まった8月上旬は農繁期で、一番男手の必要な時期だった。とくに政治に関心のなかった農民にとって、戦争は寝耳に水で、まったく歓迎すべきものではなかった（Laouénan, 1980, p.210-211）。

1914年8月5日 ── いざ「ベルリンへ！」

　当時は、出征する兵士たちを見送る市民が「ドイツの本拠地ベルリンまで攻めていけ」という意味で「ベルリンへ！」と叫んで喝采を送る光景がフランス各地で見られた。とくに、パリをはじめ、連隊が駐屯していたような大都市では、こうした熱狂的な光景が目にされた。[1]

　次の手紙からも、南仏アヴィニョンでの歩兵連隊の出征の高揚した雰囲気が伝わってくる。

　アヴィニョンにて、1914年8月5日 夜7時

　ご両親様

　さきほど、従兄に別れを告げてきました。昼に、従兄妹たちの家に昼食をとりにいったのです。従兄は出征しません。私はといえば、非常に幸運に感じて出征します。我々は皆、大喜びで今夜8時50分の列車で東に向かって出発します。[2] どこに行くのかはわかりません。明日になったら、私の道のりをお知らせできると思います。私のことで心配されないことを願っています。もし私の葉書が届かなかったとしても、不安に思われるべきではないと思います。必ずしも郵便がスムーズにいくとは限らないからです。

　従妹はとても親切にしてくれました。チョコレート、ソーセージ、ミント酒[3]などを雑嚢に詰めてくれました。お金は必要ありません。私は喜んで戦争に向かいます。従兄も、もし出発できるように配属されていたらうれしかったでしょうに。[4]

　アヴィニョンでは、皆、兵士たちに拍手喝采しています。もうお祭です。皆、「ベルリンへ！ できるだけ早く」と叫んでいました。[5] 私は元気です。皆さんもお元気であることを願っています。一生涯、皆さんのことを考えている息子にして兄より

　昨日、お手紙を受けとりました。皆さんにキスを送ります。7月25日付の手紙も受け取られていることと思います。何度もキスを送ります。

　〔差出人欄〕　歩兵第58連隊 第3中隊 下士官オードベール
　〔宛先〕　シェール県 キュラン村 道路工夫長 オードベール様[6]

---

(1) Cochet, 2001, p.28-29. ただし、必ずしも「熱狂」だけではなく、見送る女性たちが泣いたり、ひっそりと「決意」を固める兵士たちも多かったことは、つけ加えておかなければならない。

(2) 歩兵第58連隊のJMO※によると、連隊司令部と第1大隊は午後5時25分に兵営を出発し、午後8時54分にアヴィニョン橋駅を列車が発車した。切手にはリヨン〜ラ・ヴォルト＝スュール＝ローヌ La Voulte-sur-Rhône と読める波形の消印が押されているが、これはこの手紙がリヨン駅とラ・ヴォルト＝スュール＝ローヌ駅（アヴィニョンとリヨンの中間にある）を結ぶ列車の途中の駅から差し出されたことを示している。

(3) ミント酒は「リクレス」Ricqlès という商標名で販売され、水に数滴垂らしたりして飲まれた。ミントによる殺菌消毒効果があるとされ、兵士たちにも人気があった。

(4) 従兄は留守部隊※に配属され、アヴィニョンの駐屯地に残ったらしい。

(5) アヴィニョンでの出征時の熱狂については、この手紙の差出人アントワヌ・オードベールの従兄がアントワヌの父に宛てた1914年8月16日付の手紙（筆者蔵）にも、次のように書かれている。「アントワヌは8月5日に彼の連隊全員とともにアヴィニョンを出発しました。（……）総動員と出征は、ものすごい熱狂のうちにおこなわれました。アントワヌの出征前日に我々が見た光景は、ずっと目に焼きついて離れないことでしょう。

（……）民間人も軍人も、気がのぼせたようでした。『軍隊万歳』、『フランス万歳』という歓声と叫びに続いて、『ヴィルヘルムに罵声を浴びせろ』、『ベルリンへ』というさらに力強い叫び声が上がりました。」（「ヴィルヘルム」とはドイツ皇帝ヴィルヘルム2世のこと）。

(6) キュラン Culan 村はフランス中央部ブールジュの南にある。当時は鉄道が通っていた（現在は廃線）。

1914 年 8 月 13 日 ―― 歌いながら喜んで死ぬ覚悟

　前ページと同じ差出人オードベールが書いた手紙を、もう 1 通取り上げておく（差出人欄と宛先はほ
ぼ同じなので省略する）。
(1)

　8 月 5 日の夜 8 時 50 分（正確には 54 分）に南仏アヴィニョンから列車に乗り込んだ歩兵第 58 連隊
は、リヨンを通過して北上を続け、8 月 7 日の午前 3 時半にフランス北東部ロレーヌ地方のヴェズリー
ズ Vézelise 村で下車した。その後、徒歩で北東方面に向かい、ナンシーとリュネヴィルの間を通過し、
8 月 11 日、当時の独仏国境をわずかに超えたところにあるラガルド村でドイツ軍と戦闘を交え、多数
の将兵を失って敗退した。
(2)

　その 2 日後に書かれたのが次の手紙である。

　戦場にて、野営　1914 年 8 月 13 日午前 10 時
　国境にて　ご両親様
　今日まで手紙を書くことができませんでした。月曜以来、それ以外のことで忙しかったからです。今
日はいくぶん静かになりましたので、この機会に、私が元気であること、また我々は戦う用意ができて
いることをお知らせしようと思います。
(3)

　我々は砲火を浴びましたが、第 3 中隊はわりとうまく切り抜けました。負傷者は 5 人、私の小隊では
2 人だけです。ただし、第 58 連隊の第 3 大隊は約 500 人の死者または捕虜を出しました。第 10 中隊は
曹長と数名の兵しか戻ってこず、第 12 中隊は 1 名の軍曹と 27 名の兵しか戻ってきませんでした。大隊
長殿は戦死しました。
(4)

　他に書くことはありませんが、我々はまったく手紙を受けとっておりません。皆さんはそうではない
ことを、また全員お元気であることを願っています。
(5)

　くれぐれも心配なさいませんよう。私はといえば、我々は皆、歌いながら喜んで死ぬ覚悟ができてい
ます。

　私はまだあいつらを一人も殺せていませんが、あきらめてはいません。

　一生涯、皆さんのことを愛する息子より　　　アントワヌ・オードベール
(6)

---

(1) なお、前ページと同様、あらかじめ切手が印刷された「カルト・レットル※」と呼ばれる便箋に書かれている。
　　民間の郵便箱に投函されており、消印は「ムール＝テ＝モゼル県アンヴィル、14 年 8 月 13 日 19 時」（アンヴィ
　　ル Einville 村はリュネヴィルの北 6 km にある）。

(2) ラガルド Lagarde 村はリュネヴィル（p.16 脚注 1 参照）の北東約 15 km のところにある。

(3) 1914 年 8 月 10 日（月曜）を指す。

(4) 第 10 中隊も第 12 中隊も第 3 大隊に属する。第 1 大隊は第 1 ～第 4 中隊、第 2 大隊は第 5 ～第 8 中隊、第 3 大
　　隊は第 9 ～第 12 中隊で構成されていた。

(5) 大戦当初は、郵便が混乱して配達の遅れが目立っていた。さらに、ドイツのスパイに情報を盗まれた場合でも
　　役に立たなくするため、郵便を故意に一律 4 日間遅らせる措置が取られていた（Bourguignat, 2010, p.8）ことも
　　遅れの原因となっていた。

(6) ここで、差出人アントワヌ・オードベール Antoine Audebert の略歴を、仏軍事省の戦死者名簿※とシェール県
　　資料庫所蔵の軍人登録簿に基づいて記載しておく。アントワヌ・オードベールは 1891 年 5 月 23 日、フランス

第 1 章　1914 年

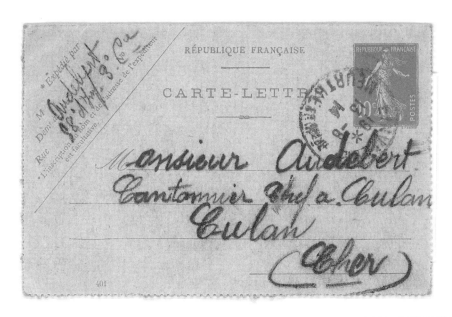

中央部アリエ県オード Audes 村生まれ。農業に従事していた。身長 161 cm。1912 年に 19 歳で志願してアヴィニョンの歩兵第 58 連隊に配属され、軍曹に昇進、23 歳のときに開戦を迎えた。この手紙の 6 日後の 8 月 19 日、ロレーヌ地方サン＝メダール Saint-Médard 村（ラガルド村の北側）での戦闘によって行方不明となり、戦後 1920 年に裁判所の裁定によってこの日が死亡日と認定された。

1914 年 8 月 17 日 ─ 死を前にして迷いを振り払った言葉

　戦争が始まったとき、多くの兵士は、祖国を守るために義務を果たすという意識を抱き、覚悟を決めて戦地に向かった。しかし、未練もなく、愚痴もこぼさず、あまりにもすがすがしい文体で書かれた手紙は、どことなく遺書のような響きをもつ。

　次の葉書は、これから戦地に向けて出発しようとしていた兵士が両親に宛てて書いたもので、この差出人はこれを書いた 1 か月後に戦死している。⁽¹⁾

ヴィルフランシュ＝スュール＝メールにて、⁽²⁾14 年 8 月 17 日

ご両親様

　心のこもったお手紙、ありがとうございます。皆さんが全員お元気だと知り、喜んでいます。私も元気です。シャバリエとパリについても、知らせを受け取っています。二人ともうまくやっており、今後もうまく切り抜けていくでしょう。

　お仕事が大変になるでしょうが、しかたありません、「戦時中は戦時中のように」ですから。⁽³⁾

　我々はまもなくここから出発することになりますが、どこに向かうのかはわかりません。⁽⁴⁾私については心配しないでください。私は善良なるフランス人としての義務を、勇気をもって果たすつもりです。すべてがうまくいき、いつか家族全員で幸せに再開できることを希望しましょう。

　その幸せな日を心待ちにしつつ、皆さんを強く抱きしめます。　　　　　　　　　　ジャン・ガルチエ

〔写真面の書き込み〕　アルプス猟兵第 64 大隊 第 10 中隊 ジャン・ガルチエ

　　　　　　　　　　ヴィルフランシュ＝スュール＝メールにて、軍事郵便

〔宛先〕ロゼール県シャトーヌフ近郊 ヴィルヌーヴ　アントワーヌ・サペ様ならびに奥様

---

(1) 差出人ジャン＝ジョゼフ・ガルチエ Jean-Joseph Galtier は、1888 年 6 月 1 日、南仏ロゼール県シャスラデス Chaseradès 村（リヨンとモンプリエの中間よりも西寄り）生まれ。身長 159 cm。26 歳のときに開戦を迎え、アルプス猟兵第 64 大隊の上等兵として従軍した（アルプス猟兵については p.316 脚注 2 を参照）。同大隊は、この葉書の 5 日後の 1914 年 8 月 22 日に駐屯地ヴィルフランシュ＝スュール＝メールを離れ、北仏アミアンの東側でドイツ軍の進撃をくい止める任務につく。同大隊はフランス軍全体の退却にあわせていったん南に退くが、9 月上旬のマルヌ会戦で勝利すると、ドイツ軍を追撃して再び北上、9 月 20 日、パリの北東約 90 km のヴァングレ Vingré（コンピエーニュとソワソンとの間、p.44 に出てくるフォントノワ村の北西隣）付近でドイツ軍と激しい戦闘を交えた。このとき、捕虜となっていたフランス兵がドイツの陣地の前で「人間の盾」にされていたので、フランス軍は一発も銃を撃つことができず、銃剣で戦ったという（*Historique du 64e BCP*, p.20-21）。この戦いでジャン＝ジョゼフ・ガルチエは行方不明となり、戦後 1921 年 1 月 28 日に裁判所の裁定により戦死と認定された（ロゼール県資料庫所蔵の軍人登録簿 Arch. dép. de la Lozère, n° 1756 による）。

(2) ヴィルフランシュ＝スュール＝メール Villefranche-sur-Mer は南仏の保養地ニースの東隣にある。差出人の所属するアルプス猟兵第 64 大隊はこの街で編成された。この絵葉書の写真は、ニースの中心部マセナ広場にあった市営カジノ（現在は取り壊されている）。郵便料金免除で出すことができたはずだが、そうせずに切手を貼って民間の郵便箱に投函しており、8 月 19 日の消印が押されている。

第1章　1914年

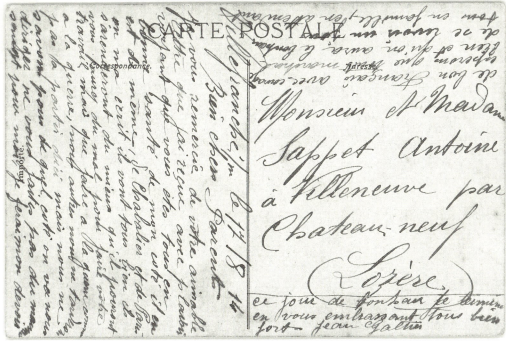

(3)「戦時中は戦時中のように」À la guerre, comme à la guerre. という諺は p.110 でも出てくる。「戦争中は多少の不便はしかたがない」という、あきらめに似た気持ちで使われることが多い。「これも戦争だ」（p.201 脚注 4 参照）という言葉に通じる。戦争が始まった 8 月は農繁期で忙しかった。

(4) 当時、部隊がどこに向かうのかは、軍事機密として、部隊の指揮官とその側近にしか知らされなかった。

1914 年 8 月 25 日 — ドイツ軍の進撃で浮足立つ市民

　8 月下旬、ドイツ軍はベルギーの大半を制圧する勢いを見せ、さらにフランス領内に攻め入りつつあった。この頃の戦いのことを、フランスでは総称して「国境の戦い」と呼ぶ。その一環としてフランスに近いベルギー南西部で 8 月 21 日〜 23 日におこなわれた「シャルルロワの戦い」ではフランス軍が敗退し、8 月 23 日の「モンスの戦い」でもイギリス軍が敗れ、英仏軍は総崩れとなっていた[1]。それまで都合のよい軍当局の発表（いわば大本営発表）ばかり聞かされて幻想を抱いていたフランス人は、突如、危機的な状況にあることを知って驚愕する[2]。

　次の葉書は、まさにこうした時期に書かれている。差出人はパリの北東 70 km 付近にあるコンピエーニュにいたらしい[3]。文面から、あわてているようすがよく伝わってくる。

　エミール様

　もうここに留まっていることはできません。ニュースはまったく安心できるようなものではありません。たったいま、北のほうがまずいと聞きました。

　負傷兵を乗せた列車がたくさんやって来ています。

　ルーアンのほうに行きましょう[4]。

　シャルルロワからもケノワからも人々が避難しています[5]。

　キスを送ります。それでは。　　　　　　　　　　　　　　　　サイン（H. ルペンヌ）

〔宛先〕バス＝ピレネー県 ビアリッツ局留め　エミール・デマジエール様へ[6]

---

(1) 8 月 20 日〜 24 日の 5 日間で合計約 4 万人のフランス兵が戦死し、とりわけ 8 月 22 日は 1 日だけで 2 万 7 千人のフランス兵が死亡するというフランス軍史上最悪の記録が打ち立てられた。

(2) フランス大統領レイモン・ポワンカレは、回想録の 8 月 23 日の項で「私達が 2 週間前から抱かされていた幻想は、どこへ行ってしまったのだろう。」と書いている（Poincaré, 1929, p.162）。同じ 8 月 23 日の夜、突然、翌日から汽車がなくなると聞いた北仏ノール県リールの市民があわてて家を出て深夜に汽車に乗って逃げたという記録もある（本書 p.274 参照）。また、当時たまたまパリに滞在していた島崎藤村も、「昨日は白耳義ナミュールの要塞が危いとか、今日は独逸軍の先鋒が国境のリールに迫ったとか、そういう戦報を朝に晩に」（島崎, 1924, p.8）耳にし、8 月 27 日にパリを脱出してフランス中部の街リモージュに避難することになる。

(3) 写真説明に「コンピエーニュ、公園の植物のトンネル」と書かれた絵葉書を使用し、「オワーズ県コンピエーニュ、14 年 8 月 25 日」という消印が押されている。この葉書の 6 日後の 8 月 31 日、英仏軍は敵の進撃を遅らせるためにコンピエーニュ中心部のオワーズ川に架かる橋をわざと爆破してから退却し、入れかわりにドイツ軍がやってきて占領することになる。コンピエーニュが再びフランス軍の手に戻るのは、マルヌ会戦の勝利後の 9 月 12 日まで待たねばならなかった。

(4) ルーアン Rouen はパリから見てセーヌ河の下流にある都市。さらに下流のル・アーヴルまで行けば、客船でイギリスに渡ることも、大西洋に出てボルドー方面に逃れることもできた。

(5) シャルルロワ Charleroi はベルギー南西部の都市。ケノワ Quesnoy という地名は複数あるが、ここはシャルルロワの西約 60 km、フランス領内のノール県にあるル・ケノワ Le Quesnoy を指すと思われる。

(6) ビアリッツ Biarritz はフランスの南西の端、スペイン国境に近い大西洋に面する保養地。配達局の消印は重なって見にくいが「バス＝ピレネー県ビアリッツ、14 年 8 月 31 日（？）」と読める。宛先が「局留め」になってい

32

第1章　1914年

るところを見ると、もともとここに住んでいたのではなく、差出人よりも一歩先に避難し、ホテルに滞在していたものと推測される。なお、切手の右には「フランス負傷兵救護協会」のヴィニェット※が貼ってある。「フランス負傷兵救護協会」(1864年設立)はフランス赤十字の母体となった組織。大戦中は、赤十字は負傷兵、捕虜、被占領地域の住民などに対する支援活動をおこなった。

1914 年 8 月 27 日 ── 前線にいる兄弟の身の上を案じる葉書

　8 月中旬〜下旬、ベルギーを通過してくるドイツ軍を迎え撃つべくベルギーに攻めのぼったフランス軍は敗退を重ね、フランス領内に追い返されていた。[(1)] この間、フランス兵の戦死者数は未曽有の水準に達していた。兵士たちの家族も気が気ではなかったにちがいない。

　次の手紙は、フランス北西部に住んでいた女性がいとこに書き送ったもので、フランスとベルギーとの国境付近にいる兄か弟と思われる兵士について、無事に戻ってこれるのかわからない不安な心情が綴られている。

　サン＝ヴァレリアン村[(2)]にて、1914 年 8 月 27 日

　いとこの皆様

　心のこもったお手紙をいただき、みな喜んでおります。急いで感謝の気持ちをお伝えしたいと思います。たしかに、私にとってはとてもつらいことです。私の両親にとっても。

　かわいそうなアルベールは、いまは国境近くにいます。日曜、アルベールから 18 日付の手紙を受けとりました。ベルギー国境沿いのスダン[(3)]から 8 km のところにあるレミイ村[(4)]から書いてくれたのです。

　アルベールには、また会えるのでしょうか。神のみぞ知るです。会えるものと希望を持たなくては。

　エルネストは出征しません。兵役免除になったからです。

　私たちは全員が非常に元気というわけでもありません。　　　いとこより愛情をこめて　V. ドガより

　〔写真面〕アルベールの宛先は以下のとおりです。

　　　フォントネー＝ル＝コント[(5)]

　　　予備役　第 11 軍団　歩兵第 337 連隊　第 20 中隊　アルベール・ドガ

---

(1) フランス軍が緒戦で苦戦した原因としては、ドイツ軍が予備役部隊も投入してフランス側の想定を上回る兵力になっていたこと、ドイツ軍には重砲や機関銃が多数揃えられていたこと、フランス兵の大戦初期の軍服のズボンが派手な赤色で敵の標的となったこと（p.298 脚注 5 参照）、そしてとりわけフランス軍の歩兵隊が精神主義的な攻撃至上主義によって性急に突撃したことが挙げられる。当時負傷して病院にいたシャルル・ド・ゴールは、1914 年 9 月 12 日付の母宛の手紙の中で敗因についてこう分析している。「まず、砲兵隊が掩護する間もなく、歩兵隊があまりにも性急に攻勢に出たことです。これにより我々は甚大な兵力を失いました。さらに、これはずっと前から知られていたことですが、あまりにも多くの師団や旅団の将官たちが、異なる兵科を互いに連係させて活用するすべを十分に心得ていなかったことです。最後に、戦略的な観点からすると、ドイツの動員に比べてフランスの動員が大幅に遅れたこと、そしてとりわけ、わが軍の最左翼においてイギリス軍がまさに決定的なときに大幅に遅れたことです。」（De Gaulle, 1980, p.92-93）

(2) サン＝ヴァレリアン Saint-Valérien 村はフランス北西部の大西洋に近いナントの南東にあるヴァンデ県にある。この絵葉書の写真は、同じヴァンデ県にあるサン＝ローラン＝スュール＝セーヴル村を写したもの。

(3) スダン Sedan はパリの北東、ベルギー国境まで約 10 km のところにあるアルデンヌ県の街（p.270 参照）。ちょうどこの葉書が書かれた前後の戦闘でドイツ軍がフランス軍に勝利し、スダンを占領した。

(4) レミイ Rémilly 村とは、ルミイ＝スュール＝ムーズ Remilly-sur-Meuse（現ルミイ＝アイイクール Remilly-Aillicourt）村のこと。アルベール・ドガの所属する歩兵第 337 連隊の JMO[*]にも、同連隊がこの村を通過したことが記録されている。アルベール・ドガの消息は不明だが、仏軍事省の戦死者名簿[*]には見あたらないので、おそらく生きのびたのではないかと思われる。

第1章　1914年

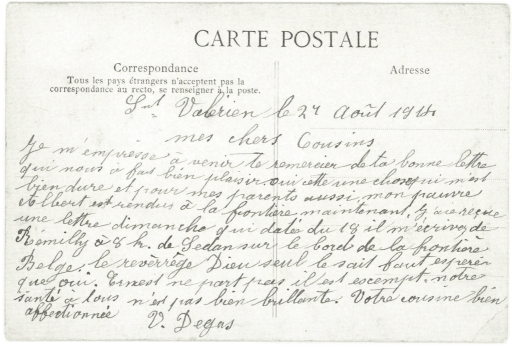

(5) フォントネー＝ル＝コント Fontenay-le-Comte は大西洋に近いフランス西部ラ・ロシェル近郊にある街で、差出人の住むサン＝ヴァレリアン村にも近い。この付近に住む予備兵を集めて歩兵第337連隊が編成された。なお、フランス軍では、第201連隊以降は予備役連隊であり、各予備役連隊は番号から200を差し引いた現役連隊に対応している（予備役である歩兵第337連隊は、現役の歩兵第137連隊に対応する）。

35

1914年8月29日 ── 戦地から離れた街での日常の営み

　独仏国境から一番離れているフランスの大都市といえば、南西部のボルドーだった。1870年の普仏戦争の時も、ガンベタをはじめとする臨時政府の一部はパリからボルドーまで逃れてきた。[1]

　次の葉書は、このボルドー在住の市民が書いたもの。筆跡からおそらく女性で、相手の兵士は親しい友人だったと思われる。戦地から遠く離れた街で、戦いに赴いた肉親や知人に思いを馳せてたえず胸騒ぎを覚えながらも、表面上は普段とほとんど変わらない日常が営まれているのを目にするというのは、実際、奇妙な体験だったにちがいない。

ボルドーにて、1914年8月29日

ルイ様へ

　新聞には戦争についてのよい知らせがたくさん書かれていますが、あなたからの知らせはあまりありません。一通お手紙をいただければ、こちらにいる皆は大変喜ぶと思うのですが。

　私たちはみな元気で、ボルドーはもう日常の様子を取り戻しました。戦争だとは思えないほどです。[2]

　もちろん、頭ではわかっており、心でも戦争について苦しみ、感じ取ってはいるのですが、変わったことはほとんどありません。商売は少しペースが落ちてはいますが、それでもあい変わらず存在しています。ほとんどすべての店が開いていて、カフェも11時まで閉まりません。

　私たちは皆、この戦争は長くは続かず、あと20日か25日もすれば皆さんの戦いは終わっているだろうと思っています。[3] 新しい状況になっているでしょう。

　それでは、いとしいルイ、キスを送ります。がんばってください。

〔宛先〕 ラ・ロシェル砲兵第24連隊第3中隊　担架兵ルイ・メゾナーヴ様[4]

---

(1) ここで、普仏戦争を機に歴史の檜舞台に登場した政治家レオン・ガンベタ Léon Gambetta について触れておく（ガンベタの家系はイタリア系で、イタリア語では「ガンベッタ」だが、フランス語では「ガンベタ」と発音する）。1870年7月19日に勃発した普仏戦争では、プロイセン軍が圧倒的な強さを見せ、フランス軍は9月1日にスダン（p.270参照）の戦いで敗北、皇帝ナポレオン3世は捕虜となってしまう。その知らせをパリで受け取った共和派の議員たちは、帝政の廃止と臨時国防政府の樹立を宣言して戦争を続行したが、この政府の中心的指導者の一人となったのが当時32歳のレオン・ガンベタだった。9月19日にはパリも攻囲されるが、ガンベタは地方から反撃に出るべく、10月7日に気球に乗ってパリを脱出、トゥールに向かった。12月9日にはボルドーに逃れながらも徹底抗戦を主張したが、パリに残って和平を模索する政府指導者たちと対立して辞職し、数か月間、政治から遠ざかった（その間にパリの民衆が蜂起する「パリ・コミューン」が勃発する）。政界復帰後も弁説の才能によって人気を集め、短い間、首相も務めた。ガンベタはアルザス・ロレーヌ地方がドイツに奪われたことを深く嘆いて「復讐」を胸に秘め（p.15脚注1参照）、ポール・デルレードやジョゼフ・サンブフ（p.38参照）ら愛国主義者の信奉を集めた。デルレードが1882年に設立した「愛国者同盟」にはガンベタも加入したが、同年の大晦日にガンベタは44歳で死去した。

(2) 「戦争だとは思えないほどだ」という感想は、p.168の葉書やp.324の手紙にも記されている。

(3) 開戦当初は、多くのフランス人がすぐにドイツに勝利して戦争が終わると信じていた。しかし、ドイツ軍の快進撃は止まらず、パリにまで迫る勢いを見せていた。恐れをなしたフランス政府は、この葉書の4日後の9月

 2日、普仏戦争以来44年ぶりに再びまさにこの葉書の書かれたボルドーに避難することを決定した。
(4)「ルイ」が所属する野戦砲兵第24連隊は、1914年8月下旬、ベルギーを越えて進撃してくるドイツ軍と「国境の戦い」の一つ「シャルルロワの戦い」を交え、退却していた。ただし、この葉書が書かれた8月29日には「ギーズの戦い」で局地的にドイツ軍に勝利し、一矢報いていた（*Historique du 24ᵉ RAC*, p.4）。

1914 年 9 月 4 日 ― 政治家ジョゼフ・サンブフ直筆の葉書

　　1914 年 9 月 2 日、快進撃を続けるドイツ軍から逃れるためにフランス政府がボルドーに移転を決定したのと前後して、おもに上流階級に属する 50 万人近いパリ市民もパリを脱出し、パリの守備は名将ガリエニ将軍の手に委ねられた。9 月上旬には、ドイツ軍はパリのすぐ手前まで迫っていた。

　　次の葉書は、写真説明に「1914 年 8 月 10 日の集会、軍旗を前にして愛国的な演説をする退役軍人会会長サンブフ氏」と書かれているとおり、パリ 8 区副区長ジョゼフ・サンブフがパリのコンコルド広場[(1)]のストラスブール像[(2)]の前で演説しているようすを写したもの。

　　この葉書を使って、友人に宛ててカリグラフィーと呼ぶにふさわしい美しい字体で書いているのは、末尾のサインが示しているように、ほかならぬサンブフ本人である。

　　パリにて、1914 年 9 月 4 日

　　ルロワ様

　　前回お会いしてからというもの、なんと多くの出来事が起きたことでしょう。戦争開始以来、おそろしいほど多忙を極めております。お察しください。そんなわけで、7 月 31 日付のお手紙に、もっと早く返事を差し上げることができませんでした。

　　また、8 月 9 日付のお手紙もいただきました。かわいいマルグリットも魅力的で感動的な文を添えてくれていましたね。涙が出るほど感激しました。

　　ああ！あれ以来、状況は変わりました。でも絶望しないようにしましょう。

　　すべてが失われたわけではありません。全然そんなことはありません。

　　これまでのところ平静を保っているパリは、新たな攻囲を受ける準備をしています！[(3)]

　　皆様にどうぞよろしく。あなたには心からの挨拶を。

サイン（J. サンブフ）

〔宛先の左上の書込み〕母は私と一緒に残ります。よろしくと申しております。

〔左の縦の書込み〕追伸　連合のメダル、ありがとうございます。25 フランはお借りしたままです。

〔宛先〕セー＝ネ＝マルヌ県 ヌムール カルノ通り 38 番地 アルフォンス・ルロワ様

---

(1) ジョゼフ・サンブフ Joseph Sansbœuf は、1848 年 11 月 6 日、アルザスのゲブヴィレール Guebwiller 村生まれ。1870 年、21 歳のときに普仏戦争が勃発、レオン・ガンベタ（p.36 脚注 1 参照）の呼びかけに応じて軍に入り、ドイツの捕虜となる。戦後パリに移住し、故郷アルザスがドイツに併合されることになったのに伴い、フランス国籍を選択した。体操関連の団体に身を置きつつ、身体能力と規律を高める体操に軍人の素地としての意義を見出していく。ドイツによるアルザス・ロレーヌの併合に反対する立場からガンベタに傾倒し（Charpier, 2001, p.19-31）、1882 年、ポール・デルレードとともに「愛国者同盟」を創設したが、1888 年にデルレードと訣別してパリ 8 区の副区長となった。「在フランス及び植民地 アルザス＝ロレーヌ協会連盟」会長（この葉書の写真面にも同連盟の丸い印が押されている）。1903 年からは「陸海軍退役軍人会」会長も務めていた（Grailles, 2005, p.5）。この葉書の当時は 65 歳。

(2) コンコルド広場には、パリを除くフランスの 8 つの大都市を擬人化した女神像が四隅に 2 つずつ置かれている。そのうちの北東に置かれた「ストラスブール像」は、普仏戦争でアルザスがドイツに併合された恨みを忘れな

第 1 章　1914 年

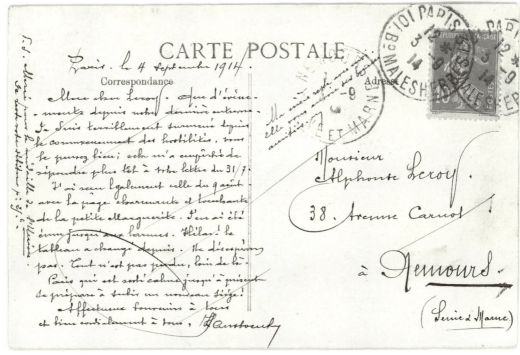

いよう、黒い布が掛けられていたが開戦後に取り除かれたという伝説（真偽はともかく広く流布していた逸話）がある。1914 年 8 月 10 日、このストラスブール像の前に、普仏戦争に従軍した兵士たちが集まり、サンブフが演説をした（Cf. *Le Miroir* 誌 1914 年 8 月 16 日号 p.12）。

(3) 1870 年の普仏戦争の時にプロイセン（ドイツ）軍がパリを攻囲したことを踏まえている。

1914 年 9 月 6 ～ 8 日 ― マルヌ会戦と同時期に破壊された城

　開戦から 1 か月少々が経過した 1914 年 9 月 6 日～ 9 日、破竹の勢いでベルギーを通過し、パリを目指して北から進撃してきたドイツ軍と、それを南から迎え撃つフランス軍（およびイギリス軍）との間で「マルヌ会戦」がおこなわれた。その名のもとになったマルヌ川は、パリのはるか東のシャンパーニュ地方に端を発し、パリ市内に入る直前でセーヌ河に合流している。戦闘は、東から西に流れるこの川の流域を中心として、パリ北東の郊外からフランス北東部ヴェルダン付近までの広い範囲でおこなわれた。

　このマルヌ会戦とほぼ同時期、ヴェルダンの南東 80 km にあるナンシー[(1)]の東側でも、独仏間で激しいグラン・クーロネの戦いがおこなわれた。独仏国境に近い街リュネヴィルは 8 月 22 日からドイツ軍の支配下に置かれ、その近郊のマノンヴィレール要塞も 8 月 27 日に陥落していたが、さらにその西の[(3)]大都市ナンシーをドイツ軍が狙い、これをフランス軍が迎え撃ったからである。

　このグラン・クーロネの戦いでは、フランス軍が少ない兵力で奮闘してよく踏みこたえ、最終的にはマルヌ会戦の大きな流れの中でドイツ軍が退却し、ナンシーやアロクール村はフランス軍の支配下に置かれ続けることになった。

　ここで取り上げる葉書は、この戦いで破壊されたアロクール村[(4)]にあった中世の城を撮影した、いわゆるカルト・フォト※。もしこの村がドイツ軍に占領されていたとしたら、このように自由に写真に撮ってフランスの知人や家族に送ったりはできなかったはずである。

〔写真の左余白〕　ナンシー近郊のアロクール城の正面の壁
　　　　　　　　　1914 年 9 月 6、7、8 日のドイツ軍による砲撃後に残されたもの

〔通信欄〕この封建時代の古い城はケスレール氏が所有していますが、ヴァンダル族[(5)]どもがひっかき回した結果が、ご覧のありさまです。
　壁の基部は厚さが 2 メートルもあります。（サイン）

〔宛名〕ソ＝ネ＝ロワール県　シャロン＝スュール＝ソーヌ[(6)]　ヴァランタン奥様

---

(1) ナンシー Nancy はフランス北東部ロレーヌ地方、開戦時の独仏国境の近くにあった都市。ナンシーの街は占領されることはなかったが、ナンシーの北側～東側で戦線が膠着したため、大戦を通じてドイツ軍の激しい砲撃にさらされた（p.150 参照）。

(2) グラン・クーロネ Grand Couronné はナンシーの東側に広がる高地。戦いは 9 月 4 ～ 13 日におこなわれた。このときに防戦に成功したカステルノー将軍は「ナンシーの救世主」とも呼ばれた。

(3) リュネヴィルとマノンヴィレール要塞については p.16 を参照。リュネヴィルやナンシーは、北のヴェルダンから南のトゥールまで続く堅固な要塞群が途切れた場所にあり、「シャルムの隘路」と呼ばれ、ドイツ軍が通過を狙いやすい場所にあった。

(4) アロクール Haraucourt 村は、ナンシーの東側（ナンシーとリュネヴィルの中間）にある。この城だけでなく、教会をはじめとする同村の多くの建物が 9 月上旬までに瓦礫の山と化した。

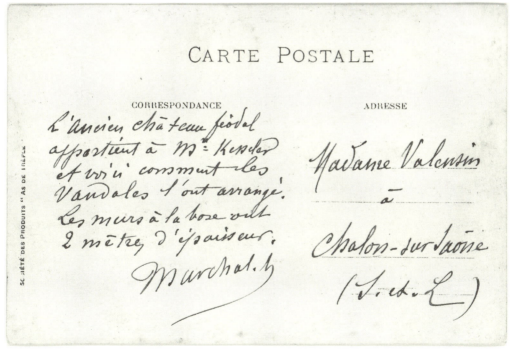

(5) ヴァンダル族は古代ローマ帝国末期の5世紀にゲルマニア（ドイツ）方面からガリア（フランス）やローマに侵入した「蛮族」の一つで、破壊や略奪をして荒らしまわる野蛮な者の代名詞。ドイツ軍は、大戦中はフン族やヴァンダル族にたとえられることが多かった。

(6) シャロン=スュール=ソーヌ Chalon-sur-Saône はディジョンとリヨンの中間にある街。

1914 年 9 月 11 日 ── ドイツ軍がパリに攻めてくる恐怖

　9 月 6 日～9 日を中心におこなわれたマルヌ会戦は、さいわいフランス軍の勝利に終わった。ドイツ軍がパリに攻めてくるというパリ市民の切迫した不安は結局現実のものとはならずに済んだ。[(1)]

　次の葉書は、ドイツ軍が退却した直後の 9 月 11 日、パリ郊外[(2)]に住んでいた女性が、ひと足先にイギリスに避難していたらしい姉[(3)]に宛てて差し出したもの。やはりこうした恐怖について書かれている。

　親愛なるネネットへ

　あなたとマリアおばさんが元気で、そちらで落ち着いて生活していると知ってうれしく思っています。

　ここ数日、私たちはドイツ軍がパリにやってくるのではないかと、とても恐れていました。幸い、やってきていませんが、ドイツ軍が近づこうとした場合に備え、どれほどの準備をしていることか。そうならないことを願いましょう。私たちは仕事もなく、もう十分に不幸なのですから。こんなことが続いたら、どうなってしまうかわかりません。ウィリーと私は両親の家にいますが、時間の経つのがとても長く感じられます。

　イギリスには仕事はありますか？　こんな時期なので、何でもしようと思っているのですが。

　アルジェ[(4)]に着いたジョルジュから葉書をもらいました。とても美しいところだそうです。

　最後に、親愛なるネネット、家にいるみながあなたを強く抱きしめ、マリアおばさんによろしくと言っています。現在のところ、こちらは同じ状況が続いていますので、まずまずといったところです。希望を持ちましょう。

　お姉さんのことを愛する妹より　ジャンヌ

　〔宛先〕　イギリス　ホーヴ[(5)]　ウェストボーン通り 5 番地　ベル様方 マルセル様

---

(1) たとえば、開戦当時 43 歳で、3 年前から喘息の病気のために兵役を免除されてパリに住んでいた小説家マルセル・プルーストは、マルヌ会戦の直前の頃を振り返って、ある手紙の中でこう述べている。「マルヌの勝利の 2、3 日前、パリ攻囲が差し迫っていると考えられていたある夜、私は起き上がり、外に出ました。澄んだ、皓々とした、咎めるようで、静謐な、皮肉な、また優しく包み込むような月明かりでした。そして、もう何者も妨げることができないと思われていた敵の襲来を、無駄に美しく待っているだけのこの広大なパリ、これほど愛していたとは自分でも思っていなかったパリを見て、私はむせび泣くのをこらえることができませんでした。」（1915 年 3 月初めのルイ・ダルビュフェラ宛の手紙、Proust, 1986, p.71）。なお、プルーストはこの直後の 1914 年 9 月 3 日にパリを離れ、毎年滞在していた英仏海峡に面するカブール Cabourg（ル・アーヴルとカーンの間）の海水浴場のホテルに向かった。

(2) 差出人の住所は記載されていないが、「アニエール=スュール=セーヌ、14 年 9 月 11 日」という消印が押されているので、場所と日時が特定できる。アニエール=スュール=セーヌ Asnières-sur-Seine はパリの北西隣にある地区。なお、宛先の右上の隅には、切手が剥がされた跡がある。

(3) 姉か妹か不明だが、姉と見なして訳した。

(4) アルジェはフランス植民地だった北アフリカのアルジェリアの首都。「ジョルジュ」は差出人の兄弟ではないかと想像される。地中海を渡ってアルジェまで避難していたらしい。

(5) ホーヴ Hove は、ロンドンのほぼ真南、イギリス南端にある英仏海峡に面した港街。

第1章　1914年

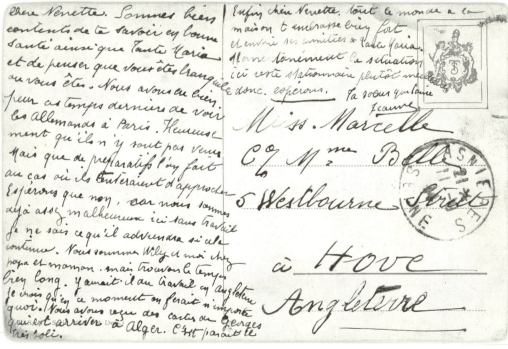

43

1914 年 9 月 14 日 ── 降りそそぐ砲弾のもとでの奇跡

　9 月 6 日〜 9 日のマルヌ会戦では、北からパリを目指して南下してくるドイツ軍をフランス軍が南から迎え撃ち、勝利した。

　パリの北東 90 km 少々のところにある街ソワソンでは、街を通ってエーヌ Aisne 川が東から西に流れているが、このソワソンから川沿いに西に約 10 km 下ったところにフォントノワ Fontenoy 村がある。ドイツ軍は 9 月 1 日にフォントノワ村を占領し、エーヌ川を渡って南下したが、マルヌ会戦後は再びこの川を渡って北に退却した。9 月 13 日、ドイツ軍を追撃するフランス軍がこの川を渡ってフォントノワ村に入り、両軍の間で戦闘が起きた。

　次の葉書は、この戦闘に立ち会った担架兵だったと思われるクローデュイという名の兵士が戦闘の翌日に記したもの。「大切に保管すること」と書き込んでいるので、家族に宛てて封筒に入れて送られたことがわかる。
(1)

　フォントノワ村の教会に負傷兵を運び入れて救護にあたり、たえまなく砲弾の降りそそぐ中、無傷でいられたのは神の御加護があったからだと感じたらしく、これを「奇跡」と呼び、「わが従軍のもっとも美しい思い出」と呼んでいる。

　美しい思い出にふさわしい、美しい字体で書かれている。
(2)

1914 年 9 月 13 日、この教会は 仮繃帯所 ^{かりほうたいじょ} (3) となった。

13 日から 14 日にかけての夜を通じて、我々は負傷兵を運ぶ。

14 日朝、献身的に負傷兵の世話をしている間も、たえまなくドイツ軍の砲弾が降りそそぐ。

奇跡。一つの砲弾も貫通しなかった。我々は救われた。

日が暮れてから負傷兵の後送が可能になった。

〔写真の右余白〕　わが従軍のもっとも美しい思い出

　　　　　　　　1914 年 9 月 14 日のドイツ軍による砲撃　クローデュイ

〔写真の左余白〕　大切に保管すること

---

(1) この葉書は、撮影した写真を葉書用紙に直接焼き付けた「カルト・フォト※」と呼ばれるものなので、写真を説明する地名や教会名が印刷されていない。しかし、たまたまこれと同じネガを引き伸ばして市販向けに作られた絵葉書が存在することから、ピカルディー地方エーヌ県フォントノワ Fontenoy 村のサン゠レミ Saint-Rémi 教会を写したものであることがわかる。このサン゠レミ教会は、その後の戦いによってさらに完全に破壊されて瓦礫の山と化し、戦後になってから忠実に再建された。

(2) これを書いた「クローデュイ」は聖職者だったのではないかとも想像される（p.46 脚注 1 を参照）。

(3) 仮繃帯所（＝救護所）については p.178 脚注 3 を参照。

44

À conserver précieusement. —

Le plus beau souvenir de ma campagne — Bombardement par les Allemands de 14 septembre 1914. — Claudius.

(12)

CARTE POSTALE

Correspondance   Adresse

Le 13 septembre 1914, cette Église est devenue un poste de Secours. Pendant la nuit du 13 au 14 nous transportons les blessés; le matin du 14, alors que nous prodiguons nos soins aux blessés, les obus allemands tombent continuellement. Miracle, aucun obus n'a pénétré, nous sommes sauvés; l'évacuation a pu se faire à la nuit tombante. —

1914 年 9 月 14 日 ── 前線付近の従軍司祭から

　政教分離が徹底していた当時のフランスでは、聖職者といえども兵役を免除されることはなく、対象年齢で健康であれば動員され、約 2 万 5 千人のカトリックの司祭が従軍した[1]。

　多くの聖職者は、戦死を「殉教」に同一視していたから、むしろ喜んで危険な任務を引き受け、兵士たちに対しても死を恐れないように諭し、悩みの聞き役となった。とくに突撃の前日などは頼られることも多く、兵士たちの心の支えとなった。

　次の葉書は、前線近くにいた従軍司祭「ペー神父」がパリにいた友人の「トマ神父」に書き送ったもの。マルヌ会戦の直後で、郵便物が滞っていた時期にあたる。

　9 月 14 日　拝啓

　お葉書、有難うございます。私が受け取った、最初で唯一のお葉書です。友人たちには何通も送ったのですが、すべて無事に届いているのでしょうか。まだ返事を受け取っていないのですが。

　今日は、砲撃と火災があった小さな村からお便りします。住民たちは引き払い、何頭かの動物だけが通りや畑にさまよい出て、悲しそうな鳴き声をあげています[2]。

　昨日[3]、廃墟と化した教会でミサを執りおこないました。主祭壇は無傷のまま残っていました。儀式に必要なものがあるというのは、なんと幸せなことでしょう。今のところ、まだ名義司祭[4]とは別行動を取っております。

　私は負傷兵や健康な兵のもとで聖職を果たしておりますが、こうした兵士は本当に大きな喜びを与えてくれます。時間のあるときは葬儀も執りおこないますが、正直に申しますと、これはつらい場合も少なくありません。健康は持ちこたえており、干し草の中ですごす夜も、それほど苦にはなりません。〔判読不能〕さんの住所を教えて頂けないでしょうか。

敬具　P.

〔差出人〕　コート = ドール県イス = スュール = ティーユ[5]境界局[6]
　　　　　　予備役第 64 師団 従軍司祭 ペー神父より
〔宛名〕　パリ 6 区グルネル通り 22 番地 トマ神父様へ

---

(1) この大戦の動員初日となった 1914 年 8 月 2 日は日曜日だったから、司祭は教会で日曜のミサをあげたのち、自分のために神の加護を祈ってから兵営に赴いたという記録がある（Laouénan, 1980, p.239）。動員された約 2 万 5 千人の司祭のうち、正式な従軍司祭は千人程度で、残りの約 2 万 4 千人は聖書の「汝殺すなかれ」という教えを守れるよう、武器を使用しないで済む担架兵や看護兵、伝令（連絡係）になることが多かった（Boniface, 2001, p.110-111）。正式な従軍司祭ではなくても、従軍司祭を補佐する役割を果たすこともあった。

(2) 戦場では、住民が逃げて多くの家畜が置き去りにされた。そのうち、飼い犬や飼い猫は兵士たちになつき、食べ物をもらい、塹壕までついてきて兵士たちの心を癒すペットになることも多かった（Cf. 諸岡, 1935, p.243）。

(3) この葉書の書かれた前日の 9 月 13 日は日曜日にあたる。

(4) 「名義司祭」とは、教区に密着した聖職をおこなっておらず、肩書きだけの司祭のこと。

(5) イス = スュール = ティーユ Is-sur-Tille はブルゴーニュ地方のディジョンの北側に位置する街で、前線からは相当離れていた。ただし、これはあくまで「境界局」の存在した場所であり、本文の描写からして、実際には差出

人はもっと前線近くにいたはずである。
(6)「境界局」Bureau Frontière（B. F.）とは、前線の軍の郵便システムと銃後の民間の郵便システムとの「境界」にあって郵便物を中継した臨時郵便局のこと。イス=スュール=ティーユにも存在した。

1914 年 9 月 18 日・23 日 ── 戦闘を挟んで書かれた葉書

　戦闘中はもちろん手紙など書けないから、当然ながら兵士が手紙を書くのは、戦闘の前か後ということになる。

　ここで取り上げる葉書は、前半が戦闘前、後半は戦闘後に書かれているという点で稀有のものである。ペンを使って戦友に出す文章を数行書きかけた時点で、号令が下って戦闘で負傷し、5 日後に病院から鉛筆で続きを書いている。

1914 年 9 月 18 日⁽¹⁾

親愛なるエドモンへ

　たったいま、君の 8 月 27 日の手紙を受けとり、大喜びした。すぐ近くにいるのに、宛先に届くまでの時間は無線（トン・ツー・トン・トン）には及ばないね。君が願ってくれたとおり、ぼくの健康はまったく問題ない。

　〔ここから鉛筆の字に変わる〕1914 年 9 月 23 日⁽²⁾　手紙を続けることができなかった。あれからすぐに出発したからだ。5 日間、戦ってきたところだ。まあ、なんとかなっている。とても大変だった。ひどい天気だったからね。48 時間、雨に濡れっぱなしだった。

　ひとつ知らせたいことがあるんだが、誰にも言わないでくれよ。じつは 9 月 21 日に負傷したんだ。右腕の上腕部に弾が当たったんだ。本当にたいしたことはないが、トゥールのボットゼンヌの病院に運びこまれている⁽³⁾。特にパリには何も書かないでくれよ。何も言いたくないんだ、ジェルメーヌが心配するから⁽⁴⁾。たいした怪我ではないだけに、なおさらね。右手はかなり使えて字も書ける。

　君はあい変わらず元気であることを願っている。いまのところ、ぼくは心配していない。ぼくは〔判読不能〕のように世話してもらっている。ベッドも、わら束より快適だ。〔判読不能〕握手を送る。

サイン

〔宛名〕　第 20 軍団⁽⁵⁾ 野戦病院第 7 棟　上等兵エドモン・ヘルベット様

---

(1) 当時の筆記体では、9 月は 7bre と略すことが多かった（p.405 も参照）。同様に、10 月は 8bre（p.281 参照）、11 月は 9bre（p.139, 253 参照、例外 p.185）、12 月は X^{bre}（p.233, 255, 317 参照）または D^{bre}（p.189, 341 参照）と略すことが多かった。

(2) 宛先の右上の薄い消印にも「ムール=テ=モゼル県、？年？月 23 日」という字が読みとれる。

(3) トゥール Toul はロレーヌ地方ナンシーの 24 km 西にある都市。ナンシー（p.40 参照）とは違って、きわめて堅固な要塞と化していたので、ドイツ軍もここを攻めることは最初から考えていなかった。大戦中は前線よりもやや後方にある基地としての役割を果たした。トゥールにあった「ボットゼンヌ兵営」は補助病院に転用されていた。

(4) おそらく「ジェルメーヌ」は妻の名前ではないかと想像される。負傷後、心配するから妻には言わないでくれと書かれた手紙は他にも見かける。

(5) 第 20 軍団は 1914 年 9 月 18 日にはトゥールの街の北側に展開していた（AFGG, t.10, vol.1, p.794）。「軍団」は約 4 万人で構成される単位。なお、手紙の宛先も「野戦病院」となっているが、相手も負傷して野戦病院にいたのか、あるいは野戦病院で働く看護兵だったのかは不明。

CARTE POSTALE MILITAIRE

Monsieur Edmond Herbette
Caporal
Ambulance N° 7
20e Corps d'armée en Campagne

18 7bre 1914   Mon cher Edmond

1914 年 9 月 27 日 —— ドイツ軍に意図的に放火された民家

　1914 年 9 月初めにドイツ軍に占領され、マルヌ会戦後すぐにフランス軍が奪還した街は多数あるが、パリの北 40 km にあるサンリス[(1)]もその一つだった。

　次の葉書の写真は、ドイツ軍が退却して一段落した頃、サンリスの街の破壊されたようすを撮影した、いわゆるカルト・フォト[※]。

　差出人の名は不明だが、文面と字体から、教養のある女性だと思われる。おそらく結婚してサンリスの近くに住んでいて、実家の両親ときょうだいに送ったではないかと想像される。

　ご両親さま、きょうだいの皆さま

　私たちがサンリスに見に行ったら、ご覧のようなありさまでした。目抜き通りのレピュブリック通りは、長さが 1 km 近くありますが、まだ崩壊していない建物は数えるほどしかありません。壁だけが残っています。がれきに囲まれ、もう天井もなく、床もなく、すべてが崩れ落ちています。

　この原因となった火事は、砲弾によるものではなく、意図的に建物の中に投げこまれた手りゅう弾によるものです[(2)]。あちこちで黒こげになった遺体が残されたままになっています。傾いた建材の間から、曲がった針金やミシンなどが見えます。駅舎は 4 つの壁しか残っていません。

　でも、こうした廃墟の眺め以上に動揺させられたのは、ひっきりなしに遠くから聞こえてくる大砲のたえまないとどろきでした。

　また、街の一番はずれにある近くの畑では、フランス人の墓とドイツ人の墓がいくつか建てられていて、フランス人の墓は花で覆われていました[(3)]。

〔宛先〕サルト県 ラ・シャペル=ユオン村[(4)]
　　　　デエ様

---

(1) サンリス Senlis は、開戦の 1 か月後の 9 月 2 日、ドイツ軍がやって来て占領した。このとき、抵抗を試みたとしてサンリス市長以下 21 名の民間人が見せしめに殺害され、105 棟の建物が破壊された（Horne & Kramer, 2011, p.122）。こうして占領下の「告示」（p.292 参照）が実行される形となった。

(2) ドイツ軍が侵略した地域では、ポンプでガソリンに類するものを撒いて、故意に民家に放火することがあった（Cf. A. Becker, 2010, p.34）。

(3) ここで文章が途中で終わっている印象を受ける。末尾にあるべき名前またはサインも記されていない。おそらく 2 枚以上の葉書を封筒に入れて送ったうちの 1 枚目だと思われる。封筒に入れられたはずの葉書に消印（「オワーズ県サンリス、14 年 9 月 27 日」）が押されているのは、一見すると奇妙に思われるが、差出人が「サンリスに見に行った」ついでに郵便局に立ち寄り、記念に一種のコンプレザンス印[※]として郵便局員に印を押してもらってから封筒に入れたと考えることができる。そういえば、この印は非常に珍しいもので、本来なら取集時刻が記される部分（日付の上）が円弧状に黒く塗りつぶされている。これは、ドイツ軍の再度の侵略を想定し、わざと情報量を少なくするためにサンリスの郵便局が細工した、この時期だけに見られる臨時印である（Strowski, 1976, p.250）。

(4) ラ・シャペル=ユオン La Chapelle-Huon 村はフランス北西部ル・マンの東 40 km にある。

第 1 章　1914 年

1914 年 10 月 2 日 — 破壊されずに済んだオルレアンの大聖堂

　マルヌ会戦後の 1914 年 9 月 19 日、フランス北東部のランス大聖堂にドイツ軍が砲撃を開始し、多くのフランス人を憤慨させた。当時のフランス人の圧倒的多数がカトリック教徒だったこともあって、他の大聖堂を見てランス大聖堂と同じ目にあわないで済んだという感想が抱かれることも多かった。[1]
　ここで取り上げるオルレアン大聖堂[2]の絵葉書にも、こうした感想が記されている。差出人は年配の男性で、残されている他の葉書から、ドイツ兵捕虜の監督などの後方勤務に就いていたことがわかる。

オルレアンにて、1914 年 10 月 2 日（金曜）
親愛なる皆さん
　私はいとしいフォンスィンヌ[3]が皆さんにコンスタントに私のようすを知らせていることを知っていますが、私自身からも少しばかり皆さんにお話しする必要があると感じています。皆さんが全員元気だということも存じています。私はというと、今日までのところ、それほど戦争で苦しんではいません。しかし、多くの人はそうではありません。
　2 週間前の日曜、マルヌの戦いから戻ってきた 8 千人の負傷兵[4]が通りすぎていきました。私はレ・ゾーブレ駅[5]に居あわせたのですが、心がかきむしられる思いでした。幸い、このとてつもない犠牲が実を結ぼうとしており、あの汚いドイツ野郎はたっぷり痛めつけられて数を減らし、（もしまだそれが可能なら）あいつらの国に引き上げようとしています。
　このピュジョ親爺[6]は、フランスが 1870 年以前の状態に戻るのを見れたらうれしいと思っています。[7]
　心の底から皆さん全員にキスを送ります。ジョゼフ

〔写真面の書込み〕　1914 年 10 月 2 日　ジョゼフ
　　　　　　　　　ドイツどもがランスのようにすることができなくてよかった。[8]

---

(1) たとえば、1915 年 1 月 1 日にディジョンの高校教師が友人に宛てたヴェズレー大聖堂の絵葉書には、「このすばらしいロマネスク芸術があの野蛮なドイツ兵たちに破壊されなかったのは、なんと幸せなことでしょう！」と書き込まれている（筆者蔵）。
(2) オルレアン Orléans はパリの 111 km 南にあるロワール河沿いの街。この絵葉書はロワール河の南側から撮影したもので、写真説明には「オルレアン、ロワイヤル橋、全景」と書かれている。
(3) 「フォンスィンヌ」は当時人気のあった女性の名「アルフォンスィンヌ」の愛称。
(4) この葉書が書かれた 10 月 2 日（金曜）の 2 週間前というと 9 月 18 日（金曜）にあたる。おそらく日曜という記憶は正確で、「2 週間前」というのは大雑把な表現だと思われるので、9 月 13 日（日曜）か 9 月 20 日（日曜）のどちらかが正しいと推測される。マルヌ会戦はおもに 9 月 6 日〜9 日におこなわれたから、そのときに負傷して後送されたとすると、9 月 13 日（日曜）を指すと思われる。つまり、正確には「2 週間以上前の日曜」と書くべきだったことになる。
(5) レ・ゾーブレ Les Aubrais 駅はオルレアン駅の北隣にある。
(6) 「ピュジョ」は差出人「ジョゼフ」の愛称（残されている他の葉書による）。

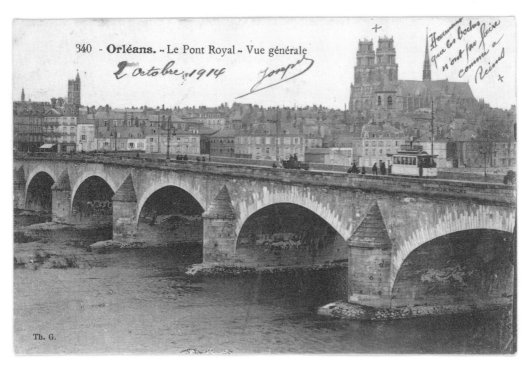

(7) 1870年の普仏戦争の結果ドイツに奪われたアルザスとロレーヌ地方が再びフランス領となることを願っているわけである。
(8) この書込みの末尾に十字の印がついているが、これは同じ十字をつけたオルレアン大聖堂についての文であることを示している。

1914 年 9 月〜10 月頃 ― 父親抜きでの夏休み

　若くて健康な成年男性はみな戦争に行ってしまったから、街や村には女性や子供、老人の姿が目立つようになっていたが、それでも上流階級の人々は、戦争中でも、前線で戦っている父親を気にかけながら、父親を除く家族でバカンスに出かけることもあった。

　次の葉書は、フランス中央部ブールジュに住んでいた将校の子供が書いたもの。家族と一緒に南仏の村に避暑に来ていたときに、兄に写真を撮ってもらい、自宅に戻ってしばらくしてから父親の道具を借りて自分で現像し、戦地にいる父親に送った、いわゆる「カルト・フォト※」である。当時はこうして写真屋に依頼せずに自分で現像することも多かった。

〔写真の左〕　いとしい父上へ⁽²⁾

　　　　　父上なしですごした悲しいバカンスの思い出
　　　　　1914 年 9 月 4 日〜10 月 13 日⁽³⁾

1915 年 2 月 15 日⁽⁴⁾

いとしい父上へ

　この写真は、この夏、サン゠タマンの公園の奥のぶらんこの近くでアルマンに撮ってもらいました。⁽⁵⁾ぼく一人で、父上の袋の中に見つけたこの厚紙に現像しました。父上に喜んでもらうために送ろうと考え、自分で調色し、水洗いし、つや出ししました。⁽⁶⁾

　父上のことを強く抱きしめます。ジャン

〔宛先〕　キュスティーヌ村　砲廠長⁽⁷⁾　砲兵少佐ルイ・ボエ様

⑴　ブールジュ Bourges はフランスの中央あたりに位置する街。この家族がバカンスに出発した 9 月 4 日といえば、ドイツの快進撃に恐れをなして政府がパリからボルドーに逃れ、50 万人近いパリの住民もパニックになって逃げ出していた時期にあたる。この家族が交わした葉書は筆者のもとに数十枚残されているが、ブールジュはパリよりもだいぶ南にあったせいか、残されている葉書からはドイツ軍が攻めてくることについての不安や恐怖について書かれたものはない。

⑵　通常、フランス語では親しくない相手には「あなた」vous、親しい相手には「君」tu を使って話しかけるが、この葉書では父親に対して「あなた」を使っている。当時は貴族だけでなく、上流意識のあるブルジョワ階級の人々は、両親や配偶者に対しても、敬意や礼儀正しさを感じさせる「あなた」を使って話しかけていた。このボエ家には使用人もいたし、父親ルイ・ボエは開戦当時は大尉で、1914 年 11 月 2 日よりも前に少佐に昇進しており、軍の序列ではかなり上にあたる。それを踏まえ、「父上」と訳した。

⑶　このバカンスの日付は、男の子の母親ローズが夫ルイ・ボエに宛てた葉書によっても確認することができる。母親ローズは、9 月 4 日付の葉書で「私たちはこれからサン゠タマンに出発します」と書き、10 月 8 日の葉書では「子供たちはバカンスの最後の日を満喫し、散歩に出かけています。(……) 私たちは明日の朝 10 時に帰途につきます」と書いている（その後、寄り道をしてブールジュに帰宅している）。ローズは、ここに写っているジャンや兄アルマンを含む子供たちや、使用人の女性をつれて避暑に来ていた。

⑷　この葉書自体は、バカンスが終わってから 4 か月後に差し出されている。

54

第 1 章　1914 年

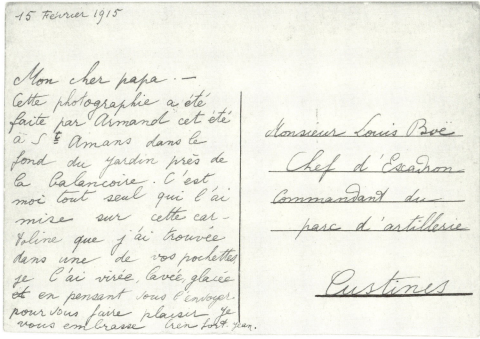

(5) サン=タマン=スー Saint-Amans-Soult（略称サン=タマン）村は、南仏トゥールーズとモンプリエの中間にある村。ここに、父を除いて一家で避暑に来ていたわけである。
(6) ここで、当時の写真の現像手順が書かれている。
(7) キュスティーヌ Custines 村はフランス北東部ロレーヌ地方、北のポン=タ=ムッソンと南のナンシーの中間にある。前線よりも少し後方に位置していた。この葉書は封筒に入れて送られており、宛先が簡略化されている。

1914 年 10 月 31 日 ― 12 歳の宿題ノート

　戦争が始まった 1914 年 8 月は、子供たちにとっては夏休み中だった。

　10 月の初めに新学期が始まると、学校の授業では戦争のことも積極的に取り上げられ、フランスはドイツという「現代の蛮族の襲撃をしりぞける(1)」ために戦っていることなどが教えられた。

　このページでは、例外的に手紙ではなく、当時の学校の宿題ノートを取りあげてみたい。フランス中央部のグラセー村(2)の学校に通っていた 12 歳の子供が書いたもので、教師が添削し、辛口の採点をしている。

1914 年 10 月 31 日（土曜）

歴史・地理

I. ガリアのフン族(3)

1914 年のドイツ人は、なぜ「アッティラの孫たち」と呼ばれることになったのだろうか。

フン族は ゲルマニア〔アジア〕からやって来て、ガリアを侵略した。

彼らの首長はアッティラと呼ばれ、〔アッティラは、〕フン族のおそるべき首長 と呼ばれた〔だった〕。

　蛮族は、通りすがりにすべてのものを焼き払い、略奪した。彼らは、わらぶき屋根を殺し〔「わらぶき屋根を殺す」とは、何が言いたいのだ？〕、火を放ったのだ。

　彼らは、シャンパーニュ地方の平原で、集結した ブルグント族と西ゴート族〔ガロ・ローマ人〕によって 追い払われ〔打ち負かされ〕、撃退された。彼らは大聖堂や鐘塔も破壊した。〔なに？ 当時は大聖堂も鐘塔も存在しなかったぞ。〕

　イタリアに退却した人々もいた。

　ドイツ人はフン族と同じことをしたので、ドイツ人は「小さなフン族」と呼ばれる。

　彼らは、通りすがりにあるものすべてを破壊し、すべてを略奪するのだ。

〔いまいち、6 点中 1.5 点〕

---

(1) 新学期の開始を控えた 1914 年 9 月末、公教育大臣は、各地方で教育現場を統括する大学区長に宛てて次のような通達を出した。「新学期の初日には、どの街でも、どのクラスでも、教師から生徒たちにかける最初の言葉は、祖国への思いを強めるようなものとし、最初の授業では、我が軍が従事している聖なる戦いに敬意を表していただきたい。（……）我々のどの学校も、戦士たち（教師もいれば生徒もいる）を戦地に送り出した。そして、私も承知しているが、どの学校もすでに喪という誇り高き苦しみを抱いている。授業での教師の言葉は、まず最初にこれらの死者の気高い記憶を呼びさますことで、これらの人々を模範として称揚し、子供たちの記憶に彼らの痕跡を刻むようなものとしていただきたい。ついで、大まかに、簡潔、明快に、戦争の原因とその発端となった釈明の余地のない侵略について、また、勇敢な同盟国とともに、進歩と正義の永遠の擁護者であるフランスがまたしても文明化された世界の前面に立ちはだかり、現代の蛮族の襲撃をしりぞけることになった経緯について述べていただきたい。」（*La Grande guerre : La Vie en Lorraine*, octobre 1914, p.21-22 ; Le Naour, 2014, p.203 でも一部引用）。

(2) グラセー Graçay 村はフランス中央部ブールジュの西 40 km ほどにある。ノートの最初のページには「シェール県グラセー村公立学校」、「生徒名 ジャン・ペトワン Jean Pétoin」、「1902 年 9 月 12 日生まれ」と書かれている。

(3) フン族は中央アジアの騎馬民族で、5 世紀にローマ帝国に侵入し、略奪行為を働いた。その最盛期の頃の王がアッティラ。

Samedi 31 octobre 1914

Histoire et Géographie

I.— Les Huns en Gaule —

Pourquoi a-t-on pu appeler « petits fils d'Attila » les Allemands
de 1914 ?

Les Huns sont venus de la germanie et ont
envahi
envay la Gaule
était
Leur chef s'appelait Attila , on l'appelait
le redoutable chef des Huns

Les Barbares brûlaient, pillaient tout ce
qui se trouvait sur leur passage ; ils tua-
ont et incendiaient les chaumières
battus
Ils furent chassés dans les plaines de
Gallo-Romain
Champagne par les burgondes et les
Wisigoths qui se sont réunis et les
ont repoussés. Ils détruisaient les cathédrales
les beffrois
se
Ils y en avaient qui se sont retirés
dans l'Italie.
Les Allemands ont fait comme les Huns
on les appelle les petits Huns.
Ils détruisent tout ce qui trouvent sur
leur passage ils pillent tout

Comment voulez-vous tuer une chaumière ?

Comment ? Il n'y avait ni cathédrale, ni beffroi ?

1914 年 11 月 1 日 ── 戦艦ジュスティスの乗組員からの葉書

　島国の日本とは違って、独仏間の大戦はおもに陸上で展開された。日露戦争で日本がロシアのバルチック艦隊を破ったような華々しい海戦は、1916 年に北海で英・独の海軍が戦ったユトランド沖海戦くらいなもので、それ以外は潜水艦などによる散発的な攻撃に終始した。

　フランス海軍も、フランスとアフリカ植民地との輸送を確保し、物資を輸入できないようにドイツを「封鎖」し、オーストリア＝ハンガリー帝国やトルコ海軍の動きを封じ込め、敵の潜水艦を見つけたら攻撃するなど、地道な活動をおこなっていた(1)。

　次の葉書は、フランスの戦艦ジュスティスの甲板上の大砲の前に並ぶ乗組員を撮影した写真をそのまま絵葉書に現像したカルト・フォト※(2)で、女性の「いとこ」に送られている。

1914 年 11 月 1 日
親愛なるいとこへ

　いただいた親切なお手紙に返事をします。皆さんがお元気だと知り、喜んでいます。私のほうは、健康はとても良好で、ずっとそうであってほしいと思っています。

　差し上げるこのハガキには私が写っています。どこにいるか探してみてください。そして、今度、ハガキか手紙をいただくときに、答えを教えてください。

　あいかわらず我々は同じ場所にいます。今日はカッターロ(3)方面に北上しています。マルタ島(4)にはもう 1 か月も寄っていません。艦隊が寄港すると食料が高騰すると、住民が不平を言うからです。今後は、修理の必要が生じたらビゼルト(5)に行くことになります。

　今では、商船が食料と石炭を運んでくれることになりました。それでは、近いうちにお便りをいただけることを期待しつつ。ご家族の皆さんによろしくお伝えください。

---

(1) その他、ダーダネルス海峡への遠征（第 9 章参照）や海軍陸戦隊（p.334 脚注 2 参照）の活躍などもあったが、基本的には陸上と同様、海上でも手詰まりの膠着状態が続いていた。

(2) 「ジュスティス」はリベルテ級の前弩級戦艦で、全長 133.8 m。写真と同じ 194 mm 砲が 10 門、さらに大型の 305 mm 砲が 4 門据えつけられていた。1914 年 8 月 16 日にはアドリア海（カッターロ付近）でオーストリア海軍と戦闘を交え、軽度の損害を受けている。一般に、水兵帽の前面には所属する艦艇の名が記されているが、この写真でも拡大すると JUSTICE という文字が確認できる。

　なお、写真の左上には戦艦パトリー（PATRIE は「祖国」の意味）の「ヴィニェット※」が貼られており、その中央にはフランスそのものを寓意的に表現した女性「マリアンヌ」が描かれている。

(3) カッターロ Cattaro はオーストリア＝ハンガリー帝国の南端にあるアドリア海に面する港街で、モンテネグロと国境を接している（現モンテネグロ領コトル）。フランス海軍が砲撃を加えていた。

(4) マルタ島はイタリア南端、シチリア島の南にある小島。大戦当時はイギリス支配下にあったが、1914 年 8 月 6 日の英仏間の取り決めにより、地中海での作戦はフランス海軍が主導権を握るとされ、英国支配下のマルタ島やジブラルタルも仏海軍が利用できるようになっていた（Cochet & Porte, 2008, p.699）。なお、1917 年に日本が

地中海に派遣した第二特務艦隊の本拠地はこのマルタ島に置かれ、連合国側の艦船の護送任務中や戦闘中に戦死した日本兵の戦死者の墓碑も、このマルタ島に建てられることになる（Cf. 紀, 1979）。
(5) ビゼルト Bizerte はフランス植民地チュニジア北端の港街（p.348 地図参照）。イタリアからも近い。

1914 年 11 月 30 日 —— 2 か月後に発見された遺体の埋葬

　戦死しても、誰の遺体なのか判別できないほど損傷が激しかったり、戦闘が継続中だと回収できない場合もあったが、運よく遺体が見つかって埋葬されることもあった。

　次の葉書では、マルヌ会戦で戦死した知人の遺体が 2 か月以上経ってから発見され、埋葬された話が書かれている。フランス北東部ランスにいた兵士が、ランス大聖堂の絵葉書を使って書いている。[(1)]

　ランスにて、1914 年 11 月 30 日

　モーリス様　今月 20 日のお葉書を受けとりました。ありがとうございます。

　前回お便りをした後、残念ながら、9 月 6 日にボーゼ[(2)]で斃れたセレール大尉[(3)]の死が動かしがたい事実となりました。大尉は胸の真ん中と額に砲弾の破片を受けて死んだのです。ヴェルダン周辺をかなり動きまわっているエマニュエルが遺体を見つけ、ひつぎに入れ、とりあえずエリーズ゠ラ゠グランド[(4)]の墓地に安置することができました。ルネの悲しみはどれほどか、お察しのことと思います。しかし、彼女はけなげに振る舞っており、なんとか乗り越えることができるでしょう。彼女はヴェルサイユで夫の家族に囲まれています[(5)]。

　サーブル・ドロンヌ[(6)]の人たちからも知らせを受けとっています。1 週間前にガストンに会いましたが、いい加減、ドイツどもの爆弾にうんざりし始めていました。たしかに、このところ激しさがぶり返していますから。ヴィトリーはあいかわらずドイツに捕虜になっています。ジャン・ジュリとエマニュエルは元気だと聞いています。ベルタンさんによろしく。あなたには、心からの握手を送ります。（サイン）

〔右上の書込み〕　ルリエーヴル博士はランスにいて元気にしています。博士の家の前面はもう 2 発も砲弾を受けました。機会があれば、ご伝言をお伝えしておきますが。

〔上部の書込み〕　エマニュエルの住所を書いておきます。
パリ軍事中央局経由 サライユ軍司令部付 自動車部隊第 1 分隊 軍曹 E. S.[(7)]

〔左の垂直の書込み〕　キュミエールからもよい知らせを受けとっています。

---

(1) イラストの下の説明には「1914 年の戦争、炎に包まれるランス大聖堂、9 月 19 日 3 時 30 分の砲撃」と書かれている。このときにドイツ軍によるランス大聖堂への本格的な砲撃が始まった。その後も砲撃や爆撃が繰り返され、大戦前に 11 万 3 千人いたランス市民の多くは避難したが、この葉書の書込みに出てくる「ルリエーヴル博士」のように住み続ける人も多く、ランス市民の数は 1914 年末時点で 3 万人～ 3 万 5 千人だったと推定される （Cochet, 1993, p.74）。

(2) ボーゼ Beauzée 村（現ボーズィット Beausite 村）はヴェルダンの南南西 20 km ほどにある。

(3) ルイ・フランソワ・ジョゼフ・セレール大尉は 1874 年生まれの 40 歳。歩兵第 67 連隊に所属し、この葉書に書かれているとおり、1914 年 9 月 6 日にボーゼ村で戦死した（仏軍事省の戦死者名簿※による）。

(4) エリーズ゠ラ゠グランド Érize-la-Grande はボーゼ村の南隣にある集落。

(5) ここから「ルネ」はセレール大尉の夫人の名前であることがわかる。

(6) レ・サーブル゠ドロンヌ Les Sables-d'Olonne はフランスの西の端、大西洋に面する海水浴場。もともとここに住んでいた可能性もあるが、ドイツ軍を逃れて避難していた可能性も高い。

(7) 「サライユ軍」とは、モーリス・サライユ将軍（日本語文献で見かける「サレイユ」という表記は誤り）率い

る第3軍のこと。マルヌ会戦は、パリの北東の郊外からヴェルダンにかけて、東西に流れるマルヌ川の流域付近で、南下してくるドイツ軍との間でおこなわれたが、第3軍はこの東西にのびる戦線の東の端、つまりヴェルダン近郊（ボーゼ村も含まれる）で防禦に当たった。

1914 年 12 月 2 日 ―― 「タウベ」の見張りと増える白髪

　大戦初期のドイツ軍の軍用機「タウベ」は、ドイツ語で「鳩」を意味するとおり、鳥の翼を模したような形をしており、1914 年 8 月末以降、パリにもたびたび爆弾を落としに来ていた[(1)]。

　次の葉書は、前線からは少し離れた北仏のドゥーラン付近[(2)]にいた兵士が故郷の妻に送ったもので、写真面のドゥーラン市役所の庁舎のてっぺんに矢印が書き込まれ、ここで「タウベ」を見張ったと記されている。妻が白髪が増えてきたと書いて寄こしたらしく、自分も白髪が増えていると末尾に書き込んでいるのは、哀愁を誘う。

1914 年 12 月 2 日

いとしい人へ

　今日、おまえの手紙を 2 通受けとった。23 日付と 26 日付のやつだ。同時に、26 日の手紙に書かれていた小包も受けとった。全部入っていた。ありがとう。もう背のうが一杯だ、それどころか超満杯だ。今後は必要なものがあったら知らせよう。でも、さしあたってもう下着は送らないでくれ。どうしていいかわからなくなってしまうから[(3)]。

　今日はとくに書くことがない。私は元気だし、おまえたちも元気であることを願っている。

おまえを愛する夫　J. デタンより

〔本文左下の書込み〕　パパに代わってエミリアにキスしておくれ

〔本文右下の書込み〕　うまいフランスの煙草を入れてくれて、どうもありがとう

〔本文上部の書込み〕　みんなで写真を撮ったんだが、まだ受けとっていないんだ。代わりに、これを送るよ。私は変わっていない。でも、いとしい人よ、おまえと同じで、どんどん髪が白くなっている。

〔写真面の書込み〕　ここから私は何日か「タウベ」を見張った。1914 年 10 月

〔宛先〕　コート＝ドール県 イス＝スュール＝ティーユ経由 シェニェ村[(4)]　デタン様

---

(1) パリに爆弾を落としに来た「タウベ」については p.106 を参照。

(2) ドゥーラン Doullens は北仏アミアンの北、アラスの 34 km 西にある街。両軍の戦線は、アラスの東側を南北に走っていたから、それよりもだいぶ後方にある。1914 年 10 月、フランス軍のフォッシュ将軍も一時ここに司令部を置いていた（Foch, 1931, p.174-205）。イギリスにも近く、イギリス軍と折衝しやすいという利点もあった。絵葉書の写真説明には「ドゥーラン、市役所と学校」と書かれている。ちなみに、大戦末期、ルーデンドルフ率いるドイツ軍の最後の攻勢によって連合国側が危機的な状況に陥ったのを受け、1918 年 3 月 26 日、それまでフランス軍とイギリス軍で別々だった指揮系統を一元化してフォッシュ将軍に一任する取り決めがおこなわれたのは、まさにこの写真に写っているドゥーラン市役所においてだった。

(3) 兵隊は私物はまとめて背嚢（リュック）に入れて背負ったので、重量が 30 kg 前後になることもあった（荷物が邪魔になっているようすについては、付録 1 の 6 通目の葉書も参照）。とくに、前線の兵士が毎日のように受け取る手紙は、溜まって量が増えるので、捨てられることが多かった。兵士から家族に送られた手紙に比べ、家族から前線の兵士に宛てて書かれた手紙が現存するものが極端に少ないのは、こうした事情による（ただし、後方勤務の兵士や、後方の病院にいる兵士、あるいはドイツの収容所にいる捕虜が受け取った手紙は比較的残

第 1 章　1914 年

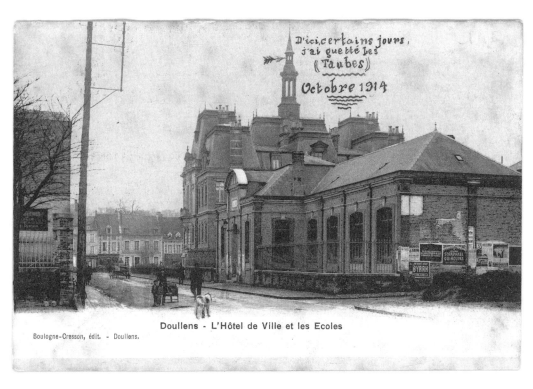

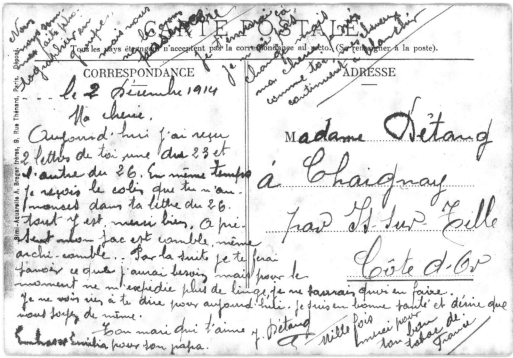

されている）。手紙に限らず、前線では全般的に紙が不足していたから、兵士が読み終えた封筒や便箋は、用を足したあとに尻を拭くために使われることもあったという話を聞いたことがある。

(4) シェニェ Chaignay 村はイス=スュール=ティーユ（p.46 脚注 5 参照）の南隣にある小村。

63

1914 年 12 月 6 日 ── とても奇妙な戦争

　この大戦の戦場では、激しい動きのある戦闘の瞬間と、敵の砲撃を浴びながらも塹壕や陣地に留まってすごす比較的停滞した時間という、二つの対照的な時間が流れていた。

　次の葉書では、この対比について「とても奇妙」だと書かれている。書いたのはボルドー出身と思われる青年で、当時はフランス北東部の村にいたらしい[(1)]。祖母に宛てて書いているのだから、まだ若かったはずである。

　本文には、ありきたりな「お元気ですか、私も元気です」のような言葉がなく、単刀直入に感想が述べられている。それだけに、意表をついたアフォリズム（警句）のようなおもしろさがあり、戦争というものを醒めた目で観察している差出人の鋭い感性がうかがわれる。

　字は強い癖があり、簡単そうでいて読みにくい。

　おばあ様へ

　この戦争はとても奇妙で、恐るべき殺しあいに立ち会ったのち、いま僕は比較的平穏な中で「足止め」をくらっています。

　たしかに、慣れてしまえば 420 mm 砲[(2)]の脇でも目を覚まさずに眠れそうです。

　〔写真面への書込み〕キスを送ります　サイン（アンリ）　1914 年 12 月 6 日

　〔宛先〕ボルドー　フォーセ通り 16 番地　ノジエール様[(3)]

---

(1) 絵葉書の写真説明には「1914 年、マルヌ会戦（9 月 6 ～ 12 日）、パルニー＝スュール＝ソー村、大通り」と書かれている。パルニー＝スュール＝ソー Pargny-sur-Saulx 村はフランス北東部のヴェルダンの南西（バール＝ル＝デュックとヴィトリー＝ル＝フランソワの中間）にある。柱と壁しか残っていないこの写真が物語っているとおり、同村は 1914 年 9 月上旬のマルヌ会戦で激しい戦闘の舞台となり、マルヌ会戦後にフランス軍が奪還した。差出人のいう「恐るべき殺りく」とは、マルヌ会戦を指すのかもしれない。

(2) 420 mm 砲（42 cm 砲）はドイツ軍が使用した巨大な大砲。なお、フランスでは、原則としてドイツ軍の大砲の口径は cm 単位で表記される（Laparra *et al*., 2016, p.7）ので、手紙の本文を訳す場合を除き、本書でもそれに従った（フランス軍の大砲の表記方法については p.224 脚注 3 を参照）。

(3) 宛名に「未亡人」という敬称がついているので、祖父は他界していることがわかる。なお、同じ差出人の兵士が約 2 週間後の 1914 年 12 月 19 日にパルニー＝スュール＝ソー村の西隣にあるエトルピ Étrepy 村の絵葉書を使って祖母に宛てた葉書も、同様にアフォリズムのようなおもしろさがあるので、文面だけ引用しておく。「おばあ様へ　ジャム、栗、干しプラム、いちじく。こんなにたくさんのお菓子を食べるためには、子供か兵隊でなければなりません。現代の戦争がこうした甘いものに道を開くことになるとは、夢にも思っていませんでした。無数のキスを。アンリ」。当時の兵隊は、缶詰と並んで、保存のきく甘いものをよく食べていた。

64

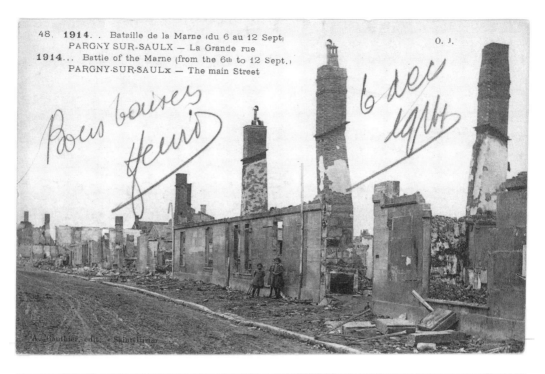

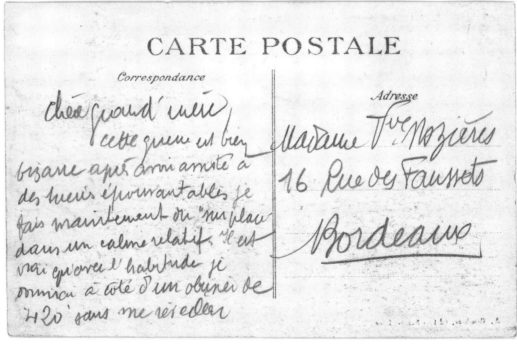

1914 年 12 月 13 日 ―― 頭皮をえぐり取った弾丸

　マルヌ会戦後、両軍が互いに相手の脇を回り込もうとして北へ北へと塹壕を掘り進めていった「海への競争」が 11 月中旬に終わると、戦線は膠着状態となり、南はスイス国境から北は英仏海峡まで、ほぼ一本の戦線が伸びる形となった。

　両軍とも、敵の大砲や銃から身を隠すために「塹壕」と呼ばれる身長を超える深さの溝を地面に掘り、前面には土のうを積んだり鉄条網を張りめぐらせ、敵の襲撃に備えた。

　次の手紙は、本書に収録した中では初めて「塹壕」という言葉が出てくる。名前と所属が書かれていないので、差出人の場所は正確にはわからないが、宛先の右下に郵便区※ 70 の部隊印が押してあるのが手がかりになる。郵便区※ 70 は第 7 師団に割り当てられており、第 7 師団は当時はパリの北西にあるコンピエーニュの北側（ノワイヨンの西側）に展開していたから、差出人はその付近の塹壕にいたと推測される。

1914 年 12 月 13 日

いとしいヴァランティーヌへ

　おまえから親切な手紙をもらうのは、いつもうれしい。私はとても元気だ。頭を別にすればね。

　私の頭は、昨夜、さいわいなことにドイツの弾丸に輝かしくも丈夫に耐えたんだ。ツイていたんだな。千分の 1 の確率だと軍医殿が言っていたが、髪の毛の生えた皮だけがやられて、頭がい骨に沿ってすべるように弾丸が通っていったんだ。でも、目から火花が散ったよ。

　これから何日間かだけ後送されることになる。だから、たいしたことはないということがわかるだろう。その証拠に、今こうやって書いているんだから。でも、もちろん家にはひと言も言ってはだめだよ。頭が重くて、ひりひりするんだ。

　ざんごうの前で見張りについていた時だった。ちょうどいいタイミングで頭を下げたら、あれが頭の前からぶつかってきて、後ろにすべっていったんだ。さいわい、まったく何でもない。

　ジョルジュとアルフレッドについて、よい知らせを受けとっているといいのだけれど。私の代わりにシモーヌにやさしくキスをしてくれ。ジェラールのやつはどうしているのかな。

　おまえには愛情をこめたキスを送る。

〔上部の書込み〕　新しい住所がわかったら知らせるよ。

〔宛先〕　パリ レオンス・レノー通り 8 番地　ロベール・モノ奥様

〔宛先の左上の書込み〕　中隊長閲覧済　分遣隊（サイン）

---

(1) 印は「主計及び郵便※ 70、14 年 12 月 14 日」となっている。なお、ここで使用されているタイプの手紙は「カルト・レットル※」と呼ばれる。

(2) Strowski, 1976, p.125.

(3) AFGG, vol.2, t.10, p.57.

1914 年 12 月 18 日 ── 戦闘中にサッカーで遊ぶイギリス兵

　戦線の膠着状態を打破するため、1914 年 12 月 17 日、フランス軍の最高司令官ジョッフル将軍は北仏の都市アラスを中心とするアルトワと呼ばれる地域で攻撃を仕掛けた（アルトワの戦い）[1]。とくに、ノートル＝ダム・ド・ロレットの丘（アラスの北、ベチューヌの南）が激戦地として知られている。[2]

　次の葉書は、ベチューヌ近辺にいてこの戦闘に参加した差出人が、その翌日に婚約者と思われる女性に書き送ったもの。イギリス軍の砲兵隊が激しい砲撃を浴びせている最中に、その後ろで手のあいている砲兵がサッカーをしているようすを、信じられない光景として伝えている。第一線に立つ歩兵と違って、砲兵隊は少し後方に陣取って撃つので、ありえない話ではない。[3]

　親愛なるジュヌヴィエーヴ様

　12 月 18 日朝 10 時

　葉書を一枚だけお送りします。きのうの夜は非常に動きがありました。前線全体でそうだったように、正面の敵への攻撃命令が下りました。歩兵第…… 連隊も前進し、150 ～ 200 メートル獲得しましたが、60 名の兵を失いました。死者 15 名、負傷者 45 名です。こうした塹壕への攻撃はおそろしいものです。無防備に進む連隊を、塹壕の中にいる部隊が迎えうつからです。[4]北海からヴォージュまで、[5]総攻撃があったことを新聞でお読みになることでしょう。イギリス軍はものすごい勢いで砲撃し、ほとんど砲弾を惜しむことがありません。一晩中、リールやアルマンチエールのほうから、[6]にぶい轟音がたえまなく聞こえていました。イギリス軍はドイツ軍の大砲と同じ大音量のする大きな大砲を放ちます。（そして、砲兵隊の背後では、手のあいている砲手がサッカーをしているんです！ たしかにこの目で見たのです）。こちらでは、何というめまぐるしい動きでしょう。自動車、飛行機、あらゆる軍のあらゆる服装の兵士、アフリカ原住民騎兵、[7]イギリス兵、インド兵など。開戦当初よりも、すべきことがたくさんありそうです。夜は冷えこみます！ まあ、これも戦争です！

　親愛なるジュヌヴィエーヴ、私のこともお考えください、そうではありませんか…… 去年のまさに同じ日、私はディジョンにあなたのお母様に会いに行きました。本当に私はたえずあなたのことを考えています。あなたとお母様には長い手紙を書くべきだったかもしれません。

　偽りのない愛情と心からの献身の気持ちを込めて。（サイン）

⑴ J.-J. Becker, 1992, p.87 ; Buffetaut, 2015, p.64, 70. この地域では大戦中に何度も激しい戦闘がおこなわれたので、「アルトワの戦い」は複数存在する（とくに 1915 年 5 ～ 6 月、同年 9 ～ 10 月のものが有名）。

⑵ ベチューヌ Béthune はフランス北端に近い街で、ベルギー国境の 30 km ほど手前にある。絵葉書の写真説明に「ベチューヌ、公園、全景」と印刷されている。なお、本文冒頭には「12 月 18 日」とあるのみで年が書かれていないが、1914 年 12 月 17 日に同じ差出人が同じペンを使って同じ相手に書いた葉書が残されており、そこに「私たちのいる所からはベチューヌのサン＝ヴァースト教会の塔が見えます」と記されているので、1914 年とほぼ断定できる。最後の段落から、葉書の相手は婚約者だと思われる。

⑶ ちなみに、この 1 週間後の 1914 年 12 月 25 日には、イギリス兵とドイツ兵が戦闘をやめてサッカーをして遊んだという話がある（いわゆる「クリスマス休戦」）。

⑷ 敵の塹壕への突撃が大きな犠牲を伴うことについては p.128 を参照。

⑸ 北海は英仏海峡の東側の海。ヴォージュ Vosges はアルザスとロレーヌ地方を隔てる山脈。つまり「英仏海峡か

第 1 章　1914 年

⑸ らアルザス・ロレーヌまで」と同じ。実際にはそれほど広範囲で攻撃がおこなわれた事実はない。
⑹ リール Lille はドイツ軍に占領されていた（p.274 以下参照）。アルマンチエール Armentières はリールの西にある街で、前線付近にあった。差出人のいたベチューヌよりも東側に位置する。
⑺ 「アフリカ原住民騎兵」については p.122 脚注 7 を参照。

1914 年 12 月 23 日 — クリスマスの直前

　フランス北東部ロレーヌ地方、ヴェルダンの南にあるサン＝ミイエルと、ナンシーの北にあるポン＝タ＝ムッソンの間では、戦線がほぼ東西に伸び、北側にドイツ軍、南側にフランス軍が陣取って、局地的に激しい戦闘がおこなわれていた。

　この付近にいた兵士が次の葉書を未婚女性に宛てて書いている。

　ベルネクール村[(1)]にて、1914 年 12 月 23 日

　親愛なるローズお嬢様

　12 月 13 日付のお葉書を受け取ったところです。お手紙の方は受け取っておりません。この遅れは、この地域でおこなわれた大がかりな攻撃のために、ムール＝テ＝モゼル県とムーズ県のすべての郵便物が数日間ストップしたことが原因だと思われます。数日前から我々は多くの作業を抱えていますが、幸いなことに塹壕の中にいるよりは快適です。

　今回の攻撃では期待していたほどの成果は挙げられず、わが軍は多くの負傷者を出し、とりわけル・ピュイの 286 連隊[(2)]は 1,200 人の兵を死亡または負傷によって失いました。恐ろしいことです。

　私はあい変わらずとても元気で、お嬢様もそうであることを願っています。カルタル夫人の病気の原因は寒さであるにちがいありません。気候がよくなることを希望しましょう。暖かくなれば夫人も快復されるでしょう。こちらはひどい寒さです。

　私はこれほど戦争が長びくとは思ってもいませんでした。あれほど話題になっていた例のテュルパン式の砲弾[(3)]を信じていたからですが、どうやらこれは使われていないようです。しかし勇気を出しましょう、徐々にやつらを国境の外に追い出すに至るでしょう。クリスマスのお祝いは楽しいものとはならないでしょう。真夜中のミサがないのはたいへん残念です。こちらでは教会が完全に破壊されていますから。

　私の両親からはもう二週間も手紙を受け取っていません。アントナンがどこに行くのか心配していましたが、幸いお嬢様の葉書で、自動車でグルノーブルに行くと知りました。私は歩兵になるのではないかと心配していました。今年は歩兵ばかり募っていましたから。彼がいなくなると私の両親はさびしがるでしょう、ぽっかりと穴があいたように感じるでしょう。すべてがなるべく早く終わることを希望しましょう。

　私が鉛筆で書いているのは、我々のところにあった唯一のインク壺をひっくり返してしまったからです。乱筆お許しください。この地下室は暗く、照明がとても不足していますので。またお便りをいただけることを期待しつつ、親愛なるローズお嬢様、心からの友情の気持ちをお受け取りください。サイン

　　コンタル夫人によろしくお伝えください

　〔写真上部の書込み〕　8 月 16 日にこの土地を通過しましたが[(4)]、今では完全に破壊されています。

⑴　ベルネクール Bernécourt 村はサン＝ミイエルとポン＝タ＝ムッソンの中間よりもやや南にある。

⑵　ル・ピュイ Le Puy（現ル・ピュイ＝アン＝ヴレ Le Puy-en-Velay）は、リヨンとトゥールーズの間にある南仏の街。歩兵第 286 連隊はこの街で編成された。同連隊は、12 月 12 日にベルネクール村の北隣のセッシュプレ Seicheprey 付近でおこなわれた戦闘で千人以上の犠牲者を出した（*Historique du 286ᵉ RI*, p.9-11）。

⑶　ウージェンヌ・テュルパン Eugène Turpin はフランスの化学者で、強力な火薬メリニットを発明した。開戦直後

第 1 章　1914 年

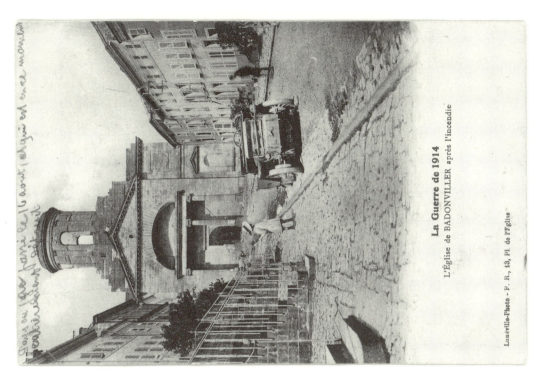

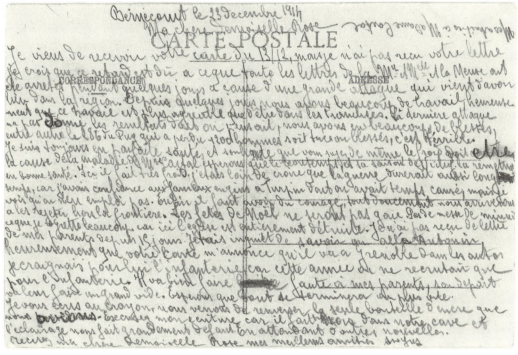

　　　は、この火薬には劇的な力があると信じ込まれていた（Duroselle, 1972, p.76）。
(4) 写真説明は「1914 年の戦争、火災後のバドンヴィレール村の教会」。バドンヴィレール Badonviller 村は、ベルネクール村から 80 km 以上東南の、アルザスのすぐ手前にある村。本文中に出てくる歩兵第 286 連隊は 8 月 16 日時点でまだル・ピュイに留まっていたから、差出人は 286 連隊以外の部隊に属していたことがわかる。

71

1914 年 12 月 28 日 ── 老齢男性が前線の兵士に送る祈念

　徴兵対象年齢を超えた年配の男性でも、健康であれば志願することはできたが、審査で不合格になるほど体力がなければ、軍隊に加わることはできなかった。そうした老齢男性が前線の兵士に宛てて書く文章には「頑張れ」とエールを送ることしかできない「もどかしさ」が感じられる場合も少なくない。

　たとえば、当時 70 歳だった文豪アナトール・フランスは戦争大臣ミルランに直接手紙を書き、兵隊になることを志願したが、丁重に断られた。その代わり、愛国的な文章をいくつか新聞に寄稿した。「1914年のクリスマス」と題する文章もその一つで、これは『ル・プティ・パリジャン』紙の 1914 年 12 月 25 日号に掲載された。この中でアナトール・フランスは兵士たちに対してこう呼びかけている。「果たすべき務めは大きい。しかし、それを成し遂げることで、諸君はどれほどの永遠の讃辞、どれほどの祝福で満たされることだろう」。また、末尾をこう締めくくっている。「おお、我らの暖炉の聖なる火が、暗く寒い夜を通り、塹壕にいる諸君に恵み深い暖かさを届け、諸君の心を陽気に輝かさんことを」。[(1)]

　当時世界最大の発行部数を誇った新聞の 1 面トップに、紙面の半分を費やして掲載されたこのアナトール・フランスの文章は、多くの人々の心に刻まれたと考えられる。大戦中は人々はむさぼるように新聞を読んだから、なおさらだった。新聞掲載の 3 日後に、フランス東部の村に住んでいた男性が兵士に宛てて書いた次の葉書にも、はっきりとその影響を見てとることができる。[(2)]

　親愛なる人へ

　よい年となるよう、祈念を送りたいと思います。1915 年とともに、再び平和と家庭の喜びと安らかな生活の夜明けが訪れますように。

　果たすべき務めは大きいものがありますが、それを成し遂げたときには、皆さんはどれほどの讃辞と祝福で満たされることでしょう。

　寒く暗い夜に、私たちの囲炉裏の火が合わさり、塹壕の中にいる英雄的な正義の擁護者である皆さん全員のもとに、心地よいぬくもりが運ばれていきますように。

　最後に、名誉の戦死を遂げる兵士たちが叫ぶ、また涙を流す妻や母、子供が小さな声で繰り返す、「フランス万歳！」という言葉で終えたいと思います。フランスを守る人々に誉れあれ。

　私たちは相変わらず元気です。愛情をこめて。心からのキスを送ります。
　ドゥー県ヴァランティニェにて、12 月 28 日　エドワール・ジャックより[(3)]

〔宛先〕　パリ軍事中央局経由
　　　　　後備[※]歩兵第 11 連隊　第 3 大隊第 9 中隊　上等兵カミーユ・プティオリ様[(4)]

---

(1) この文章は、翌年に刊行された散文集『栄光への道』に収録された（France, 1915, p.15-25）。

(2) 筆者はこのアナトール・フランスの散文集を全訳したことがあり（未発表）、たまたまこの葉書を読んで、すぐに影響関係に気づいた。

(3) ヴァランティニェ Valentigney はフランス東部、ベルフォールの 20 km 南にある街で、アルザス地方に近い。自動車メーカー、プジョー社の発祥の地としても知られている。宛名の右上には差出人の個人印（「ドゥー県ヴァランティニェ、エドワール・ジャック」）が縦に押してある。

(4) 後備[*]歩兵第11連隊は、1914年11月からベルギー西端のイゼール川の東側で戦闘に参加し、12月には少し後方に退いてダンケルクの防禦陣地の構築のための土木作業に従事していた。

1914 年 12 月 29 日 ── すでに広がっていた厭戦気分

　全体的に、大戦中の手紙は、最初のうちは勇ましいものが多いが、戦争が長期化するにつれて厭戦的な内容が多くなるという傾向が見られる。しかし、次の葉書を読むと、すでに 1914 年のうちから厭戦的な雰囲気が一部に広がっていたことがわかる。

　ただし、この厭戦気分は、年末の特別な雰囲気の中で強まったとも考えられる。いつもなら家族や親戚一同が集まるはずの一年で最大の行事クリスマスを別々にすごし、また年賀状※に似た形で祈念を送るにあたって来たる年を展望しようとするとき、終わりが見えず、暗澹たる思いにとらわれたとしても不思議ではなかったからである。

14 年 12 月 29 日

ご両親様

　食事を終えたばかりで、少し時間ができましたので、葉書を書き、少しお話したいと思います。こちらはあいかわらず同じで、動きがなく、いまだにエクス＝ヌーレット村ないしその近辺にいます。昨日は午後にあの村に行きましたが、私が通って 10 分もたたないうちにドイツどもの巨大な砲弾が目抜き通りに落下し、1 軒の建物が吹き飛び、文字どおりありとあらゆる物が通りに散らばりました。

　一歩進むたびに、しかも一番予期していない瞬間に、生命の危険にさらされています。

　お母さんから長い手紙を受けとり、葉書で返事を書きました。というのも、いまはインクで長い手紙を書くことができず、やりとりしている誰に対しても、もう葉書しか送らなくなっているからです。皆さんには、きちんとした長い手紙を書きたかったのですが、無理です。あいかわらず私は積みあげた藁の中にいて、数日前から厳しいひどい天気です。ずっと雨です。昨晩は、夜中にこれまで一度も見たことがないような土砂降りの雨とあられに打たれました。しかしまあ、天気のなせるわざですから、この忌わしい戦争と同様、耐えるしかありません。

　昨日、故郷の人々に数枚の葉書を送りました。同時に、皆さんには 1915 年にあたって私から幸福と健康の祈念を送ります。また我々ができるだけ早く家庭に戻れますように。そうではありませんか、お父さん。今や遅しと感じています。他の人々と同様、私もうんざりし始めているからです。長いあいだ離れ離れになって、もうまもなく 5 か月がたちます。これだけでも、たいした期間です。しかも、まだ残念ながらすぐには終わりそうもないのです。近所の皆さん、チボーさんによろしく。かかわりのある皆さん全員に心からの祈念を送ります。皆さんのことを愛する息子より（サイン）

　冬になる前に庭を耕そうと思っていたんですが。ねえ、お父さん。

　美しい日々を心待ちにしつつ。さあ、仕事だ。

〔宛先〕コート・ドール県 ベーズ村 リシャール・S 様

──────────

(1) エクス＝ヌーレット Aix-Noulette 村は「アルトワの戦い」（p.68 参照）の中心地となったノートル＝ダム・ド・ロレットの丘の北隣にある。1914 年の終わり頃は、とりわけ「海への競争」の終着点となった北仏で激しい戦闘がおこなわれた。

(2) ベーズ Bèze 村はディジョンの北西にある。宛先は筆跡の異なるインクで書かれているが、これは往復葉書で、

CORRESPONDANCE MILITAIRE

Carte Correspondance — Réponse

L'expéditeur de la carte double peut inscrire
lui-même son adresse

親があらかじめ返信用葉書に自分の宛先を記入しておいたことによる。この葉書には印が2つ押されている。まず宛先の左側の「主計及び郵便※」の印は、この兵士が軍の郵便係にこの葉書を渡したときに押されたもので、12月30日と読める。宛先の右側の消印は、親の住むベーズ村の郵便局で押されたもので、年のあけた1915年1月6日にこの葉書が届けられたことがわかる。一般に、年末は郵便物が混雑した。

ラ・マルセイエーズ

フランス国歌「ラ・マルセイエーズ」は、もともと18世紀末のフランス革命戦争のときにドイツ諸侯と戦うために作られた軍歌だった[1]。しかし、その歌詞は第一次世界大戦の文脈にもぴったりと当てはまり、大戦中は盛んに歌われ、人々の心を鼓舞した[2]。1番の歌詞は次のとおり。

さあ、祖国の子供たちよ、栄光の日がやってきた！
我々に対して、専制の血塗られた旗が掲げられた。
血塗られた旗が掲げられた。
聞こえるか、野原で、あの凶暴な兵士たちが咆哮するのが？
奴らは我々の腕の中にまでやってくる。
我々の息子や妻の喉を掻き切りに！

武器を取れ、同志たちよ。隊列を組め。
進もう、進もう！
汚らわしい血が我々の畑の畝にしみ入らんことを！

「専制の血塗られた旗」とは、フランス革命戦争の文脈ではドイツ諸侯の旗を指すが、第一次世界大戦の文脈では皇帝ヴィルヘルム2世を戴くドイツ軍の旗を指す。「凶暴な兵士たち」が「我々の息子や妻の喉を掻き切りにやってくる」という部分は、この大戦はドイツによる侵略戦争であるという認識に基づいており、ドイツ軍が民間人を虐殺しながら侵入してきた状況を髣髴とさせる。最後の「汚らわしい血が我々の畑の畝にしみ入らんことを」とは、「我々の領土に踏み込んできたドイツ兵に血を流させてやろう」という意味で、正当防衛であることが強調されている。「畑」という言葉は、パリのはるか東に広がるシャンパーニュ地方やロレーヌ地方の見渡す限りのぶどう畑を連想させる。実際、この地域はこの大戦で独仏両軍の戦場となった。ただし、畑の畝にしみ入った血は、ドイツ兵の血であると同時に、多数のフランス兵の血でもあったのだが……。このラ・マルセイエーズを歌うことで、兵士たちは、妻子や祖国を守るために戦争をしているのだという意識を改めて強く持ったはずである。

---

(1)「ラ・マルセイエーズ」発祥の歴史は、ざっと以下のとおり。1789年7月14日、バスティーユ牢獄の襲撃によってフランス革命が勃発する。1791年、ルイ16世の王妃マリー・アントワネットは、兄だった神聖ローマ皇帝を頼ってフランスから逃れようとするが、捕まってしまう（ヴァレンヌ逃亡事件）。1792年、神聖ローマ皇帝をはじめとするドイツ（オーストリア）諸侯がフランス革命に干渉しようとし、これに対抗するフランス革命軍との間で「フランス革命戦争」が起きた。当時、フランス軍は中央軍、北部軍、ライン軍（その名は独仏国境を流れるライン河に由来する）に分かれていたが、このライン軍を鼓舞するために、当時はフランス領だったアルザス地方のストラスブール市長の求めに応じて工兵大尉ルージェ・ド・リールが1792年4月25日に「ライン軍のための軍歌」を作詞・作曲した。同年7月29日、南仏マルセイユの義勇兵がこの歌を歌いながらパリに到着すると、南仏なまりで歌われるのを聞いたパリの民衆はマルセイユの歌だと思い込み、この歌を「ラ・マルセイエーズ」（＝「マルセイユの歌」）と名づけた。

(2) 開戦直後、出征する兵士たちや、それを見送る家族が歌ったのはラ・マルセイエーズだった。大戦初期に奪還したアルザスを訪れたポワンカレ大統領を歓迎してアルザス住民が歌ったのもラ・マルセイエーズだったし、戦争終結時に多くのフランス人が歓喜して歌ったのもラ・マルセイエーズだった（吉江, 1921, p.109）。

第 2 章　1915 年

　地面に身長よりも深く掘られた塹壕で、フランス兵が銃眼から覗いて銃を構えている。全体に、フランス軍の塹壕は簡素な作りのことが多いが、これは立派な方で、砲撃を受けた跡もなく、作ったばかりのところを写真に撮ったように見える。左上に「1914〜1915年の戦争」と印刷されているが、これは1918年まで戦争が続くとは知る由もなかった1915年に作られた絵葉書であるため。右上には「ソンム県ブーヴレーニュ村、鉄条網のある第一線の塹壕」と印刷されている。ブーヴレーニュ村は北仏コンピエーニュの北26 kmのところにある。鉛筆で「1915年12月4日、土曜。我々が2か月間いた塹壕」と書き込まれているので、この葉書を差し出した兵士は実際にこの写真の場所で戦っていたことがわかる。

77

1915 年の年表

2 月 4 日	ドイツがイギリス周辺海域と英仏海峡を航行する敵国および中立国の商船を撃沈することを宣言
2 月 19 日	英仏軍の軍艦がダーダネルス海峡の突破を試みるが失敗（3 月 18 日まで）
4 月 22 日	ベルギーのイープルの近くでドイツ軍が大規模に毒ガスを使用
4 月 25 日	ダーダネルス海峡の突破に失敗した英仏軍が今度は海峡に面するガリポリ半島への上陸を開始、ガリポリの戦いが始まる
5 月 7 日	ドイツの潜水艦がイギリスの客船ルシタニア号を沈没させる この後、アメリカ世論の反発を受け、潜水艦による攻撃を控えるようになる
5 月 9 日	フランス軍の最高司令官ジョッフルが北仏で「アルトワの戦い」を開始 （6 月 18 日まで、ただし「アルトワの戦い」は他の時期にも存在する）
5 月 23 日	イタリアが連合国側に立って参戦し、フランス中が歓迎ムードに湧く
9 月 25 日	ジョッフルがシャンパーニュ攻勢を開始（11 月頃まで） （シャンパーニュ攻勢はこれ以前にもおこなわれているがこれが最も大規模）
10 月 1 日	ダーダネルス海峡とガリポリで多大な犠牲を強いられた英仏軍が一部撤収し、ギリシアのサロニカに軍を集結し始める
10 月 5 日	ブルガリアがドイツ側に立って参戦し、西隣のセルビアを攻撃
10 月 29 日	ルネ・ヴィヴィアニ首相のあとを継ぎ、アリスティッド・ブリアンがフランス首相となる

第 2 章　1915 年

1915 年の解説

　大戦初期には両軍が広い範囲を移動し、急激に戦局が変化したが、その後は局地的に激しい戦闘がおこなわれたものの、全体的には膠着状態になり、両軍は塹壕を挟んでにらみあうようになった。

　この戦線を南から順に少し詳しく見ておこう（p.10 地図参照）。スイスのすぐ北側のアルザス南部では、国境を越えてフランス軍がドイツ領に攻め入っているが、ヴォージュ山脈を超え、北のロレーヌ地方に向かうにつれてドイツ軍に攻め込まれた形で（国境よりも手前で）戦線が伸びている。ポン゠タ゠ムッソンのあたりで戦線は西に折れ、サン゠ミイエルまでドイツ軍が張り出しているが、堅固な要塞都市ヴェルダンは攻略できず、大きく蛇行して東側と北側でヴェルダンを取り囲んでいる。そこから森の多い地帯をほぼ真西に伸びてから、ぶどう畑の続くシャンパーニュ地方を横切り、大聖堂で有名なランスの手前で戦線は北西に折れる。「クラオンヌの歌」で有名になるクラオンヌの南あたりで再び真西に向かい、激戦地となるシュマン゠デ゠ダムを通り、ソワソンの北で再び北西に向かい、コンピエーニュの北側（ノワイヨンの南）でパリに最も近づく（パリまで約 90 km）。のちに首相となるクレマンソーは、「敵はノワイヨンにいるのだぞ」と危機意識を欠いたフランス人を叱咤することになる。続いて戦線は急に北に向きを変え、ペロンヌの西でソンム川を渡る（のちのソンムの戦いの戦場）。このあたりにくるとイギリス軍の姿が目立つようになる。さらに北上してアラスの東を通り、激戦地ノートル゠ダム・ド・ロレット周辺を通過、アルマンチエールの東でベルギー領内に入る。イープルは連合国軍が支配していたが、ドイツに狙われて何度も激しい戦闘の舞台となった。さらに北上すると、ディクスミュード以北はイゼール川が両軍の境目となり、ニウーポールの東側で北海に突き当たっている。イゼール川の西側ではベルギー国王が軍の指揮を執り、英仏海峡はしっかりと英仏軍の支配下にあった。

　さて、こうして膠着した戦局をどのように打破するのかが 1915 年の最大の課題となった。イギリスの海軍大臣チャーチルは、正面突破を避け、地中海の東のダーダネルス海峡に軍艦を派遣してドイツの同盟国トルコ（オスマン帝国）を攻めることを思いつく（第 9 章を参照）。

　しかし、フランス軍の最高司令官ジョッフルは正面突破にこだわり、5 〜 6 月のアルトワの戦いに続き、9 月 25 日にはフランス北東部でさらに大規模なシャンパーニュ攻勢を開始する（p.128 参照）。しかし、突撃するフランス兵は、塹壕に身を隠すドイツ軍の機関銃の餌食となり、わずかな土地を獲得することはできたものの、その代償はあまりにも大きく、勝利と呼べるようなものではなかった。

　開戦まもない 1914 年の「国境の戦い」や「マルヌ会戦」では、敵と味方が双方から距離を縮めてぶつかり、戦闘を交えるという古典的な「戦い」がおこなわれた。しかし、1914 年の終わりに出現した塹壕は一種の細長い要塞で、典型的には片方が突撃し、他方は塹壕の中で迎え撃ったので、「攻囲戦」に似たものとなり、むしろ攻める側に多くの犠牲者が出た。結局、突破口を切り開こうとするこの年の試みはすべて失敗し、膠着状態が続くことになった。[2]

---

(1) それゆえ、「戦い」というよりも「攻勢」という言葉がふさわしい。散発的に攻撃が続くことも多かったから、終了時期を明示することが難しい場合も多い（Cf. Krumeich & Audoin-Rouzeau, 2012, p.394-395）。

(2) この手詰まり状態について、「たとえナポレオンが墓から出てきたとしても、事態を好転させることはできなかったでしょう」と、のちにポール・ヴァレリーは演説の中で述べている（Valéry, 1957, p.1116）。

79

1915 年 1 月 12 日 ── まだ「人間味」が残されていた戦争

　第一次世界大戦は、途中から毒ガスや戦車などが登場し、無機質な「兵器」対「兵器」の戦いになってゆく。相手の顔が見えず、誰が誰を殺したのか自分でもわからなくなり、いわば戦いが「匿名化」してゆく。しかし、それでもまだ、突撃時の白兵戦のように、顔が見える敵との「人間」対「人間」の戦いという要素も残っていたし、決闘を思わせるような昔ながらの騎士道精神も少しは残っていた。[1]

　次の葉書は、軍医が見聞きしたことを故郷に住む息子に書き送ったもので、この軍医はフランス北東部の街ランスの北側にいたと推測される。[2] これを読むと、砲兵隊でも、挑発とそれを受けて立つといった、人間的な感情に基づいて武器を操っていた場合もあったことがわかる。[3]

1 月 12 日

　愛するピエールへ　手紙をありがとう。お礼に、最近あった話をしてあげよう。

　ある日のこと、ドイツ野郎の塹壕から一人の兵士が出てきて、将校のサインが記された手紙をフランス軍のところに持ってきたんだ。そこにはこう書かれてあった。「『あなたたちの砲弾はオモチャみたいなもので、痛くもかゆくも何ともありません。我々は笑って馬鹿にしています』と砲兵の皆様にお伝えください」とね。歩兵がその手紙を砲兵のところに持っていったところ、砲兵はこう言った。「いつまで笑っていられるか、見ているがいい」。[4] そして、この伝令がやって来た塹壕に念入りに狙いをつけ、数台の大砲を向け、夜になってから「撃て」という号令とともに 20 発ほどの砲弾をその塹壕の周辺一帯に打ち込み、木っ端みじんにしてやったんだ。それ以来、ドイツ野郎どもは手紙を持ってきていないそうだ。

　どうだ、おもしろい話だろう。あいつら、うぬぼれるとどうなるか思い知ったはずだ。この話が気に入ってくれるといいけれど。お母さんとアネットにも話してあげてくれ。

　二人には、私の代わりにたっぷりとキスをしておくれ。おまえには無数のキスを送る。

　　　おまえのことをとても愛している父より

〔差出人〕　郵便区※95　第 3 野戦病院院長　二等軍医正 Dr. H. ビエ

〔宛名〕　オート＝ガロンヌ県　トゥールーズ　アレクサンドル・フルタニエ通り 3 番地
　　　　ピエール・ビエ様

---

(1) たとえば、プロペラ機を操る飛行士は空の上で華々しい戦いを繰り広げて武勲を挙げ、地上で見守る兵士たちも、それをあたかもフェンシングの試合でも観るような感覚で眺めていた（付録 1 の 25 通目を参照）。あるいは、ヴォー要塞が死闘の末に陥落し（p.172 参照）、捕虜となったときにサーベルを持っていなかったフランス軍の指揮官レナル少佐に対し、ドイツ皇太子は健闘をたたえて敬意を込めて代わりの武器を贈呈した（Raynal, s.d., p.186）。

(2) 大戦中は、医者は軍医として徴集された。たとえば、リヨン大学の医学部教授が野戦病院の院長をしていると書かれた 1916 年 1 月 17 日付の葉書がある（筆者蔵）。また、多くの医者が動員されたために、銃後では医者が不足し、病人が困っていると書かれた手紙もある（p.266 と同じアルデンヌ県の女性が書いた 1914 年 8 月 3 日付の手紙）。

(3) 差出人欄と部隊印の「郵便区※95」は第 3 軍団司令部に割り当てられており（Strowski, 1976, p.126）、第 3 軍団

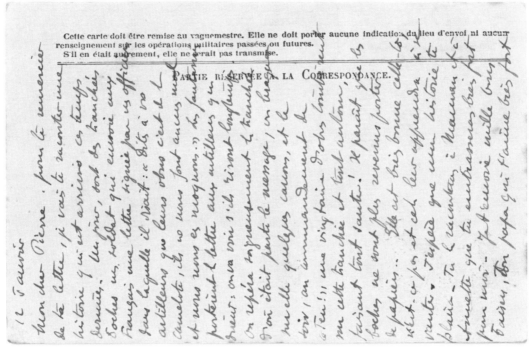

は当時はランス Reims の北北西数キロ付近に展開していた（AFGG, t.10, vol.1, p.635）。なお、部隊印の右には書留のラベル（R の字）が貼付されている。
(4) この砲兵の言葉は、「最後に笑う者がよく笑う」という諺を連想させる（大橋, 2017, p.103）。

1915 年 1 月 25 日 ── 初めて体験する塹壕戦

　「戦争」という言葉で銃剣での白兵戦をイメージしていた人々にとって、地面に溝を掘って敵とにらみあう塹壕戦は予想外の体験だった。

　次の手紙は、南仏ポメロール村の出身だったと思われる下士官が両親に書いたもの。所属する歩兵第173 連隊は、地中海に浮かぶ仏領コルシカ島に駐屯しており、開戦直後に船でマルセイユに渡り、列車でフランス北東部に移動していた。歩兵第173 連隊の連隊史には「これは同連隊にとって塹壕戦への訓練期間となった」と書かれているが、この差出人は塹壕戦というものを徹底的に軽蔑している。

　R... 村にて、1915 年 1 月 25 日

　前回、どこまでお話ししたでしょうか。記憶違いでなければ、バスティアから R... 村までの道のりについてお話ししたと思います。それでは、我々がここでしていることについて言わせてください。

　ここに到着したときの最初の感想は、「これが戦争というものか！」でした。戦争とは、できるだけ深く穴を地面に掘ることなのです。まったく愚の骨頂です。指揮官には何の指導力もいりません。全員穴の中にいて、目の前には鉄板と土のうが積んであり、撃ったり覗いたりする小さな穴があいています。ときどき銃眼から目をこらす奴がいて、ときどきこうした隙間を銃弾が貫通します。単なる偶然の一致、それで一人お陀仏になるというわけです。加えて、爆弾、手りゅう弾、大鍋。これで見事なコンサートのできあがりです。本当にこれだけなら、死ぬほど退屈だと思われることでしょう。

　2 日前からドイツ軍の砲兵隊は沈黙気味です。わが軍の大砲がたくさん贈り物を届けてやったからです。ざまあ見やがれです。こちらに来て、コルテの仲間たちに再会しました。最初に会ったのはフロランサックのガンディでした。残念ながら、留守部隊※の第 34 中隊にいた人々は第 3 大隊にいます。エチエンヌも、この我々よりも劣悪な大隊にいます。4 日間の休息の間に舎営した村は、もう破壊をまぬがれた積み石は一つもなく、14 km 後方に休息に行くことを余儀なくされました。

　お伝えしたと思いますが、私は昔のガルティエ軍曹の小隊にいます。私を見つけて非常に喜んでくれました。私もあのような大胆で勇敢な上官で非常によかったと思っています。

〔差出人〕　郵便区※33　歩兵第 173 連隊第 5 中隊　軍曹 A. グール　戦場より
〔宛先〕　エロー県　ポメロール村　治安判事ジャン・グール様

⑴ ポメロール Pomérols 村は南仏モンプリエの南西（スペイン寄り）にある。

⑵ 軍事機密のために伏字にしてあるが、北のヴェルダンと南のサン＝ミイエルの中間あたりにあるランズィエール Ranzières 村のこと（*Historique du 173ᵉ RI*, p.9 による）。

⑶ バスティア Bastia はコルシカ島の北部にある街。

⑷ 「大鍋」とは、ドイツ軍が撃ってくる巨大な砲弾のこと。当時広く用いられた俗称。

⑸ 「戦う気満々だった兵士にしてみれば、塹壕戦は拍子抜けするものだった。カナダ軍の義勇兵として 1917 年に北仏で戦った諸岡幸麿も、回想録の中で次のように書いている。「塹壕守備ほど厭なものはない。英氣胸に満ち、双腕の筋骨、力餒るに足ると雖も、交戦の時機が来なければ是非がない。」（諸岡, 1935, p.267）。

⑹ コルテ Corte はコルシカ島中央部にある街。

⑺ フロランサック Florensac 村は故郷ポメロールの西隣にある。

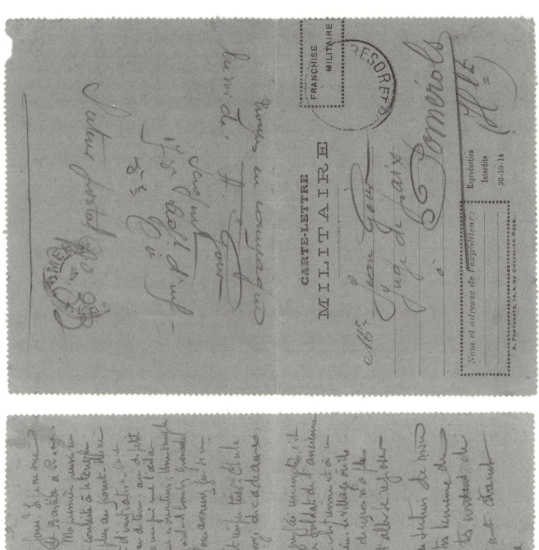
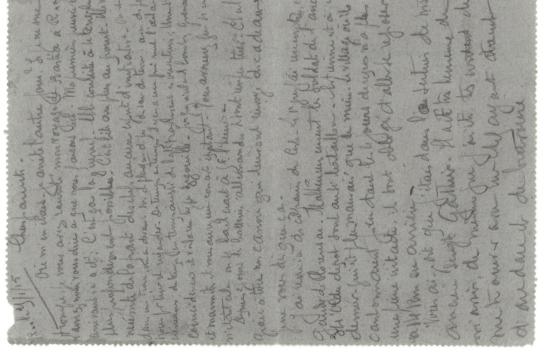

(8)「昔のガルティエ軍曹」が現在は自分の上官になっていると書かれているが、差出人欄を見ると差出人も軍曹なので、「ガルティエ軍曹」は現在は曹長またはそれ以上に昇進していると思われる。

1915 年 2 月 17 日 ── アメリカで高まる反ドイツ感情

　イギリス海軍によって海上を封鎖され、いわば「兵糧攻め」によって輸入がストップして窮地に立たされたドイツは、1915 年 2 月 4 日、イギリス周辺海域と英仏海峡を航行する敵国と中立国の商船を撃沈することを宣言した。

　次の葉書では、これによって中立国アメリカで反ドイツ感情が高まっていることが記されている。差出人はアメリカに住むフランス人（おそらく女性）で、フランス在住のきょうだい夫妻に宛てて書いている[(1)]。

　ちなみに、この葉書の約 3 か月後の 5 月 7 日、ドイツの潜水艦がイギリスの客船ルシタニア号を沈没させて 1,200 人前後の死者を出すという「ルシタニア号事件」が起き、その中に 120 人以上のアメリカ人が含まれていたことから、アメリカで参戦の世論がさらに強まることになる[(2)]。

　お兄様、お姉様

　二週間ほど前にお便りを受けとりました。新しい動きがありましたら、またお便りをいただければと思います。

　あまり戦況のことでお悩みにならないでください。すべてはうまくいくでしょうから、自信を持ってください。すでにドイツは空腹でへたばっています。ドイツは他の国から何も受け取ることができないので、遅かれ早かれ降伏を余儀なくされるでしょう。

　イギリス沿岸での封鎖[(3)]の問題以降、アメリカ人はドイツへの報復を話題にしています。実際、連合国側の国々に対する共感は日ましに高まっています。

　いまのところ、他につけ加えることはありません。元気をお出しください。

　私の代わりに父と母にキスしてください。近いうちにお手紙をさしあげます。お二人にキスをします。

E. S. ベルトミーより

〔宛先〕　フランス　オーブ県ディヤンヴィル村
　　　　　フォルモン・ベルトミー様ならびに奥様

---

(1) 「米艦船オハイオ」と書かれた絵葉書が使用され、アメリカの郵便局で「オハイオ州コロンバス、1915 年 2 月 17 日」という消印が押されてから、その 14 日後にフランスの郵便局で「オーブ県ディヤンヴィル、1915 年 3 月 3 日」の到着印が押されている（ディヤンヴィル Dienville 村はフランス北東部、前線からは離れたシャンパーニュ地方にある）。アメリカの切手が珍しかったのか、切手を剥がした跡がある。

(2) ルシタニア号事件については p.102 も参照。このルシタニア号事件を受け、ドイツは潜水艦による攻撃をいったん控えるようになるが、1917 年には「無制限潜水艦作戦」を開始することになる。ちなみに、戦争前の 1912 年には映画で有名なタイタニック号が北大西洋で氷山に衝突して沈没し、1,500 人前後の死者が出ている。当時アメリカ〜イギリス間では頻繁に大型客船が航行していた。永井荷風も 1907 年にアメリカのニューヨークからフランスの英仏海峡に面する港街ル・アーヴルに渡っている。この葉書自体も、もちろん船便で届けられた。

(3) 「封鎖」blocus（英 blockade）という言葉は、通常はイギリスをはじめとする連合国側が海上を「封鎖」してドイツへの物資や食糧の輸入を阻止することを指して使われる。しかし、ここでは逆にドイツがイギリス周辺海域を「封鎖」（いわゆる「逆封鎖」）するという意味で使われている。

1915 年 2 月 19 日 — 戦闘での負傷から後送までの克明な記録

　独仏間の塹壕線は、ヴェルダンの西では東西に伸び、ドイツ軍は北側、フランス軍は南側に陣取って膠着状態が続いていたが、時々どちらかが攻撃を仕掛け、陣地の奪い合いがおこなわれていた。

　たとえば、ヴェルダンの西、ロレーヌ地方とシャンパーニュ地方の間に広がるアルゴンヌの森の一角では、ドイツ軍は小さなビュアント川の北側の見晴らしのよい稜線に陣取り、フランス軍の動きを逐一観測しながら砲撃を加えていた。[(1)]

　こうしたドイツ軍の陣地の一つで、通称「4 人の子供の橋」と呼ばれる陣地を奪うために、1915 年 2 月 17 日、あらかじめ砲撃を加えて鉄条網を破壊した上で、フランスの歩兵第 111 連隊が突撃を試みた。

　次の手紙は、このときの攻撃に参加した同連隊所属の二等兵アルマン・ピュエシュ[(2)]が書いたもの。戦闘中に負傷し、病院に後送される列車の中から書かれている。

サンスにて[(3)]、1915 年 2 月 19 日

ご両親様

　この手紙を受け取られたら、驚かれることでしょう。実は、ご両親様、はっきりと正直に言うことにします。攻撃で足を負傷したのです。現在、どうやら南仏に向かっているようです。心配されないようにお願いします。それほど痛いわけではなく、傷もたいしたことはないからです。この気のきいた弾丸を、私は長いあいだ待ち望んでいたのです。[(4)]この攻撃の間に体験したことをすべて語ろうとすると、ここに書くには長すぎてしまうでしょう。しかし、かいつまんでお話しします。

---

(1) ヴェルダンの西約 20 km にあるアヴォクール Avocourt 村とヴォーコワ Vauquois 村の間では、小さなビュアント Buante 川を挟んで、北側のシェピー Cheppy の森にはドイツ軍、南側のエス Hesse の森にはフランス軍が陣取っていた（歩兵第 111 連隊の連隊史 *Historique du 111ᵉRI,* p.7-8 による）。

(2) アルマン・ピュエシュ Armand Puech は、1893 年 10 月 22 日、地中海に面する南仏モンプリエの西約 30 km にあるエロー県カネ Canet 村生まれ。父はぶどう畑を経営するぶどう栽培農家。20 歳となる 1913 年に兵役義務によって徴集されるべきところ、病弱のために 1 年延期され、開戦の 1 か月後の 1914 年 9 月 1 日に軍に入隊、歩兵第 111 連隊に所属する二等兵となった。しかし、戦闘での大打撃による部隊の再編に伴い、所属する部隊も頻繁に変更になり、順にズワーヴ第 2 連隊、ズワーヴ第 3 連隊、ズワーヴ狙撃兵混成第 3 連隊、再びズワーヴ第 2 連隊、ズワーヴ第 1 連隊、狙撃兵第 1 連隊に転属された（ズワーヴについては p.104 脚注 1 を参照）。シャンパーニュ攻勢、ヴェルダンの戦い、ソンムの戦いなどの修羅場をくぐり抜けて何度も負傷し、病院に後送されては前線に戻ることの繰り返しだったが、大戦末期の 1918 年 6 月 18 日、ドイツ軍の最後の攻勢の最中、ランス近郊で惜しくも戦死した。24 歳、独身だった（以上エロー県資料庫所蔵の軍人登録簿 Arch. dép. de l'Hérault, 1 R 1260, nᵒ 91 による）。筆者の手元にはピュエシュが書いた手紙が 100 通以上残されているが、その多くは両親に宛てて書かれたもので、非常に筆まめに、また克明に戦闘の場面や戦場での生活を記している。本書では、その中でもとりわけ興味深い手紙を 6 通取りあげることにした（残りの 5 通は順に p.120, 128, 160, 162, 212）。

(3) サンス Sens はパリの南東約 100 km にある都市（後出）。戦闘の舞台となったアルゴンヌの森からはすでに遠く離れている。

(4) 負傷して後方の病院に収容されると、靴を脱いでベットの上で休むことができ、よい食事も支給されたから、前線で苛酷な生活を強いられていた兵士たちにとって、重傷は困るが小さな怪我なら大歓迎だった。手紙の終わりの方では「お金を払ってでも、この弾丸を欲したことでしょう。」と書かれている。なかには、わざと左手を自傷して病院に送られようとする兵士もいたが、これは厳罰の対象となった。

Sens, 19 février 1915

Chers Parents

C'est peut être vous serez étonnés quand vous recevrez cette lettre, et bien, chers parents, je vous le dis carrément et en toute franchise. Je suis été blessé au pied au cours d'une attaque et actuellement nous sommes dirigés sur le Midi à ce qu'il paraît. Je vous prie de ne pas vous faire du mauvais sang car je ne souffre pas trop et ma blessure n'est pas grave et il y a longtemps que j'attendais cette balle intelligente. Vous raconter toutes les phases auxquelles j'ai assisté au cours de cette attaque, seraient trop longues à décrire ici. Mais je m'en vais vous en faire un résumé. Nous étions au Rendez-vous de chasse depuis 24 heures. Nous savions qu'il al-

-lait se passer quelques chose de grave. Donc, nous étions couchés, lorsque arrive l'ordre de monter les sacs immédiatement qu'on allait partir dans quelques instants. Nous faisons ce qu'on nous dit et nous attendions. À midi on se met en marche. Cela se passe le 12 Février. Sur la route nous passons devant les batteries françaises qui bombardaient les tranchées que nous devions aller occuper. Jamais de ma vie je n'avais vu tant de canons tirer à la fois. Il y avait là plus 100 canons alignées qui faisaient un vacarme épouvantable. Nous passons, sourds, car le déplacement d'air nous avaient rendus sourds, mornes, la tête basse car nous savions que beaucoup d'entre nous ne reviendraient pas. Enfin après 2 heures de marche on arrive près des lieux où se doit produire le choc. On met sac à terre et on attend. À 3 heures les 3e et 4e sections partent en avant, car c'est à elles qui étaient échues le sort de

les premières. Nous autres nous restons en réserve. Nos camarades partent baïonnette au canon, tantôt rampant, tantôt à genoux, et arrivent près de la tranchée allemande, qu'ils occupent sans coup férir. Ils n'y avait plus d'Allemands car le 25 les avaient balayés. Ils s'emparent de munitions des bombes des grenades des cartouches, un petit canon lance bombes. Ils étaient là depuis 1 heure environ, occupés à se retrancher, lorsque voilà les boches qui font une contre attaque. Nos camarades sont obligés de se replier. Les boches leur envoyaient des bombes en grande quantité, et elles font tellement du bruit, qu'elles ont pour but de démoraliser les hommes. C'est ce qui est arrivé à la 3e et 4e sections. Ils ont été obligés de se replier et ils ont perdu beaucoup de monde, et résumé: nous avions occupé une position et nous l'avions reperdue. Mais le commandant de bataillon ne voulait pas laisser l'affaire là. Il ordonne qu'à la nuit, le 1er peloton doit reprendre la tranchée. Cette fois c'est à

notre tour à marcher. Nous mettons baïonnette au canon et nous voilà partis. Nous rampons à la manière des serpents, car les balles sifflent. Heureusement pour nous, les boches à cet endroit n'avaient point des mitrailleuses, sans ça c'en était fait de nous. Donc, peu à peu nous arrivons jusqu'à la tranchée. Mais cette fois, nous avions avec nous des sapeurs du génie. Ils se mettent au travail et creusent une tranchée nouvelle, pendant que nous protégeons leur travail. Toute la nuit nous sommes restés là couchés dans la boue transis de froid et en tirant, toujours tirer. Pour ma part, j'ai tiré au moins 400 cartouches, je suis allé en chercher au lieutenant 3 fois. Ce n'était pas amusant. Nous croyions tous que notre dernière heure avait sonné. Ce que les boches nous envoyaient comme balles, bombes ou grenades. Nous étions là, dans cette position depuis le soir, lorsque vers 5 heures du matin, je ressens une vive dou-

我々は24時間前から「狩の待ち合わせ場所」と呼ばれる所にいました。なにか重大なことが起ころうとしていると感じていました。さて、我々が寝ていると、ただちに背嚢をまとめ、まもなく出発するという命令が下りました。命じられたとおり、待機します。

　正午、行軍開始。2月17日のことです。途中、フランス軍の砲兵隊の前を通りすぎました。砲兵隊は、これから奪い取りにいく塹壕に砲撃を加えていました。これほど多くの大砲が一斉に火を吹いているのを見たのは生まれて初めてのことでした。100門以上の大砲が並び、ものすごい轟音をたてていました。通りすぎる我々は耳がきこえなくなりました。空気が動いて耳がきこえなくなったのです。暗い気分で、うなだれて。我々の多くが、もう戻ってくることはないと知っていたからです。

　2時間歩いたのち、ようやく突撃するはずの場所にたどりつきました。背嚢を地面に置き、待機。午後3時、第3小隊と第4小隊が前進します。第1、第2小隊の運命は彼らに託されていました。我々は予備として留まります。仲間が銃剣をつけて出発します[5]。匍匐したり四つんばいになったりして、ドイツ軍の塹壕の近くに到着、戦わずして奪取しました。ドイツ兵はいませんでした。やつらを75 mm砲がなぎ倒していたからです。仲間は、弾薬、爆弾、手りゅう弾、実包、小型の大砲、迫撃砲を奪い取りました。

　防禦を固めるために1時間ほど経ったとき、今度はドイツ軍の反撃です。仲間は退却を余儀なくされます。ドイツ兵どもが大量の砲弾を撃ち込んできました。ものすごい音がするので、兵士たちの士気をそぐのが目的だったようです。じっさい、第3、第4小隊はそうなりました。退却せざるをえず、多くの兵士を失いました。要するに、我々は陣地を奪ったものの、また奪い返されたのです。

　しかし、大隊長殿は、このまま終わるつもりはありませんでした。夜になって、第1小隊に塹壕を奪い返すように命じました。こんどは我々が突撃する番です。銃剣をつけ、いざ出発。蛇のようになって匍匐します。弾丸がひゅうひゅう音がするからです。さいわい、ドイツ兵どもは、ここでは機関銃は1丁も装備していませんでした。そうでなかったら、お手上げだったことでしょう。さて、少しずつ塹壕に接近していきます。今回は工兵隊が一緒でした。我々が掩護射撃をするかたわらで、工兵が仕事にとりかかり、新しい塹壕を掘っていきます。一晩じゅう我々は泥の中で身を横たえたままでした。寒さに震えながら、そして弾を撃ちながら。たえず撃ちながら。私は少なくとも400発は撃ちました。小隊長殿のところに3回も弾丸をもらいに行きましたが、それはあまり気分のいいものではありませんでした。我々は、みな最期の時がやってきたと思っていました。ドイツ兵どもが弾丸やら爆弾やら、手りゅう弾を投げてくる凄まじさといったら……。

　前の晩から同じ場所にいて、朝の5時頃になったとき、激しい痛みを足に感じました。私は動こうとはしませんでした。ひっきりなしに弾丸が頭上でひゅうひゅう音を立てているからです。痛みが引かないので、ついに後方にしりぞくことに決めました。これは、あまり気分のいいものではありませんでした。ドイツ兵どもはたえず照明弾を撃ってくるので、真昼のようによく見えたからです。

---

(5) フランス軍の歩兵隊で用いられたルベルLebel式の銃は全長130 cmで、戦闘時にはこの先端に長さ52 cmの銃剣を取りつけ、合計182 cmとなった。ちなみに、当時のフランス兵は身長160 cm程度の者が多かった。

douleur dans le pied. Je n'osais bouger, car toujours les balles sifflaient sur nos têtes. Enfin la douleur persistant, je me décide à partir en arrière. Ce n'était pas trop agréable, les boches lançaient à tout moment des fusées éclairantes et l'on y voyait comme en plein jour. Donc je disais que je me décidais à partir. Je reprends le chemin parcouru la veille. Je sentais que le soulier était plein de sang et il me tardait de me mettre en sûreté pour me panser. Enfin, après des efforts inouïs j'arrive près de la tranchée française. Je m'y précipite, et je pousse des soupirs de soulagements qui vous auraient effrayés si vous aviez été là. Après quelques minutes de respiration, des camarades qui étaient dans la tranchée, m'enlèvent les souliers, plein de sang me lavent un peu le pied et m'y appliquent, le pansement que nous portons toujours sur nous. Voilà, chers parents, comm

mari, je m'en suis tiré à si bon compte. Une fois pansé, je me dirige vers l'infirmerie, qui n'est pas bien là, appuyé sur une béquille car je pouvais à peine poser le pied à terre. Alors, on me met un nouveau pansement et on me fait monter sur une petite voiture que traînait un seul homme, et on me mène comme ça aux « Rendez-vous de chasse ». J'oubliais de vous dire, que tout cela se passait au bois de Chizzée, à un endroit qu'on appelle (prend des 4 enfants.) Au Rendez-vous de chasse il y avait des autos toutes prêtes à partir, et on me fait monter dedans. Vous devez penser si j'en poussais des soupirs de soulagement. Après une demi-heure d'attente l'auto se met en marche et nous dirige sur l'ambulance la plus proche. C'est à Clermont en Argonne que nous descendons de l'auto. Là on nous fait tout quitter, équipement, sac, envoi... et nous fait monter dans le train. Vous voyez

par là, que l'évacuation des blessés est admirable, et l'on ne reste pas sans être soigné. Voilà mon petit journal en résumé. Ne vous inquiétez pas trop, car moi, voyez-vous je l'aurais achetée cette balle là, et j'en suis très content, vu que maintenant je n'en souffre pas trop. Et nous voilà, roulant sur le train, nous ne savons pas encore où que nous allons. Nous sommes en ce moment entre Sens et Joigny dans l'Yonne. On nous disait que nous allions dans le Midi, mais je crois que nous allons vers Orléans ou Bordeaux. Je vous dirais, chers Parents que nous sommes très bien vus par la population civile. A Sens, il y a une bonne dame jeune, vêtue en noir, qui nous a apporté un tas de choses, oranges, biscuits pain blanc, pommes, cigarettes. Quand elle nous a offert toutes ces choses, elle a éclaté en

sanglots. Elle m'a fait venir les larmes aux yeux, tant elle était affligée. C'était une jeune femme qui venait de perdre son mari, tué à l'ennemi, et elle nous donnait tout ce qu'elle avait. Maintenant dans toutes les gares que nous traversons c'est la même chose. Il ne nous manque rien café, thé, lait, vin, etc. On a de tout. Et nous roulons, roulons toujours. Quand je saurais ma nouvelle adresse, je vous l'enverrais de suite, donc n'envoyez plus rien jusqu'à ce que sachiez mon adresse. Quand au paquet que vous m'avez envoyé, j'ai dit à Sioch de le prendre et de le manger avec les camarades de l'escouade car il resterait trop longtemps pour que le touche. J'ai reçu la lettre dans laquelle il y avait le billet de 5 f. juste à temps. Je termine en vous embrassant tous bien fort. Votre fils qui vous reverra bientôt. Le bonjour à ... aux voisins. Puech Armand

さて、出発することに決めたと言いましたが、昨日通った道を引き返すのです。靴の中が血でいっぱいになっているのがわかりました。早く安全なところに行き、包帯をしたいと思っていました。これまで経験したことのない、とてつもない努力をして、ついにフランス軍の塹壕近くにたどりつきました。私は急いで駆け寄り、安堵でうめき声を発しました。もし皆さんがその場所にいたら、怖くなるような声で。何分間か息をついてから、塹壕にいた仲間が血でいっぱいになった靴を脱がせてくれ、少し足を洗ってから、常時携行している包帯を巻いてくれました。こうして、ご両親様、うまく窮地を脱することができたのです。

　包帯を巻き終わると、杖につかまって、離れた救護所に向かいました。ほとんど足を地面につけることができなかったからです。そこでまた包帯をとり替え、一人の男があやつる小さな車に乗せられ、「狩の待ち合わせ場所」までつれていかれました。言い忘れましたが、こうしたすべての舞台となったのは、シェピーの森の「4人の子供の橋」と呼ばれる場所でした。「狩の待ち合わせ場所」についたら、自動車がすぐに出発できる状態になっていて、それに乗せられました。ほっと安心してため息をついたことと、お察しいただけると思います。30分ほど待つと自動車が走り始め、最寄りの野戦病院へと向かいました。クレルモン゠アン゠ナルゴンヌ⁽⁶⁾で自動車を降り、そこで我々はすべての持ち物、装備やら背嚢やら足掛け布団やらを取り上げられ、列車に乗せられました。これでおわかりのように、負傷兵の後送は見事な手はずで、手当てもきちんとおこなわれます。以上が私のかいつまんだ日誌です。あまり心配しないでください。なぜって、お金を払ってでも、この弾丸を欲したことでしょう。もうあまり痛くはありませんから。私は非常によかったと思っています。

　今、こうして列車に乗っていますが、どこに行くのか、まだわかりません。現在、ヨンヌ県のサンスとジョワニー⁽⁷⁾の間を走っています。南仏に行くという話を聞きましたが、私はオルレアンかボルドーの方に行くのではないかと思います⁽⁸⁾。

　ご両親様、我々は一般市民からとてもよく見られています。サンスでは喪服を着た優しい若い婦人がオレンジ、ビスケット、白パン、りんご、煙草など、たくさんのものを持ってきてくれました。こうしたものを我々に差し入れるとき、その人は泣き出してしまいました。目に涙を浮かべ、私を呼び寄せました。それほど悲嘆に暮れていたのです。その若い女性は、夫が戦死したばかりで、持っているものをすべて我々に与えてくれたのです。我々が通過するどの駅でも、同じことの繰り返しです。足りないものは何もありません。コーヒー、紅茶、牛乳、ワインなど、なんでもあります。

　列車はひたすら走っています。新しい住所がわかったらすぐにお知らせしますので、住所がわかるまでは何も送らないでください。もう発送していただいた小包については、ピオッシュに、受け取って分隊の仲間と一緒に食べるように言っておきました。ピオッシュは長い間いるはずですので。5フラン※札の入ったお手紙は、ぎりぎり受けとりました。

　最後に、お二人のことを強く抱きしめます。

　まもなくお二人に再会するであろう息子　アルマン・ピュエシュより

　レアとご近所のみなさんによろしく⁽⁹⁾

第 2 章　1915 年

Enveloppe expédiée du même hôpital l'année suivante par le même expéditeur.

---

(6) クレルモン=アン=ナルゴンヌ Clermont-en-Argonne は、この戦闘の舞台となった場所から約 12 km 南にあり、鉄道も走っていた。

(7) ジョワニー Joigny はサンスの南 25 km にある街。手紙の冒頭に「サンスにて」と書かれていたから、サンスで長い手紙を書き始め、そのうちに列車が動き出していたのかもしれない。

(8) 実際には、この後、ピュエシュはフランス中央部ブールジュの北西 30 km にある街ヴィエルゾン Vierzon の病院に収容されることになった。この約 1 か月後の 3 月 15 日にヴィエルゾンの病院から両親宛に書かれた手紙には、「私の怪我は日ましに治っており、きっとまもなく退院になるでしょう」と書かれており、また今回の攻撃についても「攻撃前には 50 人〜52 人いた第 3 小隊で残ったのは 5 人だけでした」と、ほぼ壊滅状態だったことが書かれている。

(9) この手紙の封筒は残っていないが、ピュエシュが翌 1916 年 2 月下旬にヴェルダンの戦いで負傷（p.162 参照）したのちに、同じヴィエルゾンの病院から書いた封筒があるので、掲載しておく。封筒の左下の差出人欄には、斜めに「シェール県ヴィエルゾン第 47 臨時病院 第 6 病室、ズワーヴ第 2 連隊アルマン・ピュエシュ」と書かれている（部隊が転属になっている）。封筒の左上には女神座像印*が逆向きに押され、その外周には「第 8 軍団 第 48 臨時病院 院長」と書かれている。右側の消印は「シェール県ヴィエルゾン、16 年 3 月 17 日 13:35」。宛先には「エロー県カネ村 地主ポール・ピュエシュ様」と書かれているが、これは父親ではなく、おそらく叔父などの親戚だと思われる。

1915 年 2 月 22 日 ── ランス砲撃と地下室への避難

　パリの北東にあるランスは、1914 年 9 月 4 日～ 12 日にドイツ軍に占領され、その後もこの街の北東にドイツ軍が陣取ることになったので、9 月 19 日のランス大聖堂への砲撃以降、度重なる砲撃を受けた。開戦当時は人口 11 万人台だったランス市民の多くは避難したが、1915 年初めの段階でまだ 2 万 5 千人の市民が残っていた。次の葉書を書いた女性もそのうちの一人である。

　この葉書が書かれた前日の 1915 年 2 月 21 日の夜はとりわけドイツ軍の砲撃が激しく、市民約 20 人が犠牲になった。[(1)] 葉書は同じマルヌ県内の親戚に宛てて、小さな字でびっしりと書かれている。

1915 年 2 月 22 日、[(2)] ランスにて　おば様

　20 日付のお手紙を昨日 21 日に受け取りました。すばらしく時間ぴったりですが、お葉書の方はまだ届いておりません。いとしいおば様の知らせを得て喜んでおります。

　昨日の日曜、私たちは散歩に出て街全体を見渡せる道を歩きました。そこからは、例の要塞が建っている丘も、また……ドイツの塹壕の白っぽい線まで（！）非常にはっきりと見えました。[(3)] 最近父が知りあった収税吏も一緒で、色々と興味深い説明をしてくれました。

　日が暮れると騒がしくなりました。すでに新聞でご存知かと思いますが、昨日の夕方と夜は規則的な砲撃を受けました。わが軍の大砲も怒濤のように応戦し、一風変わった雄大な嵐のようでした。ドイツ兵どもは私たちの成功の代償が高くつくようにしようと考えており、私たちを欠乏させてやろうとしているようです。しかし彼らよりも強力な、私たちを守ってくださる方がいらっしゃいます。[(4)] 昨日の祈りにお気づきになりましたか？　私たちにとてもふさわしい、選ばれた祈りでした。[(5)]

　自宅は窓ガラス一枚割れませんでしたが、今朝街に行ったら、悲しむべき状態になっていました。今朝はサン＝ジャック教会ではステンドガラスの破片を踏みながら歩きました。[(6)]

　昨晩はしばらく前方の地下室におりていました。[(7)] 愛情をこめて　マドレーヌ

〔宛名〕　マルヌ県シャロン＝スュール＝マルヌ[(8)]　ティトン通り 19 番地　ブーランジェ様

---

(1) Cochet, 1993, p. 75.

(2) 消印も「マルヌ県ランス中央局、15 年 2 月 22 日」となっている。

(3) ランスの街を丘の上から眺めた光景を描いたものとしては、実際に目撃したジャン・コクトーが書いた小説『山師トマ』に次のような一節がある。「ギヨームが砲火の洗礼を浴びたのはランスにおいてだった。到着して丘の上から眺めると、街は下の方に、ジャンヌ・ダルクの火刑台のように見えた。その暗い煙は、まるで海上の客船の煙のように平たく遠くまで棚びいていた。」（Cocteau, 2006, p.389-390. 河盛訳 p.36 では「ランス」が誤植で「フランス」となっている）。

(4) イエス・キリストまたは守護聖人などを念頭に置いているものと思われる。

(5) 日曜のミサで捧げられた祈りが時宜にかなった内容のものだった、ということ。

(6) サン＝ジャック教会はランス大聖堂のすぐ西側にある。

(7) フランスの伝統的な家には地下室が存在し、冷蔵庫がなかった時代には地下室で食料が保存されていた。とくにランス周辺はシャンパーニュ（シャンペン）の貯蔵のために広大な地下室が存在した。砲撃や爆撃が日常化

第 2 章　1915 年

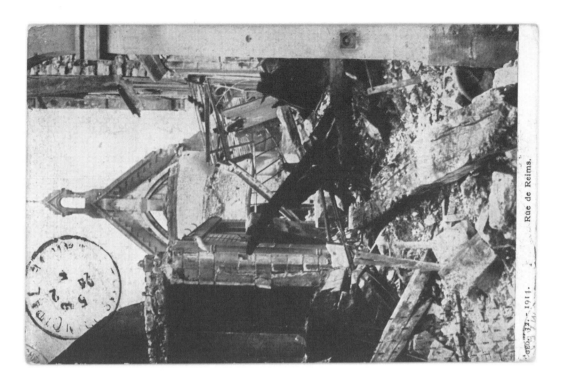

　　すると、こうした地下室で市民生活が営まれ、市役所も地下に移され、学校の授業も地下でおこなわれた。
(8) シャロン=スュール=マルヌ Châlons-sur-Marne（現シャロン=アン=シャンパーニュ）はランスの約 40 km 南東にある街。1914 年 9 月上旬にドイツ軍に占領されたが、フランス軍が奪還し、一般市民も住んでいた。

93

1915 年 3 月 1 日 ― 軍に出頭せずに失踪した弟

　フランス軍の首脳部では、戦争が始まったら、戦争反対論者の呼びかけに応じて軍に出頭せずに行方をくらます者が最大で 1 割程度いるのではないかと試算していた。実際には、そうした者は動員対象者の 1.5 ％ 程度にとどまったが、中立国だったスイスやスペインの近くに住む者の中には、アルプス山脈やピレネー山脈を越えて国外に逃亡する者も少なくなかった。[(1)]

　次の手紙は、フランス南東部にある大都市リヨンに住んでいた女性が姉または妹に宛てたもので、兄または弟が軍隊に行かずに行方不明になり、慌てているようすが書かれている。リヨンもスイスに近いといえば近い。

　正確な背景はわからないが、「自宅から行方不明に」なったと書かれ、連隊に「戻る」ではなく「行く」のが怖いと書かれていることから、脱走したのではなく、徴兵対象となりながら軍に出頭せずに失踪したものと思われる。

　この差出人の女性が不安に思っているのも無理はない。指定の日時までに軍に出頭しなかった者は「徴兵忌避者」と見なされ、つかまれば重罰を科される可能性もあったからである。この女性は、捜索に来た憲兵たちから「最悪の場合は軍法会議にかけられて銃殺されるかもしれないぞ」と脅かされていたのかもしれない。[(2)]

　リヨンにて、1915 年 3 月 1 日[(3)]

　親愛なるお姉さま

　ほんとうに信じられないようなことをお知らせしたいと思います。

　弟のクロードが先週の月曜の昼に自宅から行方不明になり、それ以来、姿を見せていないのです。連隊に行くのが怖いからだと、みな思っています。

　私がどれほど困って、気が動転しているか、お察しください。あらゆる手を尽くして探しました。3 日間探しまわっても、探し出す任務を帯びた 6 人の男たち[(4)]は何も見つけられませんでした。私が不安と絶望にさいなまれて、もう 7 日が経ちます。

　お姉さまも、お住まいの街にいないかどうか、ご覧になってください。不幸なことになるのではと案じております（このかわいそうな子供たちはどうなるのでしょう）[(5)]!!!

　でも、心配なさらないでください、見つかるものと希望を捨てないでおりますので。

　私からの愛情を信じ、親愛の気持ちをお受け取りください。

　やさしくキスをします。

　　　　　　　　　　　　　　　　　　　　　　　　　　サイン（アントワネット）

---

(1) Cochet & Porte, 2008, p.328.

(2) 実際には、徴兵忌避者に対しては罰を軽くして、さっさと軍に送り込むことが多かった（Le Naour, 2014, p.264 ; Cazals & Loez, 2012, p.246）。

(3) この手紙のレターヘッドにはリヨンのコルセット用品専門店の広告が入っている。封筒は散逸しており、便箋だけが残されている。

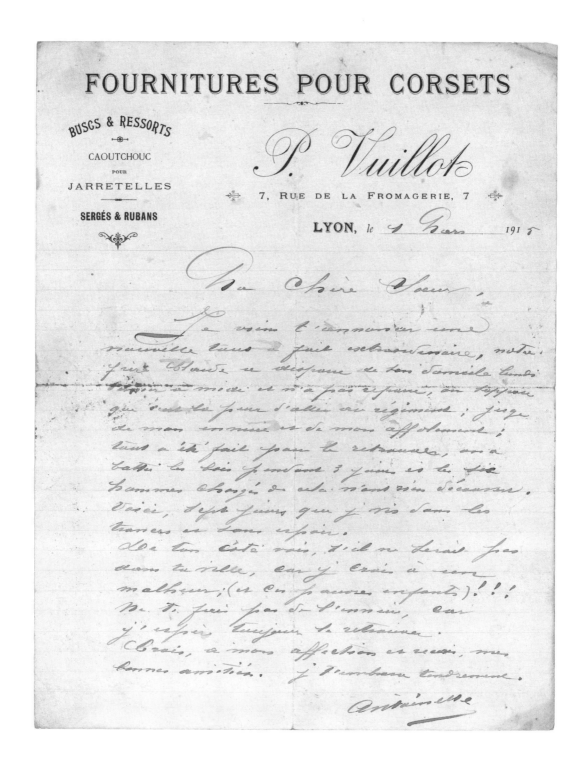

(4) 徴兵対象者を軍に連れてくるのは憲兵の役目だった。この「6人の男たち」とは、必ずしも憲兵6人という意味ではなく、たとえば憲兵1人とその指示を受ける民間人5人ということも考えられる。
(5) 軍に出頭しなかった者の名は、周囲の村々にまで貼り出された。これにより、家族が村八分のような扱いを受けることもあったという。

1915 年 4 月 2 日 ── 両軍の間に放置されたままの死骸

　次の手紙は、フランス北部の塹壕にいた兵士が銃後の民間人の友人男性に宛てたもので、これまで体験してきたことが取りとめもなく書かれている。封筒には 1915 年 4 月 3 日の部隊印が押されている。

4 月 2 日 金曜

　今のところ、あいかわず塹壕にいます。10 月 18 日以来、戦闘がありません。ここの陣地を守ってるんですが、これからどうするのかはわかりません。起こったことを見ると恥ずかしい気持ちになります。というのも、フランス軍の第一線とドイツ野郎どもの第一線の間には 6 か月前から横たわってる哀れな(1)フランス兵の姿が見えるからです。我々の背後にも 6 か月前からドイツ野郎の死骸があります。あれはフォークークール攻略のときの死者です。そう、今もぼくはここにいるわけです。あのときは、ものす(2)ごい犠牲者が出ました。

　今は塹壕にいます。とくに夜の間はドイツ野郎を見張ってます。あいつら、しょっちゅう斥候にやってきますから。見張りをしてるときは眠る時間などありません。でも昼間はかなり静かで、かろうじて時々 67 mm 砲がしばらくぼくたちの眠気を吹き払いにやってくる程度です。でも、見事な働きをする我らが小さな 75 mm 砲にはかないませんよ。見事な働きをするのを見たんです、何列もの兵士たちをなぎ倒したんです。あいつら、逃げる暇もなく、バタバタと折り重なって倒れるのが見えました。

　いずれにせよ、今のところ、そんなに不満はありません。詳しくは書きませんが、かなりいい食事が出ます。1 か月半の間、ヴォージュにいたときは腹が減って死にそうで、4 日か 5 日ごとにしかパンに(3)ありつけず、それも灰色に覆われてたんですから。だから、パンが食べられるようになって満足してます。ずっとモミの森の中にいたんですよ。一番よくてスモモの蒸留酒くらいでした。それはドイツ領アルザスにありました。あそこは、よい家もありましたが、悪い家もありました。なにしろ、通りすぎたあとで裏切られたんですから。しかも、我々があの人々に痛い目にあわせてやることは禁止されていた(4)んです。でも、もしまたあそこに行くことがあったら、あの人々を許してはおきません。ドイツ野郎どもだって、ここフランスで残酷なことをしているんですから。折り返しお返事をください。

　それに、戦線から遠く離れてる銃後の人たちは、もしこちらで起こっていることを知ったとしたら、とっくの昔にみんな反乱を起こしていることでしょう。まあしかし、これ以上言うのはやめときましょ(5)う。あなたは新聞が書くことを信じているんでしょうから。私は実際のことを知りすぎているんです。

〔宛先〕　軍事郵便　イゼール県サン＝マルスラン経由シャット村　オーギュスト・ヌーリ様

---

(1) 両軍の中間地帯を英語で「ノー・マンズ・ランド」no man's land と呼ぶ（この語の初出は 1914 年末）。
(2) フォークークール Faucoucourt はパリの北東、ラン Laon とソワソンの間にある村。
(3) フランス北東部のロレーヌ地方とアルザス地方の間にあるヴォージュ山脈のあたりを指す。
(4) 一進一退の攻防の結果、フランス軍が来たりドイツ軍が来たりするたびに、フランス語とドイツ語を話すアルザスの住民は、やって来た軍に迎合し、いなくなると密告や裏切りをおこなうこともあったらしい。
(5) 前線での生活は、後方の新聞が書き立てているような快適なものではなく、実際には兵士たちの置かれている環境は劣悪なものだから、もし本当のことを兵士の家族たちが知ったら、兵士の待遇改善を求めて反乱を起こすことだろう、という意味に解釈できる（新聞の報道と実際の境遇との落差については p.112 を参照）。

第 2 章　1915 年

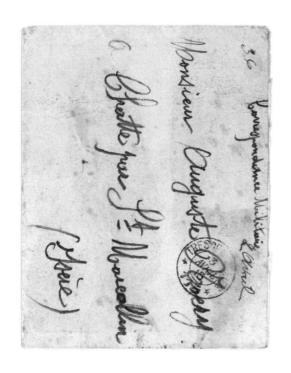

1915 年 4 月 23 日 ── 戦地に赴く直前の重苦しい雰囲気

開戦当初は、戦地に赴く兵士たちの手紙は勇ましい雰囲気のものも多かったが、実際に砲火の洗礼を受け、多くの仲間が死傷し、大砲や機関銃の威力を肌で感じてからは、そうそう前向きな考えを持つ者ばかりではなくなっていた。

次の葉書は、写真を葉書用紙にそのまま現像して作られた「カルト・フォト※」と呼ばれるもので、写っている 4 人のうちの誰かが差出人である。

葉書の相手は友人だと思われるが、一般に、妻や両親には心配させるようなことはあまり書かず、友人には本音を漏らす傾向がある。

ボモン[(1)]にて、1915 年 4 月 23 日

親愛なるオクターヴへ

ぼくのことを忘れていないことがわかり、うれしく思いつつ、返事を書く。このハガキを送ろう。どれがぼくだかわかると思うけど、あまり写りがよくない。仲間が写してくれたもので、カメラの調子がよくないからね。一緒に写っている 3 人は一緒に戦火をくぐった仲間だ。見てのとおり、4 人とも楽しくはない。ここに到着してから、ぼくはまだ何もしていない。かつてないほど、怠け者のようになっている。

親愛なるオクターヴよ、君だからこそ言えるんだが、ぼくはこれから再び戦いに出かけようとしているんだ。上の連中は、すっかり留守部隊※をからっぽにし、我々を 15 年組[(2)]と一緒にして出発させようとしているんだ。我々ベルフォールの約 8 千の兵が戦地に赴こうとしている。使える者はどんな者でもかき集め、歩兵連隊を作ろうというわけだ[(3)]。まだ戦争は終わっていないからね。8 月よりも前には終わりそうにないよ。

あっちでもこっちでも、みんな嘆いている。涙を流している奴もいる。順調にいけばいくほど陰うつになる。でも、しかたないじゃないか、勇気を持たないと。きっといつか終わるはずだから。

さしあたって、他に特に書くべき新しいことはない。ご両親によろしく。

親愛なるオクターヴよ、心からの握手を受けとっておくれ。(サイン)

---

(1) ボモン Bosmont という地名はいくつか存在するが、本文中に「我々ベルフォールの約 8 千の兵」と書かれているので、ここではフランス東部の堅固な要塞都市ベルフォール Belfort を取り囲む要塞群の一つ、ボモン要塞を指すと思われる。ボモン要塞は、ベルフォール市内から見て南東の丘の上にあった。ここに写っている右から 2 番目と 4 番目の兵士の軍服の襟に縫いつけられた連隊の番号を拡大して見ると「172」と書かれているように見える。実際、歩兵第 172 連隊はベルフォールに駐屯していた。ベルフォールは前線からは離れていたから、この写真に写っている建物も無傷のままとなっている。

(2) 15 年組※とは、1915 年に 20 歳になる（つまり 1895 年生まれの）兵隊のこと。この葉書が書かれたのは 1915 年なので、19 歳か 20 歳の新米兵を指す。それとは対照的に、差出人はおそらく 30 歳前後の年季の入った兵士ではないかと思われる。この前後の記述から、差出人はベルフォール（ボモン要塞）の留守部隊※にいたと推測される。

第 2 章　1915 年

(3) 連隊を再編する必要があるということは、戦闘で部隊が壊滅的な被害を受けたことを意味する。このあたりは軍上層部に対して皮肉な調子で書かれている。

1915 年 4 月 30 日 ── 尻の軽い女は煙突の数よりも多い

　戦争の長期化に伴い、血気盛んな兵士たちは性的欲求のはけ口を探した。戦地に近い村の住民は食べ物に困り、逆に軍では食べ物は支給されたから、兵士たちが食べ物を持っていって現地の女たちと親密になるという現象も見られたらしい。[(1)]

　次の葉書は、北仏アルベール[(2)]の近くの村にいたと思われる兵士が友人の兵士に書き送ったもので、こうした「尻の軽い女」たちのことや性病のことが書かれている。一般に、両親や妻への手紙には書かないことも、友人には書く傾向がある。

1915 年 4 月 30 日

親愛なるジャンへ

　君からの葉書を受けとったよ。君があいかわらず元気で、そこそこ幸せにやっていると知って喜んでいる。ぼくも君と同じで、時間が長く感じられるけれど、まあしかたがない、まだこんな感じで何か月も続くんだろう。でも、そこまで大変すぎるわけではないから。ぼくたちは信じるしかないからね。

　君に教えてもらって、あれやこれやの災難があったことを知ったよ。本当につらい目にあっている家族がたくさんあるんだね。君の葉書と同時に、ヴィクトルからも手紙をもらったけれど、だんだん良くなっているらしいよ。あまりそうしたことを考えてはだめだよ、悲しすぎるから。

　現在、我々はいつでもここを引き払えるよう、警戒態勢が取られている。5 か月前から同じ村にいるんだから、やっとかという感じだけれどね。出発するときは、おもしろくなりそうだよ。だって、多くの兵隊は既婚者で（ぼくは違うけれど）、涙や歯ぎしりが見られそうなんだ（この村はなかなかよくて、ある上官の表現によると「尻の軽い女が煙突の数よりも多い」ほどだったんだ）。我々は、ほぼ戦線に沿って 75 km 以上前進することになりそうだ。公式ではなく非公式な情報だけれどね。

　君のインキンタムシがすっかり治ったことを願っている。性病としては、たいしたことはないな。名前の違う、もっと怖い病気をうつされることもあるんだから。[(3)]女に乗っかってねえ……[(4)]ふざけて言ってるんじゃないのか。それでは、ジャン、少し勇気を出せよ、心配するな。いずれ終わるさ、そうしたら一緒に年代物のミュスカデを飲みにいこう。なんとすばらしい日になることだろう。敬具（サイン）

　ぼくの写真を送るよ。やせていないのがわかるだろう。

---

(1) 小説『西部戦線異状なし』でもこうした場面が描写されている（レマルク , 1955, p.204-211）。大戦中は、経済的に困窮した女性のなかには「臨時の売春」をする者が現れ、パリや前線に近い大都市では兵士相手の売春宿が繁盛した（Cochet & Porte, 2008, p.853）。パリの街角には喪服を着た素人の売春婦も立つようになっていた（河盛, 1997, p.270）。

(2) アルベール Albert は北仏アミアンの北東 30 km にある街。1914 年 8 月 29 日〜9 月 14 日にドイツ軍に占領され、その後は仏英軍が支配したが、前線近くに位置していたので、激しい砲撃を浴び、街は廃墟と化した。この絵葉書の写真説明には「1914 〜 15 年の大戦、アルベールの廃墟」と書かれている。写真中央の大聖堂の鐘塔の頂部に設置された聖母マリア像は、1915 年 1 月 15 日の砲撃によって水平に傾いたので、それ以前に撮影された写真であることがわかる。この街は 1916 年のソンムの戦いではイギリス軍の出撃の拠点となった。

(3) 梅毒のこと。梅毒は大戦前からフランスで大流行していたが（Le Naour, 2002, p.128）、「戦後に作成された報告

第 2 章　1915 年

書によると、フランス軍の梅毒患者は50万人にのぼった」（Lopez, 2000, p.60）。
(4) こうした「乗っかる」という意味で montage という言葉を使うのは、通常の辞書には載っていない俗語表現。友人は「女に乗っかって」性病をうつされたと書いて送ってきたらしい。

101

1915 年 5 月 10 日 ── ルシタニア号沈没の 3 日後

　この大戦では、戦闘の場が 2 次元から 3 次元へと広がった。科学技術の進歩に伴い、飛行機が次第に高く飛ぶようになる一方で、兵士たちは地下にもぐるようになり、海では潜水艦が活躍した。

　ドイツの潜水艦は猛威を振るい、とくに英仏海峡やイギリス近海で沈没する船が相次いだ。たとえば 1915 年 1 月 1 日にはイギリスの戦艦フォーミダブルが魚雷を受けて沈没し、550 人近い死者が出た。5 月 7 日にはニューヨークからイギリスに到着しようとしていた豪華客船ルシタニア号がドイツの潜水艦の魚雷を受けて沈没し、120 人以上のアメリカ人を含む 1,200 人前後の乗客が死亡するという「ルシタニア号事件」が発生した（p.84 参照）。

　次の葉書は、このルシタニア号事件の 3 日後、イギリスを対岸に望む北仏の港街ル・アーヴルに停泊していた駆逐艦「エピウー」の乗組員が、自分の乗り組んでいる船の写った絵葉書を使用して書いたもので、ドイツの「潜水艦を駆逐しに出港」すると書かれている。

　ル・アーヴル⁽²⁾にて、1915 年 5 月 10 日

　レーご夫妻

　さきほどオーレリーからの手紙を読んで、うれしく感じました。ご心配なく。私の状況については動きがあり次第お知らせします。アンドレがどうしているか知らせていただけると有難いのですが。たぶん元気にしていると思いますが。

　我々はシェールブールに 1 週間とどまり、小さな修理をしてからこちらに来ました。帰途、ものすごい嵐に襲われました。夜間、70 海里（130 km）進むのに、いつもなら 4 時間のところ 13 時間もかかりました。ですから、みんな今朝はあまり元気がありませんでした。でも時間がたてば元気になるでしょう。明日はまた潜水艦を駆逐しに出港します。

　この私の艦艇をご覧になって、いかかですか。小さいでしょう。船に乗るのも、いいことばかりとは限りませんよ。

　心からの握手を送ります。敬具　ジョルジュ・ドゥーラ

　〔写真面の書込み〕　若き友人の思い出（サイン）

---

(1) 駆逐艦エピウー Épieu は、排水量 300 トン前後、全長 60 m 未満の小さな艦艇。当時は英仏海峡で活躍していた。この後、1915 年 9 月以降に地中海方面に移動することになる。葉書の左上の説明に「駆逐艦『エピウー』」と書かれている。舷側の「EP」の文字はエピウーを意味する略号。

(2) ル・アーヴル Le Havre はフランス北西部ノルマンディー地方、英仏海峡に面する港街で、セーヌ河の河口にある。

(3) シェールブール Cherbourg も英仏海峡に面する港街で、ル・アーヴルよりも直線距離で約 125 km 西にある。シェールブールには海軍の造船所があった。

(4) 「海里」を km 単位に換算するにあたって、差出人は「120 km」と書いてから「130 km」と書き直している。

(5) 小さな船の方が、波にもまれて船酔いも激しくなる（p.166 参照）。

第 2 章　1915 年

103

1915 年 5 月 16 日 ── 砲兵隊の馬と戦場のミサ

　4 年間以上続いた大戦の間に次々に新しい兵器が開発され、途中から戦車も投入されるようになったので、象徴的に「馬から戦車へ」という言い方がされることがある。

　実際には、馬に乗った騎馬隊による攻撃は、銃火器の発達によって開戦時点ですでにほぼ過去のものとなっていたが、特に野戦砲兵隊では、フランス軍で主力となった小型の 75 mm 砲とその砲弾を運ぶために馬が活用され、兵の数とほぼ同数の馬がいた。ここで取り上げる絵葉書でも、写真説明に「1914 〜 15 年の大戦、前線で陣地を変更する我らが 75 mm 砲の砲兵中隊」と書かれている。

　文面を読むと、戦地にいる父が子供に送ったもので、戦場での日曜日のミサのようすが語られている。この葉書が書かれた 5 月 16 日は日曜だった。

1915 年 5 月 16 日 午前 6 時

　あいかわらず森の中にいるが、今日は日曜で、ズワーヴ兵[(1)]が大きな樫の木のもとに祭壇をしつらえ、これから司祭様がミサを執り行おうというところだ。[(2)]

　祭壇は、テーブルの役割を果たす単なる板でできていて、葉の茂みに囲まれている。司祭様みずから若干の装飾具と儀式に必要なものを持参している。

　天気もよく、とりわけ 1,200 m 先にはドイツ野郎どもがいて、大砲の音が時々しかやむことがないから、なかなかの壮観だ。

　私の代わりにママとパンフェに抱擁してくれ。それでは。

父より　サイン

〔写真上部の書込み〕　こうした弾薬車は、通常、6 頭から 8 頭の馬で牽引される。

---

(1)「ズワーヴ」とは、もともと 1830 年にフランスがアルジェリアを植民地化する際にアルジェリア北部の原住民をフランス軍に組み込むために作られた歩兵部隊（またはその部隊に属する兵士）を指す。その後、アフリカ原住民は「狙撃兵」部隊（p.22 脚注 3 を参照）に編入されるようになり、第一次世界大戦当時は、ズワーヴ連隊は基本的には全員フランス人で編成されていた。1915 年（大正 4 年）当時の日本の雑誌にも「ヅーアーブ兵」について「昔時アラビヤ土人より募集編成せられたるもの、今はアラビヤ服装をなせる佛人なり」と書かれている（『欧洲戦争實記 増刊 第四世界大戦寫眞畫報』14 號）。実際、軍服はアルジェリアの民族衣装に由来する、だぼっとしたズボンや円筒形の帽子などが受け継がれた。歩兵連隊からズワーヴ連隊に転属になった南仏出身のアルマン・ピュエシュ（p.86 参照）も、1915 年 6 月 10 日付の手紙（筆者蔵）で「インド人みたいな格好です」と書いている。ただし、この軍服は実戦向きではなかったので、1915 年以降は、儀式や観兵式のときを除いて、目立たない地味な軍服に切り替えられた。

(2) 従軍司祭は、戦場に同行してミサなどを執りおこない、兵士たちの精神状態を安定させる役割を果たした（p.46 参照）。

1915 年 5 月 23 日 ── タウベの爆弾でパニックになったパリの人々

　ドイツの軍用機「タウベ」は、開戦直後のドイツ軍の快進撃にあわせ、1914 年 8 月末に初めてパリに飛来して爆弾を投下し、その後もしばしばパリにやって来た。1915 年 3 月 21 日には初めて飛行船ツェッペリンもパリに飛来して爆弾を落としていった。まだ航空技術が未熟で、重い爆弾は積めなかったから、被害は軽微だったものの、パリの人々に心理的な恐怖を与えていた。

　次の葉書は、イタリアがフランスの側に立って参戦した 5 月 23 日に書かれている。絵葉書の通信面には「フランス国民援助の日」という文字が印刷されている。[1]

　ポーレット様

　ご親切なことに、私たちが戻るのを待っていたかのようにタウベが姿を現しました。

　昨日、私たちがシャン＝ド＝マルス通りにいたとき、2 度の爆発音を聞きました。なにか崩れるような音でした。振り返ると、路面電車でした。「なんだ、ばかね。落ちつきなさい、路面電車よ。」と私は思いました。でも、パリの人々は落ちついていませんでした。子供たち全員と、その界わいにいた人々が駆け出し、大人も子供のあとをついていきました。鳩よりもたいして大きくはない鳥が飛び去り、雲[2]の中に消えていくのが見えました。

　すぐに、いろいろな噂が飛びかいはじめました。「タウベが 2 発の爆弾を落としたのよ。」「パリ上空には 3 機のタウベがいる。エッフェル塔からタウベを撃ったんだ。[3]」「そんなことないわよ。エッフェル塔はイタリアがドイツに宣戦布告したのを告げただけよ。」[4]

　建物のアーチの下で、ぶるぶる震えている小柄な婦人に会いました。路面電車に乗っていたら爆弾が落ちてきて、真上に落ちてきたと思ったそうです。なんという取り乱しようだったでしょう !!!

　本当のことを知るために、私たちは教えられた場所を見にいき、被害を確認しました。何枚かのタイルが割れていました。本当にそれだけで、こんなに大騒ぎだったわりには、微々たる結果です！ 今夜はツェッペリンがやってくるかと思っていましたが、何もやってきませんでした。私たち二人から、みなさんお二人にキスを送ります。　　　ジェルメーヌ

〔イラスト面の右下〕　15 年 5 月 23 日

---

(1) 大戦中は「何々の日」と称してメダルや絵葉書などを販売し、売上を慈善事業に寄付する試みがよくおこなわれた（p.194 脚注 10 参照）。1915 年 5 月 23 日と 24 日は「フランス国民援助の日」とされ、その一環としてこの絵葉書が販売されたらしい。絵柄は、三色帽章を頭に飾ったフランスの化身「マリアンヌ」を思わせる女性が、戦争で夫や父を亡くした未亡人や孤児などに援助の手を差しのべているところを描いたもの。

(2) ドイツの軍用機「タウベ」は、ドイツ語で「鳩」を意味し、鳥を模したような形をしていた。それを差出人は知っていたのか、飛行機を鳩にたとえている。

(3) 電波塔だったエッフェル塔は、遠く離れた前線とも通信可能な無線の拠点として、軍事的に非常に重要な役割を果たしていた。防禦のために、サーチライトに加え、エッフェル塔の最上階（3 階）には 8 挺の機関銃、中階（2 階）には 2 門の 37 mm 速射砲が配備されていた。エッフェル塔の下でも、南側のシャン＝ド＝マルス広場と、セーヌ河を挟んで北側のトロカデロ公園に、各 1 門の 47 mm 速射砲が配置されていた（のちにトロカデロ公園は 2 門に増強される）。さらにパリ市内 5 箇所の小高い場所（凱旋門やモンマルトルなど）に機関銃小隊が配備されていた（Lucas, 1934, p.70 および Guy François 将軍の御教示による）。

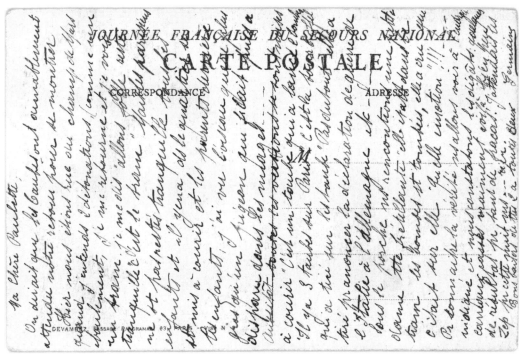

(4) それまで中立を守っていたイタリアは、この葉書が書かれた 1915 年 5 月 23 日にオーストリア＝ハンガリー帝国に宣戦布告し、フランスの側に立って参戦した。この知らせを受け、フランス中が歓迎ムードに沸き立った（これについては、たまたま滞仏中だった島崎藤村のフランス滞在記『エトランゼエ』の末尾付近にも記されている）。この噂の主は、エッフェル塔の守備隊が祝砲を鳴らしたと思ったらしい。

1915 年 5 月 25 日 ── 戦う息子を応援する父親

　5 月 23 日にイタリアが参戦したとき、戦局を冷静に見通せる人々は必ずしも楽観視してはいなった
が、多くのフランス人の士気は一時的にせよ高められた。
⁽¹⁾

　次の葉書は、イタリア参戦の 2 日後、故郷の父親が戦地にいる息子に宛てて書いたもので、この知ら
せを息子を励ます材料に使っている。息子の身を案じながら応援する父親の姿が目に浮かぶ。

　親愛なる息子へ

　おととい送った葉書で、週に一度の食料の小包を今日送るつもりだと書いたが、明日に延期せざるを
えなくなった。蒸留酒も送ろうかと思ったが、今夜にならないと入手できず、郵便局が閉まってしまう
からだ。ニオールから蒸留酒を持ってきてくれるヴァントルーさんは、今夜 7 時の汽車でやっと帰るん
だ。明日、小包に何を入れたか、マルトが手紙を書いて送ることにするよ。さしあり、ここに 5 フラン
札 2 枚を同封しておく。

　昨日、19 日付のおまえの手紙を受け取ったが、その中で、20 日に塹壕に戻ると書いてあったね。と
すると、塹壕から出てきたのは 24 日、つまり昨日だ。その 4 日間のうちに何も変わったことが起こら
ず、無事に宿営地に戻ったことを願っている。しかし、早くおまえからの手紙によって、そのことを確
認したいと思っている。

　今朝、払込みのためにサン゠ジャンに行ってきたが、そこで偶然、勲章の授与式に立ち会った。戦場
で勇敢な働きをして負傷した 2 人の兵隊に対するものだった。授与式はこのうえなく感動的なもので、
列席した人々は皆、心を動かされていた。まっ先に私がね。

　今日はすばらしい日だ。イタリアの参戦を確認できたからだ。

　昨日、イタリアがオーストリアに宣戦布告をした。目下、我々の側に立ち、正義と自由の勝利を確保
するために戦っている。これは平和の時を早め、我々の勝利にとって有利となるような出来事だ。こち
らでは誰もがそう思っており、大喜びでこの知らせを歓迎した。

　ベルトは昨日 2 時に出発した。しばらくしたら戻ってくるはずだ。

　おまえからの次の手紙を待ちつつ、おまえのことを皆で愛情をもって抱擁する。

父より（サイン）

　ルーレーにて、1915 年 5 月 25 日

---

(1) たとえば、のちにフランス大統領となるド・ゴールは、1915 年 5 月 9 日付の母宛の手紙でこう書いている。「私
　は、イタリアが容易に勝利の栄冠を勝ち取ることはないという確信を持ち続けています。ヒンデンブルクの
　ようなドイツ人が 2 つの前線で 10 ほどの軍団をかき集め、イタリア王国の部隊を敗走させる様子を、私はど
　うしても想像してしまいます。しかしこの間に、この 10 の軍団は他の場所に行っていることになるわけです」
　（De Gaulle, 1980, p.181-182）。そのぶん、既存の戦線でドイツ軍が手薄になることだけを、ド・ゴールは期待し
　ているわけである。

(2) ニオール Niort はフランス西部、大西洋に面するラ・ロシェルの東側にある都市。

(3) この葉書は紙幣と一緒に封筒に入れて送られたことがわかる。毎週食料を送っているくらいだから、裕福だっ
　たらしい。また、差出人は教養があったことが文面からわかる。

(4) 前線の兵士は、戦闘以外の時期は、数日間塹壕にいて、数日間少し後方に下がって休むことの繰り返しだった。

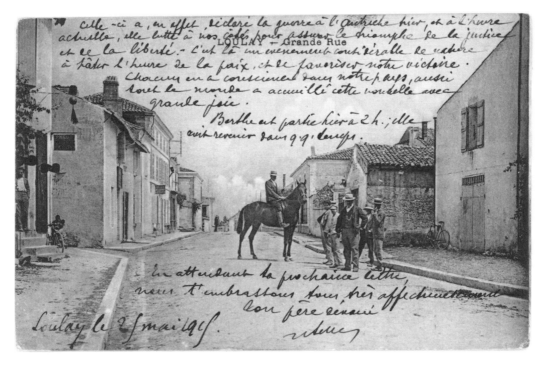

(5) サン゠ジャン゠ダンジェリ Saint-Jean-d'Angély は差出人のいるルーレーから約 12 km 離れた街。
(6) 正確には「昨日」ではなく「一昨日」。なお、実際にはイタリアが参戦しても戦争終結が早まることはなく、まだこれから 3 年半も戦争が続く。
(7) ルーレー Loulay はニオールの 35 km 南にある、この絵葉書の写真に写っている村。

1915 年 5 月 25 日 — 白樺の皮に書かれた手紙

　大戦中は、兵士が差し出す（および兵士に宛てられた）葉書や手紙は、基本的に郵便料金はすべて無料となり、切手を貼る必要はなかった。また、相当な枚数の軍事葉書も軍で支給された。しかし、すべての兵士に行き渡ったわけではなく、また封筒、便箋、筆記用具などは自前で用意しなければならなかったから、こうしたものを購入できる店が存在しない戦闘地域では、書くのに必要なものを家族に送ってもらわないと、書こうにも書けなかった。だから、往復葉書を受け取って喜んでいる内容の葉書が残されているのもうなずける。[1]

　次の手紙は、なんと白樺の木の皮に書かれている。森の中で見張りについていて、紙が手元になかったので、機転を利かせて木の皮を削り取って書いたと本文に書かれている。[2]

　差出人が具体的にどこにいたのかはわからないが、当時の前線で深い森というと、ヴェルダンの西側に広がるアルゴンヌの森などが思い浮かぶ。2 人の女の子の父親だったらしい。

1915 年 5 月 25 日

愛する妻へ

　こちらは申し分なくやっていることを知らせるために、ひとこと書いて送ろう。この急場しのぎのハガキを読んでくれるおまえも、同じだといいけれど。マリアとジェルメーヌも、だいぶよくなっていることを願っている。

　やっとだ！ 現実になったぞ、イタリアがオーストリアに参戦したんだ。あとは、とんとん拍子に進んでいくことを期待しよう。現在、24 時間の予定で見張りについているところだ。ひとこと書き送ろうにも紙がないので、この木の皮の端きれをナイフで削り取ることを思いつき、こうやって書いているというわけさ。「戦時中は戦時中のように」だ。うまいこと考えついただろう。[3]

　こちらは、あいかわらずとても暑い。ほんとうに蚊が凄いったら、信じられないくらいだ。森では蚊が大量に湧いていて、毛虫もいっぱいいる。希望していたとおり、7 月末頃におまえのもとに帰れそうだ。なんという喜びだろう、どんなに幸せなことだろう。[4]

　おまえにちょっとした記念の品があるんだ。ドイツどもの薬きょうを溶接して、ペン軸と鉛筆軸を作ったんだ。近いうちに送ることにするよ。[5]

　よい知らせを心待ちにしつつ、おまえたち 3 人に心からのキスを送る。一刻も早くおまえたちに再会することが私の最大の願いだ。（サイン）

---

(1) 1914 年 10 月 5 日付である兵士が書いた葉書には、こう書かれている。「返事をしたいとは思っていたのだが、いままでは紙や葉書がなく、それがまったくできなかった。ついさっき、ちょうど書くものを探していたところ、君から往復葉書を受けとったんだ。これでやっと君に返事を書くことができる。また、セシーからも葉書を受けとった。セシーは親切に私のことを気づかってくれた。私が返事を書かないのは、書けないからだと伝えておいてくれ。（……）必ず往復葉書を使って書いてくれよ。そうしないと返事ができないから。」（筆者蔵）。

(2) 従軍していた詩人ギヨーム・アポリネールも白樺の皮に詩を書き、この手紙の 10 日前の 1915 年 5 月 15 日付の恋人宛の手紙に同封している（Apollinaire, 2005, p.43-45）。その他にも白樺の皮に書かれた手紙は目にするので、こうしたことが兵士たちの間ではある程度流行していたらしい。

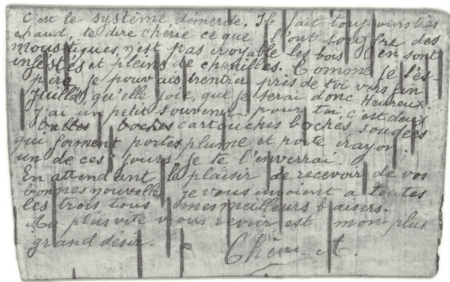

(3)「戦時中は戦時中のように」という諺は p.30 の葉書でも出てきた。あきらめに似た気持ちで使われることが多いが、ここでは「不便があっても機転を利かせて他の手段で対処しよう」という前向きな意味で使われている。なお、この諺に関連し、このページとほぼ同内容の記事を雑誌に寄稿した（大橋, 2018, p.6-8）。

(4) 休暇※を得て一時的に帰郷できることになりそうだ、という意味。

(5) 銃の薬莢は、真鍮などの柔らかい金属でできていたから、銃を撃ったあとに散乱する薬莢を拾い集め、塹壕の暇な時間を利用して細工したわけである。「塹壕の職人芸」（p.124 参照）の一種。

1915 年 5 月 31 日 ── 新聞雑誌は都合のよい情報ばかり流す

　当時の新聞雑誌は、軍や自国にとって不利な内容には触れずに、国民に戦争を支持させるような、都合のよい情報ばかりを誇張して流す傾向があった。これを当時の言葉で「脳みそに詰め込む」bourrer le crâne と表現した。要するに「洗脳する」、「プロパガンダをおこなう」という意味である。

　次の葉書は、前線の兵士が友人夫妻に宛てて書いたもので、新聞雑誌に書いてあることとは異なり、実際の兵士たちはもっと苦労しているのだということを知ってほしいと訴えている。ただし、そうはいっても「大義」によってすべてを受け入れようとしている点も注意を惹く。

　差出人のいた「シャモア農場」と呼ばれる場所の近くのバドンヴィレール村を写した絵葉書が使われている。綴り間違いが多数ある上に、癖の強い字なので、読むのに苦労する。[1]

　シャモア農場にて、1915 年 5 月 31 日

　友人のお二人へ

　友人エドワールからは何度も便りをもらいましたが、お二人がそろって元気でおられるのを知り、喜んでいます。お二人の境遇がうらやましい限りです。

　このいまいましい戦争[2]はだいぶ続くと私は思っています。

　イタリアの参戦で、戦闘は激しくなるでしょう。私はあいかわらず塹壕に 12 日間いて、4 日間休んでいます。

　ときどき、前線の兵隊はいい暮らしぶりをしていると、さんざん書きたてている新聞雑誌を見かけますが、そうした記事を書いているやつらに何週間か一緒に生活させてやりたいものです。そうしたら、あんなふうに脳みそに詰め込む権利があるのかどうか、わかるだろうというものです。一般の人々が[3]思っている以上に、ここには快適さと、とりわけ衛生が欠けています。

　しかし友人たちよ、あまり愚痴をこぼすのはやめましょう。我々が掲げている大義は、みじめさをすべて埋め合わせてくれるでしょうから。

　ご家族のことは忘れたわけではありません。どうぞよろしくお伝えください。そしてレネールご夫妻お二人には、心からの握手をお送りします。

　近いうちにお手紙を拝読できることを楽しみにしつつ

老兵ボーミエルより

---

(1) バドンヴィレール Badonviller 村は、フランス北東部ロレーヌ地方の中でも、アルザスのすぐ手前にある（p.71 の葉書の写真にもなっている）。開戦まもない 1914 年 8 月〜 9 月に断続的にドイツ軍に占領されたが、とくに占領初日の 8 月 12 日には 10 人の民間人が処刑され（Horne & Kramer, 2011, p.626）、多くの家に火が放たれるなど、ドイツ軍の暴虐ぶりが目立った。この絵葉書の写真の上の説明文にも、詳しく「1914 〜 1915 年の戦争、バドンヴィレール村、大通り（1914 年 8 月 12 日、十字印をつけた建物において 81 歳のスパッツ氏が殺された。占領中にバイエルン軍が通りに面した窓に向けて発砲した弾痕が建物に残っている）」と書かれている。

(2) 「いまいましい（呪われた）戦争」maudite guerre という言葉は、当時の私信では頻繁に見かける（本書に取りあげた中でも p.272 と p.282 で出てくる）。

(3) 新聞の書くことが実情とはかけ離れていることに対して、兵士たちが批判的な意見を持っていたことは、p.96 の手紙の最後の方からもわかる。

1915年7月6日 ― 35人中27人が戦死または負傷

戦闘で負傷した場合、死んだ仲間のことを考えれば、負傷しただけで済んでよかったという感想が漏らされることが少なくない[(1)]。

次の葉書は、負傷して後送され、フランス南東部の大都市リヨンの近くのトレヴーの街の病院に収容されていた兵士が書いたもの[(2)]。通常、絵葉書を送る場合は、差出人のいる街や村を写した絵葉書を送るものだが、ここではトレヴー近郊のアルス村の絵葉書で代用されている[(3)]。

「小隊で35人いたうち」戦死も負傷もせずに「残ったのは8人」だけで、連隊も壊滅状態になって「再編」中というのだから、戦闘の激しさがうかがえる。

トレヴーにて、1915年7月6日

ご両親様

元気でいることをお伝えするために、一筆おたよりします。

この病院に着いてすぐに、前線にいる仲間に手紙を書き、ちょっとした出来事のあとでどうなったのか、またどれくらい死者が出たのかを尋ねました。

その仲間が知らせてくれたところによると、小隊で35人いたうち、残ったのは8人で、多くは戦死したそうです。私はこんな形でも切りぬけられてよかったと思う必要があります。

私といちばん仲のよい仲間2人は、私がいなくなったあとも攻撃したのに、かすり傷ひとつ負わずにすんだそうです。

現在、連隊はサン゠タマランで再編のために休養しているそうですが、たしかにその必要があります[(4)]。

それでは、また。心からのキスを送りつつ。

パリジャンさんたちからお便りをもらいました。

息子ジョルジュより

⑴ 似たような感想はp.178の葉書でも漏らされている。ただし、失明したり、腕を失った重傷者は手紙など書けなかったから、これは軽傷者の感想だともいえる。

⑵ トレヴー Trévoux はリヨンの北20km程度にある街。18世紀にはこの街で「トレヴーの辞典」が刊行された。大戦中は「補助病院」が存在した（Altarovici, s.d., n° 2524）。

⑶ 写真説明には「アン県アルス村の大聖堂と旧教会」と書かれている。アルス村（現アルス゠スュール゠フォルマン Ars-sur-Formans 村）はトレヴーの北東の郊外にある。アルス村は、19世紀にこの村の教区司祭を務めて「アルスの司祭」と呼ばれ、聖人に列せられたジャン゠マリー・ヴィアネ Jean-Marie Vianney（日本のカトリック教会では「聖ヨハネ・マリア・ビアンネ」と呼ばれる）で有名。

⑷ サン゠タマラン Saint-Amarin はアルザス地方の中でもフランスに近い村で、大戦が始まってからフランス軍が奪還した（p.304 参照）。この記述から、差出人の所属する部隊はアルザス地方で戦ったのではないかとも思われるが、所属も姓も書かれていないので調べようがない。

1915 年 7 月 20 日 ── 毒ガスの砲弾を撃ち込む予定

　毒ガスの使用は、ドイツも署名したハーグ陸戦条約で禁止されていたが、1915 年 4 月 22 日、ドイツ軍はこの禁を破り、ベルギーのイープル近郊のランゲマルクにおいて毒ガスを使用し、フランス軍に大きな損害を与えた。ただちにパリの化学実験室の所長が呼ばれ、翌 23 日にはイープルに到着して毒ガスの成分が調べられた。これを機に、ソルボンヌ、コレージュ・ド・フランス、パスツール研究所、薬学学校など、さまざまなフランスの機関で毒ガスや防護用ガスマスクの開発が進められた。ドイツ軍が禁断の「パンドラの箱」を開けた格好となり、まもなくフランス軍でも毒ガスが配備されることになった。[2]

　次の葉書は、イープルでの毒ガス攻撃の 3 か月後、フランス北東部ロレーヌ地方リュネヴィル近郊で[3]戦っていたフランス軍兵士が書いたもので、これから「窒息ガス」入りの砲弾を撃ち込む予定であることが書かれている。初期の毒ガスは呼吸器に作用したので、このように「窒息ガス」と呼ばれた。

　毒ガスは、下手に使うと、風向きによっては使った側の兵士がやられてしまう。だから、風が味方から敵の方向に吹いているときを見はからって使用した。

戦地にて、1915 年 7 月 20 日

親愛なるマルクへ

17 日付の親切な葉書をありがとう。困ったことに、私の出発の日にちを正確に言うことはできませ[4]んが、必要なときまでにはお伝えします。

　あいかわらず静かな区域です。でも、まちがいなく数日中に新しい動きがあるでしょう。こちらに第20 軍団が来ていて、今夜攻撃をしかけます。砲兵隊は窒息ガスの砲弾を使う予定です。[5]

　それでは、親愛なるマルク、またロレーヌ地方の作戦について新しいことがあったらお伝えします。

お元気で。無数のキスを。お便りをもらえれば幸いです。

ペリグーのいとこたちによろしく。（サイン）[6]

〔写真左上の書込み〕　ロレーヌ地方の思い出

---

(1)「イープル」はオランダ語に基づいて「イーベル」とも表記されるが、実際にはオランダ人も「イープル」に近い発音をするらしい。本書ではフランス語読みに基づいて「イープル」で統一する。このイープルの北東隣にランゲマルクという集落がある。イープルでの毒ガス攻撃の 3 か月前の 1915 年 1 月 31 日、現ポーランドのボリムフでドイツ軍がロシア軍に対して毒ガスを使用したのがこの大戦で初めての組織的な毒ガスの使用とされているが、このときはあまり効果が得られず、イープルでの攻撃によって毒ガスの威力が広く知られるようになった。

(2) カナダ軍の義勇兵として戦った諸岡幸麿（p.82 脚注 5；p.202 脚注 6 参照）も、「かかるものを使用し始めた獨軍は、人道上許すべからざることだ。眞に武士の風上にも置けぬ奴だ」と書いている（諸岡, 1935, p.192）。

(3) フランス北東部ロレーヌ地方の街リュネヴィルは、p.16 以来、何度か出てきた。絵葉書の写真の上には「1914～ 1915 年の戦争、フレスカティ、マオン農場」と印刷されている。フレスカティ Frescati はリュネヴィルの郊外にあった集落の名。この近くで差出人はこの絵葉書を購入したと思われる。

(4) おそらく休暇※を得て、葉書の相手の「マルク」が住む故郷に戻ることを指していると想像される。

116

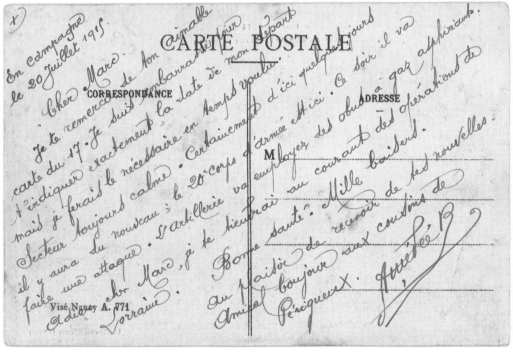

(5)「軍団」は約4万人からなる軍の単位。それまで北仏に展開していた第20軍団は、この葉書の約1週間前の7月14日、鉄道で移動してリュネヴィル近郊に到着していた（AFGG, t.10, vol.1, p.796）。

(6) ペリグー Périgueux はフランス南西部、ボルドーとリモージュの間あたりにある街。

1915 年 7 月 31 日 ── 惜しまれる戦友の死

ドイツ軍が撃ってくる砲弾のうち、弾道を目で追えるほど巨大な砲弾のことを、当時の俗語で「大鍋」と呼んだが、大戦中のフランス兵の死因で一番多かったのはこうした砲弾による死者で、死因の70％を占めた。

次の葉書でも、よく知っている仲間が砲弾を浴びて死んだことが書かれている。フランス北東部ローレーヌ地方リュネヴィル近郊のマノンヴィレール村[(1)]の絵葉書が使用されているが、本文中ではフランス南東部の都市リヨンとその近辺の地名が出てくるので、おそらく差出人も戦死した仲間も、リヨン方面の出身で、この写真に写っている土地の近くに戦いにきていたと推測される。

戦死したフランス兵の氏名がわからないので、調べようがないが、戦争前の具体的な人物描写があると、なかなかリアルな感じを受ける。戦争開始からちょうど1年が経過した頃に書かれている。

15 年 7 月 31 日

義妹、義弟、姪のみなさん

26 日付のお手紙を受けとりました。みなさんの知らせが得られ、とても喜んでいます。

私は前哨におりますが、あいかわらず元気です。とはいえ、大変で、昼も夜も「大鍋」をくらっています。しかしまあ、最後までうまくいくことを願っています。

リヨン出身で、グルネットの客だったやつが私と一緒にいたんですが、砲弾で死にました。仲がよかったんですが。ジャンはよく知っているはずです。チュール織職人で、アルザス通りに住んでいて、毎朝バーにココアを飲みにきていました。よく日に焼けていて、立派なひげをはやしていました。ラ・トゥール＝デュ＝パン[(2)]生まれでした。いい男だったから、惜しまれています。

私の休暇※ についてはまだ何も知りません。他には言うことはありません。まもなくお会いしましょう。

みなさんの兄にしておじより　　サイン

---

(1) マノンヴィレール Manonviller 村はリュネヴィルの東にある農村で、村の外れの丘の上には大戦初期に降伏したマノンヴィレール要塞があったことで知られている（p.16 参照）。写真説明には「マノンヴィレール、村内の風景」と書かれている。手前の女性が腰かけているのは井戸。この絵葉書はマノンヴィレール村生まれのローレーヌ大学名誉教授 Marc Gabriel 氏から譲り受けたもので、写真の右側に写っている農家は氏の生家、左隅で農作業をしているのは氏の祖父だとのこと。この祖父は普仏戦争中の1871年に生まれ、1914年の開戦当時は43歳の後備軍予備兵※ となっており、3人の子供の父親ということもあって、前線からは離れた場所で鉄道守備兵となっていたという。また、この地方では、小規模な農家でも多くの家畜（牛、やぎ、うさぎ、雌鶏、あひる、がちょう、豚など）を飼い、冬に手仕事をして得た金銭で大地主から馬や農耕具を借り、ほぼ自給自足の生活をしていたとのこと。

(2) ラ・トゥール＝デュ＝パン La Tour-du-Pin はリヨンの東約 50 km にある。

1915 年 8 月 15 日 ── 前線近くでの運動会と観兵式

　1915 年夏、フランス軍の最高司令官ジョッフルは、独仏両軍がにらみ合う膠着状態を突破すべく、「シャンパーニュ攻勢」を仕掛ける計画を立てた。

　次の手紙は、その直前の時期に書かれたもので、前線近くでおこなわれた運動会と観兵式（かんぺい）のようすが描かれている。来たるべき総攻撃に備え、少しでも士気を高める意図のもとで企画されたのではないかと思われる。

　手紙を書いたのは、p.86 の手紙と同じアルマン・ピュエシュ。歩兵第 111 連隊に所属していたピュエシュは、この手紙の 2 か月前にズワーヴ第 2 連隊に転属になっていた。

　戦場近くでの運動会や観兵式の模様を描写した史料はあまり存在しないので、貴重だといえる。手紙というよりも、手記ないし覚書のような体裁を取っている。[1]

　8 月 15 日、日曜。休養。身支度をしてから、暇つぶしに掩蔽壕（えんぺいごう）の正面を飾りつけるのに興じる。

　午後、ズワーヴ第 2 連隊を指揮するドゥシェール大佐の号令のもとで、スポーツ大会。選手たちは与えられた任務に応え、多くの賞を獲得した。プログラムは、100 m 走、400 m 走、800 m 走、1500 m 走（障害物あり、障害物なし）、自転車競技のスプリント、背囊かつぎ競走、鉄棒、レスリング、ボクシング、爆弾投げ、手りゅう弾投げなどだった。フィナーレは、花を飾りたてた炊事車のあっと驚くような行進と、将校の皆さんだけでおこなわれる競馬。ついで、狙撃兵第 2 連隊とズワーヴ第 2 連隊の間でのサッカーの試合。狙撃兵が 8 対 4 で勝利した。[2]

　8 月 16 日、月曜。5 時起床。6 時から 8 時まで訓練。明日の大行進のための準備。武器や装具、要するに持ち物一式の磨き出し。なぜなら、イギリス戦争大臣キッチナー卿[3]、フランス戦争大臣ミルラン氏[4]、そしてジョッフルの閲兵を受けるからだ。

　17 日、火曜。4 時起床。我々はズワーヴ風に背囊をかつぎ、一番乗りで観兵式のおこなわれるキュペルリーに行く[5]。霧がかかっており、晴天とはならないことがわかる。とはいえ、式典の間、雨が降り出すことはなかった。我々は広大な草原に到着し、他の連隊と一緒になって並び、背囊を置く。

　1 時間後、すなわち 8 時、「気をつけ」のらっぱが鳴る。キッチナーとミルランが多数の者を従えて

⑴ アルマン・ピュエシュが書いた 100 通以上の手紙の束に混じって、この紙が保管されていたので、筆まめなピュエシュが書きとめておき、他の手紙に添えて家族のもとに送ったものと思われる。この運動会と観兵式のようすは、ジョッフルの回想録にもズワーヴ第 2 連隊の連隊史にも記されていない。わずかに狙撃兵第 3 連隊の連隊史と、第 37 師団の JMO ※ の 8 月 17 日の項に、観兵式がおこなわれた事実のみ記載されている。もともと鉛筆の字が薄くて読みにくいので、原文 3 ページ中、1 〜 2 ページ目のみをほぼ原寸大で掲載する。

⑵ 狙撃兵はおもにアフリカ人、ズワーヴ兵はフランス人だった（p.104 脚注 1 参照）。仏領アフリカチームがフランス本国チームに勝ったようなものだといえる。

⑶ イギリスの戦争大臣キッチナーは軍人。大戦中はイギリス軍を志願制から徴兵制に切り替えることに尽力した。1916 年 6 月に乗っていた軍艦が被雷して沈没し、死亡することになる。なお、「戦争大臣」は日本語では「陸軍大臣」と意訳されることが多いが、本書では原語を尊重してあえて「戦争大臣」と訳している。

⑷ アレクサンドル・ミルランは軍人ではなく弁護士出身の政治家。1914 年 8 月 26 日から 1915 年 10 月 29 日まで戦争大臣を務め、ジョッフルを信頼して庇護した。戦後、フランス大統領となる。

⑸ キュペルリー Cuperly はムルムロン・キャンプ（別名シャロン・キャンプ、p.160 参照）の南東隣にある。

Dimanche 15 Août. Repos. Nous faisons un brin de toilette, puis pour passer le temps nous nous amusons à embellir les devants des cagnas. Le soir après-midi, grande réunion sportive sous la présidence du colonel Decherf du 2e Zouaves. Les athlètes furent à la hauteur de leur tâche, car il y avait de nombreux prix. Dans le programme il y avait : Courses à pied 100, 400, 800 et 1500 avec ou sans obstacles. Course de vélos, vitesse et len-teur, Course au sac, Barre fixe, lutte, boxe. Lancement des bombes et grenades, etc. Apothéose : Grand défilé sensa-tionnel des avant-trains fleuris des cuisines roulantes. Grande course de chevaux réservée à MM. les offi-ciers. Puis il y a eu un match de football entre le 2e tirailleurs et le 2e Zouaves. Les tirailleurs ont triom-phé par 8 buts à 4. Lundi 16 Août, Réveil à 5 heures, Exercice de 6 à 8 heures, préparation pour le grand défilé de demain. Après-midi astiquage des armes du fourni-ment, en un mot de tout notre fourbi, car nous allons être passés en revue par Lord Kitchener, ministre de la guerre anglais, M. Millerand, ministre de la guerre français, et Joffre. Mardi 17 réveil à 4 heures. Nous montons les sacs à la Zouave et en première, et nous nous rendons à Cuperly où doit avoir lieu la revue. Il y a du brouillard, et il ne s'annonce pas une belle journée.

自動車で到着するのだ。ここで背嚢を後ろに置き、「つけ剣」、「捧げ銃」。短い号令が次々に下り、すべて順序よくおこなわれる。軍楽隊がイギリス国歌とラ・マルセイエーズを演奏し、らっぱと太鼓の音が草原に響きわたる。壮麗な光景だ。

　2人の大臣に続き、ジョッフル、その他の将軍たちがすばやく我々の前を通過する。胸に勲章をつけたイギリスの将校がたくさんいるが、ほとんどが口ひげを剃っている[6]。満足してもらおうとできる限りのことをしている兵たちの態度に、ジョッフルは関心を持っているようすをしている。通りすぎる彼らは、第37師団に満足しているようだ。続いて行進が始まる。すばらしい。大臣たちの向かい側には、各連隊の軍楽隊が並んでいる。

　まずやって来たのは、アルプス猟兵、続いて狙撃兵第2、第3連隊。ついで我々の番だ。そしてズワーヴ第3連隊。さらに、雄らばの背中に載せた機関銃の中隊と、手押し車に載せた旅団の機関銃。そして今度は、駈歩で進む砲兵隊。ロープでも張ってあるかのように、ぴんと一列に並んで大砲と前車が進む。盛り土の背後から、速い駈歩で騎兵連隊がやってくるのが見えるが、フランスの連隊ではないのがわかる。カーキ色のマントが風になびくのが見え、アフリカ原住民騎兵だろうと我々には思われた[7]。しかし、すぐに間違いだとわかった。それは非正規モロッコ兵だった[8]。なんと美しかったことだろう。これで行進が終わり、30分の休憩。

　私はこの日はとてもよかったと感じていた。兵士になってから立ち会った中で、もっとも美しい観兵式だったからだ。

　ジョッフルは一行の左側にいて、その隣にはキッチナーがいる。キッチナーは背が高く、勲章で覆われたカーキ色の正装を着ていたのでわかった。その隣に、背の低い私服を来たミルラン、さらに何人かのイギリスとフランスの将軍がいた。一行は再び自動車に乗り込み、立ち去った。

　我々は食事をとるために宿営地に戻った。食事の用意が整っており、すぐに食べることができた。居場所を変えるので1時に出発すると告げられる。我々が美しくしつらえ、兵営と同じくらい綺麗だったこの場所を去らねばならないのだ。我々は出発した。わずか15分ほど歩いただけだった[9]。

⑹ 当時のフランスの軍人や政治家は、ほとんど全員、口ひげを生やしていた。ジョッフル、ガリエニ、ニヴェル、フォッシュ、ペタン、カステルノーなどの将軍や、フランス大統領ポワンカレ、大戦中の5人の首相（順にヴィヴィアニ、ブリアン、リボ、パンルヴェ、クレマンソー）は、いずれも口ひげを蓄えていた。

⑺ 「アフリカ原住民騎兵」の原語は「スパイ」spahi。フランス植民地のアフリカ（アルジェリア、セネガル、モロッコなど）の原住民騎兵のこと。大戦前の時点で4個連隊が存在し、大戦中はフランス本国やオリエントで戦った。馬に乗り、マントを着て、頭にはターバンを巻いていることが多い。

⑻ 「非正規モロッコ兵」の原語は「グミエ」goumier。フランス植民地のモロッコで治安維持にあたった非正規兵を主体とする軽装備のモロッコ現地兵のこと。大戦中は、アフリカで治安維持や反乱平定に当たり、フランス本国の前線で戦うことはなかったが、一部のグミエは儀仗隊としてフランスにやって来た（それがここで描写されている）。服装は「スパイ」とほぼ同じ。

⑼ この後、ピュエシュの所属するズワーヴ第2連隊は、半月以上、塹壕掘りに従事することになる。それまで敵陣との距離は800 m以上離れていたが、来る「シャンパーニュ攻勢」で突撃時の起点となれるよう、新たに敵陣から200 mのところに塹壕、交通壕、掩蔽壕、兵器を据えつける場所などを掘ることになったからである（連隊史 Historique du 2ᵉ Zouaves, p.16）。ピュエシュが8月19日～9月14日に両親に宛てた手紙では、塹壕掘りの作業で大変だという話が書かれている。とくに、9月11日の手紙には「我々のやっていることは工兵隊にはできません」と書かれているが、このときの塹壕掘りは、敵からの激しい砲火のもとで応戦しながらの作業となった（JMO du 37ᵉ DI）。次のピュエシュの手紙は p.128 に掲載する。

Quoique cela il ne pleuvra pas de toute le temps de la revue.
Nous arrivons dans un vaste champ. nous nous alignons
sur les autres régiments et nous mettons sac à terre. Au
bout d'une heure, c'est à dire à 8 heures, les clairons sonnent
le garde à vous. Ce sont Kitchener et Millerand qui arrivent
en auto, suivis d'une nombreuse suite. Allons, sac au dos, baïon
nette au canon, présentez armes, les commandements se suc
cèdent, brefs, et le tout s'exécute en bon ordre. Les musiques
jouent l'hymne anglais et la Marseillaise pendant que les
clairons et tambours sonnent aux champs. Le spectacle est
grandiose. Les deux ministres suivis de Joffre et d'autres gé
néraux passent rapidement devant nous. Il y a plusieurs
officiers anglais, dont la poitrine est chargée de décorations,
Et presque tous sont les moustaches rasées. Joffre a l'air
de s'intéresser à la tenue des hommes, qui font tout leur pos
sible pour le contenter. Ils passent et paraissent être con
tents de la 38e division. Aussitôt commence le défilé.
C'est magnifique. Toutes les musiques et cliques des dif
férents régiments sont placées du côté opposé où se trouvent
les ministres. Ce sont d'abord les chasseurs alpins, puis vien
nent les 2 et 3e tirailleurs, puis c'est notre tour et le 3e
zouaves. Ensuite ce sont les compagnies de mitrailleuses
à dos de mulets, et les mitrailleuses de brigade montées sur
voiturettes. C'est maintenant l'artillerie qui défile au galop.

1915年9月18日－落下してくる「大鍋」と「塹壕の職人芸」

塹壕では、戦闘のないときは暇なことも多かったから、そのあたりに転がっているアルミや真鍮などの柔らかい金属を細工して簡単な工芸品を作ることが兵隊の間で流行していた。[(1)]

次の手紙は、フランス北東部のランスとヴェルダンの中間あたりの村にいた自転車兵[(2)]が妹に書いたもの。1週間後にはこの村の付近が「シャンパーニュ攻勢」の舞台となるとは知る由もなく、この手紙には比較的呑気な雰囲気が感じられる。

ムーズ県ヴィエンヌ＝ラ＝ヴィル村[(3)]にて、15年9月18日

いとしいマドレーヌへ

昨日、うれしいことに、かわいらしい小包が届き、とても喜んだ。みんな元気だと知って、うれしく思っている。こっちも元気だ。ついているんだなあ、おれは自転車兵で、大隊長殿のお付きとなっている。それほど忙しくはなく、大隊の曹長殿か大隊長殿にしか用事を頼まれない。夜もゆっくりすることができる。今後、どうなるかはわからないけれどね。

きのう、財布の中に懐中時計を入れたまま寝たら、ガラスと2本の針をこわしてしまったんだ。気分が滅入ってしまったが、なるべくおまえの指輪を急いで仕上げることにして、指輪と一緒に懐中時計も送ることにしよう。ガラスと針を取りつけてもらってくれ。時計を置く台はとてもいい具合で、非常にすてきだ。どうもありがとう。できれば、タバコを入れてくれると有難いんだけれど。こっちでは手に入らないから。

このあたりは大鍋がたくさん落ちてくるんだが、いまのところ、ついているんだな、被害をまぬがれている。昨日も30m離れた道路に大鍋が落ちてきたが、運よく当たらなかったよ。アルミがないか探しにいったんだが、信管は見つからなかった。アルミを見つけるために軽はずみなことはしないでくれというのは、もっともだけれど、わかってくれたらなあ。あまり注意はしないものなんだよ。だって、いちいち注意してたら大変だからさ。砲弾はところかまわず落ちてくるんだから。まあしかし、たしかに軽はずみなことはすべきではないがね。

いとしいマドレーヌ、家にいるみんなにキスをしておくれ。小さな甥たちにも忘れずに。あとは、もうとくに書くことはない。カイリエール家のご婦人方によろしく。最後に、おまえに強くキスをする。それではまた。よくおまえたちのことを考えている兄より（サイン）

〔差出人〕 郵便区※163 歩兵第76連隊 第9大隊司令部 第36中隊 自転車兵 クレマン・ブーサック
〔宛名〕 セーヌ県クルブヴォワ[(4)] マルソー通り89番地 P.カイリエール奥様

---

(1) たとえばアルミの破片から指輪を作ったり（付録1の23通目を参照）、真鍮製の銃の薬莢からペン軸を作ったり（p.110参照）、大きな砲弾の薬莢から花瓶を作ったり、銅製の弾帯（回転運動を与えるために砲弾の基部などに巻きつけた、斜めにギザギザが刻まれた帯）を伸ばして平らにしてペーパーナイフを作ったりした。こうしたものは「塹壕の職人芸」と呼ばれ、現在でも骨董屋などで簡単なものなら数千円程度で売られている。

(2) 自転車兵は、おもに伝令や斥候となった。

第 2 章　1915 年

(3) ヴィエンヌ゠ラ゠ヴィル Vienne-la-Ville 村はランスとヴェルダンの中間あたりにある（差出人は「ムーズ県」と書いているが正しくは隣のマルヌ県）。この手紙の 1 週間後の 9 月 25 日に始まる全長 25 km におよぶ「シャンパーニュ攻勢」(p.128 参照) の東端付近に位置する。

(4) クルブヴォワ Courbevoie はパリの北西隣にある街。なお、この手紙は電報型の「カルト・レットル※」に書かれている。折りたたんだ状態の表の面に F.M.※ と記入され、「主計及び郵便※」印が押されている。

1915 年 10 月 2 日 ─ 「ダルビエ法」の反響

　原則として 20 歳前後から 40 代後半までの男性は軍に召集されたが、なかには兵役を免除される者や、病弱で徴兵猶予される者、コネを使って非戦闘部署にまわされる者、あるいは工場で働く者もいた。そうした者たちは「茂みに隠れる者」（embusqué アンビュスケ）と呼ばれ、戦争の長期化に伴い、命を懸けて前線で戦う兵士たちからの不公平感が増大していた。

　こうした不満を解消するため、また同時に軍需工場で不足していた熟練労働者を確保するため、平等と適材適所を目指した「ダルビエ法」[(1)]が 1915 年 8 月 17 日に可決された。この法律により、正当な理由なく「茂みに隠れる者」は「茂み」から駆り出されて前線に送られ、逆に前線にいる熟練労働者は引き抜かれて後方の軍需工場に配置転換となった。この際、負傷した兵士、比較的高齢の兵士、子供の多い兵士は、非戦闘部署や軍需工場に優先的にまわされることが定められた。

　次の葉書は、この法律の制定から 1 か月以上経った頃、北仏での戦闘によって歯を失い、一時的に前線から少し離れた収容施設[(2)]にいた兵士（予備兵）が書いたもので、子供も 5 人いるのだから「後方で雇われる」ことになりそうだと記している。

1915 年 10 月 2 日

おば様

　ここに滞在している時期を利用して、私の状況をお知らせします。健康は、まあまあ良好です。というのも、歯が抜けているため、あまり胃の調子が良くなく、牛乳と卵だけに制限されているからです。私の不注意で、こうした食事にしてもらうのが遅すぎたのです。

　たぶん、こんどの火曜にアブヴィルを去り、エダンかサン＝ポールに行って入れ歯を作ってもらうこと[(3)]になります。そこから、どこに後送されるのかはわかりません。

　新聞に公表された文書によると、[(4)]生存する 5 人の子供の父親という私のケースからして、定義の条件が我々に有利に働き、おそらく私は後方で雇われることになるはずです。

　おば様が完全に快復されたことを願いつつ、キスを送ります。

おいより　サイン（イポリット）

マリー＝ルイーズ、マリア、マリーによろしくお伝えください。

〔差出人〕　アブヴィルのクールベ兵営　歩兵第 281 連隊　兵士 H. M. エヴラール差出

---

(1) 法案提出者のヴィクトール・ダルビエ Victor Dalbiez 議員の名をとって「ダルビエ法」と呼ばれるが、正確な名称は「動員男性もしくは動員可能男性の公正な配置とよりよい活用を確保する法律」。1915 年 8 月 19 日の官報に全文が掲載されている。

(2) 住所の右上に押された丸い女神座像印※の外周に「……傷害兵収容施設 司令官」と書かれている。

(3) アブヴィル Abbeville は北仏アミアンの北西約 40 km にある街。絵葉書に写っている建物はもともと修道院で、19 世紀に学校となり、大戦当時は兵舎となっていた（第二次世界大戦で破壊される）。このアブヴィルの近くにエダン Hesdin とサン＝ポール Saint-Pol-sur-Ternoise の街がある。

(4) 「ダルビエ法」では、優先されるべき兵士の年齢や子供の数についての具体的な規定がなかったので、その後、

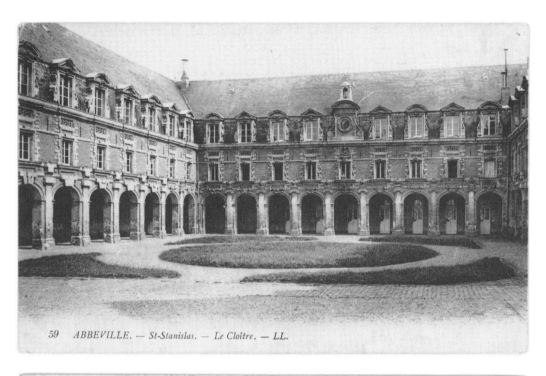

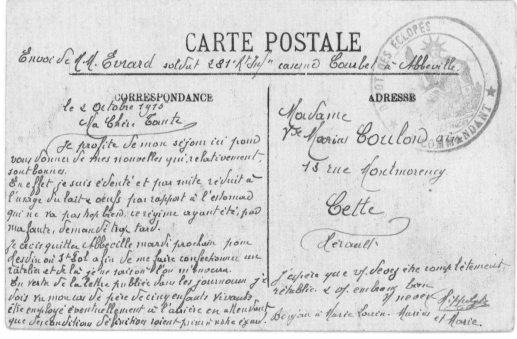

大臣と議員の間で質疑応答が重ねられた。その議事録は官報に掲載され、翌日または数日後に新聞各紙に抜粋して転載された。それをこの葉書の差出人が読んだのだと思われる。このダルビエ法によって35万人の兵士が前線から引き抜かれて工場勤務となった（Duroselle, 2002, p.178）。これは、歩兵をたくさん前線に配置しておくよりも、むしろ軍需工場で働かせて強力な大砲などの兵器をたくさん作らせ、それを前線に配置した方がよいという考えに変わってきたことが背景にある。

1915 年 10 月 5 日 ― 機関銃に撃たれながらの突撃

　膠着状態が続く戦線に突破口を切り開くべく、フランス軍最高司令官ジョッフルが白羽の矢を立てたのは、広大なぶどう畑が広がるフランス北東部シャンパーニュ地方だった。

　この「シャンパーニュ攻勢」は、西のランスと東のヴェルダンの中間点から西側の、長さ 25 km にわたる区間でおこなわれた。南側に陣取るフランス軍は、9 月 22 日から北側のドイツ軍に準備砲撃を加えた上で、9 月 25 日に一斉に突撃を開始した。しかし、強力な重火器で守備を固めたドイツ軍を前に、攻めるフランス軍の側に大きな損害が出て、全体的にみると損害に見合った成果が得られず、惨憺たる失敗に終わった。[1]

　次の手紙は、p.86 と p.120 で取り上げたアルマン・ピュエシュが書いたもので、まさにこのときの突撃の瞬間を克明に記した記録として大変貴重だといえる。ピュエシュが所属するズワーヴ第 2 連隊は、サン＝ティレール＝ル＝グランの北側で突撃した。機関銃という「速射する自動式武器により、突撃は集団自殺へと変わった」[3]ことがよくわかる。[2]

1915 年 10 月 5 日[4]

親愛なる友へ

　親切なお手紙に急いで返事をしよう。君があいかわらず元気にしていると知って、とてもうれしかった。ぼくとブージェ[5]はというと、まだ生きているよ。まあ、それはドイツ兵どものせいではないんだけれどね。[6]

　君が知らないわけはないが、我々は激しい攻撃を加え、第 2 連隊は壊滅したんだ。我々は 3 ～ 4 km 前進した。もし援軍が得られたら、もっと遠くまでドイツ兵どもを退却させていただろう。できれば我々の他にアルプス猟兵か植民地部隊が必要だっただろう。[7]しかし、怖気づいた者たちが出たのは残念だった。ズワーヴ兵を自慢するわけではないが、ぜひ本当のことを言っておきたい。猟兵隊は別としても、我々が成し遂げたことは、どの連隊にもできるようなことではない。かいつまんで話そう。

　我々が攻撃に出たのは 9 月 25 日のことだった。ドイツ兵どもの塹壕までは 3 ～ 400 m の距離があっ

⑴ シャンパーニュ攻勢の結果、当初の目的だった「突破」は果たせず、戦線が最大で 3 ～ 4 km 北に押し上げられただけだった（この手紙にも「3 ～ 4 km 前進した」と書かれている）。フランス軍はドイツ軍のほぼ倍にあたる約 15 万人の死傷者を出した。この手紙を書いたピュエシュもそのうちの一人である。

⑵ サン＝ティレール＝ル＝グラン Saint-Hilaire-le-Grand は、ランスの東南東 30 km あたり、ムルムロン・キャンプ（p.160 参照）の北隣にある。キュペルリー（p.120 参照）にも近い。なお、ピュエシュの所属するズワーヴ第 2 連隊は、第 4 軍 第 7 軍団 歩兵第 37 師団に組み込まれていた。

⑶ Lopez, 2000, p.75. 機関銃の配備数は独仏ともほぼ同数で、1914 年にはそれぞれ 5,000 挺だったが、増加の一途をたどり、1918 年には 6 倍以上の 32,000 挺にまで増加することになる。

⑷ 原文には「9 月 5 日」と書かれているが、本文の内容や、同じ差出人の前後の日付の手紙、ズワーヴ第 2 連隊の連隊史、歩兵第 37 師団の JMO[※]などに照らして、誤記であることが確実なので訂正した。

⑸ 「ブージェ」は、同じズワーヴ第 2 連隊に属する親友。この手紙の末尾や p.164 にも出てくる。

⑹ 「ドイツ兵のせい」ではなく「フランス兵のせい」でまだ生きのびている、というのは、フランス軍の砲兵隊が撃ってくる砲撃の精度が低かったお蔭でまだ生きのびている、という意味に解釈することができる。当時、

第 2 章　1915 年

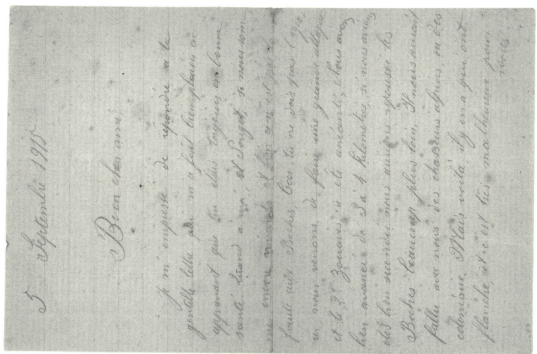

歩兵隊が突撃するときは、敵から銃火を浴びるだけでなく、混乱の中では後方に陣取る味方の砲兵隊からも砲撃を受けた（p.172 の手紙を参照）。一応味方だったからか、または検閲を恐れたためか、直接的に非難するのを避け、遠回しな皮肉めいた表現をしている。

(7) 植民地部隊は、この大戦に限らず勇猛果敢で有名。アルプス猟兵については p.316 脚注 2 を参照。

た。15丁ほどの機関銃に撃たれながら進む、これだけの距離というのは、長い、本当に長いものだ。どんなようすだったか想像してほしい。大隊長殿は、ほとんど塹壕から出ると同時に戦死した。中隊長殿もそうだ。鉄条網にたどりついたとき、今度は小隊長殿の番だった。ドイツ兵どもの塹壕にたどりついた時には、30人ほどしか残っていなかった。兵力の8割を失っていたのだ。軍曹たちは全員、死ぬか負傷した。

　しかし、少人数になったにもかかわらず、我々は交通壕を逃げまどうドイツ兵どもを追いかけ始める。多くの者が降伏し、他の者は逃れようとする。運がなかったんだな、ほとんど全員殺してしまったよ。しかし、我々の目の前にいるのが兵隊だということを忘れちゃいけない。我々の銃剣によって悪さができないようになるまで、抵抗する奴らもいたんだ。

　ドイツ兵どもから奪ったのは、機関銃16丁、迫撃砲8門、77 mm砲6門、それに多数の弾薬だ。こうした装備からして、奴らはあそこを失ったことを残念がっているにちがいない。「大鍋」に耐えうる、すばらしい掩蔽壕を掘っていたからね。

　しかし、我々にとって一番恐ろしかったのは、奪いとった陣地に7日間とどまっていたことだった。身を守るために、我々は個人用の掩壕を掘らなければならなかった。7日間のあいだに受けた「大鍋」は筆舌に尽くしがたく、加えて、ほとんど食べるものがなかった。食べ物と飲み物が届いたのは4日目のことだった。それも、ごくわずかだった。

　こんなわけで、現在、我々は再編中だ。あと数日すればズワーヴ第2連隊は再び行軍できるようになるだろう。ぼくの上等兵への昇進については、どうなるかまだわからない。もう少したったらまた知らせよう。十字勲章と金筋を獲得した君の勇気と献身的行為に、おめでとうと言いたい。その調子だよ。

　プージェの奴は、攻撃の最初に負傷したと思って、引き返したんだ。あいつと再会したのは3日後だった。あいつはなんとか切り抜けた。ぼくはずっと中隊の主力と行動をともにしている。

　君に強い握手を送る。　　　　　　　　　　　　　　　　　　　　　　ピュエシュより

〔余白の書込み〕昨日と一昨日、第15軍団が通過し、我々が攻撃した側に向かっていった。第61連隊、40連隊、141連隊などがいた。

⑻ 交通壕とは、塹壕と塹壕、または塹壕と後方の陣地等とを結ぶ、人が通ることだけを目的として掘られた通路のこと。かろうじて人がすれ違える程度の幅しかない。

⑼ この段落では、当時の用語で「塹壕掃討」のようすが描写されている。「塹壕掃討」とは、ある程度制圧した敵の塹壕を隅々まで調べ、手榴弾や銃剣を使って、まだ隠れている敵の兵士を片っ端からやっつける（掃討する）こと。この手紙の4日後の1915年10月9日付で両親に宛てた手紙では、同じ戦闘についてピュエシュは次のように書いている。「我々は初めてドイツ兵どもが逃げるのを見る幸運に恵まれ、また初めて平地で奴らを撃つことができました。我々が突破して約3.5 kmも前進できたのは、気ちがいのように逃げるドイツ兵どもを撃つ快感によるものでした。まさに快感という言葉がぴったりです。しかし、銃剣を使用しなければならない場合もありました。その場合も、至近距離から撃ってこようとしたり、爆弾を投げてこようとする者たちを串刺しにするというのは、ほとんど快感でした。ただし、その場合、上の階級の者がいてはなりませんでした。上の人たちは、殺すのは望まなかったからです。ですから、一対一であれば、『それ、パン、パン！』と撃ちます。捕虜なんかお断りです」（筆者蔵）。実際、「塹壕掃討」は至近距離での緊迫した殺し合いとなるため、捕虜にする余裕がなく、殺害する場合が多かった（Cochet, 2001, p.95）。

⑽ 「金筋」とは軍服の袖と肩、帽子に縫いつける飾り紐のこと（階級が下だと金色ではなく赤色）。昇進するにつれて本数が増えたので、「金筋を獲得する」とは「昇進する」と同じ意味。

(11)「なんとか切り抜けた」のは非常に幸運だったといえる。負傷もしていないのに突撃の途中で引き返したりしたら、敵前逃亡と見なされ、最悪の場合は銃殺になったからである。たとえば、1915年6月、ヴェルダンにおいて、その場にとどまって抗戦せよという命令に反し、敵に包囲されたと自己判断して退却した2人の中尉は銃殺刑に処せられた（Montagnon, 2013, p.364）。

1915 年 10 月 21 日 — パリの手榴弾工場の爆発におびえる生徒

　塹壕戦では、手軽に威力を発揮する武器として手榴弾が重宝され、各地に手榴弾工場が作られた。そのうちの一つ、パリ市内の南端にある 13 区トルビアック通りの簡素な木材造りの工場では、毎日 1 万5 千個の手榴弾が製造されていた。

　1915 年 10 月 20 日の午後 2 時 20 分頃、この工場が爆発して跡形もなく吹き飛び、死者約 50 人、負傷者約 100 人が出る大惨事となった。[(1)]

　次の葉書は、事故現場から 2 km たらずのパリ郊外ル・クレムラン＝ビセットルに住んでいた女の子が学校で爆発音を聞き、翌日、そのときのようすを病院にいた父親の兵士に書き送ったもの。[(2)]

　母子が描かれた絵葉書が使われている。[(3)]

1915 年 10 月 21 日

いとしいお父さん

　きのうは、すごく恐かったです。ドンという音がして、教室のガラスがふるえたからです。ばくだんかと思いました。[(4)]

　私たちは校庭の屋根のあるところにいました。映画係の女の子は逃げてしまい、私も泣いてしまいました。

　おじいちゃんが私に会いにきましたが、先生たちが安心させました。

　日曜日にまた書きます。書く場所がなくなってしまったから。

　お父さんのことを何度も抱きしめます。

　　　　　　　　　お父さんのことを心から愛する娘　カロリーヌより

---

(1) このトルビアック通り rue de Tolbiac の 174 番地に建っていた工場では、昼夜交替で 150 人の労働者が働き、その半数以上が女性だった。爆発の原因は、トラックへの積み込み作業中に労働者が手をすべらせ、手榴弾を入れた箱が落下したことだったらしい（当時の新聞 *Le Petit Parisien*, 21 octobre 1915, p.1-3 ; *L'Intransigeant*, 22 octobre 1915, p.1 ; 官報 *Journal officiel,* 10 décembre 1915, p.2025-2026 による）。

(2) 兵士の名はルイ・アンドリー Louis Andry。筆者の手元に数十枚残されているルイ・アンドリーとその家族が書いた葉書によると、ルイ・アンドリーは妻、娘、妻の父らとともにパリの南の郊外ル・クレムラン＝ビセットル Le Kremlin-Bicêtre に住んでいた。ワインの卸売または小売に従事していたらしい。1914 年に大戦が始まると召集され、歩兵第 369 連隊に所属して、ドイツとの国境に近いロレーヌ地方のポン＝タ＝ムッソン近辺で戦った。しかし、まもなくリューマチにかかり、1915 年 4 月に野戦病院に移り、翌 5 月に南仏ペルピニャンの病院に後送された。7 月頃に再び前線近くに移動するが、10 月頃にフランス北西部ブルターニュ地方レンヌの病院に移った（このページの葉書は、この病院にいたときに受け取っている）。1917 年 5 月には南仏ニームの病院で療養しているが、その後、除隊となったらしく、1917 年 8 月にはル・クレムラン＝ビセットルの自宅に戻っている。ルイ・アンドリーの書いた葉書の約半数が娘宛で、娘思いだった父親の姿が浮かぶ。この娘からの葉書も、受け取った病院で大切に取っておいたにちがいない。

(3) 絵葉書のイラストの地球儀の上には、「お母さんは地図を指さし、ときには人々は戦わなければならないこと

第 2 章　1915 年

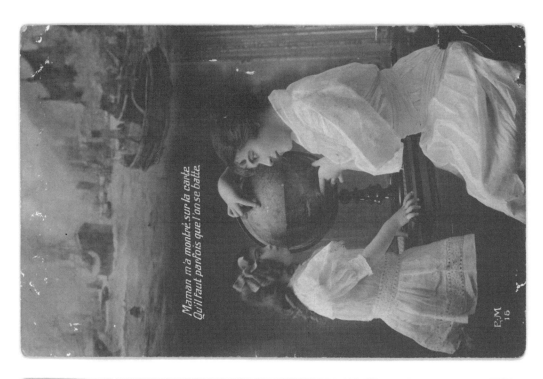

もあるということを教えてくれました」と印刷されている。
(4) この葉書以前に、1914 年 8 月以降は軍用機タウベ、1915 年 3 月 21 日には飛行船ツェッペリンがパリに爆弾を落としていたから、この女の子も爆弾が落ちたと思ったらしい。

1915 年 10 月 23 日 ── 毒ガスが一般家庭にも届く

　フランス北東部のランスでは、街の北側から北東側にかけてドイツ軍が陣取り、独仏両軍のにらみ合いが続いていた。大聖堂をはじめとする多くの建物が破壊され、退去する住民も多かったが、ときどき地下に避難しながら、市内や近郊の村に住み続ける人も少なくなかった。[(1)]

　1915 年 2 月 22 日の葉書（p.92）には、ランスで小高い丘に登ると「ドイツの塹壕の白っぽい線まで」はっきりと見えたと書かれていたが、そうしたドイツの陣地からは毒ガスが放たれることもあり、臭いが一般家庭にまで届くこともあった。ランスの子供たちは学校でガスマスクのつけ方も学んだ。

　次の葉書は、ランスの南側の村に住んでいた少女が父親に宛てて書いたもの。当時の学校で習う通りのきれいな筆記体だが、おそらく小学校高学年あたりなのか、たどたどしい文体で書かれている。家族 4 人で住んでいたらしい。

　葉書が真ん中で折れているのは、受け取った父親が折りたたんで大切にポケットに入れておいたからかもしれない。なお、この父親の氏名や所属等は不明。

　ヴェルジー村にて、[(2)]1915 年 10 月 23 日

　いとしいお父さんへ

　たぶん、どうされているかおたずねした手紙と同時に、この葉書を受けとられると思います。でも、たったいま、お父さんからお手紙とじゅりょう証[(3)]を受けとりましたので、そのことをお伝えするために、ひとこと書いておきます。

　こちらは、前よりも静かになりました。たしかに、近くで戦っていましたが、2 〜 3 日前に戦いは終わりました。でも、私たちは砲げきは受けませんでした。ドイツどもがざんごうの方から毒ガスを投げてきました。北風だったので、こちらでも臭いがしました。でも、なにも被害はありませんでした。

　あいつらはボモンやクルムロワ[(4)]も放ってはおかないでしょう。

　きょうは晴れていて、午後にお母さんと少しさんぽにでかける予定です。あいかわらず元気です。

　4 人全員からのキスを送ります。

あなたの娘スュザンヌより

⑴ p.60 脚注 1 を参照。

⑵ ヴェルジー Verzy 村はランスの東南約 15 km にある。

⑶「受領証」とは、「お父さん」が小包か郵便為替を家族に送ったときに、引き換えに渡された受領証を指すと思われる。万が一、到着しなかった場合に備え、別途、受領証を手紙に同封して家族に送ったのだと想像される。

⑷ ボモン＝スュール＝ヴェール Beaumont-sur-Vesle 村は、少女の住むヴェルジー村の北東隣にある。さらにその北東隣にクルムロワ Courmelois 村（現在は他の村と合併してヴァル＝ド＝ヴェール Val-de-Vesle 村）がある。

第 2 章　1915 年

Verzy le 23 Octobre 1915,

Cher papa,

Tu vas probablement recevoir cette carte avec une lettre dans laquelle je te demandais de tes nouvelles. Mais je t'envoie immédiatement ces quelques mots pour te dire que nous recevons à l'instant ta lettre et les réciproques. Nous sommes plus tranquilles. Oui, on s'est battu dans la contrée. Voilà 2 ou 3 jours que la lutte est arrêtée. Mais nous n'avons pas été bombardé. Les boches ont envoyé des gaz asphyxiants du coté des tranchées comme le vent était du Nord nous avons senti les goûts dans le pays. Mais aucun accident.

Ils ne laisseront pas de Beaumont et Cournelois. Aujourd'hui il fait beau je vais aller un peu rader cet après-midi avec maman. Toujours bonne santé.

Un bon baiser de tous les 4. Ta fille.

Suzanne

1915 年 10 月 31 日 ― 毒ガスを吸い込んで苦しむ兵士

　前ページで取り上げた葉書のすぐ近くで、おそらく同じ日に、ドイツ軍の毒ガスをまともに吸い込んだと思われる兵士が書いた葉書を次に掲げておく。

　この兵士は、ランスの南東のラ・ポンペル要塞の守備に就いていた後備※歩兵第 118 連隊に属していたと考えられる。前線から離れた、ランスの南方にある街エペルネーの野戦病院から書かれている。

　毒ガスを吸いこむとなかなか完治せず、大戦が終了して数年たってから苦しみながら肺癌で死んだという話も聞く。

1915 年 10 月 31 日

ペリエ様ならびに奥様

私は 10 月 19 日からエペルネーの病院にいます。

　ドイツ野郎どもはガスを使って我々を攻撃しました。おそろしいことだと思っています。抵抗できる力も持たずに死んでいくというのは、おそろしいことです。なんという致命的な一撃をわが連隊は耐え忍ばなければならなかったことでしょう。この窒息ガスを吸いこむと、途方もない苦しみが襲います。本当にもう、回復できないかと思っていました。

　しかし、私がしかばねを残すのは、まだこの一撃によってではなさそうです。すこし良くなりかけていますから。

　あまり書く力もありませんが、私の友情の気持ちと心からの思いをお受けとりください。

　友人と近所の人によろしく。テレーズとローランスを愛撫します。

　アルフォンスからよい知らせはありますか。ロベール

〔差出人〕　エペルネー野戦病院 15/17 第 7 号室
　　　　　　第 118　ロベール・ヴィクトル

〔写真上部の書込み〕　ロベール氏

⑴ 差出人の所属は「第 118」としか書かれていないので、一見すると歩兵第 118 連隊かと思ってしまう。歩兵第 118 連隊は、当時はシャンパーニュ攻勢（p.128 参照）の一翼を担っていたが、連隊史を見ても JMO※ を見ても、この葉書の本文に記された 10 月 19 日に毒ガス攻撃を受けた記録はない。それに対し、後備※歩兵第 118 連隊は、当時ランスの東南約 10 km にあったラ・ポンペル La Pompelle 要塞とその付近に展開しており、10 月 19 日には激しい毒ガス攻撃を受けた記録が残っている（JMO du 118ᵉ RIT）。ラ・ポンペル要塞はランスの街を取り囲む要塞群の一つで、前ページの葉書の女の子が住んでいたヴェルジー村から歩いてすぐの距離にあった。

⑵ エペルネー Épernay はランスの約 24 km 南にある街で、「マルヌ会戦」の舞台となったマルヌ川が流れている。大戦の初期と末期にはドイツ軍の攻撃を受けたが、それ以外の時期は前線から離れていたため、野戦病院が多数設置されていた。絵葉書の写真の左上には「エペルネー、全景」と印刷されている。

⑶ 筆者の友人の曾祖父もその一人（「あとがき」参照）。

⑷ この書込みは本文とは筆跡が異なるので、「ロベール氏からの葉書」という意味で受取人（ペリエ夫妻）が書き込んだものと思われる。

1915 年 11 月 1 日 ── 自分の名前も書けなかった小作農の手紙

　次の手紙は、フランス北東部のアルゴンヌの森にいた兵士が、フランス西部の村に書留で送ったもの。本文を読むと、地主に対して農地の賃借りの中止を申し入れているので、軍に召集される前は小作農だったことがわかる。しかし、それにしては非常に達筆で、高い教養をうかがわせる抽象度の高い文体で書かれており、強い違和感を抱かせられる。それもそのはず、最後まで読むと、代筆してもらった手紙であることがわかる。

　当時は、徴兵されると、読み書きができる者は下士官になり、できない者は一兵卒になることが多かった。[(1)] この小作農は、同じ部隊の上官に代筆してもらったのだと思われる。サインを書くべきところに単なる「×」印が書き込まれているので、自分の名前すら書けなかったことがわかる。畑を耕す道具は持っても、ペンはほとんど持ったことがなかったのだろう。

〔封筒差出人欄〕　郵便区※9　後備※第 91 連隊 第 12 中隊 ラサより [(2)]
〔封筒宛先〕　書留　シャラント県 マンル小郡 サン＝シエ村 [(3)]
　　　　　　　シェ・ヴィラール在住 [(4)]　　ウージェンヌ・ボワ様へ

郵便区※9 にて、1915 年 11 月 1 日

シェ・ヴィラール在住　ウージェンヌ・ボワ様

　去る 10 月 26 日付の御手紙に対する返事として、本状を送付申し上げます。家内が病気になったため、あなた様の土地を耕すことができなくなりました。よって、土地の賃借りをやめることにいたしますので、この旨、通知いたします。本状は書留にて送付いたしますので、この種の事案についてはこれで十分であり、前線では委任状の作成が不可能であることを鑑みれば、本状が委任状の代わりとなります。支払猶予の大統領令（デクレ）[(5)] が召集兵全員に適用されることを踏まえ、家畜の賃借料の決済につきましては、戦争後に清算することといたします。何卒よろしくお願い申し上げます。敬具

サインできない　　（サイン 1）（十字印）[(6)]
ラサに代わり　　　（サイン 2）

---

(1) Cazals & Loez, 2012, p.40-41.

(2) 差出人ラサの所属する後備※歩兵第 91 連隊は、当時フランス北東部ヴェルダンの西に広がるアルゴンヌの森の、時々砲弾が飛んでくる程度の比較的「静かな区域」に展開していた（JMO du 91ᵉ RIT）。

(3) サン＝シエ（現サン＝シエ＝スュール＝ボニウール Saint-Ciers-sur-Bonnieure）村はフランス西部アングーレームの北 25 km にある。書留を示す R の字のラベルが封筒に貼付されている。

(4) 「シェ・ヴィラール」（もともと「ヴィラール家」という意味）は、おそらく地主の姓に由来する通称の地名。この手紙を譲っていただいた Jean-François Berthier 氏によると、この地方にはそのようにして名づけられた地名が数多く存在するとのこと。

(5) 1914 年 8 月以降、軍に召集されて男性がいなくなった家族を対象として、家賃や債権の支払猶予の措置を定めたデクレ（大統領令）が次々と発せられていた。

(6) サイン 1（ルノーブル Lenoble）はこの手紙を代筆した人（おそらくサラの上官）のサイン。その下のサイン 2（パイエ Paillier）はおそらく立会人の副署。十字印は小作農ラサのサイン。

138

第 2 章 1915 年

1915 年 12 月 18 日 ── 「何ごとにも終わりがある」

　戦争が始まったとき、多くのフランス人は、すぐにフランスが勝って戦争が終わると思っていた（あるいは思い込まされていた）。したがって、戦争が長期化し、苛酷な状況が長びくにつれて、「いつ終わるのか」ということが多くのフランス人の最大の関心事となっていた。年末になり、そろそろ来年を展望しようとするときは、特にそうだった[(1)]。

　次の葉書は、兵士が故郷の南仏のピアノの先生に書き送ったもの。現在のつらい状況を耐えようとして、「何ごとにも終わりがある」Tout a une fin. という諺を引きあいに出している。偶然というべきか、まったく違う人がこの 3 日後に捕虜に宛てた葉書でも同じ諺が使われている（p.382 参照）。当時、この諺は特別な意味を帯び、人々の不安な心を落ちつける役割を果たしていたのではないかと思われる。戦争が足かけ 3 年目に突入するにあたって、いつか必ず終わりがくるはずだという呪文めいた言葉は、来たる年に向けて贈る言葉として最適だったからである。

　専用の軍事葉書に書かれている[(2)]。

15 年 12 月 18 日

先生

何ごとにも終わりがある！ これは議論の余地のない、抗しがたい自然の法則です。私は郵便区[※] 30 でしばらくよい時をすごしました。これからほどなくして郵便区[※] 133 に移り、砲兵隊のいる私の場所に戻ります。全然うれしくはありませんが …… しかし、しかたありません。いや、すみません！

　そう、私は「何ごとにも終わりがある」と言いたいと思います。戦争にだって。そうではありませんか。しかし、すぐに終わりがやってくることは、まずありません。なんと忍耐がいることか！

　私はまずまず健康です。ひどい天候にもかかわらず、驚くほどよく持ちこたえています。大変ではありますが、不可能というわけではありません。

　アルル村では何か変わったことはありますか。教えていただけると有難いのですが。

昔の教え子より　敬具（サイン）

〔宛名〕　ピレネ゠ゾリエンタル県　アルル゠スュール゠テック村[(3)]　ピアノ教師 M. ポンピドールお嬢様へ
〔差出人〕　郵便区[※] 133　砲兵第 32 連隊 第 25 中隊　未到着[(4)]　P. バルテルミーより

---

(1) 1914 年の年末の葉書にも、「まだ残念ながらすぐには終わりそうもないのです」という言葉が記されていた（p.74 参照）。

(2) 葉書の表面の右上には、フランスと同じ連合国側についた国の国旗の束が描かれている。左端は日本の旭日旗。この上に印が 2 つ押されている。右上の小さめの部隊印は、差出人が軍の郵便係に渡したときに押されたもので、不鮮明だが「主計及び郵便[※] 30、？年？月 18 日」と読める。その左下は到着印で「ピレネ゠ゾリエンタル県アルル゠スュール゠テック、15 年 12 月 21 日」。

(3) アルル゠スュール゠テック Arles-sur-Tech 村は、南仏スペイン寄りにあるペルピニャンから、さらに南のピレネー山脈に入ったところにある村。スペイン国境まで近い。

(4) 「未到着」とは、あまり見かけない表現だが、本文の内容に照らすと「まだ砲兵第 32 連隊第 25 中隊のいる場所に到着していない」（したがって郵便区[※]もまだ 133 になっていない）ということらしい。

第 2 章　1915 年

141

日付不明 ― デフォルメされたエッフェル塔の絵葉書

　敵国の民間人を恐怖に陥れるため、ドイツ軍は飛行船ツェッペリンをロンドンやパリに飛ばし、爆弾を投下した。とくに、島国イギリスには陸上から被害を与えることが困難だったので、空からの爆撃が企てられた。ロンドンには大戦を通じて50回以上も飛来し、500人以上の死者が出た。それに対し、ツェッペリンがパリに爆弾を投下したのは2回だけだった[1]。

　この絵葉書の写真下の説明には、「ツェッペリンの訪問にびっくり仰天し、エッフェル塔が揺らいでいる」と書かれている[2]。おそらく1915年3月21日のパリへの1回目の爆弾投下を受けて作られたものと思われる[3]。

　この絵葉書を使って、父親に連れられてパリに来ていた男の子が母親に宛てて書いている（書かれた日時は不明）。

　お母さんへ

　ぼくたちはすてきな旅をしました。パリの散歩を楽しみ、アランさんの家を訪ねたのち、パレ＝ロワイヤルにあるヴェフールでお父さんがおいしい昼食[4]をごちそうしてくれました。そして、カノン[5]を見ました。これからレナルさんの所に行きます。

　お父さんは、ツェッペリンの恐怖が、エッフェル塔と同じ効果をお母さんに与えているかどうか、知りたがっています。

　それでは、できればまた明日。ぼくたち二人からキスを送ります。ジェラールより

----

(1) ツェッペリンによるパリ爆撃の1回目は1915年3月21日午前1時20分、2回目は1916年1月29日夜10時頃だった。1回目は死者は出ずに負傷者のみで、2回目の方が被害が大きかった（p.156参照）。

(2) この右側には、通常なら「許可なく複製することを禁ず」と書かれるべきところ、機知をきかせて「ドイツ野郎どもおよびその徒党の国々については複製を許可する」と斜字体で書かれている。

(3) これと同じ絵葉書の初期の使用例として、1915年5月28日付の葉書（筆者蔵）が存在するので、この絵葉書は3月21日から5月28日の間に作成・印刷されたと推定される。なお、このシュールレアリスムの絵画に見られるようなデフォルメされた図柄を見ると、有名なアポリネールのエッフェル塔のカリグラム（p.145参照）を連想してしまう。アポリネールのエッフェル塔が男性らしく足を踏ん張るようにして力強く立っているのに対し、この絵葉書のエッフェル塔は女性らしく身をくねらせている点は対照的だが、片方は詩、他方は写真という媒体を用いつつ、どちらもいわば「シュールな芸術的冒険」となっている点は共通している。アポリネールのエッフェル塔の詩が初めて発表されたのは、ツェッペリンの1回目の襲来前の1915年3月3日だったので、絵葉書よりもアポリネールの詩のほうが早く作られたことになる。ただし、絵葉書の作成者がアポリネールの詩を真似したのかどうかはわからない。おそらく両者に直接の影響関係はなく、偶然エッフェル塔を題材として別々にできたのではないかと思われる。また、Guillaume Doizy氏の御指摘によると、こうした写真のデフォルメの技法は大戦前から存在したので、大戦前のネガを使ってこの絵葉書を作成した可能性もあるとのこと。

(4) パレ＝ロワイヤルはルーヴル美術館の北側にある一角（元リシュリュー邸でルイ14世が住んでいた城館）。回廊と建物に囲まれて庭園があり、この庭園に面して北側に由緒あるレストラン「ヴェフール」がある。

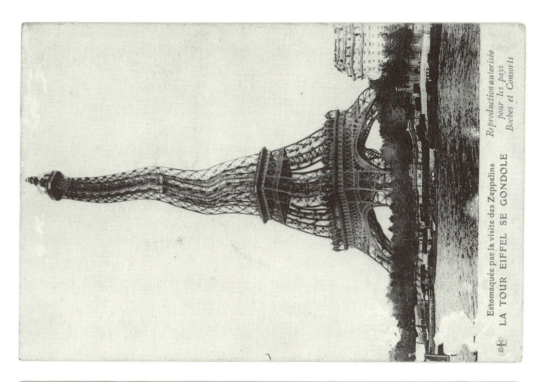

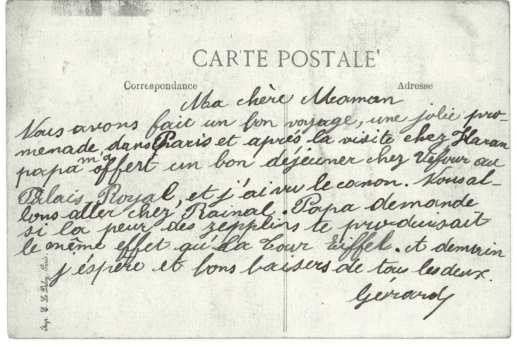

(5)「カノン」(通常は「大砲」という意味)とは、パレ＝ロワイヤルの庭園の南端に設置されていた、18世紀後半の時計技師が作った小さな筒形の仕掛け時計のこと。真南を向いたレンズで太陽光を集め、ちょうど正午になると火薬に着火して爆音が鳴る仕組みになっており、これがパリ中の振り子時計の時刻調整の基準となっていた。大戦前の1911年に廃止され、代わりにイギリスのグリニッジ標準時が採用された。

エッフェル塔のカリグラム

　シュールレアリスムの詩人、ギヨーム・アポリネールはイタリアのローマ生まれのポーランド人（ロシア国籍）。外国人だったので徴兵義務はなかったが、志願して1914年12月に南仏ニームの野戦砲兵第38連隊に配属され、1915年4月上旬に前線に合流した。上等兵、軍曹を経て、歩兵隊への転属を志願し、1915年11月に歩兵第96連隊の少尉（将校の最下位）となり、1916年3月9日に念願のフランス国籍を取得した。その直後の3月17日、フランス北東部ランスの北西15kmほどにあるビュットの森でドイツ軍の15cm砲の砲弾の破片がヘルメットを貫通して右のこめかみを負傷、野戦病院で手術を受けてからパリの病院に移された。傷は癒えたものの後遺症が残り、以後は検閲などの後方勤務のかたわら、創作活動に打ち込んだが、戦争終結の2日前の1918年11月9日、スペイン風邪により、フランスの勝利を見届けることなく死亡した。

　アポリネールは、絵のような形に言葉を配置して視覚的効果を狙う「カリグラム」という詩的技法の名づけ親であり、なかでも「エッフェル塔のカリグラム」が有名である。これは1915年3月3日に発表された「二等牽引砲兵」と呼ばれる詩[1]に埋め込まれた合計5つの「カリグラム」のうちの4番目にあたる。「二等牽引砲兵」全体の日本語訳は存在しないようなので、以下で全訳を試み、注を加えておきたい。ドイツ軍の攻撃を果敢に受けて立とうとする意気盛んな気持ちがよく表れている。

二 等 牽 引 砲 兵 [2]

やっと自由になったぜ　仲間たちに混じって誇らしい気持ちだ
起床喇叭（ラッパ）が鳴ったぞ　夜明けの中で　おれは
抱いたことのない、あの有名なナンシー女に挨拶をする


```
          抱い
       た      こと
     ある          かい
       あの    ナンシーの    砲兵隊 みんなに 梅毒を うつし やがった
      尻軽女を      こが病              かった
       砲兵隊は あそ  気だ        もみな
                    なんて 思って
```


三人の砲手が　互いに腕を組みあって　前車の上で眠っている
そして牽引兵であるおれは　馬上で上に下にと揺れながら
常歩（なみあし）、速歩（はやあし）、駈歩（かけあし）で　大砲を運ぶ
将校の腕こそは　おれの導きの星
雨が降る　外套が濡れる　時々おれは
副え馬のかばんに入っているタオルないし布切れで顔を拭く
ああ歩兵たちだ　重い足どりだ　足が泥まみれだ
雨が針のように歩兵たちをつらぬく　背囊があとからついていく

こ
ちく
んしょう
なんという
速度
だちく
しょう
め　なん
とい　う
度だ
速　　　　夜
そう　　は　暗
はいって　も　くな
って　ゆく

戦争前の
パリの思い出それは
さらに甘美な
ものとなる
だろう勝利
の暁には

やあ
世界
私は
その
雄弁な
舌だ
その口は
おおパリよ
舌を出し
今後も　出し続け
るのだ　　ドイツ兵
どもに　　　対して

歩兵たちよ
歩く土のかたまりよ
君たちは
君たちを作った土の力だ
君たちが前進するときは
土が進むのだ
将校が　灰色の雨の中を
青い天使のように　駈歩(かけあし)で通りすぎる
負傷兵がパイプをくわえて歩いていく
うさぎが逃げていく　おや　おれの好きな小川だ
あの娘だ　おれたち駆者(ぎょしゃ)に挨拶している
おれたちの顎ひもの後ろには　勝利の女神がついている
そして大砲の角度を計算してくれる
おれたちの怒濤の連射こそは　女神の歓喜の叫び
砲弾の描く見事な軌道こそは　女神の花束だ
栄光の塹壕で　女神が思案を凝らす

おれ　は　聞く　鳥　が
美　　　　　　　　　歌うのを
しき　獰猛　な　鳥　が

---

(1) この詩は、1915 年 3 月 3 日に中立国スイスのチューリッヒで発行された未来派の雑誌 *Der Mistral* 創刊号に
« Feldpostbrief »（ドイツ語で「軍事郵便」の意）という題で発表され、1918 年 3 月刊行の詩集『カリグラム』

に収められた。詩の中の5つのカリグラムは、順に「ラッパ」、「軍靴」、「ノートルダム大聖堂」、「エッフェル塔」、「砲弾」を描いたものと理解できる。ただし、アポリネール自身がそう名づけたわけではなく、おおむねそのように見えるというだけで、一義的にこうだと決めつけられるわけではない。

(2) フランス軍の主力の75 mm野砲は、「前車」と呼ばれる二輪車に取りつけ、6〜8頭の馬で牽引して運んだ。馬は2列に並べられ、左側の馬にのみ人が乗り、鞭を使って右側の「副え馬」とともに1人で2頭の馬を駆した（p.105の絵葉書を参照）。馬に乗って大砲を運ぶ砲兵を「牽引砲兵」canonnier conducteur と呼ぶ（要するに「馭者」のこと）。最初は「二等牽引砲兵」から始め、経験を積むと「一等牽引砲兵」となった（アポリネール自身、軍に入隊した当初は二等牽引砲兵だった）。これに対し、戦闘中に次から次へと砲弾を大砲に装填する砲兵のことを「砲手」canonnier servant と呼ぶ。こちらは移動中は暇なので、詩の中でも前車の上で肩を組んで眠っている姿が描かれている。詩の前半は、二等牽引砲兵である「おれ」の独白の形で書かれており、規則に縛られて訓練づくめだった兵営での窮屈な生活から抜け出した解放感と、戦地に赴く意気込みのようなものが感じられる。

(3) 1番目のラッパのカリグラムについて。これは、当時流行していた卑猥な歌に出てくる次の一節を踏まえている。「抱いたことがあるかい、ナンシーの尻軽女を／あの女は歩兵隊のやつら全員に梅毒をうつしやがったんだぜ。／騎兵隊のやつらは世慣れていたから／あの女が性病だと見抜いていたのさ。」(Debon, 2008, p.142)。「ナンシー」はフランス北東部ロレーヌ地方の都市名。

(4) 2番目の軍靴のカリグラムについて。かかとに拍車がついた形から、馬を操る砲兵のブーツであることがわかる。弱音を吐いている内容からすると、直前に描かれた、雨に打たれながら泥の中を歩く歩兵の心情に重なるともいえる（Cf. Apollinaire, 1980, p.410-411）。

(5) 3番目のパリのノートルダム大聖堂のカリグラムについて。詩の流れから見ると、1番目のカリグラムでは卑猥な歌を思い浮かべ、2番目のカリグラムでは弱音を吐き、3番目のカリグラムでは過去の追憶にひたるというように、その瞬間瞬間でいろいろな感情が兵士の心を去来し、それぞれが絵となっては雲のように消え、あるいは花火の残像のように心の底に残ったと受け止めることができる。ノートルダム大聖堂のカリグラムが小さいのは、追憶にひたっていた時間が短かったことを示唆しているともいえる。

(6) 4番目のエッフェル塔のカリグラムについて。下から4行目の「出す」tirer という動詞は意味が広く、「雄弁な舌」からのつながりでいえば、嘲笑の仕草として（舌を）「出す」と取るのが自然だが、砲兵の歌であることを踏まえるなら、（大砲を）「撃つ」という意味に取ることもできる。つまり、「舌を出し、今後も出し続けるのだ」の部分は、「大砲を撃ち、今後も撃ち続けるのだ」という意味が重ねられていると読むこともできる。大戦中、エッフェル塔は電波塔として軍事的に非常に重要な意味をもち、前線に展開する軍や、はるか遠くロシアとも交信することができた（アポリネールもエッフェル塔と無線通信をテーマとした詩 « Lettre-Océan » を作っている）。こうした重要性から、エッフェル塔の中階や最上階には小型の大砲や機関銃が配備されていた（p.106脚注3を参照）。だから、実際にエッフェル塔は大砲を「撃つ」ことができたのだ。いうまでもなくエッフェル塔はパリの象徴、さらにはフランスの象徴であり、このカリグラムは、ドイツ軍の攻撃に動じることなく一歩も譲らずに力強く両足を踏ん張って果敢に受けて立とうとしている姿を詩の形にしたものだともいえる。精神分析学的な見方をすれば、ノートルダム大聖堂の「女性的」なカリグラムとは対照的に、男性的な要素を見て取ることもできる。「アポリネール」という名は、ギリシア神話の青年神アポロンに由来するが、詩をつかさどると同時に戦いでも無敵の強さを誇ったアポロンさながらの、均整の取れた男性美がこのカリグラムには見て取れるといえるだろう。最後の「ドイツ兵」と訳した単語は、直訳すれば「ドイツ人」だが、大戦の文脈では多くの場合「ドイツ兵」「ドイツ軍」の意味で使われた。

(7) 5番目の砲弾のカリグラムについて。この直前の「地」の部分の最後の5行では、すでに戦地に到着し、砲撃を加えている情景が描かれている。ただ、砲弾の軌道を勝利の女神の「花束」にたとえる比喩などは、美しいものではあるが、多分に想像的なものでもある。それもそのはず、この詩を作った当時は、アポリネールはまだ南仏ニームの兵営にいて、前線には赴いていなかった。しかし、最後に添えられた砲弾の形をしたカリグラムには、想像を吹き払うようなリアルな強さが込められている。この「鳥」は「砲弾」の比喩と受けとるのが自然であり、このカリグラムはずっしりと重量感のある形で描かれている。はかない夢想や想像から、ここで一挙に現実に引き戻されるような印象を受ける。

第 3 章　1916 年

　　ここに 4 門写っている巨大な大砲は、鉄道の線路上を移動できるようにした「列車砲」。写真の下に「シャトノワ村の車庫、305 mm 砲」と書き込まれている（シャトノワ Châtenois という地名は複数あるが、ここでは前線からは離れたフランス北東部ヌーシャトーの南東隣にあるシャトノワ村を指す）。305 mm 砲は、もともと海軍向けに 12 門製造されながら、実際には使用されずにお蔵入りとなっていた。これを台車に載せて使用することにしたわけである。初期の台車に載せた 305 mm 砲は 1916 年のヴェルダンの戦いやソンムの戦いで活躍した。その後、改良されたシュネデール社製の専用の台車に載せられ（それがこの写真）、最長で 27.5 km 先に砲弾を撃ち込めるようになり、翌 1917 年春のシュマン・デ・ダムの戦いにも投入されることになる（François, 2008, p.41-43 および同書の著者 Guy François 将軍の御教示による）。裏面に「1916 年 10 月 16 日」と書き込まれたカルト・フォト[*]である。

1916 年の年表

2 月 21 日	ドイツ軍がヴェルダンの戦いを仕掛ける（12 月まで） （フランス北東部の街ヴェルダンの北東側の丘に設けられた函館の五稜郭に似た形の要塞群や、ヴェルダンの北側の高地などをめぐる攻防戦）
2 月 25 日	ヴェルダンへの攻撃開始のわずか 4 日後、守備が手薄だったドゥオーモン要塞があっけなく陥落してドイツ軍の手に渡る
3 月 2 日	ヴェルダンのドゥオーモン付近の戦闘でシャルル・ド・ゴールが負傷してドイツ軍の捕虜となる
4 月 10 日	ヴェルダンの司令官ペタンが日々命令の最後で「やっつけるぞ」という俗語調の言葉で全軍に呼びかけて士気を鼓舞し、この言葉が有名になる
4 月 19 日	ペタンがやや後方に退き、代わってニヴェルとそれを補佐するマンジャンがヴェルダンでフランス軍の指揮を執る
6 月 7 日	ヴェルダンのヴォー要塞が陥落してドイツ軍の手に渡る
7 月 1 日	ソンムの戦いが始まる（11 月まで、ただし戦闘が散発的に続いたので終わりを明示することは困難、また負傷者を除く死者数のみを把握することも困難、ドイツの若きヒトラーも戦闘に加わり負傷する）
8 月 27 日	ルーマニアが連合国側に立って参戦
8 月下旬	ドイツの参謀総長ファルケンハインがヴェルダンの戦いの責任を取って退き、あとを継いだヒンデンブルクがルーデンドルフとともに指揮を執る
9 月 15 日	ソンムの戦いでイギリス軍が史上初めて戦車を実戦に投入
10 月 24 日	ヴェルダンのドゥオーモン要塞をフランス軍が奪還
11 月 2 日	ヴェルダンのヴォー要塞をフランス軍が奪還
12 月 26 日	ヴェルダンとソンムでの甚大な損失の責任を問われたジョッフル将軍が最高司令官を解任され、ニヴェル将軍に引き継がれる（ジョッフルは肩書きだけ上の元帥に任命される）

第 3 章　1916 年

1916 年の解説

　1916 年のフランス最大の出来事は、ヴェルダンの戦いとソムの戦いだった。

　「ヴェルダン」という言葉は特別な響きをもつ。ヴェルダンで戦ったといえば、それだけで大変な名誉、勲章、誇りになったが、同時に阿鼻叫喚の地獄絵の記憶も呼びさました。

　フランス北東部ロレーヌ地方のヴェルダンは難攻不落の要塞都市で、街を取り囲む丘には多数の要塞が配置され、ドイツ軍も最初はあえて攻撃しようとはしなかった。しかし、ドイツ軍を率いるファルケンハイン将軍は、ここを攻撃すればフランス軍は必死に防戦するはずで、そうすれば消耗戦に持ち込み、フランス軍を疲弊させることができると考えた。消耗戦とは、神経を消耗するという意味ではなく、一人でも多くの敵兵を死傷させて敵軍を「すり減らす」という意味である。[1]

　1916 年 2 月 21 日朝、ひそかに集められたドイツ軍の大小さまざまな口径の大砲が一斉に火を吹き、ヴェルダンの戦いが幕を開けた。初日だけでもドイツ軍は 100 万発の砲弾を浴びせ、複数の村落が跡形もなく消滅、塹壕もすべて破壊された。地面は月面のクレーターのようなすり鉢状の穴があいた状態となり、補給が寸断された状態で兵士たちはこの穴に身を隠し、溜まった水を飲んで生きのびた。

　ヴェルダンとその南西のバール゠ル゠デュックとを結ぶ道は「聖なる道」と呼ばれ、補給路として兵士や弾薬が続々と運び込まれ、物量戦・総力戦の様相を呈した。他の地域に展開していた部隊も入れ替わり立ち代わりヴェルダンに投入されたので、フランス軍の約 4 分の 3 の部隊がヴェルダンを経験した。降りそそぐ砲弾の合間を縫って、突撃が繰り返された。[2]

　ヴェルダンの街自体は終始フランス軍の支配下にあったが、街を取り囲む要塞や高地をめぐって激しい攻防戦が展開された。攻撃早々、名高いドゥオーモン要塞がドイツ軍の手に落ち、続いてヴォー要塞も陥落する。しかし、後半は重砲を増強したフランス軍が巻き返し、ほぼ戦い前の勢力範囲に押し戻した。ドイツ軍の攻撃は失敗に終わり、10 か月間の戦いでフランス軍の死者は 16 万人、ドイツ軍の死者は 14 万人に達した（昔はフランス軍の死者は 35 万人、両軍あわせて死者 70 万人ともいわれていた）。

　1916 年のちょうど後半となる 7 月 1 日、北仏ソム川の流域（アミアンの東 40 km 付近）でソムの戦いが始まった。フランス軍が単独でドイツと戦ったヴェルダンとは異なり、北仏はイギリスに近いのでイギリス軍が主役となった。7 月 1 日、イギリス軍は引いて守るドイツ軍に欺かれて約 6 万人の死傷者を出し、イギリス軍史上最大の悪夢の日となった。特筆すべきは、9 月 15 日、膠着する戦線を突破するためにイギリス軍が史上初めて戦車を実戦に投入したことだった。しかし、ソムの戦いは英仏軍が戦線を少し東側に移動させただけで終わり、広い地域で戦いが展開されたこともあって、ヴェルダンを上回る両軍あわせて 120 万人の死傷者を出す凄惨な戦いとなった。1916 年は、「人間対人間」だった戦争が「人間対兵器」または「兵器対兵器」に変わった年だったといえるかもしれない。

---

(1) ただし最近の研究では、「消耗戦」の理論を記したファルケンハインの覚書は戦後に偽造された文書であり、この理論は作戦失敗を隠蔽するための言い訳だとされている（Becker & Krumeich, 2012, p.216 [訳下巻 p.81]）。
(2) 巨大な殺戮の場の比喩として、英語では「肉ひき機」（ミンチング・マシン）という表現が有名だが、フランス語では「屠殺（場）」boucherie という表現がよく使われる（p.172, p.326 参照）。また、フランス軍の指揮官マンジャン Mangin 将軍は、姓にひっかけて「人喰い」mangeur d'hommes や「肉屋」とも呼ばれたが、これは不当な評価ともいわれており（Montagnon, 2013, p.528）、実際にはヴェルダン後半での巻き返しや 1918 年の連合国軍の反撃などで血気盛んなマンジャンはフランスの勝利に大きく貢献したともいえる。

149

1916年1月6日 ― 爆弾におびえる息子へ

フランス北部・北東部の街は、市民の生活形態という点で3つに分類することができるだろう。

1つめは、ドイツ軍に占領され、市民が苛酷な隷属生活を強いられた街（第6章を参照）。

2つめは、市民が全員退去を命じられ、軍隊のみが駐留していた街（たとえばヴェルダン）。

3つめは、前線からは少し離れていて、（一時期を除いて）占領は免れ、一定数の市民は住み続けたものの、激しい砲撃・爆撃を受けた街（たとえばランス、ソワソン、ダンケルク、そしてパリも）。

フランス北東部の都市ナンシーも、この3つめの部類に属する。1916年元旦、ドイツ軍は海軍の軍艦に装備する予定だった巨大な大砲によってナンシーへの砲撃を開始し、市民を恐怖に陥れた[1]。

次の葉書は、砲撃開始の5日後、ナンシーに住んでいた幼い息子を思いやって、父親のフランス兵士が書いたもので、デュバイユ将軍の絵葉書が使われている[2]。

1916年1月6日

愛するロロへ

おまえからの親切な葉書を受けとった。ドイツ人どもがまたナンシーを砲撃したそうだね。

私もおまえと同じで、神様がおまえたち全員を守ってくださり、あいつらの大砲が破壊されることを祈っている[3]。

それでも、もしまた砲撃が始まったら、怖がらないで男の子らしくしなさい。もし近くに落ちてきたら、地下室に行きなさい。しかし、大砲の弾道からみて、私たちの地区はほぼ確実に被害はないだろう。お母さん、おじいちゃん、おばあちゃんの言うことをよく聞き、学校ではおりこうにするんだぞ。知らせてくれたところによると、練習問題で間違いがなく、よく書けていたそうだね。それはよかったな。でも、もらった葉書はあまりうまく書けていなかったぞ。たぶん、砲撃で怖かったせいだろう。無理もないな。かわいそうに。

私に代わって、お兄さんたちやお姉さんたちと家族全員にキスをしておくれ。

お母さんの喉の具合がよくなったかどうか、教えておくれ。あまりお母さんに無駄に話をさせるんじゃないぞ。　　　　　　　　　　　　　　　　　　おまえたちみんなを愛する父より

---

(1) この38 cm砲（クルップ社製38 cm SK L/45）は、ドイツでは愛称「のっぽのマックス」、フランスでは「太っちょマックス」等と呼ばれた。もともと20世紀初頭のイギリス海軍とドイツ海軍の建艦競争から生まれ、最新鋭のドイツの超弩級（バイエルン級）戦艦に1隻につき8門装備することを想定して開発された。計画されながら完成しなかった戦艦があったので、余った38 cm砲が陸戦に転用され、おもにフランス北東部に配備された。ナンシーを砲撃した大砲は、ドイツが占領していたアンポン Hampont の森（ナンシーの北東31.7 km）に設置された。ここまで線路を敷いて列車に載せて運び込み、直径23 mのローマの古代劇場のような半円形の穴を掘って、コンクリートで固めた台の上に据えつけられた。砲身は全長17.13 m、重量77.5トン。砲弾は全長1.39 m、重量743 kg。フランス軍の飛行隊に特定されないよう、見せかけの線路を敷いたり、砲身に似せた木の幹を置いたり、煙を焚いてカムフラージュしながら、ドイツ海軍の水兵が操作した。ナンシーへの砲撃は1916年1月1日の朝に始まり、1917年2月16日まで続き、合計33〜34人の死者が出た。ただし、これ以外の大砲や飛行機の爆撃も受けたから、大戦を通じたナンシーの民間人の死者数は120人とも176人ともいわれている（以上 Laparra *et al*., 2016, p.7-68）。1918年3月以降にパリを狙った大砲については p.234 を参照。

150

第 3 章　1916 年

(2) デュバイユ将軍は大戦初期にロレーヌ地方で第 1 軍を指揮し、ヴェルダンの守備を説いたが聞き容れられず、1916 年に前線をしりぞいた。この肖像画で胸につけているのはレジオン・ドヌール勲章。
(3) この息子は「神様がドイツの大砲を破壊してくれればいいのに」と書いた手紙を父親に送ったらしい。

1916年1月16日 ― 前線で戦う者が銃後の男たちに抱く不公平感

前線の兵士たちは苛酷な条件のもとで命がけで戦っていたが、そうした苦労が銃後の人々に理解されず、報われないことほど、意気阻喪させられることはなかった。

次の手紙は、歩兵第53連隊のニコライ大尉が元恋人と思われる未亡人に宛てて書いたもの。気を許せる相手だったらしく、心の葛藤や愚痴がなまなましく綴られている。報われない自分たちのことを自嘲気味に「馬鹿を見ている者たち」と呼んでいるのが注意を惹く。

1916年1月16日

親愛なる友人へ

美しい祈念の言葉と貴重な贈り物をいただき、ありがとうございます。いただいたものは、昨晩の守備交替のときにすでに役立ち、ヘルメットの下で重宝しています。前に使っていたやつは使い物にならなくなり始めていましたので、ちょうどよかったです。

また、この新しい年に向け、私の心からの幸福の祈念をお受け取りください。ご健康、平穏、そしてお望みになるものすべてが得られるよう祈念しております。皆で、この長い戦争が一刻も早く終わることを願いましょう。こんなにつらくはなく、野蛮でもない暮らしと生活を取り戻せますように。

なんといっても、長すぎるのです。内地の人々は、こうした生活に慣れてしまっており、何も考えようとせず、前線の者たちの苦しみをまったく知りません！ すべてに慣れてしまっているのです！ 我々は平和な時の欠点に再び陥っています。こちらでは、後方のコネのある人々が昇進し、我々善良なる馬鹿を見ている者たちは、もっとよい日々がくるのを待っているだけなのです。落胆するしかありません。

しかしまあ、あまりとげとげしく批判するのはやめましょう。もし帰還することができたら、少なくとも我々自身の中では（というのは、他人にとってはそんなことはどうでもよいことなので）長々と義務を果たしたという大きな満足感を抱き、良心のやましさを感じずにいることができるでしょう。ですから、希望を持ちましょう。

私は先週パリに行き、そこで妻や、いとしいジャノと一緒に楽しい4日間をすごしました。残念ながら時間がすぎるのが早すぎ、心を掻きむしる残酷な離別の時があまりにも早くやってきました！ そうはいうものの！ しかたありません、こうした瞬間も、大いなる義務の一部ですから！ こうしたことはすべて、つらいものです！

あなたは何をなさっているのですか。もうお書きになった散文をお送りいただきたくないようですね。なぜですか。理解できません。ただ、それで気分を害したりしているわけではないのですが。

それでは、お元気で、お幸せに。変わらぬ気持ちを抱きつつ　敬具（サイン）

---

(1) エルネスト・ニコライ Ernest Nicolaï は1973年2月21日生まれ。スペインに近い地中海側の南仏ペルピニャン在住で、1914年の開戦当時は41歳。歩兵第53連隊に所属する大尉としてベルギーのイープル近郊やヴェルダンなどで戦った。筆者の手元には二十数通の手紙が残されており、そのうち4通を本書で取り上げた（p.154, 172, 388参照）。一連の手紙の相手は妻ではなく、元恋人と思われる上流階級の未亡人に宛てられている。

(2) 新年に際しての祈念の言葉を添えて、毛糸の帽子のようなものを送られたらしい。

(3)「フランス人としての義務を果たす」という意識は、p.30の葉書にも見て取れる。

(4)「ジャノ」はニコライ大尉の息子の名。ここでは休暇※を得て家族に会いにいったときのことが書かれている。
一般に、兵士が休暇※を得て一時帰郷すると、前線と銃後の対比がいっそうはっきりと感じられた。

152

16 1-16

Chère amie –

Merci de vos bons souhaits et de votre précieux envoi – il m'a déjà servi pour une relève hier soir et il m'est d'une grande utilité sous mon casque – Il est arrivé à temps pour remplacer celui qui commençait à être hors d'usage –

Veuillez recevoir aussi tous mes vœux de bonheur pour cette nouvelle année – Je fais des souhaits pour votre santé, votre tranquillité et tout ce que vous désirez – Prions tous que cette longue guerre finisse au plus tôt – afin de reprendre nos rêves ainsi que le cours d'une existence moins pénible et moins sauvage !.. C'est décidément

trop long et les gens de l'intérieur qui se sont faits à cette existence, ne pensent plus à rien et ignorent toutes les souffrances de ceux du front !.! On se fait à tout ! nous retombons dans les défauts du temps de paix – Ici l'avancement est donné aux pistonnés de l'arrière et nous les bonnes poires, nous attendons des jours meilleurs !.! C'est décourageant – Enfin, ne soyons pas trop méchants, si jamais nous en revenons, nous aurons au moins pour nous – car les autres s'en moqueront pas mal – la grande satisfaction du devoir longuement accompli – et la conscience bien tranquille –

Espérons donc –

J'étais la semaine dernière à Paris, y passer 4 bons jours avec

ma femme et mon Jeanniot adoré – Malheureusement le temps passe trop hâtivement et l'heure de la séparation déchirante et cruelle, arrive aussi trop vite –!.– Et cependant ! il faut le faire, puisque ces moments là font partie aussi du grand devoir !.! Tout ceci est bien pénible –!–

Et vous que devenez-vous ? On dirait que vous ne voulez plus me donner de votre prose !.– Pourquoi ?

Je ne comprends pas –

Je ne vous en veux pas tout de même –

Allons bonne santé, soyez heureuse et à vous toujours aussi cordialement

F. Nicolas

(5) 大戦前、ニコライと相手の未亡人は文学作品を書いて送りあう仲だった。

1916 年 1 月 29 日 ── 視界不良がもたらす将校の絶望感

　前ページの手紙と同じニコライ大尉が書いた手紙をもう一通取り上げておく。数百人の部下を率いる将校でありながら、この手紙でも苦悩、葛藤、絶望、愚痴、弱音など、本心が吐露されていて興味深い。

1916 年 1 月 29 日
親愛なる友人へ

　励みになるよいお手紙をいただき、ありがとうございます。とてもうれしく感じました。しかし、あなたも、どれほどの悲しみを抱いていらっしゃることでしょう。

　こうした数々の惨禍が終わるのを、いつになったら目にすることができるのでしょう！　いつになったら、普段どおりの私たちの生活の流れを取り戻すことができるのでしょう！　絶望するしかありません！　こうしたことを考えると、勇気を振り絞ってはみるものの、それでも意志が挫けそうになるのをいかんともし難い時もあります。

　そうはいっても、私たちのような馬鹿を見ている者たちが頑張らなかったら、誰が私たちをこの状況から抜け出させてくれるというのでしょう。

　すべてがとても長く、つらくなっており、しかも視界が開けてこないのです…… 汚いドイツ野郎どもめ！　この状態が続けば続くほど、あいつらを呪いたくなります。

　せめて我が軍が万事うまくいっていれば、まだ救われるのですが。しかし、不統一と気の緩みがますます全軍に広がっているように思われます。しかし、いつでも希望を失わないようにしましょう！

　今夜、私はこれから 1 週間、第一線の「穴」⁽¹⁾に行きます！　もぐらの生活です！　そこでは、すぎ去った美しい時に思いを馳せ、追憶にひたることができます。

　それでは、お元気で。頻繁にお便りをください。私にとって、それは本当に喜びとなります。あなたにとっても、そうでしょう。

　お元気で、ご幸運をお祈りします。変わらぬ愛情をこめて⁽²⁾　（サイン）

---

(1) 塹壕のこと。

(2) なお、約 2 か月後の 1916 年 4 月 4 日、ニコライがフランス北東部ヴェルダンの西側に広がるアルゴンヌの森で書いた長い手紙の中から、似た内容が述べられている段落を抜粋しておく。「我々がいるアルゴンヌの西では、事態が悪化する可能性があり、運悪く休暇がしばらく取りやめとなりました。いつ再開するのでしょうか。わかりません！　非常に困ったことです。以前にも言いましたように、いつも同じ馬鹿を見ている者たちがすべてを負担するのです。お聞きになりたくないかもしれませんが、言わせてください。後方にいる者たちは何も奪われることがありません。休暇を奪われることもなければ、他の何ものも奪われません。そこが私にとって一番やりきれない点なのです。馬鹿を見ている者たちと、煙に巻く者たちの間には、非常に大きな不平等が存在します。ですから、もしこの戦いから帰還したら、またもや馬鹿を見ている者たちの方が揶揄されるのでしょう。きっとそうなるはずです！　さいわい、我々は最後までやり遂げたという満足感が得られるでしょうし、その上、良心のやましさも一切感じないで済むでしょう。もっとも、帰還したら、良心などというものは何とでもごまかせてしまうものなのですが。嘆かわしいフランスよ！」。ここに出てくる「後方にいる者たち」や「煙に巻く者たち」とは、当時「茂みに隠れる者」と呼ばれた人々（p.126 参照）を指している。以上のようなニコライの手紙は、レオン・ユデルの文章（p.192 参照）にも通じる。

29-1-16

Chère amie —

Merci de votre bonne et réconfortante lettre qui m'a fait grand plaisir, mais que de tristesse vous éprouvez aussi de votre côté ! — Quand donc verrons-nous la fin de toutes ces nombreuses misères — ! et quand pourrons-nous reprendre le cours normal de notre existence ! C'est à désespérer — !

Malgré toute la vaillance quand on pense à tout cela, il y a tout de même des heures de découragement qu'il est difficile de surmonter — Et cependant, si nous ne tenons

pas, nous, les poilus, qui pourra nous sortir de là — ? .... Tout cela devient bien long et bien pénible et on ne voit pas l'horizon s'éclaircir — — Sales Boches ! ! Plus on reste et plus on les maudit — Encore si tout allait bien chez nous — Mais on croirait que, de plus en plus, règne le régime de l'incohérence et de la négligence.

Enfin espérons toujours ! —

Je pars ce soir y reprendre ma trou en 1re ligne et pour 8 jours — Vie de taupe !? où on a le temps de réfléchir et de se rappeler les bons

moments passés —

Allons bonne santé — écrivez-moi souvent ; tout le plaisir est pour moi, vous le serez ou reste —

Bonne santé ! bonne chance et toujours aussi affectueusement à vous

1916 年 1 月 29 日 ── ツェッペリンによるパリ爆撃（その 1）

　1916 年 1 月 29 日夜、心理的にパリの人々を恐怖に陥れるためにドイツの飛行船ツェッペリンがパリ上空に飛来し、20 発前後の爆弾を投下し、26 人の死者が出た。被害はパリの中心部から見て東側のペール・ラシェーズ墓地に近い 20 区に集中した。[(1)]

　この絵葉書の写真はそのうちの 1 発目の爆弾による被害を写したもので、説明文には「おぞましい犯罪」と書かれている。[(2)]無差別に民間人を狙ったドイツ軍の行為を犯罪として糾弾する意図で一連の絵葉書が作られたことがわかる。

　ここで取り上げる葉書は、この爆撃の半月後、実際に爆弾が落ちた場所から「50 m のところ」に住んでいた差出人がフランス西部の村に住む親戚または親しい友人に書いたもの。[(3)]

パリにて、1916 年 2 月 16 日

レイモン様

私たちの家から 50 m のところに最初に落ちたのがこの爆弾です。

私たちはみな元気です。みなさんも全員元気であることを願っています。

マルセルの再度の徴兵審査の話は出ていません。[(4)]

私たち全員の代わりに、あなたのお婆様とお母様を抱擁してください。私たち 3 人そろってあなたを抱擁します。　H. アローより

〔宛先〕　アンドル＝エ＝ロワール県 サヴィニェ＝スュール＝ラタン村[(5)]　レイモン・アルドゥーアン様

---

(1) ツェッペリンによる 1 回目のパリ爆撃については p.142 を参照。この 2 回目の爆撃では、死者 26 人、負傷者 38 人が出た（Thiéry, 1921, p.28 による。ただし犠牲者の数は出典により若干異なる）。ちなみに、この日のツェッペリン襲来について、文豪アンドレ・ジッドは 1916 年 1 月 29 日の日記でこう記している。「8 時、オートゥイユに帰宅。夕食後、ドルーアンがやってくる。モーパッサンの短編小説（『傘』）を読む。一隻（または数隻）のツェッペリンの音で読書が中断される。ドルーアンが帰るやいなやサイレンが鳴る。それを知らせにドルーアンが戻ってくる。かなり遅くまで私たちは警戒して起きている。ほとんど徹夜だ。」（Gide, 1948, p.532）。ただし、ジッドが住んでいたオートゥイユ地区はパリの西側にある 16 区の中でも一番南側に位置し、爆弾が投下された場所からは遠い。なお、ジッドは開戦当時 44 歳で、23 歳のときに病弱ゆえに以後の兵役を免除されており、大戦中はベルギー避難民を支援する慈善団体「フランス・ベルギーの家」の活動に関わった。

(2) 写真説明には「パリ上空のツェッペリン、ドイツの海賊によるおぞましい犯罪、地下鉄の陥没」と印刷されている。パリでは 1900 年のパリ万国博覧会の開催にあわせて最初の地下鉄が開通し、大戦当時すでに 10 本前後の路線が走っていた。この写真はベルヴィル通り Boulevard de Belleville の地下鉄クーロンヌ Couronnes 駅の地上付近にあたる。写真の下に、本文と同じ字で、この事件の日付が「1916 年 1 月 29 日夜」と書き込まれている。

(3) 切手のあたりに押されている消印（3 つとも同じ）は「パリ、レピュブリック通り、16 年 2 月 16 日」。レピュブリック通りは、爆弾が落ちたベルヴィル通りの南側（パリの中心寄り）を走っている。この付近に差出人が住んでいたことがわかる。

(4) 「マルセル」は病弱などの理由で徴兵猶予ないし兵役免除になっていたらしい。

第 3 章　1916 年

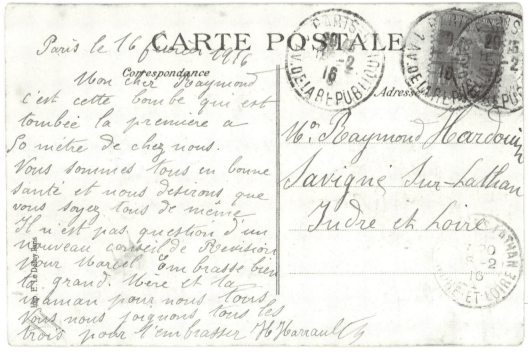

(5) サヴィニェ=スュール=ラタン Savigné-sur-Lathan 村は、パリから見て南西方面にある街トゥール Tours の西の外れにある。宛先の右下にはこの村の郵便局に到着したときの印が押されている（「アンドル=エ=ロワール県サヴィニェ=スュール=ラタン、16 年 2 月 18 日」）。

157

1916 年 1 月 29 日 ── ツェッペリンによるパリ爆撃（その 2）

　前ページの葉書と同じ日の爆撃について、さきほどの地下鉄の駅のすぐ近くのメニルモンタン通り[(1)]を写した、同じシリーズの絵葉書をもう一枚取り上げておく。

　この葉書を書いた母子は、被害のあった場所からは離れたパリ中心部に住んでいた。[(2)]

　通信面には、男の子（フランソワ）が大きな鉛筆の字で書込み、その母親（ルイーズ）が小さなペンの字で書き足している。葉書を差し出した日付は不明だが、爆撃のあった 1 月 29 日夜からあまり遠くない 2 月頃だったと思われる。

〔本文、大きな鉛筆の字〕

マルグリット様

ぼくのことを覚えていますか？　ぼくは、よくあなたのことを思い出しています。

あなたの食品をすべて割ったとき。[(3)]

ごらんのように、パリにはツェッペリン[(4)]がやってきます。

心から、あいさつします。　　フランソワ・モライヨン

〔本文の下のペンの書込み〕

フランソワは「でもぼくたちは怖くありません」と書くこともできたでしょう。

〔本文の横のペンの書込み〕

ご覧のように、フランソワはあなたのことを思い出し、よくあなたの話をしています。ルイーズ[(5)]

---

(1) 写真下の説明には「パリ上空のツェッペリン、ドイツの海賊によるおぞましい犯罪、崩れ落ちた建物の側面」と印刷されている。その右下にペンで「メニルモンタン通り 86 番地」と書き込まれているとおり、前ページの葉書の写真のすぐ近く（パリの東側のペール・ラシェーズ墓地の北側あたり）のメニルモンタン通りの建物を写したもの。

(2) 写真の左上に、母親がペンの小さな字で「差出人 ドーフィヌ通り 38 番地 フランソワ・モライヨン」と書き込んでいる。ドーフィヌ通りはパリ中心部のセーヌ河に架かるポン・ヌフに通じる南側の通り。

(3) 子供の稚拙な文で、何が言いたいのか不明。

(4) 「ツェッペリン」はドイツ語の発音で、フランス語では「ゼップラン」と発音する。この男の子も「ゼップラン」と発音したはずである。ちなみに、1 回目（1915 年 3 月 21 日）のツェッペリン襲来に居あわせた島崎藤村は、深夜に消防車で警笛とラッパを鳴らしてパリ市内を巡回するのを聞き、こう書いている。「『ゼエプランだ。』それが咄嗟に私のあたまへ來た。私は急いで身支度した。」（島崎, 1922, p.356）

(5) この葉書は、母親ルイーズが書いたもう一枚の葉書と一緒にして、封筒に入れて送られたと思われる。ルイーズの葉書には次のように書かれている。「親愛なるギットへ　ツェッペリンによる大そうな仕事をご覧ください。不幸なことに、この建物だけではありません。9 棟が破壊され、29 人が亡くなったのですから。でもご安心を。私は死んでも怪我してもいません。メニルモンタン地区は私の家からはかなり離れていますので。あなたのことを強く抱きしめます。ルイーズ」。犠牲者の数については p.156 脚注 1 を参照。いずれにせよ、パリの民間人の死者数という点では、ツェッペリンよりも大戦末期のドイツの長距離砲（p.234 参照）の方がはるかに多くの犠牲者が出た。

第 3 章　1916 年

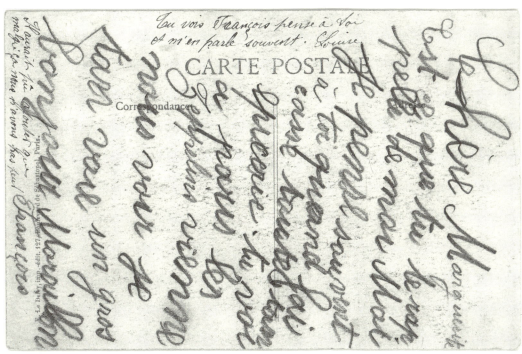

1916 年 2 月 11 日 ── キャンプでの無意味な訓練

　パリのはるか東にあるシャンパーニュ地方は、見渡す限りの平原が広がり、北側にムルムロン・キャンプ（別名シャロン・キャンプ）、南側にマイイー・キャンプという 2 つの訓練キャンプ（練兵場）が置かれていた。どちらもパリ市内とほぼ同面積（約 100 km²）という広大な敷地を有し、前線からは相当離れていたから、大戦中はここで兵器の取扱いなどの訓練がおこなわれ、規律ある生活を送りながら、戦闘で被害を受けた部隊を休ませて立て直す場としても活用された。

　次の手紙は p.86 や p.128 の手紙で取り上げた二等兵アルマン・ピュエシュが書いたもので、キャンプで無意味な苦労を強いられる馬鹿馬鹿しさについて記されている。1917 年に起きる命令不服従でも、兵士たちは必ずしも戦争自体に反対するのではなく、無意味に死ぬことを拒否することになるが、この手紙でも無意味な苦労への拒否が語られている。実際、戦闘ではピュエシュは勇敢に戦っているのだから。

マイイー・キャンプにて、1916 年 2 月 11 日

ご両親様

　本日、2 月 6 日付のお手紙をいただきました。私はとても元気ですが、皆さんもそのようですね。数日前からオーブ県のマイイー・キャンプに来ています。ここでは兵営暮らしで、居心地は悪くありません。

　しかし、キツいです。残念ながら、かなりキツいです。こんなふうにこき使われるのは恥ずべきことです。考えてもみてください、午前中はずっと雪が降っているのに、ずっと訓練です。我々は銃を握っていられませんでした。それほど寒かったのです。食事どきになって、やっと帰りました。びしょ濡れになり、寒さに凍えて。こんなひどい天候の中に放り出して、我々をどうしたいのだろうと思ってしまいます。我々がやっていることは何のためでしょう。武器の取扱い、兵隊の学校だというのはわかりますが、早くここを出たくてたまりません。ここに来て以来、うんざりしています。さいわい、ここに長くいることはないでしょう。

　お手紙によると、カネ村には続々と休暇を取った兵士が戻っていて、ラムールーもフェルディナン・ルーチエも、やっと家族に会うことができたそうですね。アンドレ・カンボンが手紙をくれて、やはりカネ村に帰るそうです。この手紙がお手もとに届く頃には、たぶんカネ村にいるでしょう。我々の連隊でも、順番に兵士たちが休暇に出発しています。私は休暇から戻ってから 2 か月たちますが、2 度目の休暇については、いつになるかわかりません。というのも、まもなく新しい動きがありそうだからです。アルゴンヌの塹壕に行くという噂がありますが、本当かどうかわかりません。生きる者は見るだろう[1]、です。

　お偉方たちは我々をしたいようにするでしょう。私はむしろ塹壕にいる方がいいと思っています。少なくとも、今こうしているように、うんざりさせられることはないと思うからです。なんだか、我々に命令を下しているのはドイツ野郎の将校で、我々に反乱を起こさせようとしている気さえします。

　今のところ、他にあまり書きべきことはありません。お手紙と、お書きになっていた 5 フラン札は受けとりましたので、ご安心ください。まもなく、また皆さんのお便りをいただけることを願いつつ、ご両親ときょうだいの皆さん、心からの抱擁をお受けとりください。

　　　　　　　　　　　　　皆さんの生涯の息子にして兄、アルマン・ピュエシュより

　近所の皆さんと友人によろしく

Camp de Mailly, 11 Février 1916

Chers Parents,

Venant de recevoir aujourd'hui même votre lettre datée du 6 Février laquelle m'a trouvé en très bonne santé et je vois que vous en êtes tous de même. Voilà déjà quelques jours que nous sommes au camp de Mailly dans l'Aube. Ici nous sommes en caserne et nous sommes bien. Mais nous tardons... un peu trop malheureusement. Et c'est honteux de se voir mener de la sorte. Figurez-vous que ce matin il a tombé de la neige tout le temps, et nous avons étés à l'exercice tout le matin. Nous ne pouvions pas tenir le fusil tellement il faisait froid. Et nous ne sommes rentrés que pour la soupe, tout mouillés gelés de froid. Et je me demande ce que l'on veut faire de nous, pour nous laisser ainsi aux mauvais temps, pour quoi faire, des maniements d'armes, école du soldat, etc. ce que nous faisons

Il me tarde de partir d'ici car nous sommes trop embêtés depuis que nous sommes ici. Nous n'avons guère à rester heureusement. Je vois sur votre lettre qu'à Banat il continue d'y arriver toujours des permissionnaires. Et que Lamoureux est enfin venu voir sa famille, ainsi que Ferdinand Routy, André Cambon m'écrit qu'il va venir aussi. Peut-être quand vous aurez cette lettre sera-t-il à Banat. Quand à nous dans le régiment, les permissionnaires partent régulièrement. Voilà bientôt deux mois que je suis revenu, et quand au second tour, je ne sais pas quand je viendrais car d'ici là il pourrait y avoir du nouveau. Car les bruits courent que nous allons aux tranchées en Argonne, mais ce n'est pas bien sûr. Qui vivra verra. Ils feront de nous ce qu'ils voudront. Je voudrais y être aux tranchées au moins on ne serait pas embêtés comme nous le sommes en ce moment. Je crois que c'est tant des officiers bêtes que nous commandent et qu'ils cherchent à nous

faire révolter. Je ne vois plus grand chose à vous dire pour le moment. Si n'est que j'ai reçu la lettre et le billet de 5 francs dont vous me parlez, et vous pouvez être rassurés à ce sujet.

En attendant de recevoir bientôt de vos nouvelles, recevez chers parents, et chers frères les plus tendres caresses de

Votre fils et frère pour la vie
Puech Armand

Bien le bonjour aux voisins et amis

---

(1)「その時になったらわかるだろう」という意味の諺。実際には、この10日後に始まるヴェルダンの戦いに参加することになった（次の手紙を参照）。

1916 年 2 月 28 日 —— ヴェルダンの戦いの初日からの克明な描写

　第一次世界大戦最大の激戦として名高いヴェルダンの戦いは、フランス北東部の難攻不落の要塞都市ヴェルダン近郊でおこなわれた。ヴェルダンの街自体は、激しい砲撃を浴びながらも大戦を通じて終始フランス軍の支配下にあったが、街の東側と北側の丘に築かれていた数十の要塞や堡塁をめぐって、独仏両軍の間で激しい攻防戦が繰り広げられた。

　1916 年 2 月 21 日朝、ドイツ軍の大小さまざまな口径の大砲が一斉に火を吹き、ヴェルダンの戦いが幕を開けた。この日 1 日だけでドイツ軍は 100 万発の砲弾を浴びせ、夜になってから突撃が試みられた。

　前ページの手紙でも取り上げたズワーヴ第 2 連隊のアルマン・ピュエシュは、このヴェルダンの戦いに初日から参加し、4 度の突撃に参加したのち、25 日に負傷してフランス中央部の病院に後送された。その病院のベットの上で書かれたのが次の手紙である。

ヴィエルゾン⁽¹⁾にて、1916 年 2 月 28 日

ご両親様

やっといいベットに寝ることができました。それに値するだけのことはしたと思います。今晩到着しました。負傷兵がたくさんいます。21 日から私が負傷した 25 日の夕方 4 時までに我々が苦しんだことをすべて描写しなければならないとしたら、ずいぶん長い描写になるでしょう。しかし、私の人生でもっとも苛酷だったこの 4 日間のことを、できるだけ、また簡潔にご説明しましょう。なぜまだ生きているのか自分でもわかりません。シャンパーニュでの戦い⁽²⁾よりもひどい状況でした。

20 日から 21 日にかけての夜、ディウー⁽³⁾で舎営していた我々に、ただちに出発するという命令が下りました。背嚢をかつぎ、すぐに歩き始めました。いてつくような寒さでした。前日に雪が降り、夜のあいだに凍って、すこし風もありました。どんなだったか、おわかりになると思います。ヴェルダンの街を通過し、北に向かいます。大砲がとどろき、太鼓の連打のようでした。巨大な大鍋がヴェルダンに落ちています。我々は歩き続けます。分隊ごとに一列縦隊になり、谷間を縫うようにして進みます。

　ようやく大砲の砲火のもとにたどりつきます。あいかわらず前進です。死者も負傷者もいる中、我々はすでに掘られている塹壕に陣地を構えます。しかし、そこに落ちつくやいなや、これほどのものは史上かつてないほどの砲弾をドイツどもが送りこんできました。4 日間、まさに地獄のような阿鼻きょうかんでした。我々は「予備」だと言われましたが、なんという「予備」でしょう。

　さて、24 日の朝、我々の正面にドイツどもがいると知らされました。やつらは夜の間に前進していたのです。あいつらは一発も銃を放たずに、多くのフランス兵を捕虜にしました。第 208 連隊などは、弾が切れたと称して、まるまる降参しました。我々はというと、正面に多くの兵がやってくるのが見えます。歩兵のようなブルーの外套を着ていたので、てっきりフランス兵だと思っていたのですが、ドイツどもでした。夕方、夜になって初めて気づいたのです。前方にいた歩哨が、物音が近づくのを聞き、

---

(1) ヴィエルゾン Vierzon はフランス中央部の街で、ピュエシュは以前もこの街の病院に収容された（p.91 脚注 8 参照）。ヴェルダンでの負傷後にピュエシュが同じ病院から書いた手紙の封筒は p.91 で取り上げた。

(2) 5 か月前の「シャンパーニュ攻勢」を指す（p.128 参照）。

(3) 「ディウー」（ディウー゠スュール゠ムーズ Dieue-sur-Meuse）はヴェルダンの街の 10 km 南にある。ヴェルダンの街の南側はフランス軍の支配下にあったので、ピュエシュたちの連隊も南側から北上している。

Vierzon 28 Février 1916

Chers Parents

Me voilà enfin dans un bon lit et je crois que nous l'avons bien mérité. Nous sommes arrivés cette nuit et il y en a beaucoup de blessés. S'il me fallait vous décrire tout ce que nous avons souffert du 21 au 25 au soir à 4 heures où je suis blessé, ce serait bien long à décrire mais je vais vous expliquer de mon mieux et brièvement les 4 plus dures journées de ma vie. Je ne sais pas comment je suis encore vivant et pourtant c'était bien plus pire qu'en Champagne.

Nous étions cantonnés à Dieue quand dans la nuit du 20 au 21 arrive un ordre de se mettre immédiatement en route. Nous empaquetons nos sacs, et quelques instants après nous voilà en route. Il fait un froid de loup. La veille il avait tombé de la neige et la nuit elle a gelé, et il fait un petit vent. Vous devez comprendre ce que cela peut être. Nous passons par Verdun et nous nous dirigeons vers le Nord. Le canon tonne on dirait un roulement de tambour. Les grosses marmites tombent sur Verdun. Nous marchons toujours. On nous fait marcher en ligne d'escouades par un et nous voilà partis à travers les vallons

Nous arrivons enfin sous le feu des canons. Nous avançons toujours. Il y en a qui sont tués ou blessés et nous prenons position dans des tranchées, déjà creusées. Mais là, à peine y étions-nous installés voilà que les Boches nous envoient un marmittage comme jamais dans l'histoire on n'avait vu le pareil. Dire que pendant 4 jours cela a été un vacarme infernal. On nous dit que nous sommes en réserve. Une belle réserve. Voilà que le 24 au matin on nous dit que nous avons les Boches devant nous. Pendant la nuit ils avaient avancé. Ils nous ont fait beaucoup de prisonniers sans

tirer un coup de fusil. Le 208e de ligne s'est rendu en entier, soi-disant qu'il n'avait plus de munitions. Nous autres en voyant arriver beaucoup de soldats, en avant de nous, mais on croyait que c'étaient les nôtres car ils portaient des capotes bleues comme les fantassins, mais c'était les Boches. Nous ne nous en sommes aperçus que le soir à la nuit. Il y avait des sentinelles en avant, et entendant du bruit qui s'approchait, elles ont crié Halte-là, qui vive par deux fois. Aussitôt voilà une terrible fusillade qui se déclenche, et nous mettons baïonnette au canon attendant les Boches de pied ferme. Mais ils ne viennent pas. Ils veulent

「止まれ、誰か。」と2回叫びました。その直後、すさまじい銃撃が始まり、我々は銃剣をつけて身構え、ドイツどもを待ち受けます。しかし、やってきません。やつらは我々の背後を襲うつもりだったのです。もう少しで全員捕虜になるところでしたが、将校たちが察知しました。暗闇に乗じて、物音をたてずに退却することになりました。それは簡単なことではありませんでした。あいかわらず大鍋が降りそそいでおり、どこにドイツどもがひそんでいるかわからなかったからです。指揮官は我々に号令をかけますが、銃剣を使ってやっとのことで号令をかけるありさまでした。しかし、さいわい何事もなく逃げられました。

　稜線の上に陣取り、少し塹壕を掘りました。ある村のすぐ近くでした。ダヴモンだったか、そんな名前の村でした。[(4)] 我々が今回の戦いでもっとも多くの死者を出したのは、ここにおいてでした。我々は4回も銃剣で突撃し、ドイツどもを追い払いました。しかし、敵はたえず新しい援軍を受けていたため、我々は村の後方に退却せざるをえませんでした。私が右の肩に弾丸を受けたのは、そのときでした。

　じつを言うと、我々はほとんど敵を捕虜にはしませんでした。たくましい男たちで、ほぼ全員新しい装備を持ち、歌いながらやってきました。我々は大きな損害を出しましたが、ドイツどもの損害に比べればたいしたことはありません。我々は確実な場合にしか撃ちませんでした。もう弾薬が尽きかけていたからです。一発撃つたびに一人を倒しました。こんな殺りくは、想像すらできませんでした。ドイツどもが逃げるときは、至近距離から撃ちます。やつらは、たしかに「仲間ヨ！」と叫ぶのですが、負傷していた5人だけしか捕虜にしませんでした。[(5)] 運のいいやつらです。ドイツどもの小さな塹壕にたどりつくと、みな「仲間ヨ！」と叫ぶんですが、やつらは爆弾を持っていて、すきを見ては我々に投げつけてくるのです。だから、そんなときは全員ぶっ殺してやりました。もし敵にあれほど多くの砲兵隊がいなかったら、平地だったら、あいつらはぼろ負けしていたことでしょう。しかし、「大鍋」が相手とあっては、なすすべがありません。

　こうしたわけで、いまはベットにいます。残念ながら長くいるわけではありません。それでも、あのかまどの中から抜け出せてよかったと思います。もちろん、もう第41中隊には何も送らないでください。きっと返送されてしまうでしょうから。もう中隊にはあまり人が残っていないと思いますので。プージェとロスィニョルはどうなったか知りません。もう我々と一緒ではなく、しばらく前に機関銃中隊に移りました。[(6)]

---

(4)「ダヴモン」は記憶ちがいで、正しくはドゥオーモン要塞の北西にあるルヴモン Louvemont 村だと思われる。
　　この村は、ヴェルダンの戦いが始まるまではフランス軍の支配下にあったが、ドイツ軍が1916年2月25日に10時、14時、16時と3度にわたって攻撃を仕掛け、奪取した。このときの戦いで、ズワーヴ第2連隊は激しく反撃したものの、31人の将校と1,650人の兵卒が死傷した（*Historique du 2ᵉ Zouaves*, p.21 による）。このときにピュエシュも負傷したと思われる（手紙の最初の方に「25日の夕方4時」に負傷したと書かれている）。なお、ヴェルダンの戦いによってルヴモン村は完全に消滅し、現在は記念としてルヴモン＝コート＝デュ＝ポワーヴル Louvemont-Côte-du-Poivre 村という名前のみが残されている。
(5) ドイツ兵がフランス兵に降参するときは、「仲間ヨ！」と叫んだ（独仏共通の言葉だが、少し発音が違うので、フランス人から見ればドイツ語なまりのフランス語に思われた）。
(6) この手紙は、結びの言葉を記したはずの最後の1ページが散逸しており、文が途中で終わっている。ちなみに、この後、ピュエシュはソンムの戦いに参加し、再び負傷する。その後のピュエシュについてはp.212を参照。

2

nous tourner. Et il ne s'en est guère fallu que nous ne soyons tous prisonniers. Mais nos officiers s'en sont aperçus et nous profitons de la nuit pour nous sauver dans le plus grand silence. Ce n'était pas chose facile, car les marmites radinaient toujours, et personne ne savait où étaient les Boches. Le commandant avait fait passer dans les rangs, qu'il nous fallait passer coûte que coûte à la baïonnette. Mais heureusement nous nous sommes sauvés sans incident. Et nous allons nous poster sur une crête, et nous creusons une petite tranchée. Nous sommes tout près d'un village et ce village c'est Douaumont

un nom comme ça. C'est là que nous avons vécu la journée la plus meurtrière de la campagne. Pendant 4 fois, nous avons chargé à la baïonnette, et nous en avons délogé les Boches. Mais ils recevaient toujours de nouveaux renforts, et nous avons été forcés de nous replier en arrière du village. C'est à ce moment que j'ai reçu une balle à l'épaule droite. Vous pouvez croire que nous n'avons guère fait de prisonniers, et c'étaient de rudes gaillards. Presque tous étaient équipés de neuf, ils venaient en chantant. Nous avons eu des pertes considérables, mais ce n'est rien à côté de celles des Boches. Nous autres nous ne

tirions qu'à coup sûr, car nous n'avions presque plus de munitions. Chaque coup abattait son homme. Jamais je n'aurais imaginé pareil carnage. Quand les Boches s'enfuyaient, on les canardait presqu'à bout portant, ils criaient bien Kamarades, mais nous n'en avons fait que 3 prisonniers. Ils étaient blessés heureusement pour eux. Quand nous sommes arrivés dans les petites tranchées boches, tous criaient kamarades, mais ils avaient des bombes, et ils nous les lançaient quand ils le pouvaient. Alors quand nous avons vu ça nous avons vu ça nous avons tout zigouillé. S'ils n'avaient pas

eu une si nombreuse artillerie, on était bien en rase campagne, et ils auraient reçu la piquette mais contre les marmites il n'y a rien à faire.

Et me voilà dans mon lit mais pas pour longtemps malheureusement, mais je suis content de m'être tiré de cette fournaise. Pas besoin de vous dire de ne plus rien envoyer à la 41e comp. Et les lettres vous vont revenir sûrement, car je ne crois pas qu'il reste beaucoup de monde à la compagnie. Je ne sais pas ce qu'est devenu Pouget et Bromignal, celui-ci n'était plus avec nous il était passé à la compagnie de mitrailleuses quelques

1916 年 3 月 21 日 ─ ビゼルト沖の駆逐艦ラ・イールから

　次の葉書は、地中海のイタリア半島の西に浮かぶサルデーニャ島とチュニジアのビゼルト[1]の間で哨戒
任務に当たっていた小型の駆逐艦「ラ・イール」[2]の乗組員が、妻と思われる女性に書き送ったもの。

　以前乗っていた大型の戦艦に比べて船酔いがひどいこと、ドイツ軍の潜水艦の警報が出ていること、
石炭のせいで目がはれ上がっていることなどが書かれている。

　ラ・イールより、1916 年 3 月 21 日

　パンジーヌへ

　6 日前、出港直前に受け取った 4 日付の葉書に返事を書いておく。我々はサルデーニャ島とチュニジ
アの間を巡航した。船酔いになったんだが、なんだか風邪かと思ったよ。

　前のヴェルニョー[3]がなつかしい。あの船に戻れるなら 100 フラン出しても惜しくはない。仲間にそう
言ったら、喜んでもらってやると言われたが、残念ながらどうすることもできない。

　あの船に戻れるなら 100 フラン出しても惜しくはないというのは、第一にあの船は勝手が知れている
からだ。第二に、この船ほど船酔いにはならないからだ。

　目下、ビゼルト沖に潜水艦の警報が出ていて、2 隻目撃されたそうだ。石炭投入をやったから、目が
はれ上がって、おまえにこれを書きながら涙が出るんだ[4]。

　さしあたって新しく知らせることはほとんどない。

　みんなによろしく。心からキスをする。　シャルル

────────────

(1) ビゼルト Bizerte は p.58 でも出てきたフランス植民地チュニジア北端の港街（p.348 地図参照）。北側にはサル
　　デーニャ島がある。地中海の交通の要衝として、フランス海軍の軍港が置かれていた。この絵葉書は、写真説
　　明に「風景と人々、放浪するアラブ女性の一群」と印刷されている（「風景と人々」はフランス植民地のアフ
　　リカのエキゾチックな風俗を紹介した絵葉書のシリーズ）。差出人がチュニジアのビゼルトに寄港したときに
　　この絵葉書を入手したのではないかとも思われる。

(2) 駆逐艦ラ・イール La Hire は全長 78 m、排水量 904 トンの小さめの艦艇。もちろん蒸気船で、石炭を燃料とし
　　ていた。

(3) 前弩級（ダントン級）戦艦ヴェルニョー Vergniaud は全長 146.6 m、排水量 18,350 トン程度で、ラ・イールより
　　もはるかに大型。1914 年にはアドリア海でオーストリア＝ハンガリー帝国の軍港カッターロ（コトル）を砲撃
　　し、1916 年にはギリシアのアテネで上陸作戦をおこなって死者を出した。

(4) 軍艦で石炭投入をするようすについては、1917 年、海軍機関学校の教官だった芥川龍之介が「軍艦金剛航海
　　記」の中で次のように書いている。「眼の前には恐しく大きな罐が幾つも、噴火山の様な音を立てて並んでゐる。
　　罐の前の通路は、甚だ狭い。その狭い所に、煤煙でまつ黒になつた機關兵が色硝子をはめた眼鏡を頸へかけな
　　がら忙しさうに動いてゐる。或る者はショヴルで、罐の中へ石炭を抛りこむ。或者は石炭桝へ石炭を積んで押
　　して來る。（……）その中に機關兵の一人が、僕にその色硝子の眼鏡を借してくれた。それを眼にあてて、罐
　　の口を覗いて見ると、硝子の緑色の向うには、太陽がとろけて落ちたやうな火の塊が、嵐のやうな勢で燃え立
　　つてゐる。（……）唯、如何にもやり切れないのは、火氣である。ここで働いてゐる機關兵が、三時間の交代
　　時間中に、各々何升かの水を飲むと云ふのも更に無理はない。」（芥川, 1977, p.470-471）。

第 3 章　1916 年

6098　SCÈNES ET TYPES — Groupe de Femmes Arabes Nomades.　LL.

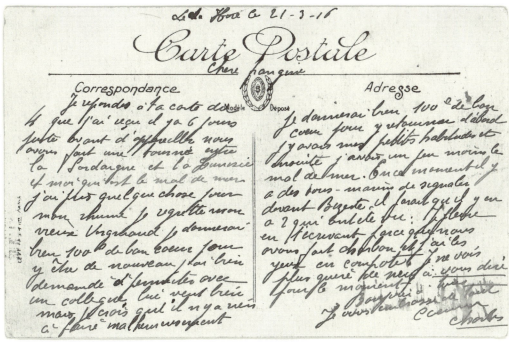

167

1916 年 4 月 10 日 ── 日常が保たれていたパリ

　普仏戦争や第二次世界大戦と違って、第一次世界大戦では、さいわいドイツ軍がパリにやって来ることは一度もなく、大戦初期にはドイツ軍が攻めてくる恐怖でパリの多くの人々が逃げ出した時期もあったが、戦線が膠着すると、ときどき軍用機やツェッペリンが襲来して爆弾を落とし、散発的な被害が出る程度で、概して「平和」な日常生活が送られていた。[1]

　次の葉書は、負傷または病気によってパリで療養していた兵士が書いたもので、民間人だったと思われる友人に宛てられている。[2]

　この葉書の書かれた 4 月 10 日というと、2 月 21 日に始まった壮絶なヴェルダンの戦いがおこなわれている最中で、まさに司令官ペタン将軍が「やっつけるぞ」という俗語調の言葉で日々命令を締めくくり、全軍の士気を鼓舞した日にあたる。

　絵葉書の写真説明には「パリ、リュクサンブール美術館、彫刻室」と書かれている。ここに並んでいる彫刻群は、大砲の轟音が鳴りやまないヴェルダンとは対照的な、時が止まったような奇妙な静けさを、象徴的に物語っているといえるかもしれない。

　パリにて、1916 年 4 月 10 日

　親愛なるアルベールへ

　いつも楽しく君に便りを書いています。私はというと、あらゆる点で申し分ありません。健康はこのうえなく、力も正常な状態まで戻っています。

　もっといえば、私はずっと同じで、変わっていません。君と御家族も同様であることを心から願っています。

　もし君がここパリの大通りに来たら、いまは戦争中などとは、またフランスが途方もない喪の危機をくぐり抜けているなどとは、信じられないことでしょう。[3]

　私たちはほとんど毎日散歩をしており、本当に見るに値する美しいものがたくさんあります。

　ジュアン夫人とご家族全員によろしくお伝えください。そして親愛なる友人よ、君に対しては心からの友情を込めて握手をしたいと思います。

　　　　　　　　　　　　　　　　　　　　　　　　　　　　　　友人 A. ミュレより

〔鉛筆の書込み〕16 年 5 月 10 日返信済（16 年の復活祭にアルベールに会う）[4]

---

(1) ただし、大戦末期の 1918 年春になると、今度は「パリ砲」が大きな被害をもたらし（p.234 参照）、ドイツ軍の最後の攻勢によって再びパリの人々がパニックに陥ることになる。

(2) 本文の左上に「フランス負傷軍人救護協会、20 区の兵士サークル」と書かれた大きな丸い印が押してあるので（フランス負傷兵救護協会については p.33 脚注を参照）、この「兵士サークル」と呼ばれる施設からこの葉書が差し出されたらしい。この時期、ヴェルダン近辺では膨大な死者・負傷者が出ていたから、この葉書の差出人もヴェルダンで負傷した可能性は大いにある。

(3) プルーストの小説『失われた時を求めて』（最終巻『見出された時』）にも、ほぼ同時期のパリについて「パリでは戦争をほとんど感じ取ることができない」と書かれた箇所がある（Proust, 1989, p.337）。

第3章　1916年

(4) この鉛筆の書込みは、この葉書を受けとった「アルベール」が書き込んだものと思われる。どうやら、差出人（本文末尾のイニシャルは「A」）も同じ「アルベール」という名前だったらしい。1916年の復活祭は4月23日にあたるので、4月23日に病院に見舞いに行き、さらに5月10日に返事の手紙を書いたものと思われる。

169

1916 年 5 月 6 日 ―「ドイツに勝つなんて無理」

この大戦も後半にさしかかる頃になると、多くの兵士は戦争に嫌気がさし、早く戦争が終わればいいとか、休暇※が待ち遠しいといった内容の手紙が目立つようになる。

次の葉書は封筒に入れて差し出されており、差出人の所属がわからないので調べようがないが、これを書いた兵士はヴェルダン近郊にいたのだろうか、それとも大聖堂で有名なランス付近、あるいは北仏にいたのだろうか。

いずれにせよ、前線の兵士が書いた葉書で、これほどネガティブな文面のものも珍しい。もし途中で検閲に引っかかっていたら、届けられなかったはずである。

綴りは全体的に不正確で、舌足らずな表現が含まれている。

1916 年 5 月 6 日

いとしい妻へ

書く習慣を失わないように、また一言、書くことにしよう。

でも、何を書いたらいいのかわからない。毎日おんなじで、全部おんなじことの繰り返しだから。ぜんぜん変化がない。本当にうんざりだ。みんな俺とおなじ気分だよ。この天気のいい中を、昼も夜もずっとざんごうの中にいて、ドイツ野郎を眺めてるんだ。こんな生活がもう 21 カ月[(1)]も続いてる。誰も終わらせようとしやしない。

上の連中[(2)]は我々を最後まで戦わせようとしているが、最初[(3)]とまったくおなじように、最後だって負けるのさ。だって、ドイツに勝つなんて無理なんだから。我々の砲兵隊が大砲を 10 発ぶち込めば、向こうは 100 発返してくるんだ。こんなわけで、こっちはもうすっからかんなんだ[(4)]。

今日はもう書くことがない。いつまでたってもおなじ繰り返しだから。まったくクソくらえだ。おまえの夫より

おまえとマルセルと家にいるみなを抱きしめる

サイン（モーリス）

---

(1)「21 か月」は 1 年 9 か月。逆算すると、戦争が始まった 1914 年 8 月上旬。なお、この葉書の冒頭の日付の数字は癖が強く、16 年「9 月」と書かれているようにも見えるが、当時の筆記体では「5」はこのように書かれることが多かったことに加え、逆算して開戦の月に符合することから、「5 月」であると推定される。

(2)「上の連中」（直訳すると「彼ら」「あいつら」）とは、軍の上層部を指す。この表現は p.98 の葉書や p.256 脚注 4 で引用した葉書にも出てくる。

(3)「最初」とは、おそらくドイツ軍が快進撃を続けていた 1914 年 8 月〜 9 月上旬（マルヌ会戦以前）を指す。

(4) フランス軍の砲兵隊では砲弾が不足していると言いたいらしい。なお、この葉書はカルト・フォト※なので、ここに写っている 2 人のうちのいずれかが差出人である可能性が高いが、写真の左手前の木に引っかけられたコートは、襟の特徴からして歩兵のものであり、差出人も歩兵である可能性が高い。

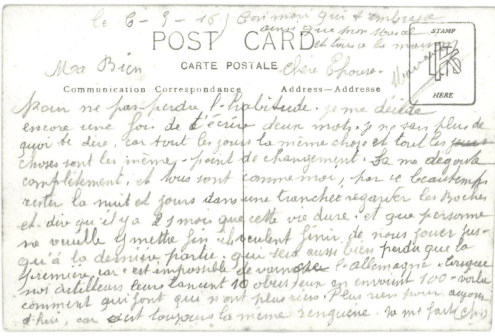

1916 年 6 月 12 日 ── ヴェルダンでの想像を絶する戦い

　1916 年 2 月 21 日に始まったヴェルダンの戦いは、緒戦こそドイツ軍が優勢だったものの、その後は
ペタン将軍やマンジャン将軍のもとで踏みとどまり、一進一退の攻防が続いていた。

　次の葉書は、この戦いに参加した歩兵第 53 連隊のニコライ大尉が書いたもの。5 月 18 日、同連隊は
ヴェルダンに到着し、ヴェルダンの街の東側にあるヴォー要塞の外で守備に就いた。[1]

　しかし、多いときは 1 日 8,000 発の砲弾がヴォー要塞に打ち込まれる中、補給が思うようにいかず、
とりわけ水が尽きたことが致命的となり、ヴォー要塞は 6 月 7 日にドイツ軍に降伏することになる。[2] そ
の直前の 6 月 5 日、差出人の所属する第 53 連隊は他の部隊への交替を済ませ、後方にしりぞいた。そ
の 1 週間後に書かれたのが次の葉書である。

1916 年 6 月 12 日

拝啓

　手短かにお知らせしますと、明後日、我々はショーモン[3]の方に行って休養する予定です。

　もうそうすべき時です。これ以上はもう無理です。我が連隊は 65％ ～ 80％ の損害を出しました。ひ
どいものです。大虐殺や屠殺といった、ものすごいものを見ました！ 想像を絶する大砲の砲撃に、あり
とあらゆる毒ガスが加わるのです！ それは凄まじいものです！ これは見た人でないとわかりません！
さらに、敵の砲兵隊と同じくらい、味方の 75 mm 砲までが我々に一斉砲撃を浴びせかけるのです！

　残念ながら、ここでも他のどの場所でも、無秩序、混乱、不統一、エゴイズムが感じられます！ そ
れにどう対処すべきか、まだわからないでいます。嘆かわしいことです！

　まあしかし、希望を持ち続けましょう！ そして早く勝利が得られることを願いましょう。

　いずれにせよ、ドイツどもは、まだすぐにはヴェルダンには来ないでしょう。[4] しかし、我々としては、
もっと体系だててしっかり取り組みたいと思ったら、もっとうまくできるはずなのですが！

　この手紙は、あなたを安心させるために書きました。近いうちに、もっと詳しく書きます。

　心より、変わらぬ愛情をこめて　　　　　（サイン）

〔宛先〕 ロワール＝アンフェリウール県 ラ・ボール＝スュール＝メール[5]
　　　　スプロンディッドホテル　バルベリ奥様

---

(1) ニコライ大尉の手紙は p.152 と p.154 でも取り上げた。大尉は通常は中隊を指揮するが、死傷する将校が相次
　　いだことから、ニコライはしばしば臨時で大隊の指揮を執っていた。翌 1917 年 2 月頃に少佐に昇進し、名実
　　ともに第 3 大隊の指揮官となる。その後、1917 年 9 月にヴェルダン近郊で捕虜となる（p.388 参照）。
(2) 歩兵第 53 連隊の連隊史には、降伏直前のヴォー要塞内部のようすが次のように記されている。「完全に孤立し
　　たフランス兵は、暗い通路の中で、見事なまでに容赦ない敵と戦っていた。地面には死体が散らばり、坑道に
　　は負傷兵が折り重なっていた。水は 3 日前から尽きていた。あたりには死体の腐敗、排泄物、毒ガスの入り混
　　じった悪臭が充満していた。ドイツ軍は火炎放射器を放ち、地面にうずくまる兵士たちの不意を突いた。号令
　　と苦しみの叫びに、降伏を勧める敵の不吉な言葉が入り乱れていた。誰もが相手の見えない中で戦っていた。」
　　（*Historique du 53ᵉ RI*, p.28-29）
(3) ショーモン Chaumont はヴェルダンのはるか南、ヴェルダンとディジョンの中間あたりにある街。
(4) ヴォー要塞は陥落したが、まだヴェルダンの街の中までは攻めて来ないだろう、という意味。

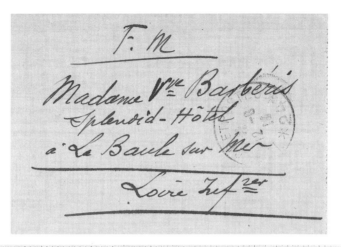

(5) ラ・ボール゠スュール゠メール La Baule-sur-Mer（現 La Baule-Escoublac）はフランス西部、大西洋に面するロワール河の河口近くの海水浴場。当時、ここのホテルにニコライの恋人は滞在していた。

1916年6月29日 ── 語り継がれるドイツ兵の残虐行為

　開戦当初の 1914 年 8〜9 月、ベルギーを経てフランス領内に攻め入ってきたドイツ軍は、その過程で無実の住民多数を見せしめに銃殺するなど、多くの残虐行為を働いた[(1)]。フランス側がこれを「ドイツ兵の残虐行為」として積極的に宣伝し、また根拠のないデマが流布したという側面もあったが、残虐行為が実際に存在したこともまた事実だった。

　次の葉書は、フランス北東部のネッタンクール村付近[(3)]にいたと思われる兵士が書いたもので、その北隣のソメイユ村で大戦初期の 1914 年 9 月 6 日に起きた事件について書かれている。

　綴りが滅茶苦茶で読むのに骨が折れる。

　1916 年 6 月 29 日木よう　いとしいエリザベートへ

　25 日付のおまえの手神は、きのう 28 日にとどいた。フェール＝シャンプノワーズ[(4)]にいた才 12 中隊の兵隊がおれたちの所に合いにきたんだ。あいつは大隊長どのの所に寄る必用があったんだ。そんなわけで、とてもうれしかった。ルケーの奴ったら、休暇は得られなかったそうだ。てっきりもう家についたかと思って、きのうハガキを 2 まい送っちまったよ。

　いとしいイヤベートよ、きのう、行軍えんしゅうと称して、小隊長どのがおれたちを引きつれ、ソメイユの廃きょを見にいってきた。見るも無ざんで、ほったて小屋が 4 つ残ってるだけだった。ソメイユの絵ハガキはなくて、手に入らなかった。例の家と地下しつを見にいったんだ。あの地下しつで、野ばん人どもは不幸な女を<u>強かん</u>し、<u>胸を切りとり</u>、その<u>胸を口のなかに</u>突っこんでから、その<u>4 人</u>の幼い子たちの両うでを切だんし、そのうちの 9 歳だったむすめを<u>強かん</u>したんだ。丈夫なむすめだったから、12 歳に見えたんだ[(5)]。

---

(1) 虐殺されたフランスの民間人は推計 906 人（Horne & Kramer, 2011, p.128）。ベルギーはもっと多い（p.321 参照）。

(2) アンドレ・ジッドは、1914 年 11 月 15 日の日記の中で、4 千人の子供がドイツ兵に右手を切断されたという噂について記している（Gide, 1948, p.500）。また、当時滞仏中だった仏文学者の吉江喬松は、ドイツ兵のベルギーでの残虐行為は誇張されているとソルボンヌの学生が語ったと書いている（吉江, 1923, p.95）。

(3) ネッタンクール Nettancourt 村はヴェルダンの南西、バール＝ル＝デュックの北西側にある（この絵葉書は大戦前のもので、ここに写っている教会は大戦初期に破壊された）。この村の北隣にソメイユ Sommeilles 村がある。両村は 1914 年 9 月上旬にドイツ軍が占領し、このときに残虐行為がおこなわれたが、マルヌ会戦後すぐにフランス軍が奪還した。この葉書が書かれた当時、ネッタンクール村にはヴェルダンの指揮を執るペタン将軍の司令部が置かれていた。

(4) フェール＝シャンプノワーズ Fère-Champenoise 村はネッタンクール村の 70 km ほど西にある。

(5) ここで話が唐突に途中で終わっている。結語やサインもなく、左上に (1) と書き込まれていることから、この葉書は封筒に入れて送られた 2 枚以上の葉書の 1 枚目であることがわかる。なお、このときのソメイユ村での出来事は、1914 年 9 月 23 日のデクレ（大統領令）に基づいて設置された「人権を侵害して敵軍が犯した行為を確認するために設けられた委員会」が閣僚評議会議長（＝首相）に提出した報告書で取り上げられ、官報に掲載されているので、関連部分を訳しておく。「ムーズ県の中で、ソメイユ村ほどの苦しみを味わった所は、そう多くはない。この村は 9 月 6 日にドイツ軍の歩兵第 51 連隊によって完全に焼き払われ、今はもう瓦礫の山しか残っていない。自転車の空気入れのような、多くの兵士が携行していた装置を使って放火されたのだ。／この不幸な村は惨劇の舞台となった。放火が始まったとき、夫が従軍中だった X 婦人は、夫のアドノ家の人々および 4 人の子供とともにアドノ家の地下室に避難していた。4 人の子供は順に 11 歳、5 歳、4 歳、1 歳半だっ

第 3 章　1916 年

た。数日後、ここでこの不幸な人々全員の遺体が血の海の中で発見された。アドノ氏は銃殺され、X 婦人は片胸と右腕が切られ、11 歳の娘は片脚が切断され、5 歳の男の子は喉をえぐられていた。X 婦人と少女は強姦された形跡があった。」（*Journal officiel*, 4 jamvier 1915, p.122）。これと照らし合わせると、伝言ゲームのように話に「尾ひれ」がついて形を変えながらも、「ドイツ兵の残虐行為」が生々しく語り継がれていたことがわかる。

175

1916 年 7 月 15 日 ── 養蚕農家からヴェルダンへ

ヴェルダンの戦いには入れ替わり立ち替わり多くの部隊が参加した。

次の手紙の差出人の所属する歩兵第 252 連隊も、6 月下旬に 304 高地の守備に就き、同連隊だけでも数日間で死者・行方不明者 150 名以上、負傷者 150 名以上を出した。[(1)]

1916 年 7 月 15 日

ご両親様

塹壕から戻り、お二人の最新の手紙を受けとりました。守備交替は何とか無事に終わりましたが、またしても多くの犠牲者を出しました。というのも、お察しのことと思いますが、現在われわれのいる区域は、屈指の劣悪なところだからです。ここに来たことのない人は、人間が抱く肉体的・精神的な苦しみの何たるかを想像することはできません。

この守備交替のとき以来、私はまた再編された軍楽隊に配属になりました。その資格において担架兵となっていますが[(2)]、安全という点では、中隊にいたときと同じくらい良くありません。第一線で負傷した兵を、仮繃帯所まで運ぶからです。言っておきますが、これは楽しいものではありません。

私の住所を書いておきます。郵便区※120　歩兵第 252 連隊 司令部付小隊 軍楽隊

この手紙を受けとられたら、折り返し次の手紙で 30 フラン送ってください。もうお金がありませんので。休暇に関しては、まだ私の順番ではありません。17 日に塹壕に戻りますが、大荒れになりそうです。うまく切りぬけられることを期待しましょう。

蚕が卵を産む時期になりましたので、お仕事が楽になっていると思います。諸般の事情から予想されるように、戦争がまだ長い間続くのだとすると、卵は少なめにしたほうがよいのではないでしょうか。[(3)]

よい知らせを詳しくお伝えいただけることを待ちつつ、皆さんの息子にして弟、叔父でもある私からの抱擁をお受けとりください。（サイン）

〔左側余白〕マルセルには会えませんでしたが、お互い近い場所にいます。探してはいるんですが、まだあいつの砲兵中隊の居場所がわかりません。

〔差出人〕郵便区※120 歩兵第 252 連隊 司令部付小隊 ショーヴェ

〔宛先〕ドローム県 ビュイ＝レ＝バロニー[(4)] 地主フェリックス・ショーヴェ様

〔宛先の上への書込み〕7 月 18 日受取、20 フラン送付済[(5)]

---

(1) 連隊史 *Historique du 252ᵉ RI*, p.14 による。「304 高地」はヴェルダンの北西 10 km ほどにある標高 304 m の丘。見晴らしのきく戦略上重要な地点として、ヴェルダンの激戦地の一つとなった。

(2) 当時、軍楽隊は担架兵も兼ねていた（p.22 参照）。

(3) ここから、差出人の実家は養蚕農家だったことがわかる。これに関して、フランス人の養蚕研究家から教わった内容を記しておく。「蚕が卵を産むのは年 1 回で、孵化の時期は卵がかえるのを待つだけなので楽だ。しかし、ひとたび卵がかえると、餌となる桑の葉を収穫し、最初のうちは細かく切り刻み、毎日 3 ～ 4 回、新鮮な葉を与え、古い葉を捨てる必要がある。戦争中は桑の葉を摘む人手が足りず、たくさん卵がかえっても餌をやることができないし、絹織物などの贅沢品を買う人も少なくなるから、生糸の需要も減る」。

(4) ビュイ＝レ＝バロニー Buis-les-Baronnies はフランス南東部の街。絹織物の産地リヨンからも遠くない。

(5) これは手紙を受け取った親が書き込んだもの。「R」は Reçu（受取り済み）の略で、当時はこのように手紙を受け取った日付を書き込むことが多かった。かなり裕福だったと思われる。

第 3 章 1916 年

Le 17 juillet 1916.

Biens Chers Parents,

J'ai reçu votre dernière lettre en arrivant des tranchées. La relève s'est assez bien passée, malgré que nous ayons eu encore assez de pertes, car comme vous devez le penser, le secteur que nous occupons en ce moment est un des plus mauvais. et celui qui n'y a pas passé ne peut s'imaginer ce que c'est et les souffrances physiques et morales que l'on éprouve. Je suis depuis cette dernière relève encore à la musique qui s'est reformée et en cette qualité je suis brancardier ce qui est aussi mauvais au point de vue sécurité que lorsque j'étais à la Cie car nous chargeons les blessés de première ligne jusqu'au poste de secours et je vous assure que ce n'est pas gai. Voici mon adresse – 1 H R Musique – 262e Regt d'Inf ie secteur 120. Dans votre lettre que j'aurai par retour du courrier vous m'enverrez 30 francs, car je n'en ai plus. Quant à ma permission, ce n'est pas encore mon tour. Nous remontons à la tranchée le 17 et je vous assure que ça y chauffe, espérons qu'elle se passera bien pour moi. Le grainage doit commencer à vous donner moins de travail et si comme tout le fait prévoir

la guerre devait encore durer longtemps, il vaudrait mieux ne pas faire de grains.
Dans l'attente de bonnes et longues nouvelles, recevez de votre fils frère et oncle qui vous aime les meilleurs baisers.
Chauvet Maurice

177

1916 年 8 月 9 日 ── ティオーモン要塞での負傷

　ヴェルダンの街を取り囲む丘の上には、大小さまざまな要塞が構築されていた。なかでも最強と謳われたのはドゥオーモン要塞だったが、守備が手薄だったためにドイツ軍による攻撃開始のわずか 4 日後にあっけなく陥落し、ヴォー要塞も 6 月 7 日に陥落した。

　ドゥオーモンの南西隣にあった小さなティオーモン Thiaumont 要塞も 6 月 23 日にドイツ軍の手に落ち、以後 16 回も陥落と奪還を繰り返すという熾烈な攻防戦の舞台となったが、8 月 8 日にドイツ軍が占領して以降は、しばらくフランス軍はここから撤退することになった。

　次の葉書は、このティオーモン要塞での戦闘で負傷し、ヴェルダンの街の外れの野戦病院に収容された兵士が友人女性に書き送ったもので、ドイツ軍の砲撃で破壊されたヴェルダンの街のようすを写した絵葉書が使われている。⁽¹⁾

　1916 年 8 月 9 日

　いとしいジャンヌへ

　私の近況をお知らせします。あい変わらずとても良好です。あなたも同様であることを心から願っています。

　現在、私はバレクールの野戦病院 3/16 におりますが、12 日には中隊に戻らねばなりません。5 日にティオーモンの要塞でおこなわれた戦闘で左の前腕を少し負傷しただけです。

　ですから、後送はされませんでした。⁽³⁾

　結局、こんなふうに抜け出すことができてよかったと思います。連隊は全滅しましたから。⁽⁴⁾他の隊が我が隊を引き継ぎ、我が隊は休養をとることになります。まもなく私も休暇が得られると思います。

　あなたの二人のご兄弟とご家族もお気であることを願っています。

〔右上の書込み〕　ご両親によろしくお伝えください。アルフォンスィンヌにもよろしく。

〔写真面の書込み〕　あなたのとびきりの友人からの愛情に満ちた抱擁を

サイン（C. シャルル）

---

(1) 写真説明には「1914 ～ 16 年の大戦、ムーズ県ヴェルダン、破壊された通り」と記されている。写真の右側から日光が射し、道路に影が映っているが、この影を見ると、右側の建物は通りに面した壁だけ残っていることがわかる。一般に、戦火の被害を受けると、こうして壁だけが残ることが多い（p.51, p.229 の写真を参照）。ただし、ヴェルダン市民には事前に退去命令が出ていたので、民間人の死傷者はほとんど出なかった（市内には兵士たちだけが地下壕などにいた）。「1914 ～ 16 年の大戦」という書き方は、この葉書が 1916 年に発行されたことを示している。

(2) バレクール（葉書には Balecourt と書かれているが正しくは Baleycourt）はヴェルダンの街の南西隣にある集落。戦場となったのはヴェルダンの街の北東側と北側だったから、戦場からは少し離れている。

(3) 一般に、戦闘で負傷すると、まず担架兵によって担架に乗せられて臨時の救護所（仮繃帯所）まで運ばれ、応急処置を受けた（p.44, 90, 210 を参照）。ついで、前線近くの野戦病院に移され、軍医や看護兵による処置を受けた（p.48, 80, 144 等を参照）。それ以上の処置が必要な者や、治療が長びきそうな者は、おもに列車を使ってフランス各地の街に後送され、学校・ホテル・修道院などの大きな建物を改装した臨時病院などに収容され、

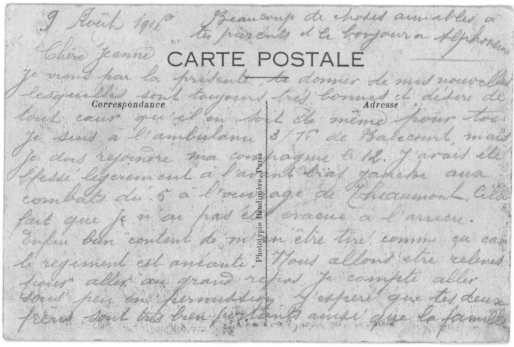

比較的よい食事を与えられながら、看護婦や修道女などの世話を受けた。フランス西部の病院に収容されたある兵士は、「私は赤十字の女性と修道女に世話されており、看護兵による世話よりもはるかに快適です」（1915年5月25日付の葉書、筆者蔵）と書いている（p.282も参照）。

(4) 似たような感想はp.114の葉書でも漏らされている。

1916 年 9 月 5 日 ── 女性たちの感想

ドイツ軍に破壊されたフランスの大聖堂というと、フランス北東部のランス大聖堂が有名だが、さらにパリに近いソワソンの大聖堂も同じ運命をたどった。[(1)]

ランスと同様、ソワソンの街も大戦初期に南下してきたドイツ軍に短い間だけ占領され、マルヌ会戦後にフランス軍が北上して奪還したものの、街のすぐ北側で戦線が膠着したため、砲撃を浴びて街や大聖堂が破壊された。これを受け、文豪アナトール・フランスも、美しいフランスを踏みにじるドイツ軍の蛮行を非難する文章を 1915 年 1 月 17 日の新聞に寄稿している。[(2)]

ソワソンは前線に近かったので、たび重なる攻撃を受け、街は灰燼に帰した。この絵葉書の写真下の説明には「ソワソン、1915 年 6 月 15 日の砲撃後の大聖堂の塔」、左上には「1914 ～ 1916 年の戦争」と印刷されている。

この写真を見て、ある女性が女友達に宛ててこう書いている。

16 年 9 月 5 日

親愛なる友人へ

なんという災難！ なんという惨状！ これほどの冒とくには驚き、がく然とするしかありません。

この建物のなんという損壊。すべては戦争、おそろしい戦争のせいです！

いったい、いつになったら男たちは、彼らの中でもっとも偉大な者、イエス様の声を聞き、理解するのでしょうか。「みな兄弟であれ」という声を。

心からの友情とキスを送ります。サイン

〔右上の書込み〕 アンヌ S... お嬢様[(3)]

---

(1) ソワソン Soissons はパリの北東 90 km 少々（コンピエーニュとランスの中間あたり）にある街。エーヌ川が街を流れており、少し下流（西側）にはフォントノワ村（p.44 参照）がある。ソワソンの街は 1914 年 9 月 2 日から 9 月 12 日まで約 10 日間ドイツ軍に占領された。9 月 13 日以降、ソワソン大聖堂がドイツ軍の砲撃を受けた。ちなみに大戦末期には再びドイツ軍の攻勢により住民は全員避難し、1918 年 3 月 27 日から 8 月 2 日まで、5 か月以上にわたってドイツ軍に占領されることになる。ソワソン大聖堂の復元作業は戦後 1919 年に着手され、1937 年（第二次世界大戦が始まる 2 年前）にようやく完成することになる。

(2) 1915 年 1 月 17 日付の新聞『ジュルナル・デ・デバ』紙に寄稿した文章の中で、アナトール・フランスはこう書いている。「4 か月前からソワソンを砲撃しているドイツ軍が 80 発の砲弾を大聖堂に撃ち込んだことを私は新聞で知った。（……）芸術と年月によって不滅のものと化した建築物を、愚かにも野蛮に破壊するというのは、戦争だからといって許されない犯罪である。これがドイツ人にとって永遠の恥辱とならんことを！」この文章は『ル・プティ・パリジャン』紙や『ル・マタン』紙にも転載され、その年に刊行された散文集『栄光への道』（France, 1915, p.41-42）にも収録されて、多くの人の目に触れた。

(3) この S で始まる姓は崩されていて判読不能。おそらく、この葉書は同じ家に住む複数の人々に書いた何枚かの葉書を 1 つの封筒に入れて送ったうちの一枚で、そのうちアンヌに宛てられたものではないかと想像される。

第 3 章　1916 年

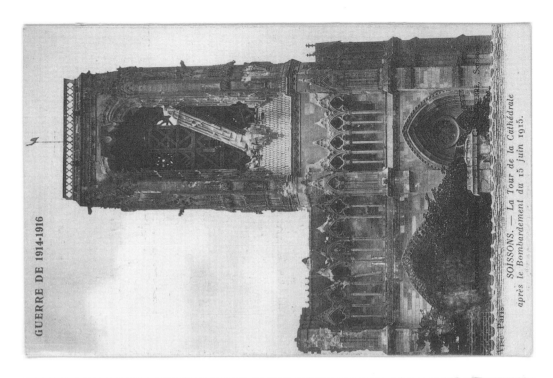

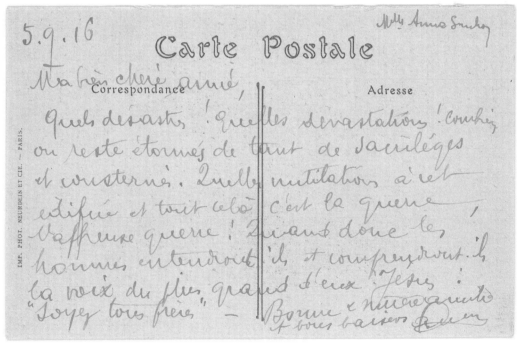

1916 年 10 月 22 日 ── 丁寧な字で書かれた兵士の恋文

　1916 年 7 月 1 日に始まったソンムの戦いは、多数の重砲、飛行機に加え、史上初めて戦車も投入され、死傷者という点ではヴェルダンを上回る凄まじい戦いとなった。ただし、ソンムの戦いはイギリス軍が主役となった。⁽¹⁾そのためか、フランス兵が残した手紙は比較的少ない。

　次の葉書は、このソンムの戦いに参加し、北仏のソンム川の北側で毎日のように激しい砲撃を加えていた重砲兵連隊⁽²⁾に属する兵士が書いたもの。フランス南西部アングーレームに近い村で知りあった女性⁽³⁾に宛てて書かれた、ラブレターのような雰囲気の手紙である。

　未婚の兵士が未婚の女性に宛てた葉書は、このように丁寧な字で書かれることが多い。

1916 年 10 月 22 日

ジェルメーヌお嬢様

　すてきなガラ村⁽⁴⁾の絵葉書を受けとりました。この絵葉書を見ると、この村の少女と一緒にあなたの家ですごした心地よい夜のことを思い出します。あるいは、あなたが少女に会いに行っていただけなのかもしれません。

　あの幸せな日々は、どこへ行ってしまったのでしょう。あなたやご家族と一緒にすごした、かくも美しい夜々。ああ、私はよくあなたのことを思い出しています。とても感じがよく、優雅で、品のあるあなたのことを。夜、夢の中で、あなたのほほ笑むお顔と、希望にみちた美しいまなざしを何度も見かけたような気がします。気のせいかもしれませんが。しかし、もう一度お目にかかりたいという希望を持っています。いつの日か再びお会いできたら、私にとって美しい日となることでしょう。

　私はあいかわらず元気です。皆さんもそうであることを願っています。

　ジェルメーヌお嬢様、私の情愛にみちた心からの思いを、信じていただけますよう。

　ご家族皆様によろしくお伝えください。（サイン）

〔差出人〕　郵便区[※]150 重砲兵第 112 連隊　第 8 中隊　アルフレッド・ヴィラットより

〔宛先〕　シャラント県 アングーレーム近郊 ル・ヴェルジェ在住 G. モリノーお嬢様へ⁽⁵⁾

---

(1) イギリスだけでなく、大英帝国に属するカナダからも 40 万人近くが西部戦線に送り込まれた。カナダ在住の約 200 名の日本人（日系移民）も、社会的地位の向上（黄色人種への差別解消）という目的もあって、義勇兵としてカナダ軍に加わり、イギリス経由で北仏に来て勇敢に戦った。ソンムの戦いで戦死した日本人義勇兵の一人、熊川郁が残した手紙は 6 通が活字化されている（工藤、1983、p.94-105）。

(2) 差出人の所属する重砲兵第 112 連隊第 8 中隊は、ソンムの戦いが始まって 1 か月が経過した 1916 年 8 月 5 日以降、アルベールの南のソンム川沿いの村付近に陣取り、毎日のように砲撃に参加していた。ときどき飛行機を飛ばして敵の動きを偵察し、大砲の角度を調整しながら、第 7 中隊と交替で、または同時に砲撃を加えていた（JMO des 7e et 8e batteries du 112e RAL による）。宛名の右上には「重砲兵第 112 連隊　第 8 中隊 中隊長」の女神座像印[※]が押され、通信面の上にも「重砲兵第 112 連隊 第 8 中隊」の印が押されている。

(3) アングーレーム Angoulême はフランス南西部、ボルドーの約 100 km 北東にある都市。重砲兵第 112 連隊はア

CORRESPONDANCE
DES ARMÉES DE LA RÉPUBLIQUE
CARTE EN FRANCHISE

Adresse :

INF. NAT. — Modèle A¹ pour les troupes en opérations.
EXPÉDITEUR :
Nom et prénoms : Villate alfred
Grade :
Régiment) 112e Artillerie lourde
ou Service) 8e Batterie
Compagnie, Escadron,)
Bataillon, Section, etc.)
Secteur postal n° 150.
(Les indications ci-dessus sont à reproduire dans l'adresse de la réponse.)

Mademoiselle G. Morinaud
Au Verger
par Angoulême
(Charente)

112e REGIMENT D'ARTILLERIE LOURDE

Cette carte doit être remise... ne doit porter aucune indication du lieu... renseignement sur les opérations militaires passées ou... S'il en était autrement, elle ne serait pas transmise.

PARTIE RÉSERVÉE À LA CORRESPONDANCE.
8e BATTERIE

22 octobre 1916

Mademoiselle Germaine,

J'ai reçu votre aimable carte de Garat ce qui me rappelle une agréable soirée passée chez vous avec une jeune fille de ce patelain, ou tout probablement vous venez de lui rendre une visite.

Où sont ils passés ces jours heureux, c'est si belles soirées passées avec vous et votre famille. Hélas j'y pense bien souvent à vous, qui êtes si aimable, si gracieuse et si distinguée. Bien des fois dans une nuit sans mes rêves je crois apercevoir votre si souriante figure et vos si beaux yeux tous remplis d'espérance. Je me trompe mais j'ai espoir de vous revoir et ce sera pour moi une belle journée si je peu vous revoir un jour.

Je suis toujours en bonne santé et désire que vous soyez tous de même. Croyez Mademoiselle Germaine à mes sentiments les plus affectueux et les meilleurs.

Bonjour de ma part à toute la famille.

ングーレームで編成された。アングーレームの東側に広がるブラコンヌの森には砲兵隊向けの演習場が存在する。差出人はここに滞在していたときにその近くの村で女性と知り合ったのではないかとも想像される。

(4) ガラ Garat 村はアングーレームの東側にある。相手の女性が住んでいたル・ヴェルジェにも近い。

(5) ル・ヴェルジェ le Verger はアングーレームの南東にある集落。

1916 年 11 月 23 日 — 同じ故郷の友人の兵士に宛てた葉書

　兵士たちが休暇※を得て故郷に戻り、家族や友人と再会して平和な日常生活に触れ、再び轟音が鳴りやまない戦場に復帰するときは、「憂鬱の虫」に襲われることが多かった。

　次の葉書は、前線からはだいぶ離れた村にいた輜重隊（輸送部隊）に属する兵士が同じ故郷の友人に宛てたもので、通信面に書ききれずに、つなげて写真面の余白にも書き込んでいる。

　なかなか心のこもった文章となっている。

1916 年 11 月 23 日

親愛なるアルベールへ

　君がぼくに手紙を書く気になってくれたのだから、ぼくも君に近況を知らせないわけにはいかない。君が相変わらず元気で、これまでたくさん戦ってきたのに、今のところ無事に切り抜けていると知ってうれしかった。

　先日、休暇を取ってきたが、ぼくと同様にみな元気だった。

　君のご両親の家にメラニーと一緒に夕食に行ったよ。君が戦争から持ち帰った思い出の品も見せてもらった。君の変わらぬ勇敢さをよく証明しているね。君の弟のリュドヴィックが元気で、君が言うほど不幸ではないと知ってよかったよ。君からも彼によろしく言っておいてほしい。幼いロジェも君の話をしていた。本当に、会いにいくたびにロジェは大きくなっているね。

　わかってくれると思うが、故郷に帰ると、いつもとても淋しい気分になる。いるべきはずの人が大勢いないから。その点をのぞけば、君が出征してから他に変わった点はない。

　あとは特に話すことはない。ここに戻ってきて、少し憂うつの虫に取りつかれているくらいだ。それも時間がたてば収まるだろう。

　君の戦友であり友人である者からの真摯な思いと心からの握手を受けとってくれ。

　ぼくは相変わらず輜重隊にいて、さらに前進するのを待っている。まるで野生動物のように森の中にいるんだ。夜になると、この写真の村に泊まりにいく。娯楽もないから、めん鶏のように早く寝ている。

　ときどき気が向いたら便りをくれよ。ぼくもそうするから。それでは、もし可能なら、できるだけ早く再会しよう。　　ジュリアンより

⑴　もともとフランス語で「ゴキブリ」を意味する「憂鬱の虫」cafard という言葉は、全般的に士気が低下していた大戦後期の兵士の心情をあらわすキーワードの一つ。本書でも p.218, 236 で登場する。

⑵　写真説明には「城館の丘からの眺め」と書かれているが、肝心の地名がペンで抹消されている。通常、絵葉書を送る場合は自分のいる街や村の絵葉書を選ぶものなので、部隊の居場所が軍事機密として漏れないよう、1915 年 4 月 21 日以降は、戦地から絵葉書を送る場合は地名を塗りつぶすように決められていたからである（Bénard & Guignard, 2010, p.132. ただし実際には守られていない場合も多い）。葉書を出す兵士が一種の自己検閲をおこなっていたわけである。しかし、この葉書はよく見ると Vellexon（ヴェレクソン）と書かれているのが透けて見える。ヴェレクソン（現 Vellexon-Queutrey-et-Vaudey）はフランス東部のディジョンとベルフォールの中間あたりにある村で、前線からはだいぶ離れている。

第 3 章　1916 年

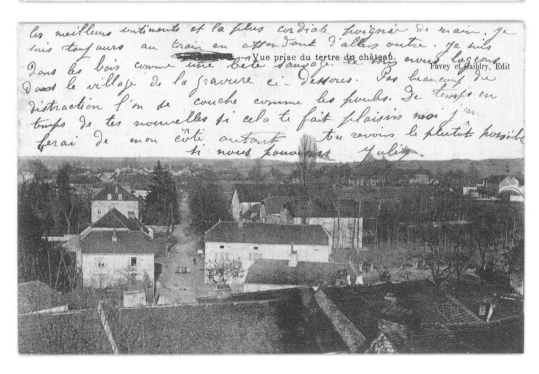

1916 年 12 月 31 日 ── 18 歳で兵隊とならないで済みますように

　当時の徴兵制度では、通常なら 20 歳になる年の秋に（つまり満 19 歳か 20 歳で）軍に徴集された。しかし、膨大な死傷者による欠員を埋めるため、1914 年末以降は 18 歳〜 19 歳で徴集されるようになっていた。[(1)]

　次の葉書は、フランス南西部出身の兵士が同じ故郷の肉屋で働く 18 歳だった青年に宛てて書いたもので、若くして兵隊にならずに済むよう、来年こそは戦争が終わることを祈念している。前線で実際に大変な思いをしていた兵士は、このように家族や親戚の若い青年が兵隊になることについて否定的な意見を漏らすことがあった。[(2)]

　絵葉書の写真に写っているのは、北仏アラスの市役所。[(3)]

1916 年 12 月 31 日

親愛なるマルクへ

　幸せなよい年になりますように。そして 1917 年には長続きする平和がやってきますように。君たちの年の若者が、29 か月前から我々が送っているみじめな生活を送らなくて済みますように。[(4)]

　それでなくても、栄誉ある戦場で命を散らした戦友たちもいるのだから。さきほど、第 129 連隊の 416 名の死者に敬意を表する儀式に参加してきたところだ。[(5)]

　君と君の両親を心から抱擁する。私の代わりにマリーと子供たちに抱擁してくれ。

　　　　　　　　　　　　　　　　　　　　　　　　　　　　モーリスより

〔宛名〕　ロット県 ピュイ＝レヴェック村[(6)]　肉屋　マルク・リヴィエール様[(7)]

---

(1) 巻末の用語解説の「〜年組※」の項を参照。

(2) たとえば、本書で何度か取り上げたアルマン・ピュエシュは、弟が兵隊になりたがっていると知って、やめるように説得する手紙を 1917 年 12 月 7 日付で弟に書き送っている。

(3) 写真説明には「1914 〜 1915 年の戦争、パ＝ド＝カレー県アラス市役所、残されたもの」と書かれている。写真向かって右側の三角形の壁とその下にアーチの残っている建物が市役所。左側の直方体の建物は鐘塔の下半分。北仏アラスは前線に近く、ドイツ軍の激しい砲撃を受けて市役所や鐘塔も破壊された（戦後復元される）。ほぼ同じ構図の絵葉書で、アラスまたはその近辺に住んでいたと思われる人が次のように書き込んだ葉書も残っている。「アラスのもっとも美しい建築物の一つだったこの市役所は、傑作であった。広大な平野と街全体を見下ろす鐘塔も備えていた。しかし今となっては、積み重なった石の山が残っているだけだ。」（1915(?) 年 5 月 27 日付、筆者蔵）。

(4) 29 か月（2 年 5 か月）前は、大戦が始まった 1914 年 8 月にあたる。

(5) おそらく歩兵第 129 連隊を指す。同連隊は 1916 年初めにアラス付近にいたから、そのときにこの絵葉書を購入したのかもしれない。同連隊は 1916 年 4 月以降ずっとヴェルダンまたはその近郊で戦っていたので、累計「416 名の死者」が出たとしてもおかしくはないが、差出人「モーリス」の姓が不明なので詳細不明。

(6) ピュイ＝レヴェック Puy-l'Évêque 村はフランス南西部トゥールーズ方面にある。

(7) 本文中で「君」と呼ばれているマルク・リヴィエール Marc Rivière については、ロット県の軍人登録簿を突き止めることができた。それによると、1898 年 6 月 14 日生まれの「1918 年組※」。差出人の祈念もむなしく、こ

第3章　1916年

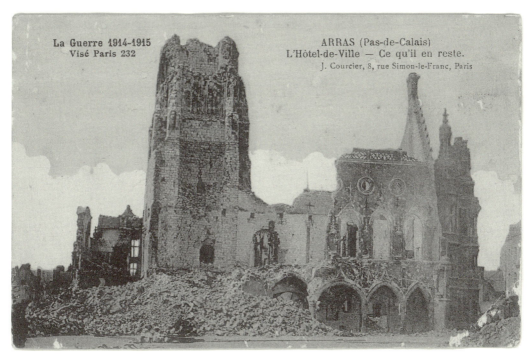

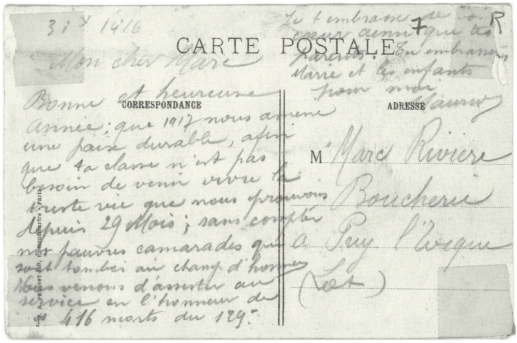

の葉書の書かれた翌1917年4月16日に18歳で軍に徴集された。しばらく訓練を積んでから前線に赴いたと思われるが、この差出人の心配をよそに、大戦末期の1918年8月2～3日の攻勢では勇敢に戦って、所属する歩兵第65連隊から表彰を受け、直後に上等兵に昇進している。同年10月19日のアルデンヌ県ヴーズィエVouziersでは、敵の機関銃を奪ってすぐさまそれで敵を攻撃するなどの度重なる武勇を示し、のちに第9軍団から表彰されている（Arch. dép. du Lot, 1 R RM 164, n° 154による）。

1916 年 12 月 31 日 ── 戦争が終わりますように

今でこそフランスでは葉書や手紙の形で年賀状※をやり取りする習慣はすたれてしまったが、「葉書の黄金時代」だった当時はこの習慣が健在で、ここで取り上げるような年賀専用の絵葉書も多数つくられた。[(1)]

次の葉書は、フランス中南部クレルモン＝フェランに住んでいた一般市民が書いたもの。戦地から離れていた分、負傷兵を受け入れる病院や工場があり、産業面で「全面戦争」の一翼を担った。

クレルモン[(2)]にて、1916 年 12 月 31 日

義妹マリー様

新年に向けて、心からの祈念を捧げたいと思います。

この一年がまもなく殺りくの終わりをもたらしてくれますように。そして、恐るべき戦いからなんとか無事に逃れることができた人々が、自宅で休息できますように！

あなたの兄のジャンはあい変わらず工場で働いていますが、かわいそうに、全然丈夫とはいえません。いつも膝が痛いそうで、釘のようにやせています。でも、一緒にいることができるだけ幸せです。

お二人のことを強く抱きしめ、ご健康をお祈りしています。

ジャンおよびマリー・デ[(3)].....

---

(1) 絵葉書のイラスト面の左上に「よい年になりますように」という字が印刷されている。右上の切手には「16 年 12 月 31 日」の消印が 2 回重ねて押されている（この葉書は「穴あき封筒※」に入れて送られているので、念を押して 2 回押したのだと思われる）。なお、切手の額面は 10 サンチームだが（1 サンチームは 1 フラン※の 100 分の 1）、葉書料金が 10 サンチームだったのは、まさにこの葉書が差し出された 1916 年 12 月 31 日までで、翌 1917 年 1 月 1 日からは 15 サンチームに値上がりすることになる（戦争による物価高騰の結果）。

(2) クレルモン Clermont という地名はいくつか存在するが、消印の下側に ...UY DE DOM... という文字が見えるので、フランス中南部、東のリヨンと西のリモージュの中間にあるピュイ＝ド＝ドーム Puy-de-Dôme 県のクレルモン＝フェラン Clermont-Ferrand を指すことがわかる。クレルモン＝フェランには負傷兵や病兵を受け入れる病院が 10 以上存在した（Altarovici, s.d., p.78, 100, 129）。

(3) この姓は字がつぶれていて判読できない。

Clermont Le 31 Xbre 1916
Chère belle-sœur Marie,

Nous venons vous offrir nos meilleurs vœux et souhaits pour la nouvelle année. Puisse-t-elle nous apporter bientôt la fin du carnage et le repos dans leur foyer de ceux qui auront eu la chance d'échapper à jeu- près sain et sauf de la terrible lutte.

Votre frère Jean est toujours à son usine, mais le pauvre il n'est guère solide. Sa jambe lui fait toujours bien mal et il est maigre comme un clou. Malgré ça nous sommes bien heureux d'être ensemble. Nous vous embrassons bien fort tous les deux et vous souhaitons une bonne santé. Jean et chère Suzanne

日付不明 ── フランスの勝利と平和を祈る言葉

　大戦中は、神の加護を祈ってとりわけ人々の信仰が篤くなった。とくに 聖心（サクレ・クール）（＝イエス・キリストの心臓）への信仰が盛んで、パリのモンマルトルには 聖心（サクレ・クール）寺院が建設され、「聖心」を描いた小さな旗を戦場に携行する兵士もいた。ここで取り上げる絵葉書も「聖心」をモチーフとして発行された一連の絵葉書のうちの一枚。小さな文字で右上に印刷された説明文には「フランスがあらゆる敵に打ち勝つことができるよう、私の心臓をフランスの軍旗に描いてほしい」というイエスの言葉[(1)]が記されている。その言葉どおり、軍旗の中央に「聖心」が描かれ、その上下には「イエスの御心よ」「フランスを救い給え」と書かれている。

　この語句を受けるようにして、この葉書の裏表にはフランスの勝利と平和を祈る言葉がペンで綴られている。誰かに宛てて書かれたものではないが、それだけに真情が伝わってくる。

　そして主よ、できれば間もなくの勝利を！　イエスの聖なる御心よ、我々はそれを望みます。多くの像が無傷のまま残った善良なるロレーヌ女性、ジャンヌ[(2)]にかけて、その勝利を。

　苦悩する我らが親愛なる負傷兵にかけて、彼らの戦場での叫びにかけて、彼らの病院での不安にかけて、我々はそれを望みます。我々はそれを望みます、

　　「無数の人々、喪に服した妻たち、老人たちの涙にかけて、
　　　聖職者たちの虐殺[(3)]にかけて、穢（けが）された聖域[(4)]にかけて！」ボトレル[(5)]

とりわけ、取り戻した我々の信仰にかけて、あなたを探し求める我々の努力にかけて、我々の心に入る聖体にかけて、我々はそれを望みます。

　そして、ちょうど復活の日の朝、泣き崩れるマグダラのマリアに「マリア！　マリー！」という赦しに満ちた言葉をおかけになったように、我々にも、イエスの御心よ、泣きぬれた我々にも、御慈悲にみちた愛情の言葉をおかけください。「フランスよ、おまえは深く愛したがゆえに、おまえの多くの罪は赦（ゆる）された[(6)]。平和のうちに往（ゆ）くがよい」と。

---

(1) このイエスの言葉は、1689 年にフランス中部パレ＝ル＝モニアルの修道女マルグリット＝マリー・アラコックが聞いたとされる。マルグリット＝マリーに対する一連の啓示を機に、世界中に「聖心」信仰が広まった。

(2) ロレーヌ地方ドンレミ出身のジャンヌ・ダルクのこと。15 世紀前半、イギリス軍を撃退したジャンヌ・ダルクは、第一次大戦中も隣国による侵略を撃退する守護聖人のような存在として尊崇された。ジャンヌ・ダルク像は各地に存在するが、なかでもランス大聖堂の正面広場に建っていた騎馬像が有名で、大聖堂が砲撃によって大きく損壊しても、この像は剣が折れたのみで被害をまぬがれた（その後、大戦中にこの像は移動された）。

(3) たとえば、北仏ヴァランシエンヌ近郊マン Maing 村の教区司祭オーギュスタン・デルベック Augustin Delbecque 神父は 1914 年 9 月 17 日にドイツ軍によって銃殺刑に処せられた（Arch. dép. du Nord, 3 E 5780）。理由は、被占領地域の動員対象男性に関する書類を隠し持っていたためらしいが（Boulesteix, 1925, p.589）、兵士たちから手紙を預かっただけだったという説も流布し、ドイツ兵の残虐行為の例として絵葉書の図柄にも取り上げられた。

(4) 「穢された聖域」とは、ドイツ軍に破壊されたフランス北部・北東部の多くの教会を指す。

(5) 引用は当時人気のあったテオドール・ボトレルの歌「『若き善良なる神』への祈り」の一節（Botrel, 1915, p.193）。この歌には「その勝利、間もなくの勝利を我々は望みます（……）善良なロレーヌ女性、ジャンヌの名にかけて。」「苦悩する我らが親愛なる負傷兵」などの歌詞が含まれ、書き手の発想の源となっている。ボトレルは開戦当時 46 歳で、慰問のために前線を訪れて愛国的な歌を歌った。

(6)『ルカによる福音書』7-47 によると、イエスはマグダラのマリアについて「この人が多くの罪を赦されたことは、わたしに示した愛の大きさで分かる」(新共同訳)と述べた。この箇所は仏訳(サシ訳)では「この女は深く愛したがゆえに、この女の多くの罪は赦された」となっており、これを踏まえている。当時、この大戦は宗教的な罪による「罰」として起きたと受けとめる人々もいた(A. Becker, 2012b, p. 271, 276)。

レオン・ユデル「兵隊」

1915 年 12 月 26 日、南仏トゥールーズの社会主義系の新聞『ル・ミディ・ソシアリスト』 *Le Midi Socialiste* 紙の 1 面トップに「兵隊」と題する文章が掲載された。作者は当時 34 歳で大尉として従軍していた社会主義者レオン・ユデル。この「兵隊」 « Poilu » という言葉は、もともと「ひげの生えた」「毛に覆われた」という意味で、戦争の長期化とともに兵隊のひげが伸び放題となっていたことから「兵隊」の別名として大戦中に生まれた造語なので、「毛むくじゃら」等と訳すべきかもしれない。

この文章は、前線の兵隊だけが大きな負担を強いられている不平等な現実と、それにもかかわらずこうした兵隊たちが正当に報われていないことを告発するような内容で、社会主義系の多くの新聞に転載された。兵隊たちからも高く評価され、この文章を書き写し、財布の中に忍ばせていた者も多かった。[1]

以下に、上記の新聞に掲載された文章の全文訳を掲げておく。

兵 隊

兵隊とはなにか。兵隊という男については、皆が話題にしている。

それは森の男であり、洞窟の男であり、野生にかえった男だ。

同情よりも、好奇心をもって皆から眺められる男だ。

兵隊とは、苦しみ、死に、死へと突き進み、自分の終わりが近いことを知りつつ、苦しみについても人生の短かさについても不平を言わない男だ。

兵隊とは、何日ものあいだ、深くて狭い、泥と水と、しばしば血で半分ほど一杯になった溝の中に[2]うずくまったままでいる男だ。溝の中では、50 センチほど前方にある胸牆が地平線となり、薪をくべた暖炉の近くなどとは違って、もっと激しく雨が降り、もっと寒さが厳しい。溝の中は夜になるのが早く、朝になるのは遅い。わずかな明かりによって夜を短くすることもできない。[3]

兵隊とは、けっして清潔ではなく、清潔でいることもできない男だ。何の上に寝ているのか、あまり気にせずに寝る男だ。あるときは堆肥に変わろうとしているじめじめとした藁の上で、あるいはびっしりと虱がたかった乾燥した藁の上で、あるときは固く凍った土の上で、あるときは泥の中で、あるときは水につかったままでも寝る男だ。

兵隊とは、「死」が自分のところに駆け寄ってくるのを見、聞き、察する男だ。しかもそれは恐ろしい死、美しくない死、血だらけの苦しい死、穴の底での死なのだ。半日、一日、いや 24 時間かける丸 2 日間、交通壕の中で動かずにうずくまり、敵の砲撃にさらされ、いつ丸焦げになるか、窒息死するか、発狂するか、頭部を吹き飛ばされるかわからない男だ。

それは、こうした恐ろしい仕業が自分のまわりで成し遂げられるのを目にし、1 年も前から毎日、毎秒、自分がばらばらになって死ぬ番がくるのを待っている男だ。自分のまわりで仲間が叫び、泣き、倒れ、友人の血を止めている間に、突然自分の血が噴き出すのを感じる男だ。

---

(1) Cazals, 2016. 実際、筆者の高齢の知人 Jean-François Berthier 氏の祖父で、ヴェルダンの戦いに参加したのちにサロニカ遠征に従軍していた兵士も、この文章を 1918 年 5 月 23 日に書き写した紙きれを所持していた。

(2)「溝」とは、塹壕のこと。

(3) 第一線では明かりをつけると敵に狙撃されたから、明かりをつけることはできなかった。

それは、自分の下の地中の奥深くで作業する物音を聞きつけてからというもの、毎日、毎晩、宙に25メートルも吹き飛ばされ、残骸となってすり鉢状の穴の中に叩きつけられるのを予期している男だ。[注(4)]

兵隊(けむくじゃら)とは、塹壕の中で2日間か3日間、ビスケットとパン以外は何も食べず、足元で汲んだ水か、はらわたに沁みこんで脳みそを麻痺させる安い蒸留酒しか飲まない者だ。

兵隊とは、つるはし、スコップ、銃をたえず手に持ち、そのいずれかをたえずいじり、柄や銃床を握ったまま、疲れて倒れこんでしまうことも少なくない者だ。

兵隊とは、文明、衛生、同情、理性、快適さ、愛といった概念を失った男だ。この男にとっての一番の喜びは、敵が死んだり苦しんだりするのを眺めることで得られる。

人間的な感情とては、戦友への友情しか残っていない。それも少数の、毎日自分の近くで生活している者たちに対してだけだ。それ以外の者については、自分と同じフランス兵であっても、兵隊はほとんど気にかけない。関心がないのだ。そうした人々が斃(たお)れるのを見ても感情を動かされることはない。乾いた、ほとんど厳しい目で、死ぬのを見つめるだけだ。皆に同じ運命が約束されているというのに、どうして気持ちを動かされることがあろうか。

兵隊とは、勲章をもらったことはないが、実際には毎日少なくとも一つの勲章に値する者だ。たぶん、兵隊の手柄一つ一つに報いていたらきりがないから、一つも与えられないのだ。

兵隊(けむくじゃら)とは、司令部補佐官でも経理部職員でも自動車兵でもない。そうではなく、あらゆる自動車兵、司令部補佐官、経理部職員から見くだされ、尊大に、傲慢に、ほとんど軽蔑をもって見つめられる者だ。

兵隊とは、ウエストを絞った上着に輝くばかりの着脱式カラーをつけ、「大鍋」から離れた部局で暇にしていることを示している者ではない。また、ベットの上で寝、1日3度も靴を磨き、コンサートを準備・開催する者でもない。そうではなく、こうした「茂みに隠れる者」[注(5)]たちから、泥まみれだの、ズボンが汚ないだの、外套のボタンが取れているだの、革が破けているだのといって非難される者だ。

それは、いつも最後に舎営地に到着し、もう他の人々がめいめいの位置についているので、風と雨の吹きつける不潔で狭い場所に身を落ちつけざるをえず、けっして弾に当たることのない他の人々に、食材の詰まった立派な厨房や納屋を明け渡さなければならない者だ。

兵隊(けむくじゃら)とは、皆から讃美されているのに、汽車に乗ったり、カフェ、レストラン、店に入ると、それを見た人々によけられる者。兵隊のブーツに靴が踏まれたり、軍服によって最新型の背広がよごされたり、動かす手や体が釣り鐘型のドレスに当たったり、どぎつい言葉を耳にしたりするのを避けるためだ。

兵隊とは、将校相当官に敬礼することを強要される者であり、「茂みに隠れる者」たちが免除されている規律を、病院や留守部隊※でも課せられる者だ。

兵隊とは、銃後の誰からも、兵隊を称賛するジャーナリストからさえ、また司令部を訪問する議員たちからさえ、その本当の生活は知られていない者だ。

---

(4) いわゆる坑道戦（敵の陣地の地下までトンネルを掘り進め、大量の爆薬を仕掛けて敵の陣地をまるごと吹き飛ばす戦術）について語られている。

(5) 「茂みに隠れる者」については p.126 を参照。なお、このあたりの不公平感については、1915 年 5 月 6 日付の手紙の中でアルマン・ピュエシュ（p.86 脚注 2 参照）がこう書いている。「戦争や塹壕生活の何たるかを知らない人たち、けっして前線に行くことがない人たちは、なんと幸せなことでしょう。そのくせ、そうした人たちから我々は犬のようにののしられるのです。あの人たちは、自分たちのために人を派遣して命を落とさせるだけでは飽きたらず、人につらい思いをさせることができる場合は、必ずそうするのです」（筆者蔵）。

兵隊とは、他の人々が休暇に行ってから休暇に行く者だ。1週間の予定で故郷と家族に再会するときは、再会することと愛することで精一杯で、話をしなくなる者だ。

兵隊とは、戦争によって得をすることがない者だ。[6]

話さず、すべてを聞き、判断し、戦争後に多くのことを語ることになる者だ。

兵隊とは、歩兵だ。塹壕に赴く歩兵だ。

前線にはどれほど多くの兵隊がいるのだろうか。その数は人々が思っているよりも少ない。[7]

兵隊たちは何を苦しみ、どのような危険をおかしているのだろうか。人々が思っているよりもはるかに多くのことだ。

兵隊たちに対して、人々は何をしているのだろうか。私は知っている、自慢し、讃美していることを。ただし、遠くから。

イラスト入り刊行物では、画家のデッサンや写真によって、兵隊たちのことを後世に残そうとしている。夢中なった女性たちは、手紙によって兵隊たちの気を引こうとしている。[8]

しかし、兵隊たちが休息に行くとき、人々は兵隊たちを休ませておくだろうか。75ミリ砲や飛行機やベルギー国旗などと同様に、人々に知ってもらうために兵隊たち専用の「日」が設けられただろうか。[9][10]

兵隊とは、いまだこの国の唯一の希望であり、大砲にも機関銃にも、雨にも寒さにも、飢えにも不安にも、窒息にも負けずに守りに就き、敵の塹壕を奪って敵兵をつかまえる唯一の者なのだということが、新聞雑誌で説明されているのを見たことがあるだろうか。[11]

そして、社会党は、将来の兵隊が新たな戦争の惨めさを免れられるようにあらゆる手を尽くそうとしているが、今現在の兵隊の惨めさについても同様に十分に気にかけているといえるだろうか。[12]

レオン・ユデル大尉

---

(6) たとえば戦車を製造していたルノー社や、機関銃を製造していたオチキス社など、軍需産業に関連する企業の経営者たちは、戦争によって大きな利益を手にしており、社会的不平等が問題化していた。

(7) 年齢層が上の者は後備兵※として前線には立たずに後方勤務となることが多かったし、砲兵は少し後方に陣取って撃ったから、実際に第一線で戦った歩兵の数は、意外に少なかった。なお、砲兵その他に比べて、歩兵は圧倒的に死亡率が高かった。

(8) いわゆる「戦時代母※」について語られている。

(9) 通常、部隊はずっと前線にいるわけではなく、一定期間が経過したら他の部隊に交替し、少し後方にさがって休息を取った。しかし、用事を言いつけられたり訓練を課せられたりして、実際には休めないこも多かった。

(10) 当時は、銃後の人々の認識を高めるために「75ミリ砲の日」（1915年2月7日）や「ベルギー国旗の日」（1914年12月20日）などの特定の「日」が定められ、記念のメダルやバッジなどが販売されて慈善活動の資金にあてられた（「飛行機の日」は詳細不明）。それなのに、なぜ「兵隊の日」が存在しないのか、とユデルは疑問を呈しているわけである。しかし、実際には、この記事の掲載以前に「兵隊の日」は4回も祝われている（1914年11月1日、12月25日、1915年10月31～11月1日、12月25～26日すなわちこの記事の掲載当日）。ユデルはそれを知らなかったのか、または知らないふりをしてこの文章を書いたのか、どちらである。

(11) いくら砲兵隊が遠くから大砲を撃ち込んでも、また飛行隊が空から爆弾を落としても、それだけでは敵の陣地を制圧することはずで、制圧するためには歩兵が突撃して白兵戦を交え、敵を降伏させるか退却させる必要があった。

(12) 筆者の知人の祖父が所持していた紙では、この最後の段落がなく、代わりに次の文が追加されている。「祖国を救うのは兵隊たちなのだ。その兵隊たちは、どのように報われることになるのだろうか。まさか単に『ありがとう』と言われるだけではないだろうね。」

第4章　1917年

　1917年4月16日に始まった「シュマン・デ・ダムの戦い」（ニヴェル攻勢）の戦場となったエーヌ川の北側のスーピール Soupir 村（ソワソンとクラオンヌの中間）を写した当時の写真。激しい砲火によって木々が立ち枯れている。
　右上に「スーピール村。戦場の一角。エーヌ県、17年4月18日」と書き込まれているから、突撃開始の2日後に撮影された写真であることがわかる。この付近は突撃初日の4月16日にフランス軍が奪取した地域にあたる。
　フランス語の「スーピール」には普通名詞で「ため息」という意味もあるが、まさにため息が出そうな光景だ。

195

1917 年の年表

1 月 8 日	パリの縫製業で働く女性（お針子）が賃上げを求めてデモを実施、これが開戦後フランスで初めての大規模なデモとなる
1 月 9 日	ドイツが無制限潜水艦作戦の開始を決定、輸入がストップしてフランスで食料難が発生し、物価上昇に拍車がかかる
2 月	日本海軍の第二特務艦隊に地中海への派遣命令が下る （船団護送中のドイツ潜水艦からの攻撃等により 78 名の日本兵が戦死）
2 〜 3 月	ドイツ軍が「ヒンデンブルク線」（ドイツ側の呼称は「ジークフリート線」）まで意図的に退却
3 月 8 日	苦戦が続き経済的に逼迫していたロシアでロシア革命（2 月革命）が勃発 （3 月 8 日はロシアのユリウス暦では 2 月 23 日）
4 月 6 日	アメリカがドイツに宣戦布告
4 月 9 日	北仏ヴィミーの戦いで日本人（日系）義勇兵を含むカナダ軍が突撃
4 月 16 日	ニヴェル将軍が「シュマン・デ・ダムの戦い」（別名「ニヴェル攻勢」）を開始、無意味な突撃を繰り返して死者の山を築く
4 月 17 日	フランス軍の多くの部隊で数万人規模の命令不服従（特に前線に赴くことへの集団拒否）が始まる
5 月 1 日	メーデーの日、パリで大規模なデモがおこなわれる
5 〜 6 月	フランス各地の工場で賃上げを求める労働者によるストライキが頻発する
5 月 15 日	ニヴェル将軍が甚大な損失の責任を問われて解任され、ペタンに引き継がれる
5 月 20 日	フランス軍で命令不服従の動きが最高潮に達する（6 月 10 日まで）
6 月	アメリカ軍の第 1 陣がフランス西部の大西洋に面した港街サン＝ナゼールに上陸
10 月 15 日	高級娼婦マタ・ハリがドイツのスパイとして処刑される
10 月 24 日	イタリア軍がカポレットの戦いで敗走
11 月 7 日	ロシアで 10 月革命が起こり、レーニンが権力を掌握する （11 月 7 日はロシアのユリウス暦では 10 月 25 日）
11 月 16 日	大統領ポワンカレの要請を受け、対独強硬派のクレマンソーが首相に就任する
12 月 3 日	ロシアがドイツとの講和交渉を開始

1917 年の解説

　前年のヴェルダンの戦いとソンムの戦いによっても決着がつかず、いつ戦争が終わるとも知れない中で、すでに士気の低下の兆候がみられていたが（p.170 を参照）、戦争が始まって足かけ 4 年目となる 1917 年は、前線では兵士たちの命令不服従、銃後では労働者のストライキという形をとって不満が噴出し、フランスにとって危機の年となった。

　前線で危機の引き金を引いたのは、1916 年末にジョッフル将軍に代わって最高司令官に就任したニヴェル将軍が敢行したシュマン・デ・ダムの戦い（「ニヴェル攻勢」）だった(1)。1917 年 4 月 16 日、ニヴェル将軍は準備砲撃が不十分なまま突撃を開始、その後も突撃を繰り返して死者の山を築いた。こうした人命を軽視する軍指導部への兵士の不平不満が爆発し、フランス軍の多くの部隊で命令不服従（特に前線に赴くことへの集団拒否）が頻発した。

　ただし、一部の筋金入りの社会主義者を除き、大多数の兵士にとっては、これは戦争反対というよりも、無意味な死を強いられることへの抗議であり、祖国にとって役立つ死であるならば受け入れると考えていた点は強調しておく必要がある。この後、ニヴェルのあとを継いだペタン将軍が兵士の待遇改善に取り組み、たとえば休暇※を兵士の権利として認めたことで、夏には不穏な動きは収まることになる(2)。

　銃後でも戦争による物価高騰（インフレ）が人々の生活を圧迫していた。戦争中はストライキをしないという暗黙のタブーを破り、1 月 8 日、パリの縫製業で働く女性（お針子）が賃上げを求めるデモを開始し、軍需産業にも波及したが、いったんは政府による介入によって収まった。しかし、ドイツが無制限潜水艦作戦を開始して輸入が滞ったことで、食料難とインフレに拍車がかかり、5 月 1 日のメーデーを機に再びデモが活発化し、フランス各地の工場で賃金の引き上げを求めてストライキが頻発した。ストの参加者は、公式の記録でも 1917 年で合計 30 万人弱とされているから、実際にはもっと多かったと考えられる(3)。

　折からロシア革命（二月革命）が勃発し、これに便乗してフランス国内でも社会主義者や共産主義者が「革命」を煽る動きを見せた。しかし、赤旗を振ったりインターナショナルを歌ったりというエピソードがあったとしても、それは必ずしも革命を信奉していたわけではなく、多くの場合は借りものの衣装にすぎず、それ以上革命が追求されることはなかった。

　革命に伴ってロシアが戦争から離脱したことはフランスにとって痛手となったが、逆に 1917 年 4 月のアメリカ参戦はよい知らせとなった。とはいえ、長びく戦争による厭戦気分の蔓延は目を覆うべくもなかった。こうした危機を乗り切るため、1917 年 11 月、大統領ポワンカレは 76 歳のカリスマ政治家クレマンソーに首相となるよう要請する。「虎」の異名をとる対独強硬派のクレマンソーのもとで国内の引き締めが図られ、翌 1918 年にはまたフランス兵たちはドイツ軍の最後の攻勢に立ち向かうことになる。

---

(1) 「シュマン・デ・ダム」（逐語訳すると「貴婦人たちの道」）は、パリの北東にある街ソワソンの東側にある道の名で、ソワソンを貫いて東西に流れるエーヌ川の北約 5 km を川に並行して走っている。ソワソンからランスにかけては戦線が東西に伸び、南側のフランス軍が北側のドイツ軍を攻める形となった。

(2) ペタン将軍は、ヴェルダンでもフランスの将兵の士気を鼓舞するのに成功して「ヴェルダンの救世主」とまで呼ばれたが、1917 年の危機でも軍への信頼回復という点で大きな役割を果たし、兵士たちから絶大な人気を得た。大戦後も元兵士たちから厚い支持を集めていたが、のちの第二次世界大戦ではヴィシー政権を率い、ナチスの「協力者」として、その評価は地に堕ちることになる。

(3) J.-J. Becker, 1992, p.265.

1917 年 1 月 14 日 ── 生まれて初めての雪合戦

1916 年から 1917 年にかけての冬は、大戦中の 4 度の冬の中でもとりわけ寒さが厳しく、1917 年 2 月にはセーヌ河に完全に氷が張った。[1] 本書で何度か取り上げたニコライ[2]も、1917 年 2 月 4 日付の手紙の中で「この異常な温度では（……）すべてが凍ります。ワインも、水も、野菜も。足まで。」と書いている。パンも凍ってナイフでは切れず、斧で割って食べたという証言もある。[3]

次の葉書は、フランス北東部ポン゠タ゠ムッソン[4]近辺にいた兵士が故郷に住む妻に送ったもので、やはり厳しい寒さについて書かれているが、その調子は子供のように無邪気で明るい。この大戦では、それまでまったく生まれ故郷から外に出たことがなく、人生で初めて村から出たのが戦争に行くためだったという者も多かったというが、差出人は南仏の温暖な地域に住んでいたのではないかと想像される。くだけた会話調で、いい加減な綴りで書かれている。

1917 年 1 月 14 日、日よう

ポーレットよ、きょうは日ようで、いい天気だが冷えこんでいる。氷ってるからな。でも、また空が暗くなってきたぞ。雪がふくらはぎの上までつもってる。こんなの見たのは初めてだぜ。もっとも、戦争を見たのも初めてだがな。

おれはあいかわらず元気だ。今日は雪合戦をした。楽しかったのなんのって。そのほかには、こっちでは変わったことはない。

おまえに送ったハガキがちゃんと届いているかどうか、教えてくれ。

おまえには言ってなかったが、もうタバコはすってないんだ。休暇から戻って以来、一度もパイプを口にくわえたことがない。

おまえを抱きしめる。どんなにおまえのことを愛していることか。[5]（サイン）

---

(1) Becker & Krumeich, 2012, p.112. 当時の新聞の 1 面の天気の欄を見ると、たとえば 1917 年 2 月 6 日の朝のパリの気温はマイナス 14℃ となっている（*L'Intransigeant*, 6 février 1917）。フランス北東部の戦地ではさらに寒く、温度計がマイナス 20℃ 以下を指したという記録が多数ある。たとえば、当時ヴェルダンの南側の小高い場所に陣取っていた歩兵第 129 連隊の連隊史には、気温がマイナス 20℃ からマイナス 25℃ になることも珍しくないと書かれている（*Historique du 129ᵉ RI*, p.38）。

(2) p.152 脚注 1 参照。

(3) Cazals & Loez, 2012, p.116.

(4) ポン゠タ゠ムッソン Pont-à-Mousson（逐語訳は「ムッソン橋」）はフランス北東部ロレーヌ地方ナンシーとメッスの中間にある街。大戦中はこの付近は主戦場の一つとなった。この絵葉書は、大戦初期にフランス軍がドイツ軍の進撃をはばむために、街の名の由来となった橋をわざと破壊したようすを写したもので、写真の左右で橋が爆破されている（写真の下には「ポン゠タ゠ムッソン、ドイツ軍の到着前に爆破された橋」と印刷されている）。同じ差出人の他の葉書から、差出人の部隊はこの近くで戦っていたことがわかる。

(5) 戦争で離れ離れの時間が長くなるにつれて、それまで「愛している」といった言葉をあまり口にしなかった夫婦でも、積極的にこうした言葉を手紙に書くようになったという現象がみられた（Cazals & Loez, 2012, p.200）。

第4章　1917年

2. - PONT à MOUSSON. - Pont sauté avant l'arrivée des Allemands
Reboulet, libraire-éditeur - Reproduction interdite

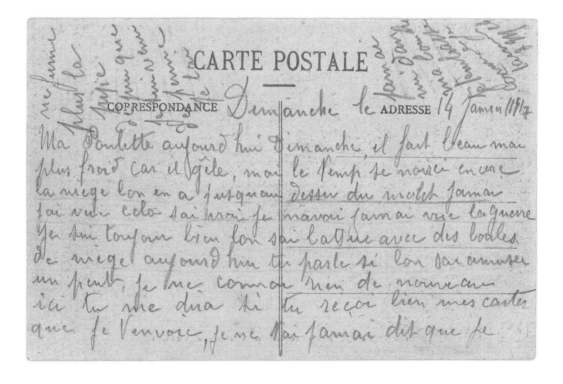

1917年1月19日 ── ごく身近にひそむ敵への怒り

　前ページの葉書と同じ差出人が書いたものを、もう一枚取り上げておく。やはりポン゠タ゠ムッソン近辺から書かれている。[(1)] 綴りがいい加減で、くだけた会話調であるうえに、感情にまかせて書きなぐられているので、読むのに骨が折れるが、文面がおもしろく、塹壕での生活の一端がかいま見える。

　ドイツ軍以外にも、ごく身近なところに意外な敵がひそんいたことがわかる。

　1917年1月19日、金よう

　いとしい妻へ

　おれは怒っているんだぞ。

　おまえに怒ってるんじゃない。ネズミに怒っているんだ。あいつら、おれの安ブランデーを飲みやがった。[(2)] 紙も食いちぎり、栗も食いやがった。わかるだろ、ちょっと取っといたんだよ。雑のうに入れといたマグロまでもな。[(3)] ほんとによ。あいつら、豚みてえにガツガツ食いやがって。雪がすごい。

　ひと晩じゅう明るくしてないといけない。そうしないと眠ってられん。あいつら、体のうえを走りまわって、ポケットのなかまで入ってきやがる。ほんの1時間でも安ブランデーをコップに入れといたら、ぜんぶめちゃめちゃだ。

　火をおこしてみると、もう何もない。もう取っといた食べ物がなくなっちまった。少しも気が休まらん。ここじゃあ、ネズミがドイツ野郎みてえなもんだ。しかしまあ、これも戦争だってやつだな。[(4)]

　かわいい妻よ、おまえのことを抱きしめる。

　ネズミより、おまえが好きだ。(サイン)

---

(1) この絵葉書の写真は、ポン゠タ゠ムッソンの街を見下ろす丘の上に建っていた教会を写したもので、建物の頂部に置かれているのはジャンヌ・ダルクの像。この大戦では被害を免れたが、第二次世界大戦で破壊された。

(2)「安い蒸留酒」や一般に「強い酒」(ブランデーやラム酒)を意味する「ニョル」gnole (gnôle) という言葉は、フランコ・プロヴァンス語(フランス南東部からスイスにかけての方言)で「安酒」を意味する yôle に由来し、第一次大戦中に兵士たちの間で俗語として広まった(この葉書ではもとの方言に近く yolle と綴られている)。これに対し、ワインのことはやはり俗語で「ピナール」pinard と呼ばれた。大戦中に軍で支給される「ピナール」(ワイン)の量は、最初は1人1日あたり250mlだったが、だんだん多くなり、1人1日あたり1lにまで増えた。強い「ニョル」の方は1人1日あたり150ml程度支給された(Cochet & Porte, 2008, p.482)。

(3) 大戦中は保存食として缶詰がたくさん作られ、大量に消費された(ちなみに、ヴェルダンで捕虜になったド・ゴールは、家族から自家製の缶詰を送ってもらっていたが、その中には脱走に必要な道具も隠されていたらしい)。マグロの缶詰も存在したから、この葉書でもマグロの缶詰のことを言っているのかもしれない。なお、鼠は塹壕内で寝ている兵士たちの体の上を駆けまわって食べ物をあさり、兵士たちから慣慨を買っていただけでなく、埋葬されずに放置されている死体をむさぼり、目や唇などの柔らかい部分から食べたので、兵士たちから忌み嫌われていた。1917年1月に北仏にやって来た諸岡幸麿(p.202脚注6参照)も次のように記している。「塹壕鼠は、日本の溝鼠の約三倍位の大きさで、其の被害の甚だしいのはお話にならない。戦場に曝らされてゐる兵士達の死骸を喰ひ、塹壕内では我々の毛皮の外套を喰ひ破り(……)背嚢には穴を開ける。實に其の悪戯は言語道斷だ。(……)此奴が塹壕の中に來ると、私達は悠つくり寝てゐるわけにゆかない。スヤスヤと寝てゐる兵士の顔を乗り踰え、鼻を咬み、頭の上を飛び越え、實に怪しからん奴だ」(諸岡, 1935, p.249)。1916年以降は鼠の駆除が奨励され、鼠を殺して尻尾を持参すると5サンチーム(100分の5フラン※)の報奨金が与

第 4 章　1917 年

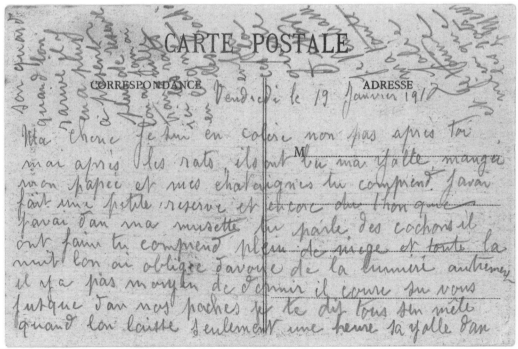

えらるようになっていた（Le Naour, 2014, p.390-391）。

(4)「戦争なんだから仕方ないじゃないか」という意味で「これも戦争だ」C'est la guerre ! という言葉を当時の兵士は多用していた（p.68 にも出てきた）。銃後の民間人も不自由を忍ぶためにこの言葉を多用していたということを、当時フランスに滞在していた日本人が記録に残している（吉江, 1921, p.103, 117 ; 石川, 1929, p.324）。

1917 年 3 月 13 日 ― ヒンデンブルク線への退却

　1916 年末にジョッフルに代わって最高司令官に就任したニヴェルは、1917 年春に北仏で攻勢をかけるつもりだった。その裏を掻く形で、1917 年 2 〜 3 月、ドイツ軍はコンパクトに守りを固められるよう、意図的に「ヒンデンブルク線」（ドイツ側の呼称は「ジークフリート線」）と呼ばれるところまで退却した。それまでは、北はアラスから南はソワソンまで、ドイツ軍の支配する地域が円弧上に張り出していたが、最大で 40 km ほど退却したことで戦線がほぼ直線状に引かれ、ドイツ軍が捕虜も酷使して入念に構築していた堅固な塹壕にこもることが可能になった。退却時には、それまで占領していた地域の建物を徹底的に破壊し、焼き払った上で退却した。[2]

　次の葉書は、この退却以前にフランス軍が支配していたリオンス村付近にいたと思われる兵士が書いたもの。ドイツ軍は尻込みして退却したと勘違いしているような感じも受ける。[3]

　軍隊にて、1917 年 3 月 13 日

　レザン様

　こちらでは数日前から話題になっているのですが、前方に派遣された斥候隊が偵察したところによると、ドイツ野郎どもは我々の目の前の土地を放棄し、20 〜 30 km 後方に退却したとのことです。確かなのは、ノワイヨンとロワを焼き払い、ソワソンに焼夷弾を撃ち込んだことです。[5] 皆の士気のために、いまこそ陣地を新しい形にすべき時です。

　私からの変わらぬ気持ちを。　　　　　　サイン（エルネスト）[6]

---

(1) ヒンデンブルク線をはじめとする塹壕を作るために、ドイツ軍は占領下のベルギー住民やフランス兵捕虜を強制的に駆り出し、英仏軍が浴びせる砲弾のもとで塹壕掘りに従事させた（Schaepdrijver, 2004, p.229 ; A. Becker, 2012a, p.121-125. 本書 P.321, 373 の解説も参照）。戦線の向こう側でそのようなことがおこなわれていたとは、多くのフランス兵は知る由もなかった。

(2) このページの葉書と同じ差出人が約 1 か月後の 1917 年 4 月 10 日に書いた絵葉書には次のように書かれている。「この葉書をご覧になれば、ドイツ野郎どもが通過したあとに何を残すか、ご理解いただけると思います。ドイツ野郎どもが撤退した地域は、いたるところ、このようにきれいさっぱりとなくなっているのです」。廃墟しか残さないようにするために、運べるものは略奪し、実のなる木は念入りに根元から切断してから退却した（Montagnon, 2013, p.198）。同時に、住民も連れ去られ、強制労働に従事させられた。

(3) リオンス Lihons 村は北仏アミアンとその東のサン゠カンタンとの中間あたりにある。写真下の説明には「ソム県リオンス、教会で残されたもの」と印刷されているが、その左下に「1914 〜 15 年の戦争」と印刷されていることから、1915 年に作られた絵葉書であることがわかる。つまり、この写真に写っている教会は、ヒンデンブルク線への退却以前にすでに破壊されていたことになる。

(4) ノワイヨン Noyon はパリの北東にある街（p.79 解説を参照）。1914 年 8 月 30 日以来ドイツ軍の占領下に置かれ、住民は圧政に苦しんだが、ヒンデンブルク線への退却に伴い、この葉書の 5 日後の 3 月 18 日にフランス軍が奪還した。ロワ Roye はノワイヨンの北西にある村で、ヒンデンブルク線への退却前は、円弧上に張り出したドイツ軍支配地域の突端付近にあった（3 月 17 日にドイツ軍が退却する）。ノワイヨンもロワも 1918 年 3 月以降のドイツ軍の攻勢で再びドイツ軍支配下に置かれることになる。

(5) ソワソンの街は、すでに大戦初期に大きな被害を受けていた（p.180 参照）。

(6) ちなみに、この葉書の約 1 か月後の 1917 年 4 月 9 日、ヒンデンブルク線の北端付近の要所となっていたヴィ

第 4 章　1917 年

　ミー Vimy の小高い丘（アラスの北側、ノートル゠ダム゠ド゠ロレットの丘の東側）の上に陣取るドイツ軍に対し、大英帝国に属するカナダの遠征軍が攻撃を仕掛けた。このとき、義勇兵としてカナダ軍に加わっていた日本人（p.182 脚注 1 参照）の一人、諸岡幸麿も突撃に参加して負傷し、のちに回想録『アラス戦線へ』を書いている。同書で突撃の舞台として登場する「ヴキミリツヂ」（ヴィミリッジ）は、「ヴィミーの（切り立った）丘」を意味するフランス語 Crête de Vimy の英訳 Vimy Ridge による。

203

1917年4月4日 ― 国際色豊かなトゥールーズの火薬工場

　健康な男性は兵士となったから、軍需工場では人手不足が深刻になっていた。とくに前年のヴェルダンとソンムの戦いで膨大な量の兵器や弾薬を消費しただけに、なおさらだった。その穴を埋めるために、年配の男性や、未成年の男性、戦闘で負傷した兵士[(1)]、女性[(2)]も働いた。さらにフランス植民地（北アフリカやインドシナなど）の出身者、中立国スペインからの出稼ぎ、ベルギーからの避難民、アルザス出身者[(3)]など、合計50万人の外国人がフランスの工場で働いていた。捕虜にしたドイツ兵も一部働かせた。[(4)]

　次の絵葉書は、フランス南西部トゥールーズの火薬工場を写したもので、写真右下の説明には「戦争中のトゥールーズ、アメリカと同じように数か月のうちに産業都市が生まれた……」と書かれている。[(5)]

　本文は、当事者以外には何のことを言っているのか理解しにくく、あまり読む価値もないが、写真面の書込みは大変貴重だといえる。

トゥールーズにて、1917年4月4日
ヴァランティーヌ[(6)]様

　きのう、地元の人たちに人気の高いトゥールーズ特産のお菓子をお送りしました。デペたちの口にあうとよいのですが。こちらは晴天で、涼しいほどです。今週末に出発するつもりで、母にも言いました。そうせざるをえないのです。今朝、母から手紙をもらいました。母の調子がよくなっているようで、なによりです。とくに、母は帰りたいなどとは言っていませんでしたから。元気が回復するまでには、まだ丸1か月は待った方がよさそうです。

　しばらくの間、私はこちらの南仏のほうに残ろうと思います。その後、ナントに行くことが必要になりそうです。もし母が5月の初めまで待てそうなら、丈夫であれば、少しフェリエールに戻る機会となるでしょう。母につき添い、1週間ほど一緒にいてから、たぶん私が望んでいるように軍に戻ることになります。[(7)]ポールの手紙も受けとりました。

　みなさんによろしく。あなたと母に心からキスを送ります。

〔写真面の書込み〕　トゥールーズへの入口にあるこの巨大な工場では、3万人を超す労働者の男女が働いているそうですが、まだ見にいったことはありません。ここにはあらゆる土地の出身の、あらゆる肌の色をした人々がいます。ですから、こうした住民によって物価が上昇し、住居も見つけにくくなっています。女性が1日8フラン※も稼ぐんですよ!!

---

(1) p.126の葉書を参照。

(2) 男性の穴を埋めるために、第一次世界大戦では、家政婦や服飾・繊維工場などで働いていた女性が軍需工場で働くようになった。病院の看護婦などと並んで、これが女性の社会進出のきっかけとなったことが知られている。たまたまパリに滞在していて開戦を迎えた島崎藤村もこう書いている。「夫を國境の方へ送つた女の中には巴里に居殘つて働くものを多く見かけるやうに成つた。地下電車の改札口にも女が立つやうに成つた。私は普通の電車の中で、女が車掌の帽子を冠り、鞄を肩に掛け、女に出來る丈のことは男の手を省いて代らうとしてゐるのを見て、健氣なる佛蘭西の婦人よと言ひたくなつた。」（島崎, 1922, p.208）

(3) p.312の手紙を参照。

(4) Horne, 2012, p. 102 ; Grandhomme, 2008, p.161.

第 4 章 1917 年

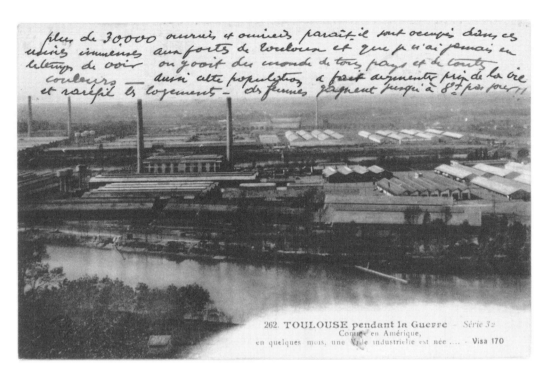

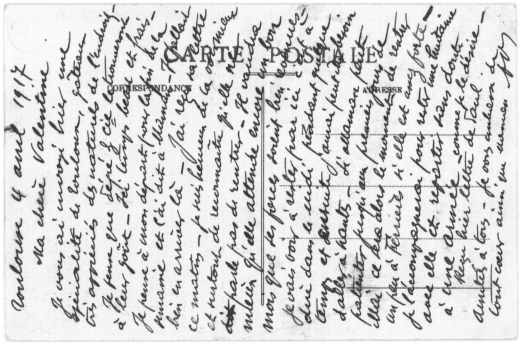

(5) トゥールーズは前線から遠く離れていたため、軍需工場も多かった。絵葉書の写真は街の南側のガロンヌ川沿いの火薬工場を写したもの。戦後に化学工場となって爆発が起き、現在は癌研究センターとなっている。
(6) 手紙の相手の「ヴァランティーヌ」は、差出人の母の姉か妹（つまり、おば）ではないかと思われる。
(7) このあたりの文面から、差出人は負傷か病気によって軍隊を離れていたのではないかと想像される。

205

1917 年 4 月 11 日 ―「戦時代母」と「兵士の家」

　兵士たちは、必ずしも軍からの支給だけでは満足できず、家族に食べ物や必要な物を小包で送っても
らうことを楽しみとしていた。また、家族との文通も心の支えとなった。しかし、故郷がドイツ軍に占
領されている場合は家族とやり取りすることができなかったので、こうした兵士たちのために「戦時代
母※」の制度がつくられた。

　次の葉書は「愛する代母様」に宛てられている。本来、「代母」は自分の親にあたる世代の人がなるは
ずなのに、宛名には未婚の女性に対する「お嬢様」という敬称がついている。さらに、親しくない相手に
対する「あなた」という言葉で呼びかけ、具体的な郷里の話などはせずに、ありきたりの定型文句と小包
のお礼だけが書かれていることからして、この相手が「戦時代母※」であることはほぼ間違いない。

　通信欄上部には、アメリカのプロテスタント系の YMCA（キリスト教青年会）がフランス各地に設
立していた「兵士の家」LE FOYER DU SOLDAT の文字が印刷されている[（1）]。

　「戦時代母」と「兵士の家」という 2 つの要素によって、平凡だが、この時期を物語る史料となっている。

1917 年 4 月 11 日

かわいらしい代母様

　復活祭のおいしい小包[（2）]、ありがとうございます。完璧な状態で届きました。私はあいわらず非常に健
康です。あなたとあなたの優しいご両親も同様であることを願っています。

　かわいらしい代母様、感謝しているあなたの兵士からの大きなキスをお受けとりください。

ルイ・カステル

〔差出人〕郵便区※140　歩兵第 15 連隊[（3）]　第 6 中隊　L. カステルより
〔宛先〕パリ 13 区ラ・ガール通り[（4）]143 番地　ジャックリーヌ・ブロックお嬢様へ

（1）「兵士の家」と呼ばれる施設は大戦前から存在し、休憩や遊戯（ビリヤードなど）の場を兵士たちに提供して
　　いたが、第一次世界大戦中は、アメリカの YMCA がフランス各地に「兵士の家」を設立した。まず最初に
　　1914 年末〜 1915 年 1 月、YMCA は前線に近いフランス北東部の数箇所に「兵士の家」を開設した。プロテス
　　タントの布教を警戒されながらも、疲れた兵士に健全な娯楽を提供する努力と、兵士へのプラスの効果がフラ
　　ンス軍や戦争省に認められ、徐々に数が増えていった。とくに、1917 年のアメリカ参戦とフランス兵士の命令
　　不服従後の兵士の待遇改善の必要性を受け、最高司令官フィリップ・ペタンと YMCA の間で合意が交わされ、
　　最終的には合計 1,534 箇所に「兵士の家」が開設された。おもにバラック小屋のような建物で、図書室の本を
　　読んだり、芝居やスポーツの催しを楽しむことができ、兵士たちの安らぎと憩いの場となった（Cochet, 2001,
　　p.76-78）。YMCA の逆三角形のマークの入った便箋もよく使われた（p.251, 391 参照）。アメリカのバスケット
　　ボールも、この「兵士の家」を通じてフランスに広まるなど、アメリカ文化のフランスへの浸透という点でも
　　重要な役割を果たした。

（2）復活祭は毎年キリストの復活を記念して春に祝われる祭で、1917 年は 4 月 8 日だった。この日にあわせて食べ
　　物が入った小包を贈られたらしい。

（3）歩兵第 15 連隊は、1917 年 4 月当時は激戦地ヴェルダン近郊の 304 高地に展開し、春の雪解けによって泥まみ
　　れとなる苛酷な条件下で敵の砲撃に見舞われていた（*Historique du 15ᵉ RI*, p.9）。ただし、定型文句だけのこの

葉書からは、その大変さがまったく伝わってこない。宛名の右上には不鮮明ながら部隊印（1917年4月12日、郵便区[※]140）が押してある。
(4) ラ・ガール通り（現ヴァンサン・オリオール大通り）はパリの南東のオステルリッツ駅に通じる通り。

1917 年 5 月 9 日 ― カチュール・マンデスの息子プリミスの戦死

　4月16日、パリの北東のソワソンの東側あたり、エーヌ川の北側の「シュマン・デ・ダム」と呼ばれる道の付近で「ニヴェル攻勢」が始まり、無意味な突撃によって1か月たらずのうちにフランス軍に10万人以上の死傷者が出た。

　詩人カチュール・マンデス[(1)]の後妻ジャンヌの一人息子プリミス・マンデスも、シュマン・デ・ダム戦線を南東方向に延長したランス方面で戦い、4月22日、ランスの東側にあるプロンヌの近くの森で砲弾の破片を受けて19歳で戦死した。プリミスの母ジャンヌがプリミスの戦友の母の訪問を受けて息子の死を知らされたのは、5月8日のことだった

　次の手紙は、その翌5月9日、親しかったらしいポルトガル系の文学者グザヴィエ・ド・カルヴァロとその妻が書いたお悔やみ状である。最初に妻が2ページにわたって記し、3ページ目に夫がひと言だけ添えている。

　奥様　おそろしい不幸があなた様をも襲いました！　ああ、この怪物じみた戦争では、なんと喪に喪が続くことでしょう。私たちの生きる理由だった愛する人々が抱かせてくれた希望、喜びに、毎日、涙がとって代わり、そうした涙によって、心の奥に抱く苦悩が大きくなっていくのです。

　私以上に、あなた様に「がんばってください」と言うことができる者はおりません。[(2)]

　これほど残酷な試練のあとで生き続けるためには、それほど勇気が必要なのです。

　苦悩にみちた感情を分かちつつ

　　　　　　　　ブランシュ・グザヴィエ・ド・カルヴァロ　　パリにて、1917年5月9日

　奥様　私の身内の者は、みなあなた様と同じ深い悲しみに暮れています。

　衷心よりお悔やみ申し上げます

　　　　　　　　グザヴィエ・ド・カルヴァロ[(3)]

---

(1) カチュール・マンデス（Catulle Mendès, 1841-1909）はポルトガル系の高踏派の詩人。小説家テオフィル・ゴーチエの娘と結婚するが疎遠になり、愛人との間に5人の子供をもうけた（そのうち3人は印象派の画家オーギュスト・ルノワールの油絵『カチュール・マンデスの娘たち』のモデルとなり、このうちの1人は作家アンリ・バルビュスと結婚する）。その後、女流詩人ジャンヌ・メット（結婚後はジャンヌ・カチュール＝マンデスと改称）と再婚してプリミスをもうけるが、1908年（プリミス11歳のとき）にジャンヌと離別した。以後、ジャンヌは女手ひとつで一人息子プリミスを育てていた。プリミスは17歳で志願兵となり、戦死当時は重砲兵第103連隊の上等兵（仏軍事省の戦死者名簿[※]による）だった。

(2) この書き方からして、このお悔やみ状を書いた女性も、肉親を戦場で失ったのだと思われる。

(3) なお、母親ジャンヌが息子プリミスを想う余り、戦場に紛れ込んで執念で遺骸を見つけ出し、掘り起こして埋葬し直すという、鬼気迫る後日譚があるので、取り上げておきたい。訃報のショックさめやらぬ母ジャンヌは、死んだ息子の顔をひと目見るため、粗末な穴に埋められていた遺体を埋葬し直すことを決心する。社交界のつてを頼り、友人の文学者で従軍していたピエール・ロティの口利きもあって、特別にランスの南東にある街ムルムロン＝ル＝グランまでの交通許可書を入手、文壇での知名度を背景に「T将軍」の知己を得て協力を取りつける。1917年6月22日、砲弾の降りしきる中、敵に狙われないように真夜中を選び、数人の将兵に付き添われてジャンヌは泥まみれになって交通壕を進み、息子の遺体が埋められている場所を突き止めることに成功する。ただし、遺体の掘り起こしは大変な作業となるので、戦闘が一段落するまでお預けとなり、同年10月6日、

Chère Madame

L'affreux malheur vous atteint vous aussi ! Hélas les deuils s'ajoutent aux deuils dans cette monstrueuse guerre, la douleur qu'on porte au fond du cœur s'agrandit des larmes qui chaque jour font place aux espoirs, aux joies escomptées par les êtres qu'on adorait et qui étaient notre raison de vivre.
Personne mieux que moi ne

peut vous dire : Courage !
il en faut, tant pour reprendre la vie, après une aussi cruelle épreuve.
En sympathie douloureuse
Blanche Xavier de Carvalho

chère amie
Tous les miens sont avec vous dans votre grande douleur.
à vous de tout cœur
Xavier de Carvalho

Paris le 9 mai 1917.

やはり数人の将兵に付き添われ、何度も気を失いながら遺体の掘り起こし作業に立ち会い、無事ムルムロンの墓地に埋葬し直すことができた（以上は、ジャンヌが自費出版した回想録『死せる子への祈り』に基づいて書かれた文章 Audoin-Rouzeau, 2001, p.203-251 による）。ここに掲載したお悔やみ状は、ジャンヌの子孫が遺品を整理し、それをフランスの古書店が競売で落札したことから、筆者の手に渡ることになった。

1917 年 5 月 27 日 — 戦地に近い病院に見舞いに行った妻

　前ページの手紙の後日譚のように女性が前線まで行くことは、特別なつてがなければ難しかったが、前線から少し離れた病院に見舞いに行くことはよくあった。

　次の葉書は、おそらくヴェルダン近郊で負傷したと思われる兵士を、バール＝ル＝デュック[(1)]の病院に見舞いに行った妻が両親に書き送ったもの。

　いわゆる「ヴェルダンの戦い」は一応終わっていたが、ヴェルダン近郊で戦線が膠着したので、局地的に激しい戦闘が続いていた。夫が負傷したときの状況がなまなましく語られている。

　ご両親様

　無事に旅をしております。レオンはもちろん寝ておりましたが、思っていた以上に良くなっていました。とてもよく面倒を見てもらっており、きのうは卵を食べはじめ、力を出すためにカコジル酸の注射をしてもらいました。

　しかし、レオンは危機一髪だったんです。2 つのことが重なりました。一つは、手りゅう弾によって友人は生きながら焼け死んだのに、レオンは急いで出口まで逃げたので、髪と耳が焼けただけで助かったのです。後送はされなかったのですが、ショックで疲れ果てて、掩蔽壕の入口で眠り込んでしまい、目ざめたのは翌日、野戦病院の担架の上でした。

　毒ガスのところから来たレオンがこの世にいるのは、たまたま前を通りがかった友人のおかげです[(2)]。レオンは歯を食いしばっていて、腕を動かそうとしても無駄で、どうにもならなかったそうです。その友人が担架兵を呼んでくれ、仮繃帯所でエーテルをかがされ、血を吐き、酸素ボンベを吸わされ、そんなことが次の日まで続きました。しかし、だいぶよくなっており、私を見てとても喜んでいました。

　マルセルも 48 時間の休暇を申請し、日曜にレオンに会いに行きます。彼の母親も、2 週間後、まだあの病院にいるなら会いに行くようです。

　幼いジェジェがおりこうにしているとよいのですが。パパとママからの強いキスを送ります。ご両親とお姉様には、愛情にみちたキスを。

〔宛先〕　ル・アーヴル[(3)]　オーギュスタン・ノルマン通り 16 番地
　　　　　ルネ・ジェラール様ならびに奥様

---

(1) 消印の外周に「ムーズ県バール＝ル＝デュック」の字が読める。バール＝ル＝デュック Bar-le-Duc は、ヴェルダンに通じる「聖なる道」と呼ばれる補給路の起点となった街。この街には、男子校を改装した補助病院（Altarovici, s.d., p.99）や臨時病院など、いくつかの軍事病院が設置されており、この葉書に書かれている兵士も、このうちのどこかの病院に収容されていたと考えられる。絵葉書の写真は、説明に「1914 〜 1915 年の戦争、ムーズ県ヴァドンヴィル村、砲撃の結果」と印刷されているように、バール＝ル＝デュックの 25 km ほど東にあるヴァドンヴィル Vadonville 村の破壊された建物を写したもの。建物の手前に置かれているらせん状の道具は、牛馬に牽かせて粘土質などの稠密な土塊を砕くのに使われた農工具の一種（フランス語 croskill、英語 cultipacker）。本文冒頭には日付が記入されていないが、消印が鮮明で「17 年 5 月 27 日 22 時 30 分」と読める。民間人どうしのやり取りなので切手が貼ってあるが、インフレによる 1917 年からの葉書料金の値上がりに伴い、1916 年末までの 10 サンチームの切手（p.188 参照）ではなく、15 サンチームの切手が貼られている。

210

第4章　1917年

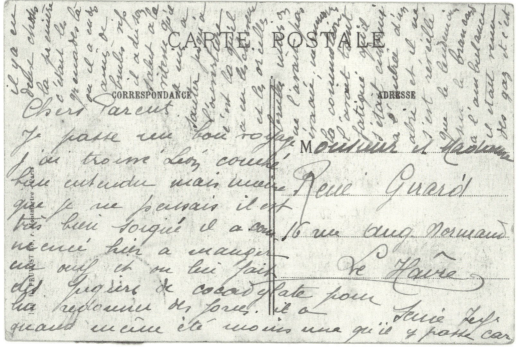

(2) おそらく、直前に書かれている「掩蔽壕の入口で眠り込んで」しまったときに、無防備な状態で毒ガスを吸い込んだのかもしれない。毒ガスは空気よりも重く、地中の塹壕や掩蔽壕に滞留しやすかった。
(3) ル・アーヴル Le Havre はフランス北西部、セーヌ河の河口にある港街。海を隔ててイギリスがある。

211

1917 年 5 月 29 日 ── パリの労働者のストライキ

　1917 年 1 月 8 日、パリの縫製業で働く女性（お針子）たちが賃上げを求めてデモを始め、いったんは収まったものの、5 月 1 日のメーデーを機に再び活発化していた。負傷兵がなることの多かった男性よりも、むしろ女性の姿の方がデモでは目立った。

　次の手紙は、p.86 や p.162 でも取り上げた兵士ピュエシュが書いたもの。当時、ピュエシュの所属する部隊はパリの北隣の街サン゠ドニに築かれていたエスト要塞に詰めていた。

サン゠ドニにて、17 年 5 月 29 日

ご両親様

　土曜[(1)]の夜にサン゠ドニに到着しましたので、お便りを差し上げます。あいかわらず私は申し分ありません。みなさんも全員そうだと思っています。私は聖霊降臨祭[(2)]をパリですごしましたが、きょうは禁足を命じられています。というのも、噂によると、パリでは女性労働者たちがかつてない大騒ぎをしているそうなのです。我々はいつでもパリに行けるように待機しているのです。

　昨日の月曜は、アマンスーと一緒に夜をすごしました。廃兵院前の 広場 の市に行ってから、イギリスの近衛兵がコンサートをするチュイルリー公園に行きました。とくに近衛兵の変わった服装はとても美しいものでした。フランスの衛兵隊もいました。ずっとこんな感じで夜をすごしました。その後、アマンスーは夜 8 時から仕事があるというので、一緒に劇を見にいきたかったのですが、できませんでした。しかし、また次回です。こうして、お伝えしたようにエスト要塞に戻ってきたわけです。私が留守にしている間に、また生活が変わり、以前ほど自由ではなくなりました。馬鹿なことをした者がいて、その報いをいま我々が受けているのです[(3)]。いずれ以前と同じようになると思います。

　噂によると、パリの女性労働者たちはほとんど全員ストライキに入ったそうです。それで我々は禁足を命じられているのです。あまり楽しいものではありません。要塞に閉じこめられているより、散歩に出かけたいからです。いつ終わるのか、まったくわかりません。

　それにしても、デモは悪化しているようです。女たちに混じって、男たちもまぎれ込んでいます。その多くは外国人なのですが、この機会に乗じて戦争に抗議しており、悪化の一途をたどっています。おわかりのように、我々の仕事はまったくおもしろいものではありません。我々もほとんど全員、貧しい労働者なので、進んでストライキやデモの参加者の側に立ちたいと思っているからです。まもなく終わり、要塞から外に出られるようになるとよいのですが。まるで牢屋の中にいるみたいですから。

　こちらに来て、お手紙が届いているかと思ったのですが、そんなことはありませんでした。しかし、きっとまもなく受けとれるのだと思います。新しい住所をお知らせしてから少し経ちますので、もう受けとってもよい頃なのですが。私の休暇については、6 月の終わりか 7 月の初めに取得できると思いますが、まだ何ともいえません。さしあたって、他に書くことはありません。お便りをいただけることを期待しつつ、ご両親ときょうだいのみなさん、心からの愛撫をお受けとりください。

息子にして兄 A. ピュエシュより

　近所の皆さんと友人たちによろしく

---

(1) この手紙が書かれた 1917 年 5 月 29 日は火曜。「土曜」はその 3 日前の 5 月 26 日。

(2) 聖霊降臨祭は、復活祭の 50 日後、初夏の頃に祝われる祝日。1917 年は 5 月 27 日（日曜）だった。

St Denis 28-1-17.

Chers Parents,

Étant arrivé à St Denis depuis samedi soir je viens vous donner de mes nouvelles qui sont toujours les meilleures et pense que ma lettre vous en trouve tous de même. J'ai passé les fêtes de la Pentecôte à Paris et aujourd'hui nous sommes consignés car à ce qu'il paraît que dans Paris les ouvrières font du pétard plus que jamais, et nous attendons d'un moment à l'autre d'aller à Paris. Hier lundi j'ai passé la soirée avec Amanssou. Nous avons été visiter la foire sur l'esplanade des Invalides puis nous nous sommes trouvés au jardin des Tuileries où la garde royale anglaise donnait un concert. C'était très

beau à voir, surtout leurs costumes bizarres. La garde républicaine en grande tenue y était aussi, et nous avons passé toute notre soirée comme ça. Puis comme Amanssou reprenait son travail à huit heures du soir, nous n'avons pu aller au théâtre comme nous l'aurions voulu. Mais ce sera pour une autre fois. Me revoilà donc au fort de l'Est, comme je vous le disais la vie a changé depuis que j'en étais parti, on n'y est plus aussi libre qu'auparavant. Il y en a qui font des bêtises et maintenant nous en supportons les conséquences. Peut-être cela finira-t-il par revenir comme avant. À ce qu'il paraît que les ouvrières de Paris se sont mises en grèves presque en général. et c'est

pour cela que nous sommes consignés. Cela ne nous fait pas bien plaisir car nous aimerions bien mieux nous promener que de rester enfermés dans le fort. Quand cela finira-t-il, je n'en sais rien. Et ces manifestations commencent à sentir mauvais. Parmi les femmes se glissent quelques hommes qui souvent sont des étrangers qui profitent de l'occasion pour protester contre la guerre et ça devient de plus en plus mauvais. Comme vous savez le comprendre notre tâche n'est guère intéressante, xx presque nous tous sommes de pauvres ouvriers et nous nous mettrions volontiers avec les grévistes ou les manifestants. Je voudrais bien que cela finisse bientôt pour pouvoir sortir du fort, en

il me semble que nous sommes dans une prison. J'aurais cru de trouver une de vos lettres ici, mais ce n'en a rien été. Mais je ne tarderai sûrement pas à en recevoir, depuis le temps que je vous ai donné ma nouvelle adresse, j'aurais dû en avoir déjà. Quand à ma permission, je pense pouvoir l'obtenir vers la fin du mois de juin ou commencement juillet. je n'en peux encore rien dire. Plus grand chose à vous dire pour le moment. En attendant de vos nouvelles, recevez chers parents et chers frères les plus tendres caresses de
Votre fils et frère Jérôme
Buch.
de bonjour aux voisins et amis-

(3) 軍の規律に反した兵士がいたために連帯責任を取らされていたらしい。

1917 年 6 月 21 日 ── 戦争中のストライキ「夫を返せ、さもなくば革命を！」

　急激なインフレを受け、労働者によるストライキとデモの動きは、パリの縫製業だけでなく地方の軍需工場にも波及していた。それと並行して、軍の内部でもニヴェル攻勢を機に不満が爆発し、とくに1917 年 5 月下旬～ 6 月上旬はフランス軍の多くの部隊で命令不服従の動きが最高潮に達していた。前線でも銃後でも厭戦気分が広がり、フランス全体が深刻な危機に見舞われていた。

　次の手紙は、怪我または病気によって「兵役不適格」と認定された差出人[1]が、フランス南西部ボルドーの郊外にあるバッサンスの火薬工場で労働者の監督をしながら見聞きしたことを[2]、故郷に住む知人女性に書き送ったもの。工場労働者のストライキやデモだけでなく、休暇から前線に戻る兵士たちの規律の乱れについても書かれている。もし検閲に引っかかったとしたら、この手紙は届けられなかったはずである。いわゆる「カルト・レットル※」の内側に便箋を貼りつけて書かれている。

　バッサンスにて、1917 年 6 月 21 日

　エレナ様

　いただいたお手紙は、思いがけない喜びを与えてくれました。お手紙は、厚みがある上に、「公証人」という文字が入っていたので、当番の上等兵は「この手紙で、少なくとも 400 フランは入ってくるぞ」などと言って私に手渡しました[3]。

　上等兵の値踏みは外れていました。お手紙にはヴィヴィアニ大臣の金言[4]が書かれていただけでなく、とりわけ私に「兄弟のような」友情を抱いているという言葉が改めて記されており、それは私にとっては値段のつけられないものだったからです。静かな私の持ち場で、ヴィヴィアニの言葉を読みました。すばらしいと同時に、とても的を射た言葉です（そこが肝心です）。また、時節柄ぴったりの言葉でもあります。

---

(1) 差出人アルフォンス・スルジャンは、戦争終結の 2 か月後の 1919 年 1 月 13 日、34 歳で死亡した記録が残っている（ちょうどフランスでスペイン風邪が流行していた時期に重なる）。本文中に「兵役不適格」と認定されたと書かれているから、怪我または病気を抱えていたと思われる。差出人欄と本文から、バッサンスの火薬工場で労働者の見張り役をしていたことがわかる。

(2) バッサンス Bassens はボルドーの北の郊外にある工業地区。ここにあった火薬工場では、フランス植民地だったアフリカ（アルジェリア、モロッコ、チュニジアなど）やインドシナから動員された人々が多数働いていた（Berthier, 2016, p.39-40）。封筒の宛名の右上には、外周が点線になった「ジロンド県バッサンス、1917 年 6 月 21 日」の日付印が押してあり、その右には二重丸の「ジロンド県バッサンス捕虜収容所 郵便係」という印も逆向きに押してある。おそらくバッサンスの火薬工場の近くに捕虜収容所が存在し、この工場で捕虜を働かせていて、その捕虜収容所の郵便係にこの手紙を託したのではないかと思われる。捕虜を軍需工場で働かせることはハーグ陸戦条約で禁じられていたが、ドイツに対抗する意味もあって、1916 年 5 月以降はフランスでも控えめながら捕虜を軍需工場で働かせるようになっていた（Médard, 2010, p.61）。

(3) 遺産相続や贈与のときに書類を作成するのは公証人の役割。公証人から分厚い手紙が来たことで、多額の財産が転がりこんできたのではないかと「当番の上等兵」は想像したわけである。

(4) ルネ・ヴィヴィアニ René Viviani は、大統領レイモン・ポワンカレのもとで、開戦当初（1914 年 6 月 13 日～ 1915 年 10 月 29 日）は首相兼外務大臣を務めていたが、その後は首相の座をしりぞいて司法大臣となっていた（1917 年 9 月 12 日まで）。ヴィヴィアニの「金言」の内容は不明だが、たとえば最後まであきらめずに戦い抜くように呼びかけるような言葉だったのではないかと想像される。

A. Sourgen. soldat.
7e. Regt. d'Infanterie Coloniale
Corps de garde
Poudrerie Nationale de Bassens

Madame J. Fitte
(Notaire)
(Landes), Villeneuve-de-Marsan

Bassens, le 21 Juin 1917.
Bien chère Hélène,
Votre lettre m'a procuré une once surprise. En me la remettant, comme elle était courte et qu'elle portait l'en-tête du notaire, le caporal de jour me dit : « Vous avez une lettre qui vous porte au moins trois francs. »
Il n'est pas bon appréciateur le caporal, car la lettre ne m'apportait pas seulement la parole d'or du ministre Viviani, elle me donnait surtout en l'envoyant nouveau de votre affection « fraternelle » — et cela

こちらでも、フランス人が深刻な危機に見舞われているのがわかります。前線の兵士についても私は情報を得ています。後方の人々には毎日会っていますが、彼らも、もううんざりしています。彼らはどのような平和でも受け入れることでしょう。もしドイツを打ち負かさなかったとしたら、私たち全員にとって非常に恐ろしい未来が待ち受けているかもしれないのに、そうしたことについては考えもせずに。

　私は、前線に戻っていく休暇中の兵士たちを乗せた列車の中で、フランス兵らしからぬ叫び声を聞きました。⁽⁵⁾ああ、無理もありません、もう、うんざりなのです。長すぎるからです。耐えるだけの十分な士気がないのです。かといって、女たちが士気を与えてくれるわけでもありません。ボルドーでも、女たちは赤旗を持ち、「夫を返せ、さもなくば革命を！」と叫んでデモをしていました。もし本当に１か月でも夫を返したら、私たちはドイツ皇帝の従僕になってしまうでしょう、そうしたらすぐに女たちは戦争を望むはずです。女たちはドイツの苛酷な「懲罰」の何たるかを知らないのです。

　私はやっと「兵役不適格」と宣言されましたが、あいかわらず非常に元気です。見張り役はもう２時間連続となっていますが、疲れることもなく、もう眠る時間もないほどです。それに、こうした状況では眠っているわけにもいかないでしょう。仕事が非常にきつくなっていますから。サン＝メダールのデモ隊がバッサンスの労働者を引き抜きにこないかと心配しています。⁽⁶⁾そうしたら私たちにしわよせが来ますから。私たちはもう兵舎から抜け出せなくなっています。新しい命令がでるまで、休暇もお預けです。日曜にはヴィルヌーヴ＝ド＝マルサンに帰ろうと思っていたのに。⁽⁷⁾しかたありません。でも、本当にそんなことは気にしていませんし、一日中、笑ってすごしています。

　ご子息は、学業のさなかに動員されて「1916 年を戦った元兵士」となられることでしょう。あなたにとっても、ご子息にとっても、そうなることを願っています。⁽⁸⁾

　お子さんたちをヴィルヌーヴにつれてこられたのは正解ですね。そろそろお子さんたちの百日咳が抜ける頃ですから。もっと早くお返事を差し上げなかったことをお許しください。こちらでは、したいことができませんので。重ねてお礼を申し上げます。お二人にキスをします。愛情をこめて

アルフォンスより

〔書込み〕イエトン⁽⁹⁾だったら、ここもそんなに悪くはないと言うでしょう。いいベットもありますし、蚤もそれほどたくさんはいませんから！

〔差出人〕植民地歩兵第 7 連隊 衛兵隊　バッサンス国立火薬工場　A. スルジャン

〔宛先〕ランド県 ヴィルヌーヴ＝ド＝マルサン 公証人　J. フィット御奥様

---

(5) 当時、フランス軍では命令不服従の動きが最高潮に達しており、兵士たちが大勢で殺気立って前線に赴くことを拒否し、上官たちも制止できず、ほとんど軍としての秩序が崩壊しかけていた。とくに、休暇を終えて前線に戻る兵士を乗せた列車の中や駅では「戦争反対」などのスローガンを叫ぶなど、規律の乱れが激しかった（Cf. 松沼, 2011, p.5）。開戦当初の「ベルリンへ！」という叫び（p.26 参照）とは正反対の叫びである。

(6) サン＝メダール＝アン＝ジャル Saint-Médard-en-Jalles はボルドーの西の外れにある地区。やはり火薬工場があり、多くのフランス植民地出身者が働いていた。その他、トゥールーズの火薬工場については p.204 を参照。

(7) ヴィルヌーヴ＝ド＝マルサン Villeneuve-de-Marsan はボルドーの南、ボルドーとフランス・スペイン国境との中間あたりにある街。残されている妻宛の他の手紙から、差出人はここに住んでいたことがわかる。

(8)「兵士」が「元兵士」となるのは、戦争が終わったときだから、「元兵士となることを願う」というのは「戦争

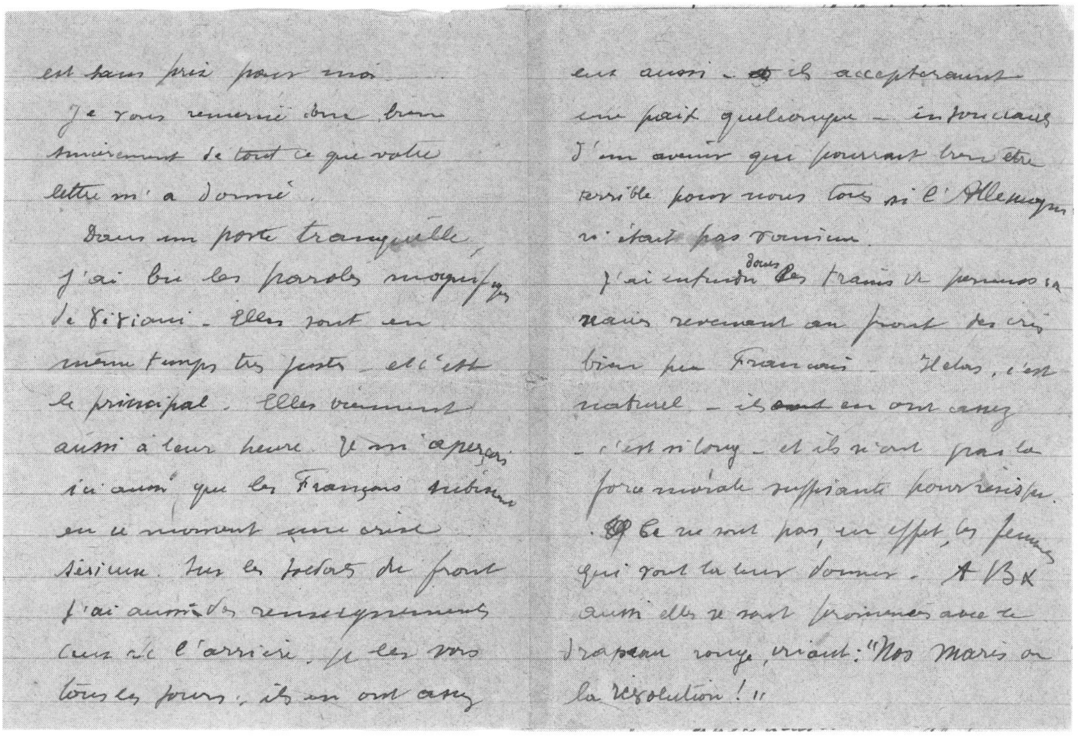

est sans prix pour moi.

Je vous remercie donc bien sincèrement de tout ce que votre lettre m'a donné.

Dans un porte tranquille, j'ai lu les paroles magnifiques de Viviani. Elles sont en même temps très justes et c'est le principal. Elles viennent aussi à leur heure. Je m'aperçois ici aussi que les Français subissent en ce moment une crise sérieuse. Sur les soldats du front j'ai aussi des renseignements ceux de l'arrière, je les vois tous les jours ; ils en ont assez

eux aussi — et ils accepteraient une paix quelconque — inconscients d'un avenir qui pourrait bien être terrible pour nous tous si l'Allemagne n'était pas vaincue.

J'ai entendu dans les trains de permissionnaires revenant au front des cris bien peu Français. Hélas, c'est naturel — ils en ont assez — c'est si long — et ils n'ont pas la force morale suffisante pour résister. Ce ne sont pas, en effet, les femmes qui vont la leur donner. A Bx aussi elles se sont promenées avec le drapeau rouge, criant : "Nos maris ou la révolution !"

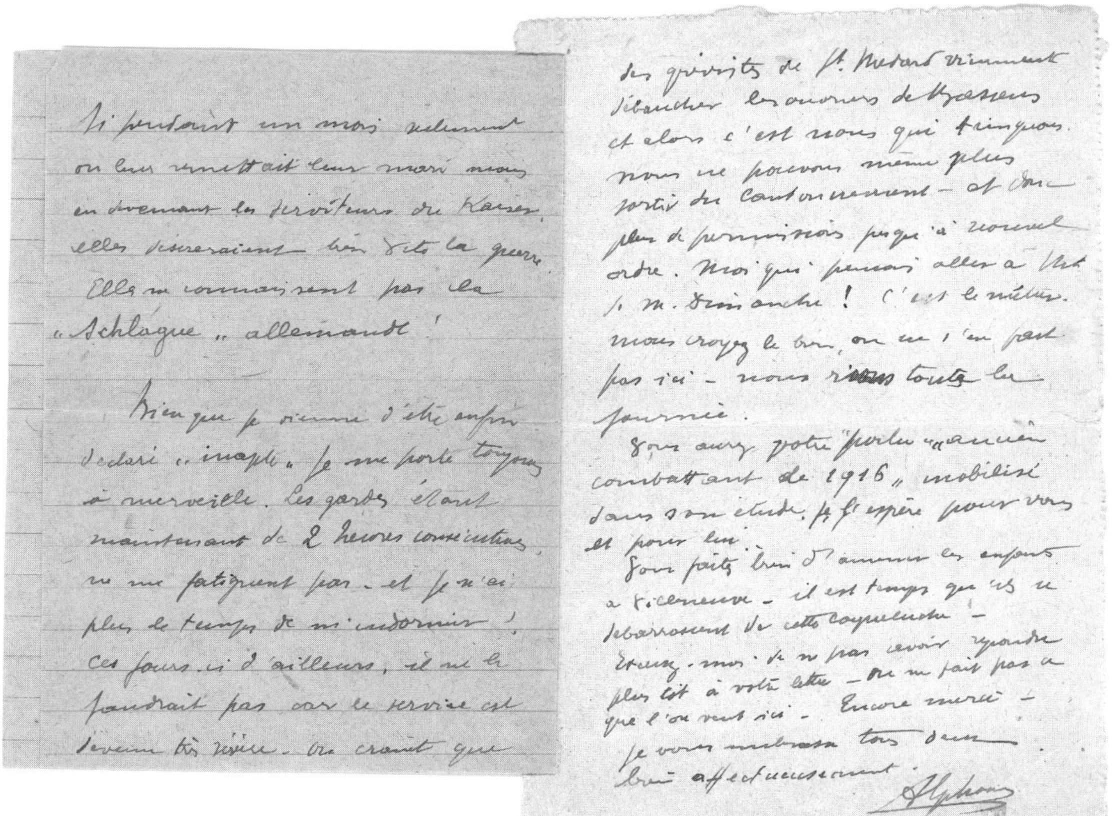

Si pendant un mois seulement on leur remettait leur mari mais en devenant les serviteurs du Kaiser, elles désireraient bien vite la guerre. Elles ne connaissent pas la « Schlague » allemande !

Bien que je vienne d'être enfin déclaré « inapte », je me porte toujours à merveille. Les gardes étant maintenant de 2 heures consécutives ne me fatiguent pas — et je n'ai plus le temps de m'endormir ! Ces jours-ci d'ailleurs, il ne le faudrait pas car le service est devenu très sévère. On craint que

les grévistes de St Médard viennent débaucher les ouvriers de Bassens et alors c'est nous qui trinquons. Nous ne pouvons même plus sortir du cantonnement — et donc plus de permissions jusqu'à nouvel ordre. Moi qui pensais aller à [illegible] Dimanche ! C'est le métier. Mais croyez le bien, on ne s'en fait pas ici — nous rions toute la journée.

Vous avez votre "poilu" « ancien combattant de 1916 » mobilisé dans son étude. Je l'espère pour vous et pour lui.

Vous faites bien d'amener les enfants à Villeneuve — il est temps qu'ils se débarrassent de cette coqueluche —

Excusez-moi de ne pas avoir répondu plus tôt à votre lettre — on ne fait pas ce que l'on veut ici — Encore merci — je vous embrasse tous deux bien affectueusement.

Alphonse

が終わるのを願う」のと同じ意味になる。

(9) 差出人の妻の愛称。

1917 年 6 月 22 日 ─ ドイツ兵捕虜の見張り役

　本書の「捕虜」の章では、捕虜となってドイツに連行された 50 万人以上のフランス兵について扱うが、逆にフランスには 35 万人前後のドイツ兵が捕虜となって連行されてきた。

　ドイツでもフランスでも、健康な男性が兵隊となって不足した労働力を補うために捕虜が活用され、農作業、炭鉱や採石場での採掘、港湾労働者、線路敷設、土木工事、軍需工場などに従事させられた。とくに、重労働だった採掘作業や港湾での荷物の積み下ろし作業では捕虜が重宝された[(1)]。

　次の葉書は、英仏海峡に近いフランス北西部ノルマンディー地方カーン[(2)]の近くにあった捕虜収容所でドイツ兵捕虜の見張り役をしていた兵士が故郷の人々に書き送ったもの。捕虜を採石場で働かせていることや、前回の休暇※が終わったときに「憂鬱の虫」に取りつかれたことなどが、とりとめもなく書かれている。

　　メ゠スュール゠オルヌ[(3)]にて、1917 年 6 月 22 日

　　代父様、代母様[(4)]、いとこの皆様

　カーンから 13 km 離れたメで、きのうから再びドイツどもの見張りをしています。やつらは採石場で働いています。

　私は慣れるだろうと思います。曹長殿は非常に親切で、とくに古参兵に対してはとても愛想のよい人です。8 月 8 日に骨休めの休暇を取ることを約束してくれました。つまり、あと 1 か月半です。

　ドゥワルヌネから去るときは、私が憂鬱の虫に取りつかれていたのをご覧になったと思いますが、ええ、あの虫はやっつけました。よくなり始めています。私が皆さんに会わずに立ち去ったことを、お許しいただけるとよいのですが。お代父さんがグリヴァールさんの庭で仕事をされていたことは、あとになって駅でマリーから聞きました。それとは反対の方向に、私は家から立ち去っていたのでした。

　　皆さんに心からキスを送ります。　　代子にしていとこより

　　　　　　カルヴァドス県　メ゠スュール゠オルヌ捕虜収容所
　　　　　　歩兵連第 36 隊 コランタン・ビュレル

⑴ それと同時に、捕虜からの技術の習得もおこなわれた。ちょうど日本が当時ドイツの租借地だった青島を攻略して捕虜にしたドイツ兵からパンの作り方を教わったように、フランスではそれまでドイツからの輸入に頼っていた体温計の作り方をドイツ兵捕虜から聞き出した（Médard, 2010, p.60）。

⑵ カーン Caen は英仏海峡にほぼ面したフランス北西部ノルマンディー地方カルヴァドス県の県庁所在地。絵葉書の写真説明には「カーン、サン゠テティエンヌ教会」と印刷されている。

⑶ メ゠スュール゠オルヌ May-sur-Orne 村はカーンの南の郊外にある。メ゠スュール゠オルヌは「オルヌ川沿いのメ」という意味で、本文では単に「メ」と呼ばれている。

⑷ 代父と代母は、生後すぐに幼児の洗礼に立ち合い、実の親が早死にしたときは親に代わる役割を果たした（いわゆる「戦時代母※」の元になった制度）。この差出人の場合、おじとおばが代父と代母になったらしい。

218

第 4 章　1917 年

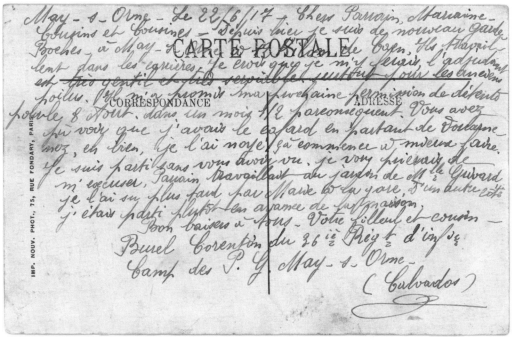

(5) ドゥワルヌネ Douarnenez はフランス北西部ブルターニュ地方、ブレストに近い大西洋に面する港街。代父、代母、いとこはこの街に住んでいて、差出人もこの街の出身だったらしい。以下では、この葉書よりも少し前に休暇※を取ってこの街に帰郷したときのことが綴られている。

1917 年 8 月 16 日 ── アメリカ参戦の軍事葉書

それまで中立を守っていたアメリカは、1917 年 1 月 9 日にドイツが始めた無制限潜水艦作戦によってアメリカ船が攻撃対象となったことを受け、4 月 6 日にドイツに宣戦布告した。これに伴い、それまでの「ヨーロッパ戦争」に代わって「世界戦争」という呼び名も現実味を帯びて使われるようになった。6 月にはアメリカ軍の第一陣が大西洋を渡ってフランス西部の港街サン゠ナゼールに上陸した。[(1)]

戦争開始から約 3 年が経過して低下していた士気を、このアメリカ参戦の知らせによって高めるために、一連の軍事葉書シリーズが作られた。次の葉書はそのうちの一枚で、写真下の説明には「フランスに上陸した最初のアメリカ軍部隊の行進（1917 年 6 月）」と印刷されている。フランスにやってくる他国軍は、みな現地の服装のままやってきたが、この写真のアメリカ兵も、西部劇に出てくるようなカウボーイそのままの格好をしている（もちろん、あとから戦闘用のヘルメットや装備一式も支給された）。

ただし、参戦当初はアメリカ兵が上陸してくる速度が遅く、また後方での訓練も必要だったので、アメリカ兵が実戦で無視しえない兵力となるまでには翌 1918 年 5 月末まで待たねばならなかった。[(2)]

1917 年 8 月 16 日

親愛なるイヴォンヌ、親愛なるアンナ

今日はお二人からの便りはありませんでした。昨日、3 通も受け取りましたから。

小包、ありがとうございます。でも、休暇に帰る前はこれで最後にしてください。若鶏は本当にすばらしい味でした。お菓子もとてもおいしく、新鮮なままでした。

ジャン・プラサールのことを知らせてくれて喜んでいます。ジャンは私の住所をなくしたにちがいなく、私が出した手紙も受け取っていないようですので。

私は元気でやっており、足りないものはありません。私の代わりに父と母を抱きしめてください。二人とも私の心からのキスをお受け取りください。（サイン）

〔写真の上への書込み〕

士気を高めるため、というか、もう一度高めるために、こうした葉書が配られています。[(3)]

---

(1) サン゠ナゼール Saint-Nazaire はフランス北西部ナントの西 50 km にある大西洋に面した港街。ロワール河の河口にある。

(2) p.240 の葉書も参照。ちなみに、1917 年のアメリカ軍の募兵ポスターは、アメリカ合衆国の星条旗の柄の服を着た架空の人物「アンクル・サム」Uncle Sam が右手の指を指して「君の力が必要だ」と言っている図を描いたものだったが、この「サムおじさん」を踏まえ、大戦中にフランスにやってきたアメリカ兵は愛称で「サミー」Sammies と呼ばれた。これに対し、イギリス兵は「トミー」Tommies と呼ばれた。

(3) この頃の士気の低下を示す例として、この 5 日後、同じアメリカ参戦の軍事葉書シリーズの他の一枚に記された 1917 年 8 月 21 日付の葉書（筆者蔵）には次のように書かれている。「戦争が終わることを切に願っています。もう、みんなうんざりしています。今朝、塹壕から戻ってきたアルフォンスの連隊を見かけました。兵隊たちは本当に疲れきっていましたが、無理もありません。」

Le défilé des premières troupes Américaines débarquées en France (Juin 1917).

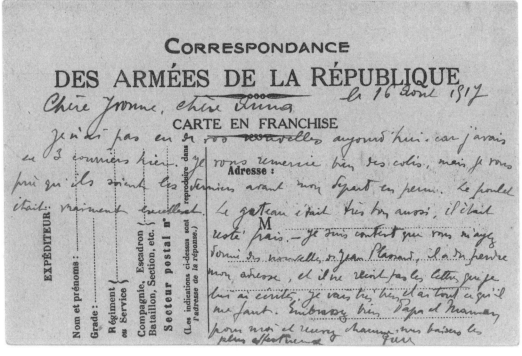

1917 年 10 月 3 日－毒ガスの後遺症

　1915 年 4 月 22 日、ドイツ軍はベルギーのイープルで大規模に毒ガスを使用したが[1]、その後、防護用のガスマスクの開発が進んだことで、毒ガスの威力は低下していた。初期の毒ガスは吸い込まなければ効果がなく、ガスマスクによって無害化できたからである。

　そこで、ドイツは毒性を高めるために研究を重ね、呼吸器ではなく皮膚や眼などに直接作用する糜爛性の「マスタードガス」を開発し、1917 年 7 月 12 日、またしてもイープルでドイツ軍が初めて実戦に投入した[2]。マスタードガスはマスタード（からし）やニンニクに似た軽い臭気があり、イープルという地名から「イペリットガス」とも呼ばれた。この毒ガスを防ぐには口と鼻を覆うだけでは不十分で、眼も保護し、肌の露出を避け、手袋を着用する必要があった。

　次の葉書は、ヴェルダンで戦っていたらしい差出人が、前線からは離れたベルフォールの近く[3]に来ていたときに友人に宛てたもので、毒ガスの中毒にかかっていると書かれている。

1917 年 10 月 3 日

親愛なるフロリモンへ

　こんなにも長い間、たよりをせずにいて済まない。とてもつらい時期をすごしていたんだ。さいわい、ヴ……[4]から抜け出すことができた。

　今年は去年よりも少しましな場所にいた。すべてはうまくいったが、毒ガスで軽い中毒にかかってしまった。少し後方で休養しているところだ。しかし、今度は、毎日ドイツどもの飛行機による爆撃がある。

　あと 2 週間くらいしたら休暇にいけると思う。君のほうは、いつごろ休暇が取れそうかな？　狩をしたいと思っていたんだが、その期待は裏切られてしまった。いずれにせよ、10 日間を快適にすごす方法を見つけるつもりだ。

　家族はみな元気だ。君と君の家族も元気であることを願っている。アンドレさんによろしく。心から君に握手を送る。

　　　　昔からの仲間より　　サイン（D. ルネ）

---

(1) p.116 の葉書を参照。

(2) これは優秀なドイツの化学者が知性を結集した結果だった。「フランスでは、フォッシュ将軍のたび重なる要請にもかかわらず、ドイツ軍による最初の使用から 1 年近く経過した 1918 年 6 月まで、イギリスではさらにその 3 か月後の 1918 年 9 月まで、砲兵隊にマスタードガスを供給することができなかった」（Lepick, 2012, p.358）。

(3) 絵葉書の写真説明には「ベッソンクール、ドゥネー街道」と書かれている。ベッソンクール Bessoncourt 村はフランス東部、アルザス地方の手前のベルフォールの東側にあり、前線からは離れていた（ドゥネー Denney 村はベッソンクール村の北西隣にある）。

(4) 軍事機密のため地名を書くことができず、頭文字 V のみになっているが、おそらく大戦最大の激戦地ヴェルダンか。

第 4 章　1917 年

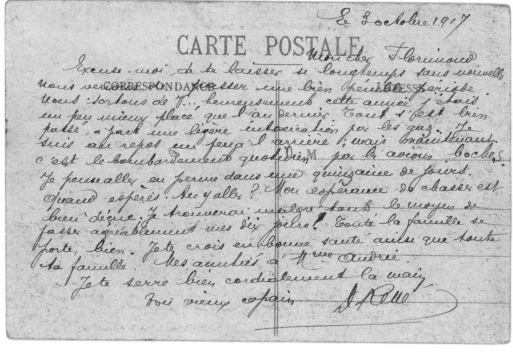

223

1917 年 10 月 26 日－巨大な「列車砲」

フランス軍の砲兵隊の主力となった 75 mm 砲は小回りがきき、野戦では優れた威力を発揮したが、[1] 巨大な大砲の配備は遅れていた。[2] しかし、ドイツ軍が大戦初期からベルギーやフランスの要塞に対して使用していた 42 cm 砲のような破壊力のある大砲の必要性がフランス軍でも痛感されるようになった。そこで、工期短縮のために軍艦や沿岸警備用に据えつけられていた海軍の大砲を取り外して再加工（砲身を中ぐり加工して内径を拡大）したものが 1916 年頃から前線近くに配備されるようになった。こうした大砲は重いので、鉄道で運び、森の中のコンクリートで固めた地盤の上に半永久的に据え付けるか、または台車に据え付けて線路上で移動できるようにした。後者は「列車砲」と呼ばれるが、この葉書に写っているのもそのうちの一つである。[3]

写真に「17 年 4 月 23 日」と書き込まれているので、そのときに撮影されたネガを焼き付けて作られた葉書（カルト・フォト※）を半年後に使用したものであることがわかる。こうした写真を見ると、「戦争は進むにつれて野蛮で残酷なものになっている」という感想も頷ける。

ソムスーにて、1917 年 10 月 26 日 [4]

ロージャック様

もっと早くお便りを差し上げなかったのは、直接お会いできると思っていたからです。10 月 1 日に休暇に出発するはずでしたので。

しかし、私は 9 月 21 日に砲兵中隊から離れることになり、あれ以来、本当にジプシーのようにいろいろな所を駆けまわり、現在は今月 21 日から砲兵隊の「大道具」と「小道具」を引きつれて、ここマイイー・キャンプの近くでアメリカ兵たちと一緒にいます。それを別にすれば、なかなか良く、なんといっても騒々しさから隔離されているので、これまで転々としてきたところに比べれば、心地よく落ちつくことができます。

それはそれでいいのですが、本当はこの殺りくが全部終わるのを目にすることができればよいのですが。戦争は進むにつれて野蛮で残酷なものになっているからです。

うれしいことに、ガブリエルから便りをもらいました。休暇から戻ったそうですが、むしろつらかったと書いてありました。

皆さんもお元気だとよいのですが。奥様とご家族にどうぞよろしく。ガブリエルの婚約者の方にも。私の母にもよろしくお伝えください。心からの握手を送ります。（サイン）

職場の仲間たちによろしく。

---

(1) 75 mm 野砲の威力については、たとえば p.96 の手紙を参照。

(2) 開戦当時、フランス軍に重砲が装備されていなかったのは、大戦前のドレフュス事件によって軍部の発言力が低下し、軍への予算が削減されていたことが原因だという指摘がある（François, 2008, p.4）。

(3) 筆者は、大戦中の列車砲に関しては現在フランスで最も詳しい Guy François 将軍にこの写真をお見せし、ここに写っている大砲のモデルについて教示を乞うことができた。それによると、写真が不鮮明で側面に書いてある番号が読めず、また人の蔭に隠れて車軸数から絞り込むことが不可能だが、砲身の形状と当時の配備状況からして、おそらく 1893-96 年式の 274 mm 砲、そうでなければ 1870-93 年式の 32 cm 砲であろう、とのことだった（鋳鉄製で鋼鉄をかぶせた大戦中の大砲は mm 単位ではなく cm 単位で表記するとのこと）。当時は 274 mm

224

第 4 章　1917 年

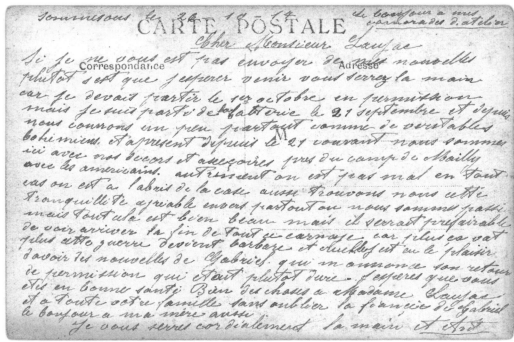

砲は合計 10 門、32 cm 砲は合計 44 門配備されていた。前者なら最長 27 km、後者なら最長 24.5 km 先（使用する砲弾等により異なる）のものを破壊できたので（François, 2008, p.20, 38-39, 46）、前線から遠く離れた場所からでも敵の陣地に打ち込むことができた。こうした大砲は、線路の台車以外にも、海軍らしく川に浮かべた平底船に載せて使用されることもあった。

(4) ソムスー Sommesous 村はパリのほぼ真東 140 km、マイイー・キャンプ（p.160 参照）の北隣にある。

225

1917 年 12 月 25 日－シベリアの寒さの塹壕

　100 年前は、全体に現在よりも気温が低かった。そのうえ、第一線の塹壕では、たき火で暖をとることもできず、寒さをしのぐためには、ひたすら手をこすりあわせ、足踏みすることしかできなかった。[1]そうした状況で、ろくにクリスマスを祝うこともできず、シベリアさながらの寒波に震えていなければならなかったとしたら、早く戦争が終わるのを願ったのも無理はないかもしれない。

　次の葉書は、大戦最後となる冬に、フランス北東部のムルムロン・キャンプ[2]の近くの塹壕にいたと思われる兵士が 1918 年の年賀状※を兼ねて書いたもの。

　いとしいアニーへ

　少し静かな時間ができたので、これを利用して、数行書き送ることにします。新年を迎えるにあたり、みなさん 3 人に心からの祈念を捧げることなく元旦をやりすごしたいとは思わないからです。また、私の現状についても少し詳しくお知らせしたいと思いました。

　現状はあまりぱっとしません。あいかわらず塹壕にいるからです。ほんとうに私たちはクリスマスの日をとてもみじめにすごしました。元旦も同じことになるでしょう。いずれにせよ、新しい年には切に願われる平和がやってくることを希望しましょう。[3]

　こちらでは、しばらく前から寒さで非常につらい思いをしています。物は凍り、雪もたくさん降っています。ひとことで言えば、本当にシベリアの気温なのです！

〔上部余白〕

　リスさんからは、あいかわらずよい知らせをもらっていますか。

　みなさん 3 人に対し、私の誠実な友情を。　　　　　　サイン（レイモン）

〔写真面の書込み〕

　よい思いと心からの祈念を。（1917 年 12 月 25 日）

　　　　　　　　　　　　　　　　　　　　　　　　サイン（L. レイモン）

---

(1) のちに大統領となるド・ゴール（当時はまだ士官学校を出たばかりの中尉）は、1914 年 11 月 20 日付の母宛の手紙でこう書いている。「第一線では火をおこすことができません。たちまち狙いを定められ、無数の砲弾を浴びることになるからです。ですから、足踏みをしたり、手に息を吹きかけるしかありません。」（De Gaulle, 1980, p.122）。あるいは、アルマン・ピュエシュは 1915 年 1 月 24 日付の両親宛の手紙でこう書いている。「夜どおしダンスを踊ることを余儀なくされています。寒いのは足だけです。我々は全員、羊ややぎの毛皮を着ているからです。」（筆者蔵）。ちなみに、緯度でみるとフランスの国土の半分以上が北海道の最北端よりも北に位置している。

(2) 写真下の説明には「ムルムロン＝ル＝グラン（シャロン・キャンプ）、シャロン通り（1917 年 8 月）」と書かれている。ムルムロン・キャンプ（シャロン・キャンプ）については p.160 を参照。また写真の上には「1914 ～ 1917 年の大戦」と書かれている（この葉書が 1917 年に作られたため）。

(3) この祈念は 1918 年秋にようやく実現することになる。

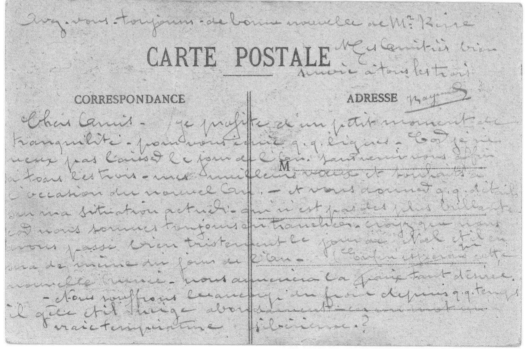

クラオンヌの歌

　1917年4月16日にシュマン・デ・ダムの戦いが始まり、無意味な突撃が繰り返されると、フランス軍の多くの部隊で命令不服従の動きが頻発した。ここでは、当時の兵士の心情を代弁したものとされる「クラオンヌの歌」を取り上げたい（クラオンヌ村はランスの北西27kmにある）。ラ・マルセイエーズとともに威勢よく始まった大戦は、幻滅を経てクラオンヌの歌に辿りつくといえるかもしれない。

一週間たって休息が終わり
これからまた塹壕に戻るんだ
「この場所は非常に重要だから
我々がいなければ負けてしまう」だと
でも、もうおしまいだ、もうたくさんだ
誰ももう歩きたくない
胸がいっぱいで泣き出しそうになり
民間人に別れを告げる
太鼓もなくトランペットもなく
頭を垂れてあの場所に行くんだ

　〔繰り返し〕
さようなら人生、さようなら愛
さようなら、すべての女たち
もうおしまいだ、永遠に
このおぞましい戦争のせいだ
クラオンヌの高地で [1]
しかばねを残さねばならんのだ
だって俺たちは皆死刑囚なんだ
俺たちは犠牲者なんだ

塹壕の一週間は、苦しみの一週間
しかし希望もある
今夜は交替になるという
待ちに待った交替に
突然、夜の中、音もせず
誰かがこっちにやってくるのが見える

猟歩兵の将校だ
俺たちと交替するためにやってきたのだ
ゆっくりと、暗闇で降りしきる雨の中
猟歩兵が自分の墓場を探しにやってくる

　〔繰り返し〕

大通りで浮かれ騒いでいやがるお偉方たちを
見るのはつらいことだ [2]
あいつらにとって人生はばら色でも
俺たちにとってはそうではない
あいつらは茂みに隠れてないで
皆、塹壕に行きゃあいいんだ
自分たちの財産を守るために
だって俺たちは何も持っていない
あいつらと違って俺たち哀れな貧乏人は
仲間は皆あそこに横たわってるんだぞ
あの偉そうなやつらの財産を守るために

金を持ってるあいつらは戻ってくるだろう
あいつらのために皆へとへとになってんだから
でももうおしまいだ、一兵卒は
皆これからストライキに入るのだ [3]
今度はあんたたちの番だ、お偉方さんたちよ
あの高地に攻めのぼっていくのは
どうしても戦争をしたいというのなら
自分の命を代償にするがいい

---

(1) この部分は、もとは1915年のノートル＝ダム・ド・ロレットでの激戦を踏まえ「ロレットの高地で」となっていた。ついでシャンパーニュ攻勢を踏まえ「シャンパーニュの高地で」、ヴェルダンの戦いを踏まえ「ヴェルダンで、ヴォーの要塞で」、最後に「クラオンヌの高地で」と変化した（Marival, 2015, p.34, 87, 108）。もともと戦争前の流行歌の替え歌だったので、兵士たちが歌い継ぐうちに変化したわけである。

(2) パリの大通りがイメージされる。兵士が休暇※を得て一時帰郷すると、こうした光景が目にされた。

(3) 1917年の命令不服従が「反乱」というよりもストライキ（職場放棄）のようなものだったことを示している。

228

第 5 章　1918 年

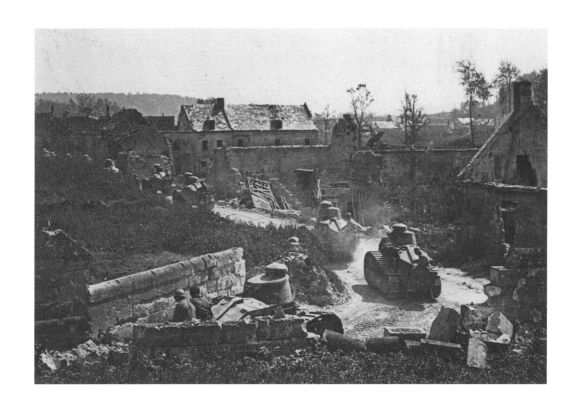

　　ドイツ軍が敗退し、連合国側が反撃を続けていた 1918 年 8 月 18 〜 20 日頃、パリ北東のソワソンとノワイヨンの中間にあるオーディニクール Audignicourt 村で撮影された当時の写真（絵葉書ではなく、裏面に「軍写真部」と書かれた女神座像印※が押されている）。

　　ここに写っているのは、マンジャン将軍率いるフランス軍の戦車部隊で、写真の左奥へと（ノワイヨンのある北西方面に向けて）列を組んで移動している。この後、8 月 30 日にフランス軍がノワイヨンを支配下に収めることになる。

　　この写真で 10 両ほど写っているルノー FT 戦車（FT 17）は、小型・軽量で効率に優れた比較的安価な戦車で、360°回転する砲塔を備え、現代の戦車の基礎となった。1918 年 5 月末に初めて 4 個戦車大隊（1 個大隊につき戦車 63 両）が実戦に投入された。大戦末期にはルノー FT 戦車は約 3,500 両存在した。

1918 年の年表

1 月 8 日	アメリカ大統領ウィルソンが「十四か条」を提唱、これがのちのヴェルサイユ講和条約に向けた議論の基礎となる
1 月 14 日	平和主義者・対独融和派のジョゼフ・カイヨーが逮捕される
3 月 3 日	ロシアが講和条約（ブレスト=リトフスク条約）を結び、大戦から完全に離脱する
3 月 21 日	ドイツ軍を率いるルーデンドルフが西部戦線で春の攻勢を開始する（1 回目の攻勢「ピカルディーの攻勢」、ドイツ側の呼称は「ミヒャエル」作戦）
3 月 23 日	ドイツ軍が長距離砲でパリへの砲撃を開始
3 月 26 日	ドイツ軍の春の攻勢による危機感を背景に、それまでフランス軍とイギリス軍で別々だった指揮系統が一元化されて将軍フォッシュに委ねられる
4 月 9 日	ルーデンドルフ 2 回目の攻勢「フランドルの攻勢」
5 月 27 日	ルーデンドルフ 3 回目の攻勢「シュマン・デ・ダムの攻勢」
5 月 28 日	カンティニー（北仏モンディディエの西隣）で 2 万 7 千人のアメリカ軍がドイツ軍に反撃を加え勝利（アメリカ軍の初めての大規模な実戦参加）
6 月 8 日	ルーデンドルフ 4 回目の攻勢「マの攻勢」（この攻勢を除外して合計 4 回の攻勢があったと説明する場合もある）
7 月 15 日	ルーデンドルフ 5 回目の攻勢「シャンパーニュの攻勢」（フランス軍に事前に察知されて成功には至らない）
7 月 18 日	連合国側が反撃を開始、大量の戦車を投入してドイツ軍に圧倒的勝利を収める（この前後を「第 2 次マルヌ会戦」とも呼ぶ）
8 月 8 日	この日だけで 3 万人以上のドイツ兵が投降し、ドイツ軍にとって「暗黒の日」ないし「喪の日」となる
9 月 29 日	ブルガリアが休戦協定に調印する
10 月	スペイン風邪がフランスでピークを迎える（1919 年 2 月に 2 度目のピーク）
10 月 30 日	トルコ（オスマン帝国）が休戦協定に調印する
10 月末〜	ドイツ北端のキール軍港で兵士の反乱が起き、ドイツで革命運動が始まる
11 月 11 日	ドイツが休戦協定に調印、4 年 3 か月以上続いた大戦が終結する

1919 年の年表

6 月 28 日	ヴェルサイユ講和条約が締結される
7 月 14 日	戦後初のフランス革命記念日、シャンゼリゼで戦勝パレードがおこなわれる
	20 年後の 1939 年 9 月 1 日、第二次世界大戦が始まる
	この 20 年間を「偽りの平和」と見なし、第一次世界大戦が始まった 1914 年から第二次世界大戦末期にフランスがナチスドイツからほぼ解放される 1944 年までを「30 年戦争」と捉える見方もある（Miquel, 2000, p.53）

1918年の解説

　1917年にニヴェル将軍に代わって最高司令官に就任したペタン将軍は、兵士の待遇改善を優先し、目立った攻撃は仕掛けていなかった。どうするつもりなのかと問われたペタン将軍は、「私はアメリカ軍と戦車を待っているのだ」と答えたという逸話が残っている。この2つが揃うまでは、従来と同じ攻撃を繰り返しても無駄だというわけだ。アメリカは1917年に参戦したが、事前にキャンプで軍事訓練を積む必要があり、すぐには前線に兵を送り込むことはできなかった。

　ドイツとしては、アメリカ軍が本格的に前線に登場する前に決着をつけたかったから、1918年3月3日にロシアと講和条約を結ぶと、ドイツ軍を率いるルーデンドルフは東部戦線の部隊の多くを西部戦線に移動させ、春の攻勢を開始した。こうして膠着した塹壕戦に終止符が打たれ、大戦初期と同じような動きの激しい展開となってゆく。

　まず3月21日、ルーデンドルフは北仏ピカルディー地方で1回目の攻勢を仕掛けて大勝利を収め、イギリス軍は英仏海峡方面、フランス軍はパリ方面に退却し、英仏両軍が分断されそうになる。危機感を覚えた連合国軍は、それまで英仏別々だった指揮系統を一元化してフォッシュ将軍に一任し、かろうじて分断が回避された。3月23日にはドイツ軍が長距離砲によるパリへの砲撃を開始した。5月27日の3回目の攻勢も大勝利を収め、パリ市民はパニックに陥った。しかし、腹をすかせたドイツ兵が奪った食糧をむさぼるのに夢中になり、また補給と増援が追いつかず、追撃できずに好機を逸してしまう。

　逆に、7月18日、フランスのマンジャン将軍がヴィレール＝コトレの森に隠していた多数のルノー製戦車を先頭にして反撃し、8万5千人のアメリカ軍も参加して勝利を収める。8月8日には北仏ピカルディー地方で510両の戦車と1,425機の飛行機で奇襲を仕掛けて英仏軍が圧倒的勝利を収め[1]、ドイツの敗北が決定的となった。一部のドイツ軍は9月以降も頑強に抵抗したものの、投降するドイツ兵が相次ぐようになった。

　10月になるとドイツがアメリカに休戦を要求し、休戦の条件について意見が交わされるようになる。当時のフランスの世論は、条件が折り合えば休戦を受け容れるべきだとする意見と、まだ講和せずにドイツ領まで攻めていってドイツ軍を壊滅すべきだという意見に分かれていた。ポワンカレ大統領は強硬派だったが、クレマンソー首相はアメリカの意向に沿って交渉を受け容れざるをえないと考え、実際、アメリカに押し切られる形となった。開戦以来、多くの血を流してきたフランスやイギリスよりも、長らく中立を守って戦争特需で経済大国にのし上がり、大戦末期になって初めて前線に立ったアメリカの方が、休戦交渉では主導権を握ることになったのだから皮肉なものである。この大戦の勝者は、フランスでもイギリスでもなく、アメリカだったとさえ言えるかもしれない。

　1918年11月11日午前11時、ようやくすべての戦闘が終わった。

　フランスでは140万人近い戦死者、顔面崩壊者を含む280万人の負傷者、建物の破壊などの甚大な被害が出たから、今回の戦争が「最後の最後」だという意識を多くの人々が抱いた。しかしそれは「大いなる幻想[2]」にすぎず、20年後には第二次世界大戦が始まることになる。

---

(1) 数字は Grandhomme, 2009, p.74 による。

(2) 大戦中の捕虜を題材としたジャン・ルノワールの映画『大いなる幻影』（1937年公開）は、本来は『大いなる幻想』と訳すのが妥当。映画の中では「もうすぐ戦争は終わる」という認識や「これが『最後の最後』の戦争だ」という認識に対して「そりゃ幻想だよ」という言葉が用いられている（Renoir, 1971, p.33, 136）。

1918 年 1 月 19 日 ── 「徹底戦争論者」への反感

　厭戦気分が蔓延していた 1917 年 11 月、対独強硬派のクレマンソーが首相に就任した。クレマンソーはドイツに勝利するまで戦い抜くという立場をとる「徹底戦争論者」で、これに賛同しようとしない平和主義者を目の敵にし、引き締めを図った。

　就任早々、クレマンソーの政敵で、平和主義者・対独融和派の代表格だった元首相のジョゼフ・カイヨーが槍玉にあげられた。カイヨーは 1917 年 12 月に議員の不逮捕特権の剝奪を議決された上で、1918 年 1 月 14 日、「敵との内通」の罪によって逮捕された。

　次の葉書は、このカイヨー逮捕の 5 日後、サロニカ方面にいたと思われる兵士が書いたもの[(1)]。途中で軍の検閲を受けていたとしたら、差し押さえられていてもおかしくない内容である。

　1 月 19 日

　親愛なる友へ

　ここ数日、郵便物が滞っていたわりには、君の 12 月 27 日付の手紙は、かなり早く届いた。

　祈念の言葉、ありがとう。君が言うように、もう終わりにするべき時だ。苦しんだり血を流したりするのは、もうたくさんだ。そうこうしているうちにも、徹底戦争論者は喜びをかみしめているが、あとでそのツケを払わされるのは無数の一般民なのだから。

　リュマニテ紙[(2)]は非常に興味深い。ぼくはカイヨー事件[(3)]を興味をもって追いかけていたが、そこからわかったのは、反動家[(4)]による術策しか存在せず、我らが高名なる共和主義者[(5)]の皆さんは自分たちの主張を打ち出す勇気がないということだった。ジョレス[(6)]のあとで、奴らはカイヨーを血祭りに上げたいのだ。もしカイヨーが政権の座に就いていたとしたら、奴らがまだ望んではいない平和を交渉することができただろうに。

　この葉書を受け取るときは、君はブーサンス[(7)]から戻っていることだろう。

　我々の休暇は、新しい援軍が到着するまでお預けとなった。だから、5 月よりも前に両親に会いに戻るのは無理になった。

　君の友人にしてきょうだい[(8)]からの心からの抱擁を送る。　　　マルスランより

---

(1) 写真は 1916 年のマケドニア（サロニカを含むギリシア北部地域）の風景を写したもので、差出人はこの近くにいたと思われる（本文末尾の「我々の休暇は、新しい援軍が到着するまでお預けとなった」という文も、フランス本国以外にいることを示唆している）。本文冒頭には月日しか書かれていないが、本文中に出てくる「徹底戦争論者」jusqu'auboutiste という単語が使われ始めたのは 1917 年であり（*TLFi*）、文面は 1917 年末以降のカイヨーへの弾圧を念頭に置いて書かれていると思われるので、この葉書は 1918 年 1 月 19 日に書かれたとほぼ断定できる。

(2) 『リュマニテ』紙は 1904 年に社会主義者ジャン・ジョレス（下記脚注 6 参照）が創刊した新聞。これを読んでいたことからも、差出人が社会主義に傾倒していたことがわかる。戦後、同紙は共産党の機関紙となった。

(3) 「カイヨー事件」とは、通常は、開戦の半年前に保守派の新聞『ル・フィガロ』紙が展開した「反カイヨー」キャンペーンに耐えかねたカイヨーの妻が 1914 年 3 月 16 日に同紙の主筆ガストン・カルメットを殺害した事件を指す。しかし、この葉書では 1917 年末以降のカイヨーへの弾圧と逮捕を指している。

(4) 「反動家」とは、社会主義者など（左翼の人々）が保守主義者を指して用いる蔑称。

(5) 「共和主義者」とは、自由な共和国をつくることを目指す者のことで、ここでは社会主義者を指す。

第5章　1918年

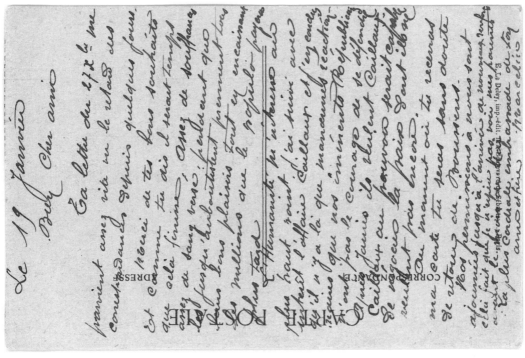

(6) ジャン・ジョレスは戦争に反対していた社会主義者で、総動員令発令の前日の1914年7月31日、パリ中心部のカフェで国家主義者によって暗殺された（p.18参照）。
(7) ブーサンス Boussens 村はフランス南西部、スペイン国境に近くにある（スイスにも同名の村がある）。
(8) 「きょうだい」とは、おそらく本当の兄弟ではなく、「兄弟と変わらない戦友」という連帯感に基く表現。

233

1918 年 4 月 9 日 ── パリ砲（太っちょベルタ）とパリの女学生

1918 年 3 月 21 日、ルーデンドルフ率いるドイツ軍が最後の攻勢を開始したのにあわせ、3 月 23 日から巨大な長距離砲がパリを襲い始めた。砲身だけでも 34 m もある大砲で、パリの北西約 120 km にあるドイツ軍が占領していた街ラン Laon に近い森の中に据えつけられた。8 月までに合計 367 発の砲弾が撃ち込まれ、パリで死者 256 人、負傷者 620 人を出した[1]。

とくに復活祭の前々日にあたる 3 月 29 日には、パリ市役所の東隣にあるサン゠ジェルヴェ教会で聖金曜日のミサの最中に 1 発の砲弾が落下し、91 人が死亡した。ドイツ人はこの大砲を「パリ砲」ないし「のっぽのマックス」と呼んだが、フランス人は大戦初期にリエージュなどの要塞を襲った大砲と同じ「太っちょベルタ」の名で呼んだ[2]。パリの女学生が同級生に宛てた次の手紙でも、やはりこの名で呼ばれている。

1918 年 4 月 9 日[3]

いとしいオルガへ

悪天候だったけれど、途中でずぶ濡れにならずに、無事にル・マン[4]に到着しているといいのだけれど。あなたが帰ってから、太っちょベルタは鳴りをひそめているわ。月曜、アトリエ・ニコラ[5]では、2 年生が誰もいなかったので、試験は延期になりました。生徒が少ないのを除けば、何も変わったことはありません。

兄は来週出発しなければなりません。ヴェルサイユの軽砲第 22 兵連隊[6]です。すぐ近くだから、どんなにうれしいことか。

もうスペースがなくなってしまいました。近いうちにお便りをください。あなたを愛する友達からの無数のキスをお受けとりください。サイン（クレール）

〔右上の書込み〕　私と違って、マルトはバカンスの間もやせなかったわ[7]。

きのう、マドレーヌ・マニャールさんに会いました。あなたによろしくと言っていたわよ。

〔宛先〕　サルト県ル・マン　ミュロ通り 2 番地　オルガ・ルイお嬢様へ

---

(1) Huyon, 2008, p.111-125. 大戦末期にパリに滞在していた仏文学者の吉江喬松（孤雁）は次のように書いている。「ドオン、といふ太い響き、その度毎に窓ガラスの少しふるへる響き、それが始まつた。（……）長距離砲の砲撃である。十五分間ごとに或いは二十分間ごとに、聞えるこの響きは巴里の中へ、何處かへ大きな砲弾を送つて來るのである。（……）晴天の霹靂といふ語があるが、まさしくそれであつた。早春のうら寒い、併し静かな一日の光りの輝いてゐる空から落ちて來た響音。」（吉江, 1921, p.99-100）。

(2) おそらく大戦初期にベルギーのリエージュの要塞やフランスのマノンヴィレール要塞（p.16 参照）などを襲った「太っちょベルタ」の記憶があまりにも鮮明だったからではないかと思われる。しかし、1918 年にパリを襲ったこの大砲は、むしろ 1916 年元旦からナンシーを襲った大砲（p.150 参照）に近い。

(3) 日付印は「1918 年 4 月 10 日、パリ、サン゠ラザール駅」で、さらに「パリには区の番号をつけましょう」という啓発用のスタンプ（標語印）が郵便局で押されている。いわゆる「カルト・レットル※」。

(4) ル・マンはパリの南西にある都市（この 5 年後の 1923 年に自動車のル・マン 24 時間レースが初開催される）。手紙の相手の「オルガ」は、「太っちょベルタ」の砲撃を逃れてル・マンに避難したのかもしれない。当時南仏にいた日本海軍の第二特務艦隊の乗組員は、手記の 1918 年 4 月 7 日（この手紙の 2 日前）の項にこう記し

234

第5章　1918年

ている。「西部戦線の戦況が不利なので、常には美しい佛蘭西人の顔が曇っているように見える。(……)巴里から南下の汽車は満員で、席は皆、売切になっているほど避難者が多い」(片岡、2001, p.277)。
(5)「アトリエ・ニコラ」は、女性職人を養成する専門学校か。「2年生」は10代後半かと想像される。
(6) 軽砲兵第22連隊はパリのすぐ近くのヴェルサイユに駐屯していた。
(7) 大戦中、「やせる」は「健康状態が悪くなる」と同義になることが多かった (p.100, 188, 354, 386などを参照)。

235

1918 年 4 月 11 日 ― 恋の傷心と憂鬱の虫

　次の葉書は、休暇※をもらって故郷に戻った兵士が再び前線に戻るときに、後ろ髪を引かれる思いで残してきた恋人に宛てて出したもの。

　ずいぶん女々しい内容で、これで兵士としての務めが果たせるのかと心配になってしまう。傷心のためか、字も弱々しく、読むのに苦労する。

　感傷的なパンジーの図柄(1)の絵葉書が使用されており、切手に押された消印をよく見ると、パリ北駅で投函されていることがわかる。(2)

　4 月 11 日、パリにて

　いとしいマリー＝ルイーズへ

　とてつもない憂鬱の虫(3)に襲われて、一筆お便りします。またあのかまどの中(4)に出かけていくというのは、本当に気分が萎えます。

　現在、北駅でル・ブールジェ行(5)の列車を待っています。たえずあなたのことを考えていますが、また会えるでしょう。ああ悲しい。我慢してこらえていなかったら、泣き出してしまうところです。詳しく書くのはやめておきます。その勇気がありませんから。

　この葉書を受け取られる頃には、私は塹壕にいることでしょう。そこから詳しく書くことにします。

　どんなことがあっても、私を見捨てないでくれるといいのですが。

　あなたに首ったけで、たえずあなたのことを考えている者からの無数のキスをお受け取りください。

アンドレより

　お母様、レオンティーヌ、エミリエンヌ、ガストン、ニームおばさんによろしくお伝えください。

---

(1) パンジーは、もともと物思いにふけるような風情で傾いて咲くことから、フランス語で「考え、思い」を意味する「パンセ」pensée という語で呼ばれるようになった花。当時の絵葉書では「あなたのことを思っています」という花言葉として使われることが多かった。絵葉書の左から下にかけて、「パリからの思い」Une pensée de Paris と印刷されている（正確には、地名のところだけ空欄にして印刷され、あとからスタンプが押されている）。

(2) 本文と照らし合わせて消印を見ると、外周は「パリ北駅」Paris, Gare du Nord、日付は「18 年 4 月 11 日」と読める。この葉書は「穴あき封筒※」に入れて送られたと思われ、開封したときに破けた封筒の紙の一部が挟まっている。

(3) 「憂鬱の虫」については p.184 を参照。

(4) 「かまど」fournaise は「地獄の業火」や「灼熱の戦場」などの比喩として使われる言葉。p.162 の手紙の最後でも出てきた。

(5) ル・ブールジェ Le Bourget はパリの北東隣にある街。ここからフランス北部や北東部に鉄道が通じていた。

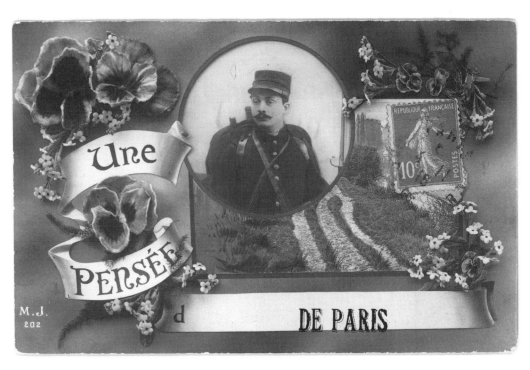

1918 年 6 月 15 日 ── 砲弾によって脳震盪を起こした兵士

　1918 年 5 月末にソワソンの東側で「シュマン・デ・ダムの攻勢」を大成功させたドイツ軍率いるルーデンドルフは、今度はその西側のコンピエーニュを突破してパリを狙うべく、6 月 8 日深夜、コンピエーニュの北 10 km 弱のところを流れる小さなマ Matz 川の周辺で「マの攻勢」を仕掛けた。しかし、6 月 11 日、マンジャン将軍率いるフランス軍が合計 163 両の戦車を駆使してドイツ軍を襲い、反撃に成功した。

　次の手紙では、その翌 12 日、ドイツ軍の砲弾によって脳震盪（しんとう）を起こし、記憶喪失のような状態で部隊からさまよい出て行方不明になり、捜索によって身柄が確保された兵士のことが書かれている。無断で部隊を離れれば重罰を科される恐れがあったから、軍から通知がいって心配している可能性があると考え、家族ぐるみのつきあいをしていた親友が、気をきかせてこの兵士の父親に書き送った手紙である。

1918 年 6 月 15 日

ブルース様ならびに御家族様

　4 日前のことにつき、急いでお便りを差し上げることができ、非常にうれしく思っております。我々の健康は、相変わらず、まずまず良好です。

　しかし、お伝えしなければならないのですが、守備交替のあった 12 日の朝、我々は激しい砲撃を受けました。この日以来、レオンが行方不明になり、捜索がおこなわれたのです。

　しかし、ご心配なく。いま現在、レオンは我々と一緒にここにおりますから。どうやら、彼は砲弾によって脳しんとうを起こし、どこに行くのか自分でもわからずに持ち場を離れてしまったようなのです。ですから、なんでもありません。もしレオンが行方不明になったという書類を受け取られたとしても、心配されるには及びません。彼はここにいますから。

　でも、レオンには休息が必要です。休息をもらって当然のことはしましたので。

　最初の日は、お知らせすべきかどうか、本当に困りましたが、彼がどうなったかわからなかったので、待っておりました。それで正解でした。

　このことについては、妻にも手紙を書きましたので、妻からも話がいくかと思います。それでは、このへんで。またもっと詳しいことをお知らせします。

〔左側余白〕　ご家族の皆様にどうぞ宜しく。レオンも宜しくと言っています。

　　　　　　　私の家族にも宜しくお伝えください。　　友人アンリ・ヴェスより

〔右側余白〕　休暇が取れることになりました。心配はご無用です。

〔宛先〕エロー県リュネル　治安判事 ブルース様

---

(1) こうした間近での砲弾炸裂による脳震盪は英語では shell shock（シェル・ショック、砲弾ショック）と呼ばれ、聴覚障害、発話障害、麻痺、痙攣などの症状が出た。一種の神経症ないし PTSD（心的外傷後ストレス障害）であり、無意識レベルでの戦争への拒否だったともいえる。

(2) 兵士の名はレオン・ブルース Léon Brousse。合計 27 通残されている手紙から、野戦砲兵第 28 連隊第 3 大隊第 8 中隊に所属していたことがわかる。当時、同連隊第 3 大隊は、コンピエーニュとソワソンの中間あたりに陣

第 5 章　1918 年

取っており、6 月 12 日午前 2 時 10 分以降、ドイツ軍から毒ガスを含むありとあらゆる口径の大砲による激しい砲撃を受けた記録が残っている（*Historique des 28ᵉ et 228ᵉ RAC*, p.22）。このときの攻撃については、たとえば Isselin, 1968, p.219（邦訳 p.274）にも書かれている。

(3) リュネル Lunel は南仏の地中海に近いニームとモンプリエの中間にある街。

1918 年 6 月 19 日 ─ 頼もしいアメリカ軍

　アメリカは 1917 年 4 月 6 日にドイツに宣戦布告したが、当時は志願制で、兵力も装備も貧弱だった。急遽、5 月に徴兵制に切り替えられ、6 月に第 1 陣がフランス西海岸の港街サン＝ナゼールに上陸したが、これは象徴的なもので、当初は小規模な部隊しか派遣することができなかった。

　しかし、1918 年になるとアメリカ兵が続々と大西洋を渡ってフランスに送り込まれるようになり、1918 年 3 月にはフランスのアメリカ軍の兵力は 30 万人に達した。⁽¹⁾フランス軍とイギリス軍の将校から兵器（手榴弾、機関銃、大砲、毒ガスなど）の取り扱いについての訓練も受けた。

　サン＝ナゼールへの上陸からほぼ 1 年が経過した 1918 年 5 月末、ようやくアメリカ軍は実戦に参加し、犠牲者も出し、武勲も立てるようになっていた。⁽²⁾

　次の葉書は、何らかの任務を帯びてフランス北東部トゥール近郊の村に来ていたフランス兵士が、南仏にいる「先生」に書き送ったもの。この差出人は、アメリカ軍を見て頼もしいという感想を漏らしている。すでに開戦から 4 年近くが経過し、多数の死傷者や病人を出して疲弊しきっていたフランス軍とは異なり、アメリカからフランスに上陸したばかりで元気のいい無傷のアメリカ兵の集団は、実際、頼もしく映ったにちがいない。

　トゥールにて、1918 年 6 月 19 日
　先生、私はヴィトレー村にいます。かなり疲れる旅でしたが、よい旅でした。
　こちらでは、アメリカ軍の見事な組織がさん然と光り輝いており、我々はまだその衝撃から覚めやらぬままです！
　声を大にして言いたいと思いますが、どれほど心強いことでしょう！

敬具（サイン）

〔差出人（宛名の右上）〕　ガンドワイエ、狙撃兵第 5 連隊、任務中、トゥール通過時
〔宛先〕　ヴォークリューズ県アントレーグ⁽⁵⁾　フォーリエル先生

---

(1) Kaspi, 2012, p.657-665.

(2) 5 月 28 日、北仏ピカルディー地方モンディディエの西隣にあるカンティニー Cantigny 村で 2 万 7 千人からなる米軍第 1 師団がドイツ軍に反撃を加えて勝利し、これがアメリカ軍にとって初の大規模な実戦となった。この後、1918 年 9 月にはアメリカ兵の数は 150 万人を突破し、9 月 12 日にはヴェルダンの南のサン＝ミイエルにおいて 50 万人のアメリカ軍がフランス軍とともにドイツ軍を撃破することになる。大戦終了時には、フランスのアメリカ兵の数は 200 万人を突破していた。

(3) トゥール Toul はロレーヌ地方ナンシーの 24 km 西にある都市。北のヴェルダンから続く堅固な要塞群の南端に位置する軍事的に重要な拠点となっていた（p.48 脚注 2 参照）。ここにアメリカ軍の基地も置かれていた。絵葉書の写真の上には「写真で見るトゥール」、下には「大聖堂の正面」と印刷されている。宛名の左上には大きな女神座像印[※]が不鮮明に押され、その外周には「トゥール軍事行政官」と記されている。なお、その右側の星形の印（実物はピンク色）は、おもにロレーヌ地方で使用された検閲印で、「郵便物の検閲のために一旦抽出したものの、これ以上の検査は不要」という意味で、検閲作業の効率化のために押された（Strowski, 1976,

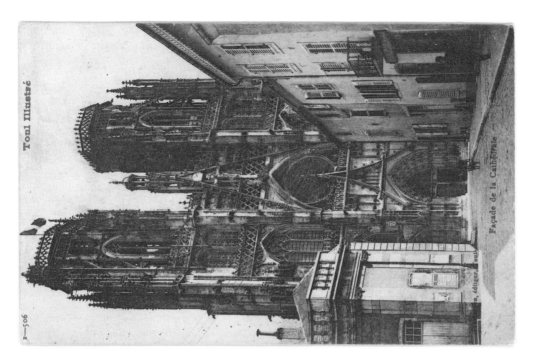

p.218 ; Bourguignat, 2010, p.134)。

(4) ヴィトレー Vitrey 村はトゥールの南東 20 km 少々のところにある。

(5) アントレーグ゠スュール゠ラ゠ソルグ Entraigues-sur-la-Sorgue は南仏アヴィニョンの郊外にある街。宛名の下の到着印は「ヴォークリューズ県アントレーグ゠スュール゠ラ゠ソルグ、18 年 6 月 23 日」。

1918 年 8 月 8 日 ── ドイツ軍を追いかけて

1918 年春以来、最後の攻勢を仕掛けてきたドイツ軍は、大戦初期のマルヌ会戦を再現するかのようにマルヌ川流域のシャトー゠ティエリー村付近まで南下してきた。しかし、7 月 18 日に連合国が反撃に転じ、戦車とアメリカ軍という 2 つの要素も加わって勝利した。これを第 2 次マルヌ会戦とも呼ぶ。

これにより形勢が逆転し、戦線が北に押し戻され、8 月 2 日には占領されていたソワソンの街が解放される。8 月 8 日にはこの日だけで 3 万人以上のドイツ軍兵士が戦意を喪失して投降し、ドイツ軍の総司令官ルーデンドルフが敗戦を悟ったとされている。

次の葉書は、まさにこの日に書かれたもので、フランス軍が前進していたようすがよくわかる。この兵士は、よほど筆まめで愛妻家だったらしく、細かい字でびっしりと書いており、ほとんど日記のようになっている。絵葉書の写真はノジャン゠ラルトー村を写したもので、この村にいたときに購入した可能性が高いが、実際に文面を書いたのがそこからだいぶ北東方面に進んだタルドノワ地方だったのは、フランス軍の前進の速さを物語っているといえるかもしれない。

1918 年 8 月 8 日

愛するいとしいマチルドへ

この手紙の最初に言っておかなければならないのは、今朝、非常に早い時間に、「引き続き前進するべく出発するから、背のうをまとめるように」という指令を受けたんだ。

それで、我々は 5 時に 11 号車に乗り込み、12 km ほど行軍した。でも、へとへとに疲れているわけではないよ。我々の中隊の車両が続々とついてきており、背のうを運んできている。10 時頃に新しい宿営地に落ちついた。ここが最高の場所というわけではないけれど。村全体が完全に破壊されているからね。

こうした移動が郵便物の配達の遅れの原因かどうかはわからないが、昨日も今日も、愛するいとしいマチルドから何も受けとっていないのは事実だ。信じてほしいが、明日は受け取れると思うと、本当に待ち遠しくてしかたがなく、おまえの文章をじっくりと読めることになると心から信じている。

こちらでは、本日の命令会報によると、戦場に置き去りにされた軍需品の回収に追われることになりそうだ。ドイツ野郎どもは、できるだけ身軽になって逃げるのに精一杯だったにちがいないから、あいつらの軍需品にはこと欠かないと考えてよさそうだ。

私は完璧に健康で、おまえと家族もそうであることを心から願っている。家族には、おまえのほうからよろしく伝えてほしい。おまえ自身に関しては、愛するいとしいマチルドよ、なにかと世話を焼いてくれる優しい妻から離れ、恋い焦がれている夫が送る、無数のキスを受けとっておくれ。

ルイ V より。タルドノワにて。

〔左上の斜めの書込み〕天候はずっと曇っているから、作物を束ねるのに苦労するだろう。

⑴ シャトー゠ティエリー Château-Thierry 村はパリの東北東 80 km、大雑把に言ってパリとランスとの中間よりもランス寄り、マルヌ川の右岸（北側）にある。

⑵ Becker & Krumeich, 2012, p.278.

⑶ ノジャン゠ラルトー Nogent-l'Artaud 村はシャトー゠ティエリー村の南西隣にある。絵葉書の地名は塗りつぶされ

第5章　1918年

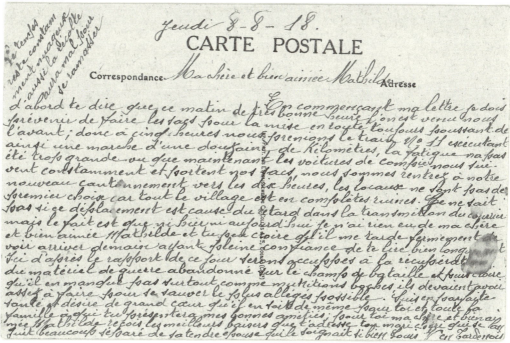

　　ているが（p.184 脚注2参照）、「ノジャン＝ラルトー、下側の街区」という文字が透けて見える。
(4) タルドノワ Tardenois はランスの西側、マルヌ川の北側の地域名。シャトー＝ティエリー村やノジャン＝ラルトー
　　村の北東にあり、ちょうどフランス軍が前進した地域にあたる。
(5) 晴天で乾燥していたほうが作物を束ねやすいらしい。ここから、この家族は農家だったことがわかる。

1918 年 8 月 10 日 ─ モンディディエ奪還直前

　大戦の初期と末期には、ドイツ軍がパリを目指して深く進撃してきたから、初期（1914 年 8 月下旬
～ 9 月上旬）と末期（1918 年 3 月下旬～ 8 月頃）、ドイツ軍に 2 回占領された街や村も多かった。

　パリの北 90 km にある街モンディディエ[(1)]もその一つで、この街は 1918 年 3 月 27 日に 2 度目の占領
を受け、8 月 10 日にようやくフランス軍が再度奪還した。

　次の葉書では、まさにこの再度の奪還のときのようすが描かれており、直前の 8 月 8 日の葉書と同様、
敗走するドイツ兵を追いかけているようすがよくわかる。

　途中で立ち寄ったクルイユ[(2)]で入手したと思われる絵葉書が使われているが、癖のある字で急いで書か
れており、読むのに骨が折れる。

1918 年 8 月 10 日

愛するネットへ

あい変らず元気だと知らせるために、急いで一筆書くことにするが、時間が少ししかない。

あい変らず師団歩兵の連隊長殿のお伴をしており、昨日から昼も夜も車で走り、これを書いている瞬
間もドイツ野郎を追いかけまわしてるんだ[(3)]。現在、モンディディエのすぐ手前にいる。あと 1 時間もす
れば街の中に入れるだろう。道が通れないんだ。

どれだけドイツ野郎を痛めつけてやってることか。奴らを追いかけまわす飛行機の群れを、おまえが
見ることができたらなあ。騎兵隊もな。

それから、今朝、ざんごうに行くエルベに会った。母と、例のあいつからの手紙も受け取った。二人
には、手紙は受け取ったが、返事を書くのはまだ先になると伝えといてくれ。ひげを剃るひまもないん
だ。寝るのは車の中で、食える時にがつがつ食ってる。司令部に戻れるよう、修理中の車ができ上がっ
てくるのを待ってるところだ。すべて順調だ。それでは。

生涯おまえを愛し、心からおまえに強くキスをする　　モーリスより

〔左上の書込み〕（サイン）シラミに気をつけろ[(4)]

〔右上の書込み〕通る所は、どこも悲しい眺めだ。くせえな、ドイツ野郎は。[(5)]

---

(1) モンディディエ Montdidier は北仏アミアンとコンピエーニュの中間にある街。大戦初期、1914 年 8 月 31 日に
　　ドイツ軍がやってきて占領し、すぐにマルヌ会戦後の 9 月 13 日にフランス軍が奪還したが、その後も前線に
　　近かったため、街は大きな被害を受けた。大戦末期の 1918 年 3 月 27 日に再びドイツ軍が占領し、街を略奪し
　　たが、7 月 18 日以降の連合国側の反転攻勢を受け、8 月 9 日夜から 10 日早朝にかけてドイツ軍が退却し、8 月
　　10 日にフランス軍が再度奪還した。

(2) クルイユ Creil はパリの 55 km 北、パリからモンディディエに向かう中間にある街。絵葉書の写真説明には「オ
　　ワーズ県クルイユ、ヴォーの館」と書かれている。

(3) この快進撃は日本にも伝わり、土井晩翠は 1918（大正 7）年 10 月に発表した「時は到りぬ」という詩の中で
　　七五調で「ルーデンドルフ尾を捲きて／逃ぐる、いざ追へ聯合の軍。」と書いている（土井, 1919, p.218）。

(4) 塹壕などではネズミやシラミが兵士の敵だった。たまたまこの葉書を書いていてシラミを見つけ、思わず書き
　　込んだのかもしれない。

244

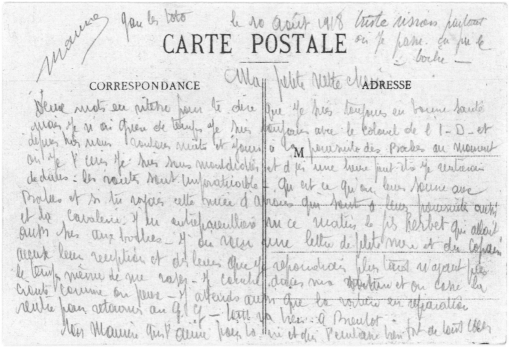

(5)「どこも悲しい眺めだ」というのは、どの街でも建物が破壊され、荒廃していることを指す。「くせえな、ドイツ野郎は」というのは、実際に道端に斃れているドイツ兵の死体が臭気を放っているという意味にも取れるが、大戦末期はフランス兵はドイツ兵を毛嫌いして「臭気を放つ豚」にたとえることが多かったので（Cabanes, 2004, p. 69）、そうした主観的な印象を述べた言葉ではないかとも思われる。

1918 年 11 月 11 日 ── 休戦の知らせによる喜びの爆発

　1918 年 11 月 11 日、フランス軍だけでも、のちの第二次世界大戦をはるかに上回る 140 万人の死者を出し[(1)]、ようやく大戦が終わった。

　休戦協定は、11 月 11 日の早朝 5 時、コンピエーニュの森のルトンドの空き地（パリの北東 75 km 前後）に停められた列車の中で調印された。ただちに全指揮官に対し、午前 11 時に戦闘を中止するように指令が出された。

　次の葉書は、この日の正午、ある兵士がフランス北東部ロレーヌ地方のナンシー[(2)]に到着した直後に休戦のことを知り、興奮さめやらぬままに妻に宛てて書いたもので、感嘆符（！）が多用されている。

　この兵士は（そして他の多くの兵士は）フランスが勝利したから喜んでいるのだろうか、それとも戦争が終わったから喜んでいるのだろうか。

　1918 年 11 月 11 日
　愛するギット[(3)]へ
　正午！ ちょうどナンシーに到着したとき、あっと驚くような知らせを受けた！ 休戦協定が調印されたんだ！ 今度こそ終わりだ！ やった、やった、バンザイ！

　感ここに極まれり。街が旗で飾られている！

　我々は夜まで自由になった。他の場所に移動するぞ、などと命じられることもない！ こんな幸運に恵まれるなんて、信じられるかい？ 信じられないだろう！

　私が戦争を始めたこの場所で戦争を終えることになるとは思ってもいなかったよ。

　心からおまえのことを考え、おまえの幸せといとしい家族みんなの幸せに思いを馳せている。ギットよ、今日、1918 年 11 月 11 日は、私にとってなんと二重に幸せな日なことだろう。今日という日は今後ずっと心に刻まれることだろう！

　いとしいミミ[(4)]やいとしい家族みんなとともに、おまえのことを愛情をこめて抱きしめる。自分の幸せが信じられないガストンより

　〔上部、逆向き〕 明日、またもっと詳しく手紙を書くことにする。それではまた！

---

(1) この 140 万人というあまりにも多い死者数は、戦後しばらくは秘密にされていた（Cochet, 2001, p.101）。

(2) ナンシーについては p.40, 150 を参照。この絵葉書は、ナンシーの名所を写した小さな写真が 4 枚はめ込まれ、上下に「ナンシーの思い出」と書かれた観光絵葉書。左下に描かれているのは薊をモチーフとしたナンシー市の紋章で、大戦中は侵略してくるドイツ軍に対して「近寄ると痛い目にあうぞ」という警告としての意味が込められていた（大橋, 2017, p.64）。

(3) 「ギット」は「マルグリット」の愛称として使われることが多い。

(4) 「ミミ」は「エミール」の愛称として使われることが多い。

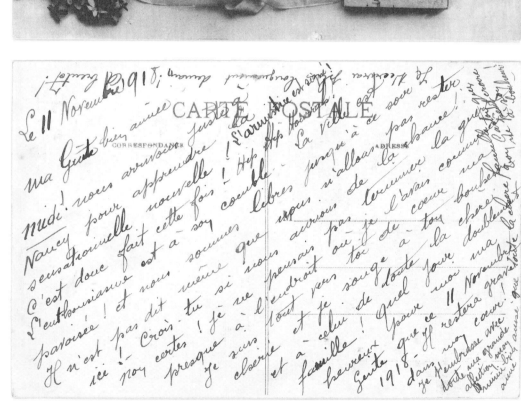

1918 年 11 月 13 日 ── 耳慣れない「休戦」という言葉

　「休戦」（armistice、アルミスティス）という言葉は、語源的には「武器」arme と「停止」-stice を組み合わせた言葉で、「武器を置く」ことを意味し、最終的な平和ではなく一時的な「停戦」という意味あいが強い。正式な講和条約（この大戦の場合はヴェルサイユ講和条約）の条件交渉が決裂すれば、再び武器を取って戦争を再開することもありうるという含意もなくはない。

　この「休戦」という言葉は、当時は必ずしもよく使われる単語ではなかったらしく、次の葉書でも間違って「アドミスティエ」 *admistié* と書かれている。

　リュネヴィルにて、⁽¹⁾

　18 年 11 月 13 日

　きょうだいの皆さんへ

　月曜、正午にリュネヴィルに到着しました。日曜の 11 時にシャルトルを出発していたのです。到着⁽²⁾と同時に、休線協定が調印されたことを知りました。街は旗で埋め尽くされていました。

　私の健康は、だんだんよくなっています。

　解放に関しては、おそらく同意された猶予期間がすぎるのを待つ必要があるのでしょう。⁽³⁾　　　　　　　　　　　　　　　　　　　　　　　　　⁽⁴⁾

　中隊の分遣隊が前進を続けていますが、これは多分、道路を修復し、通れるようにするためです。今朝、ドイツどもの飛行機が一機、降伏するために到着しました。⁽⁵⁾

〔上部余白、逆向きの書込み〕　ガストンには会っていません。

〔右上の斜めの書込み〕　（サイン）

---

(1) リュネヴィルは、前ページで出てきたナンシーの東側にある街（p.16, 116 も参照）。大戦中は初期の短い期間のみドイツに占領され、その後もドイツ軍の砲撃や爆撃を受けた。この絵葉書の写真は、戦禍の跡が見られない大戦前のもので、写真上の説明には「リュネヴィル、カルム広場」と書かれている。

(2) シャルトル Chartres はパリの南西にある街。11 月 10 日（日曜）にシャルトルを出発し、11 日（月曜）にリュネヴィルに到着したときに休戦を知り、13 日（水曜）にこの葉書を書いたことになる。

(3)「解放」とは、1870 年の普仏戦争後にドイツに併合されていた地域が、今回の休戦協定によってドイツの支配から「解放」され、再びフランス領に復帰することを指す。当時の独仏国境はリュネヴィルのすぐ東側で引かれていたが、国境の向こう側の地域に住む元フランス領の住民は、今まで意に反してドイツの支配を受けていたはずだという認識がこの言葉の背景にある。

(4) 11 月 11 日に休戦協定が結ばれても、物理的にドイツ軍が 1 日で撤退することはできないので、撤退完了まで 15 日間の猶予が設けられていた。休戦協定の第 2 条では、「占領された地域（ベルギー、フランス、ルクセンブルク）およびアルザス・ロレーヌからの即時撤退。これが休戦調印日から数えて 15 日以内に実現されるように調整すること」と定められており、さらに付属書 1 では、休戦時点での両軍の境界線と、撤退完了時点での境界線との地域を 3 分割し、各地域から順に 5 日以内、9 日以内、15 日以内に撤退を完了するように定められていた。

(5)「降伏するため」というのは、正確には「兵器を引き渡すため」かもしれない。休戦協定第 4 条では、ドイツ

248

第5章　1918年

軍が兵器を良好な状態で（つまり破壊せずに）放棄し、同盟国側に引き渡すことが定められている。兵器の内訳は、大砲5千門、機関銃2万5千挺、迫撃砲3千門、戦闘機および爆撃機1,700機となっている。本文中に出てくる「ドイツどもの飛行機」とは、この1,700機のうちの1機ではないかとも思われる。

1918 年 11 月 15 日 —— やっとつかみ取った勝利

　1914 年 8 月 1 日の総動員令発令から 1918 年 11 月 11 日の休戦協定まで、4 年 3 か月以上にわたって続いた戦争を終えたばかりの兵士は、どのように感じていたのだろうか。

　次の手紙を読むと、ほっと安心した、やっと努力が報われたといった感情が読みとれる。ただし、途中で戦死した仲間のことが頭をよぎる瞬間もあったことがわかる。

　愛する妹へ

　きのう手紙を書くべきだったけれど、時間がなかったんだ。たっぷり行軍演習をおこなったからね。でも今日は休みだ。現在、ドイツ野郎どもに破壊されていない、なかなか美しい土地にいる。見てのとおり、「兵士の家」[(1)]もある。ここに長くとどまるわけではなく、もっと後方に向けて出発することになるだろう。鉄の嵐によって荒廃した地域とは、これでお別れとなり、本当にほっとしている。これで、あとは解放される日、大きく安堵できる日がくるのを待ちながら、苦労を耐え忍ぶばかりとなった。[(2)]

　そっちは、どうしているの？　知らせをもらわないで、もう 3 日になる。みんなも元気だといいけれど。風邪になっていないといいのだが。[(3)] 体に気をつけて、がんばってくれよ。我々も苦しい試練がやっと終わり、まもなく帰還できることになった。残念ながら全員ではないけれど。

　しかし、そうはいっても、やっとあのドイツ野郎の皆さんに許しを請わせることができた。あれほど威圧的にしていた奴らにとっては、たまらないだろう、あの馬鹿どもめ。でも、我々は 4 年以上も十分に苦しめられたんだ。こんどは我々が奴らに言うことを聞かせてやる番だ。

　前にも言ったように、戦いの最後の日も、あいつらの機関銃の前にいたんだ。最初の日々から最後の日まで奴らの砲弾を浴びて、ずっと立ちっぱなしだったんだ。この思い出は私の記憶にずっと刻み込まれるだろう。

　おっと、こんな話は聞き飽きたね、やめておこう。手紙が遅れているようだけれど、蒸留酒を作ったの？　どれくらい税金がかかったのか教えてくれ。

　みんな元気にやっていることを願っている。みんなには、私の代わりにキスをしておくれ。

猟兵からキスを送る（サイン）

---

(1) 便箋の 1 ページ目のレターヘッドに「兵士の家、仏米連合」と書かれ、左上には母体となった YMCA の逆三角形のマークとフランス歩兵のイラストが添えられている。差出人が「兵士の家」（p.206 脚注 1 参照）に立ち寄って、この便箋を入手したらしい。

(2) この「解放」とは、軍務から「解放」されて故郷に戻る（復員する）ことを指す。戦争が終わっても、兵士たちはすぐに家に帰れたわけではなかった。500 万人近い兵士が一斉に故郷に帰ったりしたら、鉄道の混雑はもちろん、行政事務上の手続きや、支給されていた武器や装備の返却、雇用の問題など、さまざまな混乱が生じるからだった。また、ドイツ軍が引き揚げた地域（フランス領に復帰したアルザス・ロレーヌ地方や、連合国側が占領・管理することになったライン河流域）にはフランス軍を駐留させる必要があった（Cf. Cabanes, 2012, p.681-682）。さらに、フランスの破壊された街を復興するためにドイツ兵捕虜を働かせ、それを監督する必要もあった（p.256 参照）。以上のような理由から、フランス軍の場合、年齢の高い順に（40 歳台の年長の兵士から）、早くて 1918 年 11 月、遅くて翌 1919 年 9 月になってから動員が解除された。

(3) 「風邪」とは、当時猛威を振るっていたスペイン風邪を指している可能性が高い。スペイン風邪により、フラ

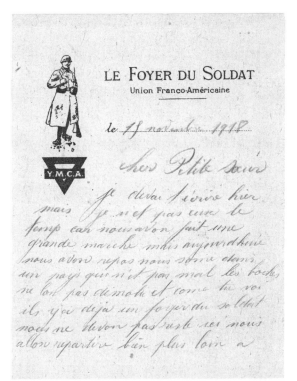

ンスだけで21万1千人が死亡したともいわれている（Cochet & Porte, 2008, p.498）。特に若者の死亡率が高かった。

1918 年 11 月 25 日 ── 「祖国」というのは空疎な言葉ではない

　戦争中は、大義名分として「名誉」と「祖国」という言葉が盛んに叫ばれ、軍旗にも記されたが、これを空疎な言葉と感じた兵士たちも多かったと思われる。しかし、戦争を勝利で終えることができ、フランスがドイツの支配下に置かれたりせずに済んだ今、改めて「祖国」という言葉の重みが実感されたにちがいない。

　次の葉書は、休戦の 2 週間後、軍務に服していた兵士に宛てて書かれたもので、おそらく学校の先生が教え子だった兵士に送ったものと推定される[(1)]。

　この兵士は、「『祖国』というのは空疎な言葉ではありません」と書いた手紙を、数日前にこの学校の先生に送っていたらしい。

　　オート゠リヴォワール村[(2)]にて、1918 年 11 月 25 日
　　親愛なるアントワヌへ

　君が私たちに書いてくれた手紙は、なんと感動と喜びで震えるような手紙だったことか。君たちと同様、私たちも、戦争の恐ろしい悪夢から解放され、自由になった喜びの余韻にひたっているところだ。君たちは、今後とも私たちのいとしい子供たちだ。君たちの年齢の者に開かれた、約束に満ちた生を生き、幸福になるのだ。

　ただし、私たちを守るために命を落とした人々のことを忘れることなく、私たちの愛するジャンのことを心から悲しんでくれていると、私は信じている。

　しかし、悲歎に暮れるのはやめよう。勝利はあまりにも美しく、その広がりを味わい尽くさないでいることは難しい。親愛なるアントワヌ、勝利を声高に告げようと、私たちの鐘[(3)]を鳴らし続けたら、ひびが入ってしまったというのも、もっともなことだよ。

　君が「祖国」というのは空疎な言葉ではないと言うのも、そのとおりだと思うよ。とくに、私たちの風習や法を、憎むべきドイツのものと比較するなら。そう、私たちはフランス人であることを誇りに、またとりわけ幸福に思い続けることだろう。

　君が思っているように、エマニュエルも、君たちの休暇が同じ時期に与えられないことをとても残念に思っている。しかし、それは以前よりもはるかに重要ではなくなっている。いずれ君たちが再会できることは確実なのだから。二、三年の兵役を終えたら、君たちも自由になれると思っている[(4)]。

　親愛なるアントワヌ、私たちが君に対して抱く愛情と、休戦の偉大なる知らせを祝して、大きなキスを送る。

君の年老いた友人たちより　フランソワ

---

(1) 推定の根拠となるのは、「君たちは今後とも私たちのいとしい子供たちだ」、「君の年老いた友人たちより」といった語句や、両親や親戚にしては愛情表現が間接的で控えめであること、さらには休戦を知って喜んで鐘を鳴らし続けたら鐘にひびが入ってしまったというエピソード（下記脚注 3 参照）による。

(2) オート゠リヴォワール Haute-Rivoire 村はフランス南東部の大都市リヨンの西 35 km にあり、学校も存在した。この村の学校の先生が書いた葉書だと思われる。

(3) この鐘は学校の鐘だと思われる。これについては、70 歳台の Jean-François Berthier 氏から貴重な教示を得たので、記しておく。「私が子供だった頃までは、学校の校舎の壁には鐘が据えつけられていた。高さ 5 m 以上のところに直径 40 cm ぐらいの鐘が取りつけられ、休み時間が終わると、手で紐を引いて鳴らしたものだ。教会

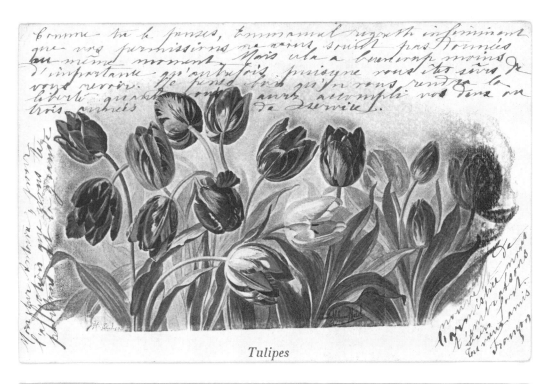

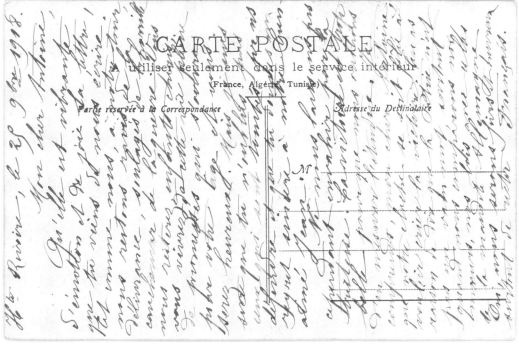

の鐘なら、いくら鳴らしてもひびなど入らないだろうが、学校の鐘ならひびが入るということも十分に考えられる」。開戦時の 1914 年 8 月 1 日に総動員を告げた悲壮な早鐘とは対照的に、1918 年 11 月 11 日には皆が喜んで思い思いにさまざまな鐘を打ち鳴らしたという記録がある（石川, 1929, p.652）。

(4) 大戦中に徴集された若い兵士たちは、戦争終結とは関係なく 3 年間の兵役義務が課せられていたから、それが終わるまでは休暇※という形でしか故郷に帰ることができなかった。

1918 年 12 月 21 日 ── 大戦直後のロレーヌ地方メッスの絵葉書

　この大戦は、おもにフランスを舞台にしておこなわれたので、フランス北部や北東部では多くの建物が瓦礫の山と化したのに、戦争に負けたはずのドイツの街は、基本的には無傷のままだった。だから、綺麗に建物が残っている大戦直後のドイツの街並みを写した写真を見ると、奇妙な感じを抱かされる。本当にドイツは負けたのかと思ってしまうほどだ（逆に、本当にフランスは勝ったといえるのだろうか、という疑問も湧いてくる）。

　この絵葉書の写真は、普仏戦争後の 1871 年にドイツに併合され、47 年間にわたりドイツ領となったのち、1918 年にフランス領に復帰したロレーヌ地方の都市メッスを写したもの。休戦のちょうど 1 か月後の 1918 年 12 月 11 日、ポワンカレ大統領とクレマンソー首相がメッスを訪れて市民の歓迎を受けたが、このときに写されたものと推定される。[1]

　写真下の説明には「解放[2]されたメッスで、民族衣装を着たロレーヌ地方の少女たちがフランス軍の歩き方をまねて歩き、そのあとに軍楽隊が続く。」と印刷されている。一番手前の列には、白いフリルのついた帽子とエプロンのような前掛けが特徴的なロレーヌ地方の民族衣装を着た少女たちが写っている。その後ろをフランス軍の兵士たちが行進している。

　文面にはまったく大したことは書かれていないが、ドイツの消印[3]が注意を惹く。

　メッスにて、1918 年 12 月 21 日
　私は元気です。あなたもお元気で！

〔宛先〕　ヴォージュ県 ビュルニェヴィル近郊 ロンクール村[4]
　　　　　アルフォンス・シビヨット奥様

〔宛先右上の書込み〕 切手は裏面に貼付

〔写真面右上の書込み〕 大きなキスを。（サイン）

---

(1) これに先立ち、休戦の約 1 週間後の 1918 年 11 月 19 日にはペタン将軍（21 日に元帥となる）をはじめとするフランス軍がメッス Metz に凱旋している。しかし、ここに取り上げたのとまったく同じ絵葉書で「18 年 12 月11 日」という日付が書き込まれたものが筆者の手元に残されているので、おそらく 12 月 11 日のようすを写した写真だと思われる。ただし、12 月 11 日のパレードは大勢の観客の前で戦車も駆け抜けて盛大におこなわれたので、ここに写っているのはメインのパレードではない。

(2) 「解放」という言葉は、40 年以上にわたって、ドイツにいわば「占領」されていた街を、今回の戦争に勝って解放したという認識に基づいている（p.248 脚注 3 参照）。大戦中、メッスではフランス語を話すことが禁止されるなどの圧政が敷かれたから（Brasme, 2008, p.141）、なおさら住民を「解放」したと感じられたのではないかと思われる。

(3) 右下の 15 サンチームのフランスの切手にはドイツ統治時代の消印が押されている（裏面の消印も同じ）。消印の中央列には「21.12.18」（＝ 1918 年 12 月 21 日）の後ろに「7-8 N」という文字が並んでいるが、この N はドイツ語で「午後」を意味する Nachmittag の頭文字で、午後 7 〜 8 時の間に取集されたことを示す。メッスがフランス領に復帰した当初は、郵便局の消印の整備が間にあわず、ドイツ統治時代の消印がそのまま使われたか

254

らである（Strowski, 1976, p. 296-297）。なお、ドイツ統治時代にメッスからフランスに郵便物を差し出す場合は、宛先の住所の末尾に「フランス」と書く必要があったが、メッスはフランス領となったので、もちろんこの葉書には書かれていない。

(4) ロンクール村（現 Hagnéville-et-Roncourt）は、フランス北東部ロレーヌ地方ナンシーの南西約 60 km にある小村。

1919 年 4 月 19 日 ─ 復興作業をするドイツ兵捕虜の監督

　休戦協定が結ばれたとき、フランスには 30 ～ 40 万人のドイツ兵捕虜がいた[1]。こうした捕虜は、講和条約（1919 年 6 月 28 日に結ばれるヴェルサイユ条約）の締結を有利に進めるための人質としての意味もあって、すぐにはドイツ本国には帰されず、戦争の被害の大きかったフランス北東部に集められ、瓦礫の除去をはじめ、建物、工場、道路、橋、鉄道などの復旧作業や、畑での砲弾除去、戦場の死体の片づけのために働かされた。フランス人から見れば、ドイツ人が侵略してきて破壊したのだから、それをドイツ人に復旧させるのは当然だと思ったにちがいない。

　次の葉書は、戦争終結の約半年後、フランス北東部ロレーヌ地方リュネヴィル近郊で、ドイツ兵捕虜を監督する仕事をしていたフランス兵が書いたもの。

　ショーフォンテーヌ[2]にて、19 年 4 月 19 日

　親愛なるいとこへ

　元気でやっていることをお伝えするために、また新しい住所をお知らせするために、お便りいたします。現在、リュネヴィルから 2 km のところにいます。解放地域[3]で働いています。

　でも、うんざりし始めています。だって、休戦協定が結ばれてからまもなく半年たつというのに、いつになったらこんな状況から抜け出せるのか、まだわからないからです[4]。

　明日は復活祭。美しい復活祭をすごせそうです。今は豚みたいに食べ物を与えられています。どうやら、私たちはもう必要とされていないようです。

　あなたが元気ですごされていることを願っています。私は、健康は良好なのですが、精神面ではそうでもありません。最後にキスを送ります。

〔写真上部の書込み〕　ムール＝テ＝モゼル県 ブランヴィル＝スュール＝ロ[5]
　　　　　　　　　　第 23 解放地域 捕虜中隊[6]

⑴　人数は諸説あり、Cabanes, 2012, p.691 では 30 万人、Cochet & Porte, 2008, p.847 では 35 万人、Médard, 2010, p.67 では 40 万人。

⑵　ショーフォンテーヌ Chaufontaine はリュネヴィルの南西の郊外にある集落。産業が盛んで、大戦中は軍事病院も設置されていた。なお、この絵葉書は「リュネヴィル、サン＝ジャック広場」を写したもの。

⑶　「解放地域」とは、ドイツ軍の支配や攻撃から「解放」された地域という意味。1917 年秋にフランス政府内に「封鎖・解放地域省」が設置され、戦争で荒廃した地域の復興と住民への補償の問題の処理に当たった。

⑷　戦争が終わったのにすぐには故郷に帰れないことについて、当時不満に思っていた兵士は多かった。たとえば歩兵第 321 連隊に属する兵士は 1919 年 1 月 8 日付の葉書でこう書いている。「9 日間も行軍したんですよ。まったく、上の連中は我々の脚力を試そうとしたんです。現在、パ＝ド＝カレーにいます。戦争が終わったって無駄です。上の連中は我々をこんなにひどい目にあわせるんですから。こんちくしょう、いつになったら家に帰れるんでしょう」（筆者蔵）。

⑸　ブランヴィル＝スュール＝ロ Blainville-sur-l'Eau はリュネヴィルの数 km 南西にある村。当時は鉄道の路線が集まっていた。

第 5 章　1918 年

(6)「解放地域捕虜中隊」Compagnies de Prisonniers de Guerre (PG) des Régions Libérées (RL) は、復興作業に従事させるドイツ兵捕虜を監督するために編成された。なお、フランスとドイツの交渉の末、ドイツ兵捕虜はようやく1920 年 1 月～ 4 月に解放され、故郷ドイツに帰っていった。

257

1919 年 6 月 15 日 — 戦後の墓地にて

　大戦中、激しい戦闘がおこなわれた場所の近くには多数の墓地が設けられたが、その多くは、遺体を穴に埋めて木の十字架を立てただけの簡単なものだった。[1]

　次の葉書の写真は、フランス北東部シャンパーニュ地方のスュイップ村[2]の墓地を写したもの。スュイップ村は、大戦を通じて激しい戦闘の舞台となり、この付近では 5 つの村がまるごと消滅した。戦後は復興・再建が断念されて「レッド・ゾーン」[3]に指定され、長年かけて毒ガスを含む不発弾の処理がおこなわれたのち、現在では広大な射撃訓練場となっている。

　次の葉書は、大戦終結の翌年、軍務に服していてフランス北東部ランスにいた差出人が一日の休暇を得たときに書いたもので、文面を読むと、兄が 1915 年 2 月またはそれ以前に戦死してここに埋葬されていたことがわかる。

　スュイップにて、1919 年 6 月 15 日

　お姉様

　24 時間の休暇が得られたので、花を捧げて掃除をするために亡き兄の墓に行ってきました。

　非常に驚いたことに、墓地の葉書を見つけました。十字印をつけた手前から二番目の墓が見わけられる[4]と思います。

　ぼくは、あいかわらずランスで元気でやっています。

　家族みんなを抱擁します。お姉さんを愛し、抱擁する弟より

サイン（エルモン）

〔写真右側の書込み〕　1915 年 2 月撮影[5]

---

(1) その後、戦後になると、点在する墓地が統合されたり、第二次世界大戦の戦死者と併せられたりして、モルタル製の白い十字架（キリスト教以外の宗教の者は十字架ではなく石碑）となり、氏名、所属部隊、生年月日、死亡日が記されたプレートが取りつけられ、芝生も敷かれて整備されることになる。

(2) スュイップ Suippes 村はランスとヴェルダンの中間よりもやや西にある。膠着した戦線近くに位置していたので、この付近では戦闘で多数の死者が出た。たとえば p.128 の手紙の突撃がおこなわれたサン＝ティレール＝ル＝グラン村は、スュイップ村の北西隣にある。この近辺には現在でも広大な墓地が存在し、びっしりと十字架が立ち並んでいる。写真下の説明には「1914 〜 15 年の戦争、草原の真っただ中の墓地、ジョンシュリー街道」と印刷されている（ジョンシュリーはスュイップ村とサン＝ティレール＝ル＝グラン村の間にある）。

(3) 「レッド・ゾーン」（仏語ゾンヌ・ルージュ）とは、第一次世界大戦で激しい戦闘の舞台となったために膨大な死体や不発弾が回収不能となり、暫定的または永久的に農業などの活動が断念された地帯のこと。大戦で膠着した戦線の両側一帯にほぼ重なる。

(4) 墓参りに行ったら、墓地の近くの売店か、または参拝客目当てに墓地にいた葉書商が売っていた葉書の中に、ちょうど兄の墓が写った葉書を見つけた、ということだと思われる。絵葉書の全盛時代だった当時は、行商のようにして売り歩く葉書商も多数存在した。

(5) なぜ撮影時期がわかるのか不思議だが、おそらく墓地の近くにいた人または葉書商から聞いたのではないかと想像される。1915 年 2 月というと、スュイップ村の北東隣のペルト＝レ＝ユルリュス Perthes-lès-Hurlus 村（消滅した 5 つの村の一つ）付近でフランス軍に多数の死傷者が出ている。このときの死者がまとめてこの墓地に埋葬されたなどの事情により、埋葬・撮影の時期が記憶されていたのかもしれない。

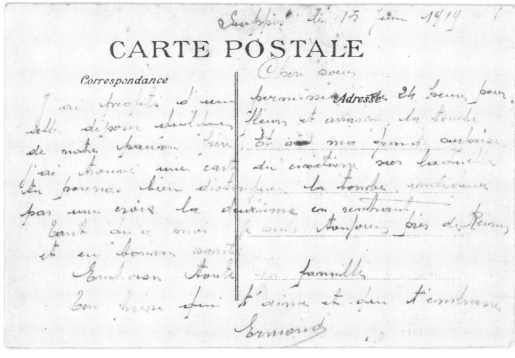

1919年7月18日 ― 戦後初めての革命記念日のパレード

　毎年7月14日、フランス革命の発端となったバスティーユ牢獄襲撃を記念しておこなわれるフランス革命記念日は、時代によって祝われ方が変化しており、大戦前の1914年まではロンシャン競馬場での観兵式が中心だった。大戦中の初の革命記念日となった1915年は、国歌ラ・マルセイエーズを作詞・作曲したルージェ・ド・リールの遺灰を 廃兵院 のナポレオンの柩の隣に移す儀式が中心となったが、このとき行列の出発点となったのは凱旋門の「ラ・マルセイエーズ」の彫刻の前だった。これ以後、凱旋門とシャンゼリゼ大通りを中心にパレードがおこなわれるようになった。とりわけ戦後初の1919年7月14日のパレードは戦勝の凱旋式を兼ねたものとなり、当然ながら凱旋門がクライマックスとなった。

　次の葉書は、このときのようすを撮影して葉書用紙に現像した「カルト・フォト※」。素人が撮影したものなので、凱旋門の右端が構図に収まっていない。この葉書を使って、パレードの4日後に、大戦で戦った友人に宛てて書いている。

ポンプ通り[(2)]15番地にて、7月18日

　親愛なる友へ　あなたからよい手紙を受けとり、皆さんが健康だと知って、喜んでいます。体調がすぐれないのではないかと、案じておりましたから。ちょうど、まさに勝利の美しい祝祭を記念した、この（できたばかりの）葉書をお送りしようとしていたところでした。

　私達は、この凱旋門の近くにいましたが、あまりよく見えませんでした。よい席を取るには、歩道で徹夜しなければならなかったことでしょう。それでも、栄光ある我が軍が通りすぎるのがわかりました。すぐ近くの凱旋門の下で喇叭と音楽が反響するのを聴きながら、喜びと誇りで私達の胸は高鳴っていました。我らが戦勝者に対し、パリの人々は言葉に尽くせぬほどの喝采を送りました。私達はというと、フランス全土の歓声に私達の歓声を重ね合わせながら、親愛なるフランシス、あなたのことを考えていました！情愛を込めつつ、あなたを誇りに思っています！（サイン）

　24日に私達はヴィルディユー[(3)]に向かいます。

〔写真上部の書込み〕　大戦で戦った兵士、親愛なるフランシス・ヌアーズへ

　　　　　　　　　　パリにて、1919年7月18日（サイン[(4)]）

---

(1) この絵葉書の向かって右側の彫刻が「1792年の義勇兵の出発」（別名「ラ・マルセイエーズ」）。本書の裏表紙も参照。

(2) ポンプ通りはパリ16区にある高級住宅街。高度な文法を駆使し、親しいはずの友人に「あなた」で呼びかけているところをみると、差出人は上流階級に属していたのではないかとも想像される。

(3) ヴィルディユー Villedieu という地名はフランス各地に存在するので特定不能。

(4) ちなみに、休戦の2年後にあたる1920年11月11日、大戦で戦死しながら墓に埋葬されていなかった兵士たちのために、この凱旋門の下に「無名戦士の墓」が設置された。墓碑銘は次のように刻まれている。

　　「ここに祖国のために死んだフランス兵が眠る　1914-1918」

　現在でも、毎年11月11日の休戦記念日や大統領就任式などには、この「無名戦士の墓」に大統領が献花をしたり、黙禱を捧げる習わしとなっている。

第5章　1918年

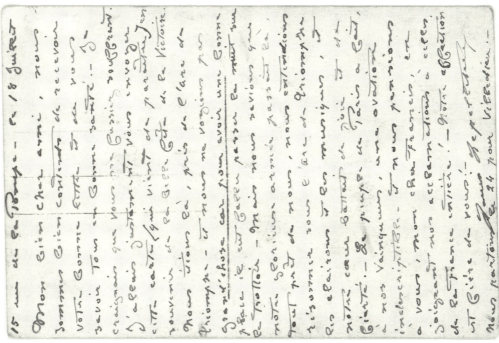

261

故人追悼のしおり

　昔は、家族が死ぬと、故人を偲ぶよすがとして「故人追悼のしおり」とでも呼ぶべきものが作られた。ここでは、この大戦で兵士となり、フランスの140万人の戦死者の一人となった聖職者を取り上げる。印刷した紙に楕円形に切り取った故人の写真が貼りつけられている。紙の周囲の黒い縁取りは喪を示す。[1]

　写真の下にはこう書かれている。「祈るときは思い出してください。サン＝トゥール・ド・ロッシュ教会の助任司祭で、歩兵第59連隊の担架兵となり、戦功十字勲章を授与され、1918年8月27日、30歳にしてソンムの戦場に散ったフェルナン・フルーノー神父のことを。[2]」

---

(1) 紙のサイズは 7.5 cm × 11.5 cm と小さく、祈りに使われるミサ典書に収まるほど。ここで取り上げた聖職者の場合に限らず、誰が死んでも似たような雰囲気の宗教画（磔刑図が多い）が描かれ、聖書の一節や敬虔な祈りの言葉などが記されたが、現在ではこの習慣はすたれてしまった。筆者の知人の高齢男性に尋ねたところ、実際に使われたのを最後に見たのは 1963 年に親戚が亡くなった時だった、とのこと。

(2) フルーノー神父は 1888 年 8 月 29 日生まれ。フランス中西部トゥール近郊のロッシュ Loches の街の教会で助任司祭をしていた。病弱ゆえに兵役は免除されていたが、1914 年 12 月 19 日に非戦闘兵としては兵役適格と認定され、後方勤務となった。ついで戦闘員としても適格と認定されて前線に移り、ヴェルダンのドゥオーモン要塞の北側のル・ショームの森での働きぶりによって 1917 年 12 月 21 日に表彰を受けている。表彰の文面は次のとおり。「謙虚でありながら勇敢でもある中隊担架兵。1917 年 11 月 18 日〜12 月 14 日、ル・ショームの森で、非常に激しいほとんど絶え間ない砲撃のもとで負傷兵を運び出し、なるべく早く戦友を救助できるようにと、砲弾によってできた穴の中で戦友に混じって生き、苛酷な生活をともにし、これ以上ない献身とともに義務を遂行した」（しおり下部に全文引用されている）。しかし、戦争末期の 1918 年 8 月 26 日、北仏ソンム川に近いリオンス村（p.202 脚注 3 参照）でドイツ軍を追撃した際、毒ガスの砲弾を浴び、8 月 27 日、正確にはあと 2 日で 30 歳というときに死亡した（Arch. dép. d'Indre-et-Loire, 1R759/1908, n° 1789 ; Boulesteix, 1925, p.784）。

第6章　被占領地域

　北仏随一の大都市リールがドイツに占領されて1年が経過した1915年9月頃、リールの目抜き通りを歩かされている連合軍側の捕虜の行列を写した写真。行列の両側で、銃を右肩にかけ、尖ったヘルメットをかぶっているのがドイツ兵。ドイツ兵に挟まれ、手ぶらで行進しているのが捕虜。前方を歩いているのは、腰に巻いたキルトが特徴的なスコットランド兵（イギリス軍）。その後方を歩いているのは、ヘルメットからしてフランス軍の歩兵。リールの西側の北仏戦線で捕虜になったと思われる。写真の左手前ではリール市民が行列をつくって見物している。背伸びして見ている女性がいるのは、家族や知りあいのフランス兵が混じっていないか探しているのだろうか。ドイツまたはドイツが占領していた地域でつくられたカルト・フォト※である。

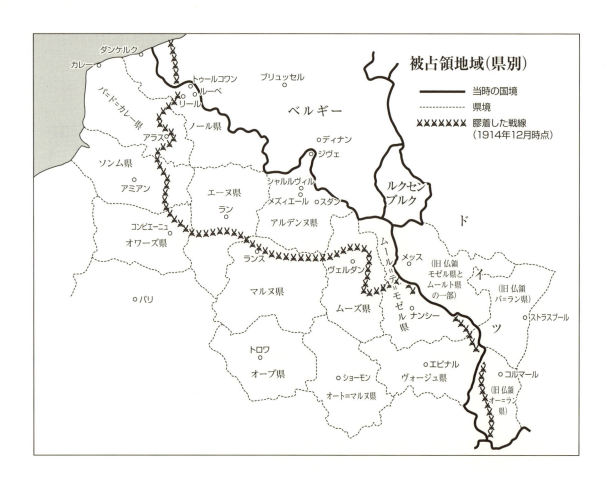

第 6 章　被占領地域

被占領地域の解説

　1914 年 8 月初めに戦争が始まると、ドイツ軍は怒濤の勢いでベルギーを通過し、8 月下旬にはフランス領内に達した。9 月 6 〜 9 日のマルヌ会戦でフランス側が反撃に成功するが、ドイツ軍を完全に領土から追い払うには至らず、やがて戦線が膠着することになる。この間にドイツ軍から奪い返した地域は短期間占領されただけで済んだが[1]、膠着した戦線の向こう側に住む住民は、約 4 年間、ドイツの暴虐と圧政に苦しむことになった。その境遇は、同じく占領されたベルギーの住民や、ドイツの収容所の捕虜にも比較することができる。

　ドイツに占領された地域はフランス 10 県にまたがったが、そのうち県全域が占領下に入ったのはアルデンヌ県だけだった。また、占領された中で一番人口が多かった都市は、パリ以北のフランス最大の都市、ノール県のリールだった（開戦当時の人口は 21 万 7 千人）。

　占領されると、家畜や農作物は根こそぎ徴発され、食糧難によってほとんどの者がやせ細った。中立国からの食糧支援がなかったら「リール市民は文字どおり餓死していただろう[2]」とも言われている。さらに「私有財産は没収することはできない」というハーグ陸戦条約の規定に反し、罰金や上納金と称してドイツ軍は住民から莫大な金銭を徹底的に巻き上げ、裕福な家にあった芸術作品を略奪し、各家庭からは自転車、タイプライター、写真機などの機械をはじめ、ありとあらゆる金属類、皮革、ゴムなどを徴発した[3]。石炭も入手困難となり、氷点下となる北仏の厳冬期にも十分に暖を取ることができなかった。さらに 1917 年には枕やマットレスなどの寝具も羊毛目当てで没収され、人々は寒さに苦しみ、肺結核や伝染病にかかる者が続出し、乳幼児の死亡率も急上昇した。工場は原材料が得られずに操業を停止し、失業者が溢れ、その代わりに男も女も強制労働に駆り出され、しばしば労働キャンプに連行されて酷使された。1916 年の復活祭（4 月 23 日）の前後にはリールおよび周辺地域から約 1 万人の住民が強制的に連れ去られ、とくにそのうちの大きな割合を占めた若い女性は売春婦の汚名を着せられて婦人科の検診を強要され、こうした人権の蹂躙は世論の激しい反発と非難を浴びた。抵抗運動も企てられたが、活動員は捉えられれば銃殺された。逆にドイツ兵と愛人関係になって子供をもうけた女性もいたが、戦後に村八分にされ、ドイツ軍に密告して協力した者も戦後に裁判にかけられて厳罰を科せられた。

　郵便のやり取りという点では、被占領地域のフランス人はドイツの収容所にいた捕虜よりも苛酷だった。捕虜の場合は、厳しい検閲はあっても直接の手紙のやり取りが可能だったのに対し、被占領地域の場合は戦争後半になってようやく赤十字経由で間接的にメッセージを託すことだけが認められるようになったからである（p.286 参照）。音信不通となった人々が抱く孤立と隔絶の感覚は深いものがあった。

　本章の 1 通目では、アルデンヌ県在住の女性が占領直前に書いた手紙を取り上げる。2 通目以降では、返送扱いとなった葉書を数通取り上げる（占領後は郵便のやり取りは遮断され、この地域宛ての郵便物は返送扱いとなった）。続いて、リールに住んでいて開戦後に離れ離れになった家族がやり取りした手紙を取り上げる。

---

(1) たとえばランス（p.292 参照）、サンリス（p.50 参照）、ポン＝タ＝ムッソン（p.272 参照）など。

(2) Pierrard, 1967, p.277.

(3) 両大戦で 2 度にわたって故郷がドイツ軍に占領された経験をもつ北仏エーヌ県出身の作家マルク・ブランパンによると、こうした金銭・物品の巻き上げ方は、第二次世界大戦よりも第一次世界大戦の方がはるかに厳しく苛酷だった（Blancpain, 1980, p.135, cité par Cochet & Porte, 2008, p.324）。

265

1914 年 8 月 23 日 ── 占領直前のアルデンヌ県のようす

　最初に、アルデンヌ県テルム村[1]に住んでいた女性が占領される直前にパリに住む甥に宛てた手紙を取り上げてみたい。この女性は、同居の母親が病気だったために、避難せずに故郷に残ることになった。

　占領直前の村のようすが語られていて興味深いが、この女性は非常に饒舌で、つまらない世間話や無駄話が延々と続くので、ここでは例外的に抜粋して掲載することにする（画像は 1 ページ目のみ掲載）。

　テルムにて、1914 年 8 月 23 日　日曜

　（……）戦争のことは、みんなとても関心を持っているわ。当然だけれど。でも、戦争の話ばかりだから、悪夢のようになって、少し悪夢を振り払いたい気分なのよ。だって、まず新聞を読むでしょ、それに、いろんな人の作り話を聞いて、それが滑稽なことも多いのよ。こちらではよく聞かされるのよ、おなかを抱えて笑いたくなるような話をね。反対に、それを聞いて泣きたくなる人もいるかもしれないけれど[2]。

　前にも書いたように、たくさんの部隊が来ていて、指揮官たちを泊めなければならないの[3]。このあたりは兵隊だらけで、もうこんなことが続いたら、お金があったって食べ物が手に入らなくなるでしょう。パンだって、質の悪い小麦（マイヨさんが持ってくる小麦）で作られていて、とてもまずいから、みんな近くの村に買い出しに行ったんだけれど、そっちにも兵隊がいるから、フラヴィアンさんのパンで満足するしかないのよ。（……）

　こちらにはモンプリエの予備兵たちも来たわ。第何連隊だか忘れてしまったけれど。いずれにせよ、スニュック村からグランプレ村に向かって大勢通っていったわ[4]。工兵隊だけだったけれど。ほとんどフランスじゅうの部隊がこのあたりを通ったんじゃないかしら。（……）

　そうそう、肝心なことを言うのを忘れていました。こちらでは 3 日前から大砲の音が聞こえているの。フルネル爺さんは、あれはジヴェ[5]の方角からだと言っているわ。あの夫婦の話を聞いたら、フランス中が意気阻喪することでしょう。私はあの夫婦の話はあまり真に受けていないの。あの奥さんは「ドイツ兵がブリュッセルに火を放とうとしているわ。まもなくこっちにやってくるわよ」なんて私に叫ぶのよ。一日じゅう、こんな調子なんだから。

　それに比べて本当なのは、もう 1 週間前になるけれど、モーリス・ジェラールさんの手紙だわ。たぶんナミュール[6]のあたりだと思うけれど、戦場で自分のまわりで見たことを書いてきたの。恐ろしいわ、何という虐殺、ドイツ兵の何という残酷さ。もちろんジェラールさんのお父さんは悲しんでいるけれど、息子の勇気を自慢してもいるわ。（……）

⑴ テルム Termes 村はアルデンヌ県南部の村（2016 年に隣のグランプレ Grandpré 村に合併された）。大雑把にいって、ランスとヴェルダンを結ぶ線の中間よりも少し北側に位置する。当時の村の人口は 400 人程度。差出人はそのうちの一人ということになる。1914 年 9 月 2 日頃にドイツ軍に占領された。

⑵ この女性はあまり人の噂話を信用せず、物事に動じずにいたらしい。残されている 8 月 26 日付の手紙には、「いろいろな噂が飛びかっていて、本当の噂もあれば、嘘の噂もあるけれど、私がどれも信じないでいたら、何も信じないのは間違いだと言われてしまったわ。」と書かれている。

⑶ 移動中は、将校は普通の民家に泊まることが多かった。

⑷ スニュック Senuc 村は差出人の住むテルム村の隣にある。グランプレ村はその北東にある。つまり「北東方向

Groupe des Chambres Syndicales du Bâtiment et des Industries diverses

CAISSE COMMUNE DE L'INDUSTRIE ET DU BÂTIMENT

SOCIÉTÉ D'ASSURANCE MUTUELLE

CONTRE LES ACCIDENTS DU TRAVAIL

Téléphone : Gobelins 25-89 SIÈGE SOCIAL : 3, Rue de Lutèce — PARIS

dimanche
Termes, Paris, le 23 août 1914.

Mon bien Cher Ami,

Aujourd'hui je reçois ta lettre du 21 avec "Journal", puis l'Excelsior et les Annales R. Mais hier 22 pas de lettre et par conséquent pas de "Journal" seulement le Miroir (très joli) et l'Excelsior - N'as tu pu écrire, ou cette lettre se trouverait-elle arrêtée ?... Je me Décourage un peu de voir que ma correspondance ne t'arrive qu'au bout de 8 j. au moins, et pourtant je laisse mes lettres ouvertes - Toutes celles reçues ici ne restent que 2 j. au plus en route, telle une de Tierme de Valentine ; une hier du notaire et une de Laure. Je t'en prie, je te le répète encore vas donc y passer un dimanche - Si Guichemerre ne t'en parle pas, c'est qu'il ne veut pas t'y forcer probablement ; mais je sais, que tu leur ferais grand plaisir - Laure me dit encore son grand désir de venir à Termes et elle fait des souhaits pour que cette guerre finisse bien vite, afin d'avoir la liberté de partir pour rester quelques jours ici.

に向かって」と同じ意味。そのまま北東方向に進むと、ほどなくしてベルギー領に入る。

(5) ジヴェ Givet はアルデンヌ県の北端の飛び出たところにある。

(6) ナミュール Namur は堅固な要塞のあるベルギーの街。この手紙の前日の8月22日からドイツ軍が激しい砲撃を加え、24日にほぼドイツ軍が制圧した。なお、この手紙が書かれた8月23日は、ナミュールの南にあるディナンで多数の民間人がドイツ軍に虐殺された日でもある（p.326 脚注7参照）。

1914 年 8 月 28 日 — 子供たちだけでの避難

　怒濤の勢いで進撃してくるドイツ軍を前に、故郷を捨ててフランス南部や西部に避難する住民が続出した。その一方で、老齢で足腰が弱かったり、身内の病人を捨てて逃げられないといった事情や、避難民となって他人の世話になりたくない、または逃げるための旅費がない、あるいは逆に財産を捨てて逃げたくないなど、さまざまな理由により、そのまま故郷に残る人々も多かった。

　次の葉書は、アルデンヌ県北部のムーゾン村(1)に住んでいた一家のうち、両親を残してとりあえず南隣のマルヌ県サント＝ムヌー(2)まで鉄道で避難してきたきょうだい 3 人が、この先どうしたらよいかわからず、両親に宛てて書いたもの。途中で購入したらしい、近くのロンギュイヨン駅(3)を写した絵葉書が使われている。

　しかし、この葉書は届けられなかった。避難する子供たちと入れ違いにドイツ軍がやって来て、もう故郷は占領されており、郵便局員が配達に行くことはできなかったからである。それを物語っているのが宛名の上に押された四角い「占領された宛先地」という印(4)である。さらに、「返送」を意味する R という文字（Retour の頭文字）を郵便局員が太い鉛筆で書き込んでいる。

　お父様、お母様

　サント＝ムヌーに到着しました。

　私たちは元気です。お二人も元気であることを願っています。

　エミールはトゥールーズに向けて出発したがっています。

　どうしたらよいかわかりません。お二人のことを強く抱きしめる娘より　リュシエンヌ

　お二人を愛する娘からの心からのキスを　ルネ(5)

　〔宛名〕アルデンヌ県　ムーゾン村　ルダルネ様

---

(1) ムーゾン Mouzon 村はスダンの南東 14 km にある村で、ベルギーとの国境から 10 km 少々しか離れていない。ムーゾン村は 1914 年 8 月 27 日（この葉書の前日）頃にドイツ軍に占領された。当時、こうした小さな村や街に手紙・葉書を出す場合は、「○○村××様」だけで届いた。

(2) サント＝ムヌー Sainte-Menehould はムーゾン村の真南約 60 km にある街。

(3) ロンギュイヨン Longuyon もベルギー国境に近い、ヴェルダンの北東にある街。通常、絵葉書を出す場合は差出地の写った写真の絵葉書を選ぶものだが、サント＝ムヌーの写った絵葉書は入手できなかったとみえる。ちなみに、当時のフランスは鉄道の全盛期で、現在よりもはるかに多くの線路が敷かれ、総延長距離は現在の 1.5 倍近い 4 万 8 千 km に達していた（Montagnon, 2013, p.195）。鉄道は馬車と自動車との中間的存在とも位置づけられ、第二次世界大戦後に多くの不採算路線が廃止された。

(4) 1914 年 8 月下旬〜10 月上旬頃にかけてアルデンヌ県に宛てて差し出された郵便物には、四角い「占領された宛先地」 *LIEU DE DESTINATION ENVAHI* の印と二重丸の「トゥール臨時センター、1914 年」 TOURS CENTRE PROVISOIRE 1914 の印が交互になったローラーの機械印が押され、届けられなかった（Strowski, 1976, p.267）。これとは別に、この葉書の切手上には斜めに「マルヌ県サント＝ムヌー、14 年？月 28 日」という消印が収集時に 2 つ押されている。月の部分はかすれて読めず、本文にも日付が記入されていないが、8 月だとほぼ断定できる。この時期だけに見られる上記の機械印が押されていることに加え、9 月上旬のマルヌ会戦後しばらくし

てドイツ軍の占領体制が確立すると、もうこのきょうだいのように自由に被占領地から逃げることはできなくなったからである。

(5) エミール Emile は男の名、リュシエンヌ Lucienne とルネ Renée は女の名。きょうだい3人だと思われる。

1914 年 9 月 6 日 ── フランス南端ニースの疎開先から

　ドイツとの戦乱を避け、フランス政府は 1914 年 9 月 2 日にパリを離れることに決め、南西の果ての大西洋に面したボルドーに移転したが、次の葉書を書いた女性は、フランスの南の果ての地中海に面する保養地ニース⁽¹⁾まで避難していた。当時まだ中立国だったイタリアとの国境もすぐ近くだったから、万が一のことがあればイタリアに逃げることもできた。

　この葉書が書かれた 9 月 6 日は、まさにマルヌ会戦が始まった日にあたる。アルデンヌ県スダン⁽²⁾に住む女友達に宛てられているが、スダンはすでに 8 月末にドイツ軍に占領されていた。前ページの葉書と同様、四角と二重丸が交互になった印が押され、この葉書は届けられなかった。

　いとしい友人へ

　兄に会うために私たちはニースで合流しました。しばらく兄と過ごせることはうれしいことですが、同時に憂鬱でもあります。兄がここから旅立つとしたら、それはおそらく新兵と一緒のときでしょう。

　それにしても、この恐ろしい戦争が長びいているのは、なんと不安なことでしょう。

　繰り返しますが、ぜひあなたもいらしてください。

　アルベール・マルタンはどこにいるのですか。

　〔左上の書込み〕

　危険になった場合は、あなたと一緒にアルベール・マルタンと彼のご家族もヴィラ・パラディにいらっしゃることを歓迎すると、お伝えください。

　変わらぬ友情と希望とともに　　　　M. マイヤール

　〔宛名〕　アルデンヌ県スダン　ガンベタ通り⁽³⁾ 14 番地　C. ドラクロワ奥様

---

(1) 切手の上の差出局の消印は「アルプ＝マリティーム県ニース、14 年 9 月 6 日」と読める。ニースの東隣にある避暑地モンテカルロを写した絵葉書が使われており、写真左下の説明には「モンテカルロ、ル・カフェ・ド・パリ、テラス席」と印刷されている。ちなみに、詩人ギヨーム・アポリネールも 9 月 3 日にパリを離れ、友人たちのいるニースに来ていた（その後、この年の終わりに志願が受理されてアポリネールはフランス軍に加わることになる）。

(2) スダン Sedan（日本語では誤って「セダン」と表記されることも多い）はベルギー国境まで約 10 km のところにあるアルデンヌ県の都市。1870 年の普仏戦争では、「スダンの戦い」がおこなわれてフランス軍が敗北し、ナポレオン 3 世が捕虜となった因縁の地。この大戦では 1914 年 8 月下旬にドイツ軍がスダンを占領した。

(3) 政治家レオン・ガンベタは普仏戦争のときにドイツへの徹底抗戦を唱え（p.36 脚注 1 参照）、カリスマ的な弁舌の才能によって人気があった。1882 年の大晦日に死去すると、フランス各地の多くの通りが「ガンベタ通り」と名づけられた。スダンの中心部にも「ガンベタ通り」が現存する。

1914 年 9 月 11 日 ── 占領されたポン゠タ゠ムッソンから

　9 月 9 日にマルヌ会戦が終わってドイツ軍が北に敗退したのに伴い、相当数の街や村をフランス軍が奪還した。フランス北東部ロレーヌ地方のナンシーの北にあるポン゠タ゠ムッソン[(1)]も、そうして取り戻された。

　次の葉書は、このポン゠タ゠ムッソンがまだドイツ軍に占領されていた時期に、この街に住んでいた女性が差し出している。葉書を出せたくらいだから、まだ占領体制が万全ではなく、抜け道があったことがわかる[(2)]。

　しかし、葉書の相手の「いとこ」が住んでいたアルデンヌ県フュメ村[(3)]は、同県のすべての街や村と同様、マルヌ会戦後もドイツ軍が占領し続け、この手紙は届けられなかった。例の印が押され、さらに郵便局員が宛名にバツ印を書き込んでいる。

ポン゠タ゠ムッソンにて、1914 年 9 月 11 日

ルイ様

　思いつくままに書きます。ポンは 5 日からドイツ領になっているので、この葉書があなたのところに届くかわかりませんが。

　私はエレーヌのことで困っています。エレーヌは風邪をひいてもう歩けず、牛乳しか飲めなくなっていますが、困ったことに牛乳が手に入りにくくなっています。毎日 3 ～ 4 リットル飲ませる必要があるのに、見つける苦労を考えてもみてください。こんな時期でなかったら、欲しいだけ手に入るのでしょうけれど、牛がほとんど全部いなくなっているのですから。

　私たちはみな元気でやっており、この葉書も届くことを願っています。エレーヌが寝たので、お便りしています。

　このいまいましい戦争が終わるのを待ちながら[(4)]。

　親愛なるルイ様へ、家族一同より愛をこめて。　　いとこより（サイン）

〔宛名〕アルデンヌ県フュメ村　ジラン薬局　ルイ・ボール様

---

(1) ポン゠タ゠ムッソン Pont-à-Mousson（逐語訳すると「ムッソン橋」。p.198 脚注 4 参照）は、フランス北東部ロレーヌ地方のナンシーの北、メッスの南にある街（本文中では単に「ポン」と呼ばれている）。19 世紀中頃に鉄鉱石の鉱脈が見つかり、製鉄業の街として栄えていた。絵葉書の写真説明には「ポン゠タ゠ムッソン市役所、デュロック広場」と書かれている。大戦初期、短期間のみ（この葉書の本文によると 9 月 5 日から）ドイツ軍の占領下に置かれたが、この葉書の 2 日後の 9 月 13 日にフランス軍が奪還した（Collectif, 1919, p.83）。ただし、奪還後も独仏前線に近かったために頻繁に砲撃を受け、避難する人々が続出し、当初 1 万 4 千人いた人口は激減することになる。この葉書を書いた女性は、この後、避難したのだろうか、それとも街に残り続けたのだろうか。

(2) 切手のあたりに 2 つ押された消印は、薄いが「ムール゠テ゠モゼル県ナンシー、14 年 9 月 12 日」と読める。ナンシーはポン゠タ゠ムッソンの 25 km 南にあり、終始フランス軍の支配下にあった。占領監視体制が万全であれば手紙など出せなかったはずだが、ナンシーに行く用事のあった知人にこっそり葉書を託すようなことが可能だったことがわかる。

第 6 章 被占領地域

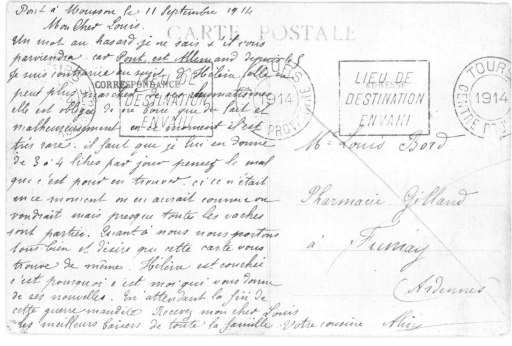

(3) フュメ Fumay はアルデンヌ県北部にある村で、ベルギーと国境を接している。8月下旬にドイツ軍が占領した。
(4)「いまいましい戦争」という表現については p.112 を参照。

1914 年 8 月 28 日 ── リールからあわてて脱出した人々

　日付は前後するが、以下では、フランス北端の都市リールに住んでいて、開戦後に離れ離れになった家族がやり取りした手紙を数通取り上げたい。

　リールは時代遅れの要塞群に囲まれていたので、軍事的に守備の拠点とすることができず、開戦早々、非武装都市（無防備都市）と宣言された。[(1)] 8 月下旬にフランス領内に攻め入ってきたドイツ軍も、リールの街は素通りし、はるか南のパリの手前に軍を集結させた。9 月上旬のマルヌ会戦でドイツ軍が敗退すると、戦線が北の方に押し上げられ、同時に「海への競争」（p.15 参照）が始まり、両軍の勢力範囲が次第に確定していく。それに伴い、ドイツ軍は物資豊かなリールの街を狙うようになった。リールを守備するべきか否かについては、フランス軍の方針が二転三転し、結局は貧弱な装備と人員で守ることになった。これを受け、ドイツ軍は 10 月 10 日から砲撃を開始、10 月 12 日にリールの街は降伏し、13 日からドイツ軍による占領が始まった。これに先立ち、リール市民は避難組と残留組に分かれていたが、あとから見れば避難した方がよかったことは間違いない。残留した人々には、以後 4 年間、筆舌に尽くしがたい苦難の日々が待ち受けていたのだから。

　以下では、大戦前にリールに住んでいたマッソン家の人々がやり取りした手紙のうち、筆者の手元に残されている百通たらずの中から数通を選んで紹介したい。その前に、人間関係を整理しておこう。

　リールで衣料関係の仕事をしていた初老のマッソン夫妻には、数人の娘の他に、30 歳台のジョルジュとポールという 2 人の息子がいた。長男ジョルジュは、妻マルセルおよび生後 2 か月半の女児ジャックリーヌとともにリールで生活していたが、開戦と同時に召集され、比較的年齢が上だったためにフランス西部で軍の後方勤務に就くことになった。次男ポールは独身で、前線で戦い、のちに戦死する。

　さて、ベルギーを通過したドイツ軍がフランス領内に攻め入っていた 8 月 23 日の夜 8 時半、もう明日から汽車がなくなると聞いたマッソン夫妻は、あわてて娘たちをつれて夜 10 時に家を出て、24 日午前 1 時 3 分の汽車でリール駅を出発、丸 1 日以上の長旅を経て、26 日に 2 人のおばが住むフランス北西部ノルマンディー地方の街リジウーに無事避難した。[(2)] ジョルジュの妻マルセルと娘ジャックリーヌは、引き留められてリールに残ることになった。

　最初に取り上げるのは、リジウーに避難したばかりのマッソン夫人が長男ジョルジュに宛てて書いた手紙で、避難のときのようすが描写されている。[(3)]

1914 年 8 月 28 日（金曜）
カルヴァドス県リジウー　オルベック通り 7 番地　デュクロ様方にて
いとしいジョルジュへ

---

(1) ハーグ陸戦条約では「守備されていない街、村、住民、建物は、いかなる手段であれ、攻撃または砲撃することを禁じる」（1907 年、第 25 条）とされ、非武装都市（無防備都市）を武力攻撃することは禁じられていた。もっとも、非武装都市であれば、市長を脅迫しながら交渉することで、簡単に占領下に置くことができた。

(2) リジウー Lisieux はパリの西北西、セーヌ河の河口に近い街。イギリスにも近い。

(3) 以下で取り上げるマッソン家の手紙は、ほとんどすべてジョルジュ宛となっている。ジョルジュが受け取って保管しておいた手紙を、その子孫が整理したらしく、まとめて筆者のもとに来ることになった。

Neuvette 28 Août 1914.
Lisieux (Calvados)
7 Boulevard d'Orbec
Chez Madame Duclos.

Mon cher Georges.

Nous sommes tous
arrivés dans le sauf
en Normandie malheur.
26 août à 1 heure
de l'après-midi après
26 heures de chemin
de fer Nous étions
exténués et noirs comme
des charbonniers, mais
s'accueil bienveillant
que nous ont fait

Les Tantes Duclos
Merlot nous a réconforté
Georges a tras ouverte
et nous ont daigné
comme des coqs en
pâte. D'ou t'écrit
J'ai une vue splendide.
De panorama est
merveilleux. Pourquoi
Tout-il je vis si loin.
Voyage fait soit
en bateau est sublime en
contrastées. Avant
mon départ, j'ai couru
embrasser Marcelle
et Jacqueline. J'ai
offert à Marcelle de vous
accompagner avec ta
fille, vous auriez tous

26時間も汽車に揺られ、8月26日（水曜）の午後1時、全員無事にノルマンディーに到着しました。[4] 私たちは疲れ果て、炭焼き人のように真っ黒でした。[5] でも、デュクロおばさんとミュロおばさんが温かく迎えてくれ、元気づけられました。もろ手を挙げて受け入れてくれ、何不自由ないように面倒をみてくれました。

　この手紙は、すばらしい眺めの所で書いています。見事な景色です。なぜこれほど美しい旅を、これほどつらい境遇のもとでしなければならないのでしょう。

　出発の前、私はマルセルとジャックリーヌに駆け寄ってキスをしました。マルセルには、娘をつれて私たちと一緒に来るように誘いました。マルセルも一緒だったら、私たちは皆、とてもうれしかったのですが。しかし、マルセルのことが大好きだったイルシュマン夫妻がどうしてもといって彼女を引き留めたのです。[6] この御夫妻が引き受けてくれましたから、マルセルのことは安心して大丈夫ですよ。

　これと同じ便で、ポールにも手紙を書き、私たちのことは安心するように言っておきます。もしポールから知らせを受けとっていたら、あなたにも知らせるのだけれど。

　あなたがポールに手紙を書きたいと思ったときのために、宛先を書いておきますね。

　　　ノール県スクラン要塞または戦地
　　　猟歩兵第9大隊 第12中隊 留守部隊※ [7]
　　　予備兵 ポール・マッソン

　いとしいジョルジュ、ほんの2行でいいから手紙を書いておくれ。そうすればうれしいから。ただし、間違えずに、ここリジウーに宛てて書いておくれ。

　月曜には、テレーズ修道女の墓に巡礼に行きます。[8] そこで、フランスのため、また私たちの大切な兵士たちのために祈りを捧げるつもりです。

　それでは、いとしいジョルジュ、私たち皆から、心からのキスを送ります。頑張って、元気で。それではまた幸せに再会できることを願って。

　　　　　　　　　　　フランス万歳
　　　　　　　　　　　　　母ジュリーより

⑷ このときの避難のようすを改めて詳しく描写した9月17日付の手紙で、マッソン夫人は同じジョルジュに宛ててこう書いている。「あなたのおじさんが夕食のために8時半に戻ってきて、『今夜中に出発しないとまずい。もう明日は汽車がなくなるぞ。』と教えてくれたのです。あなたの姉や妹たちは極度にあわてて、私たちは大急ぎで少しの下着を持ち、10時に家を出て駅まで歩きました。もう路面電車は走っていなかったからです。午前1時3分の汽車に乗り、26時間も汽車に揺られ、客室と駅で2晩すごし、リジウーに到着したのでした。」

⑸ 市内の路面電車やパリの地下鉄、一部の登山鉄道などを除き、当時の列車は蒸気機関車だったから、窓を開け放てば乗客は煤で真っ黒になった。「炭焼き人のように黒い」という表現が当時はよく使われた。

⑹ イルシュマン Hirschmann という人の詳細はわからないが、姓からドイツ系だと推測される。残されている他の手紙から、比較的自由にリールの外に行き来できる立場にあったらしく、1916年末時点でパリ中心部シテ島のすぐ南の「サン＝ジャック通り19番地」に住居があった（p.288の葉書による）。

⑺ 正しくは猟歩兵第49大隊（p.282脚注7を参照）。

⑻ 「リジューの聖テレーズ」（1873-1897）のこと。当時はまだ聖人にはなっていなかったが（1925年に列聖）、当時すでに崇拝を集めていた。

Mon cher Georges, écrit-nous
deux lignes seulement,
cela nous fera plaisir,
surtout ne te trompe
pas, écrit à Lilian.

Depuis nous allons
en pèlerinage à la tombe
de Paul. Prie, nous
y prierons bien pr la
France & les Verdun
qui nous sont chers.
Au revoir, mon cher
Georges, nous t'embrassons
tous bien affectueusement.
Bon courage! bonne
santé, à bientôt j'espère,
L'heureux revoir.
Vive la France!
Maman Julie

été très heureux de
l'avant, mais Mr
Hirschman, qui nous d'amour
beaucoup, ont mi tlle
m'talgaire, ils s'en
chargent à te remettre
rattacher d'une bête complète
j'écris par ce même courrier
à Paul pr le rattacher
à vous! si vous aurons
de des nouvelles vous le
les communiquerons.
Voici son adresse dans
le cas où tu le désirerais
lui écrire.
Paul Martain
Réserviste, genre Chasseurs
à pied, 12me Cie Dépôt,
Fort de Seclin (Nord)
ou en Campagne

1914 年 8 月 27 日 — リールに残留した妻子

　直前の手紙に書かれていたように、ジョルジュの妻マルセルと幼いジャックリーヌはリールに残ることになった。次の手紙は、リールに残ったマルセルが夫ジョルジュ（愛称「ジョー」）に宛てて書いたもの（スペースの関係上、画像は 5 ページ中 4 ページまで掲載）。

　リールにて、1914 年 8 月 27 日（木曜）
　ジョーへ
　いきあたりばったりに書いて送ることにするわ。だって、この手紙が届くかどうかわからないから。皆さんのもとに届くように、カヴィエさんが手紙をアラスかパリに持っていってくれます[(1)]。本当に、急いで出発してしまったわね。私たちは二人とも気が狂ったように別れてしまったわね。正確な住所も書きとめないで。まったく、なんという別れだったことでしょう。あれ以来、あなたから便りがありません。どこにいるの？　どうしているの？　どうしたらあなたの知らせが得られるの？

　私たちのことは心配しないでください。あの子の体調は申し分なく、ハートのように優しくて、私が一番うれしいのは、ねえジョー、顔立ちがとてもよく整ってきて、もうあなたに似ていることがわかるほどなのよ。まなざしがそっくり。なんてうれしいことでしょう。これ以上の喜びはないわ。あなたに元気な姿を見てもらえるように、心をこめて育てています。あなたが戻ってくるときには、見違えるようになっているわ。私も元気です。

　リールでは、今日までのところ、相変わらず新しい動きがないか見守っているところよ。ドイツ兵がルーベやトゥールコワン[(2)]にやってくるという話を聞くけれど、姿は見かけるけれど今のところリールには来ていないわ。何が起こるか見守っていましょう。

　さっき、ティオンヴィル通りの管理人のおじさんに会いました。あなたのことを話しにきてくれたの。あなたは喜んで出発したと言っていたわ。よかったわ。ねえジョー、しっかりしてね。それが今いちばん大切なことだから。あなたのご両親の家にも行ったわ。ご両親は、知っていると思うけれど、まさにあの日の夜、あわてて真夜中に出発したのよ。私はそのことを隣の 43 番地の女の人から聞いたの。あの人に家の鍵を預けていったから。ご両親は全部残して行かれたわ。テーブルに食器を並べたまま、中庭に下着をほしたまま。もう、われ先に逃げろという感じだったわ。隣の女の人はとても親切で、あの子のために残してくれていた牛乳を取りに行こうとしたら、鍵を渡してくれたのよ。こちらでは、店が全部閉まっています。この先どうなることでしょう。革命でも起きるんじゃないかしら。

　下女は、私と別れるのをとても悲しみながら、家族のもとに帰っていったわ。でも、私はクリュップさんとはずっと一緒で、みんな本当に優しくしてくれるわ。だから、ねえジョー、心配することはないのよ。もし私に手紙を書く気になったら、私と同じようにしてちょうだい。どうすればいいか書いておきましょう。封筒にカヴィエさんの住所を書くのよ。

　　パリ …… 通り …… 番地
　（リール　ヌーヴ通り 17 番地 3「シック・パリジヤン」[(3)]マッソン宛にご持参ください）
これでたぶん届くでしょう。あなたの替えの下着も買ってくださいね。必要ですから。この手紙を持っていくことにするわ。それでは、ジョー、またね。お手紙がもらえるといいけれど。

　あなたの娘と、あなたを愛する妻からの無数のキスを。マルセルより

（1）リールの郵便局は機能していなかったので、おそらく商売上の理由でパリやアラス（p.186 参照）と行き来している知人男性に、パリかアラスで投函するように頼んで手紙を渡したことがわかる。

（2）ルーベ Roubaix とトゥールコワン Tourcoing はリールの北東隣にある都市。ベルギー国境に接している。

（3）レターヘッドには「オー・シック・パリジヤン」（「パリ風のお洒落で」）と書かれている（衣料品店名）。

1914 年 10 月 25 日 ── 占領下のリールに住む妻子を案じる長男へ

　リジウーに避難したマッソン夫人は、毎日のように息子たちに手紙を書いていた。長男ジョルジュは、フランス西部で後方勤務となっていたので安全だったが、その妻マルセルと幼い娘ジャックリーヌが残ったリールは、ドイツ軍の砲撃を受け、10 月 13 日から占領されて音信不通となっていたから、ジョルジュはこの二人の身の上を非常に心配していた。マッソン家の人々は、不安を取り除こうとする内容の手紙を多数ジョルジュに送っている。マッソン夫人が書いた次の手紙もそのうちの一つ。

　リジウー、オルベック通り 7 番地にて、1914 年 10 月 25 日（日曜）夕方 3 時
　愛するジョルジュへ
　ここ何通か送った手紙は間違っていなかったと思います。少し気力を回復してくれているとよいのだけれど。たしかに、リールは大きな困難に直面しています。10 日（土曜）から 13 日（火曜）まで続いた砲撃の詳細を、私たちは不安に感じながら読みました。⁽¹⁾とてもつらい思いをした人もたくさんいます。しかし、ヌーヴ通り⁽²⁾、サン゠ニコラ通り、エスケルム地区は被害をまぬがれました。
　昨日、あなたのおじが『ル・マタン』紙⁽³⁾のレポーターに会いました。このレポーターは、通行証のおかげで敵の戦線を越え、リール市内に入ることができたのです。このレポーターは、砲撃の間じゅう、さらにその後も数日間、市内に留まることができました。駅前通りの一部や、サン゠ジャック、モリネル通り、サン゠モーリス広場、そしてパリ通りも火事で少し焼けたそうです。さいわい、リールの消防士にルーベとトゥールコワンの消防士が加わり、一緒なって建物を取り壊したおかげで、他の地区に延焼することはありませんでした。
　今月 18 日から、本当にドイツ兵がリールから出ていきました。⁽⁴⁾今ではリール市民はほっと息をつくことができ、恐ろしい不安から解放されています。そのレポーターは、ドイツ軍が軍楽隊を先頭にして、ドイツ流の行進で、兵隊たちが葉巻をふかしながらリールに入ってくるのを見たそうです。しかし、誰にも悪さはしなかったと断言しています。だから、マルセルとジャックリーヌの身の上については安心なさい。きっと無事ですから。便りがないのは郵便がストップしているせいで、リール周辺からもう少しドイツ兵がいなくならないと、完全には復旧しないからです。だから、手紙に関しては心配しないように。
　とりわけ、前線に志願しようなどと考えてはいけませんよ。⁽⁵⁾死の危険にさらされますから。そんなことになったら、マルセルとジャックリーヌはあなたに会えなくなりますよ。このままでいれば、二人に

⑴ 1914 年 10 月 10 日ドイツ軍はリールに砲撃を開始し、12 日の夕方にフランス軍がサクレ゠クール教会に白旗を掲げて降伏した。この間、5,000 発の砲弾によって 890 棟が破壊され、とくに駅の周辺に被害が集中し、民間人 100 人以上が死亡した。ドイツ軍は 13 日朝 9 時にリール市内に入った（Pierrard, 1967, p.260）。他の手紙から、マッソン夫人はよく新聞を読んでたことがわかる。

⑵ マルセルはヌーヴ通りに住んでいた。この通りはリール駅の西側に現存し、現在でも小規模な衣料品店が多数軒をつらねている。

⑶ 『ル・マタン』紙は当時発行部数約 100 万部だったフランスの新聞。

⑷ リールからドイツ軍が出ていったという事実は確認されないが、この部分を読むと、ドイツ軍は一時的に他の地域に（おそらくリールよりも戦略的に重要な場所に向けて）移動したとも思われる。

⑸ ジョルジュは、リールに残した妻子を間接的に救うのに少しでも貢献できるよう、後方から前線への転属願いを出すべきかどうか迷っていたらしい。

Lisieux, 7 Bd d'Orbec
Dimanche 25 8bre 1914
3h. soir.

Mon cher Georges.
Je te confirme mes précédentes lettres et j'espère que tu es maintenant moins démoralisé. Certes Lille a été très éprouvé, et nous avons lu avec angoisse les détails du bombardement qui a duré du samedi 10 au mardi 13; quelques rues ont beaucoup souffert; mais la rue Neuve, la Rue St-Nicolas, et tout le quartier d'Esquermes a été préservé.

Ton oncle a vu hier un reporter du "Matin" qui avait pu, grâce à un laisser-passer, franchir les lignes ennemies et entrer dans Lille; il y est resté pendant tout le bombardement et même quelques jours après; il y aurait eu de brûlé la rue de la Gare en partie, St-Jacques, la R. du Molinet, le Paris St-Maurice et un peu de la R. de Paris. Heureusement l'incendie s'est pas étendu aux autres quartiers, grâce au concours des pompiers de Roubaix-Tourcoing qui se joignirent

à ceux de Lille faisant la part du feu. Lille est réellement évacué depuis le 18 ct, et à l'heure actuelle les Lillois peuvent respirer à l'aise et se remettre de leurs terribles angoisses. Ce reporter a vu les Allemands entrer dans Lille, musique en tête, jouant une marche allemande et les soldats fumant cigares; il assure qu'aucun méfait contre les personnes n'a été signalé. Donc, rassure-toi sur le sort de Marcelle & Jacqueline; elles sont certainement saines & sauves, si on ne reçoit pas de

nouvelles, c'est à cause des communications interrompues et qui ne peuvent se rétablir complètement que lorsque les environs de Lille seront un peu plus débarrassés des Allemands. Reste donc bien tranquille à ton poste, et surtout ne pense pas à t'engager pour aller au feu t'exposer à être tué; c'est alors que Marcelle & Jacqueline ne te reverraient plus, alors que, comme tu es, tu as toutes chances de les revoir. Ce que Dieu garde est bien gardé. Vois Paul qui s'est battu

再会できる可能性は十分にあるのですから。「神が守る者はよく守られる」ですよ。ポールをご覧なさい、2週間休みなく戦って、おそらくこの瞬間も戦っているのですよ。どれほどポールが守られているかご覧なさい。あなたの奥さんと娘も同じです。あなたの娘はテレーズ修道女の形見の品を持っていますから、あの子のお母さんも守られるはずです。

　私はリールの人たちからの便りを心待ちにしています。たとえばメルシエさん。あの方がリールに残ったのは、きっと10月初めにジュリエットに3人目の子供が生まれるからです。リールから受けとった手紙はすべてあなたに転送するつもりです。⁽⁶⁾ジュリエットは、現在、マチルドと一緒に彼女のお父さんの家にいます。あのバセにある家は、駅の真ん前にあって、他のどの建物よりも高く、お城と呼ばれていたくらいですから、破壊されたのではないかと心配しています。

　私たちは皆がリールに戻れることを心待ちにしています。しかし、もちろん北仏からドイツ兵がいなくなるのを待ちながら。マルセルとジャックリーヌに再会できたら、どんなにうれしいことか。ですから、全員再会できるよう、皆が一つになって励ましあい、このいまいましい戦争の終わりを待ちましょう。マルセルもジャックリーヌも必ずうんと可愛がってあげます。マルセルが何日か私たちの家に立ち寄りに来たくなったら、ポールの部屋に泊めてあげます。

　きのう、またポールから「10月20日午後4時」と書かれた葉書を受けとりました。あいかわらず元気で、みんなにキスを送るとだけ書かれていました。今までのところ、ポールがどんなに守られているかおわかりでしょう。⁽⁷⁾私たちはよく祈っており、飽きることなく祈っています。私たちをこの難局から救えるのは神様しかいません。

　あなたの姉妹たちは晩課に出かけました。それが終わってから、負傷兵たちのお見舞いに行き、デザートを食べずにその分で買ったチョコレートと葉巻を差し入れました。⁽⁸⁾私たちはもう日曜のデザートは食べず、負傷兵にあげているのです。でも、それほど不自由な思いはしていません。おばたちがくれる果物が沢山あるからです。果物を買うことはまったくありません。

　今朝、多くの負傷兵が収容されている「摂理」⁽⁹⁾の修道院で、歌ミサに参列してきました。それはすばらしく、心を動かされました。ある病みあがりの負傷兵がヴァイオリンを弾き、またある負傷兵は修道女によるパイプオルガンの伴奏で歌いました。さらに、負傷兵と病みあがりの人たちが全員でクレドを歌いました。感動的でした。

　それではまた、愛するジョルジュ。また明日。がんばって。また美しい日々がやってきますから。あなたのことを愛し、思っているすべての人々が心からのキスを送ります。　　　　　　　母より

⑹ 当時は、情報を共有するために、受け取った手紙を書き写すだけでなく、実物を封筒に同封して他人に「転送」することがよくあった。

⑺ 次男ポールは、残念ながらのちに戦死することになる。したがって、仏軍事省の戦死者名簿[※]に記録が残されており、ここからノール県資料庫所蔵の軍人登録簿（Arch. dép. du Nord, 1R 2750, n° 4074）に当たって足どりを知ることができる。それによると、ポール・マッソンは1883年2月22日リール生まれ。商店の従業員だったが、19歳のときに志願して3年間の軍務を終えた。31歳のときに開戦を迎えて召集され、猟歩兵第49大隊の一等兵として戦った。勇敢な献身ぶりによって戦功十字勲章と大隊の表彰を受けるが、1917年1月、ヴェルダンのドゥオーモン要塞の守備に就いていたところ、腹部を負傷し、1月22日、34歳を目前にしてヴェルダンの南西13kmにある軍事病院で死亡することになる。戦争省が家族に宛てた死亡通知書も残されている。このポールが書いた手紙は次に取り上げる。

pendant 15 jours sans
arrêt, qui, peut-être, se
bat encore en ce moment.
vois comme il a été protégé.
Il en sera de même de
ta femme & ta fille; cette
dernière a sur elle une
relique de Sœur Thérèse qui
la protègera, ainsi que sa
petite mère. J'aspire avoir
des nouvelles de Lille de
Mr Mercier qui, certainement,
est resté à cause de Juliette
qui attendait commence-
ment d'octobre son 3ème
enfant; je te transmettrai
toutes les lettres que je
recevrai de Lille. Juliette

est actuellement, ainsi que
Mathilde, chez son père; mais
je crains bien que sa maison
à la Bassée soit détruite,
elle était justement située
en face de la gare, et domi-
nait toutes les autres; on
l'appelait le Château.
Nous aspirons tous retourner
à Lille, mais, naturellement,
nous attendons que le
Nord soit bien débarrassé;
nous serons heureux de
nous retrouver avec
Marcelle & Jacqueline et
alors, bien unis & nous
réconfortant l'un & l'autre
nous attendrons la fin

de cette maudite guerre,
afin de nous revoir tous.
Tu peux être sûr que nous
gâterons & ta femme et
ta fille; la chambre de
Paul sera à sa disposition
quand elle voudra venir
passer quelques jours avec
nous. — J'ai encore reçu hier
une carte de Paul, datée du
20 8bre à 4 h. soir, disant
simplement qu'il était tou-
jours en excellente santé
& qu'il nous embrassait
tous. Jusqu'à présent,
tu vois comme il est protégé.
Nous continuons de bien prier
et nous ne nous lasserons
pas de le faire. Il n'y a
que le bon Dieu qui

puisse nous tirer de ce
mauvais pas. Les sœurs sont
allées aux Vêpres, et à l'issue,
elles vont visiter les blessés et
porter du chocolat & des cigares,
que nous achetons avec l'ar-
gent de notre dessert. Nous
ne mangeons plus de dessert
le dimanche; nous le donnons
pr les blessés; cela ne nous pri-
ve pas trop; il nous reste
beaucoup de fruits que les
tantes nous donnent; nous n'en
achetons jamais. Ce matin, je suis
allé à la grand'messe à la "Providence"
couvent où tout hospitalisés beaucoup
de blessés; c'était magnifique &
émouvant; un blessé convalescent a
joué du Violon, un autre a chanté
accompagnés à l'orgue par une religieuse.
Le Credo fut chanté par tous les blessés
convalescents; c'était touchant. Au revoir,
mon cher Georges; & demain, bon courage,
il y aura encore de beaux jours.

⑻ リジウーなどの戦地から離れた街には、学校や修道院などの大きな建物を改装した臨時病院が多数設けられて
　いた。地元の女性たちは、こうした病院をボランティアで訪問し、傷病兵に食べ物などを差し入れていた。
⑼「摂理」という名の修道女会はフランス各地に存在する。

1914 年 12 月 1 日 ── 占領下のリールに住む妻子を案じる兄へ

　ジョルジュの弟ポールが所属する猟歩兵第 49 大隊は、フランス北東部ランスの北東隣で守備に就いていた。次の手紙は、そのポールが兄ジョルジュに宛てて書いたもので、他の家族と同様、占領下で音信不通となっていた妻と娘の身の上を案じるジョルジュの不安をやわらげるような言葉が綴られている。

1914 年 12 月 1 日（火曜）午後 3 時
ジョルジュ様
　今日、25 日付のお手紙を受けとりました。この前の手紙と同様、うれしく読みました。ぼくの方からはあまり書けなくてすみません。ご承知のように、この仕事では、必ずしも自分がしたいようにはできないからです。とくに現在のような状況では。
　お兄さんが相変わらず非常に元気で、安全な所にいるので、安心しています。
　お兄さんがどれほど愛するマルセルと幼いジャックリーヌから知らせを受けとりたいと望んでいるか、非常によくわかります。私自身、しょっちゅう二人のことを考えていますから。二人については、ぼくは心配していません。いろいろな人から得られるリールについてのニュースは、すべて悪いものではないからです。
　お兄さん、ドイツ兵は、たしかに賠償金、徴発、食糧の補給という点ではがめついかもしれませんが、住民のことは尊重しているそうですよ。もう 1870 年の時代ではありませんからね。戦争に関しては、礼儀をわきまえるようになっています。それに、フランスは世界中で大きな共感を持たれており、たとえばアメリカのような強国からの共感によって、ドイツども（人道的な見地からは、まだまだ進歩の余地のある人種）は野蛮な本能のままに行動することができなくなっています。[(1)]
　ですから、お兄さん、ご安心ください。勇気を奮い起こしてください。ぼくの多くの友人の意見によると、近いうちにリールから知らせが得られるはずですよ。
　現在ぼくが何をしているかお尋ねですが、これに関しては、ご興味がおありかもしれないことについて、先日、母に書きましたので、書き写してもらってください。
　ぼくは相変わらず元気で、天気を来るがままに受け入れています。[(2)] このような状況では、ほんとうにその日その日を生きる必要があります。そうでないと、精神的に参ってしまいますから。ぼくは心から信じ、大きな信頼を抱いています。ぼくは戦地のまっただ中にいますが、ぼくが戦っている所は北仏ほど激しくはありません。[(3)] しかし、毎日砲撃を受けていて、弾がひゅうひゅう音をたてるのを聞いています。慣れの問題です。先日、夜中にドイツ軍の塹壕から 200 ～ 300 メートルの所に斥候に行ってきました。あまりいい気分ではありませんでしたが、首尾よくいき、一発も撃たれませんでした。
　その他の細かいことについては、戦いについて知らせてほしいと母に言ってください。時間がありませんので。お元気で。心からの気持ちを。ポール

　〔冒頭余白〕アンドレ・ゴワさんによろしくお伝えください。乱文お許しください。

---

(1) あまり非人道的なことをすると、中立国アメリカを敵にまわすことになるから、野蛮な本能に歯止めがかかっている、という意味。
(2) 「天気を来るがままに受け入れる」とは、「事態を逆らわずに受け入れる」という意味の慣用表現ないし諺で、

3ª soir

Bons souvenir
à André - écris-lui
je t'en prie
Excuse mon style
de cinquième noce

Mardi 1er Décembre 1914

Mon Cher Georges,

J'ai reçu ce jour ta bonne lettre du 25 qui, comme les précédentes a été bien accueillie.

Excuse-moi si je t'écris se peu souvent.

Tu sais bien que dans le métier, on ne fait pas toujours ce que l'on veut, surtout en ce moment ci.

Je suis heureux de te savoir toujours en excellente santé et en sûreté.

Je comprends très bien, mon Cher Georges, combien tu aspires recevoir des nouvelles de ta chère Marcelle et de la petite Jacqueline.

Moi-même j'y pense bien souvent!

Je me rassure sur leur compte car toutes les nouvelles de Lille que je puis recevoir de l'un et de l'autre ne sont pas mauvaises.

Les Allemands, mon cher Georges, ont peut-être été gourmands au point de vue indemnités, réquisitions, ravitaillement, etc mais ils ont paraît-il respecté la population.

Nous ne sommes plus en 1870. On commence par se civiliser au point de vue guerre.

D'ailleurs la France a beaucoup de sympathies dans le monde entier Et celle de puissances comme les Etats-Unis, par exemple, a pu empêche les boches (race qui reste encore beaucoup à progresser au point de vue humanitaire) de donner libre cours à leurs instincts barbares.

Donc, mon Cher Georges, rassure-toi et prends courage.

De l'air de beaucoup de mes amis tu ne pourrais tarder à recevoir des nouvelles de Lille.

Tu me demandais dernièrement des renseignements sur nos occupation actuelles.

J'ai adressé dernièrement à Maman une lettre à ce sujet qui pourrait t'intéresser : demande lui la copie

Je me porte toujours très bien et prends le temps comme il vient.

Dans de tels moments il faut vraiment vivre au jour le jour, autrement l'on y serait fiché au point de vue moral.

J'ai, mon Cher Georges, une foi sincère et à grande confiance

Je suis en plein sur la ligne de feu mais où je suis la lutte n'est pas vive comme dans le Nord.

Cependant chaque jour nous sommes bombardés et nous entendons siffler les balles

C'est une affaire d'habitude

Je suis allé l'autre soir en patrouille à 200 ou 300 mètres des tranchées allemandes. Ce n'est pas folichon mais cela c'est bien passé, aucun n'avons essuyé aucun coup de feu

Pour d'autres détail demande donc à Maman de te communiquer la lettre en question : le temps me manque. - Bon courage

bien affectueusement à toi
Paul

大戦中はよく使われた（p.352 でも出てくる）。

(3) この時期の北仏での激しい戦闘については p.68 を参照。

1916 年 8 月 10 日 ── 赤十字経由での占領地とのやり取り

　ドイツ軍が占領した地域に住むフランス人と、それ以外の地域に住むフランス人との郵便のやり取り
は禁止されていた。中には通行許可証を持つ知人に手紙を託そうとする者もいたが、発覚すれば重罰を
科せられた。家族や知人との音信が一切途絶えた被占領地域に住む人々は、深い孤立感に苦しんだ。

　しかし、1916 年 4 月以降、赤十字経由で伝言のやり取りが可能になった。フランスに住む人が専用
の葉書に 20 字以内でメッセージを書いてパリのフランス内務省宛に投函すると、詳細は不明だが、お
そらくスイスを経由し、フランクフルトの赤十字を経て、ドイツ占領下の家族や知人に伝言が伝えられ
た（郵便物自体が届けられたわけではない）。返事は逆のルートをたどり、最後はフランス軍の検閲機
関のあったパリまたはリヨンから、最初に問い合わせた人に葉書で返事の伝言メッセージが届けられた。
この間、何重もの検閲が入ったから、文面は当たりさわりのないものになった。返事が届くまでに半年
前後かかり、まったく返事が得られないこともあった。[1]

　例として、ここではオート゠マルヌ県にいた男性が占領下のアルデンヌ県に住む家族に託した伝言へ
の返事を取り上げる（印刷は普通の字体、手書きは斜字体で訳）。

〔宛先〕　*オート゠マルヌ県ロッシュ゠スュール゠ロニョン経由ベッタンクール村*[2]
　　　　　イポリット・ベルナール様

〔通信面〕　貴殿が *16 年 8 月 10 日* 付でアルデンヌ県 *ヴリーニュ゠オー゠ボワ村のベルナール夫人* に宛[3]
てた伝言に対する返事

　*家族は元気です。足りないものは何もありません。ずっと仕事です。幸せな再会を期待しています。
心からのキスを。子供たちにとってよい年となりますように。*[4]

　　　　　　　　　　　　　　アリス、ベルト、ボードリ、アネーズ、ユッソンより。

フランクフルト・アム・マインの赤十字を 17 年 3 月 6 日 に経由[5]

---

(1) 以上については Cf. Strowski, 1976, p.259-277 ; Nivet, 2014, p.15-24 ; Bourguignat, 2010, p.265.
(2) オート゠マルヌ県はフランス北東部シャンパーニュ地方にある。ロッシュ゠スュール゠ロニョン村とベッタン
　　クール村は、現在は合併してロッシュ゠ベッタンクール Roches-Bettaincourt 村となっている。
(3) ヴリーニュ゠オー゠ボワ Vrigne-aux-Bois 村はアルデンヌ県北部、シャルルヴィルとスダンの間にある。
(4) この新年の祈念の言葉から、アルデンヌ県に住む家族は年末・年始頃に返事を託したと推測される。
(5) その他、住所欄の右上には「フランス内務省」の斜字体のスタンプが押されている。また、通信面の左上隅に
　　縦に押された小さな薄い斜字体のスタンプ Contrôlé は、最終段階で押された検閲印。
　　この葉書の経由した日付をまとめると、以下のとおり。
　　　1916 年 8 月 10 日にイポリット・ベルナールが伝言を書き込んだ専用葉書をフランス内務省宛に投函した
　　→ 1916 年末〜 1917 年初め頃にアルデンヌ県に住むベルナール夫人が伝言を受けとって返事を託した
　　→ 1917 年 3 月 6 日にその伝言がフランクフルト・アム・マイン（ドイツ）の赤十字を経由した

第6章 被占領地域

→ 1917年4月7日にリヨンからこの葉書が差し出された（宛先の右側の丸い消印による）
→ 1917年4月9日にイポリット・ベルナールがこの葉書を受けとった（宛先の左の斜めの書込みによる）
最初に伝言を託してから、この簡単な返事を受け取るまでに、実に8か月もかかったことがわかる。

1916 年 12 月 25 日 ── 被占領地域から帰還した人々

　さて、リールに残ったマルセルと幼いジャックリーヌは、その後どうなったのだろうか。

　実は、直前の葉書で取り上げたのと同じ方法で、リジウーのマッソン夫人がフランス内務省に問い合わせた、その返事の葉書が残されている（表面はさきほどと同じだが、裏面が異なる）。それによると、マルセルとジャックリーヌは無事にフランスに逃れてきてパリにいるというのだ。

　ドイツが占領した地域では、「口べらし」のために「非生産的」な人々はフランスに送り返す措置が取られていた[(1)]。その一環として、2 人も祖国に帰還したと考えられる。

　無事にドイツの支配から逃れてきたと知ったマッソン夫人たち、さらにはマルセルの夫ジョルジュの喜びは、いかばかりであっただろう。

　消印をみると、この葉書は 1916 年 12 月 25 日に届けられたことがわかる[(2)]。喜ばしいクリスマスの贈り物となったにちがいない。その後、この葉書はマッソン夫人がジョルジュに宛てた手紙に同封して「転送」[(3)]されたと推測される。

〔宛先〕　カルヴァドス県リジウー　ポワン・ド・ヴュ通り 5 番地　ジュリー・マッソン様

〔通信面〕　あなた様がリール在住のジョルジュ・マッソンの奥様 に *1 通* のメッセージを託された件についてお知らせします。

　確認しましたところ、*1916 年* に自由フランスに到着した祖国帰還者のリストの中に*ノール県リール*[(4)]、*マルスリーヌ・マッソン夫人*、*29 歳*[(5)] の名があります。知りえた情報によると、現在、パリのサン＝ジャック通り 19 番地イルシュマン氏方にジャックリーヌ、*2 歳* と一緒に住んでおられるとのことです。

　以上、関心がおありかと思われますので、とり急ぎお知らせいたします。　敬具

---

(1) イギリスによる海上封鎖によって輸入がストップし、食糧難におちいっていたドイツでは、自国民でさえ食べ物がなくて苦しんでいるのに、占領した敵国民を食べさせることへの反発が強まっていた。そこで、強制労働させてもあまり役に立たないような老人、子供、病人などは、「口べらし」のためにフランスの「まだ占領されていない地域」に送り返すことになった。占領当初は、被占領地域の人々は多くの不便を忍んででも住み慣れた故郷を離れたがらなかったので、強制的に送還させられたが、占領政策が苛酷さを増すにつれ、フランス支配地域に逃れたいと思う人が多くなり、1915 年後半はほとんど全員が強制ではなく自発的な帰還者となった。ドイツ側としては健康な者がフランスに帰還して軍需工場で働かれるのは防ぐ必要があったから、病弱であるという医師による認定が必要となった。ただし、ドイツ兵に金銭をつかませたり、有力者の口利きがあれば何とかなった。マルセルの場合も、有力者だったらしいイルシュマン氏（p.276 脚注 6 参照）の尽力があったのかもしれない。フランスへの帰還者は、多くの場合、まとまった人数の移送団として鉄道でドイツの南端まで移動してから、スイスの北端シャフハウゼンでスイス領に入り、スイス西端のレマン湖の西岸ジュネーヴまで移動、そこから隣のフランス領アンヌマスに入り、湖南岸の鉱水で有名なエヴィアンなどに到着した（p.372 地図参照）。こうして大戦中は合計 50 万人の被占領地域の人々（このうちアルデンヌ県出身者は合計 7 万人、リール出身者は 3 万人）が祖国フランスに帰還した（以上 Nivet, 2014, p.303-312 による）。

(2) 左下の差出局の消印は「パリ 8 区ボワスィー＝ダングラ通り、1916 年 12 月 24 日 16 時 45 分」、右上の配達局の消印は「カルヴァドス県リジウー、1916 年 12 月 25 日 ？時 20 分」。

第6章　被占領地域

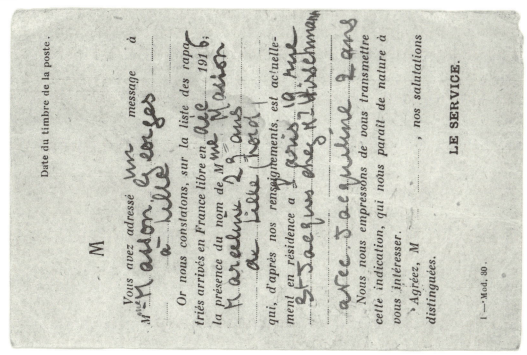

⑶「転送」については p.282 脚注6を参照。この葉書もジョルジュ宛の手紙に混じって保管されていた。
⑷「自由フランス」とは、ここではドイツに占領されていないフランスの地域を指す。
⑸ 正しくは「マルセル」だが、「ジャックリーヌ」と混同したらしく、間違えている。

1918 年 11 月 17 日 ── 戦争終結直後の北仏リールから

　大戦末期の 1918 年 9 月末、敗色濃厚となったドイツ軍は、鉄道や橋などの主だった工作物を念入り
に破壊した上で、リールの街から撤退を開始した。入れかわりに、10 月 17 日にイギリス軍がやって来
てリールの街を解放し、丸 4 年間（正確には 4 年と 4 日間）の占領生活に終止符が打たれた。10 月 19
日にはクレマンソー首相、21 日にはポワンカレ大統領がリールを訪れ、熱狂的な歓迎を受けた。この
とき、大統領からレジオン・ドヌール勲章を贈られたリール市長の述べた次の言葉は、重みがある。

　　「4 年間のあいだ、私たちは生き埋めになった鉱夫のように、外から解放を告げにくるツルハシ
　　の音がしないかと耳をそばだてていました…… そして突然、暗い坑道が開き、光が射しこんでく
　　るのを見たのです[1]」。

　それからほどなくして、11 月 11 日に休戦協定が結ばれ、戦争が終わった。
　次の葉書は、リール解放のちょうど 1 か月後（休戦の約 1 週間後）、リール在住の女性がパリに住む
おじに送ったもの。
　リールの街は、この絵葉書の写真のように甚大な被害を受けただけでなく、占領下の市民は苦難の
日々をすごした。それだけに、フランスの勝利で戦争が終わった喜びは、ひとしおだったにちがいない[2]。

　リールにて、18 年 11 月 17 日
　おじ様
　金曜日以来、どうされていますか。ネネットは？
　こちらでは、ついにいとしいエミール[3]に再会することができ、みな喜んでいます。エミールは少し疲
れていましたが、とても興奮した状態で、きのうの土曜の昼に到着しました。
　おじ様はさびしい思いをされていませんか。おじ様が帰ってこられるのは、いつでしょう。もう、ま
もなくのはずですね。
　シャルルは本当に 22 日ですか。なんと幸せなことでしょう。
　幸福に満たされながら、最後に愛情をこめてキスを送ります。

　　　　　　　　　　　　　　　　　　　　　　　　　　　　　　　　ステファネットより

　〔宛先〕パリ 9 区　ピガール通り 45 番地　砲兵隊監察官[4] エミール・カボッシュ様

⑴ Pierrard, 1967, p.284.
⑵ 絵葉書の写真説明には「リール、ピクリー通り」とあるが、リールの街はいたる所でこのような廃墟と化して
　いた。もし戦争に負けて写真のような廃墟が残ったのだとしたら、このように喜んでいることはできず、むし
　ろ前途への不安のほうが大きかったのではないだろうか。ただし、「寒さと飢えによって疲弊した市民は、必
　ずしももう喜んだり笑ったりする力があるとは限らなかった」（Blancpain, 1980, p.279）という証言もある。
⑶ この葉書の相手も「エミール」なので、同名の別人ということになる。フランスでは子供が生まれると 1 〜 2
　世代前の家族や親戚と同じ名前をつけることは珍しくない。

第6章 被占領地域

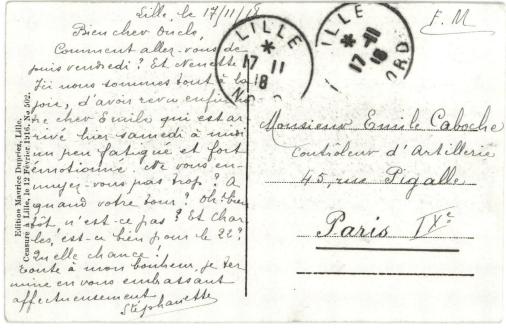

(4) Guy François 将軍の御教示によると、「砲兵隊監察官」という役職は軍には存在しない。軍需工場での大砲などの兵器の検査は本来は将校がおこなうが、大戦中は量が多すぎて追いつかず、一部は民間にも委託されていたので、そうした非公式な役職だったのではないか、とのこと。いずれにせよ、こうした軍関係者を思わせる肩書きによって、F.M.※という書き込みが有効と見なされ、郵便料金が免除になっている。

占領下の「告示」

　街が占領されるとどうなるかを示す例として、開戦後まもない 1914 年 9 月 4 日〜 12 日、大聖堂で有名なフランス北東部の都市ランスをドイツ軍が占領したときにランス市長がドイツ軍に強要されて市民に発布した「告示」の日本語訳を以下に掲げておく。[1]

告示

　　本日または近日中にランス近郊またはランス市内で戦闘が発生した場合、住民は極力冷静を保ち、いかなる方法によっても戦闘に加わろうと試みてはならないので、この旨、通告する。住民は、ドイツ軍のはぐれた兵士や分遣隊を攻撃しようと試みてはならない。また、バリケードを築いたり、道路の敷石を剝がして部隊の動きを妨害することなど、要するに何らかの形でドイツ軍にとって害となりうる一切のことを企てることを固く禁止する。

　　部隊の安全を十分に確保するため、またランス市民の静穏を保証するため、下記に挙げた人々がドイツ軍総司令部によって人質に取られた。わずかでも擾乱の企てがあった場合は、これらの人質を絞首刑に処する。また、前記の規定に対して何らかの違反があった場合は、街の一部または全部に火を放ち、住民を絞首刑に処する。

　　逆に、街が完全に平穏のままである場合は、人質と住民はドイツ軍の保護下に置かれる。

ドイツ当局の命令により

市長ラングレ[2]

ランスにて、1914 年 9 月 12 日

　ここでは短い「告示」を選んだが、もっと長いものもある。たとえば、本章で取りあげたリールの街でドイツ軍が発布した「告示」には多数の詳細な規定があるので抜粋しておく。[3]

― 「駐留軍司令部の許可なく、フランス軍もしくはドイツと交戦しているいずれかの国に属する人物または疑わしい人物を自分の家に住まわせた者もしくは隠匿した者は、銃殺する。」（1914 年 10 月 15 日の告示第 4 項）

― 「住民から食事の提供を受ける兵士は、1 日 1 人あたり以下のものを受け取るものとする。750 g のパン、375 g の新鮮な生肉もしくは塩漬けの生肉または 200 g の燻製の肉（牛、豚、羊、ラードまたはソーセージ）、〔以下略〕。」（同第 6 項）

― 「5 人を超える人が集まることを禁じる。」（同第 9 項）

― 「日中はすべての住居および商店のよろい戸を開放しておかなければならない。」（同第 11 項）

― 「公共の時計ならびにホテル、カフェ、旅館の時計は、今日から修理、作動させ、ドイツ時間を示すようにしなければならない。」（1914 年 10 月 29 日の告示第 13 項）[4]

― 「犯人不明の犯罪については、住民全員がその責を負うものとする。」（同第 16 項）

⑴ Bouhélier, 1915, p.12。この末尾にはドイツ軍に取られた人質の名前が列挙されているが、訳は省略する。

⑵ ジャン゠バティスト・ラングレ Jean-Baptiste LANGLET はランス市長（1908 〜 1919 年）。

⑶ 以下、Nivet, 2014, p.385, 387 に引用されている。

⑷ 当時のドイツ時間は、時差により、フランス時間よりも 1 時間早かった。

第7章　アルザス

　1870年の普仏戦争後にドイツ領となったアルザスでフランス語の「最後の授業」がおこなわれてから四十数年後、1914年にフランス軍が奪還した地域での「授業の再開」のようすを写した絵葉書。

　写真の上には「オート゠アルザスの或る村で、ドイツ人教師の立ち合いのもと、フランス兵士によっておこなわれるフランス語の授業（1914年11月）」と印刷されている。

　この写真を見た差出人のフランス兵が、ペンで左上に「一番しあわせな子たちだな、ここにいるこの子たちはみんな。」と書き込んでいる。

　章末のコラム（p.318）を参照。

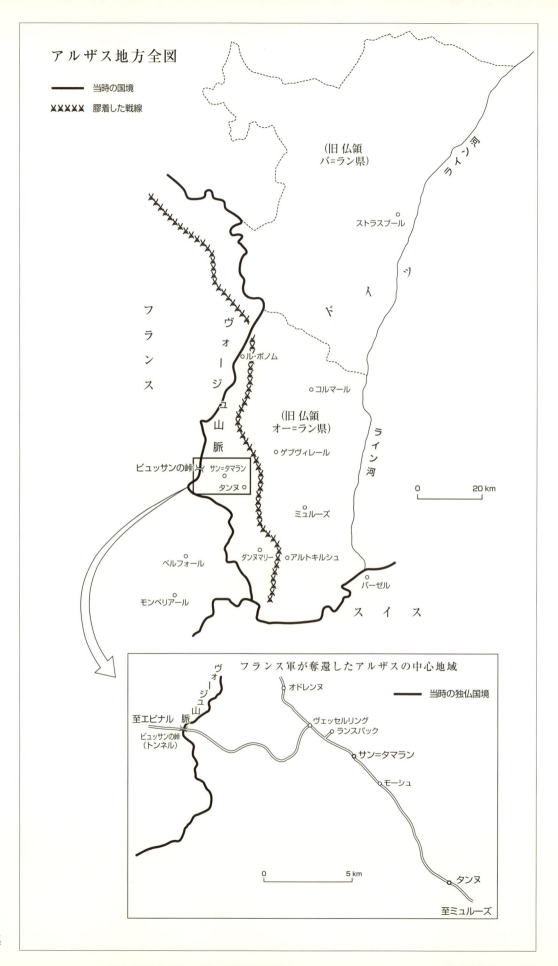

第7章　アルザス

アルザスの解説

　1870 年の普仏戦争でフランスが敗北すると、1871 年のフランクフルト条約によって、アルザス地方
ほぼ全域とロレーヌ地方の一部がドイツ領となった。

　ただし、このときにドイツ領に併合された地域に住む住民も、フランス領に移住することでフラン
ス国籍を「選択」することができた。これを受け、約 20 万人のアルザス・ロレーヌ住民が故郷を離れ、
フランス国内に移住した[1]。他方、政治体制の変化に関心のなかった人々や、職業上の事情などから先祖
伝来の土地を離れられなかった人々は、そのまま残って「ドイツ人」となり、徴兵されると当然ながら
ドイツ軍に編入された。このとき、同じ家族・親戚でありながらフランス領とドイツ領に分かれて住む
人々もいて、戦争中は敵味方に分かれて戦ったという話を、アルザスに住む子孫から聞いたことがある。

　大戦が始まると、22 万人のアルザス・ロレーヌの男性がドイツ軍兵士となった[2]。これらの兵士は、
フランス軍と接触しないよう、おもに東部戦線に派遣されてロシア軍と戦った。逆に、開戦前後に国境
を越えてフランス軍に合流する者も続出し、約 2 万人のアルザス・ロレーヌの男性がフランス軍の志願
兵となった。また、ドイツ当局に弾圧される恐れのあったフランス寄りの思想を持つアルザスの民間人
もフランスに脱出したが、脱出できずに殺害された者は 3 千人、捕らえられた者は 2 万人に達した[3]。

　ベルフォールに拠点を置いていたフランス軍は、象徴的な意味をもつアルザスを奪還することで愛国
心を煽るという目的もあって、開戦後すぐにアルザス南部に攻め入り、アルザス随一の規模を誇るミュ
ルーズを占領するが、すぐに奪い返されてしまう。1914 年末には戦線が膠着し、以後はアルザスの中
でもフランス寄りにあるごく一部の地域（タンヌ村やサン゠タマラン村など）だけがフランス領アルザ
スとなり、まがりなりにも日常生活が営まれ、学校では四十数年ぶりにフランス語の授業も再開された。

　しかし、フランス国籍を選択せずにアルザスに残って「ドイツ人」となっていた人々を、フランス当局
は不信の目で見ていた。フランス軍は、「奪還」した地域のアルザス住民のうち、とくにドイツ軍への召
集対象となる成年男性を捕らえ、フランス国内の収容所に連行した。アルザスをドイツの支配から「解放」
しにやって来たはずのフランスがアルザスの人々を「監禁」したのだから皮肉な話である。同様に、開戦
の直前直後の時期にフランスに逃れたアルザス住民も、当初は「ドイツ人」として扱われ、収容所に入れ
られた。こうした人々は、ドイツ寄りの怪しい者（監禁継続）、中間の者（監視下に置かれ解放）、フラン
ス寄りの感情を有する者（避難民扱い、解放）の 3 種類に分類され、解放された者は工場などで働いた[4]。
フランス軍に志願すれば、もちろんフランス寄りと判定され、フランス国籍が与えられた。

　当のアルザス住民はどう思っていたかというと、大戦前から親フランス派、親ドイツ派、独立派とい
う 3 つの考え方が存在した。アルザス住民はおおむねフランス軍を歓迎したが[5]、独仏両軍のはざまで翻
弄された住民の中には、フランス兵に敵意を抱く者もいた[6]。

　本章では、テーマ別に、アルザス奪還、収容所への連行、戦争終結後という順で取りあげる。

----

(1) ロレーヌ地方も併せた数字（Cochet & Porte, 2008, p.37）。ジョゼフ・サンブフ（p.38 参照）もこの一人。

(2) Grandhomme, 2008, p.26 による（1918 年には 38 万人に増えた）。

(3) Grasser, 2013, p.88.

(4) Farcy, 1995, p.51-62 ; Grandhomme, 2008, p.24-25 ; Grandhomme, 2009, p.104.

(5) たとえばマスヴォー Massevaux（現マズヴォー Masevaux）に住んでいた男性は、手記の中でフランス軍を歓迎
　する言葉を記し、タンヌ村の住民が歓迎するようすも伝え聞いて記している（Willmé, 2014, p.23, 25）。

(6) p.96 の手紙や p.296 の葉書を参照。

295

1914年8月18日 ── ミュルーズ攻撃を控えたフランス兵

　フランスの公式な（プロパガンダ的な）見方によれば、普仏戦争の結果無理やりドイツに併合された
アルザスをフランス軍が奪還すれば、アルザスの住民はドイツから解放されて喜び、フランス軍に感謝
する…… はずだった。もちろん、その図式どおりにフランス軍がアルザスの住民に歓迎された場合も
多かったが、次の葉書の最後の部分を読むと、実際には不信感や敵対心を抱かれていた場合もあったこ
とがわかり、少し衝撃を受ける。

　この葉書は、開戦の2週間後、アルザス南部最大の都市ミュルーズの攻撃を翌日に控えたフランス兵[(1)]
が両親に書いたもので、ドイツ統治時代に作られたマンスパック村の絵葉書が使われている。[(2)]

　マンスバックにて、1914年8月18日

　ご両親様

　現在、私たちはマンスバック村にいます。私はこの葉書に写っている建物に住んでいます。ここはド
イツ領で、明日私たちが行く予定のアルトキルシュまで数 km のところです。ミュルーズがドイツ軍に[(3)]
奪い返されました。明日、ドイツ軍に攻撃を加えるつもりです。

　こちらは地域一帯が荒廃し、建物は焼き払われ、砲撃によってあとかたもなくなっています。きのう
私たちがいたブルボットの近くで戦闘があり、フランス軍は死者150名、ドイツ軍は死者800名を出し[(4)]
ました。

　ここの人々は私たちのことを疑わしそうな目で見ており、ガキどもは通りすがりに握りこぶしを作っ
てみせます。[(5)]

　私は元気です。皆さんもお元気だと思います。皆さん全員にキスをします。

サイン（レオン）

---

(1) ミュルーズ Mulhouse はアルザス南部随一の規模を誇る都市で、ヨーロッパ屈指の産業の中心地として「フラ
　　ンスのマンチェスター」とも呼ばれた。開戦直後の1914年8月8日にフランス軍が占領したが、2日後の10
　　日にドイツ軍に奪い返された。8月18日付のこの葉書に「明日、ドイツ軍に攻撃を加えるつもりです」と書か
　　れているとおり、8月19日に再びフランス軍が攻撃を加えて奪還するが、8月25日に再びドイツ軍に奪い返
　　され、以後は戦争終結までドイツ軍の支配下に置かれることになる。

(2) マンスパック村は、フランス軍の拠点のあったベルフォールから東に進んだ街ダンヌマリー（p.298 参照）の
　　南隣にある。フランス語では Manspach と綴り「マンスパック」と発音するが、ドイツ語では Mansbach と綴り
　　「マンスバッハ」と発音する。絵葉書の写真説明にはドイツ語で「オーバーエルザス県マンスバッハ村からご
　　挨拶、王冠食堂（D. カイザー未亡人）」と印刷されている（「〜からご挨拶」は当時のドイツの絵葉書の決まり
　　文句。「オーバーエルザス県」はフランス語の「オー=ラン県」に相当し、アルザス地方の中でもスイスに近く
　　標高の高い南半分を指す）。このドイツ語につられて、差出人もドイツ語の綴りで書いているが、それでもフ
　　ランス風に「マンスバック」と発音したはずである。なお、写真に写っている自動車は、リオン=プジョー（現
　　プジョー社の前身の一つ）の V2C2 というモデルで、この村で最初の自動車とのこと。

(3) アルトキルシュ Altkirch はマンスパック村の数 km 東にある街。1914年8月7日にフランス軍が攻め入った
　　（これを記念して「8月7日通り」という通りが現存する）が、8月下旬にドイツ軍に奪われてしまう。

(4) ブルボット Brebotte は、差出人のいるマンスパックとベルフォールとの中間あたりにある村。

第7章　アルザス

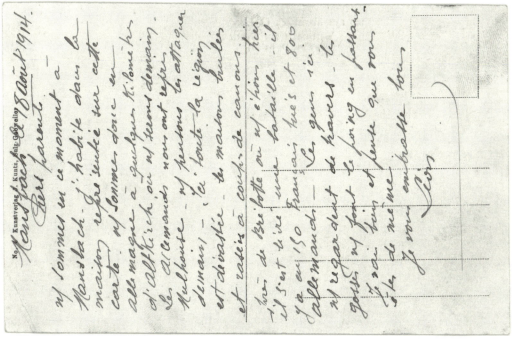

(5) こうしたフランス軍に対する敵意は、p.96 の手紙にも読み取れる。実際、普仏戦争から 40 年以上が経過し、フランスに移住せずにアルザスに残った人々は、ある程度ドイツを受け入れていたらしい。また、あまりフランス軍を歓迎すると、逆に今度ドイツ軍がやって来たときに「裏切者」のレッテルを貼られて処罰されるケースもあったので、あまり歓迎の態度を示せなかったという事情も考えられる。いずれにせよ、独仏のはざまで翻弄されたアルザスの人々の感情は、そう一筋縄では捉えられないのかもしれない。

1914年8月21日 ── ダンヌマリー村役場にはためく三色旗

　純粋に戦略的な重要性というよりも、普仏戦争で奪われたアルザスを取り戻してドイツに仕返しをするという象徴的な意味あいから、開戦早々、フランス軍はアルザスに攻め入った。しかし、大都市ミュルーズは結局ドイツの手に渡り、アルザスのなかでもフランス寄りに位置する小さな村々を支配下に収めただけで満足することになった。
　次の葉書は、こうした村の一つ、ダンヌマリー村(1)に来ていたフランス兵が(2)アルザスの西側にあるモンベリアール(3)に住む母親に送ったもの。
　1870～1871年の普仏戦争の「お返し」をすることに成功したが、ライン河を越えて旧ドイツ領内まで攻めていかなければ本当に「お返し」をしたことにはならない、というようなことが書かれている。

　ダンヌマリー村にて、1914年8月21日
　お母様
　村役場のバルコニーにはフランスの国旗（1870年以来ここで保管されていた国旗）がひるがえっており(4)、通りにはフランス軍の部隊があふれかえっています。私も赤いズボンをはいて(5)、ここにいます。
　やつらは70年と71年にはお母様のいるところにやって来ましたが、私はそのお返しをしてやったわけです。しかし、本当にお返しをするにはライン河の対岸に行かねばなりません。
　皆さんに愛情のこもったキスを。（サイン）

〔宛名〕　ドゥー県モンベリアール　グランジュ通り65番地　トゥーロ様方　デュボワ様

---

(1) ダンヌマリー Dannemarie（ドイツ語では Dannerkirch ダンマーキルヒ）村は、アルザス地方の南西部に位置する（前ページのマンスパック村の北隣）。この絵葉書も大戦前に発行されたものなので、写真説明にはドイツ語で「オーバーエルザス県ダンマーキルヒからご挨拶」と印刷されている。

(2) この差出人のフランス兵は所属が書かれていないが、葉書の宛名の上に丸い大きな「ベルフォール軍事病院院長」の印が押されている。通常、こうした軍事病院の印は、入院中の兵士が差し出す郵便物に押される（たとえば p.91 の封筒と脚注9を参照）。しかし、この葉書の場合、本文を読むと差出人はダンヌマリーにいると書かれているので、この病院に所属・勤務する看護兵などだった可能性が考えられる。

(3) モンベリアール Montbéliard はアルザスの西側（フランス領内）のベルフォールの南隣にある街。普仏戦争時には東から攻めてきたプロイセン軍に占領された。宛先の左下に押された消印は、不鮮明だが「ドゥー県モンベリアール、14年8月31日」と読める（到着印）。

(4) 写真面をよく見ると、バルコニーのところに本文と同じペンで三色旗が描き込まれている。印刷では、ほとんど見えないのだが……。

(5) 大戦初期にはフランス軍の軍服のズボンは赤だった。ただし、目立ちすぎて敵の攻撃の的となり、犠牲者が増えたという反省から、1915年以降に全身くすんだブルーに切り替わることになる（付録1の22通目を参照）。

1915年2月10日 ── アルザスに抜ける峠から娘へ

　荒れた戦場では、幼い娘との葉書のやり取りが心の慰めとなった兵士も多かった。
　次の葉書は、フランスからアルザス（フランス軍が奪還した地域）に抜ける途中にあるビュッサン村(1)の峠のトンネルを通った兵士が、アンドレという名の娘に宛てたもの。自分のことを「パパ」ではなく「パー」と呼んでいるが、そのように娘に呼ばせていたらしい。
　娘を溺愛していた父親の姿が目に浮かぶ。

　ビュッサンにて、1915年2月10日
　かわいいアンドレ、おまえに父としての愛情をそっくり送る。ママの言うことを聞いて、おりこうにするよう、励ますために。
　学校ではよく勉強して、先生に愛され、かわいがられるようにするんだぞ。それこそ、よい生徒が示しうる最大の美徳だ。
　おまえのパーがいちずな愛情を示すことができる楽しみを待ちわびながら、それでは、さようなら。
　おまえにはたくさんのキスを。私の代わりに、ママにキスをしておくれ。二人のおばあちゃんと、それからおじいちゃんにも。この三人には愛情をこめた握手を送ります。

〔本文の右上〕　おまえのパー、ジャックより

〔写真面の書込み〕
　おまえのパーは、1915年2月4日の夕方に自動車でこのトンネルを通ったんだよ。

---

(1) ビュッサン Bussang 村は、西のヴォージュ地方（フランス領）と東のアルザス地方（当時ドイツ領）とを分け隔てるヴォージュ山脈の峠の村で、当時の独仏国境のぎりぎりフランス側（ヴォージュ県）にあった。写真の下の説明には「トンネル内から見た眺め（アルザス側）」と書かれている。トンネルの向こう側がアルザス（東側）で、この道を写真の奥の方に進んで下ってゆくと、サン＝タマラン村（p.304参照）やタンヌ村（p.302参照）に出る。なお、この写真のトンネルを出た左側に柱が3本立っているが、このうちの3本目は当時の独仏国境を示す標柱で、ここから先がドイツ領だった。この標柱は1870年の普仏戦争に勝利したドイツが新しい国境沿いに設置したもので、この写真では見えないが、柱の上部の円盤部分には王冠を戴いた鷲のマークが描かれ、ドイツ語で DEUTSCHES REICH（ドイツ帝国）と書かれている。当時はフランス兵がこの柱を倒してアルザスに踏み入る図や写真が流布した。

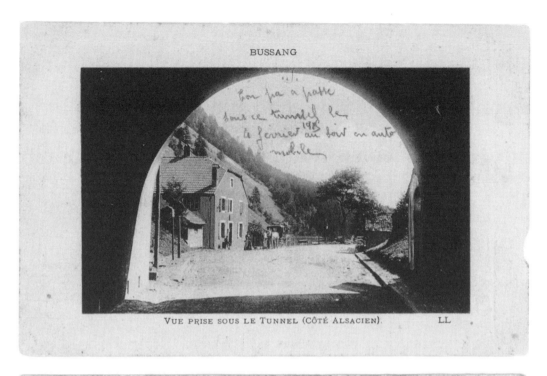

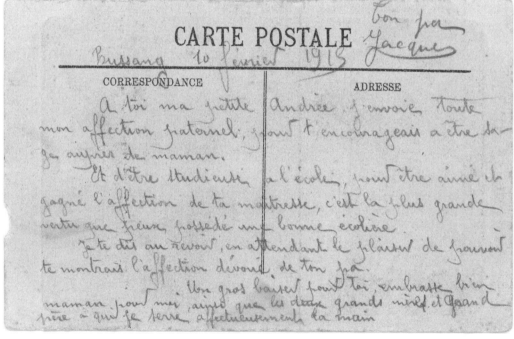

1915 年 5 月 15 日 ── タンヌ村役場の新旧二つの印

　フランス軍が奪還したアルザスの中心地（県庁）となったのはタンヌ村だった。フランス軍の最高司令官ジョッフル将軍もたびたびタンヌ村に足を運び、タンヌ村はフランス軍によるアルザス奪還という象徴的な意味あいが付与されるようになっていた。[(1)]

　このタンヌ村の村役場では、ドイツ統治時代に使われていた印鑑が廃止され、代わりに普仏戦争以前に使われていたフランス統治時代の昔の印鑑が復活することになった。これを記念し、フランス兵たちが村役場に立ち寄り、新旧 2 つの印を絵葉書に押してもらうことが流行した。次の葉書もその典型的な例である。[(3)]

　　リオン様

　このタンヌ村の葉書を送ります。この葉書には、1870 年以前の村役場の古い印と、それ以降にドイツ人たちが使っていた印が押してあります。いまや我々がタンヌ村を所有することになりましたので、古い印が再び有効となりました。

　このすばらしい土地で、元気でやっています。最近、うまくいっているとおわかりになると思います。

　皆さん全員にキスを送ります。弟より（サイン）

　　今日 1915 年 5 月 15 日

〔宛先〕　オート゠ガロンヌ県　トゥールーズ　メッス通り 23 番地　リオン・バダン様[(4)]

---

(1) タンヌ Thann 村は前ページのビュッサンの峠を下った所にある。開戦早々、1914 年 8 月 7 日にフランス軍が初めてタンヌ村にやって来た。その後、頻繁にドイツ軍の砲撃や爆撃を受け、合計 120 人の民間人が死亡したが、大戦を通じてフランス軍が支配した。この絵葉書の写真上にはフランス語で「オート゠アルザス、タンヌ全景」と印刷されている（オート゠アルザス Haute-Alsace は標高の高いアルザス南半分を指す呼称で、ほぼ「オー゠ラン県」に相当するが、当時はドイツ領だったので、県名で呼ぶのが避けられている）。写真説明の語句がフランス語で書かれているので、フランス軍がやってきた 1914 年 8 月以降に発行された絵葉書のはずだが、写真をよく見ると、戦争の爪痕がまったく見られない。おそらく戦前のドイツ統治時代に写された写真のネガを使用し、フランス語の説明文をつけたのだと思われる。

(2) たとえば、1914 年 11 月 24 日、ジョッフルはタンヌ村役場に集まったアルザスの人々に対して、「私はフランスであり、皆さんはアルザスです。私は皆さんにフランスのキスを差し上げます。」と述べ、この単純だが力強い言葉は新聞各紙でも取り上げられ、歴史的な「名言」となった。

(3) 本文の上には大きな印が 2 つ並んでいる。右側の印は普仏戦争後のドイツ統治時代（1871 〜 1914 年）に使われていた印で、外周にドイツ語で「オーバーエルザス県 タン村役場」と書かれ、中央には王冠を戴いた鷲が羽を広げたところが描かれている。左側の印はドイツ領になる以前（1871 年以前）に使われていた印で、フランス語で「オー゠ラン県 タンヌ村役場」と書かれ、月桂樹の葉（向かって右側）と柏の葉（左側）を組み合わせた装飾が描かれている。この昔のフランスの印は、おそらく役場の隅に保管されていたもので、これが今後は再び有効になったわけである。当時は「とくに兵隊の間で、役場に手紙を持っていって記念として役場の印を押してもらうことが流行していた」(Strowski, 1976, p.292)。つまり、この 2 つの大きな印は、特に意味のない

第 7 章　アルザス

「コンプレザンス印*」である。これに対し、宛先の右上の部隊印（「主計及び郵便* 85、15 年 5 月 15 日」）は、これが押されていれば郵便料金が無料になるという実用的な意味がある。
(4) 受取人には Dr.（博士）の敬称がついている。

1916年4月1日 ── 奪還したサン=タマラン村への爆撃

　大戦中一貫してフランス大統領を務めたレイモン・ポワンカレは、フランス軍が奪還したアルザスの主要な村であるサン=タマラン村を含むアルザスの地を何度も訪れている。この絵葉書の写真も、ポワンカレがこの村を訪れたときのようすを写したもので、沿道の右奥で住民が一行を歓迎している。

　当時、この地域は戦局が安定し、子供が学校に通うなど、市民生活が営まれていた。こうした絵葉書は、アルザス奪還を宣伝しようとする多分にプロパガンダ的な意図で広められたともいえる。しかし、通信文を読むと、そうはいってもドイツ軍の爆撃を日常的に受けていたことがわかる。フランス軍の獣医が妻に宛てて書いている。

サン=タマランにて、1916年4月1日
　昨日の葉書で、ドイツどもの飛行機が活発にしていると書いたけれど、村の近くに7発の爆弾を落としていったよ。しかし、草地に落下したから、被害はまったくなかった。今朝の4時半、新たに2発。たえず上空を飛んでいるが、我が軍の75mm砲兵隊によって街はしっかりと守られており、飛行機はしばしば引き返すのを余儀なくされている。

〔差出人〕郵便区※192　第14輜重隊　第36中隊　司令部　獣医ルイ・オーブリ
〔宛先〕ヴォージュ県タントリュ村　ルイ・オーブリ奥様

---

(1) サン=タマラン Saint-Amarin 村はビュッサンの峠 (p.300) を下りてすぐのあたり、タンヌ村よりもだいぶ手前（大戦前のフランス領に近いところ）に位置する。タンヌ村と並ぶ重要な村となっていた。
(2) 写真下の説明には「オート=アルザス、サン=タマラン村、共和国大統領の訪問、1915年8月9日」と印刷されている。ポワンカレの回顧録の1915年8月9日の項にもこのときのことが記され、ポワンカレの友人で、日本を舞台にした小説『お菊さん』の作者としても知られる作家ピエール・ロティも同行していたと書かれている (Poincaré, 1931, t.VII, p.21)。この写真の一行の中央で、やぎのような白い顎鬚を生やし、右手を挙げて歓声に応えているのがポワンカレだが、その右側の1人おいて奥まったところ（一行の最後尾）に小さく写っているのがおそらくピエール・ロティだと思われる (Cf. Fischbach & Wagner, 2007, p.50)。
(3) 75mm砲の牽引や物資の輸送などで、当時は馬が大活躍したから、馬の世話をする獣医も必要とされた。
(4) 当時の飛行機は低い高度しか飛べなかったから、高射砲として高い角度を狙えるように台座を改造した75mm砲によって、飛来するドイツ軍の飛行機を撃墜することができた (François, 2013, p.27)。ちなみに、フランス北東部の大聖堂で有名なランスで高射砲の部隊に属していた兵士は、1916年6月28日付の葉書でこう書いている。「ドイツ野郎が飛ばす『鳥』を狙って撃っているんだが、あいつらは本当にすぐに引き返していくんだ。我々の防衛線を突破していったのは、今まで1機しか見たことがない」（筆者蔵）。
(5) タントリュ Taintrux 村は、ヴォージュ山脈を挟んでアルザスの西隣にあるヴォージュ県の村。

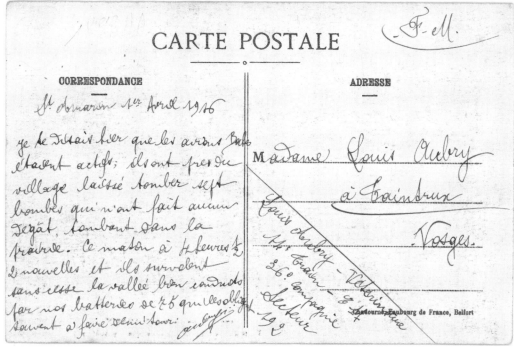

1916 年 7 月 9 日 ― 逆向きに走るアルザスの蒸気機関車

　ドイツからアルザス地方を奪い返すことはこの戦争の目的の一つでもあったから、アルザス奪還は大々的に宣伝された。

　次の絵葉書は、写真の上に「1914 ～ 1916 年の戦争、オート=アルザス。ヴェッセルリング[(1)]とタンヌの間を走る最初のフランスの汽車」と印刷されているが、これもアルザス奪還をフランス国民が実感できるようにするために、プロパガンダ的な意図のもとでつくられたものだといえる。

　写真面の右上にはヴェッセルリング郵便局の消印[(2)]（1916 年 6 月 27 日）が押されている。この葉書を使って、アルザスに来ていた兵士が、故郷の南仏に住む妻と思われる女性に宛てて書いている。

16 年 7 月 9 日

この葉書に写っている汽車が 15 km の道のりしか走らないのは残念なことだ。

汽車が逆向きにつながれているのがわかるだろう。

終着駅で正常な向きにすることができないからだ。[(3)]

〔宛名〕ロ=テ=ガロンヌ県アジャン[(4)]　コロンヌ通り 34 番地　T. トール奥様

---

(1) ヴェッセルリング Wesserling 村は、ビュッサンの峠（p.300）を下りてすぐのあたり、前ページのサン=タマラン村よりもさらに手前（フランス寄り）に位置する。ビュッサンの峠を下りてアルザス南部の中心地ミュルーズへと向かう谷には、道路に沿って鉄道が走っている。1914 年にドイツで作られたアルザスの鉄道地図によると、当時の独仏国境に近いヴェッセルリング駅から、南東に向かって順に

　　ヴェッセルリング駅 → サン=タマラン駅 → モーシュ駅 → （2 駅省略）→ タンヌ駅

と駅が並んでいる。この間、全長約 15 km。

(2) ヴェッセルリング郵便局は 1915 年に開局した。1915 年になると戦局が安定し、フランスが奪還した地域では、それまでの軍の郵便に代わって民間の郵便局が郵便業務を担当するようになったからである。順に、

　　1915 年 2 月 1 日　　タンヌ Thann、モーシュ Moosch、ヴェッセルリング Wesserling

　　1915 年 2 月 11 日　　ダンヌマリー Dannemarie、マスヴォー Massevaux（現マズヴォー Masevaux）

　　1916 年 12 月 1 日　　モントルー=ヴィウー Montreux-Vieux

の 6 つの郵便局が開設された（Strowski, 1976, p.292）。なお、本文の日付（7 月 9 日）よりも、押された消印の日付（6 月 27 日）の方が早いのは奇妙に思われるかもしれない。これは、アルザス奪還という歴史的瞬間に立ち会ったことを記念に残すために、わざと郵便局で消印だけ押してもらい（「コンプレザンス印*」）、しばらくしてから実際にこの葉書を使うことに決め、封筒に入れて送ったからである。

(3) この写真に写っている汽車は、煙がたなびいている方向からして、写真の向かって左に走っているが、たしかによく見ると、牽引している蒸気機関車の向きが逆になっている（本来なら煙突が先頭、つまり写真の左端にくるはずである）。つまり、この汽車はバックしながら走っているわけだ。これは、差出人が指摘しているように、折り返し地点（タンヌ駅）には汽車を U ターンさせる設備がなかったことによる。U ターンが可能なのは、もっと先にある、分岐やループなど多くの線路の入り組む大きなミュルーズ駅だった。しかし、ミュルーズは結局フランス軍が奪還することはできなかった（p.296 脚注 1 参照）。こうして、この逆向きに走る汽車を写した絵葉書は、フランス軍はアルザスのなかでもごく一部の地域しか奪還できていないことを、はからずも露呈しているといえる。この葉書の差出人は、そのことを正確に見抜いていたわけだ。

(4) アジャン Agen はフランス南西部ボルドーとトゥールーズの中間にある街。

1915 年 2 月 24 日 ── フランス軍に拘束されたアルザスの村の男性

　以下では、フランスの収容所に連行されたアルザス住民またはその家族が書いたものを 3 通取り上げる。

　1870 年の普仏戦争後にアルザスがドイツ領となったとき、フランスに移住せずにアルザスに残った人々は当然「ドイツ人」となり、健康な成年男性は徴兵義務によってドイツ兵となった。アルザス男性はフランス軍にとって潜在的な敵となりえたから、フランス軍は攻め入った地域の男性を捕らえ、フランス国内の収容所に連行した。その後、フランス寄りの考えをもつと判定された者は、捕虜というよりも避難民扱いされ、よい食事も提供される収容所（おもにフランス南東部のリヨン近郊または南仏）に集められた。サン＝ランベール＝スュール＝ロワール村に設けられた収容所もその一つである。⁽¹⁾

　次の葉書は、アルザスのル・ボノム村に住んでいて拘束され、この収容所に入れられた男性がフランスに住む従姉に宛てて書いたもの。綴り間違いは相当含まれているが、これだけ正しいフランス語で書ければ、立派なフランス人だといえる。⁽²⁾

　　サン＝ランベール＝スュール＝ロワール村にて、1915 年 2 月 24 日
　　親愛なるいとこへ

　少し時間がありますので、近きょうをお知らせします。私が捕りょとしてフランスにやって来て、まもなく 7 か月になります。ル・ボノム村出身の者は 3 人います。ニコラ・ミヌーのせがれ、プティドゥマンジュ、そして私です。ル・ボノム村で捕りょになったのです。ル・ボノム村周辺はほとんどすべて破壊され、人々はひ難しました。民間人は 15 人死亡し、負しょう者は多数、焼けた農家は 40 軒以上で、破かいされた農家は数え切れません。弟のアルベールと義理の弟は、どこにいるのかわかりません。便りがありませんので。フォーリュでは 3 軒しか被害がなかったそうです。シモンの家と私の家は、前回受けとった手紙によると、いまのところ何ともないとのことです。⁽³⁾

　〔本文左の余白〕　皆さん全員、相かわらずお元気でいることを願っています。私はとても元気です。いとこのマリーとマリーの子どもたちに宜しくお伝えください。

　　それでは。いとこジャン＝バティスト・ラマーズより

　〔写真面余白〕　すみませんが、いとこのマリーにも書きたいので、住所を教えてください。それから、エミールさんご自身の住所も正確に教えてください。この葉書の書き方できちんと届くかわかりませんので。私の住所も書いておきます。

　　　フランス ロワール県　サン＝ランベール＝スュール＝ロワール捕りょ収容所
　　　ジャン＝バティスト・ラマーズ

　〔宛先〕　フランス　ヴォージュ県　プランファン村⁽⁴⁾　バランソン在住
　　　　未亡人 エミール・ミリオン奥様

───────────

(1) サン＝ランベール＝スュール＝ロワール Saint-Rambert-sur-Loire 村はリヨンの南西約 55 km にある。ここにアルザス・ロレーヌの民間人を対象とした収容所があった（Médard, 2010, p.105；Le Naour, 2014, p.77）。絵葉書の写真に写っているのは、隣村のサン＝ジュスト＝スュール＝ロワール村。両村は合併して、現在はサン＝ジュスト＝サ

308

第 7 章　アルザス

ン゠ランベール村となっている。葉書の宛先の上には収容所所長の大きな二重丸の印が押されている（その右下は収容所の近くの郵便局で押された消印で、左下はプランファン村の郵便局に到着したときの印）。
(2) ル・ボノム Le Bonhomme 村は、コルマールの 20 km 北西、当時の独仏国境のすぐ東側（ドイツ領）にある。
(3) フォーリュ Faurupt はル・ボノム村の北東隣にある集落。
(4) プランファン Plainfaing 村は、当時の独仏国境を挟んでル・ボノム村のすぐ西側（フランス領）にある。

1915 年 2 月 2 日 ── アルザス女性からアノネー収容所にいる兄弟へ

　アルザスに住んでいた「ドイツ人」男性のうち、フランス寄りの考えを持つ人々はドイツ軍に編入されるのを嫌って自発的にフランス領に亡命した。しかし、そうした人々も当初はフランスでは「ドイツ人」として扱われ、フランス国内の収容所に連行された。

　次の手紙は、フランス軍が奪還したランスパック村の近くに住んでいた 40 歳の女性が兄弟数人に宛てたもの。この兄弟たちはランスパック村で小さな織物工場を経営して働いていたが、ドイツ軍に編入されるのを避けてフランスに逃れ、フランスのアノネー収容所で退屈な日々を送っていたと伝承されている。完璧なフランス語で書かれている。

　1915 年 2 月 2 日　火曜　　兄弟の皆さん

　少し時間ができましたので、こちらのようすをお伝えします。こちらもランスパック村も、あいかわらず良好です。母もまったく元気で、さいわいこの冬も何ごともありませんでした。皆さんもそうだと思っています。今のところ、私たちはフランス兵によってしっかりと守られています。猟騎兵、輜重兵、アルプス猟兵、製パン部隊がアンドレさんの工場にいます。現在のところ、私たちは戦争の残酷さからは免れていますが、タンヌ村はドイツ軍によって完全に破壊され、住民たちは皆、この谷に散り散りになりました。スタインバック村とアスパック村には、もう廃墟以外、何も残っていません。

　ピエール・ヴェルケルさんから便りをもらいました。皆さんがどうしているか尋ねていました。ヴェルケルさんはアヴィニョンの大司教館にいるそうです。ですから、あなたたちだけが国外追放されたわけではないのです。希望を持ち続けてください、まもなく解放される日が来ますから。少なくとも皆さんは家に戻ってくる希望を持つことができます。それにひきかえ、ドイツ軍にいたあなたたちの仲間の多くがすでに命を落としました。中でも、タンヌ村のパシッヒさんの息子さんは、スタインバックの戦いで命を落としました。

　ポールは 2 週間以上もひどい風邪を引いていて、私たちの家にいますが、この週末は昔の職場に行ってあなたたちの機械の世話をすることになるでしょう。また、ジャック・シュミットさんからも手紙をもらいました。ジャックさんはマンチェスターにいます。ジャックさんのおじのジュールさんも一緒です。この二人はドイツ軍のもとには行きませんでした。彼のきょうだいのリュシアンは両親と一緒にスイスにいます。ジャックさんは、私たちの谷がフランス領となったことを新聞で読み、私たちは運がいいと書いてきました！

　もっと頻繁にお便りをください。書く時間がないわけでもないでしょうに。ジャンヌからの葉書は受け取りましたか。私たちの知り合いの皆さんにどうぞよろしく。あなたたちを愛する妹からの愛情のこもったキスをお受けとりください。　　　　　　　　アンリエット

⑴ ランスパック Ranspach 村はアルザス南西部、ヴェッセルリング村（p.306 参照）の東隣にある。この差出人の女性自身は、結婚後、ランスパック村の北西にあるオドレンヌ Oderen 村に移り住んでいた。

⑵ アノネー Annonay はフランス南東部リヨンの 60 km 南にあるアルデッシュ県の街。この街のサクレ＝クール学校に設けられた収容所には 600 人のアルザス男性が収容され、「捕虜収容所」とも「避難民収容所」ともいえる場所だった（Farcy, 1995, p.53, 182 ; Adrian, 2003, p.17）。

⑶ 筆者は、この差出人の孫にあたる高齢男性から数通の手紙を直接譲り受け、詳しく話を聞いた。

⑷ スタインバック Steinbach 村はタンヌ村の東隣、アスパック＝ル＝オ Aspach-le-Haut 村は南東隣にある。

310

(5) 南仏アヴィニョンの大司教館には、アルザス南部出身の「疑わしい避難民」が神学校の建物に450人、医務室にも一定数、収容されていた（Grandhomme, 2008, p.164-165）。

(6) 「国外追放された」expulsé は「つま弾きにされた」などの意味もある。事実というよりも主観的表現。

(7) ジャック・シュミットとそのおじのジュールはミュルーズに住む技師だった（次の手紙を参照）。

1915 年 5 月 31 日 ── リヨンの飛行機工場で働くアルザス出身男性

　直前の手紙を書いたアンリエットの「兄弟」の一人で、39 歳だった技師アルフォンスは、アノネーの収容所から出て、リヨンの飛行機工場で働くようになっていた。

　次の手紙は、このアルフォンスが、直前の手紙でも言及されていたミュルーズ出身の技師ジャック・シュミットに宛てて書いたもの。ジャックもやはりドイツ軍に編入されるのを嫌ってアルザスから逃れ、英国マンチェスターの工場で雇われて働いていた。

　毎日 17 時間も働いていると書かれており、疲れていたためか、便箋を上下逆にしている。こちらもほぼ完璧なフランス語で書かれている。

1915 年 5 月 31 日
ジャック様
5 月 1 日付の親切なお手紙を受けとり、うれしかった。もっと早く返事ができなかったことをとても後悔している。でも、ほとんど時間が取れないんだ。朝 6 時から夜 7 時まで働き、7 時になると 1 時間休憩があるけれど、また 8 時から真夜中まで働く。日曜は昼まで働き、食事のあとで、かろうじて少し街をうろつく時間が取れる程度なんだ。[(1)]

　兄エメから手紙をもらい、私たちの申請がアルザス軍総司令官によって承認されたから大丈夫だと[(2)]知らせてくれた。ただし、こうした申請は大量に押しよせているから、私たちの順番がくるまで我慢しないといけない。確約を得るために、兄は 12 日にはまだサン゠タマランの県庁にいた。2 週間か 3 週間、[(3)]ないし 4 週間後には私たちの番になると告げられたそうだ。だから辛抱しないとな。我慢だ。

　ここリヨンは軍人ばかりだ。とくに負傷兵がたくさんいる。志願兵となったアルザス出身者は、みな1 週間前にモロッコに向けて私たちのもとを去った。[(4)]

　それ以外は、とくに新しいことはない。それではまた。君とジュールさんの幸運を祈っている。がんばってくれ。まもなく手紙をもらえることを願いつつ。敬具
　　　　　　　　　　　　　　　　　　アルフォンス
君のコレクション用に、赤十字の切手を同封しておくよ。これはまだ持ってないだろう。[(5)]

---

(1) 同じ差出人アルフォンスは、1915 年 3 月の手紙でも「朝から晩まで飛行機の仕事をしています」と書き、また 7 月 6 日の葉書では「仕事には事欠きません。この前の給料日には時給 0.65 フラン※もらいました。あいかわらず、ドイツどものところで働くよりも、いい金額です」と充実した口調で書いている。

(2) どのような申請なのかは不明だが、帰郷の許可申請かとも思われる。1915 年夏以降、アルザス住民は帰還が許可されるようになったが、希望者が大勢いたのに比べ、実際に帰還できた人は少数だった（Grandhomme, 2008, p.178）。

(3) 正確にはアルザスの県庁はタンヌ村に置かれていたが、前線に近すぎたので、サン゠タマラン村が「解放されたアルザス」地域における軍事行政の拠点となっていた（Adrian, 2003, p.22）。

(4) ドイツ領アルザス・ロレーヌ出身者でも、フランス軍に志願兵として加わればフランス国籍が与えられた。1915 年 3 月の手紙で、アルフォンスは「リヨンには私たちの谷の出身で兵士になった者が少なくとも約 20 人はいます」と書いている。こうしたドイツ領アルザス出身で志願してフランス軍に加わった者は、万が一ドイツ軍につかまると、捕虜にされるのではなく「裏切者」として銃殺刑に処せられた（Grandhomme, 2009, p.104）ので、多くはドイツ軍と鉢あわせしない地域、おもにアルジェリアなどの北アフリカに送られた（Médard,

2010, p.105）。それでも事情により西部戦線で戦ってドイツ軍の捕虜となった者は、アルザス出身であることを隠して偽名を使い通した（Cf. Hossenlopp, s.d., p.25, 41）。

(5) 赤十字向けの5サンチームの寄附金がついた10サンチーム切手のこと。

1918 年 11 月 25 日 — 大戦直後のアルザスへの凱旋（その 1）

最後に、戦争終結後のアルザスで書かれた葉書を 2 通、取りあげておく。

大戦中にフランス軍が戦って獲得したアルザスの土地は微々たるものだったが、1918 年 11 月 11 日の休戦協定により、アルザス全域がフランス領に復帰することになった。

休戦協定では、ドイツ軍の撤退完了まで 15 日間の猶予が認められていた。フランス領内やアルザス・ロレーヌ地方からはドイツ軍が段階的に撤退し、入れ替わりにフランス軍が入っていき、1871 年以来、47 年ぶりにフランス軍がアルザスの地を踏んだ。

次の葉書は、アルザスの都市コルマールに凱旋したカステルノー将軍につき従い、コルマール駅軍事行政官として赴任した中尉が差し出したもので、写真右上にはドイツ統治時代の鉄道印が押してある。[1][2][3][4]

大戦中は、ドイツの他の地方と同様、アルザスでも食糧の確保がままならなかったが、この葉書でもそうした事情がかいま見られる。大戦中のドイツ軍の圧政に加え、こうした食糧難も、アルザス住民のドイツに対する不満とフランスの勝利への期待を高めることにつながったといわれている。[5]

〔差出人〕　オー＝ラン県　コルマール駅軍事行政官　デスィエール中尉

コルマールにて、1918 年 11 月 25 日

シャルル様

2 日前にここにやってきた。カステルノー将軍に従い、この街に凱旋したのだ。封鎖が解かれるべき時は来たれり、というわけだ！

しかし、何も食べるものがない。牛乳も、バターも、卵も（1 ダース 10 ～ 12 マルクもするのだ）、ラードも、オイルも…… 何もない。「あとは勝手に列挙してくれ」だ、モワンヌの口癖ではないが。

この駅は大きく、すべきことがたくさんあるが、人員がいない。

健康は良好だ。君はどうかな？ 食事に気をつけているみたいだから、全体的によいのではないかな。マルトにキスをしておくれ。君自身には、心からの握手を送る。　（サイン）

---

(1) コルマール Colmar はオー＝ラン県（アルザスの南半分）の県庁所在地で、北のストラスブールと南のミュルーズを結ぶ要衝の地にある。この絵葉書に写っているのは、写真下の説明にあるように、コルマールを代表する「頭像の館」と呼ばれる 17 世紀の建築物。コルマールは大戦初期の短い期間だけフランス軍が占領したが、再びドイツ軍に取り戻され、戦争終結までドイツ軍の支配下に置かれた。休戦後、11 月 22 日にカステルノー将軍、12 月 10 日にポワンカレ大統領とクレマンソー首相がコルマールにやって来た。

(2) カステルノー Castelnau 将軍は、大戦初期の 1914 年 9 月のグラン・クーロネの戦いでフランス軍を率いて奮闘し（p.40 脚注 2 参照）、ヴェルダンの戦いでも初期の段階で迅速に手を打ってヴェルダン防衛に重要な役割を果たした。元帥になれなかったのは、信念が強く潔癖すぎたためだとも言われている。この大戦で 3 人の息子を戦場で失った。

(3) 駅軍事行政官とは、前線からは離れた後方の鉄道の駅（小さな駅の場合は街全体）の監督・治安維持にあたった将校のこと。

314

第7章　アルザス

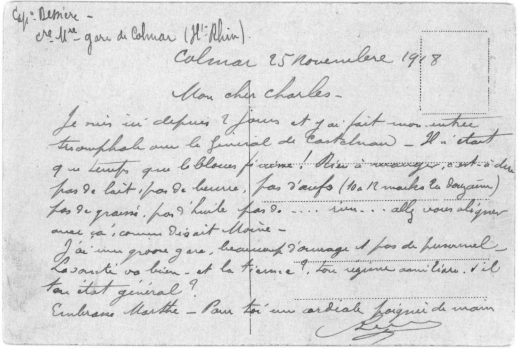

(4) この楕円形の印には、ドイツ語で「エルザス・ロートリンゲン帝国鉄道、コルマール、18 年 11 月 21 日」と書かれている（「エルザス・ロートリンゲン」ELS LOTHR はドイツ語で「アルザス・ロレーヌ」の意味）。ドイツ軍の退却後に駅に残されていたのを見つけ、記念に押したのだと思われる。

(5) Grasser, 2013, p.89.

1918 年 12 月 10 日 ─ 大戦直後のアルザスへの凱旋（その 2）

　前ページの葉書のカステルノー将軍に続き、12 月 10 日にはポワンカレ大統領とクレマンソー首相が
コルマールの街に凱旋した。[(1)]

　次の葉書は、そのときのようすを撮影し、葉書用紙に直接現像したカルト・フォト[※]。この写真で銃
を持って警備に当たっているのは、軍服からしてアルプス猟兵だが、おそらくこの葉書の差出人も同じ
部隊に属していたと思われる。[(2)]

　この凱旋パレードに立ち会った当日、興奮さめやらぬままに妻と思われる女性に書き送っている。

1918 年 12 月 10 日

　いとしい人へ　きょう見たことで、私は歓喜し、いまだに感動し、魅了されている。

　そう、今日あそこにいた人々は、みな存分に心情を吐露していた。歓声がこれほど熱狂的で、これほ
ど率直だったことはなかった。

　これについては多くのページを費やして書く必要がある。これまで見聞きしたことについて、私は少
し整理しなければならない。

　まず最初に、すべての人々、とりわけすべての女性たちの善意によって、仕事は容易だった。という
のも、ぎりぎりになって、私は美しいアルザス女性の群衆をせき止める任務を与えられたのだ。女たち
は一発目の礼砲が響いたときから、もう飛びあがって喜んでいた。ポワンカレと虎[(3)]は見れないと思って
いたようだが、しっかりと見ることができた。あの二人は必ずすぐ近くを通ると私が断言したら、女た
ちはとてもおとなしくなった。我々は二人がかりで 200 メートル近い人の列を担当したのだが、この人
たちに〔以下文章欠落〕[(4)]しなければならなかった。

〔右上の書込み〕　フランス人がコルマールに入る様子。アルザス女性の行進。

---

(1) ポワンカレ大統領とクレマンソー首相は、前日の 12 月 9 日にストラスブールの地を訪れ、12 月 10 日にコル
　　マールを訪れたのち、翌 12 月 11 日にはロレーヌ地方メッスを訪れている（p.254 参照）。いずれも、住民の熱
　　烈な歓迎を受けた。
(2) 側面ないし後方に落としてかぶるベレー帽はアルプス猟兵の軍服の特徴。なお、「猟兵」とは、もともと偵察
　　や奇襲・急襲をおこなうための軽装備のエリート部隊のことで、猟歩兵（歩兵）と猟騎兵（騎兵）が存在し
　　た。アルプス山脈やイタリア国境近くには、山岳地帯での戦闘に特化した「アルプス猟兵」が配備されていた
　　が、イタリアが中立を守った（ついでフランス側についた）ことに伴い、フランス北東部などに展開すること
　　が可能になり、とりわけヴォージュ山脈（アルザスの西側）付近で死闘を繰り広げ、ドイツ軍から「青い悪魔」
　　と呼ばれて恐れられた。
(3) 「虎」はクレマンソー首相のあだ名（p.197 参照）。
(4) この葉書は 2 枚以上書いて封筒に入れて送られたうちの 1 枚目。残念ながら 2 枚目は散逸しているので、ここ
　　で文章が途中になっている。

「最後の授業」から授業の再開へ

　1870年の普仏戦争でフランスが敗北すると、アルザス地方はドイツ領に併合された。アルフォンス・ドーデの有名な短編小説『最後の授業』が書かれたのはこの直後のことで、この小説は、周知のようにアルザスではフランス語を教えることができなくなったのに伴い、「アメル先生」がフランス語の「最後の授業」をおこなう場面を描いたものである。

　1914年8月、第一次世界大戦が始まると、フランス軍はすぐにアルザスに攻め入り、フランスに近い一部の地域を奪還した。ただし、ジョッフル将軍は拙速に「フランス化」を推進することを慎んだので、1914年の新学期が始まった秋にはまだドイツ語で授業がおこなわれていた[(1)]。フランス語の授業が再開されたのは11月になってからだったらしい（本章の章扉の絵葉書もこの頃のようすを写したものである）。日刊紙『ラ・クロワ』の1914年11月27日号には、アルザスのマスヴォー村でフランス語の授業が再開されたことを伝える記事が掲載され、教室の後ろに立って授業を見守る「祖父母たちは44年前の最後のフランス語の授業のことを思い出していた。この人々の感慨は深いものがあった。」と書かれている。

　もともとアルザス方言はドイツ語系の言葉であり、フランス語はフランスという国家権力によってアルザスに押しつけられたものだという主張[(2)]もよく知られている。しかし、中央国家によるマイナー言語の抑圧という「二元論的な図式」[(3)]にあてはめようとすると、また多くのことを見落とすことになる。とくに、普仏戦争後のアルザスでフランス語を奪われまいと決意したのは『最後の授業』でフランス語を教えた「アメル先生だけのはず」だとか、この小説は「植民者の政治的煽情の一篇でしかない[(4)]」などと決めつけるのは、それこそ偏見でしかない。まず第一に、こうした主張は、普仏戦争後にドイツ国籍を押しつけられるのを嫌って数万人のアルザス住民がフランス内地に移住したという事実（p.295 参照）を無視している。開戦前後や大戦中も多数のアルザス男性がフランス領に逃れ、フランス軍に志願した。フランス語に愛着や誇りを持つアルザス住民が存在しなかったなどと言うことは到底できないはずである。大戦中、ドイツ支配下に置かれたアルザスではフランス語の使用が禁止され、うっかりフランス語で「こんにちは」や「ありがとう」と言っただけで牢屋に入れられた[(5)]。大戦末期にドイツの敗北が決定的になると、アルザスの人々からおびえたようすが消え、「みんなフランス語を話す」ようになったという証言もある[(6)]。大戦前から、アルザスには親フランス派、親ドイツ派、独立派という3つの考え方が存在したのだから、独立派（アルザス方言）だけに肩入れするのは公平を欠く。

　フランスとドイツの支配を交互に受けたアルザスの人々の帰属意識は複雑で、なかなか一筋縄では理解できないのかもしれない。しかし、そうしたアルザスの地域的な特殊性を越えて、一つ確かに言えるのは、ドーデの『最後の授業』は隣国の言葉を強要されることへの抵抗を描いた、普遍的な価値をもつ名作だということである。

---

(1) Adrian, 2003, p.26.

(2) 田中, 1980；蓮實, 1986, p.214-219.

(3) 中本, 1998, p.64.

(4) 田中, 1980, p.51, 127.

(5) Grandhomme, 2008, p.25. アルザスのコルマールでは、夕方になるとドイツのボーイスカウトが広場の木陰に隠れ、フランス語を話す者を見つけて密告しては報酬を得ていたという（Collectif, 1920, p.6）。

(6) Spindler, 1925, p.685.

第8章　ベルギー

　フランス北西部の観光地モン゠サン゠ミシェルの北隣、英仏海峡に面した港街グランヴィルでのベルギー軍の閲兵式のようすを写した「カルト・フォト※」。
　上には「1915年 ― フランスにおけるベルギー軍 ― 1916年」と書き込まれ、下には「王と憲法への忠誠の誓い」、「グランヴィル駅前広場」と書き込まれている。6人ともサーベルを下げており、将校であることがわかる。
　当時、ベルギーの大半がドイツに占領され、ベルギー軍はベルギーの最西端にしりぞいて戦っていたから、ベルギー領内には軍事病院や訓練キャンプなどを設置する余裕がほとんどなく、フランスの施設を借用していた。この写真の将校たちも、グランヴィルの病院で療養中だったか、またはグランヴィル近辺のキャンプで訓練をおこなっていたか、どちらかだと推測される。
　いずれにせよ、祖国を追われてなお抱くベルギー人としての「誇り」のようなものが、この写真には感じられる気がする。

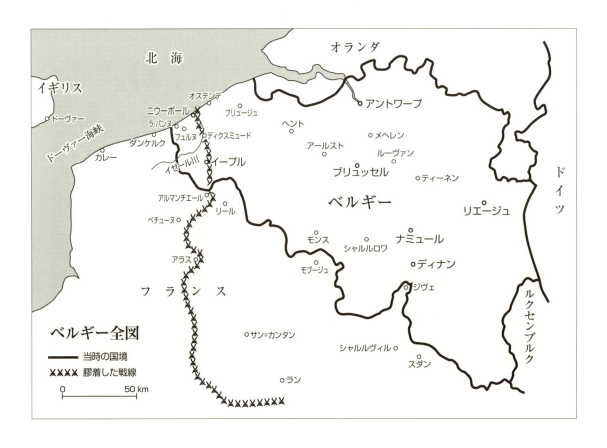

第 8 章　ベルギー

ベルギーの解説

　この大戦では、ベルギー軍だけでなく、英仏軍もベルギーを舞台として戦った。ドイツ軍はベルギーを通過してパリを目指し、これを迎え撃つべくフランス軍は陸路南から、イギリス軍は海を渡って西から駆けつけたからである。ひとたび戦争が起こると、それまでの国境という概念は無効になり、代わって軍と軍が対峙する線のみが意味をもつようになる。

　1914 年 8 月 2 日、ドイツが中立国ベルギーに自由通過を要求する最後通牒を送りつけたとき、ベルギーは形式的に抵抗するのみで、ドイツ軍の通過を黙認するというのが大方の予想だった。しかし、2日夜に国王アルベール 1 世の臨席のもとで開かれた閣議では、名誉にかけてベルギーの中立を守るべきだという意見が大勢を占め、抗戦の方針が確認された[1]。

　ベルギー領内に侵入したドイツ軍は、緒戦こそベルギー軍の本気での抵抗に戸惑ったものの、「太っちょベルタ」と呼ばれる巨砲を用いて 16 日までにベルギー東部のリエージュ周辺の要塞を制圧、20 日に首都ブリュッセルを占領、22 日にナミュール攻略を開始して 2 日間でほぼ制圧するなど、怒濤の勢いを見せた。フランス軍も南から攻め上がったが、「ディナンの戦い」などで敗退し、フランス領内に押し戻されてしまう。侵入する過程で、ドイツ軍は推計 5,521 人のベルギー住民を見せしめに虐殺した[2]。

　8 月末、ベルギー軍はベルギー北端の難攻不落の要塞都市アントワープ（アントウェルペン）に集結していた。ここは海を渡ればイギリスという要衝の地だったから、イギリスの海軍大臣チャーチルも重視して援軍に駆けつけたが、猛攻を前に 10 月 6 日にベルギー軍は撤退を開始、海岸沿いに西（フランス方面）へと逃れることになった。この際に 3 万人以上のベルギー兵が北隣の中立国オランダに逃れたが、武器を取り上げられ、オランダ国内の収容所に監禁されてしまう。ベルギー政府は船でフランス北西部ル・アーヴル近郊サン＝タドレスに逃れ、ここに臨時政府を置いた。他方、アルベール 1 世率いるベルギー軍は、兵力を半分以下に減らしながらも、ベルギー最西端のイゼール川の西側に退き、英仏軍の掩護を得た。ベルギー西部は激しい戦闘の舞台となり、第一次イープルの戦いでは若きアドルフ・ヒトラーが戦い、第二次イープルの戦いではドイツ軍が毒ガスを使用した。

　人口 760 万人のベルギー国民は、オランダに 100 万人が避難するなど[3]、あたかも民族大移動のような様相を呈した。しかし大部分のベルギー人は祖国に残り、ドイツ軍占領下で苛酷な生活を強いられることになった。徴発と称して、馬や自転車、金属（鍋、ドアの取っ手、蛇口にいたるまで）、寝具などを取り上げられ、原料が得られずに工場は操業を停止し、失業者が溢れた。その代わりに元気な者はドイツに連行され、強制労働に従事させられた。拒否すれば食事を抜かされて雪の中に放置されるなどの奴隷のような扱いを受け、大戦末期には 6 万人のベルギー人がドイツ軍の前線で英仏軍の大砲を浴びながら塹壕掘りを強要された[4]。こうして 4 年間、ベルギー国民は困窮と屈辱に苦しんだ。

---

(1) この閣議の席でアルベール 1 世が「ベルギーは国だ。道ではない！」と述べたという逸話もあるが（松尾, 2014, p.92）、正式な議事録は存在しないので、実際に何と言ったのかは不明（Schaepdrijver, 2004, p.57）。

(2) Horne & Kramer, 2011, p.127-128 による。とくにディナン市民の虐殺が有名。また、自分で墓を掘らせてから銃殺したり、民間人を「人間の盾」にするなどの「野蛮」行為を働いた（*Ibid.*, p.73, 123, etc.）。

(3) オランダのベルギー避難民はオランダの圧力もあって多くが帰国し、一時 8 万人台まで減少した。休戦時点でフランスには 32 万 5 千人、イギリスには 15 万人のベルギー避難民がいた（Amara, 2014, p.81, 162, 248）。

(4) 以上は Schaepdrijver, 2004, p.223-229 による。

321

1914 年 8 月 12 日 ── あどけない表情のベルギー志願兵

　ベルギー軍の兵力は、平時は 4 万 8 千人のみで、総動員によって 11 万人に増えたが、対するドイツ軍は平時でも 88 万人おり、総動員によって 8 月中旬時点で 375 万人に増えていた。[(1)] まさに多勢に無勢だったが、それでも徴兵義務のない多くのベルギーの未成年男子が志願兵となって軍に加わった。ベルギー国王の息子レオポルドも、翌 1915 年にわずか 13 歳で軍に入隊することになる。

　次の葉書は、首都ブリュッセルに近いメヘレンにいた志願兵が書いたもので、写真に写っているのは[(2)] おそらくメヘレンの兵舎。カルト・フォト※の常として、写真に写っている誰かが差出人だと思われる（おそらく十字印のあたり）。写真をよく見ると、まだあどけない顔の者も混じっている。「じゃがいもの皮むき」といえば「うんざりする仕事」の代表格だが、まだ軍隊に入りたてで物珍しかったのか、むしろ楽しそうな表情を浮かべている者もいる。

代父様、おば様
この葉書をお送りしますが、どの場所から差し上げたのかは誰にも言わないようにお願いいたします。
私のいる場所が変わりました。住所を書いておきます。
　　　メヘレン（出発時には要転送）　第 2 大隊 第 1 中隊 擲弾兵 ジュリアン・ヴィンク

〔写真右側の書込み〕　あいかわらずお元気であることを願っています。
　　　　　　　　　　　無数のキスを。　　　　　　　　　甥ジュリアンより

〔写真上部の書込み〕　じゃがいもの皮むき

〔写真左側の書込み〕　志願兵のグループ（十字印）

〔差出人〕　第 2 大隊 第 1 中隊 志願擲弾兵 ジュリアン・ヴィンク

〔宛先〕　軍事郵便　ブリュッセル　サンカントネール[(3)]　ジェラール通り 137 番地
　　　　ヴァン・ラント様ならびに奥様

---

(1) Montagnon, 2013, p.49, 51.

(2) メヘレン Mechelen は北のアントワープと南のブリュッセルの中間にある街。この葉書の宛名の上に押された印を順に見ておくと、まず右上の比較的鮮明な印は、上側にオランダ語でメヘレン、下側にフランス語でマリーヌ Malines と書かれ、8 月 12 日 14 ～ 15 時に取集されたことを示している。その左に押されている配達局の消印は、薄いが「ブリュッセル、8 月 12 日 16 ～ 17 時」と読めるので、葉書を出して数時間後に届けられたことがわかる。その下に逆向きに押された小さな「727」の印は、ベルギーの郵便局員が配達時または仕分け時に押した個人印（André Van Dooren 氏の御教示による）。

(3) サンカントネール（フランス語で「50 周年」の意味）はベルギー独立 50 周年を記念してブリュッセル中心部の東側に作られた公園の名。受取人の住んでいたジェラール通りは、この公園の隣にある。この葉書の 8 日後の 8 月 20 日、東からやってきたドイツ軍は、まさにこのサンカントネール公園を通り抜けて街に侵入し、ブ

第 8 章　ベルギー

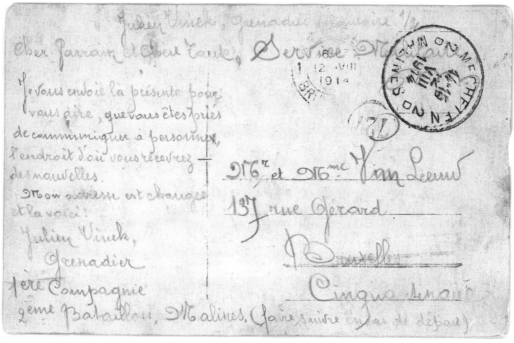

リュッセルを占領することになる（Schaepdrijver, 2004, p.78）。ちなみに、たまたま当時ブリュッセルに滞在していた社会主義者の石川三四郎は、占領翌日の 8 月 21 日に市内中心部を見て歩き、こう記している。「古い歴史を有する市役所の高樓上には獨國の旗が翻(ひるがえ)つてゐる。日本國民は二千年來未だ斯くの如き經驗を有せないから分るまいが、市民の心中は如何(いか)ばかり悲痛の事であらう。」（石川, 1929, p.241）。

323

1914 年 9 月 26 日 ── ディナンの虐殺を伝えるヘント市民

　ドイツ軍は 8 月 4 日にベルギーに侵入し、8 月下旬までにリエージュやナミュールの要塞を制圧した。これを迎え撃つべく北上してベルギー領内に入ったフランス軍は、敗退してフランス領内に引き返し、退却を重ねた（いわゆる「国境の戦い」）。9 月 6 日～ 9 日のマルヌ会戦で、ようやくフランス軍は反撃に成功したものの、深く追撃することはできず、ベルギー国民は失望を味わうことになった。

　次の手紙は、ヘントに住んでいた民間人の男性が書いたもの。ヘントはブリュッセルやディナンとは異なり、パリを目指すドイツ軍の主要通過ルートからは外れており、アントワープのような軍事的重要性もなかったので、なかなかドイツ軍がやってこなかった。そのためか、次の手紙からもそれほど緊張感が伝わってこない。しかし、伝え聞いて書かれている内容は深刻である。

　レーデベルク⁽²⁾にて、14 年 9 月 26 日

　ポール様

　お葉書とお手紙を受けとりました。もっと早く返事をしなかったことをお許しください。この前の日曜、ルイと一緒に、君に会いにいこうと思っていたのです。君のお兄さんに、司令部に行って君がまだデンズ⁽³⁾にいるかどうか訊ねてくれないかと頼んでおいて、正解でした。さいわい、そうしようと頭にひらめいたのです。実際、君はデンズを去ってアントワープ⁽⁴⁾に向かったとのことでした。それで、会いに行くのを明日に延期していたのです。ところが、アールスト⁽⁵⁾で小ぜりあいがあり、ルイが戻らなかったので、またしても会いに行くのは延期になりました。まあ、しかたありません。色々と予想外のことがあるので、計画が実現しません（少なくとも明日は無理です）。

　どうも、ぱっとしない知らせばかりです。

　君のお兄さんは元気ですよ。先週、ルイに長い手紙を書いてくれました。

　昨日から、騎兵隊など、部隊の動きがあわただしくなっています。

　ビュシェは工兵隊に入っていて、何度もヘントに（装甲列車と自動車で）やってきました。私の父からの知らせはありませんが、ディナンとその近隣の村の状況からして、とても不安です。大学仲間の友人が教えてくれたところによると、アルセーヌ・ケイメンレンさんが致命傷を負い、ドイツ兵の手に

⑴ ヘント Gent はベルギーの北西寄りに位置する都市。封筒の右上には、上側にオランダ語でヘント、下側にフランス語でガン Gant と書かれた消印が押してある（日付は 1914 年 9 月 27 日）。

⑵ レーデベルク Ledeberg はヘントの南東部にある地区名。

⑶ デンズ Deinze はヘントの西約 10 km にある街。

⑷ アントワープ（英語読み。オランダ語では「アントウェルペン」）はベルギー北端にある要塞都市。1914 年 8 月末以降この地に軍を集結させていたベルギー軍に対し、この手紙の翌日の 9 月 27 日にドイツ軍が重砲を駆使した猛攻を開始した。この手紙の差出人に会ったりしている暇などなかったにちがいない。

⑸ アールスト Aalst は、西のヘントと東のブリュッセルの中間にある街。まさにこの手紙が書かれた 9 月 26 日、ドイツ軍の斥候隊がアールストの一地区に火を放ち、住民 1 人が殺されるという事件が起きた（Schaepdrijver, 2004, p.85）ので、これを「小ぜりあい」と呼んでいるのかもしれない。翌 27 日にはドイツ軍の 1 個連隊がアールストに到着、「人間の盾」として住民の一部を前に歩かせて前進し、住民 20 人を殺害（Horne & Kramer, 2011, p.125）したのち、9 月 28 日にこの街を占領した。

第 8 章　ベルギー

325

委ねられたそうです（たぶん最後のとどめを刺されたのでしょう）。中尉として中隊の先頭に立ち、ブリュッセルとモンス[(6)]をつなぐ道を爆破しに行ったのです。250人のうち、逃げることができたのは12人だけでした。

モミーは、おじさんたちと兄弟が死に、お父さんが行方不明になったことを最近知りました。ディナン[(7)]はまさに屠殺場でした。身元のわかっている人だけで650人、それ以外にもいるのです……。アルベールの肉親は、もちろんみな健在です。

いままでのところ、ヘントはまったく安全です。ドイツどもは一人も見ていません。本当に、戦争だなどとは信じられないくらいです。バイヨンは父をなくしました。以上がヘントからのニュースの概要です。ご覧のように、あまり多くはありません。

君も元気にしていることを願っています。まもなく握手することができるでしょう。でも、もしヘントのほうに来ることがあったら、時間があったら必ずお立ち寄りください。1週間後、ルイが戻ってきたら、都合をつけて君に会いにいこうと思います。手紙が早めにお手許に届いたら、とくに場所を明記して、会いにきてくれという電報を送ってもらえるとよいのですが。

それではお元気で。がんばってください。まもなく、もっとよい時がくるでしょうから。作戦から見て、そうなるはずですから。

妻もよろしくと申しております。心からの友情とともに。　エルネスト

〔封筒の宛名〕志願兵第6連隊 第3中隊 第1小隊　ポール・ユベール様

---

(6) モンス Mons はブリュッセルの南西、フランスとの国境に近い街。ここで8月23日に「モンスの戦い」がおこなわれ、イギリス軍が敗退していた（p.32参照）。

(7) ディナン Dinant はフランスのアルデンヌ県の北端ジヴェ（p.267脚注5参照）のすぐ北側にあるベルギー南部の街。この街は、大戦初期の1914年8月に戦闘と虐殺の舞台となった。まず8月15日、フランスに向けて進撃してくるドイツ軍と、それを迎え撃つべく南から駆けつけたフランス軍との間で「ディナンの戦い」がおこなわれた。このとき、のちに大統領となるシャルル・ド・ゴール中尉（サン・シール陸軍士官学校を卒業したばかりで当時23歳）も歩兵第33連隊 第11中隊 第1小隊を率いて突撃し、ディナン中心部のムーズ川に架かる橋を渡りかけて脚を負傷した。このときのようすについて、ド・ゴールは収容先の病院で手記を書いているので、長くなるが肝心な部分だけ訳しておく。「私は『第1小隊！おれと一緒に前へ進め！』と叫び、突進する。（……）この瞬間、私は自我が二つに分裂したような印象を抱く。一人は自動人形のように駆けていく自分、もう一人はおびえながらそれを観察している自分である。橋の入口までの20mほどの距離を横断しかけたとき、私は足を吹き飛ばすような鞭の一振りのようなものを膝に受ける。私と一緒に先頭にいた4人も、一瞬にしてなぎ倒される。ドゥーブ軍曹も私の上に倒れる。即死だ！それから30秒ほど、私のまわりは恐るべき弾丸の雨あられとなる。敷石にも欄干にも、前にも後ろにも脇にも弾丸が撥ねるのが聞こえる！また、地べたを埋めつくす死体や負傷者の体に、にぶい音をたてて弾丸が入り込むのが聞こえる。」（De Gaulle, 1980, p.87-88. なお、この後のド・ゴールについては本書p.370を参照）。続いて、このディナンの戦いの約1週間後の8月23日、ドイツ軍に支配されることになったディナンの街は、記憶に残る虐殺の舞台となった。この手紙に書かれているように、女性や子供、老人を含む674人の民間人がドイツ軍によって殺されたからである。とくに「チョッフェンの壁」の前には多数のディナン市民が並ばされて銃殺され、この壁には現在も記念のプレートが設置されている。大戦後に出版された報告書には、判明している犠牲者全員の名前・性別・年齢・職業が記載されており、生後3週間の幼児や88歳の老婆もいたことがわかる（Nieuwland & Tschoffen, 1929, p.77-86）。

似たような虐殺は、より小規模ながら、ベルギーとフランスの多くの街や村で繰り返された（「ドイツ兵の残虐行為」については p.174 の葉書も参照）。

1914 年 11 月 24 日 ── ベルギー臨時政府が置かれたサン＝タドレス

　開戦から 2 か月が経過した 1914 年 10 月 6 日、国王アルベール 1 世は最後の砦だったアントワープからの撤退を命じた。ベルギー軍は海岸沿いに西の方向（フランス方面）に退却し、ベルギー最西端のイゼール川の西側に陣取ることになった。

　それまでベルギー軍と行動をともにしていたベルギー政府は、10 月 13 日、ベルギー西部オステンデ[(1)]から船に乗り込み、フランス北西部ル・アーヴルの北隣の街サン＝タドレス[(2)]に逃れ、ここに亡命政府を置いた。サン＝タドレスは避暑地だったので、豪華なホテルが存在し、政府の要人が大勢で移るのに適していたからである。さらに、海を渡ればイギリスという立地上の利点もあった。

　ここに掲げる絵葉書は、このサン＝タドレスの風景を写したもので、右上の写真説明には「サン＝タドレス、エーヴ通り」と印刷されているが、その下に差出人がペンで「暫定的にベルギー」と書き込んでいる。左上には国王アルベール 1 世の肖像を描いたベルギーの切手が貼ってある[(3)]。この切手の上に、少し見にくいが暫定ベルギー領となったサン＝タドレスで差し出される郵便物に押される「ル・アーヴル（特別）」LE HAVRE (SPECIAL) という消印が押されている。

　ただし、内容は大したことは書かれていない。

　パリにて、14 年 11 月 24 日[(4)]

　ミウー様

　私の 2 通の手紙が届いているとよいのですが。みなさんがあいかわらず元気でいることを願っています。ミミルは葉書を受け取り、とても喜んでいます。

　こちらは寒いですが、でも塹壕の中ほどではありませんよ、いやはや！

　みなさん 3 人にキスを送ります。

　伯母からもらった葉書によると、ルネは負傷したそうですが、詳しいことはわかりません。何かご存知ありませんか。

　〔宛先〕　パリ　ジャコブ通り 9 番地　クーディゼ様

---

(1) オステンデ Oostende（フランス語ではオスタンド Ostende）はベルギー西部、ブリュージュの西にある海沿いの避暑地。ここから 10 月 13 日にベルギー政府は船に乗って避難した（Popelier, 2014, p.17）。

(2) サン＝タドレス Sainte-Adresse は、セーヌ河の河口の港街ル・アーヴルの北隣にある。のちの第二次世界大戦で、ル・アーヴルとサン＝タドレスは多くの建物が破壊され、大きく様変わりした。

(3) ドイツに占領された地域ではドイツの切手の使用が強制されたが（p.340 脚注 4 参照）、サン＝タドレスではベルギーの切手を使い続けることができたわけである。なお、切手の下にフランス語とオランダ語で「日曜配達不要」と書かれたタブがついているが、このタブをつけておくと「翌月曜の配達でかまいません」という意志表示になり、このタブを剥がして切手だけを貼れば「日曜でも配達してください」という意志表示になった。これは、日曜でも配達していた郵便配達人の負担を減らすために、ベルギーで考案された仕組みらしい。

(4) うっかり「パリにて」と書いているが、これが「サン＝タドレスにて」の誤りであることは、「ル・アーヴル（特別）」という消印からも明らかである。おそらく、差出人はパリに住んでいたか、またはパリに滞在したの

第 8 章　ベルギー

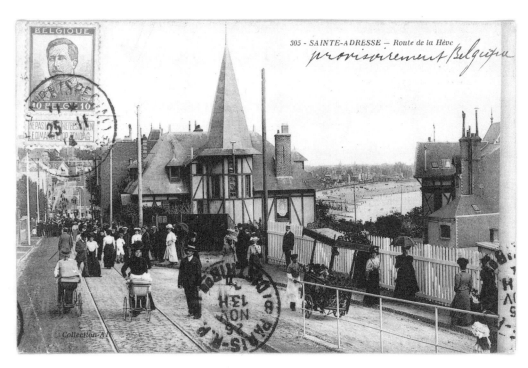

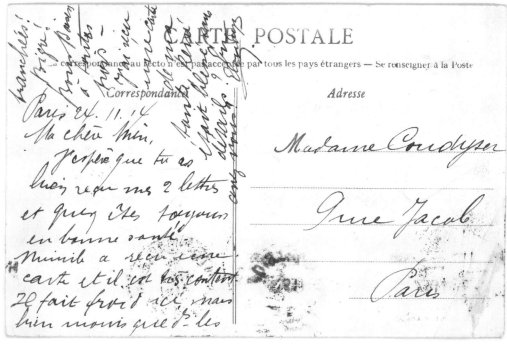

ちにサン＝タドレスに来ていたと想像される。本文中にも「（パリとは違って）こちらは寒いです」と書かれている。写真面の下部に逆向きに押されているのは、パリに到着したときに押された印（「パリ主要受入局、配達、14 年 11 月 26 日」）。

1915年1月10日 ── フランスで療養中のベルギー将校の演説草稿

　ベルギーはほぼ全土がドイツ軍の占領下に置かれ、国王率いるベルギー軍はベルギー最西端のごく狭い一角に陣取ったから、新兵の訓練はフランスのキャンプを借りておこなわれ、戦闘で負傷者が出ればフランスの臨時病院に後送された。

　ここで取り上げるのは、手紙ではなく、綺麗な字で清書された演説草稿である。演説者は不明だが、洗練された文体に教養の高さが窺われ、ベルギー兵のグループを代表して述べるような書き方をしているので、将校だったと推測される。文面を読むと、フランスの臨時病院に収容されて療養中だったことがわかる。末尾に「ディナンにて」と記されているが、ディナンはフランス北西部の海沿いの街で、英仏海峡を隔ててイギリスがあり、ベルギーからは船ですぐに移動することができた。

　演説は、フランス軍の将兵に呼びかける形をとりながら、フランスの病院に温かく迎え入れてくれていることを感謝する内容となっている。乾杯の音頭をとる言葉で締めくくられているので、新年早々の晩餐会の席上だったと想像される。

　将校、下士官、兵卒の皆様

　皆様の心からの歓迎に感謝の意を表するために、私の名において、また私と祖国を同じくする者たちの名において、ひとこと発言することをお許しください。

　我々は、フランスが友人であり、我々と同様に裏表がなく、信義に厚いことを存じてはおりましたが、しかし我々両国がどれほど姉妹関係にあるのかを、今日ほど実感したことはありませんでした。

　容赦ない粗暴なゲルマン人が我々の領土に押し寄せてきたとき、我々は一瞬たりとも躊躇しませんでした。圧制のもとで生きるよりも、自由のもとで死ぬ方がましだと我々には思われたからです。もしドイツに屈していたとしたら、我々は横柄で野蛮な支配者を戴いていたことでしょう。ドイツに抵抗することによって、誠実で情け深いフランスという姉妹を得ることもできました。

　現在、我々がもっとも心残りとしているのは、病気ゆえに、前線に赴いて我々と祖国を同じくする者たちに合流し、連合国軍のためにひと肌脱ぐことができないという点です。しかし、それは時期が先のばしになっただけであり、まもなく復帰し、我らの家の荒廃と我らの街の破壊を許しはしないということをドイツ人に見せつけてやることができるでしょう。

　まもなく、望むらくは、連合国が力を合わせ、彼らは不正に得たものを返さざるをえなくなるでしょう。そして我々は自分の家に帰り、住居を建て直し、我らの英雄をたたえることができるようになるでしょう。その時にこそ、我々はフランスに対し、我々が抱いた深い感謝の意を存分にあらわすことができるでしょう。

　本日は、我々の共通の敵の破滅と、ヴィルヘルム2世、フランツ・ヨーゼフ1世、メフメト5世の恥辱、そして連合国軍の成功を祈って乾杯します。

　フランス万歳、連合国万歳！　ドイツ帝国には死を！

　　　　　　　　　　　　　　　　　　　　　　ディナンにて、1915年1月10日

---

(1) フランスのブルターニュ地方のディナン Dinan は、戦闘と虐殺の舞台となったベルギーのディナン Dinant（p.326 脚注7参照）と発音は同じだが無関係（ただし姉妹都市となっている）。

Messieurs les Officiers, sous Officiers
et soldats.

Permettez-moi de prendre la parole,
en mon nom, et en celui de mes compatriots,
pour vous remercier de l'accueil cordial
que vous avez bien voulu nous faire.

Nous savions bien que la France était
notre amie, qu'elle était, comme nous, franche
et loyale, mais nous ne l'avons jamais été
comme aujourd'hui à quel point nos deux
nations sont sœurs.

Lorsque le Germain, facile et brutal, se
précipita sur notre territoire, et voulut un
instant nous y asservir; il nous semblait invincible
de mourir libres que de vivre opprimés.

En résistant à l'Allemagne, nous nous
serions donné un maître autoritaire et
barbare; en lui résistant nous avons acquis
une sœur fidèle et compatissante, la France.

Notre plus grand regret en ce moment,
et, que la maladie nous empêche de nous
joindre à nos compatriots, sur le front,
pour apporter notre obole aux armées alliées,

mais ce n'est que dès notre rentrée, et
nous pourrons bientôt reprendre? faire
voir aux Allemands que nous ne leur
avons pas pardonné la ruine et nos foyers
et la destruction de nos villes.

Tantôt, nous l'espérons, grâce aux
efforts combinés des nations alliées, il
leur faudra rendre gorge et nous pourrons
rentrer chez nous pour reconstruire nos
demeures et honorer nos héros.

Et c'est à ce moment là, que nous
jurerons être à la France, toute la
reconnaissance, toute la gratitude que
nous lui avons vouée.

Je bois aujourd'hui à la ruine
de notre ennemi commun, à la honte
de Guillaume IV, et François-Joseph, et
Mahomet V, et aux succès des armées
alliées. Vive la France, vivent les
alliés. Mort à l'empire Germain.

Dinant, le 10 janvier 1915.

⑵ 順に、ヴィルヘルム 2 世はドイツ帝国の皇帝、フランツ・ヨーゼフ 1 世はオーストリア＝ハンガリー帝国の皇帝、メフメト 5 世はトルコ（オスマン帝国）の皇帝。

1915 年 8 月 1 日 ― イープル近郊ホーヘ村で使われた火炎放射器

　ベルギーのフランドル地方の街イープルは、大戦中はとりわけ激しい戦闘の舞台となった。通常の兵器に加え、1915 年 4 月 22 日、ドイツ軍はイープルで初めて毒ガスを大規模に使用したのに続き、同年[1]7 月 30 日には火炎放射器を使用し[2]、イープル周辺はあたかも新兵器の実験場のような様相を呈していた。
　次の葉書では、まさにこの 7 月 30 日の火炎放射器による攻撃で多数のイギリス兵が焼き殺された話が語られている。葉書にベルギー軍の印が押してあるから[3]、イープル近辺で戦っていたベルギー兵士が書いたものであることがわかる。葉書の相手は婚約者だと思われるが、宛先の住所はフランス中部となっている。おそらく、戦火を逃れて家族でフランス中部に避難していたと想像される。

1915 年 8 月 1 日

かわいいアントニアへ

　我々が今いるイープルの街の絵葉書を送りましょう。今では廃墟となっています。今週中に廃墟を写した絵葉書を送るつもりです[4]。天気はあまりよくありません。
　木曜[5]、ドイツの悪党どもが我々の塹壕に燃える液体を放射し、この手段によって 500 人のイギリス兵が生きながらにして焼き殺されました。
　私が生きている限り、私の母の次にあなたのことを最初に考えています。現在起こっていることについては何も書けません。私の代わりにご家族皆さんにキスしてください。
　　　　　　　　あなたのパパ[6]　第 6 師団 騎銃兵第 4 連隊　A. S. より　ベルギー戦線にて

〔上部余白〕　生きているかぎり、折り返し返事をください

〔宛先〕　フランス ピュイ゠ド゠ドーム県 セル[7]　アントニア・スュレーお嬢様

───────────

(1) イープルでの最初の毒ガスの使用については p.116 を参照。イペリットガスについては p.222 を参照。

(2) ポンプでガソリンを散布しながら火をつける火炎放射器は、これに先立つ 1915 年 2 月 26 日、ヴェルダンの北西 16 km にあるマランクールの森でドイツ軍が使用したのが史上初。しかし、大規模な使用は、1915 年 7 月 30 日、イープルの東 4 km にあるホーヘ Hooge 村でのドイツ軍による使用が最初だった。

(3) 宛先の右上に押してある印は、上部にフランス語、下部にオランダ語で「ベルギー軍事郵便」と書かれている（Cf. Strowski, 1976, p.192；Deloste, 1968, p.99）。日付は 8 月 3 日。

(4) この絵葉書に写っている壮麗なゴシック様式の建物は 13 世紀に建てられたイープルの衣料会館で、左側には大きな鐘塔がそびえ、中世から毛織物業で栄えていたことを物語っている。この写真は破壊前のもの。同じ構図で、1914 年 10 月にドイツ軍の砲撃を受けて破壊されたところを写した絵葉書も多数作られた。「侵入者に抵抗する受難の街」というイープルの象徴的な意味あいから、必ずしも投函時にイープルにいない場合でも、当時のベルギー兵はイープルの光景を写した絵葉書をよく使用した。

(5) 葉書が書かれた 1915 年 8 月 1 日（日曜）の前の「木曜」というと 7 月 29 日にあたるが、実際には火炎放射器は 7 月 30 日（金曜）早朝に使用された（Le XIXᵉ siècle 紙 1915 年 8 月 1 日号による）。差出人は 29 日（木曜）夜のこととして記憶していたことになる。

(6) 血のつながった「父」という意味ではなく、本文末尾の内容に照らすと「おじさん」くらいの意味で使われている。原文「46」は「第 6 師団 騎銃兵第 4 連隊」を意味する（André Van Dooren 氏の御教示による）。

第 8 章　ベルギー

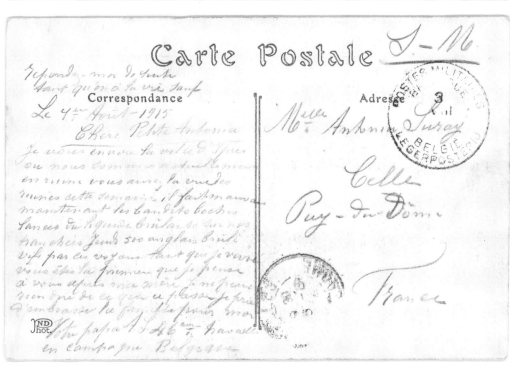

(7) ラ・セル La Celle 村はフランス中央部ピュイ＝ド＝ドーム県、クレルモン＝フェランの 40 km ほど西にある。当時は多数のベルギーの民間人がフランス中部や南部まで避難していた。宛先の左下には、不鮮明ながら到着印（「ピュイ＝ド＝ドーム県セル、8 月 5 日」）が押してある。右上の S.M.* は F.M.* と同じ。

1915 年 10 月 28 日 ― 凍てつく寒さのニウーポールの砂丘

　膠着した西部戦線の北の端はベルギーを通過していたから、ここにはフランス軍もやって来て戦った。たとえば、イゼール川の河口の西側の街ニウーポール⁽¹⁾は、軍事的な重要性ゆえに、フランス軍の最高司令官ジョッフルはベルギー軍には渡さず、フランス軍がこの街を守っていた。フランスの海軍陸戦隊も⁽²⁾ここにやって来て武勲を挙げ、名を馳せた。

　次の葉書は、この地で戦っていたフランス兵が、アルジェリアにいたいとこの兵士に書き送ったもの。両親や妻にはまず書かないような、卑俗な言葉が用いられている。

1915 年 10 月 28 日

いとこへ

君からのよい知らせが届き、とてもうれしい。この調子でいってほしいと願っている。

　そっちではワインが 1 リットル 0.5 フラン[※]だって書いてあったけれど、こっちじゃあ 750 m ℓ のビンが 1.5 フラン[※]以下じゃ買えないし、買うのに 8 km も歩かねばならないんだ。

　なるべくずっとブリダにいたほうがいいぞ。こっちには来るなよ、キンタマを凍えさせたくなかった⁽³⁾ら。ものすごい寒さで、しかも悪天候なんだ。

　君の家族によろしく。君の幼いスュザンヌに大きなキスを送る。君は、ぼくよりひんぱんに休暇に行っているんだろうなあ。キスを送る。　　いとこ マルセル・エスタンより

〔写真面の書込み〕　塹壕に行くために我々は 4 日に 1 回この道を通っているんだ。⁽⁴⁾

----

(1) ニウーポール Nieuport（オランダ語ニーウポールト）はベルギー最西端の海沿いの街。すぐ西には英仏海峡に面するフランスの港街ダンケルクがある。イゼール川の周辺は少し土を掘ると水が湧き出るような土地だったから、連合国側は故意に水門を開いて一帯を水びたしにし、付近を天然の要塞に変えていた。ニウーポールは大戦を通じて連合国側が支配し、大戦前半はフランス軍が守備に当たり、1917 年にイギリス軍が引き継いだ。なお、同じ発音のフランス軍の軍用機（「ニューポール」とも表記される）があるが、無関係。

(2) 海軍陸戦隊 fusiliers marins は海軍の歩兵部隊。開戦後、港湾の守備に欠かせない人員を除く 1 個旅団（合計約 6,500 名）が編成され、陸軍に組み込まれた。多くはフランス北西部ブルターニュ地方の出身で、船乗りの見習いだった若い新兵や予備兵で構成され、ロナルク海軍少将が指揮した。1914 年 9 月のマルヌ会戦時にはパリ北部サン゠ドニで守備に就き、10 月にはベルギーのヘントでアントワープから逃れてきたベルギー兵を助けた。10 月下旬～ 11 月上旬の「イゼールの戦い」ではディクスミュード近辺でほぼ壊滅状態となりながらも勇敢に戦って名を馳せた。水平のセーラー服を着て、赤い「ポンポン」と呼ばれる飾り（p.59 写真参照）のついた水兵帽をかぶっていたので、「赤いポンポンのお嬢様」とあだ名された（Massieu, 2014）。

(3) ブリダ Blida はフランス植民地だったアルジェリアの首都アルジェの近くの街。大戦中、アルジェリアが戦場となることはなかったので、いとこは現地人の徴集や捕虜の監督などをしていたと想像される。

(4) 写真説明には「1914 ～ 15 年の戦争、ニウーポール（ベルギー）、敵の戦線近くのセメントで固めた道に及ぼした 75 mm 砲の効果」と印刷されている。この写真を見ると、実際にニウーポールで負傷兵の看護に当たったジャン・コクトー（p.346 参照）の小説『山師トマ』を思い出してしまう。たとえば次のような一節がある。「この区域の傑作、それは砂丘だった。この女性らしく、なめらかで、弓ぞりになり、腰をくねらせ、寝そべったような景色を前に、人々は感動していた。（……）要するにこの砂丘は、裏側では飽きずに繰り返される悪巧みに満ちていたが、表側ではドイツ軍の望遠鏡を相手にした大がかりな手品、あるいは物言わぬ賭博師のよ

第8章　ベルギー

うなものだった。『さあ、大きな大砲はどこにあるでしょうか。どこでしょう。右でしょうか、左でしょうか、真ん中でしょうか。よーくご覧ください。右？左？バーン！真ん中でした。』といった具合だ。そして、生気のない少しの草に覆われた、駱駝のこぶが連なったような砂丘色に塗られた布の下から、大砲が後退しながら金庫ほどの重さの砲弾を送り込むのだった。」(Cocteau, 2006, p.405 から訳。河盛訳では p.60)。

335

1918 年 2 月 22 日 — ベルギー兵からフランスの戦時代母へ

　少なからぬ兵士にとって、家族や愛する人を守るために戦っているのだという意識が苛酷な戦争を耐える原動力となった。[(1)]

　次の葉書は、最前線で戦っていたベルギー兵が午前 3 時にフランス人の「戦時代母※」に想いを馳せて書いたもの。[(2)]この兵士はどこにいたのだろうか。国王アルベール 1 世のいたフュルヌのあたりだろうか、あるいはイープル近郊だろうか。[(3)]いずれにせよ、フランスと同じ連合国側に立って歩哨となっていたベルギー兵が書いたものであることは間違いない。

　絵葉書のイラストは、帽子が特徴的なベルギー軍の兵士を描いたもので、帽子の上には「彼女へ」、また顔の前には「戦争中、私はとても強くあなたのことを思い焦がれました。もうこれ以上甘美な夢を見ることはできないほどです。」という文字が印刷されており、差出人が自分の気持ちを代弁するような絵葉書を選んだことがわかる。さらに、この絵の兵士が左手に持っている紙には、小さな文字で「いとしいかわいい代母へ　アシーユより」とペンで書き込まれている。本文も、とても心がこもっている。

1918 年 2 月 22 日

いとしいかわいい代母へ

　今日は前衛部隊におります。これを書いているのは午前 3 時です。きっと今頃、私のいとしい代母はぐっすりと深い眠りについていることでしょう。少なくともそう願っています。

　ここにいる私の頭を、いろいろな考えがよぎります。過去のこと、そしてとりわけ未来のことを考え、これから私たちはどうなるのかと自問して、はや 3 日目の夜を迎えました。

　私のもっとも美しい追憶、もっとも美しい考え、もっとも魅力的な夢の中で、私はこの葉書を書いています。いとしい代母よ、たしかにあなたは今この瞬間、私のことは考えていないでしょう。しかし、私はというと、それこそ番犬のように夜を徹して見張りについており、かわいい代母の休息が乱されないようにと、心から祈念しているのです。私はあなたを守るために歩哨に立つのだと考え、私のしかばねを踏み越えない限りは、けっして誰一人ここを通しはしまいと思っているのだということを、どうか知っていただければと思います。

　これほどまでしてベルギー人がフランスの子供たちを守りたいと思っていると知ったなら、ドイツどもは何と思うでしょうか。死ぬまで一心同体の国なのだと悟らざるをえないでしょう。そして意気阻喪せざるをえないでしょう。

　いとしい代母よ、時間がない以上に、書くスペースがなくなってきました。

〔左の余白、垂直方向〕　とはいえ、私の心をひとり占めしている人に、そしてご家族皆様に、心からの愛情をお伝えするだけのスペースは、かろうじて残っておりました。

〔左上、逆向き〕（サイン）

---

(1) Cabanes, 2004, p. 65.
(2) 直接この葉書とは関係ないが、フランス人の高齢男性から聞いた話によると、その人の祖父の姉か妹にあたるパリ在住の女性がベルギー兵の「戦時代母※」になり、戦後になって二人は結婚した、とのこと。

第 8 章　ベルギー

(3) フュルヌ Furnes（オランダ語「フュルネ」Veurne）はフランスと国境を接するベルギー最西端（ニウーポールの南西）にある村。

337

1915 年 8 月 5 日 ── ベルギー国歌にこめた思い

日付は前後するが、以下ではドイツ占領下で書かれた葉書を 2 枚取り上げておきたい。

ドイツ占領下では、禁じられた愛国心を発露するために、よろい戸を締めきった部屋の奥で、あたかも祭壇にしつらえるように連合国側の君主の肖像や三色旗を飾り、ベルギー国歌「ラ・ブラバンソンヌ」を歌うといった光景が繰り広げられたという。[(1)]

次の絵葉書も、こうした用途に使われたのかもしれない。表面はベルギー国王アルベール 1 世の肖像で、裏面には鉛筆でフランス語の「ラ・ブラバンソンヌ」の歌詞が書き込まれている。[(2)]

この葉書には、ベルギーの紋章が描かれた大戦前のベルギーの普通切手が貼られているが、占領下のベルギーではドイツの切手を使用することが強制され、従来のベルギーの切手は使用できなかった。仮にこれを投函したとしても、切手として通用しなかったはずである。実際、この葉書には宛名も書かれていない。つまり、ここに押された消印は、自分用に記念のために郵便局で押してもらった、いわゆるコンプレザンス印[※]である。[(3)]

国歌以外には、文面には自分の言葉は記されていない。しかし、ベルギー国王の肖像の絵葉書にベルギーの切手を貼り、他国の支配は受けないことを高らかに謳ったベルギー国歌の歌詞を力強く書き込んだ…… それだけで、占領下のベルギー人の思いがひしひしと伝わってくる。さらには、通用しないはずのベルギーの切手に、おそらく快く消印を押した郵便局員の共感までもが伝わってくる気がする。

　　何世紀にもわたる隷属ののち　ベルギー人は墓場から抜け出し
　　勇気によって取り戻したのだ、その名を、その権利を、その旗を。
　　そして、今や屈することのない民族よ、そなたの至高の誇り高き手は
　　そなたの古くからの幟_{のぼり}にこう刻むのだ、
　　「王、法、自由！」、「王、法、自由！」、「王、法、自由！」

　　おお、ベルギーよ、おお、いとしい母よ、
　　そなたに我らが心、我らが腕、我らが血を捧げよう。
　　おお祖国よ！ 我らは皆断言する、そなたは生きるのだ！
　　いつまでも偉大に、美しく生きるのだ。
　　そして、そなたの不屈の一体性は、次の言葉を不死身のモットーとするのだ、
　　王、法、自由！
　　　　1914 〜 1915 年

---

(1) Schaepdrijver, 2004, p.122-123. こうした光景はとくに占領前半期の都市部で見られ、ほとんど「宗教」のようだったという。

(2) ベルギー国歌は今でこそオランダ語とドイツ語に訳されたバージョンも存在するが、もとはフランス語の歌詞しか存在しなかった。歌詞は何度か変更されているが、ここに書き込まれているのは 1860 年に変更された現行バージョンの歌詞の 1 番と 4 番（ただし、1 番の「刻んだのだ」の部分はこの葉書では「刻むのだ」と未来形になっている）。大戦当時は、このように 1 番と 4 番がもっともよく歌われた。

第 8 章　ベルギー

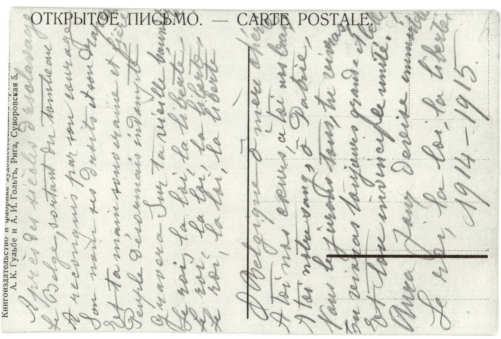

(3) 消印には「8月5日」の字が読み取れ、本文末尾に「1914～1915年」と書き込まれているので、1915年8月5日のものだと判断される。消印の局名は、端が切れているが、ベルギーのオールデヘム Oordegem（ヘントとアールストの間にある村）だと思われる。肖像の下にはロシア語で「ベルギー国王アルベール陛下」と書かれ、裏面にもロシア語が印刷されている。葉書の下の縁が僅かに切り取られているのは、「祭壇」に飾ろうとして細工した跡だろうか。

339

1915 年 12 月 31 日 — ドイツ占領下のベルギーでの年賀状

　戦線が膠着すると、当然ながら多くのドイツ兵は前線付近に集結した。ベルギーには 6 〜 8 万人のドイツ人が残り、約 700 万人のベルギー人を支配することになった。[(1)]

　次の葉書は、1915 年の大みそかに、リエージュに住んでいた民間人がブリュッセルに住むきょうだい夫妻（とその子供）に宛てて速達で差し出し、元旦に配達された年賀状[(2)]※。

　さまざまな印が押されているが、なかでも細い楕円形の印はドイツ軍の検閲印である。検閲があるので書きたいことも書けなかったと思われるが、一方的に侵入してきた隣国による支配という逆境を神の意志として納得しようとする姿勢がみられる。[(3)] 絵の下には「永遠の救いのわれらが聖母」と印刷されている。ドイツの切手が貼られている。[(4)]

　　グリヴニェにて、12 月 31 日[(5)]

　　きょうだいの皆さんへ

　1915 年という年は、我々にとてもつらい思い出を残しました。この年を我々に与えたのは神であり、これを取り去ったのも神です。それは神の権利であり、神は万物の至高の主です。我々の意志ではなく、神の聖なる御意志がおこなわれますように。

　きょうだいの皆さん、1916 年は皆さんが申し分なく健康で、商売と事業が繁栄しますように。そして聖なる摂理がみなさんを祝福し、皆さんに満足と喜びをもたらしますようにとお祈りします。この祈念を皆さん全員に送ります。

　　　　　　　　皆さんのきょうだいにして伯父 フランソワ・アダンより

　〔住所の左上〕　差出人　オート・ヴェ通り 125 番地　フランソワ・アダン

　〔宛先〕　ブリュッセル アンヴェール通り 264 番地　レザンファン様ならびに奥様

---

(1) Schaepdrijver, 2004, p.87.

(2) ドイツに近いベルギー東部にあったリエージュは、開戦早々、1914 年 8 月 7 日にドイツ軍が占領し、この街を取り巻く要塞群は 42 cm 砲（「太っちょベルタ」）の砲撃もあって 8 月 16 日までにすべて降伏した。

(3) さまざまな印を順に見ておくと、 まずリエージュの郵便局の同じ消印が合計 3 か所（2 枚の切手の上と四角い速達ラベルの右）に押されている（外周の上部にフランス語 LIÈGE、下部にオランダ語 LUIK の 2 か国語表記、15 年 12 月 31 日）。もう 1 つの丸い印は配達局の印で「ブリュッセル、16 年 1 月 1 日午前 6 〜 7 時」（ドイツ語）。その上に重なって押されている楕円形の印が検閲印で、不鮮明だが、同時期にリエージュから差し出された他の郵便物に押された印を参考にすると、ドイツ語で Ctr. Militärische / Überwachungsstelle / Lüttich （軍事検閲 / 監視部 / リエージュ）と書かれている。

(4) 2 枚の切手をよく見ると、下部にドイツ語で DEUTSCHES REICH（ドイッチェス・ライヒ、ドイツ帝国）と書かれている。切手に描かれた肖像は、「ドイツ」そのものを擬人化して寓意的に表現した「ゲルマニア」と呼ばれる女性の横顔。また、消印と重なって見にくいが、ドイツ語で「ベルギー」を意味する Belgien（ベルギエン）という文字が黒いヒゲ文字で「加刷」（追加印刷）されている。その下には、本来 10 ペニヒと 20 ペニヒ

第8章　ベルギー

　（ペニヒはドイツの貨幣単位で100分の1マルク）だったドイツの切手をベルギーで流通させるために「加刷」
された10サンチームと25サンチームという文字も加刷されている。ベルギーの人々は、こうしたベルギー向
けにアレンジされた「ドイツ帝国」の切手の使用を強制されたわけである。

(5) グリヴィニェ Grivegnée は、リエージュの外れにある地区名。

341

1916 年 8 月 1 日 ── オランダの収容所に監禁されたベルギー兵

　1914 年 10 月 6 日にアントワープが陥落すると、多くのベルギー兵はアルベール 1 世に従ってベルギー西端へと退却したが、北隣の中立国オランダに逃れた者も 3 万人以上いた[(1)]。

　オランダに避難したベルギー兵は、オランダ軍に武器を取りあげられて監禁された。それを避けるために約 7 千人のベルギー兵がイギリスに逃げ[(2)]、そこからベルギー軍に合流したが、大部分はオランダの収容所に監禁された。最初のうちはテント暮らしも強いられたが、1914 年 11 ～ 12 月には大規模な収容所がいくつか新設された[(3)]。オランダ中部ユトレヒトの東の郊外に建てられたザイスト収容所もそのうちの一つで、この葉書に写っているのは、この収容所内に建ち並ぶ木造のバラック小屋である[(4)]。

　オランダの収容所では、ベルギー兵は捕虜と変わらぬ扱いを受けた。脱走を企てて懲罰房に入れられた仲間の釈放を求めて騒ぎ、ベルギー兵 8 人が射殺されるという事件も起きた[(5)]。オランダは、ベルギーから避難してきた市民を遠回しに追い返そうとするなど、大国ドイツの意向に沿うように振舞ったから、中立国とはいっても、どちらかというとドイツ寄りだったといえるかもしれない[(6)]。

　次の葉書は、オランダのザイスト収容所に監禁されていたベルギー兵が、ベルギー最西端にあった軍の病院に勤務していた友人の看護兵に宛てて書いたもの。

　ザイスト収容所にて、16 年 8 月 1 日

　友人へ

　ご覧のように、収容所が変わり、新しい住所になったことを、この葉書でお知らせします。ぼくはあいわらず元気で、君もそうであることを願っています。たったいま、あちこち転送されてきた君の手紙を受け取りました。ぼくが君の写真を受け取ったかどうかたずねている手紙です。それで、とても満足しています。これを受け取ったのと引きかえに、君もぼくのやつを受け取っているとよいのですが。あいかわらず家からは知らせがありません。

　もう、あまり長くないうちに帰れることを期待しましょう。私は鉄条網の内側で、うんざりしているからです。最後に、友人よ、心からの握手をおくります。それではまた。

　　　オランダ、ザイスト　第 2 収容所　バラック 13　第 2 要塞砲兵中隊　J. レナンより

〔宛先〕　アダンケルク村　カブール[(7)]　ベルギー軍病院　看護兵　エミール・グランジェ様

⑴ Schaepdrijver, 2004, p.98 による。Médard, 2010, p.201 では 3 万 3 千人、Amara, 2014, p.240 では 3 ～ 4 万人。

⑵ Amara, 2014, p.240 による。Médard, 2010, p.201 によると大戦を通じて 7 千人が脱走して渡英した。

⑶ Amara, 2014, p.240-241.

⑷ 写真の上の説明文には「ザイスト収容所、第 1 収容所のメイン通り」と書かれている。

⑸ Amara, 2014, p. 241 による。Médard, 2010, p.201 によると死者 9 人、負傷者約 20 人。

⑹ 避難してきたベルギーの兵士や民間人に関して、オランダは「ドイツという大国の機嫌を損ねないように」振舞った（Popelier, 2014, p.110）。そして「ベルギー政府に共感しているとドイツ当局に思われるのを恐れ、オランダ人は収容者に圧力をかけ続けた」（Médard, 2010, p.201）。

⑺ アダンケルク Adinkerque（オランダ語「アダンケルケ」Adinkerke）村はベルギー最西端ラ・パンヌ（オランダ語「デ・パンネ」De Panne）の南隣にある。カブールはこの村の外れにある集落の名。なお、宛名の上に印が

第8章　ベルギー

3つ押してある。右の鮮明な丸い印は、オランダ語で「ザイスト収容所、16年8月2日」。その左下の3行の印は、不鮮明だがフランス語で「郵便料金無料、オランダに収容されている外国の軍人」と書かれている。その上の半分潰れた大きな丸い印はベルギー軍の印で、8月9日に届いたことがわかる。

343

1919 年 1 月 9 日 ── ドイツ軍の侵入と撤退

1918 年 11 月 11 日の休戦協定を受け、ドイツ軍は 4 年間以上にわたって占領していたベルギーから撤退した。代わりに、ベルギーの西の隅に追いやられていたベルギー軍は、1918 年 11 月 22 日、国王を先頭にして首都ブリュッセルに帰還した。

ここで取り上げる葉書の写真は、休戦直後のドイツ軍の撤退のようすを写したもので、左上には「ドイツ軍のベルギーからの撤退、1918 年 11 月」と印刷されている。

文面を読むと、ここに写っている建物はティーネンにあったベルギー軍の兵舎で、この兵舎にいたベルギー兵がたまたま自分の部屋の写っている葉書を見つけ、休戦の 2 か月後に母親に書き送ったものであることがわかる。

しかし、この葉書の魅力は、なんといっても写真右下に描き込まれた 2 つの矢印にあり、ドイツ軍の侵入と撤退をこれ以上ないほど端的に示している（奥がパリ方向つまり西側、手前がベルリン方向つまり東側）。

こうした写真を見ると、結局のところ、戦争とは人の集団移動だといえるのではないかという気もする。

1919 年 1 月 9 日
親愛なるお母さんへ
ティーネンの兵舎から最高のキスを送ります。
　　　　　ジョゼフより

　追伸　×印のところに我々の部屋があります

〔写真右下の書き込み〕
ベルリン←　　→パリ
　1918　　　　　1914

----

(1) 撤退時には、一部のドイツ兵が発砲・略奪するなどの混乱も見られた。また、住民は歓喜と興奮の渦に巻き込まれ、ベルギー国歌を歌って騒いだだけでなく、一部のベルギー兵が軍に無断で帰宅してしまったり、群衆がドイツ軍協力者の家を破壊したり、ドイツ兵と親密な関係を持った女性を引きずり出して髪を丸坊主にし、あるいは額に烙印を押すなどの光景も見られた（Schaepdrijver, 2004, p.289）。

(2) ティーネン Tienen（仏語ティルルモン Tirlemont）はベルギーのほぼ中央、ブリュッセルとリエージュの中間にある街（ベルギーの中でもオランダ語圏に属するが、すぐ南はフランス語圏のワロン地方に接している）。この葉書を含め、この章で取り上げた手紙・葉書類はすべてフランス語で書かれている。

(3) 写真の左上の窓のところに 2 つ書き込まれた×印のこと。

ニウーポールのジャン・コクトー

　開戦当時 25 歳だったジャン・コクトーは、病弱のために兵役を免除されていたが、1914 年 9 月に負傷兵救護団に加わり、フランス北東部ランスの砲撃に立ち会った。さらに、1915 年 12 月 18 日には他の救護団に加わってベルギー最西端に向けて出発し、フランス海軍陸戦隊に混じって負傷兵の救護活動に当たった。コクトーが前線に加わろうとしたのは、純粋な愛国心というよりも、現実離れした体験への好奇心の方が強かったようにみえる。小説『山師トマ』はこうした体験をもとに書かれているが、ここでは 1915 年 12 月 25 日にニウーポールからコクトーが母に送った長い手紙を抜粋して訳しておく。[(1)]

　（……）なまぬるい月明かり。クリスマスの特別な雰囲気。小隊長たちはこれでお祭を終わりにしたいとは思っていません。ドイツどもが歌を歌っているかどうか耳を澄ますために、第一線に行くことに決めます。私はズワーヴ兵の軍服を羽織って出かけます。イエナ、イエナ、イエナ。[(2)] イゼール川沿いの名高い区域で守りに就く 4 人の歩哨のわきを通過。[(3)] 破壊された街。幽霊の静けさ。小舟に渡した、うねる板の「ジョッフル橋」を渡ります。

　サロニカで終わる戦線は、ここから始まっているのです。[(4)]（……）

　交通壕とトンネル。水たまりを歩きます。一人の狙撃兵が振り返り、私を見つめ、唇に指を立てます。A 中尉が私の肩を押し、耳に口を当ててささやきます。「おれたちは、あいつらから 8 メートルのところにいるんだぞ！」あいつらから 8 メートル！狙撃兵は元の姿勢に戻っています。この真面目で、忍耐強く、慎重で、恐そうな、唇に指を立てた顔を見た者こそ、「軍務に就く」とは何たるかを見たのです。

　ドイツ軍は沈黙しています。わが軍も沈黙しています。クリスマス休戦です。

　名高い川の河口。もう一つの板の橋。明るい月明かり。瓦礫のなかを通って戻ります。

　我々の地下室は静かで、ズワーヴ兵たちが眠っています。服の水気を払うと、ミサについてくるかと小隊長たちが尋ねます。「夢中」で私は頷き、夢遊病者のように歩きます。小隊長たちは世界の果てまでも私を連れていくことができるでしょう。

　冷たい、小さな礼拝堂。12 人の兵隊。司祭様はいません。私と一緒に来た人々がヘルメットを脱ぎ、バーバリーを脱ぎ、[(5)] ステッキと電灯を置きます。そして……レース飾りのついた祭服を羽織ります。私がどれほど驚き、敬意を抱いたかお察しください。一人が他の一人から順番に聖体を拝領し、ミサを唱えます。陽気で冒険好きで、卑猥な言葉も口にし、どんな振る舞いでもするこの若い男たちが司祭ということを、私はどんなことがあっても疑うことはないでしょう。[(6)]（……）

---

(1) 以下 Cocteau, 1989, p.172-174 から訳。正確にはニウーポールの北側の海水浴場ニウーポール＝レ＝バンで書かれている。『山師トマ』については p.92 脚注 3 と p.334 脚注 4 を参照。海軍陸戦隊については p.334 脚注 2 を参照。

(2) 前年の 1914 年 12 月 25 日には北仏を中心にドイツ兵とイギリス兵が戦闘を中断し、歌を歌ったり贈り物を贈りあう「クリスマス休戦」の現象が見られたので、今年はどうなのか見物に出かけたわけである。

(3) これはおそらく合言葉。「イエナ」はドイツの地名で、ここで 1806 年にナポレオン率いるフランス軍がドイツ（プロイセン）軍を破った。これを記念し、パリのエッフェル塔の前に「イエナ橋」がつくられた。

(4) 事実とは異なるが、ベルギー西端からサロニカまでを一本の戦線としてイメージしているわけである。

(5) 当時、イギリス軍ではバーバリーのトレンチコートが採用されていた（トレンチは「塹壕」の意味）。

(6) 一兵士として戦った聖職者が多数いたことは事実だが（p.46, 262 参照）、ここは夢とも現実ともつかない。

第 9 章　ガリポリとサロニカ

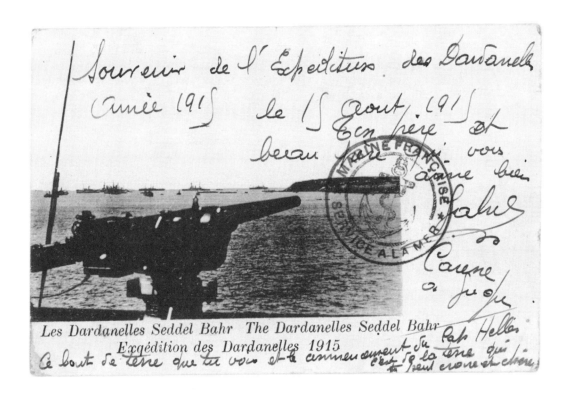

　ダーダネルス海峡の手前に集結した連合国軍の軍艦から、ガリポリ半島突端にあるヘレス岬のセッデュル・バール（p.354 脚注 1 参照）を望んだ写真。左手前に写っているのは 47 mm 速射砲（オチキス社製 1885 年モデル）で、海軍向けに多数製造され、小型の艦船にはこのように舷側に直接据え付けられた。

　写真下に「ダーダネルス、セッデュル・バール、1915 年ダーダネルス遠征」と印刷されている。この余白に差出人が色々と書き込んでいる。上から順に、「1915 年ダーダネルス遠征の思い出、1915 年 8 月 15 日。二人のことを愛する父にして義父より。それでは。セルジュを抱きしめる。」「ここに写っている小さな陸地はヘレス岬の先端だ。本当なんだが、この土地には思い入れがあるんだ。」

347

ヨーロッパと地中海沿岸諸国

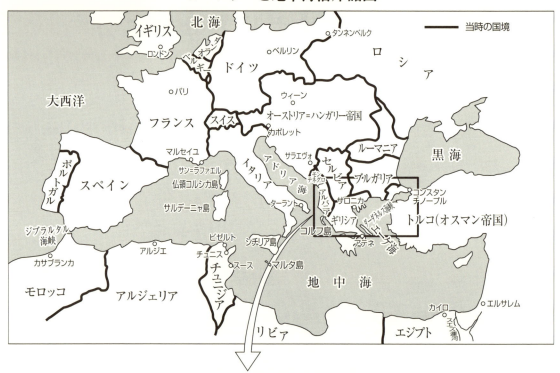

ガリポリ半島とサロニカ

ガリポリとサロニカの解説

1914 年末以降、西部戦線の膠着状態を打破する試みの一つとして、イギリスの海軍大臣チャーチルは地中海に軍艦を派遣し、ドイツ側についたトルコを攻撃することを思いつく。チャーチルは敵の弱点を探すべきだと考え、バルカン半島の東南端のダーダネルスにその弱点を見出したからである。世界随一の海軍大国イギリスの軍艦の大砲で沿岸を攻撃すれば、ひとたまりもないと思ったらしい。トルコを撃破すれば、英仏の同盟国ロシアと南側から接触できるようになるし、日和見しているバルカン諸国を味方に引き入れることもできると考えられた。

1915 年 2 月 19 日〜 3 月 18 日、トルコの首都コンスタンチノープル（現イスタンブール）を目指してダーダネルス海峡を突破すべく、軍艦からの攻撃が試みられた。しかし、攻撃は事前に察知されており、トルコ軍はドイツの指揮官のもとで両岸で大砲による防禦を固め、海には入念に機雷を敷設していたので、この作戦は失敗に終わる。

海路での突破を断念した英仏軍は、4 月 25 日以降、今度は海峡に面するガリポリ半島に上陸し、陸路コンスタンチノープルに攻めてゆくことを計画する。しかし、不案内な土地に上陸した兵士たちは、後方に退いて休むこともできず、補給が絶えて水不足となり、赤痢も流行し、防禦を固めるトルコ軍を前に数万人の死者を出し、夏頃には作戦の失敗は誰の目にも明らかとなってゆく。この結果、チャーチルとフランスのヴィヴィアニ首相が失脚した。

1915 年秋、セルビア（サラエヴォ事件が原因でオーストリア＝ハンガリー帝国に宣戦布告された国）の東隣にあって日和見を続けていたブルガリアがドイツの側に立って参戦することになった。セルビアは、東からはブルガリア軍に、北からはドイツ軍とオーストリア軍に攻められ、地図上から消滅することになる。この勇敢な小国家を助けるという大義名分のもとで、英仏軍はダーダネルス海峡から撤退し、ギリシア北部の港街サロニカ（現テッサロニキ）に軍を結集させた。要するにエーゲ海を東から西に移動したわけである。

エーゲ海は、南仏から船に乗って地中海を東へと進んだところにあり、ダーダネルスやサロニカでの戦いはフランスでは「東洋戦線」と呼ばれた[2]。この戦線から引き揚げてドイツとの戦いに兵力を集中すべきだという意見も多かったが、ヴィヴィアニのあとを継いだブリアン首相は後に引けず、フランスの東洋軍は兵力を増大し続けた。ダーダネルス海峡への派兵を主導したのはイギリスだったが、サロニカでの戦いはフランスが主導することになった。

西部戦線と同様、バルカン半島でも戦線は膠着状態となった。フランス兵はサロニカ周辺で防禦陣地を掘ったり、自分たちの食糧を確保するために畑を耕すこともあったから、「サロニカの庭いじり」などと揶揄された。しかし、祖国から離れた不衛生な環境は決して楽なものではなく、沼地が多く伝染病マラリアが流行し、戦闘での負傷者以上に病人が続出した。

戦争末期の 1918 年夏、ドイツが同盟国ブルガリアにあとを託してこの戦線から撤退すると、フランス軍を始めとする連合国軍が攻勢に転じ、膠着状態だった戦況がようやく大きく動き出すことになる。

---

(1) 日本の歴史学では「オスマン帝国」と呼ぶのが標準となっているが、フランスでは当時は「トルコ」と呼ばれ、現代の歴史書でも「トルコ」と呼ばれることも多いので、本書ではおもに「トルコ」と呼ぶ。

(2) 実際には、ダーダネルス海峡はヨーロッパとアジアの境目にあり、ダーダネルス海峡以西（ヨーロッパ）が戦場となったのだから、オリエントと呼ぶのは奇妙だとも指摘されている（Schiavon, 2016, p.383）。

1915 年 3 月 28 日 ── 陽気にふるまってトルコとの戦いに赴く兵士

　ダーダネルス海峡の手前に集結した英仏軍は、1915 年 2 月 19 日以降、両岸のトルコ軍の要塞に大砲で攻撃を加えながら軍艦で海峡を突破することを何度か試みた。しかし、逆に巨艦は格好の標的となって沿岸からの砲撃の餌食となり、また海中の機雷に触れて沈没・損傷する軍艦が相次ぎ、3 月 18 日の攻撃を最後に、海路からの突破は断念された。ついで、作戦が変更され、ダーダネルス海峡に沿って伸びるガリポリ半島への上陸が試みられることになった（上陸作戦は 4 月 25 日に開始される）。

　これに伴い、フランス軍の将兵たちも、馬や大砲とともに続々と南仏で船に乗せられ、地中海を経由してギリシアの東側のエーゲ海に集められていた。

　次の葉書は、南仏マルセイユからダーダネルス海峡に向かうことになった兵士が両親または家族全員に宛てて書いたもの。封筒に入れて送られており、残念ながら差出人の所属はわからない。

　「トルコ人はドイツ人ほど恐れるに足りない」と書かれているが、本当にそう思っていたのだろうか、あるいは単に両親や家族を心配させないためにこう書いたのだろうか。

　マルセイユにて、1915 年 3 月 28 日

　4 月 1 日にマルセイユを出発し、ニースの近くのサン＝ラファエル[2]に行くことになりました。いくつかの部隊が集結するので、数日そこに留まることになります。

　ダーダネルス海峡に行くよう指令が下り、とてもよかったと感じています。トルコ人はドイツ人ほど恐れるに足りないからです。それに、国境[3]よりも危険ではありませんから。

　行き先がはっきり決まったら、住所をお知らせします。

　くれぐれも、しっかりなさってください。私がマルセイユから出発するからといって、あまり悲しまれないよう。私は陽気に出発するのですから。

　皆さんにキスを送ります。　　　ジョルジュ

---

(1) 絵葉書の写真説明には「マルセイユ、ベルザンス通り」と書かれている。ベルザンス通りはマルセイユ屈指の大通り。ここに写っている路面電車は、第二次大戦後に廃止され、最近また復活した。ちなみに、大戦が始まる前年の 1913 年 4 月 13 日（この葉書の約 2 年前）に神戸を出港した島崎藤村は、インド洋から中東のスエズ運河を通って地中海に入り、37 日後の 5 月 20 日にマルセイユに到着している。マルセイユの旅館で一泊した翌朝、散歩に出たときのことを藤村はこう書いている。「やがて歩道について町を折れ曲つて行くうちに、若葉の木の續いたところへ出た。これが（……）プラタアヌだ。私は直ぐにそのことを胸に浮べて、大きな並木の間を歩き廻つた。太い黒ずんだ樹の幹の色は餘計にその若葉をあざやかに見せた」（島崎, 1922, p.10）。藤村の書いている「プラタアヌ」とは、この絵葉書に写っている街路樹、プラタナスのこと。

(2) サン＝ラファエル Saint-Raphaël は地中海に面した港街で、西のマルセイユと東のニースの間にある。

(3) 「国境」とは、ベルギーやドイツとの国境に近い地域（つまりフランス北部・北東部あたり）を指す（大戦初期の 1914 年 8 月 19 ～ 23 日頃に「国境」付近でおこなわれた複数の戦いを総称して「国境の戦い」と呼ぶ）。

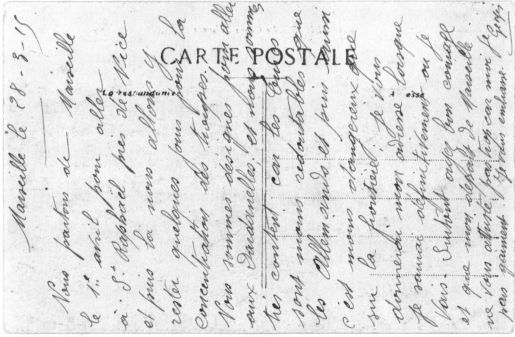

1915 年 5 月 29 日 — トルコと戦いに行く兵士にかける言葉

4 月 25 日、ガリポリ半島南端への上陸作戦が開始された。このときに上陸した英仏軍は 8 万人で、この中には 1 万 8 千人のフランス兵が含まれていたが[(1)]、死傷したり病気になる者が続出し、その補強のために続々とフランス兵が地中海を渡った。

次の手紙は、フランス北東部で戦っていた砲兵隊の兵士がいとこの兵士に宛てて書いたもの。宛先と本文から、この「いとこ」はぶどう栽培の農家出身で、現在は地中海沿いに駐留している部隊に所属し、ドイツ側についたトルコと戦うために、これから「美しい」エーゲ海を渡ってギリシア方面に派遣されようとしていることがわかる。そうした自分の運命を「いとこ」は前向きに受け止めていたらしく、それに対する同感と慰めのような言葉が綴られている。電報用紙に似た形のカルト・レットル※が使われている。

1915 年 5 月 29 日

親愛なるいとこへ

君は兵隊という仕事をポジティブに解釈しているんだね。心配はしていないと言っているんだから。しかたないさ、なるようになるわけだし、天気は来るがままに受け入れねばならない[(2)]。くよくよしても仕方がないさ。

やっとイタリアが腰を上げたから[(3)]、少しは我々の負担が減るだろうし、作戦も大幅にうまくいくようになるだろう。君たちも出発しないですむかもしれないよ。たしかに美しい旅には違いないが、君たちにとっては、トルコ人に会いにいくよりも、フランスにとどまっていられるに越したことはないのだから。そこにとどまっていたら、ぶどうの収穫のために故郷にも早く帰れるだろう。だって 8 月にはすべて終わるという噂だよ[(4)]。そうしたら、ぶどうの収穫もできることになるぞ。

そのよい日を待ちながら、君が元気に健康でいられることを願っている。僕もいまのところ元気で健康だ。心からの握手を送る。君のいとこより　　　　E. オジョー

〔宛名〕　ヴァール県サン＝ラファエル　歩兵混成連隊
　　　　　歩兵大隊　第 4 中隊　第 1 小隊　G. ガルーアン様[(5)]

〔差出人〕　郵便区※121　徒歩砲兵第 3 連隊　第 12 中隊　第 5 作業班[(6)]　E. オジョー

---

(1) 人数は Schiavon, 2016, p.61 による。

(2) 「天気は来るがままに受け入れねばならない」という諺は当時よく使われた（p.284 脚注 2 参照）。

(3) この手紙の 6 日前の 1915 年 5 月 23 日、イタリアが参戦し、楽天的な雰囲気が蔓延していた（p.106, 108 参照）。

(4) イタリアの参戦はあまり影響を与えず、「8 月にはすべて終わる」こともなかった。農業休暇※を別にすれば、ぶどう農家出身の兵士たちが落ち着いて収穫できるようになるには 1919 年まで待たねばならなかった。

(5) この宛名の書き方が不正確で、どの部隊を指すのか調べてもわからない。実際、この手紙を届けようとした郵便係（郵便物担当下士官）も配達できず、宛名の上に「第 1 中隊では不明」と書き込んでいる（「あて所に尋ねあたりません」の意味）。さらに「1」を「8」に書き直している。

352

第9章　ガリポリとサロニカ

(6) 差出人欄には明確に書かれていないが、この「作業班」という所属名からして、差出人はおそらく「後備※」砲兵第12中隊に所属している。こうした後備※砲兵中隊は、「作業班」として、砲兵隊の陣地構築のための土木工事を含む幅広い作業に従事した（*Historique du 3ᵉ RAP*, p.11）。

1915 年 8 月 1 日 ── ガリポリ半島の突端で攻撃を控えた兵士

　ガリポリ半島の突端への上陸作戦を敢行した英仏軍は、多数の死傷者を出しつつも、わずかな区画を奪い取ったが、船からの補給が続かず、部隊を交替して休むこともできず、水が不足し、医療態勢も整わない中、とりわけ赤痢が流行した。

　次の葉書は、ガリポリ半島の突端の小高い場所に陣取った砲兵隊所属の兵士が、フランス国内で戦っているおじに宛てて書いたもの。仲間も自分も体重が減ってしまったが、なんとか生きのびてフランスに帰国したいというようなことが書かれている。

セッデュル・バールにて、1915 年 8 月 1 日⁽¹⁾

おじ様

　7 月 19 日付のお葉書をいただき、とても喜んでおります。メニーからも葉書をもらいました。私はあいかわらず非常に元気で、サン＝ジャン村の多くの仲間に会いました。とくにブルネーはあれから 2⁽²⁾回も会いに来てくれました。あいつも太ってはいません。

　しかし、おじさんの口癖ではありませんが、トルコ軍によって我々の「脂肪が奪われたとしても、骨まで奪われることはない」でしょう。私はずっとフランスにこの体を持ち帰りたいと思っています。

　ここオリエントでの戦いは、冬の前には終わるという希望を持っています。将校たちもそう言っています。目下、激しい攻撃の準備中です。

　まもなくお元気な姿で再会できることを願いつつ、強い抱擁を送ります。カミーユ

〔差出人〕　東洋 第 2 師団 砲兵第 47 連隊 第 41 中隊　カミーユ・ヴィダールより⁽³⁾

〔宛先〕　郵便区[※] 139　後備[※]第 110 連隊 第 10 中隊　マリユス・ティヴォレ様へ⁽⁴⁾

⑴ セッデュル・バール Sedd-Ul-Bahr, Seddul-Bahr（当時のトルコ語に基づくフランス語）は、ガリポリ半島南端の突き出た「ヘレス岬」（ギリシア語に基づく英語）に築かれていた、堅固なトルコ軍の要塞があった場所。

⑵ サン＝ジャンという名の村はフランス各地に存在するので特定不能。上陸したガリポリ半島で、同じ故郷の村の出身の兵士に会ったことが述べられているが、一般に同じ故郷の者は同じ部隊に配属されることが多かった（ただし、大戦後半になると、死傷者で欠員が生じて部隊が異動になり、ばらばらになることも多かった）。

⑶ 差出人の所属する野戦砲兵第 47 連隊の第 41 〜 43 中隊は、1915 年 3 月以降に同連隊の留守部隊[※]から編成され、第 156 師団（東洋第 2 師団と改称）に所属する 75 mm 砲兵隊としてダーダネルス海峡に派遣された。当時はガリポリ半島突端のセッデュル・バールの北側の丘に陣取っていた（*Historique du 47^e RAC*, p.64-65 による）。宛名の上に押された丸い部隊印から、郵便区[※] 409 が割り当てられていたことがわかる。

⑷ 相手の「おじ」が所属する後備[※]歩兵第 110 連隊は、この葉書が書かれた当時はシャンパーニュ地方（ランスとヴェルダンの中間あたり）で塹壕掘りや防禦陣地の構築に従事していた（*Historique du 110^e RIT*, p.3 による）。

ただし、郵便係がこれを届けに行ったら受取人が見つからず、宛名の左上に斜めに「第10中隊では不明」と書き込んでいる。たとえ宛名を正しく書いても、ガリポリ半島からフランス北東部の戦場までは郵便の日数がかかり、その間に部隊の改編などが生じて、受取人に尋ね当たらないことも少なくなかった。

1916 年 9 月 22 日 — サロニカで攻め戻したフランス軍

1915 年秋にブルガリアがドイツの側に立って参戦すると、セルビア軍は北のドイツ・オーストリア軍と東のブルガリア軍の両方から攻撃を受け、国を捨てて敗走した。[1]

このセルビア軍を助けるという名目のもとで、英仏軍は戦局思わしくなかったガリポリ半島から引き揚げ、エーゲ海を西に渡ってギリシア北部のサロニカに軍を結集させた。ただし、イギリスはサロニカでの兵力増強には消極的だったから、サロニカで一番多かったのはフランス兵だった。ついで、敗走後にサロニカに集まってきたセルビア兵の数がイギリス兵を上回るようになっていた。[2]

1915 年末から 1916 年 8 月までは目立った動きはなく、フランス兵はサロニカの街を取り囲む防禦陣地の構築にいそしんでいた。[3] しかし、1916 年 8 月 27 日にルーマニアが連合国側に立って参戦すると戦闘が活発化し、[4] 9 月以降はギリシア北部の国境沿いでサライユ将軍率いる連合国軍が南からブルガリア軍やドイツ軍を攻めたて、[5] 11 月 19 日にはモナスティルを奪還することになる。[6]

次の手紙は、こうした一時的に連合国側の旗色がよかった時期に書かれている。しかしこの後、再び戦線は膠着状態に入っていく。

サロニカは衛生状態が悪く、フランス本国からも遠く、戦争開始から丸 2 年以上が経過して兵士たちの疲労も限界に達しつつあった。フランス本国で戦う兵士は、まだ祖国や故郷を隣国の侵略から守るという大義名分を持つことができたが、おそらくサロニカではそうした意識を持ちにくく、だらだらと続く戦争に批判的な考えを抱きやすかったのではないかという気がしてならない。[7]

「戦時代母※」に宛てたと思われる手紙で、丁寧な字だが無数の綴り間違いが含まれている。

1916 年 9 がつ 22 日

ジュール・アンドレ奥様

小包、新ぶん 2 つを有難くちょうだいしたことをお伝えしたく、おたより指しあげます。どうもありがとうございます。

現ざい、私はサロニカの補充隊におりまして、少し休んでおります。たぶん少しだけ、ここにいるのだと思います。休みをもらって当然の働きはしましたから。

---

(1) 総崩れとなったセルビア軍は、1915 年 11 月〜 1916 年 1 月、雪山を超えて西隣のアルバニアに逃れ、途中でコレラに侵されながらも、10 万人のセルビア兵がアルバニア沿岸で連合国側の船に救助され、ギリシアのコルフ島に集められた（J.-J. Becker, 2013, p.80-81）。このとき、兵士たちと一緒に国を捨てて避難してきたセルビアの民間人は、船で南仏マルセイユやイタリアに送られ、これ以後はフランス国内でも散り散りに逃れてきたセルビア人の避難民の姿が目立つようになった。1917 年にフランス東部グルノーブルに滞在していた仏文学者の吉江喬松（孤雁）は、大学の夏期留学生の半分を占めていたセルビア人学生に同情を寄せ、ベルギーとセルビアという共通点のある「小さなけなげな二國」（吉江, 1921, p.88）に心を打たれている。

(2) サロニカでの連合国側の兵力は、1916 年初めには、フランス軍 10 万人以上、イギリス軍もほぼ同数だった（Schiavon, 2016, p.193）。1917 年 8 月中旬には、フランス軍 19 万 6 千人、セルビア軍 13 万人、イギリス軍 12 万人、ギリシア軍 5 万 5 千人、ロシア軍 1 万 6 千人など、合計 52 万人となった（*Ibid.*, p.284）。1918 年 6 月末には、フランス軍 18 万人、セルビア軍 14 万人、イギリス軍 12 万人、イタリア軍 4 万 2 千人、ギリシア軍 11 万 8 千人など、合計 60 万人となった（*Ibid.*, p.323）。

(3) Schiavon, 2016, p.257. サロニカの防禦陣地については p.364 脚注 2 を参照。

(4) オーストリア＝ハンガリー帝国の南隣にあってそれまで日和見を続けてきたルーマニアは、1916 年 8 月 27 日、

第 9 章　ガリポリとサロニカ

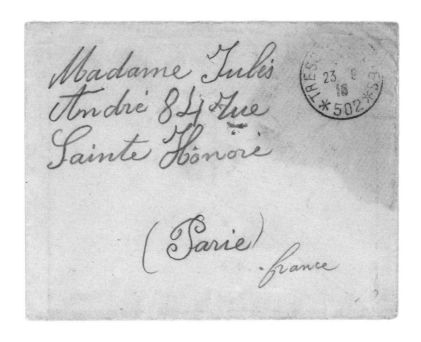

連合国側に立って参戦した。しかし、その 3 か月後には首都ブカレストが陥落し、ルーマニアの「参戦を歓迎した連合国側のぬか喜び」（Hart, 1992, p.264. 上村訳 [上巻 p.450] による）は終わることになる。

(5) サライユ将軍（p.60 脚注 7 参照）は、1915 年 8 月からサロニカの東洋（オリエント）軍の指令官となり、1916 年 1 月からは限定的ながら連合国軍全体の指揮を執っていた（1917 年 12 月まで）。

(6) モナスティル Monastir（現ビトラ Bitola）はサロニカの北西 150 km の山岳地帯にある街。セルビアの南端にあり、南のギリシアや西のアルバニアに近い。連合国側の主要な拠点となった。

(7) 本章以外で取り上げた中で、サロニカで戦っていた兵士は 2 人いる。一人は、レオン・ユデルの「兵隊」の文章を書き写した紙を所持していた兵士（p.192 脚注 1 参照）。もう一人は、p.232 の葉書を書いた兵士。いずれも戦争に批判的な考えを抱いていたのは興味深い。

前線に来て、もう25か月たちます[8]。ずっと山の中です。戦争は本当にたいへんです。

じっさい、セルビアでは攻げきがとてもうまくいっております。我々がいい働きをしたことは新ぶんでお読みになるでしょうが、でも非じょうにきついものです。ブルガリア勢は退きゃくしました。イギリス軍とセルビア軍とロシア軍とイタリア軍とモンテネグロ軍は、とてもうまくいっており、さらに多くのロシア軍がサロニカにやってきます。11月にはセルビアでの戦いは終わっているだろうという強い希望を抱いております。

我々は3回も嵐にあいました。セルビアの嵐はすごいものです。しかし、もう通りすぎました。もうそれほど暑くはなく、だいぶマシになっており、病気になる兵の数もへりました[9]。

フランスの新ぶんで読みましたが、とくにソンムでは、フランス軍とイギリス軍がいい働きをしたそうですね[10]。ドイツ軍は退きゃくをよぎなくされるでしょう。もういつ退きゃくしてもおかしくないはずです。じっさい、またセルビアで冬をすごすことになるのではないかと恐れているのです。とてもみじめで、とても寒く、身を隠すものが何もないからです。

ルーマニアが戦せん布告しました。これでもう少しうまく進むでしょう。思っていたより早く終わることになるでしょう。いずれにせよ、あと何か月か、ゆう気と希望を持つようにします。戦争が長くつづいているだけに、じっさい、我々はもうみんな疲れているのです。

ジュール・アンドレ奥様、カミーユおじょうさんからの小さなハンカチを受けとられたかどうか、教えていただきたいのですが。マリーさんによろしくお伝えください。

奥様には、善りょうなるフランス兵からの心からの友状をおうけとりください。戦争当初から、本当にいろいろなごほうびをいただきました。私のためにたいへんなご苦労を払われたことを、けっして忘れることはございません。　ルイ・デュフールより

〔差出人〕　郵便区※502　東洋 軍（マルセイユ経由）
　　　　りょう歩兵第58大隊　中間補充隊[11]　ルイ・デュフール

〔宛先〕　フランス　パリ サン＝トノレ通り[12]84ばん地　ジュール・アンドレ奥様

---

(8) 25か月（2年1か月）前は1914年8月だから、開戦当初からこの兵士は前線にいたことがわかる。

(9) 差出人の所属する猟歩兵第58大隊は、この年の夏にはマラリアが大流行し、兵士の3分の2が病魔に斃れたと大隊史に記されている（*Historique du 58ᵉ BCP*, p.9）。東洋軍全体では、1916年7〜8月だけで1万1,500人のフランス兵が病気のために後送された（Schiavon, 2016, p.226）。

(10) ソンムの戦いを指す。この手紙の7日前の1916年9月15日にはイギリス軍が史上初めて戦車を実戦に投入した。新聞では英仏軍の有利な状況を大きく取り上げ、差出人もそれを信じようとしていたらしい。

(11) サロニカの「中間補充隊」とは「留守部隊※」の一種で、「フランス本国からやってきた援軍、休暇※に向かう者、休暇から戻ってきた者、およびサロニカの病院を退院した非常に多数の軍人」（*Historique du 15ᵉ ETEM*, p.76）を一時的に編入しておくための部隊のこと。

(12) サン＝トノレ通り rue Saint-Honoré はパリ中心部のルーヴル美術館の北側を走る通りで、高級住宅街。最後から2段落目をみると共通の知人がいるから、もともと知り合いだった（おそらく使用人か）と思われるが、この女性は慈善活動の一環としてこの兵士の「戦時代母※」になり、時々小包を送っていたと想像される。

Le 22 Septembre 1916
Madame Jules André
je vous envoit deux mot
pour vous a nant ses que jai
reçu votre colie deux journeaux
je vout remercie beaucoux
foit maintenant jesuit
au dépost a Salonique
pour me reposes un peux
probablement que jevait i
restés un petit moment
je lait bien mérités voila 25
mois que jesuit sur le front
toujour dant les mantagne
il fait tres dure pour faire
la guerre je vous dirait que
l'offencive savat tres bien
en Serbie vous voires que nous

faixent du bon travaille sur
les journeaux mais sa et
tres dure les Bulgard va
en retraite les anglais et les
Serbe et les russe et les italien
et les manténégraint sa marche
tres bien et il arrive encore
des russe a Salonique nous
avant bonne espoire que
pour le mois novembre que
sa seral fini la guerre en Serbie
nous avant en l'orage pondant
3 foit mait les orage sant
terrible en Serbie maintenant
sa et passés il ne fait plus
si chaup ennis beaucoux
mieux il ni a plus tant
de malade jevoit sur les

journeaux en france que
les francais et les anglait
font du bon travaille aussie
surtout dant la somme
les allemant il serant obligés
de ba en retraite il ne saurait
pas troteaux jevout dirait
que jai peu encore de passé
l'hiver en Serbie il fait
sitriste et si froit et il
na rien pour se mettre a
la brie voila que la roumanie
a déclarés la guerre savat
faire avancé encore un
peux plus forte sa finira
pluvite que nous penstion
enfin jevoit encole prendre
courage et espoire quellque

mois jevous dirait que nous
somme touse fatigués telle
ment que la guerre dure
l'ontant Madame Jules
André jevout drait bien
savoire si que vous aves
reçu le petit mouchoire
de Mlle Camille jespire qui
arriveral en bonne état
bien deux mes compliment
a votre Marie et a vout touse
et tout mes maillieurs
amitier de votre bon francais
que vous aves tant récompansés
depuit le début de la guerre
jespense serait toujours avoue
et jevout oblierait jamais
pour la plus grand souffrance
que vous aves en pour mois
Dufour Louis

1917 年 1 月 4 日 ― 山中でのブルガリア軍との戦闘

　サロニカに派遣されるフランス兵は、人間と馬が満載された、けっして快適とはいえない船に乗り込み、南仏から地中海を東に進んで、イタリアを過ぎ、ギリシアをまわり込むようにしてエーゲ海を北上、ギリシア北部のサロニカで大地を踏んだ。片道 1 週間以上の船旅だった。⁽¹⁾しかし、ギリシアも少し北や西に行けば山岳地帯となり、戦闘はおもにこうした山の中でおこなわれた。

　次の葉書は、文面から、ギリシア北部の山岳地帯でブルガリア軍と戦っていたフランス兵が書いたものであることがわかる。司令部付中隊[※]に所属していると書かれているが、ある程度教養ある文章で書かれているので、下士官以上だったのではないかとも想像される。

　いわゆるカルト・フォト[※]で、写真面には十字印が 2 つ書き込まれており、それぞれ文中で言及されている「執務室の入口」と「奥のほうに見える山」に対応している。

17 年 1 月 4 日

ご両親様

　これが 2 週間ほど寝泊りしていた馬小屋です。この土地にしてはとても快適で、本当に楽しかったです。切妻壁のところに見える戸口は、執務室の入口です。

　私たちがここにいたときは、毎日飛行機が爆弾を落としにやってきました。憲兵一人と私の仲間の一人がこの馬小屋で死に、多くの者が負傷しました。私もここに寝ていて、穴の中にいたのですが、頭上に爆弾が落ちてくるのが非常にはっきりと見えました。奇妙な感覚を抱き、そのときは鳥肌が立ちましたが、すぐに考えなくなりました。

　この写真の奥のほうに見える山の中に、ブルガリア軍と我々の軍がいます。この山では、大きな犠牲を強いられました。我々がこの場所を去って 2 日になります。もっとモナスティルの近くに来ています。いずれにせよ、約束されていた休息はまだ得られません。

　まもなく私はモラン少佐殿の大隊に移ると思います。このまま司令部付中隊に残っていたら、連隊[※]長殿によって塹壕に行かされてしまうことでしょう。⁽²⁾

---

(1) 悪天候時や、補給などのために寄港する場合はもっと日数がかかった。また、ドイツが無制限潜水艦作戦を開始した 1917 年以降は、船での移動距離を短くするために、南仏ではなくイタリア南端（長靴のかかととの内側付近）にある港街ターラント Taranto まで鉄道で移動してから、船に乗り込んでサロニカに向かった（Schiavon, 2016, p.190-191）。

(2) ここで文章が途中になっており、結語やサインもないので、2 枚以上の葉書に書いて封筒に入れて送られたうちの 1 枚目だと思われる。

第9章　ガリポリとサロニカ

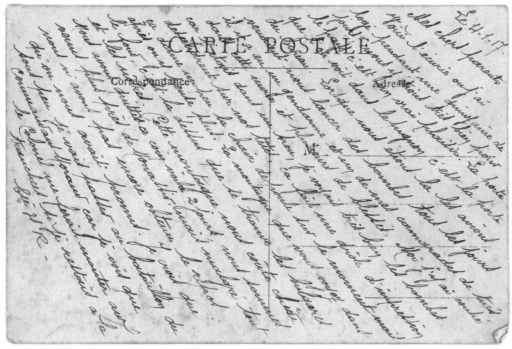

1917 年 2 月 21 日 ── 去年はヴェルダン、今年はサロニカ

　大戦中にサロニカで戦ったフランス兵は合計 38 万人に達した[1]。ヴェルダンにも入れ替わり立ち替わり多くの部隊が投入されたから、ヴェルダンとサロニカの両方を体験したという兵士も少なくなかった[2]。次の葉書の差出人もその一人。

　当時、アドリア海を挟んでイタリアの東にあるアルバニアにはイタリア軍が駐留しており、フランス軍はイタリア軍との連携を強化しようとしていた[3]。この差出人の所属する部隊も、サロニカから西に向かい、アルバニアに向かっていた[4]。

　サロニカにいたときに購入したらしい絵葉書が使われている[5]。

フロリナにて[6]、1917 年 2 月 21 日

親愛なる友人たちへ

　あれから一年、私がどこにいるかご覧ください。去年の 2 月 16 日にヴェルダンで攻撃が始まりました[7]が、今年はアルバニア国境近くにおり、市街地の近くでテントで寝泊まりしています。

　12 日にサロニカを離れ、平野部からヴェルトコプで山岳地帯に入りました[8]。ここは平地もありますが、目の前にはアルバニア国境があり、雪に覆われた山々がそびえています。

　あと 5 ～ 6 日も行進すれば我々の連隊に合流するでしょう。我々が目指す大隊（第 3 大隊）はアルバニアにおり、その他の大隊はセルビアのモナスティルにいます。

　私はあいかわらず元気です。皆さんも同じだと思います。

　しばらくベベールの知らせは受け取っていませんが、我慢しなければなりません。

　最後になりましたが、皆さん全員に私の心からの思いを送ります。

　　　　　　東洋軍（オリエント）　アフリカ歩兵第 2 連隊　第 3 大隊　軍曹リュシアン・ジランより

---

(1) サロニカでの一時期だけで見た兵力については p.356 脚注 2 を参照。実際には、死傷したり病気になった兵士の穴を埋めるために続々と兵士が投入されたから、一度でもサロニカに行ったことがある兵士を合計するとこの数になる（人数は Schiavon, 2016, p.383 による）。

(2) 筆者の高齢の知人の祖父も、ヴェルダンで戦ってからサロニカに派遣され（p.192 脚注 1 参照）、サロニカで病気になってフランスに帰国した。本書「付録 1」で取り上げるロンバールも、1916 年にヴェルダンで戦ったのち、1917 年にサロニカに向かった（p.418 参照）。

(3) Schiavon, 2016, p.266. 本書 p.348 地図を参照。

(4) アフリカ歩兵第 2 連隊の連隊史（*Historique du 2e RMA*, p.32）による。

(5) 絵葉書の写真説明にはフランス語と英語で「サロニカ、城壁から見たパノラマ」と書かれている。

(6) フロリナ Florina は現在のギリシアの北西の端の山間部にある村で、モナスティル（p.357 脚注 6 参照）の南にある。西のアルバニアとの国境にも近い。1916 年後半に「フロリナの戦い」の舞台となった末に連合国側が占領し、1917 年 2 月時点でフランス東洋軍の拠点となっていた。

(7) ヴェルダンの戦いが始まったのは、正しくは 1916 年 2 月 21 日だから、この葉書のちょうど 1 年前にあたる。なお、大戦中の手紙の中で「日々は続けど互いに似たらず」という諺（Cf. 大橋, 2017, p.38）が使われているの

第9章　ガリポリとサロニカ

を時々見かけるが、この前後に記されていても違和感がない。
(8) ヴェルトコプ Vertekop（現スキドラ Skydra）はサロニカの西北西、サロニカとフロリナの中間あたりにある。要するに、差出人はサロニカ→ヴェルトコプ→フロリナ→アルバニアへと西に向かっている。

363

1917 年 7 月 28 日 ― 休暇で会いに来てくれた戦友

　ガリポリやサロニカに派遣されたフランス兵は、1916 年までは休暇※が与えられなかった。1917 年以降は、一定条件を満たした者から順に休暇が認められてフランスへの一時帰国が可能になったが、フランス本国までの移動の問題もあり、実際には全員に規則正しく休暇が与えられたわけではなかった。[(1)]

　次の葉書は、サロニカにいた看護兵が故郷の姉（または妹）に宛てたもの。友人が休暇を得てサロニカに会いに来た話が書かれているが、4 日間という休暇期間からして、この友人はもともとサロニカ近辺にいたと思われる。

　使用されている絵葉書は、サロニカの防禦陣地を写したもので、たまたまここに写っている 2 人の兵士は、葉書で語られている内容と妙に符合している。[(2)]

サロニカにて、1917 年 7 月 28 日

お姉様

　7 月 9 日付の親切なお葉書とジュスタンの手紙を受け取りました。ジュスタンの手紙をこんなにみすぼらしい状態でお返しして済みません。[(3)] ポケットに入れておいたら、まったくきれいではなくなりました。それに、少し破けてしまいました。みなさんが元気だと知って喜んでいます。

　最近、エメ・カルラが 4 日間の休暇を取ってサロニカに来てくれました。私に会いに来たのです。私のベットに寝かせてやりました。この 4 日間、暖かくもてなしました。2 晩、サロニカのホテルで一緒に夕食をとりました。彼は元気で、少し日に焼けています。みなさんによろしく伝えてほしいと言っていました。彼もまたこの戦争が早く終わればいいと思っています。彼が言うには、前線ではいいことばかりではなく、ミヨーの同じラジョル通りに住む仲間[(4)]が 10 日前に航空魚雷[(5)]によって彼のそばで死んだそうです。この戦争が終わることを切に願っています。

　さしあたり、もう特に書くことはありません。マリー・ジュスタンとマルゴによろしく。みなさんにキスを送ります。　エミール・デルマ

〔差出人〕　郵便区※510　東洋 軍　臨時病院 No.6　看護兵エミール・デルマ

---

(1) 1917 年、サロニカでもフランス本国と同様に士気の低下と命令不服従の動きが見られたことから、待遇改善に取り組まれ、オリエントに来て 1 年半以上経過した者またはマラリアにかかった者は、長期の休暇を取得してフランスに一時帰国できるようになり、その際に本国の部隊への転属も希望できるようになった。ただし、対象者が多すぎるため、実際には全員がその恩恵にあずかることはできなかった（Schiavon, 2016, p.292）。休暇期間は長く、たとえば 1918 年 2 月 19 日付の葉書にはこう書かれている。「1 年半、故郷をなつかしむ思いを味わったのち、マケドニアから退去し、約 50 日間の休暇を得てフランスに戻ることになりました。ですから、もうこちらにはお手紙をお書きにならないようお願いいたします」（筆者蔵）。

(2) 写真左上に伊・仏・英 3 か国語表記で「サロニカの防禦陣地」と印刷されている。サロニカの街を取り囲む防禦陣地は、軍事的な動きのなかった 1916 年初めから工事が着手され、簡素ながら全長 120 km の長大な防禦陣地が構築された（Schiavon, 2016, p.187-188）。

(3)「ジュスタンの手紙」は姉から「転送」（p.282 脚注 6 参照）されてきたらしい。それを、この葉書と一緒に封筒に入れて姉に送り返したのだと思われる。

第9章 ガリポリとサロニカ

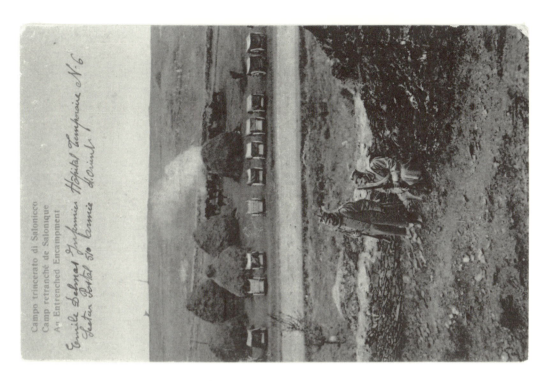

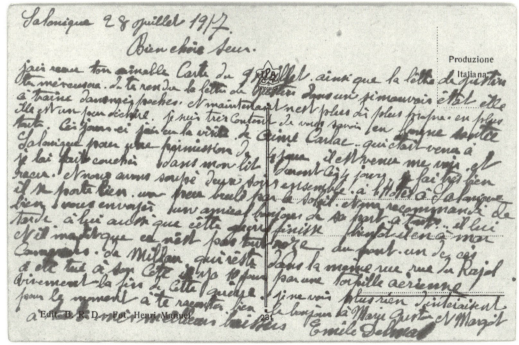

(4) ミヨー Millau は南仏モンプリエから北西方面の内陸に入ったところにある街。実際に「ラジョル通り」が存在する。差出人に会いに来た「エメ・カルラ」は戦争前はここに住んでいたらしい。差出人や受取人（姉）もこの近くに住んでいたのではないかと推測される。
(5) 航空魚雷とは、飛行機から水中に投下して船に命中させる魚雷のこと。

365

1917 年 8 月 8 日 — 地中海を往復する病院船

　戦地で負傷したり病気になった兵士を後方に運ぶには、鉄道以外に船も用いられた。大戦初期には北仏やベルギーの戦闘で負傷した将兵を北海沿いに運び、満杯となっていた鉄道を補う役割を果たしたが、西部戦線の膠着後はむしろ地中海で活躍した。こうしたフランスの「病院船」は 19 隻ほど存在した。[1]

　次の葉書は、このうちの 1 隻、ラファイエット号の写真が印刷された珍しい軍事葉書。この葉書を使って、実際にこの船に乗っていた差出人が書いている。[2]

　葉書の中で、サロニカ遠征を中世の「十字軍」にたとえているのが面白い。大戦初期、虐殺や略奪を繰り返し、多くの教会を破壊しながら侵入してきたドイツ兵は、「野蛮人」として古代ローマを襲った「蛮族」と同一視され、ドイツ軍との戦いは異教徒を討伐する「十字軍」にたとえられることが多かった。[3] とくにこの葉書の場合、地中海を渡り、当初ガリポリの戦いで戦った敵がイスラム教徒のトルコ人だったことを考えれば、中世の十字軍を連想しても当然だったかもしれない。

　ラファイエット号より、1917 年 8 月 8 日

　おば様たちへ　おそらく今夜、出港することになりますので、その前に、非常に簡潔ではありますが、心からの誠実な思いを込めたお便りを差し上げます。

　希望と神への信頼を抱きつつ、私に託された使命を変わらず誇りに思いながら、第 3 回 慈善十字軍[4] に出発いたします。愛情のこもったキスを送ります。

ダックスにて[5]　　R. プルー

---

(1) Altarovici, s.d., p.47.

(2) 写真右上に小さく「病院船『ラファイエット号』」と印刷されている（補修跡がある）。「ラファイエット号」という船名は、アメリカ独立戦争でアメリカを助けたフランスのラファイエット侯爵に由来し、米仏友好の象徴の意味が込められている。大戦前から建造が開始され、1914 年に完成し、1915 年からフランスのボルドーとアメリカのニューヨークを結ぶ大型客船として運航されていた。全長 164 m。1917 年 1 月にフランス軍に徴用されてボルドーのドックで病床数 1,400 の病院船に改造され、1917 年末までに地中海の南仏トゥーロン～サロニカ間を 10 回以上往復した（Dufeil, Le Bel & Terraillon, 2008, p.2-3）。なお、この葉書は Jean-François Berthier 氏に譲っていただいたもので、同氏の Berthier, 1999, p.17 にこの葉書が取り上げられている。同氏のこの論考は、大戦中に徴用された大小さまざまな民間の船の用途について論じた興味深いもので、客船が病院船に改造されたように、貨物船は兵士や弾薬を運ぶために使われ、漁船は補強・武装されて他の漁船の護衛や哨戒艇として活用されたり、機雷を除去する掃海艇となって「魚ではなく機雷を網にかけた」（Ibid., p.8）といったことが書かれている。

(3) 「蛮族」と同一視については p.40, 56 を参照。また、p.190 の葉書で引用されているボトレルの歌の非引用部分でも、フン族を討伐する十字軍の比喩が用いられている（Botrel, 1915, p.192）。たしかにドイツもキリスト教徒だったが、教義の異なるプロテスタントであり、当時のフランスのカトリックからは異教徒に準じて見られていた（Le Naour, 2014, p.405）。とはいえ、フランス軍に多数加わっていたフランス植民地のアフリカ人がイスラム教徒だったことを考えれば、十字軍と比較するのは無理があるともいえる。

(4) 差出人がこの任務にあたるのが 3 回目だったことを意味すると思われる。

(5) ダックス Dax は、フランス南西部ボルドーの約 150 km 南、スペインに近い街。ボルドーとは鉄道で結ばれていた。本文を読むと、差出人はラファイエット号に乗り込んでいた水兵か看護兵などで、おそらく船が修復な

第9章　ガリポリとサロニカ

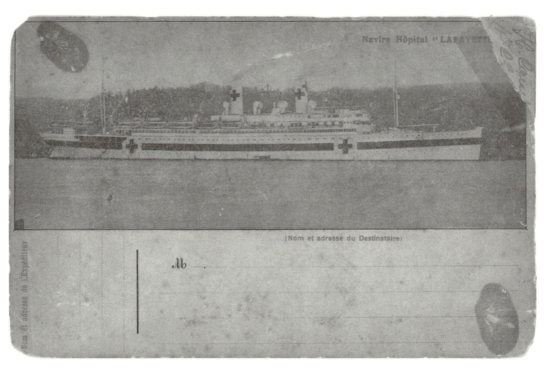

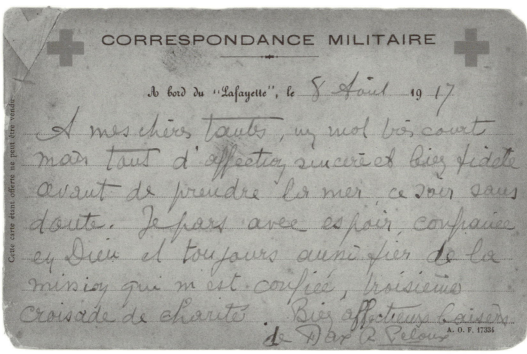

どのためにボルドーに停泊していた間に、その南にある故郷のダックスに戻ったときに投函したのではないかと推測される。ちなみに、当時はアメリカ参戦後まもない頃で、アメリカからの船が続々とボルドー近辺に入港し、港が混雑していた。

1918 年 11 月 1 日 ― ドイツの降伏を待ちながら

　次の手紙は差出地が書かれていない。しかし本文を読むと、フランスよりも暑い地域にいて、11 月だというのに昼間は暑くて寒暖の差が激しく、「熱病」が流行しており、病院船によって病人がフランスに運ばれていると書かれていることから、サロニカにいたフランス兵が書いたものとほぼ断定できる。

1918 年 11 月 1 日

マリー＝ルイーズ様

　ずいぶん長いあいだ返事を書くことができなかったけれど、何通も続けて送ってくれたお手紙は、とてもうれしく読んだよ。

　私はあいかわらず元気だ。暑かった季節は終わったけれど、一日のうち何時間かは太陽が照りつけ、ひとたび太陽が隠れると寒くなる。⁽¹⁾こうした突然の気温の変化によって熱を出し、病気になる者がたくさんいて、よく兵士が病院船で後送されるのを見かける。とても快適そうに見えるあの船に乗ってここを抜け出せるというので、熱病にかかりたいと思う者も結構いる。しかし、私はフランスまでついていくあの病気にかかるのはごめんだな。⁽²⁾1 週間前から雨がちで、木が青々としている。みなさんの国とは反対に、冬になる前に草が茂るんだ。夏は暑すぎるので、すべてが乾燥してしまうんだよ。

　アンギャン⁽³⁾から祖母が帰宅するときに起きた事故のことを聞いた。たいしたことなくて済んだけれど、これを教訓に、エリーズおばさんが操る 2 輪車で出かけるのはやめた方がいいと思うよ。あぶないからね。今日は万聖節⁽⁴⁾だから、おそらくみんなでブークヴァル⁽⁵⁾の祖父のお墓参りに行ったことだろう。我々はというと、あいにく午前中に急いでやらなければならない仕事ができたので、参列するつもりだったミサに行くことができなかった。

　小隊長殿がやって来て、用事を与えられたので、手紙が中断した。暗くならないうちに急いで書くことにしよう。電気がつかなくなり、粗悪なろうそくで明かりをとっているからだ。ろうそくは少ししかもらえない。2 週間で 4 本だ。

　メニエールにポールに会いにいくことができ、美しい海岸のあるディエップ⁽⁶⁾にも行けてうれしかっただろう。この時期では、あまり海水浴客もいなかったんじゃないかな。我々は、ドイツ軍が降伏するのをずっと願いながら、毎日、新聞がくるのが待ち遠しいんだ。ブルガリアに続いて、きのうはトルコが休戦に調印した。⁽⁷⁾だからフランスに帰るのも、もう少しの辛抱だ。なんと美しい日となることだろう。

　それでは、かわいらしいマリー＝ルイーズ、最後に心からのキスを送る。パパとママによろしく。あなたのことを考えている伯父より

J. サント＝ブーヴ

---

(1) サロニカでは、夏は日蔭でも 45℃、冬は最低で −36℃ になった記録がある（Schiavon, 2016, p.196）。寒暖の差の激しさについては多くの証言がある。たとえば、「気温がとても高く（日陰でも 41 度）、昼は熱風だが、夜はとても肌寒くなる」（1916 年 7 月 28 日付、筆者蔵）、「どこもかしこも非常に暑く、汗を掻いていますが、そうこうしているうちに霜がおりるようになるのです」（1918 年 8 月 2 日付、同）など。

(2) 大戦末期にはスペイン風邪が流行したが、ここで書かれているのはマラリアだと思われる。

(3) アンギャン＝レ＝バン Enghien-les-Bains はパリの北側にある。ここに受取人が住んでいた。

(4) 万聖節（諸聖人の日）は毎年 11 月 1 日、めっきり涼しくなった頃に祝われるキリスト教に基づく祝日。

第9章　ガリポリとサロニカ

1 Novembre 1918.

Ma chère petite Marie Louise,

Il y a bien longtemps que je n'ai pu t'écrire une longue lettre, malgré tout tu m'en a envoyé plusieurs de suite que j'ai lu avec plaisir.

Je suis toujours en bonne santé, la saison chaude est terminée, malgré tout le soleil est vif pendant quelques heures de la journée, une fois caché au contraire il fait froid, ce sont ces variations brusques de température qui provoquent les fièvres, les malades

sont nombreux et j'en vois souvent évacuer sur bateau hôpital. Beaucoup, lisent une bonne fièvre pour partir sur ce bateaux qui sont paraît-il très confortables mais je préfère éviter cette maladie qui vous suit en France.

Depuis une semaine nous avons eu beaucoup d'eau, partout la verdure apparaît, c'est le contraire de votre pays, l'herbe pousse à l'entrée de l'hiver, l'été étant trop chaud tout est desséché.

J'ai appris l'accident arrivé à Grand'mère à son retour d'Enghien, elle en a été quitte à bon compte et j'espère qu'elle profitera de cette leçon, pour ne plus voyager en

voiture à deux roues conduite par tante Elisa; ce n'est pas prudent.

Peut-être aujourd'hui jour de la Toussaint avez vous été tous à Bouqueval, faire votre prière sur la tombe de grand père. Comme en fait exprès nous avons eu un travail pressé à faire ce matin et je n'ai pu aller à la messe comme j'en avais l'intention.

Ma lettre a été interrompue par l'arrivée du Lieutenant qui m'a donné des courses à faire, je me dépêche de finir avant la nuit. L'électricité nous a été supprimée et nous nous éclairons avec de la mauvaise bougie qui nous est donné en petite quantité. Et pour

15 jours. En serais été bien contente d'aller voir Paul à Mesnières et de vous rendre à Dieppe où il doit y avoir une belle plage; à cette saison il ne devait plus y avoir beaucoup de baigneurs.

Nous attendons chaque jour les journaux avec impatience, espérant toujours voir les Allemands se décider à s'avouer vaincus, après la Bulgarie voici hier la Turquie qui a signé l'armistice hier ce n'est donc plus que patience à prendre pour retourner en France. Quelle joie ce jour là!

Au revoir ma chère petite Marie Louise, je te quitte en t'embrassant de tout cœur. Fais toutes mes amitiés à Papa et Maman.

Ton oncle qui pense bien à toi
J. Sainte Beuve

(5) ブークヴァル Bouqueval もパリの北側にある（アンギャン＝レ＝バンに近い）。

(6) ディエップ Dieppe は英仏海峡に面した港街で、パリから見て北西方向にある。ディエップの少し内陸寄り（南東側）にメニエール（メニエール＝アン＝ブレ Mesnières-en-Bray）村がある。

(7) ブルガリアは9月29日、トルコは10月30日に事実上降伏し、休戦協定に調印した。

ガリポリとサロニカに関するド・ゴールの手紙

のちに大統領となるド・ゴールは、ガリポリとサロニカに軍を派遣することには反対で、主戦場たる西部戦線に戦力を集中させるべきだと考えていた。ここでは、ヴェルダンの戦いが始まる直前の時期にド・ゴールが書いた手紙を抜粋して訳しておく[(1)]。

〔1915年12月31日の手紙〕

　我々は愚かにもサロニカに立派な兵士と見事な砲弾を集めて敵を大喜びさせましたが、（……）戦争の目的は、地球上の至るところに塹壕を掘りめぐらすことではありません。塹壕で我々が無駄骨を折ってもドイツ人を喜ばせるだけです。目的は、我々のすべての手段（手段があり余っているわけではないのです！）を決定的な作戦の劇場に集中させ、敵を壊滅することなのです。

〔1916年1月15日の手紙〕

　ガリポリから撤退したのはよいことです。最初からガリポリなど行かなければ、もっとよかったでしょう。（……）現在、あの連中[(2)]は自分が馬鹿であることを白状せざるを得なくなるのを避けるために、きわめて立派な我らが部隊の2万人の兵士と何百万発もの砲弾をサロニカに配置しています。これらの兵士や砲弾は、私は断言し続けますが、まったく何の役にも立たず、一人のドイツ兵も殺しはしないのです。しかし、心の底にいくらか軍事的な良識を持つフランス人たちは、自分自身の理性を責め、何もしないでサロニカにいるのはすばらしい打撃になると自分に言いきかせようとしていますが、これほど多くの人と砲弾をかの地に投入する価値のある戦略的な理由が何も見つからないので、少なくともこれは敵を嫌がらせることにはなると考えようとして、自らを慰めているのです!!!（……）

　これからフランスとベルギーにあるドイツ軍の陣地に決定的な攻撃を加えようというときに、最後列の塹壕を前にして（私もこの目で見ましたが）これまで何度もそうしてきたように「ああ！　もしあと2万人の無傷の歩兵と打ち込める3百万発の砲弾があったら奴らを撃破できるのになあ！」と叫びながら悶々とすることがなければよいのですが！　しかもサロニカにはこの2万人の兵士と3百万発の砲弾があるのです！　望むらくは今現在ブルガリア人やトルコ人の攻撃を食い止めながら。これらの民族を、ドイツ人は面白がらせるために対峙させてくるでしょう。しかし分別のあるドイツ人自身は、我々を阻止するために、ありったけの部隊と大砲を我々の前線に連れてくるでしょう！　最後にもう一度だけ言いますが、戦略上の真実は複数あるのではなく、一つしかありません。それは敵を嫌がらせることではなく、最も敏感な場所、すなわち我々のいるここにおいて敵を打ち負かすことなのです。

---

(1) シャルル・ド・ゴールは1890年11月22日生まれ。軍人としての道を選び、1912年にサンシール陸軍士官学校を卒業、フィリップ・ペタン大佐率いる歩兵第33連隊に配属され、1913年に中尉となった。1914年、23歳のときに開戦を迎え、8月15日、ベルギーのディナンの戦いで同連隊第11中隊第1小隊の先頭に立って突撃して脚を負傷した（p.326脚注7参照）。1915年1月、大尉に昇進している。この手紙が書かれた当時はシャンパーニュ地方（ランス近郊）で戦っていた。1通目は父、2通目は母に宛てられている（De Gaulle, 1980, p.280, 295）。この後、1916年2月21日にヴェルダンの戦いが始まると、急遽ド・ゴールの属する連隊も2月26日にヴェルダンに派遣された。3月2日、ド・ゴールは戦闘で気絶して捕虜となる（p.393参照）。

(2) 「連中」とはブリアン首相らを指す。ガリポリとサロニカへの派兵は、賛成派ブリアン首相らが反対派ジョッフル将軍らの意向を押し切る形で決定された。ガリポリ派兵の過ちを認めたくないために、依怙地になって今度はサロニカに兵を集めているとして、ここでド・ゴールはブリアン首相らを辛辣に批判している。

第10章　捕　虜

　ヴェルダンで捕虜となったフランス兵がドイツの捕虜収容所に連行されるようすを写したドイツの絵葉書。左上にはドイツ語で「ヴェルダンを前にしたフランス兵捕虜の移送」と書かれている。ただし、遠景に写っている村はヴェルダンではなく、ヴェルダンよりも相当ドイツ寄りにある村で撮影されたと考えられる。馬に乗ったドイツ軍の槍騎兵は長い槍を持ち、先端が尖ったヘルメットをかぶっているが、歩かされているフランス兵は武器を取り上げられて丸腰となっている。のちに大統領となるド・ゴールもヴェルダン近郊で負傷し、こうして連行された一人だった。

　フランスでは、このようにドイツに連行される惨めなフランス兵捕虜の写真を写した絵葉書が発行されることはなかった（フランスに連れてきたドイツ兵捕虜を写した絵葉書だけがつくられた）。

ドイツの捕虜収容所

第10章 捕 虜

捕虜の解説

　大雑把に言って、この大戦では兵士の10人に1人が捕虜となり[(1)]、フランス兵は大戦を通じて50万人以上がドイツの捕虜となった[(2)]。いったん捕虜になると、基本的には戦争が終わるまで収容所を出られなかったから、時間の経過とともに捕虜は増える一方で、数が減るとしたら、それは死亡した場合か、重傷・重病によって中立国に移送されるか捕虜交換となった場合、または脱走に成功した場合だけだった。

　捕虜のことをフランス語や英語では「戦争囚人」prisonnier de guerre ; prisoner of war と呼ぶが、敵国の軍人の監督下に置かれるのだから、その境遇は刑務所の囚人とは比較にならないほど厳しく、将校は特別扱いされたが、そうでなければほとんど奴隷以下の待遇となることも多く、少なくともドイツでは捕虜が「人道的に処遇」（ハーグ陸戦条約）されたとは到底言えなかった。食事はごくわずかな量で、質も非常に悪く、フランスの家族や慈善団体から小包で食料が届けられたから餓死者は多くはなかったが、不衛生な環境で伝染病が流行し、ドイツの収容所で死んだフランス兵捕虜は4万人近くに達した。

　捕虜は、動員された男性の穴を埋めるための労働力として活用された。将校を除く捕虜は働かされ、農作業や工場ならまだしも、真冬の湿地で泥水に足をつけての灌漑作業や、鉱山の地下深くでの労働は苛酷を極めた。疲れて少しシャベルを杖にして動き止めれただけでも殴られ、鉱山では呼吸器官を侵されて病気になる者も続出した。採掘した鉱物は敵国の兵器の原料となったから、祖国への裏切りだと感じて労働を拒否するフランス兵も多かった。しかし、拒否すれば苛酷な懲罰房に入れられて食事を抜かされたり、収容所の空き地で柱に縛りつけられて長時間放置され、これで命を落とす捕虜も多かった[(3)]。この懲罰用の「柱」は、収容所を取り囲む「有刺鉄線」と並んで、捕虜にとって収容所の象徴となった。

　ハーグ陸戦条約では、捕虜を軍事作戦に関する労働に従事させることは禁じられていたが、ドイツは1917年前半に1万人のフランス兵捕虜を西部戦線に送り、砲撃を浴びる中で塹壕掘りなどの土木作業をさせた。ある捕虜は赤十字宛の手紙の中でこう訴えている。「寝るのは半分腐ったじめじめとした板の上で、敷き藁もなく暖も取れず、明かりもなく、我らが連合国の砲弾にさらされ、体を洗うことも服を洗うこともできず、下着を替えることもできません（……）我々はあらゆる人間的な感情を失いかけています。家畜のように、いや家畜以下に扱われると、すぐに我々のような状態になるのです[(4)]。」

　しかし、このような手紙を書き送ることは通常は無理だった。厳重な検閲が敷かれ、待遇の悪さについて書くことは禁じられていたからである。敵国で捕虜になっている自国兵が悪い待遇を受けていると聞けば、すぐさま自国内の敵国兵捕虜に報復がおこなわれた。それゆえ現存する手紙は、小包を送ってほしいとか、そのお礼などの当たりさわりのない内容のものが多く、苛酷な実態を物語るものはほとんどない。それでもフランス兵捕虜は筆まめに祖国に手紙を書き、その量は1916年12月の1か月間だけで490万通に達した[(5)]。本章では、そうした膨大な手紙の中から、ほんの数通を取り上げることにする。

---

(1) 交戦国合計で700～900万人（Hinz, 2012, p.327）とも760万人以上（Médard, 2010, p.69, 271）ともいわれる。

(2) 約50万人とするものが多いが、Médard, 2010, p.329 ; Cochet & Porte, 2008, p.847 では54万6,000人。

(3) たとえば、マクデブルク収容所の捕虜が脱走した仲間に託したために検閲をまぬがれた手紙にはこう書かれている。「苦役のときに手が止まると、4時間のあいだ戸外で柱に縛られる。仲間の2人がそうさせられ、それ以来2人が戻ってきたのを見た者はいない。寒さで死んだにちがいない……」（Auriol, 2002, p.147）。

(4) A. Becker, 2012a, p.123. この手紙はフランス世論を煽るためにわざと書くのが許可された可能性が高い。

(5) Médard, 2010, p.331.

373

1914 年 10 月 27 日 ― 伝え聞く捕虜生活

　大戦中に捕虜になったフランス兵の数を年別に統計すると、ドイツ軍が快進撃を続けた 1914 年に
もっとも多い 20 万人以上の捕虜が出た。戦争が始まったのは 8 月だったので、1914 年は 8 月～12 月
の 5 か月間しかなかったのに、他の年を上回る数の捕虜が出たわけである。戦争初期に捕虜になると、
戦争が終わるまで長い年月を耐え忍ばなければならなかった。

　次の葉書は、開戦から 3 か月が経過しようとしていた頃、ドイツで捕虜になっているルイ・ボンという名の夫の消息について、後方の要塞に勤務していた自分の父親に対し、フランス東部の村に住んでいた女性が書き送ったもの。

　ラ・マール村にて、1914 年 10 月 27 日　お父様へ

　今日の夕方、ルイからの手紙を受けとり（お父様から手紙をいただけるのはいつでしょう）、うれしく思っています。ルイによると、捕虜はなかなかよい時をすごしており、トランプやチェッカーで遊び、フランス語で書かれたすてきな小説を読んでいるそうです。しかし、戦場にいる方がいいとも言っています。食事のことは書かれていませんが、おそらく豊富とはいえないでしょう。うまくやっているとお父様に伝えてほしいと言っています。ルイの手紙は、今日の夕方、ブラン家の人々に送っておきます。ルイは私としか文通できず、それも好きなだけ文通できるわけではありません。フェのタルトランも捕虜になっており、ベルリンのすぐ近くにいるそうです。

　元気を出し、辛抱してください。スュザンヌとベベもよくお父様の話をしており、よろしくと言っております。マルトより

　　　　　（住所）ジュラ県　ラ・マール村　ボン夫人

〔宛先〕　オート＝マルヌ県　ラングル　ペニェー（モンランドン）要塞
　　　　　要塞補助要員　南西地区第 15 分隊　カナール・イポリット様

⑴ 1914 年は 20 万 5 千人、1915 年は 7 万 5 千人、1916 年は 8 万 6 千人、1917 年は 5 万 6 千人、1918 年は 12 万 4
　千人（Médard, 2010, p.329）。

⑵ ハーグ陸戦条約に基づき、捕虜収容所では名簿を作成することになっていたから、現存する赤十字の資料を調
　べると、各捕虜の氏名・所属部隊・階級・出身地・捕虜になった日付などを知ることができる。しかし、ルイ・
　ボン Louis Bon という名はありふれていて同姓同名が多く、同じ名前の捕虜が何人かおり、この葉書には所属
　部隊が書かれていないので、特定不能。

⑶ ラ・マール La Marre 村はフランス東部、ディジョンとリヨンの中間よりも東側（スイス寄り）にある小村。

⑷ この収容所にいたフランス兵捕虜は、フランス軍の兵士に直接手紙を送ることはできなかったらしい。それで、
　ルイ・ボンは義父カナール・イポリット（この葉書の相手）に直接手紙を出すことができず、妻（この葉書の
　差出人）に伝言を依頼したのだと思われる。ちなみに、フランスでは、1915 年 3 月 3 日、フランス兵がドイツ
　の収容所にいるフランス兵捕虜に手紙を出すことは禁止されるようになった（Bourguignat, 2010, p.15, 151）。

RÉPUBLIQUE FRANÇAISE

CARTE POSTALE

Franchise Militaire

Ce côté est exclusivement réservé à l'adresse du militaire et doit être rempli très exactement.

Nom du militaire _Canard Hippolyte_
Grade ou emploi _auxiliaire de places fortes_

- Régiment
- Bataillon
- Escadron ou Batterie
- Compagnie
- Section

Nº Matricule
Etat-Major
Quartier Général
Service

a) _fort Peigney (Montlandon)_
par à) _Langres (Hte Marne)_
15e escouade
Secteur Sud Est

La Marne 27 octobre 1914 — Cher père.
Je viens de recevoir une lettre de Louis
ce soir quand la vôtre. Je suis bien contente.
Il me dit qu'ils se passent assez bien le temps;
ils jouent aux cartes, aux dames, ils lisent de jolis
romans écrits en français; mais il aimerait encore
mieux être au combat. Il ne parle pas de la
nourriture, qui n'est, sans doute pas en abondance.
Il me charge de vous donner de ses bonnes nouvelles,
j'envoie sa lettre aux Blancs ce soir. Il ne peut
correspondre qu'avec moi, et pas autant qu'il voudrait.
Eastebin de Fay est prisonnier aussi, tout près de Berlin.
Bon courage, patience, bon baisers de Suzanne
et Bébé qui parlent de vous bien souvent. Marthe.

---

(5) ラングル Langres は前線からは遠く離れたフランス北東部シャンパーニュ地方、ディジョンの 65 km 北西にある街。ラングルの街の北東の外れにペニェー Peigney 要塞、東側にモンランドン Montlandon 要塞がある。後方の要塞にいて年齢層が高いことから、おそらく後備兵※だったと思われる。なお、この葉書は通常よりも横長で、真ん中で折れているので、折って封筒に入れて送られたと思われる。

1915 年 1 月 19 日 ― 女の子から捕虜収容所の父へ

戦場でもそうだが、とくに捕虜収容所では、妻や娘の言葉が心の支えとなった。

次の葉書は、南仏の街イエールに住んでいて、開戦の 3 週間後にフランス北東部で捕虜となったレオナール・デュランデット[(1)]というフランス兵に宛てて娘が書いたもの。まだ幼くて字が書けなかったらし[(2)]く、残されている他の葉書から、母による代筆であることがわかる（ただし、母も綴りをたくさん間違えている）。

レオナール・デュランデットに宛てて妻子が書いた葉書は数十枚残されているが、いずれもこの捕虜が収容所の中で大切に保管していたと思われる。

状況にふさわしい絵葉書が選ばれており、イラスト下部には「あなたに再会してキスすること、それがあなたのまな娘の願いです」と印刷されている。

イエールにて、1915 年 1 月 19 日[(3)]

いとしいパパへ

あなたの娘からの無数の愛ぶをおうけとりください。お父さんに会いたくて、しかたありません。毎ばん、ねる前にお父さんの写しんにキスをして泣いています。お母さんからの大きな愛ぶもお受け取りください。あなたの小さな娘アンリ・デュランデットより

〔縦書き部分〕　私のことも考えて、かわいいハガキをうけとったかどうか教えてください。

〔宛先〕　ドイツ　バイエルン州　ハンメルブルク収容所[(4)]
　　　　歩兵第 111 連隊　第 2 中隊　捕りょ　レオナール・デュランデットさま

---

(1) イエール Hyères は南仏マルセイユとニースの間にある地中海に面する街で、イタリアにも近い。

(2) レオナール・デュランデット Léonard Durandetto はイタリア系のフランス人で、妻と娘の 3 人でイエールに住んでいたが、歩兵第 111 連隊第 3 中隊に所属する兵士として戦い、1914 年 8 月 20 日にフランス北東部ロレーヌ地方のディウーズ Dieuze で捕虜となった（赤十字 CICR 捕虜資料 P 15929, P 11524 による）。ディウーズはリュネヴィルの北東 30 km 弱のところにあり、当時はドイツ領だった。8 月 20 日の戦闘では、霧が立ち込める中、重砲を用いたドイツ軍の急襲によって同連隊は大きな損害を受けて退却した（*Historique du 111ᵉ RI*, p.1-2）。レオナールの妻は商店で働き、ときどき食料やお金を小包に入れて収容所にいる夫に送っていた。

(3) 消印は「ヴァール県イエール、15 年 1 月 20 日」。その下にドイツ語で「検閲済」geprüft（ゲプリュフト）という四角い印が押されている。「検閲済」の印は、捕虜の手紙にはほとんど必ず押されている。

(4) ハンメルブルク Hammelburg 収容所については、元捕虜への聞き取り調査をまとめた本に次のような証言がある。「この収容所では、藁布団は 5 ～ 6 か月ごとにしか交換されませんでした。食事は最初のうちはよかったのですが、そのうち悪く不十分なものになりました。パンの中におがくずや切り刻んだ藁が混じっていました。この収容所では天然痘が少し流行しました。収容所には約 4,500 人の捕虜がいて、全員、軍需工場か畑に働きに行かされました。軍のために働くのを拒否した人々は懲罰房で罰を受けましたが、ここには常時 2 ～ 300 人の捕虜がいました。懲罰房での食事は本当に非人間的だったようです。朝 4 時に起こされ、炒ったドングリを煎じたものを砂糖なしで飲んだあと、5 時に仕事に出かけるのです。仕事は、石を割ったり、石を積んだ重い

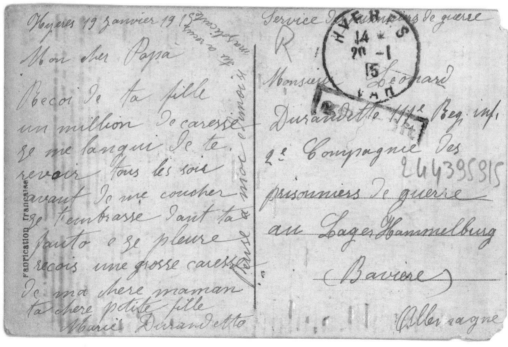

荷車を牽くことでした。正午に収容所に戻り、具のない大麦のスープと130グラムの質の悪い黒パンを食べたあと、1時にまた出発し、7時に懲罰房に戻ります。夕食はドングリ汁1杯と生の鰊か鱈でした。8時に就寝です。手紙や小包は一切禁止で、こうした懲罰が3週間続くのです。この仕打ちを終えた人は骸骨のようになり、大部分は病人と認定されて病院に運ばれました」（Christmas, 1917, p.75-77）。

1915 年 4 月 20 日 ── 捕虜収容所の若い兵から祖父母へ

　独身の兵士は両親に宛てて手紙を書くことが多かったが、祖父母に宛てて書かれた手紙は比較的珍しい。よほど祖父母が長寿だったか、兵士が若かったか、どちらかということになる。

　次の葉書は、ドイツ南西部シュトゥットガルトの捕虜収容所にいたジュール・トマという名のフランス兵が故郷の祖父母に宛てて書いたもの。葉書に押された各種の印⁽¹⁾から、4 月 20 日に書かれ、検閲などに大幅に手間どって 5 月 30 日に収容所近くの郵便局に引き渡され、6 月 6 日頃にフランス中西部の⁽²⁾祖父母のもとに届けられたことがわかる。

　1915 年 4 月 20 日　おじい様、おばあ様

　近況をお知らせするために、ひと言、お便りします。今のところ、ぼくはとても元気です。お手紙を受け取りました。母が書いてくれたところによると、ご病気だそうですね。これから気候がよくなるので、すぐに快復されることを願っています。母が言うには、ぼくに会いたいと思っておられるそうですね。ぼくも、お二人のそばに行けたらどんなにうれしいだろうと思います。しかし、いずれにせよ、まもなくそばに行けるものと、希望を持たねばなりません。送っていただいたパンの小包は、本日 20 日に受け取りました。でも少しかびていました。5 月 3 日⁽³⁾に送っていただいた小包です。

　親愛なるおじいさん、おばあさん、葉書の最後に、お二人のことを強く抱きしめます。まもなく会えることを期待しつつ　お二人の孫 J. トマより

〔差出人〕　在シュトゥットガルト第 110 分隊　捕虜ジュール・トマ

〔宛名〕　フランス　ロワール゠エ゠シェール県　シャティヨン村　フェルトヴー
　　　　　アロー・マルスレ様ならびに奥様

---

(1) ジュール・トマという名前は非常にありふれた名前で、赤十字 CICR の捕虜資料には Jules T(h)omas という同姓同名のフランス兵捕虜が百人前後も存在するので、特定困難。当時は、あまり凝った名前はつけられず、生まれた日の守護聖人の名前をつけることも多かったので、一般に現在よりも同姓同名が多かった。なお、この絵葉書はドイツのもので、左下の説明文にはドイツ語で「シュトゥットガルト旧市街」と印刷されている。

(2) 各種の印を順に見ていくと、まず左端には楕円形の鷲のマークの「シュトゥットガルト第 2 捕虜収容所司令官」の印、その右には横長の長方形の「捕虜郵便、検閲済」Kriegsgefangenensendung Geprüft の印が押されている。その左下の小さな四角い「F. a.」の印は Frist abgelaufen「期間経過」の略。捕虜収容所では、万が一、暗号などの形で機密情報が検閲をすり抜けて敵国に渡った場合でも、その情報を古く役に立たないものにするために、一定期間（非常に大まかな目安としては 15 〜 20 日間程度）郵便物の配達を故意に一律で遅延させる措置が取られていた。その「遅延させるべき期間が確かに経過した」という意味で、この「F. a.」の印が押された（Cf. Strowski, 1976, p.342）。右上の隅には「シュトゥットガルト、15 年 5 月 30 日」という櫛型のドイツの郵便局の丸い消印が押されている。その左隣にはフランスの配達局に到着したときに押された「ロワール゠エ゠シェール県シャティヨン、15 年 6 月 5 日」の印が押されている。しかし、何らかの事情ですぐには配達されなかったらしく、さらにその左隣に同じ郵便局の翌日の消印がもう一度押されている（同「6 月 6 日」）。この祖父母の住

第 10 章　捕虜

　　むシャティヨン゠スュール゠シェール Châtillon-sur-Cher 村はフランス中部やや西寄り、トゥールとブールジュの中間にある。
(3)「4 月 3 日」の誤りだと思われる（もしこちらが正しいのだとすると、本文冒頭の日付が誤りで正しくは「5 月 20 日」であることになる）。

1915年8月8日 — 真情が伝わる壮絶な綴り間違い

フランス兵捕虜の多くは、食料入りの小包を家族に送ってもらうことで飢えをしのいだが、故郷がドイツ軍に占領されている場合はそうもいかず、慈善団体に頼るしかなかった。

次の葉書は、北仏ノール県マン村(1)在住だったフランス兵(2)が書いたもの。この兵士は、自分が捕虜になるのと前後して、故郷のマン村もドイツに占領されてしまった。ドイツのツォッセン捕虜収容所(3)から書いている。

フランス南東部リヨンの慈善団体に宛てて援助物資を要請する内容だが、単語の綴り間違いが多数含まれている…… というより、ほとんどすべての綴りが間違っている。日本語でいえば、すべての漢字が間違っているようなものだろうか。しかし、そのぶん真情がひしひしと伝わってくる。この壮絶な綴り間違いは、なかなか人の心を打つものがある。

ドイツにて、1915 ねん 8 がつ 8 日

とつぜん おたよりを 指しあげ、しつれい 板します。

じつは 1914 ねん 9 がつ から なにも うけとって ないのです。こうして おて神を 指しあげるのは、わたしの家からは なにも こないからです なぜなら とても まずしく、古きょうは 千りょう されている からです。ですから なにか おくって 板だけると 日じょうに ありがたいのですが。

どうぞ 四ろしく おねがい 板します　計ぐ　　　　　　　　　アンリ゠ドゥフェール・デュルラン

〔差出人〕　アンリ・ドゥフェール゠デュルラン差出

〔所属欄〕　ドイツ　ツォッセン捕りょ収容所　アンリ・ドゥフェール゠デュルラン

〔宛先〕　フランス　ローヌ県 リヨン　ブルス通り 12 ばん地「捕りょ小包」(4)御中

---

(1) ノール県マン Maing 村は、同県ヴァランシエンヌの近郊（南西隣）にあり、リール（p.265 参照）の南東 47 kmにある。マン村は p.190 脚注 3 でも出てきた。

(2) 差出人アンリ・デュルラン゠ドゥフェールは、後備※歩兵第 2 連隊 第 3 大隊 第 11 中隊に属する二等兵で、モブージュ Maubeuge で捕虜となった（赤十字 CICR 捕虜資料 C 1109, P 13537, P 29458 による）。モブージュはリールの南東 75 km にある街で、ベルギー国境に隣接しており、開戦まもない 1914 年 8 月下旬にベルギーを通過してきたドイツ軍に攻囲され、9 月 7 日に降伏、一挙 4 万 5 千人のフランス兵が捕虜となるという記録を出した。このときに、差出人が所属する 4,000 人強からなる後備※歩兵第 2 連隊もほぼまるまる捕虜となった（同連隊史 *Historique du 2ᵉ RIT* による）。

(3) ツォッセン Zossen は現在のドイツの北東部、ベルリンの南 34 km にある。1915 年 1 月 8 日にツォッセン捕虜収容所を訪れたフランスの軍医は、報告書にこう書いている。「食べ物は非常に粗末なもので、肉が配給されたのは一度も見なかった。（……）捕虜たちは文字どおり餓死してしまうだろう」（Christmas, 1917, p.39-40）。この葉書の宛先の右には丸い「ツォッセン捕虜収容所司令官」の印が押され、左には斜めに「捕虜郵便、検閲済」、その下に「期間経過」の印が押してある（p.378 脚注 2 参照）。通信欄の「？」印と星形の印は不明。

380

(4)「捕虜小包」(「捕虜に小包を送る会」の意味)は、フランス南東部のリヨンで民間の有志によって作られた慈善団体で、家族の援助が得られない捕虜に小包を送る活動をおこなっていた。捕虜に小包を送る慈善団体はフランス全県に存在した。

1915 年 12 月 21 日 ―― 「何ごとにも終わりがある」

　捕虜は、ひとたび敵に捕らえられると、基本的には戦争が終わるまで収容所を出ることはできず、ひたすら戦争の終わりを待つことしかできなかった。こうした捕虜にとって以上に、「何ごとにも終わりがある」という諺（p.140 参照）が切実に響くことはない。

　次の葉書にもこの諺が記されている。北仏に住む「教師」がドイツの将校専用の捕虜収容所にいる友人に宛てて差し出したもので、捕虜向けの専用の葉書が使われている。[(1)]

メリー村[(2)]にて、1915 年 12 月 21 日

エマニュエル様

　昨日、アベルから手紙を受け取ったよ。彼が軍需工場で働けるように私が世話を焼いていることについて、有難いと書いてあった。うまくいくことを期待しよう。現在、健康状態は良好だ。私の母に一言書いてくれて、どうもありがとう。こちらは田舎ぐらしで、ブーローニュ＝スュール＝メール[(3)]とは大違いだ。でもまあ、どこであろうと適応しないとね。それに、ずっとここにいるわけでもないから。今日また 2 kg の缶詰（4 缶）が入った 4 つ目の小包を送っておいたよ。喜んでくれるとよいのだが。

　数日したらアベルの近くに行く予定だ。できたら彼に会いに行こうと思っている。

　それはそうと、君はどうしているの？　冬の長い夜を、何をしてすごしているの？　親愛なるエマニュエルよ、元気をだせ。我慢していれば、いつかきっと終わりがくる。何ごとにも終わりがあるのだから。

　体に気をつけて。心からの握手を。親友より。　　　　　　　　敬具　オメール・バラット

〔垂直の差出人欄〕　ノール県 メトゥレンヌ村近郊 メリー村　教師オメール・バラットより

〔宛名〕　ドイツ　ギューターズロー捕虜将校収容所捕虜[(4)]
　　　　歩兵第 402 連隊 少尉エマニュエル・ベルティオー殿[(5)]

---

(1) 葉書に印刷された文字を順に見ておくと、一番上に「捕虜向け、郵便料金免除葉書」、その右下には「ポンタルリエ Pontarlier 経由」と印刷されている。ポンタルリエはスイス国境のすぐ手前にある街で、フランス軍の検閲機関が置かれ、1,300 人もの検閲官が働いていた（Strowski, 1976, p.308）。ここから郵便物は中立国スイスに持ち込まれ、ドイツに引き渡された。押された印を順に見ていくと、右上の丸い印は収集時にフランスの郵便局で押された通常の消印で「パ＝ド＝カレー県ブーローニュ・タンテルリー駅、15 年 12 月 21 日」。左上の四角い印はドイツ語で「15 年 12 月 27 日到着」。その上に「検閲済」。宛名の上あたりの鉛筆による書込みは不明。なお、本文の左上の隅に書かれた「7」という数字は、おそらく「通算 7 通目」という意味。

(2) メリー Merris 村と差出人欄のメトレンヌ Méteren 村はフランス最北端ノール県にある。ノール県は 70 ％ がドイツ軍に占領されたが、差出人の住む地域は西側に外れており、占領を免れた。

(3) ブーローニュ＝スュール＝メール Boulogne-sur-Mer はドーヴァー海峡に面する街。ドイツに占領されることなく、後方の拠点として重要な役割を果たした。イギリス軍はここでフランスに上陸し、被占領地域からの避難民も多数ここに流れ込み、負傷兵を収容する病院も多数設置されていた。

(4) ギューターズロー Gütersloh はドイツ北西部の都市。将校専用の捕虜収容所があった。

(5) エマニュエル・ベルティオー Emmanuel Bertiaux は 1890 年 2 月 17 日生まれで、開戦当時 24 歳。歩兵第 402 連

第10章 捕虜

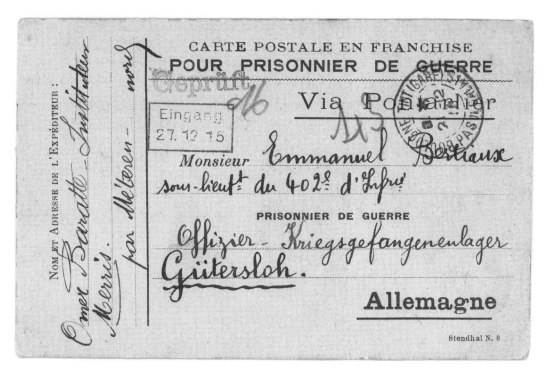

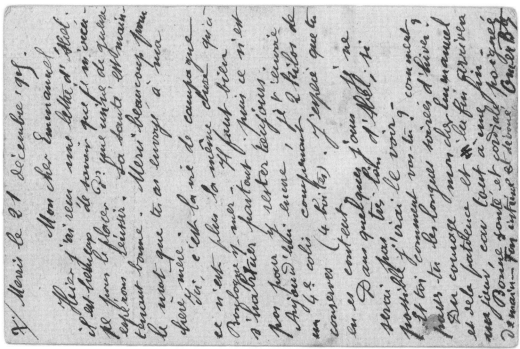

隊に属する少尉として、1915年9月25日に始まったシャンパーニュ攻勢（p.128参照）に参加した。同連隊は9月28～30日の3日間で1,621人の行方不明者を出し、このうちの多くが捕虜になったと思われるが、エマニュエルも29日にサント＝マリー＝ア＝ピ Sainte-Marie-à-Py 村（ランスとヴェルダンの中間あたり）で捕虜となった（赤十字 CICR 捕虜資料 P 30239, P 35475, P 39808, P 62765 および JMO du 402ᵉ RI による）。

1916 年 3 月 19 日 ― 足かけ 5 年の捕虜生活

　捕虜に対する待遇が悪いという批判を受けていたドイツは、そうした批判をかわすために、自国内の捕虜が健康であることを証明できるよう、捕虜が自分の写真を直接現像した葉書を家族に送れるようにすることを提案、フランスも 1915 年 4 月 21 日にこの提案を受け入れることを赤十字に伝えた。(1)こうして、収容所で撮影された写真入りの捕虜の葉書（カルト・フォト※）が多数フランスに送られることになった。多くの場合、腕や襟などに番号のついた服を着てポーズをとり、封筒に入れて送られた。

　次の葉書は、ガストン・メリゲという名のフランス兵捕虜(2)が、ドイツのコトブス捕虜収容所(3)から故郷フランス西部コニャック村(4)に住む妻に宛てたもの。

　本文にあたる部分には所属などしか書かれていないが、写真面の書込みに注目したい。

コトブスにて、1916 年 3 月 19 日
ドイツ　コトブス第 1 捕虜収容所　第 217 番
第 35 中隊　ガストン・メリゲ

〔宛先〕　シャラント県 コニャック村シャルマン通り 17 番地　G. メリゲ奥様(5)

〔写真面の書込み〕　捕虜生活 1914 - 15 - 16 - 17 - 18 (6)

---

(1) Médard, 2010, p.151.
(2) ガストン・メリゲ Gaston Mériguet は、1888 年 8 月 28 日、フランス西部アングーレームの北東 33 km にあるシャラント県シャスヌイユ＝スュール＝ボニウール Chasseneuil-sur-Bonnieure 村生まれ。もうすぐ 26 歳というときに 1914 年の開戦を迎え、歩兵第 338 連隊に所属した。捕虜になった時期は不明（葉書の書込みから 1914 年だと推定される）。おそらく捕虜交換（p.390 参照）により、休戦前の 1918 年 7 月 9 日、スイス国境に接するコンスタンツを経由して帰国した（赤十字 CICR 捕虜資料 P 29873, P 42964, P 44358, P 44479）。
(3) コトブス Cottbus は現在のドイツの東の端（現ポーランドとの国境近く）にある都市。コトブス収容所は、1916 年にフランス兵捕虜が移送されてくる前はロシア兵捕虜のみが収容されていた。1915 年には伝染病チフスが大流行して 1 万 5 千人いたロシア兵捕虜のうち 5 千人が死んだが、このときドイツ軍の軍医は感染を恐れ、ロシア軍の軍医に処置を託して逃げたという（Christmas, 1917, p.86）。
(4) コニャック Cognac 村はフランス西部アングーレームの西 38 km にある。ブランデーの産地として有名。
(5) 宛先の上に、ドイツ語で「通訳マンスバッハ」Dolmetscher Mansbach と書かれた小さな印が逆向きに押してある。このドイツ人通訳が検閲を担当したと思われる。
(6) 写真面の書込みをよく見ると、筆記用具が途中で変化している。「1914 - 15 - 16」までは住所面と同じ鉛筆で書かれているが、「- 17 - 18」は違うペンで書き足されている。筆跡は「7」の書き方に通信面とよく似た癖が見られるので、この捕虜自身が書き込んだと推定される。しかし、この葉書は 1916 年に送られたものである……。ここから次のように推測することができる。ガストン・メリゲは 1916 年にこの写真に写り、この葉書をコニャック村に住む家族のもとに送ったが、その後、休戦を待たずして 1918 年に解放され、ようやく故郷に戻ったところ、たまたま昔自分が妻に宛てて差し出した葉書を見つけたので、自分で「- 17 - 18」と書き足した……。

第10章 捕虜

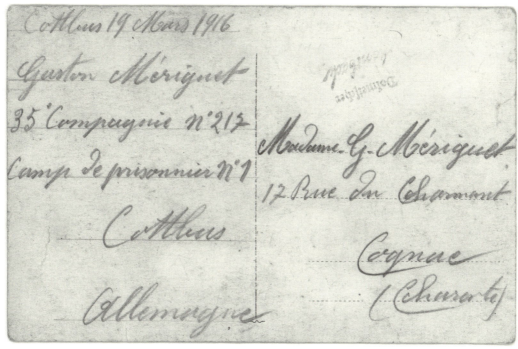

1916 年 10 月 8 日 ── 捕虜生活が体格に及ぼす影響

　ドイツはイギリスやフランスの海上封鎖によって輸入がストップし、深刻な食糧難によって餓死者が出るほどになっていた。自国民ですら食べるものがなかったのだから、捕虜にした敵国兵への食事は後回しになり、戦争が進むにつれて、ほとんど食事とは呼べない粗悪なものになっていた。[(1)]

　次の葉書は、ドイツのランツフート収容所[(2)]にいたフランス兵がフランス南西部のトゥールーズに住む知人宛に差し出したもので、以前は恰幅が良かったのに、十分な食料が与えられず、やせてしまったことを自虐気味に、ただし間接的に書いている。

　こうした収容所内でポーズをとる写真は、もともと健康状態がよいことを証明するために始まった試みだったのに、むしろ健康状態が悪いことを証明してしまっている。

　ランツフートにて、16 年 10 月 8 日

　エストゥー様

　ここに、私という人間の最新のサンプルをお送りします。長い捕虜生活が私におよぼす効果をご覧ください。

　時々、ひと言おたよりをいただけるとうれしく思います。

　フレッド、皆様、そして御家族全員を強く愛撫します。　　E. ポッジ[(3)]より

　〔宛先〕　オート゠ガロンヌ県トゥールーズ　アルコール通り 58 番地

　　　　　「バー　エセルシオール」ベルトラン・エストゥー様ならびに奥様へ

---

(1) 戦争前、フランス人の主食だったパンの消費量は 1 人あたり 1 日平均 700 g だったが、ドイツの収容所でフランス兵捕虜に与えられたのは、初期の頃で公式には 350 g だった（同時期、フランスにいるドイツ兵捕虜には毎日 600 g のパンが与えられた）。ただし、ドイツ国内の食料事情の悪化に伴い、小麦粉にはジャガイモの皮などが混じるようになり、おがくず入りのパンも与えられるようになった。その後、公式なパンの量は 1916 年 4 月には 300 g、1917 年末には 250 g に減らされたが、公式発表とは異なって実際には収容所によってまちまちで、200 g のところもあれば、まったくパンが与えられないところもあった。肉も不足していたから、腐った肉を消毒液に漬けたものも与えられた。当時の捕虜の典型的な食事は、朝はコーヒー代わりのドングリの煮汁のみ、昼は多少塩を入れた水に穀物や野菜くずの粉を溶かしたスープで、これに 1 日おきに内臓などの安い肉の切れ端が浮かべてあった。また、豚の餌用のジャガイモに腸詰めやニシンが添えてあることもあった。夜は雑穀などのスープだった（以上 Médard, 2010, p.73-74 による）。また、p.373 脚注 3 でも取り上げた脱走仲間に託した手紙にはこう書かれている。「とくに母さんには、ここで書くことは何も言うなよ。いたずらに心配するだけだから。でも、戦友には、降伏するよりは自殺した方がはるかにましだと伝えないといけない…… 我々は敷き藁なしでタイルの上に寝ており、空腹で文字どおりくたばっているんだ…… 食べ物は豚よりもひどく、1 日 2 回、にわとりに与えるように、ふすまが与えられるだけだ……」（Auriol, 2002, p.147）。

(2) ランツフート Landshut は現在のドイツの南東部の都市。この葉書の 4 か月前の 1916 年 6 月 6 日の視察報告書によると、食料事情は悪く、肉はほんの少ししか出されず、多くの捕虜は送ってもらう小包によってのみ栄養を摂っていた。また、懲罰房は屋根のない鳥籠のような場所で、付近の住民に見られながら用を足さなければ

第10章 捕虜

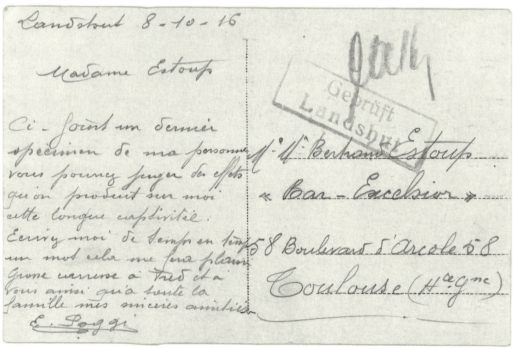

ならなかった（Collectif, 1918, p.94）。この葉書の住所欄の宛名の上には、斜めに四角い「検閲済、ランツフート」の印が押してある。その上の鉛筆の書込みは不明。
(3) 差出人「E. ポッジ」は、名がイニシャルしか書かれていないので、赤十字の資料で調べることができない。

387

1917 年 10 月 16 日 ── 上官が捕虜になったことを知らせる手紙

　以下では、すでに本書で取りあげ、その後捕虜となった将兵を 2 人取りあげたい。最初に取りあげるのは、1916 年 6 月にヴェルダン近郊のヴォー要塞で「それは凄まじいものです!」(p.172 参照)という戦いを経験したニコライ大尉である。

　その後ニコライ大尉は、元恋人に宛てた 1917 年 2 月 19 日付の手紙の中で「私はやっと少佐に任命されました」と書いて歩兵第 53 連隊第 3 大隊の指揮官となったことを報告している。同年 3 月 21 日付の手紙では「あなたのお知り合いの中で、私がモロッコに移れるように働きかけてくれる人はいませんか」と、もっと楽な部隊への転属の口利きを依頼し、4 月 6 日付の手紙では「このつらい生活をアメリカ軍が早く終わらせてくれるとよいのですが」と弱音を吐いている。

　その後しばらく手紙は途絶え、その代わりに、ニコライ少佐の部下だった少尉がニコライの元恋人に宛てた次の手紙が残されている。

軍隊にて　1917 年 10 月 16 日

　この手紙は、ニコライ少佐殿とは異なる筆跡で書かれておりますが、少佐殿が無事でおられることについては、ゆめゆめ不安にお思いになりませんよう。

　少佐殿は捕虜となり、バーデンに近いカールスルーエできわめて健康にしているとの知らせを受けました。

　8 月初旬、少佐殿は、この手紙と同じ宛先に一通の手紙を届けるよう、私に託されました。その手紙が無事に届いたことを願っております。しかしながら、奥様が少佐殿に対してどのような関心をお寄せになり、さらに詳しいことが必要かどうかわかりませんので、ひとまずこれにて筆を擱くことにいたします。もし奥様のお役に立てることがありましたら、何なりとお申しつけください。

　私は少佐殿に友情を抱いており、親しい間柄ですので、誠意をもって対応することを奥様に保証いたしますが、同時に今のところ節度を守って奥様に対しておりますことをお許しください。

敬具　(サイン)

　受け取ったお葉書は破棄しておきます。

---

(1) 1917 年 9 月上旬、ニコライ少佐の属する歩兵第 53 連隊は再びヴェルダン近郊に派遣され、前年に奪還していたドゥオーモン要塞の北側の守備に就くべく、第 142 連隊から引き継ぎを受けた。一般に、守備交替の時は敵の攻撃を受けやすいので、夜間に交替がおこなわれるが、無事に完了したかにみえた 9 月 14 日朝にドイツ軍の襲撃を受け、ニコライ少佐以下数名の将校が行方不明となったことが歩兵第 53 連隊の陣中日誌 (JMO※) に記されている。この手紙は、その約 1 か月後に書かれている。

(2) カールスルーエ Karlsruhe はアルザス地方に近いライン河の東側にある街 (ストラスブールの 67 km 北東)。将校専用の捕虜収容所があった。

(3) なお、この手紙の 11 日後の 1917 年 10 月 27 日付で、同じ代筆者が同じ相手に宛てた手紙も残っている。それによると、代筆者とニコライは家族ぐるみのつきあいをしていて、ニコライは妻に手紙を書き、その内容がニコライの妻→代筆者の母→代筆者という順で伝わっていったらしい。また、代筆者はもうすぐ休暇※が取れるから、パリに立ち寄って直接お会いして話をしたいとも書いている。ちなみに、大戦後、ニコライは無事故郷に帰還している。実際、捕虜の境遇は苛酷ではあったが、病気で死ななければ、戦争が終われば故郷に戻れた。

Aux armées 16 Octobre 1917.

Malgré que ce soit une main étrangère à celle du Commandant Nicolaï qui écrit cette lettre, toi ? sans aucune indiscrétion au sujet des jours du Commandant.

Nous venons d'apprendre en le Commandant et prisonnier à Carlsruhe, duché de Bade et en excellente santé.

Dans les premiers jours d'Août le Commandant m'a prié de porter une lettre à la même adresse que celle-ci. J'espère

qu'elle sera heureusement arrivée à destination. Permettez cependant que ne sachant pas à l'intérêt que vous portez au commandant exige d'autre détails je termine cette lettre et me mets à votre disposition au cas où cela pourrait vous être précieux.

Mon affection et à la fois mon intimité avec le commandant vous garantissent ma bonne foi autant qu'ils m'obligent actuellement à une retenue que j'vous prie d'excuser.

Veuillez croire à mon sentiment bien distingué.

[signature]

— Je détruis la carte postale reçue.

1918 年 7 月 13 日 ── 休戦を待たずして解放された捕虜

　食料が不足していた当時、敵の兵士を捕虜にしても、重傷や重病で働かせることができなければ、食べ物を支給する負担が増えるだけだった。「口べらし」の意味もあって、1915 年 3 月以降、赤十字の仲介により、重傷・重病の兵士を対象として捕虜交換が始まった。捕虜交換は、ドイツ・フランス間では南の中立国スイスを経由、ドイツ・イギリス間では北の中立国オランダを経由しておこなわれた。1918 年 4 月 26 日には独仏間で「ベルン合意」が署名され、いっそう大規模な捕虜交換がおこなわれることになった。[1] 捕虜交換によって休戦前に帰国したフランス兵捕虜は、合計 4 万人近くにのぼった。

　これとは別に、そこまで重傷・重病ではなく、完治して軍に復帰されると困るので祖国に帰すわけにはいかないが、しかし人道上、治療に専念する必要がある者は、中立国スイスに移送して療養させることが 1916 年 1 月に独仏間で合意された。[2]

　次の手紙は、p.24 でも取り上げた下士官ルイ・ユロー[3] が書いたもの。ルイ・ユローは、開戦早々 1914 年 8 月 24 日にフランスとベルギーの国境付近で捕虜となり、以後ドイツで 4 年間近い捕虜生活を送ったが、解放されてこの手紙の 2 日前にスイスに入国した。これが捕虜交換によるものか、スイスでの療養のためなのかはわからないが、[4] いずれにせよドイツの収容所から逃れられ、せいせいしているようすがよくわかる。

　YMCA の便箋を使って妻に宛てて書かれている。[5]

---

(1) スイスのベルンにおいて独仏が署名した「ベルン合意」は、長期の捕虜生活を心配する捕虜の家族たちの働きかけもあって実現した。具体的には、1 年半以上前から収容所にいて、なおかつ 3 人の子供をもつ 40 ～ 45 歳の捕虜と、子供の有無にかかわらず 45 歳を超えた捕虜は、捕虜期間の長い順に祖国に帰されることになった。ただし、対象者が多すぎたことと、1918 年春以降の戦闘の激化により、とてもすべては実行されず、大戦中に帰国した合計 4 万人近いフランス兵捕虜のうち、「ベルン合意」によるものは 9 千人のみだった（Médard, 2010, p.187-197 ; A. Becker, 2012a, p.199-228, 259-266）。なお、この手紙が書かれた 5 日後の 1918 年 7 月 18 日に連合国側の反転攻勢が始まると、捕虜交換の実施は中断されることになる。

(2) 中立国での療養は、1906 年のジュネーヴ条約に基づく人道的措置。スイスは観光ホテルを改装するなどして、1916 年 1 月、結核にかかった捕虜から受け入れを開始した。スイスに滞在する捕虜の数は、1918 年 1 月 1 日時点で 3 万 2,500 人に達し、このうち 1 万 9,769 人がフランス兵捕虜だった（Médard, 2010, p.205）。

(3) ルイ・ユロー Louis Hurault は歩兵第 115 連隊第 2 大隊第 7 中隊所属の特務軍曹。1914 年 8 月 22 日、ヴェルダンの北方、ベルギー領内のヴィルトン Virton の戦いで右膝に銃弾を受けて骨折し、8 月 24 日にドイツ軍の捕虜となって野戦病院に収容され、その後、ゾルタウ収容所に移されていた。1918 年 7 月 11 日、移送団の一員としてスイスのモントルーに移り、休戦後の同年 11 月 28 日にフランスに帰国した（赤十字 CICR 捕虜資料 FR 1114, FS 3315, P 92696, R 1501, P 21004, P 46300, P 18012, P 18938）。

(4) ルイ・ユローは休戦後にフランスに帰国しているので、捕虜交換によって一時的にスイスに滞在していたのか、または療養目的でスイスに移されていたのかは不明。ただし、本文中で妻に「会いに来てほしい」と書いているので、後者かもしれない。

(5) 便箋のレターヘッドについて触れておく。イラスト左上の逆三角形の部分には、「キリスト教青年会」を意味する英語の頭文字 YMCA（p.206 参照）と、そのフランス語訳の頭文字 UCJG が組み合わされている。イラストの上にはフランス語で「フランス語圏スイス収容者委員会が提供する郵便・読書室」と書かれている。この「郵便・読書室」はおそらく「兵士の家」と似たような施設で、差出人はここに立ち寄ってこの便箋をもらい、手紙を書いたと思われる。イラストに描かれているのはスイスの山岳地帯を走る電車（登山鉄道）で、右下にはラテン語で「光を通って生命へ」と書かれている。

Villeneuve le 13 juillet 1918

Chère Femme

Enfin l'heure de mon heureux délivrance a enfin sonné. Sorti de Sollau le 19 juin ?), après un séjour de trois semaines au camp de Meschinhem et le 11 juillet à 8 heures du soir j'ai franchi la frontière Suisse. Plus de fil de fer de barbelé, plus de casque à pointe, je me demande parfois si je ne rêve pas. Depuis hier je suis installé à Villeneuve près de Montreux dans une belle chambre ayant vue sur le lac et j'ai un bon lit, chose que je n'avais plus en défaite et au déci c'est un pays magnifique seulement la vie doit être très chère. Hier je t'ai adressé un télégramme en te demandant 20 francs, c'est surtout pour avoir une réponse.

Chère Berthe j'espère avoir ta visite prochainement, je vous me renseigne pour les conditions de logement car jusqu'à maintenant je ne fais en beaucoup de temps.

En attendant te faux faire faire un passport. J'ai retrouvé le capitaine Curt avec lieutenant, je vous que c'est mon nom je ne suis pas très certain, il m'a dit qu'il cherchait un logement pour sa famille.

Pour l'instant la famille Preilly seule est très bonne, un peu de fatigue par un long voyage, tu peux être bien tranquille à mon sujet car j'ai visite à Guittex à Lagnes. Bonjour à tous, Embrasse toute la famille de ma part.

Ô toi chère Berthe et à Robert mes plus doux baisers sans oublier l'Oncle et la Tante.

Hurault Louis Seg. t. 706.7.15 — Interné à l'hôtel Carlton à Villeneuve près Montreux (Vaud) Suisse

ヴィルヌーヴ[6]にて、1918年7月13日

妻へ

ついにだ。ついに幸福な解放の瞬間がやって来た。6月19日にゾルタウ[7]を出発し、マンハイム[8]の収容所に3週間滞在したのち、7月11日午後8時にスイス国境を越えた。もう鉄条網もなく、尖りヘルメット[9]もない。ときどき、夢を見ているのではないかと思ってしまうんだ。

きのうから、湖を望むモントルー近くのヴィルヌーヴの美しい部屋に落ちついており、いいベットに寝ている。これは4年間できなかったことだ。ここはすばらしい土地だけれど、物価が高くならざるをえない。昨日、20フランを頼む電報を送った。かならず返事をしてほしい。

いとしいベルトよ、近いうちに会いに来てくれるといいのだけれど。今まであまり時間が取れなかったけれど、泊まる条件について問いあわせてみよう。

その間に、パスポートを作っておいたらいい。元中尉のクリュ大尉殿に再会したよ。そんな名前だったが、確かではない。大尉殿も、家族が泊まるところを探していると言っていた。

長旅で少し疲れているけれど、いまのところとても健康だ。私のことは安心していいぞ。なにしろ徒刑場から抜け出すことに成功したのだから。みんなによろしく。私から家族みんなにキスをしてくれ。そして、ベルトとロベールには心からのキスを送る。おじとおばにも忘れずに。

スイス　ヴォー県モントルー近郊ヴィルヌーヴ　カールトン・ホテル
歩兵第115連隊　特務軍曹ルイ・ユローより

---

[6] ヴィルヌーヴ Villeneuve は、スイス西端のレマン湖の東岸にある街。ヴィルヌーヴの北隣にモントルー Montreux がある。ヴィルヌーヴやモントルーはスイス領だが、レマン湖の南岸はフランス領となっている。

[7] ゾルタウ Soltau はドイツ北部の地名で、数万人を収容する大規模な捕虜収容所があった。この収容所については、スイスに移送された元ゾルタウ収容所の捕虜が1917年に次のような証言を残している。「毎朝検診を受け、どれほど捕虜が横柄な態度で扱われるのかを目にしなければならない。腰まで裸になり、長い列に並ばされ、多くの者が戦場で受けた傷を見せるのだが、ほとんどの者が恐ろしいほどやせている。一人ずつ医者の前を通り、そのたびに医者は『アルバイト』（仕事）または『ショーヌン』（免除）と言っていくのだが、それが検査などまったくできない早さなのだ。（……）今ではもう、身体不随の者や急性の病気にかかった者以外は、誰も仕事は免除されない。ドイツは人手不足だから、まっ先に捕虜が手伝わされるのだ。だから慢性病の患者は他の人々と同様に働かなければならないのだ。」（A. Becker, 2012a, p.109-110）。

[8] マンハイム Mannheim はライン河沿いにある都市で、アルザス地方（当時ドイツ領）の北側（ライン河を下ったところ）にある。

[9] ドイツ兵は尖った飾りのついたヘルメットをかぶっていた。

捕虜ド・ゴール大尉の脱走劇

　捕虜が取るべき軍人としての模範的態度は、脱走して祖国に帰還し、再び軍に加わって戦うことだった[1]。1916年3月2日にヴェルダンのドゥオーモン要塞付近で捕虜となった[2]ド・ゴールも、脱走のことしか頭になかった。ドイツ帝国東端（現ポーランド領）のチュチン捕虜収容所に収容されていた[3]ド・ゴールは、脱走を計画して発覚し、1916年9月、脱走の常習犯ばかりが集められて「脱走クラブ」の異名をとるドイツ南部（ニュルンベルクとミュンヘンの中間）にある堅固なインゴルシュタット第9要塞将校捕虜収容所に移されてしまう。以後、事前に発覚したものを除き、5回もド・ゴールは脱走している。

　インゴルシュタットの収容所は特に監視が厳しく、脱走は不可能だったので、ド・ゴールはわざと病気になって近くの軍事病院に運ばれ、そこから脱走しようと思いつく。しもやけを治すために家族に送ってもらったピクリン酸を大量に服用し、目が黄色くなるなどの激しい黄疸の症状が出たため、まんまと軍事病院の捕虜病棟に運ばれることに成功、ここでドイツ軍の看護兵を買収して必要なものを揃え[4]、面会で混雑する日曜を選んで10月29日に脱走した。300km離れたスイスのシャフハウゼンを目指し、昼は隠れて夜のみ移動し、1週間後の11月5日、目的地まで半分となるプラッフェンホーフェン（ウルムの南西30km）まで来たところで夜遊びをしていた若者たちに見つかってしまう（1回目の脱走）[5]。

　インゴルシュタットに連れ戻されたド・ゴールは、脱走しやすい収容所に移れるよう、しばらくは優等生を演じ、読書や議論に明け暮れた。その甲斐あって、1917年7月、ドイツ中部クロナッハ（バイロイトの北西30km）のローゼンベルク将校捕虜収容所に移された。

　この捕虜収容所は崖の上に建つ城塞だった。寝具の布を編んで作った30mのロープと6mの取外し可能なはしごを用意したド・ゴールを含む5人の捕虜は、1917年10月15日夜、大雨が降って歩哨が屋内に避難し、足音も消える好条件下で脱出を決行、崖を降りた。1回目は長さが足りずに失敗したが、2段階で降りれる場所を見つけ、1人が犠牲になってロープを投げるために上に残った。目的地は前回と同じスイスのシャフハウゼンだったが、今度は460kmも離れていた。10日間歩き、疲れて鳩小屋で休んでいたところを見つかって通報され、ローゼンベルクに連れ戻された（2回目の脱走）。

　これで、再び脱走常習者向けのインゴルシュタットに移されることが予想された。そこで、先手を打って、半月後の10月30日、再度ド・ゴールは脱走を試みる。窓の格子をのこぎりで切って脱走し、

---

(1) たとえばフランス軍のエース飛行士ロラン・ガロス（ギャロス）は、飛行機が不時着してドイツの捕虜となったが脱出に成功してフランス軍に復帰し、最後は撃墜されて戦死するが、これは軍人の鑑といえた。1926年、脱走経験のある兵士を対象に「脱走兵勲章」が創設され、ド・ゴールを含む1万6千人に授与された。

(2) 歩兵第33連隊のド・ゴール大尉は、ドイツ軍の猛攻を受け、左腿を銃剣で刺されて気絶して捕虜となった。このとき、所属する大隊は全滅し、ド・ゴール自身も行方不明となり、立派に戦死したと見なされて、当時ヴェルダンの戦い全体の指揮を執っていたペタン将軍（かつての上官）から表彰を受けた。

(3) チュチン収容所は開戦当初はロシア領だったが、その後ドイツが占領していた（Pouget, 1973, p.98）。

(4) 脱走するために必要だったのは、中立国スイスかオランダの国境まで歩く体力に加え、非常食、地図と方位磁石、民間人の服だったが、これらはドイツ兵を買収すれば入手できたので、要するにそのための金銭と、ドイツ語の会話能力があればなおよかった。筆者の高齢の知人の父は、アルザス出身でフランスに帰化し、志願してフランス軍に加わっていたものの捕虜となり、オランダ国境まで800km歩いて脱走に成功したが、成功の大きな要因となったのはドイツ語が流暢だったことだった（Cf. Hossenlopp, s. d., p.68-73）。

(5) 以下の5回の脱走の詳細は、ド・ゴール本人が1927年1月に書いた報告書（De Gaulle *et al.*, 1983, p.99-101, 147-149, 150-152, 208-209, 212-214に採録）およびLacouture, 1984, p.82-92による。なお、ド・ゴールが収容されたのは将校専用の収容所だったので、比較的待遇はよかった（映画『大いなる幻影』も同様）。

仲間が格子を元に戻し、ロープを持ってド・ゴールが外に降り立つのを助け、ド・ゴールは眼鏡と付け髭をして民間人に変装した。しかし、脱走の瞬間が目撃されており、現場周辺で警戒態勢が敷かれてしまう。ド・ゴールはローゼンベルクの西 25 km にあるリヒテンフェルス駅から鉄道でオランダを目指そうとし、真夜中に駅に到着、朝 5 時に列車に乗り込もうとしたところを憲兵につかまり、インゴルシュタットに連れ戻されてしまった（3 回目の脱走）。このときド・ゴールは憲兵を罵倒したため侮辱罪に問われ、のちに罰を受けることになる。それとは別に、直近の 2 度の脱走に対しても懲罰を受けた。

　捕虜になって 2 度目の年末となる 1917 年 12 月 19 日、ド・ゴールは両親に宛ててこう書いている。「今年もまた、お二人から遠い場所からではありますが、倍化された愛情と尊敬を込めて新年の祈念を捧げます。今年もまた、祈念はたった一つに要約されるとつけ加えておきます。どのような祈念なのかは、よくご存じのはずです。[6]」こうして大戦最後の年を迎える。

　1918 年 5 月、インゴルシュタット第 9 要塞捕虜収容所が閉鎖されたのに伴い、ド・ゴールは他の脱走常習者とともにヴァイセンブルク（インゴルシュタットとニュルンベルクの中間）近郊のヴュルツブルク捕虜収容所に移された。この収容所は岩山の上に建つ城塞だったので、機転を働かせることにした。1918 年 6 月 10 日、ド・ゴールの仲間がドイツ軍の軍服を盗み出して下士官に変装し、捕虜ド・ゴールを他の収容所に移送する芝居を打ち、門番をあざむいて堂々と扉を開けさせたのだ。すぐに 2 人とも民間人の服に着替え、大きな駅から列車に乗ろうと考えて 70 km 先のニュルンベルクまで歩くことにした。しかし、一昼夜歩いたところでまたしても憲兵につかまり、連れ戻されてしまう（4 回目の脱走）。

　次に、ド・ゴールは毎週月曜にヴュルツブルク収容所で出る汚れた下着が大きな籠に入れられて隣街のヴァイセンブルクまで運ばれるのに着目した。1918 年 7 月 7 日、担当の下士官が籠に鍵をかけてその場を離れたすきに、ド・ゴールの仲間が鍵を開けて下着を運び出し、代わりにド・ゴールを籠の中に入れ、内側から鍵を開けられるように細工して元どおりに蓋をした。こうして籠はヴァイセンブルクまで運ばれ、洗濯屋の廊下に置かれた。ド・ゴールは人けがなくなったのを見はからって籠から出て、3 日目にニュルンベルクにたどり着いた。警備の手薄な夜になってから列車に乗るつもりだったが、風邪を引いて激しい腹痛に襲われていたので、すぐ来たフランクフルト行きの列車に乗り込んだ。話をしないで済むように歯が痛いふりをして廊下に立っていたが、列車内を巡回していた警官に見つかってしまう。病院に送られてから、ヴュルツブルク収容所に連れ戻された（5 回目の脱走）。

　その後、3 回目の脱走でつかまった際の侮辱罪により、9 月 15 日、ド・ゴールはパッサウの軍刑務所に移された。普通の犯罪者と一緒だったため抗議した結果、マクデブルクに移され、10 月 10 日に刑期を終えた。移送の途中、ド・ゴールは大戦末期のドイツ国内での物資の欠乏や士気の低下を肌で感じ取ったらしく、10 月 15 日付の母宛の手紙の中でこう書いている。「移送は嫌なものではありません。捕虜にとって、それはさまざまなものを見て判断する機会となります。まさに絶好のタイミングでした。私個人の歎かわしい境遇にもかかわらず、いま私は人生でもっとも甘美な瞬間を味わっていると、言う必要もないかと思います。こうした満足や、これからやってくる満足に比べれば、悲しみも苦しみも失望も犠牲も、まったくたいしたことはありません。わが戦友はなんと幸せな思いをすることでしょう」。この 1 か月後に休戦を迎え、ド・ゴールは 1918 年 12 月 2 日にジュネーヴを経由し、帰国した。

　以上の 5 幕の脱走劇には、のちの第二次世界大戦でも発揮される、常人には真似しがたいド・ゴールの不撓不屈の精神を見て取ることができる。

---

[6] 検閲があるので明記されていないが、もちろん「フランスが勝利しますように」という祈念のはずである。

付録1　ある砲兵下士官の葉書

フランス軍の 75 mm 野砲を撃っているところを描いたイラスト。左側の弾薬箱から砲弾を取り出し、右側の大砲に装填して撃つ。右手前には薬莢が散乱している。次から次へと撃つことができたが、砲身の寿命を考慮し、毎分 12 発以内にするよう定められていた（François, 2013, p.17）。有効射程はモデルによって異なり、7.8 ～ 11.2 km。

本章では、ロンバールという南仏出身の軍人が大戦中に書いた葉書34通を取りあげてみたい。

レオポルド・ロンバール Léopold Lombard は、1885年3月6日、南仏ニーム近郊のベルニ村[1]生まれ。サン゠タンブロワ村[3]に住み、商店で働いていたが、1903年の18歳の誕生日の翌日に志願して軍に入隊した。身長165 cm。ニームに駐屯する野戦砲兵第19連隊[4]に配属され、満期を迎えるたびに再役を繰り返して職業軍人としての道を歩んだ。1908年に軍曹、1912年に特務軍曹に昇進し、29歳のときに1914年8月の開戦を迎えた。

ロンバールの所属する野戦砲兵第19連隊は、開戦直後にフランス北東部ロレーヌ地方に移動し、本書でも出てきたリュネヴィル（p.16参照）の北東にあるラガルド（p.28参照）やディウーズ（p.376脚注2参照）で戦った。9月上旬のマルヌ会戦では、東西に伸びる戦線の東の端に近いヴェルダンの南西、バール゠ル゠デュックの北側付近で戦った[5]が、このときロンバールはドイツ軍の猛烈な砲撃によって低下していた兵士たちの士気を鼓舞し、のちに表彰を受けている。1914年10月6日に曹長、1916年4月4日に特務曹長に昇進、同年7月17日に少尉（将校の最下位）に任命された[6]。

残されている34枚の葉書は、大きく3つの時期に分けられる。

1通目〜6通目は、マルヌ会戦直後、所属する連隊がヴェルダンの西側のアルゴンヌの森のあたりを転戦していた頃に書かれている。このうち1通目はまだ動きが激しかった時期、2通目以降は戦線膠着後に書かれている。

7通目〜31通目は、1915年11月、大聖堂で有名なランス近郊（ついでランス市内）に移動してからの比較的静かな区域で書かれている。

32通目と33通目は、1916年2月21日に始まったヴェルダンの戦いに同連隊も同年6月から参加することになり、休む暇もなく大砲を撃っていた時期に書かれている。最後の34通目は、ヴェルダンを退いて比較的静かな区域に移っていたときに書かれている。

全体に、素朴な人柄のよく表れた好感のもてる文面で、当時の兵隊たちの生活を知ることができて興味深い。こうして並べると日記のように見えてくるし、文学性すら感じられる気がする。

いずれも似たような軍事葉書に書かれているので、写真は1枚だけ掲載することにする（p.405）。

---

(1) ニーム Nîmes はアヴィニョンとモンプリエの間にある都市。ロンバールの両親もロンバールの妻子も、1〜3通目の時点ではニームに住んでいた。

(2) ベルニ Bernis 村はニームの約10 km南西（モンプリエ寄り）にある。ロンバールの実家があった。

(3) サン゠タンブロワ Saint-Ambroix 村は南仏ニームの北西50 km弱の、少し山の中に入ったところにあるが、鉄道が通っていた。この村に妻の実家もあった（3通目の宛先による）。

(4) 野戦砲兵第19連隊は、第1大隊（第1〜第3中隊）、第2大隊（第4〜第6中隊）、第3大隊（第7〜第9中隊）で構成されていた。2通目以降は、ロンバールは第3大隊第9中隊に転属となった。

(5) バール゠ル゠デュックの北側にあるコンデ゠アン゠バロワ Condé-en-Barrois（現 Les Hauts-de-Chée）での戦闘。

(6) ロンバールの軍人としての経歴はガール県資料庫所蔵の軍人登録簿 Arch. dép. du Gard, 1 R 936, n° 1099 による。所属する部隊の動きは『野戦砲兵第19連隊史』および同連隊第9中隊のJMO[※]による。

付録1　ある砲兵下士官の葉書

　　1914 年 9 月上旬のマルヌ会戦後、ロンバールの所属する第 19 野戦砲兵連隊は、退却するドイツ軍を追撃して北上し、ヴェルダンの西側よりもやや北寄りのアルゴンヌの森を転戦していた。

〚 1 通目 ── 靴下を送ってほしい 〛

1914 年 9 月 20 日

愛する家族へ⁽¹⁾

　みなが元気だという 9 月 9 日の手紙を受けとり⁽²⁾、うれしく思っています。今のところ私も元気です。戦争中ずっと元気でいられるとよいと思っています。父とルイの知らせも受けとりました。返事を書いておきます。オリヴィエには手紙を書くように伝言しておきました。もっとまめに書くと約束していました。

　何か必要なものはないかとのことですが、こちらの地域ではたえず雨が降っており、苛酷な悪天候に耐えられるよう、襟が黒い自転車用の白いウールのニットと、丈夫なウールの靴下 2 〜 3 足が欠かせません。もう 10 日以上も水と泥の中を歩きまわっていますので⁽³⁾。こうしたものを、郵便局から、必要に応じて 2 包みにして書留で送ってください。よろしくお願いします。

　みなさんをやさしく抱きしめます。いとしい子供たちにキスをします。（サイン）

〔差出人〕　砲兵第 19 連隊　第 2 中隊　特務軍曹　ロンバールより

〔宛先〕　ガール県ベルニ⁽⁴⁾　ニーム　ジャカール通り 4 番地　ロンバール奥様へ

(1) 形式上は「愛する家族へ」となっているが、実質的には「愛するお母さんへ」とするのがふさわしい内容で、妻に対する葉書よりも少し丁寧に書かれている。宛名の「ロンバール奥様」とは実の母のことだと思われる。

(2) 9 月 9 日付の手紙は届くまでに 11 日間かかったことになる。9 月 9 日はマルヌ会戦の真っただ中で、郵便物の配達が混乱していた。ちなみに、9 月 20 日付のこの葉書自体は 1 週間後の 27 日に故郷に届けられている（葉書に押されている消印による）。

(3)「10 日以上」前はマルヌ会戦の頃にあたる。ロンバールの属する部隊は、マルヌ会戦後、退却するドイツ軍を追って北に向けて長距離を移動していた。なお、当時の兵隊は、みな雨を嫌っていた。戦場では傘などはささず、雨に濡れるがままで、下半身は泥まみれとなったからである。当時の兵士の葉書には「靴下を送ってくれ」と書かれたものが多い。

(4) ロンバールは宛先の住所を「ガール県ベルニ」と書いたが、郵便配達人が「ニーム　ジャカール通り 4 番地」に訂正している。ロンバールが知らない間に、母はベルニからニームに転居していたことがわかる。郵便の混乱で、転居を知らせる手紙が届いていなかったらしい。

397

この後、西部戦線は膠着して塹壕戦に移行していくが、ロンバールの所属する野戦砲兵第 19 連隊はアルゴンヌの森を転戦し、ときどき局地戦を交えていた。

　以下 2 通目から 6 通目までは、同連隊はヴェルダンの西 40 km 少々にあるヴィル＝スュール＝トゥルブ Ville-sur-Tourbe 村付近に陣取っていた（*Historique du 19ᵉ RAC*, p.13）。

〚 2 通目 ― まもなく休暇が取れる喜び 〛

1915 年 7 月 25 日

いとしい妻へ

　私よりも何日か前に休暇※を取ったレックから、私の知らせを受けとったそうだね。

　私は、あい変わらず来週の木曜に休暇に出発できたらいいと思っているけれど、これはかりはわから
ないからね。昨日、おまえが長い間たよりをよこさなかった理由を説明した書留便を受けとった。すぐ
に事情はのみこめたよ。

　私はあい変わらず元気だ。みんなの元気な姿を見られると期待している。週末よりも前におまえたち
を抱きしめにいけたらうれしいのだけれど。その日を待ちながら、はるか遠くからみんなのことを抱き
しめる。（サイン）

　時間によっては、オランジュに半日とどまった方がいいのではないか。向こうは終わってしまうだろ
うし、ベルニに行く必要はないだろう。

〔差出人〕　郵便区※130　砲兵第 19 連隊　第 9 中隊　曹長ロンバールより

〔宛先〕　ガール県　ニーム　ユゼス通り　メゾン・メセル　ロンバール奥様へ

⑴ この葉書が書かれた 7 月 25 日は日曜。「来週の木曜」とは 7 月 29 日（木曜）を指す。
⑵ オランジュ Orange は南仏アヴィニョンの北 20 km にある街で、ロンバールの両親と妻子が住むニームの北東 50 km 弱にある。ここまで両親が迎えにきてくれたことが次の 3 通目に書かれている。
⑶ 「向こうは終わってしまう」とは、おそらく「その先は汽車がなくなってしまう」という意味かと思われるが、当事者以外はわからないような省略した書き方をしているので、詳細は不明。次の 3 通目は、実際に休暇※を取ってニームで書かれている。差出人欄は 30 通目まで同じなので、以下省略する。

付録 1　ある砲兵下士官の葉書

〚3 通目 ― 家族との再会〛

1915 年 7 月 31 日

義理のご両親様

　昨晩から丸 6 日間の予定で家族と一緒にすごしています。[(1)] 1 年間の留守ののち、[(2)] こうやってみんなで集まれることがどれほどうれしいか、容易にご想像いただけると思います。

　父と母には電報で知らせておいたので、オランジュの駅に来てくれました。汽車は駅で 10 分間停車しました。

　火曜の夜 7 時半に私たちみんなでお邪魔したいと思っています。[(3)] 水曜は一緒にすごしましょう。もしデュラン家のみなさんがバルジャックにいるようでしたら、[(4)] なるべくデュラン家のみなさんにもお知らせください。

　子供たちとママは、パパがいて幸せそうです。私も夢を見ているようです。もう二度とご両親にはお会いできないと思っておりましたので。

　それではまた。みなさんを抱きしめます。（サイン）

〔宛先〕　ガール県サン゠タンブロワ村　ルイ・ゴーサン様へ

　　⑴ 当時、ロンバールの妻子はニームに住んでいた（2 通目の宛先による）。この葉書には投函地の消印
　　　　「ガール県ニーム駅、15 年 7 月 31 日」が押されている。
　　⑵ 戦争が始まってちょうど 1 年が経過しようとしていた。
　　⑶ この葉書が書かれた 7 月 31 日は土曜。「火曜」とは 8 月 3 日を指す。
　　⑷ バルジャック Barjac 村はサン゠タンブロワ村の北東隣にある。

〚4 通目 ─ 前線への復帰〛

シャティヨン゠スュール゠セーヌにて(1)

1915 年 8 月 9 日 8 時 30 分

いとしい妻へ

あい変わらず移動中だ。昨晩はぐっすり眠った。おそらく明日の朝に目的地につくだろう。とても暑いから、私たちの森(2)に着いたらいい気持ちだろう。

食糧も底をつきかけているが、旅も終わりに近づいている。駅ではパンやワインが手に入る。一番大切なものだからな。

おまえたちみんなを強く抱きしめる。昨日送った葉書も届いていることだろう。（サイン）

〔宛先〕 ガール県サン゠タンブロワ村 L. ロンバール奥様へ(3)

⑴ シャティヨン゠スュール゠セーヌ Châtillon-sur-Seine はセーヌ河の上流、トロワとディジョンの中間にある街。円弧上に広がるドイツとフランスの国境から見て扇の要のような場所にあたり、1914 年 9 月にはこの地でジョッフル将軍がマルヌ会戦の指揮を執った。ロンバールの故郷と、所属する部隊が陣取る前線との中間にある。この葉書は、休暇※が終わって南仏からフランス北東部の前線に戻る途中の駅から差し出されている。

⑵ 当時ロンバールの所属する部隊が陣取っていたヴィル゠スュール゠トゥルブ村は、広大なアルゴンヌの森の西端に位置する。

⑶ 妻の住所は、2 通目の時点ではニームだったが、この 4 通目の時点でサン゠タンブロワ村に戻っている。宛先は、これ以降の妻宛ての葉書ではみな同じなので、以下省略。

〚5 通目 ─ 布の寝袋〛

1915 年 8 月 10 日 22 時 30 分

いとしい妻へ

2 日と 3 泊の旅ののち、目的地に到着した。なかなか快適な旅で、それほど疲れなかった。とはいえ、これから喜んで布の寝袋にもぐり込み、もらって当然の休息を満喫することにする。

明日、旅のことをもっと詳しく書くことにしよう。

おまえたちみんなを強く抱きしめる。（サイン）

〚6 通目 ─ 知人が見つからない〛

1915 年 8 月 12 日

いとしい妻へ

いまだにリヴィエールが見つからない。長い間会えないのではないかと心配だ。移動中ずっと邪魔になっているあいつの食糧を厄介払いするために、ヴァンサンにあいつを探しに行かせている。

デュランの息子がやってきて、午前中の間、ずいぶん長いこと話をした。3 日間、塹壕で充実した

付録1　ある砲兵下士官の葉書

日々を送ったそうだ。すでに知らせておいたように、今夜は私が塹壕に行く番だ。しばらく前から雨が降っているから、晴天は望めない。

　なるべく毎日、葉書を送るようにする。戻ってきたら手紙を書こう。[(1)]

　ヴェルジェーズのいとこに会った。あとは見つからないリヴィエールをつかまえるだけだ。おまえたちみんなを強く抱きしめる。（サイン）

　⑴ ロンバールはほとんど毎日葉書を書き、たまに長い封書の手紙を書いていたらしい。

　　1915年8月、野戦砲兵第19連隊は、大聖堂で有名なランス近郊に移動する。ランス周辺では独仏両軍が陣取り、塹壕戦を続けていた（p.92, 136参照）。

〚 7通目 ― ライター、煙草、写真 〛

1915年8月23日

いとしい妻へ

　たったいま受けとった20日付の手紙[(1)]でおまえが望んでいたように、私たちはすっかり身を落ち着けた。[(2)]

　昨日、オリヴィエ本人から、あいつらを襲った不幸の話は聞いたよ。詳しいことは25日にアレス[(3)]に休暇に帰るやつに持たせる手紙の中で書いておく。

　ライターはとてもいい具合だ。煙草もちょうどいい時に来た。この村では手に入らなくなっていたからね。

　リヴィエールの奥さんには安心するように言ってくれ。リヴィエールは現役軍には配属されないから。若いやつらだよ、現役軍に選ばれるのは。[(4)]リヴィエールの連隊はここから遠くないはずだから、会えるように努力しよう。みんなにとびきりのキスを送る。

　それはそうと、写真はまだかな。[(5)]一番よく写っているやつを最初に送ってくれよ。本当にエドモンは撮るのが下手くそだからな。ずいぶん私は変な顔をしているぞ！

　⑴ 20日付の妻の手紙を23日に受け取ったことがわかる。ちなみに、この23日付の葉書は27日に妻のもとに届いている（「ガール県サン＝タンブロワ、15年8月27日」の消印が押されている）。郵便がスムーズになった結果、フランス北東部の戦地と妻のいる南仏の間では、3～4日で郵便物が行き来していたことがわかる。最後の34通目あたりでは、また郵便が滞っている。
　⑵ ランス近郊に陣取ったことを指している。
　⑶ アレス Alais（現 Alès）は妻の住むサン＝タンブロワ村の17km南西にある比較的大きな街。
　⑷ 「リヴィエール」は現役兵ではなく、予備兵か後備兵＊だったと思われる。
　⑸ おそらく休暇で故郷に帰ったとき（3通目の頃）に家族や親戚と一緒に写真を撮り、それが出来あがって送られてくるのを待っていたのではないかと思われる。

〚 8 通目 ── 売れ残りの煙草 〛

1915 年 9 月 4 日

いとしい妻へ

今日、知らせておいてくれた小包を受けとった。とてもよい状態だった。いろいろいい物を入れてくれてありがとう。でも、もう一度言っておくけれど、私の方から送ってほしいと言わないかぎり、何も送らないようにしてくれ。この煙草は変わっているなあ。こんなの見たことがないよ。サン゠タンブロワで売れ残りをつかまされたんだろう。でも、なかなかうまいよ。

明日はあまり書く時間がないだろう。観測⁽¹⁾に行くからだ。明後日もだ。そのぶん、あとで話すことがたくさんできるからね。

おまえたちみんなを強く抱きしめる。

いとしい家族にしばしば思いを馳せているパパより（サイン）

(1)「観測」とは、大砲が狙った場所に弾着（着弾）しているかどうかを見きわめること。双眼鏡などを使って「観測」することで大砲の角度を調整し、命中の精度を上げた。

〚 9 通目 ── 写真と野うさぎ 〛

1915 年 9 月 6 日 22 時

いとしい妻へ

今朝、9 月 1 日付と 3 日付のおまえの手紙と、写真入りのエドモンの手紙を受けとった。エドモンに返事を書いて、こんな見すぼらしい結果を残すために多大な努力を払ってくれたことに感謝しておこう⁽¹⁾。私がおまえに送る小さな写真は、私が受けとった写真よりはうまく撮れたと思うよ。まあ、何ごとにも始めが必要だからね⁽²⁾。

2 日間の観測が終わったから、明日はもっとおまえに書く時間ができるだろう。

今日の午後、野うさぎを仕留めたよ。どうやって仕留めたか、いずれ説明してやろう。明日はすごいご馳走だ。手で食べるのは行儀がよくないとか、マルセルのやつは言っているがね。

モーリスの調子がよくなってよかったな。たぶん、あいつは日曜日に代子⁽³⁾のところで甘いものを食べすぎたのだろう。

おまえたちみんなを強く抱きしめる。（サイン）

(1) 受け取った写真の出来ばえがよくなかったので、明るい調子で皮肉を言っている。
(2)「何ごとにも始めがある」Il y a un commencement à tout. という諺の変形。これは「最初はうまくいかなくても仕方がない」という意味で、言い訳や慰めとして使われる。
(3)「代子」は、甥などのことが多かった（p.218 脚注 4 参照）。

付録 1　ある砲兵下士官の葉書

〚 10 通目 — 嵐の前触れ 〛

1915 年 9 月 9 日 21 時

いとしい妻へ

今のところコンスタントにおまえの手紙を受けとっている。私の手紙もちゃんと届いているといいのだけれど。でも、今後しばらくは、今まで通りでなかったとしても、おかしいと思う必要はないよ。それは単に忙しい証拠だからだ。[(1)]

今のところ、静かな時期をすごしているが、これは嵐の前触れなのだろうか。そうであればいいと、みな願っている。[(2)]

今日、エドモンに感謝の手紙を 1 通書き、サラおばさんにも 1 通、甥といとこのルイにも葉書を書いておいた。明日はおまえの番だ。それまで、心安らかにベットで眠ることにする。というのも、これからしばらくの間、ベットで眠ることはできなくなるのではないかと思うからだ。おまえたちみんなを強く抱きしめる。（サイン）

(1) 数日間手紙のやり取りが途絶えたとしても、それは忙しくて書けなかっただから心配しないでくれ、といった内容の文面は、当時の兵隊が家族に宛てて出す葉書でよく見かける。

(2) 15 通目には「何もしないでいるのは、うんざりだ」と書かれているが、無意味で退屈な時間をすごしていて、嫌気がさしていたらしい。本書で何度か取り上げたピュエシュが 1916 年 7 月 6 日付で両親に書いた手紙でも、さっさと派手に戦って終わりにしてもらいたい、というようなことが書かれている。ただし、22 通目では「こちらはあい変わらず静かだ。これがまだ長いこと続くことを願っている。」と書かれているので、矛盾する感情を抱いていたのかもしれない。

〚 11 通目 — 休暇に帰る仲間の見送り 〛

1915 年 9 月 11 日 22 時 30 分

いとしい妻へ

現在、非常にコンスタントにおまえの手紙を受けとっている。でも、このまえ送ってくれた小包を受けとったと書いた手紙は、おまえに届いていないんじゃないか。

明日休暇に出発するゴワランといい夜をすごすことができた。[(1)] とてもバリエーションにとんだ献立だった。詳しくは手紙に書くことにするよ。当然のように仲間たちが歌い、それを聴きながら夜がすぎた。そんなこんなで、時がたつのが早く感じられる。

明日の日曜には手紙を書こう。それが明日の私の気晴らしになるだろう。

おまえたちみんなを強く、強く抱きしめる。（サイン）

(1)「ゴワラン」は、同じ故郷の仲間だったのかもしれない。一般に、同じ地方の出身の者は、同じ部隊に配属されることが多かった。

〖 12 通目 — 丸焼きのドイツ軍将校 〗

塹壕にて、1915 年 9 月 13 日 18 時
いとしい妻へ

今日は要塞で観測兵としてすごした。最前部にいたから、壮観な砲弾の撃ちあいを眺めることができた。すべては味方にとってよい結果に終わった。ドイツ野郎どもは大損害を受けたにちがいない。無数の砲弾をお見舞いしてやったからね。今はすっかり静かになり、時おり弾丸が飛んできて、要塞の胸壁にはりついているぐらいだ。

おまえが勧めていたように、今日はとても慎重だった。調子にのって銃をぶっ放したりはしなかったよ。でも、例の好奇心という悪魔にそそのかされて、歩兵となって聴音哨(1)のところまで歩いて行った。そしたら、哀れなドイツ野郎の将校がおれたちの鉄条網に引っかかって丸焼きになっていたよ。こんがり焼き上がっていたねえ。(2)

今日と明日は要塞で寝ることにする。戻ったらもっと詳しく書くよ。

おまえたちみんなを強く抱きしめる。（サイン）

たった今、おまえの 10 日付の手紙を受けとった。ありがとう。

(1) 聴音哨とは、音を聴いて敵の動きを察知する任務を帯びた兵士のこと。第一次世界大戦中は、おもに 2 つのケースがあった。一つは、坑道戦（地下深いところに穴を掘り進めて爆薬を仕掛ける戦法）において、対壕（塹壕）を掘り進めて接近してくる敵の作業に耳を澄ます場合。もう一つは、最前線で通信兵が無線傍受をおこなう場合（これは 1915 年以降にヴェルダン戦線で一般化した）。

(2) 敵の侵入を防ぐため、陣地や塹壕の前には鉄条網が張りめぐらせてあった。当時の兵隊は、鉄条網を焼き肉のグリルにたとえることがあった。

〖 13 通目 — 観測の任務を終えた夜 〗

1915 年 9 月 14 日 20 時 30 分
いとしい妻へ

私の 2 日目(1)はほとんど終わった。作業は夜遅くまでかかると思っていたのだけれど。1 日目と同様、今日も非常にうまくいった。

今夜、おまえの 11 日付の手紙とベルニの友人からの手紙を受けとった。これが少し気晴らしになり、囚人の独房にも似た私の部屋は、悲しいじめじめとした感じが少し消えた気がする。しかし、よく眠り、明日は朝 8 時に出発して、少し休息をとることにしよう。

おまえたちのことを強く強く抱きしめる。（サイン）

(1) 前日（12 通目）からの要塞での観測の任務のこと。

付録1　ある砲兵下士官の葉書

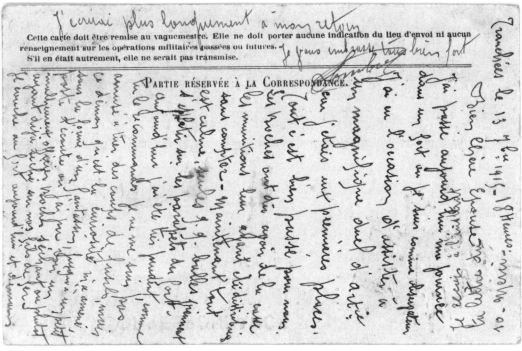

12通目の例

〚14 通目 ── 収穫で忙しいぶどう畑〛

1915 年 9 月 25 日 21 時 30 分

いとしい妻へ

ここから 10 km ほどのところに一列の兵を率いて帰ってきたところだ。少し疲れているが、おまえに一言書かずに一日を終えることはできない。(1)

道すがら、広大なぶどう畑を通ったが、収穫する人々が濡れながら走りまわっていた。昨日から雨だからね。(2)

通過する多くの村の一つでルーに会えるかと思っていたが、あいつはもう L... にはいなかった。塹壕に行っているにちがいない。(3)

これからすぐに明日まで眠ることにする。

おまえたちのことを強く抱きしめる。(サイン)

(1) 当時、ロンバールは曹長だった。
(2) ロンバールがいたランス近郊（シャンパーニュ地方）は「広大なぶどう畑」が連なっている。
(3) 軍事機密から、村の名をイニシャルだけ書き、あとは伏せている。

〚15 通目 ── 何もしないでいるのは、うんざりだ〛

1915 年 9 月 26 日 21 時

いとしい妻へ

今日、23 日付の手紙を受けとった。22 日付の手紙は配達途中なのだろう。

私たちの日曜は静かにすぎた。しかし、この静けさがずっと続いてほしいとは思っていない。こうやって何もしないでいるのは、うんざりだ。

しばらく雨が続きそうだから、外で寝なければならなくなったら、去年の今頃と同じ野原が見られるだろう。(1)

私の葉書がコンスタントに届かなかったとしても、それは書く暇がないだけだ。

おまえたちみんなを強く、強く抱きしめる。パパより（サイン）

(1) 雨がたっぷりと降って草木が潤い、去年と同様に青々と茂ることだろう、という意味だと思われる。

〚16 通目 ― 交通壕の移動〛

1915 年 9 月 29 日 30 日

いとしい妻へ

観測の 2 日目が静かに終わろうとしている。

今朝、水が一杯たまった交通壕を通って 10 キロほどたっぷり移動した。でも、これくらい何でもない。むしろ、ときには少し苦労するのは大歓迎だ。そのほうが休みの日がありがたく感じられるからね。

とはいえ、晴天が戻ってきそうで、みな満足している。やりかけの仕事に取りかかることができるからだ。

おまえたちみんなを強く抱きしめよう。いつもおまえたちのことを思っているパパより（サイン）

私の独房はこの前よりも快適だ。

(1) 交通壕については p.130 脚注 8、p.208 脚注 3、p.346 を参照。排水のことはあまり考えられていないので、雨が降ると水がいっぱいに溜まった。

(2) 前線の寝床を牢獄にたとえる比喩は 13 通目でも出てきた。

〚 17 通目 ── お金の貸し借り、陣地の変更 〛

1916 年 2 月 28 日

いとしい妻へ

　今日の午後、おまえたちのよい知らせが書かれた今月 23 日と 24 日付の手紙を受けとった。こんなに長く待つのに慣れていなかったので、まだかまだかと思っていたところだった。

　たしか、出発前にデュランの息子が金を貸してくれと頼みにきて、断らざるをえなかったという話は、まだしていなかったね。私自身ちょうど必要なだけしか持ち合わせていなかったからだ。ここで私たちが手元にためているお金というのは、ごくわずかなものだ。いろいろな所で借金をこしらえている、あの脳みそが空っぽな奴にいい思いをさせるために、私自身が困るいわれはないと思ったんだ。

　デュランの息子には 1 か月半会っていなかったが、今度は 30 フラン頼みにきたから、貸してやったよ。あいつは 20 フランだけ借りたことにしておいてくれと頼んでいった。デュランの家族が 10 フランおまえに返すはずだ。それについては、あいつが家族に話すだろう。

　陣地が変わったことは、昨日おまえに書いたかなあ。以前の城館⁽¹⁾に移ったんだ。移動は夜間、雪の中でおこなわれた。明け方、道がガラスのように滑ったので、ビロンに鉄臍⁽²⁾をつけて登った。びしょ濡れになったよ。これに伴い、塹壕の担当区域も変わる。でも、こっちのほうがいいなあ。歩いて移動するのが楽だから⁽³⁾。塹壕には近いうちに行く予定だ。

　おまえたちを強く抱きしめるパパより（サイン）

〔追加の書込み〕　フェリックスからの手紙を受けとった。「甘酸っぱく変質した⁽⁴⁾」区域にいると言っている。どこだろう。甥にはもう 2 通も葉書を出したが返事がない。悪いが、補強中隊の郵便区の番号が49 のままかどうか、ダルヴェルニの奥さんに聞いてくれないか。叔父からの便りもない。きっと住所が変わったのだろう。もう一度みんなに大きなキスを。（サイン）

⑴ ロンバールの所属する野戦砲兵第 19 連隊第 9 中隊は、この葉書の 2 日前の 1916 年 2 月 26 日にランス市内の南東側にあるクーチュール Coutures 地区からその隣のポムリー Pommery 地区に移っていた（同中隊の JMO[※]による）。

⑵ 鉄臍とは、馬の蹄鉄に取りつける滑り止めのスパイクのこと。「ビロン」とは馬の名だと思われる。当時の 75 mm 野砲は、おもに馬で牽引した（p.105 写真を参照）。

⑶ 兵士はずっと塹壕で生活していたわけではなく、戦闘のとき以外は、数日間の塹壕での勤務を終えると、後方にある陣地に戻って寝泊まりしていた（交替勤務）。場所によって、陣地と塹壕との距離が近くて移動が楽な場合と、離れていて移動が大変な場合があった。

⑷ 直訳すると「マンニット発酵した」。ワイン醸造の専門用語で、醸造桶の中が高温になり、甘酸っぱく変質してだめになることを指す。敵の攻撃などによって、塹壕や陣地が整然とした状態ではなくなっていると言おうとしたらしい。この言葉を比喩に使った「フェリックス」は、平時にはワイン造りに従事していたのかもしれない。

付録 1　ある砲兵下士官の葉書

〖 18 通目 ― たえまなく降りそそぐドイツ軍の砲弾 〗

　1916 年 3 月 1 日

　いとしい妻へ

　おまえの手紙はコンスタントに受けとっている。あい変わらず同じ理由[(1)]で郵便物が遅れるはずだと聞いていたので、驚いている。

　午後は晴天に恵まれた。この晴れ間を利用して、肺炎になって街の野戦病院で治療を受けている昔の[(2)]炊事係にお見舞いに行った。

　そこから陣地に戻ったが、もう一つの陣地ですごしていた少しの間に、だいぶようすが変わっていた。城館やその周辺が損害を受け、もっと面白い感じになっている。

　いつも通っている道とは違う道で帰ってきた。いつもの道はドイツ野郎の砲弾がほとんどたえまなく降りそそいでいるからね。弾頭は私たちのいる村まで飛んでくることもある。

　晴天が続くといいけれど、きっと明日起きる頃にはまた雨だろう。

　ソルビエとヴァンサンもあい変わらず元気で、おまえたちによろしくと言っている。

　おまえたちを強く抱きしめる。（サイン）

　同じ便で、デュランの息子にも書いておく。

　　⑴ どのような理由なのかはわからないが、一般に郵便物が遅れる理由としては、付近で戦闘があるなどの
　　　 理由が考えられる。
　　⑵ おそらくランスの街を指す。

〖 19 通目 ― 頭を吹き飛ばされた中尉 〗

　1916 年 3 月 4 日

　いとしい妻へ

　あい変わらずコンスタントにおまえたちのよい知らせを受けとっている。

　今朝、雨の中、オドマール中尉の死について正確なところを聞きに行った。残念ながら、昨日聞いたことは本当だった。中尉殿がいた場所に行ったら、教えてくれたんだ。砲弾が小屋を貫通して中で爆発し、中尉殿の頭が吹き飛ばされたそうだ。従卒と電話兵も同時に死んだ。埋葬の時刻を聞きに行ったんだが、もう葬式は昨晩から街の北側の墓地でおこなわれたそうだ。前途有望ないい男だったから、とても悲しかった。しかし、これも運命だ。もう話すのはやめよう。

　ダルヴェルニの奥さんのところにアルベールから便りが来たそうだ。よかった、よかった。

　明日は以前の担当区域の塹壕に行き、そこで夜をすごす。そのほうが面白いからな。

　おまえたちみんなを抱きしめるパパより　（サイン）

409

〚 20 通目 ― むかしの仲間との再会 〛

1916 年 3 月 5 日、日曜

いとしい妻へ

今、24 時間の予定で塹壕に詰めている。今回はよい日に恵まれたので、あい変わらずとても静かな担当区域の中を少し歩きまわっている。

今朝、出発する前に、むかし一緒に小隊を組んだことがある仲間がやってきた。あれから 10 年以上たつが、ひと目でわかった。あいつも私がむかしと変わらないと言ったが、たしかに私はほとんど変わっていない。戦争によっても、馬から振り落とされるような目にあうことはなかった。これからもずっとそうであればいいと思っている。

塹壕から葉書を手渡すようにしてみよう。そうすれば、もっと早く届くだろう。出発前に、おまえの 3 月 1 日付の手紙を受けとった。

おまえたちみんなを強く抱きしめるパパより（サイン）

(1) ロンバールは 13 年前の 1903 年 3 月 7 日に 18 歳で志願して軍に入隊して以来、ずっと軍に属していた。

〚 21 通目 ― 塹壕での勤務を終えて 〛

1916 年 3 月 6 日

いとしい妻へ

たった今、塹壕から戻ったところだ。すべてうまくいった。当然、少し疲れているから、明日もっと長く書くことにする。

おまえたちみんなを強く抱きしめる。（サイン）

付録 1　ある砲兵下士官の葉書

〚 22 通目 ― 写真と服のでき上がるのを待ちながら 〛

　1916 年 3 月 9 日

　いとしい妻へ

　こちらではよい天気は長続きしない。また雪だ。どれだけ降り続くのだろう。だから、やむをえない
ときしか外に出ない。

　昨晩、休暇をもらった奴らが陣地からやってきた。そのうちの一人がこの写真を持ってきたので、急
いでおまえに送るよ。[(1)] 他の写真は現像中だそうだが、何枚かもらいたいと思っている。特に城館が写っ
ているやつを頼んでおいた。あの陣地で写した写真は初めてだからね。

　休暇に行くために、ブルーの服を用意させておいた。[(2)] 今夜には仕上がるだろう。これは、まもなく
やってくるはずの晴れの日のために取っておくんだ。

　今朝、レックがやってきた。おまえによろしくと言っていたよ。

　こちらはあい変わらず静かだ。これがまだ長いこと続くことを願っている。

　おまえたちを抱きしめるパパより（サイン）

　　(1) この葉書と一緒に写真を封筒に入れて送ったらしい。
　　(2) フランス軍の軍服は、大戦初期はおおむね上着は紺色、ズボンは鮮やかな赤（深紅色）だったが（p.34
　　　　脚注 1 参照）、戦場では目立ちすぎて敵の標的となったので、1915 年前半にブルー・オリゾン（水平線
　　　　の青）と呼ばれるグレーがかった地味なブルーの服に順次切り替わった。この軍服を指していると思わ
　　　　れる。

〚 23 通目 ― 蓄音機とステンドガラスの指輪 〛

　1916 年 3 月 11 日

　いとしい妻へ

　こちらはあい変わらずの雪で、ずっと閉じ込められている。誰かが蓄音機を持ってきたので、昼も夜
も音楽を聴いてすごしている。

　昨日、3 か月前に注文しておいた指輪が 2 つ届いた。よくできていて、どちらも本物の大聖堂のステ
ンドガラスが使われている。[(1)] 喜んでくれるといいけれど。

　おまえたちみんなを強く抱きしめるパパより（サイン）

　　(1) 妻に贈るために、大聖堂のステンドガラスのかけらを使って指輪を作ってもらったらしい。当時、ロン
　　　　バールが所属する野戦砲兵第 19 連隊はランス大聖堂の近くに陣取っていた。この大聖堂はドイツ軍の
　　　　砲撃を受けて大きく破壊されていたので（p.92 参照）、たまたまランス大聖堂のステンドガラスの破片
　　　　が手に入り、このアイデアを思いついたのだと思われる。ちなみに、当時やはりランスにいた野戦砲兵
　　　　第 38 連隊に所属する詩人ギヨーム・アポリネールも、奇しくもこの葉書の前日にあたる 1916 年 3 月
　　　　10 日に婚約者マドレーヌに宛てた手紙の中で、ステンドガラスの破片を拾ったと書いている（Apollinaire,
　　　　2005, p.489）。このロンバールの葉書の場合、おそらく手先の器用な仲間に指輪を作るように頼んでお
　　　　いたのではないかと思われる。いわゆる「塹壕の職人芸」（p.124 参照）の一種。

411

〖 24 通目 ― 蓄音機と慰問コンサート 〗

　1916 年 3 月 12 日
　いとしい妻へ

　日曜としてはなかなかよい日に恵まれたので、上官のお伴をして、しばらく前におまえに話した家族に挨拶に行った。蓄音機を持っていったので、午後は音楽を聴いてすごした。ときどき街の上でとどろく大砲を伴奏として。

　今夜はこの村でコンサートがある。フーク⁽¹⁾が舞台に立つ予定だ。できるだけ行きたいと思っている。少し気晴らしになるからね。

　おまえたちからのよい知らせは、あい変わらずコンスタントに受けとっている。近いうちに、今度は私のよい知らせを伝えられたらいいと思っている。というのも、休暇の 1 巡目がまもなく終了するからだ。

　リヴィエールは塹壕に行っている。出発する前に、あいつに会っておきたいと思っている。

　おまえたちを抱きしめるのが待ち遠しいパパより（サイン）

　　　　⑴「フーク」は前線に慰問に来た歌手の名前だと思われるが、詳細不明。

〖 25 通目 ― 機関銃を撃ちあう飛行機の祭典 〗

　1916 年 3 月 14 日
　いとしい妻へ

　やっと晴天が続くようになった。長らく姿を消していたこの太陽で、生き返るようだ。

　同時に、これは雲の上で機関銃を撃ちあう飛行機の祭典でもある。

　今日、カリエールの息子がやってきて一緒に昼食をとった。ついさっき私たちの車で出かけ、街の野戦病院に向かっていった。あいつは今月末に休暇が取れると思っているが、私もそれまでには休暇が取れるといいなあ。

　おまえたちを強く抱きしめるパパより（サイン）

〖 26 通目 ― もうすぐ休暇 〗

　1916 年 3 月 15 日
　いとしい妻へ

　毎日そうしているように、今日も、あい変わらず元気だというおまえの手紙を受けとった。近いうちに休暇の出発の日にちを伝えられると思う。そうしたら家賃⁽¹⁾の話をしよう。

　何日になるかは前日にならないとわからない可能性があるので、正確な出発日を知らせる電報をサン゠タンブロワのおまえの所に送るつもりだ。その翌日の午後にはニームに着くだろう。

　そうしたほうがよいと思うなら、いとこの家で待っていてもいい。夕方になったら一緒にサン゠タン

ブロワに向かおう。

その幸せな日がくるのを待ちながら、おまえたちみんなを強く抱きしめる。

おまえたちの父より（サイン）

(1) ロンバール夫婦が家賃を払う側なのか受け取る側なのかは不明。しかし、1915年夏に妻が子供をつれて実家またはその近所に引っ越したと思われる（4通目を参照）ことを考えると、支払う側だったのかもしれない。いずれにせよ、大戦中の物価高騰による家賃の値上がりか家賃の支払猶予（p.138脚注5参照）に関することではないかと想像される。

〘 27通目 ── 2回目の休暇の段取り 〙

1916年3月16日

いとしい妻へ

ついに来週から休暇の2巡目が始まることになったので、喜んで知らせたい。私はリストの最初のほうに載っているから、来週中に出発できるだろう。出発の日がわかり次第、一筆書くつもりだ。

しかし、ニームに迎えに来てくれる必要はないのではないか。私が直接サン゠タンブロワに行った方がいい気がする。近頃は汽車が遅れるから、行き違いになるといけないからね。

リヴィエールがいつ塹壕から戻るのか尋ねておこう。あいつらの部隊は私のいる隣の村で休止するだろうから、なるべく出発前に会うようにしよう。あいつも、近いうちに休暇がもらえるはずだ。

おまえたちに会いたくてしかたがないパパより（サイン）

〘 28通目 ── 「地獄の真ったっ中」にいる甥 〙

1916年3月18日

いとしい妻へ

きのう、甥から知らせを受けとった。本人は元気だが、部隊はかなり深刻な損害を受けたと書かれていた。あのような地獄の真ったっ中[1]にいるのだから、容易に想像できることだ。アルベールが自分の運命に満足していると知って喜んでいる。

今日、ルーからも知らせを受けとった。ルーは私のいるところからあまり遠くないところにいるようだと書いてきた。あいつの部隊のいる村の名前を地図で探してみよう。

リヴィエールが塹壕から戻ってきたから、明日の朝、天気がよければ会いに行くつもりだ。

あい変わらず私の休暇については何の知らせもない[2]。

おまえたちを強く抱きしめるパパより（サイン）

(1) おそらく、1か月前の1916年2月21日に壮絶な戦いが始まったヴェルダンではないかと思われる。

(2) この葉書の後、1916年3月下旬にロンバールは2回目の休暇※を取る。1回目の休暇は1915年7月末〜8月初め（2通目〜4通目）だったから、8か月ぶりの休暇だったことになる。

〖 29 通目 ── 2 回目の休暇を終えて 〗

1916 年 4 月 1 日 20 時

いとしい妻へ

おまえとおしゃべりができて幸せだった 7 日間が過ぎ、また以前のように手紙でのやり取りが始まった。だが、名残惜しんでばかりいるのはやめよう。むしろ、おまえたちみんなをこの腕に抱きしめることができた私は、非常に幸せ者だと言いたい。この喜びがもっと長く与えられる日が、おそらくやってくることだろう。

私の砲兵中隊は、あい変わらず同じ場所にいた。いずれ旅のことをもっと詳しく話してあげよう。

今日は一日中忙しかった。朝に点検を済ませてから、中隊長殿や下士官全員のところに行った。明日はまた陣地に行き、ますます複雑になった塹壕での任務の注意を受けなければならない。月曜には担当区域を見にいく必要がある。中隊はまた陣地を変え、再び数 km の区域になったのだ。⁽¹⁾

サン゠タンブロワに戻ったあのモーリスが母親に言った⁽²⁾

おまえたちを強く抱きしめるパパより（サイン）

⑴ ロンバールの所属する野戦砲兵第 19 連隊第 9 中隊は、17 通目以来、ランス市内で頻繁に陣地を移動している。

⑵ この一文は唐突で、文が完結していない。うっかり葉書からはみ出して文を書いたのではないかと想像される。

〖 30 通目 ── 静かな村で 〗

1916 年 4 月 3 日 20 時

いとしい妻へ

塹壕での一日が終わり、あい変わらず元気だとおまえに伝えることが可能になった。

今回は理想的な日に恵まれて、うまくいった。この時期にしては暑すぎるほどだ。徒歩で歩いたことよりも、暑さでばててしまった。陣地で夕食も済ませ、17 時に村に戻った。

明日、おまえに手紙を書くつもりだ。少しおまえの気を晴らすために、首尾よく終わった移動の細かいことについて話してあげよう。

この村に来て、静かな田舎の生活を取り戻した。第一線の砲弾の爆発音とは大違いだ。

みんなに大きなキスを。おまえたちのパパより⁽¹⁾（サイン）

⑴ 手元に残された一連のロンバールの葉書の中では、妻に宛てた葉書はこれが最後になる。

付録1　ある砲兵下士官の葉書

〘 31 通目 ― 特務曹長への昇進 〙

1916 年 5 月 25 日

義理のご両親様

ルイーズ⁽¹⁾からお聞きになったと思いますが、私たちは少し前に場所を移動しました⁽²⁾。郵便区[※]は同じです。以前よりも 6 km 後方の小ざっぱりとした村にいます。ですから、砲撃の轟音もはっきりとは聞こえません。

先週いた城館で写した写真をお送りします。私がこの司令部の真ん中に写っているのがおわかりになると思います⁽³⁾。

ソルビエが休暇でそちらに伺うと思います。ソルビエとはしばらく会っていませんが、私のいる場所などを説明してくれるでしょう。

お二人のことを強く抱きしめます。

〔差出人〕　郵便区[※]130　砲兵第 19 連隊　第 3 大隊　特務曹長ロンバールより

⑴「ルイーズ」は妻の名。
⑵ 1916 年 4 月 25 日、ロンバールの所属する野戦砲兵第 19 連隊第 3 大隊第 9 中隊は、ピュイ Puits (「井戸」の意味) と呼ばれる場所に移っている (JMO[※]による)。ランスの街の南の外れにトロワ＝ピュイ Trois-Puits (「3 つの井戸」の意味) という村があるが、関係があるのかどうか未詳。
⑶ 差出人欄の書き方からして、おそらく大隊の司令部を指す。ロンバールは 1916 年 4 月 4 日に曹長から特務曹長に昇進していた。このあたり、誇らしい感じが伝わってくる。

　1916 年 6 月下旬、野戦砲兵第 19 連隊はランス近郊を離れ、再びヴェルダン近郊に移動する。連隊史には、しばらく離れていた間にヴェルダン近辺が大きく様変わりしていたことが記されている。

　「この連隊が一年ほど離れていた地を偵察した結果、激しい戦闘で生じる激変によって、どれほど土地が様変わりしうるのかということが明らかとなった。もはや森はなく、植物もなかった。鐘塔の尖塔が誇らしくそびえる村のあった場所には、瓦礫の山が残す白っぽい色しか風景の中には残っていなかった。」(*Historique du 19^e RAC*, p.16)

森も植物も消えていたというのだから、砲撃の凄まじさがしのばれる。

　こうして、同連隊はこの大戦の最大の激戦として記憶されるヴェルダンの戦いに参加することになった。ロンバールの所属する第 9 中隊は、ヴェルダンの街の北側のフロワドテール Froideterre に陣取り、ついで街の北西のヴィレール＝レ＝モワンヌ Villers-les-Moines に移動した。両陣営で壮絶な大砲の撃ちあいがおこなわれ、砲兵隊はほとんど休む暇もなかったはずである。

〚 32 通目 ― 少尉への昇進 〛

1916 年 7 月 21 日

義理のご両親様

ご無沙汰しておりますが、これ以上お便りを差し上げないでいるわけには参りません。私の健康が
まったく問題ないことをお伝えするために。そしてまた、私が将校の肩章をつけることになったことを
お知らせするために。[(1)]

このたび、私は連隊の少尉を拝命し、第 3 大隊の嚮導将校の職務も受け持つことになりました。[(2)]

私がどれほど喜んでいるか、容易にご想像いただけると思います。とくに子供たちとルイーズにとっ
ては、これで未来が保証されたも同然ですから。たとえ私に万が一の不幸があったとしても。[(3)] しかし、
そんなことを考えるのはやめましょう。

エヴェック家、モーラン家、ウズビー家、ダルヴェルニ家、デュラン家、リヴィエール家など、要す
るに私の知っているすべての人々によろしくお伝えください。

お二人のことを強く抱きしめます。（サイン）

〔差出人〕 郵便区※130　砲兵第 19 連隊　第 3 大隊　少尉ロンバールより

(1) 特務曹長だったロンバールは、この葉書の 4 日前の 7 月 17 日に少尉（将校の最下位）に任命された。
　　一般に、昇進は前任者が戦死または行方不明になった場合、または回復不能な重傷により除隊した場合
　　に、欠員を埋めるためにおこなわれる（Cf. De Gaulle, 1980, p.117）。昇進したということは、死傷者が
　　出て部隊の構成が変化したということであり、それだけ激しい戦闘がおこなわれたことを示している。
(2) 「嚮導将校」と訳した officier orienteur（逐語訳では「方向づける将校、誘導（嚮導）する将校」）とは、
　　砲兵隊の陣地の選択、観測兵の配置、観測兵の間での連絡確保、敵の奇襲を防ぐための斥候の派遣など、
　　砲撃を効果的におこなうための幅広い任務の指揮にあたった砲兵将校のこと。
(3) 将校になると、戦死した場合、より多額の遺族年金が給付されたらしい。

付録 1　ある砲兵下士官の葉書

〚33 通目 ― 「地面がたえまなく揺れている名誉ある区域」〛

　1916 年 8 月 1 日
　義理のご両親様

　皆様のよい知らせについて、ルイーズから伺いました。これ以上お便りを差し上げないでいるわけにはいきません。繰り返しになりますが、あい変わらず私は非常に元気だとお伝えするために。

　最近まで雨が降り続いたのち、こんどは厳しい暑さに見舞われています（とはいえ、南仏出身の者にとっては、それほどでもありません）。戦うにはこちらの天気の方がはるかにましです[(1)]。あい変わらず私たちは地面がたえまなく揺れている名誉ある区域[(2)]にいるのですから。

　スュルさんやリヴィエールの奥さんなど、要するに私のことを気にかけてくれているすべての人々に、私からの感謝の気持ちをお伝えいただければ幸いです。エドモンには数日前に書いておきました。近いうちに返事をくれるはずです。彼の家族には私からの友情を、そしてシロル夫妻には敬意をお伝えください。夫妻のご子息のいる場所は知っているのですが、現在のところ会えないままでいます。

　お二人のことを強く抱きしめます。（サイン）

　⑴ 雨に濡れて泥だらけになるよりも、酷暑のほうがましだと言っているわけである。とくに、砲兵隊は雨
　　　が降ると大砲を移動させる場合に車輪がぬかるみにはまって難渋した。
　⑵ ヴェルダンのこと。

　　2 か月間ヴェルダンで戦った野戦砲兵第 19 連隊は、1916 年 8 月下旬、今度は北仏ソワソンの東側のシュマン・デ・ダムに移った。シュマン・デ・ダムは翌 1917 年春に有名なニヴェル攻勢の舞台となるが（p.197 参照）、当時は比較的静かな区域だった。同連隊が構築した陣地は、のちのニヴェル攻勢で役立つことになる。

417

〚34 通目 ― 最後の葉書〛

1916 年 10 月 24 日
愛するお母さんへ[1]

　私の想像とは異なり、お母さんは苦しみ続けていたんですね。こんなに配達が遅れるなんて、本当に驚いています。最初のほうに出した数通の手紙がここを出る時点で差し押さえられて開封されていなければよいのですが。中に入っている写真のせいで、非常に面倒なことになるでしょうから。[2]

　それにしても理解できないのは、私がお母さんのことを忘れているのではないかと推測されていることです。そんなはずはありません。一週間お母さんたちと一緒にすごし、残念ながらあまりにも短い期間でしたが、休暇をとった他のどの兵士もしてくれないほどの歓待を受けたばかりだというのに。[3]

　お母さんはオリーブの実を拾いに行くと言っていましたね。そう聞くと、食べたくなります。小さな箱に入れて送ってくれませんか。[4]

　この葉書を書くのは、遅い時間になりました。今夜、人が訪ねて来て、夜遅くまで夕食をしていたからです。来てくれた中隊長殿は、これから墨を流したような真っ暗な夜の中を 8 km も進まなければならないから大変です。

　私の便りが届いたことを知らせるお手紙を、今か今かと待っています。

　みんなを抱きしめるパパより（サイン）

〔宛先〕　ガール県 ソミエール郡 ヴィルヴィエイユ村　L.ロンバール奥様[5]

〔宛先の上の書込み〕　写真にご注意[6]

⑴ 残された 34 通のロンバールの葉書のうち、偶然にも 1 通目と 34 通目だけが母に宛てられている。
⑵ 軍事機密に触れるような写真を撮って同封し、軍による検閲に引っかかると、あとで罰を受ける可能性があった。
⑶ 前回の休暇は 1916 年 3 月下旬だったから（28 〜 29 通目）、この「ばかり」という書き方からして、この葉書の直前（9 月あたり）に 3 回目の休暇を取ったと推測される。
⑷ オリーブはイタリアやスペインと並んで、南仏でも収穫される。
⑸ 1 通目では母の住所は「ガール県ベルニ」改め「ガール県ニーム ジャカール通り 4 番地」となっていたが、また引っ越したらしい。ヴィルヴィエイユ Villevieille 村はニームの西 30 km ほどのころにある。
⑹ この鉛筆による書込みは、ロンバール自身の筆跡に似ている。葉書と一緒に封筒に入れて送られた写真について、取り扱いに注意を促すために書いたと思われる。

　この後、ロンバールの属する野戦砲兵第 19 連隊は、1917 年にフランスを離れてサロニカに向かい、同連隊第 3 大隊はモナスティル（p.357 脚注 6 参照）の東側に陣取ってブルガリア軍と対峙することになった。ロンバールはこの地で休戦を迎え、戦後無事にフランスに帰国した。

付録2 電報

Signification des principales indications éventuelles
pouvant figurer en tête de l'adresse.

D..... = Urgent.
AR.... = Remettre contre reçu.
FC.... = Accusé de réception.
RP.... = Réponse payée.
TC.... = Télégramme collationné.
MP.... = Remettre en mains propres.

XPx... = Exprès payé.
NUIT... = Remettre même pendant la nuit.
JOUR... = Remettre seulement pendant le jour.
OUVERT = Remettre ouvert.

Indications de service.

Timbre
à date.

N°

ORIGINE. | NUMÉRO. | NOMBRE DE MOTS. | DATE. | HEURE DE DÉPÔT. | MENTIONS DE SERVICE.

DE REDON 74 11 10 17H45 =

GÉGÉ DECÉDÉE ENTERREMENT MARDI MATIN = LANTY =

この章で最初に取り上げる電報を広げた状態

フランス文学に興味のある人なら、アルベール・カミュの小説『異邦人』を読んだことがあるだろう。そして、冒頭に出てくる文を記憶しているだろう。

　　きょう、ママンが死んだ。もしかすると、昨日かも知れないが、私にはわからない。養老院から電報をもらった。「ハハウエノシヲイタム、マイソウアス」これでは何もわからない。恐らく昨日だったのだろう。（窪田啓作訳、新潮文庫版）

　しかし、日本でもフランスでも、現代ではほとんど電報は使われなくなってしまったから、電報を実際に見たことのある人は少ないのではないだろうか。

　筆者が初めて古い電報の実物を見たとき、まっ先に思い浮かべたのが上のカミュの一節だった。これがあの『異邦人』の冒頭に出てくるやつかと思い、電報用紙に紙テープが貼りつけられているのを見て、こういう仕組みになっているのかと合点がいったものだった。

　カミュの小説が書かれたのは第二次世界大戦前後だったが、第一次世界大戦の頃も電報用紙の書式は基本的には変わっていない。

　まだ電話があまり普及していなかった当時、急ぎの用件には電報がよく用いられた。20世紀後半になると電話が普及し、それに伴って電報は急速に存在意義を失っていく。

　この章では、電報がまだ生活に不可欠な、生き生きとした役割を帯びていた第一次世界大戦当時の電報を取り上げてみたい。

付録 2　電　報

電報用紙の読み方

　最初に、フランスの 20 世紀前半の電報用紙の読み方について解説しておく。ただし、当時の電報について解説された文献はなかなか見つからないので、以下の記述は、おもに当時の多数の電報の実物を比較・観察した結果によるものであることをお断りしておく。

　当時の電報は、以下のような手順で送信された。

—　電報を送る場合は、郵便局の専用の用紙にメッセージ（宛先と本文）を読みやすい字で記入し、窓口に提出した。これを受け取った郵便局員は、宛先の管轄の郵便局に宛ててメッセージを打電した。

—　先方の郵便局に電信メッセージが届くと、メッセージを受け取った郵便局員は、タイプライターで打ち出されたリボン状の紙テープをちぎって未使用の電報用紙にのりで貼りつけるか、または手書きで電報用紙に記入した（手書きの場合は、ペン習字のような読みやすい字で書かれることが多い）。さらに、電報用紙の右上に日付印を押した。

—　この時代の一般的な電報用紙は、広げた状態では半袖のワイシャツのような形をしている。郵便局員は、まず左右の「半袖」を内側に折りたたんでから、上下を二つに折り、内側にたたんだ（逆の順序にすることもある）。最後に「首」の部分を内側にたたんだ。その後、軽くのりを塗布した。

—　たたみ終わった状態で表面にくるところに、郵便局員は宛先の住所・氏名の紙テープを貼りつけるか、または手書きで宛先・氏名を書き込んだ。この状態で、この電報を配達人が宛先に持参した。

—　電報を受け取った人は、「ここを破ってください」A DÉCHIRER と書かれた点線を破り、電報用紙を広げて読んだ。ただし、のりは軽くついているので、点線で破らずに、急いでのりを剥がして広げられることも多い。

　その他、以下のような特徴がみられる。

—　タイプライターによる紙テープの場合、アルファベットはすべて大文字が使われた。

—　電報は語数が多いほど料金が高くなるので、語数を切り詰めるために主語は省略され、単語の羅列のようになった。それゆえ、当事者以外は意味を取りにくいことも多い。

—　課金対象となる語数は、「本文」と「宛先の住所・氏名」の合計によって数える。

—　本文の前には、順に「発信局」「番号」「語数」「日付」「依頼時刻」が記載される。これは郵便局内の情報なので、課金対象の語数にはカウントされない。

—　電報料金は、1914 年当時、フランス国内宛では 1 語あたり 5 サンチームかかり、最低料金は 50サンチームだった（Collectif, 1914, p.219）。つまり、10 語未満に切り詰めても 10 語分は請求された。外国宛は高くなり、たとえばイギリス宛は 1 語あたり 20 サンチーム、日本宛は 1 語あたり 4 フラン88 サンチームもかかった。

—　語数を切り詰めるため、多くの場合、差出人の住所・氏名は記載しない（郵便局に提出する依頼用紙には記入するが、電報メッセージとしては送られない）。その代わり、電報メッセージ（本文）の末尾に差出人の名または姓を入れることが多い。

—　大戦中のものは、「検閲済」を意味する CTLE (=contrôlé) または VISÉ という印が押されることがある。また、宛先の直前の部分に CTLE という文字が入ることがある。

421

電報の実例

まず、典型的な電報を 2 つ取り上げ、電報の読み方を理解しておこう。

〚 1917 年 6 月 10 日 ― 死亡通知の電報 〛

最初に、このページ冒頭で言及したカミュの『異邦人』冒頭の電報に近い、死亡通知の例を取り上げてみよう。

電報を広げた状態での全体の写真は、章扉に掲載したので、そちらを参照いただきたい。

写真ではわかりにくいが、タイプライターで打ち出した紙テープが 2 行にわたってのりで貼りつけられている。

```
= DE REDON 74 11 10 17H45 =
GEGE DECEDEE ENTERREMENT MARDI MATIN = LANTY =
```

1 行目は郵便局内の情報で、順に

「ルドンより　No. 74　11 語　10 日　17 時 45 分」

を意味する（これは語数にはカウントされない）。

ルドン Redon はフランス北西部ブルターニュ地方にある街。ルドンの郵便局から、この電報が打電されたことを示している。

「11 語」という語数は、2 行目の本文 6 語＋宛先 5 語（下記）の合計である。

本文には、

「ジェジェ　死す　埋葬　火曜　朝　ランティ」（6 語）

と書かれている。

「ランティ」は差出人の名前（おそらく姓）。

なお、日本の昔の電報は全文カタカナの文語調で書かれたが、外国の電報を訳す場合は、地名や人名のカタカナと混じって読みづらくなるので、以下では漢字やひらがなも使用し、場合によっては口語調も用いることにする。

電報用紙の右上には、電信メッセージを受け取った郵便局が日付印を押している。「ソンム県アミアン中央局　17 年 6 月 10 日」と読める。

このアミアン中央郵便局に備わっていたタイプライターによって、電信メッセージが紙テープとして打ち出され、それをちぎって、局員がこの用紙に貼りつけたわけである。

印には時刻を示す記載はなく、「＊」印になっている。

422

その下には、非常に薄くCONTROLE（= contrôlé 検閲済）の印が押されている。ほとんど見えないくらい色が褪せており、写真にはほとんど写らないのだが……

さて、これを折りたたむと、表面は次のようになる。丁寧に折ると、ちょうど長方形になるが、この郵便局員は少し雑な折り方をしている。

宛先のところに、やはり見えにくいが紙テープが2行で貼りつけられている。

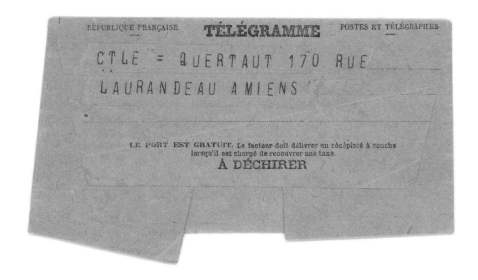

宛先の冒頭には「検閲済」を意味する略号 CTLE が打たれている（これは語数にはカウントされない）。ついで、
　「アミアン　ローランドー　通り　170番地　ケルトー様」（5語）
と読める。
　アミアン Amiens は北仏ソンム県の県庁所在地。「ケルトー」は姓。

以上から、この電報は、「ランティ」さんの依頼により、1917年6月10日17時45分にフランス北西部ブルターニュ地方ルドンから打電され、同日中に北仏アミアンの郵便局に届き、「ケルトー」さんのもとに配達されたことがわかる。
　敬称が省略されているので、「ランティ」さんと「ケルトー」さんが男なのか女なのかはわからない。
　死亡した「ジェジェ」Gégé は、男性の名「ジェラール」Gérard の愛称として使われることが多い。民間人だったのか、臨時病院に後送されていた兵士または後方勤務の兵士だったのかはわからない。

〚 1917 年 4 月 2 日 ── 駅への到着時刻を知らせる電報 〛

　もう一通、今度は紙テープではなく、手書きで転記された短い電報を取り上げてみたい。

　フランスのちょうど真ん中あたりにある街リオン Riom から、南仏マルセイユの北東にあるジューク Jouques 村に宛てて打電されたもので、ジューク村の西隣にあるメラルグ Meyrargues 駅への到着時刻を知らせる内容となっている。

　通常、電報には、電報を依頼した人の職業や所属などは記載されない。それゆえ、差出人の人物像や、どのような事情があって電報を打ったのかという背景を知ることが困難となる。この電報の場合も、かろうじて名前から、差出人が男で受取人が女であることくらいしかわからない。

　しかし、ここでは休暇※を得た兵士が故郷の駅に到着する時刻を妻に知らせるために打ったと想像してみよう。実際、そうした場合にはよく電報が使われたのだから（付録 1 の 3 通目や 26 通目を参照）。

　まず、広げた状態ではこうなっている。

　ジューク村の郵便局の局員が電信メッセージを受け取り、電報用紙に手書きで記入している。

　1 行目には、所定の欄に郵便局内の情報が書き込まれている。

発信局	番号	語数	日付	依頼時刻
リオン	548	9	4月2日	11時35分

「9語」という語数は、本文6語＋宛先3語（下記）の合計である。

その下が本文で、

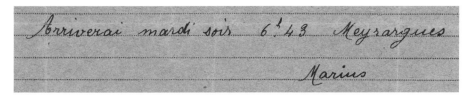

「火曜　夜　6:43　メラルグ駅　到着予定　マリユス」（6語）
と書かれている。もちろん、

「火曜の夜6:43にメラルグ駅に到着する予定だ。マリユスより」
を意味する。

右上に押された印は、電信メッセージを受け取ったジューク村の郵便局が押したもので、「ブーシュ゠デュ゠ローヌ県ジューク　17年4月2日　9時20分」
を意味する。

しかし、打電したのが11時35分なのに、届いた局で押された印が同じ日の9時20分というのは、なんとも理解に苦しむ。

筆者も、最初は気が狂いそうになった。

しかし、これにはわけがあった。今でこそ、スタンプにはデジタル時計が内蔵されていて、自動的に分刻みで時刻が切り替わるが、昔のスタンプは手作業で時刻を切り替える必要があった。

郵便物は1日に何回か取集されたが、スタンプの時刻が更新されるのは、次の取集がおこなわれるときだったらしい。

このジューク村では、午前9時20分の取集ののち、次の取集はたとえば12時頃だったと考えることができる。したがって、電報メッセージが届いた11時35分の時点では、スタンプの時刻は9時20分のままだったというわけである。

決して、11時35分に打った電報が9時20分に届いたわけではない。……このことをフランスの熱心な郵趣家に教えてもらい、発狂せずにすんだ。

次に、電報の裏面はこうなっている。

これを折りたたむと、表に宛名がくる。

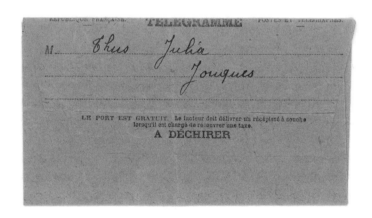

この状態で相手に電報が届けられた。

　単に「ジューク村　ジュリア・チュス様」となっている。小さな村では、これだけで郵便物が届いた。チュス Thus というのは、ジューク村のある南仏ブーシュ＝デュ＝ローヌ県では多い姓らしい。

付録 2　電　報

〖 1914 年 9 月 4 日 ── フランス西部の疎開先から打たれた電報 〗

　次に、大戦が始まって 1 か月後、ドイツ軍の快進撃が止まらず、パリ周辺の人々がパニックに陥っていた頃に打電された、緊迫感のある電報を取りあげてみよう。
　電報を広げた状態では、このようになっている。

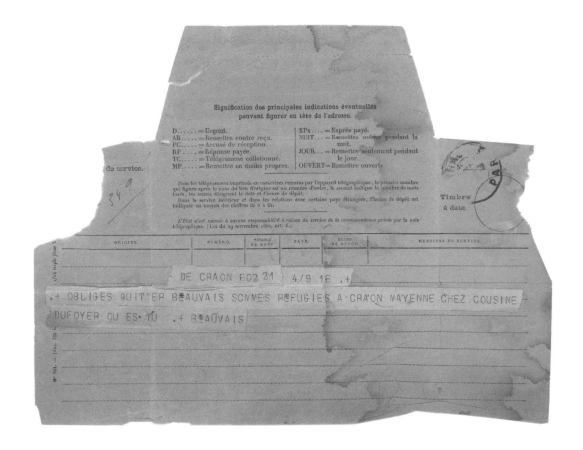

　3 行にわたって紙テープがのりで貼りつけられている。1 行目は郵便局内の情報で、
　　「クランより　No. 602　21 語　9 月 4 日　16 時」
を意味する。
　「クラン」Craon はパリから 200 km 以上も西（ル・マンとナントの中間あたり）にあるマイエンヌ県の街。この街の郵便局から、この電報が打たれた。
　「21 語」は本文 15 語と宛名 6 語の合計である。
　2〜3 行目に本文が書かれている。
　　「我々　ボーヴェ家は　立ち去る　ことを　余儀なくされ　マイエンヌの　クランに　住む　いと
　　こ　デュフォワイエ　家に　避難した　あなたは　どこ？　ボーヴェより」

　この電報を依頼した差出人は、ドイツ軍の進撃を避けるようにして西に逃れてきたと察せられる。
　どこに住んでいたのかは不明だが、パリまたはその近郊ではないかと想像される。

427

用紙の右上には、電信メッセージを受け取った郵便局の日付印が横向きに押されている。かすれていて読みにくいが、日付は「14年9月」、局名は「パリ、中央局」だろうか。

次に、折りたたんだ状態で表面にくる宛先を見てみよう。

左に押された斜めの VISÉ の印は「検閲済」を意味する。
紙テープの宛先は、
　　「パリ　テオフィル・ゴーチエ　通り　33番地
　　　ボーヴェ　奥様」
となっている。

差出人の姓も「ボーヴェ」だったが、宛名も「ボーヴェ」なので、別々に住んでいた親戚だったと推測される。
「テオフィル・ゴーチエ通り」はパリ16区にある。高級住宅街なので、「ボーヴェ奥様」は中流階級以上だったのではないかとも想像される。
さて、宛先の「パリ　テオフィル・ゴーチエ」の部分に取り消し線が引かれ、その右上には、インクが滲んで見えずらいが「裏面を参照」 *Voir au dos* と斜めにペンで書き込まれている。それでは裏面を見てみよう。
通常、折りたたんだ電報の裏面にあたる部分には何も書かれないが、この電報の場合は、転居先住所が手書きで記入されている。

428

「マンシュ県ドーヴィル　レ・クルティヨン
　シュネデール様方　ボーヴェ奥様」

と書き込まれている。配達人が電報を届けにいったら、転居していたことがわかり、書き込んだのだと思われる。「様方」となっているので、転居といっても、「シュネデール」さんの家に身を寄せていたことがわかる。

この転居先住所の上に「XVI 23」という小さな印が逆向きに押されている。

この印は郵便配達人の個人印で、上側の「XVI」は「パリ16区」を意味し、下側の「23」はおそらく「No. 23 の配達人」を意味する。

この転居先住所の下に、転居先の近くの郵便局で日付印が押されている。

「マンシュ県ドンヴィル＝レ＝バン、14年9月9日 6:30」

と読める。

電報を打ってから5日も経っている。パリから転居先の住所へは、電報ではなく郵便物として転送されたからである。郵便物とはいえ、5日もかかったのは、まさにこの頃はマルヌ会戦（9月6日〜9日）の真っ最中で、郵便が混乱していたからだと思われる。

日付印にあるマンシュ県のドンヴィル＝レ＝バン Donville-les-Bains は、フランス北西部ノルマンディー地方にある海岸の港街（観光地モン＝サン＝ミシェルの北隣）で、海を隔てて対岸はイギリスである。

つまり、電報を打った相手の「ボーヴェ奥様」もドイツ軍を恐れてパリから逃げ出し、フランスの北西の果て、何かあったらイギリスに逃げられそうな場所に移っていたことになる。

しかも、この電報を送った親戚には、転居の知らせすら出していなかったことになる。それだけ慌てて逃げ出したのだろう。

要するに、これは「疎開先から、相手も疎開していたことを知らずに打たれた電報」ということになる。

この電報の本文をもう一度よくみると、末尾に「あなたは　どこ？」と書かれている。この電報を打った人は、相手が本当にまだパリの元の住所に住んでいるのか半信半疑だったようにもみえる。

実は、この電報が打たれた2日前の9月2日、ドイツ軍を恐れてフランス政府はパリからボルドーへの移転を決定していた。それと前後して、50万人近いパリ市民もパリを脱出していた（p.38 参照）。

相手の「ボーヴェ奥様」も「脱出組」の一人ではないかと、差出人は疑いながら電報を打ったのではないかと思われる。

以上のように、興味のない人にとっては汚れた一枚の紙にすぎないが、歴史的背景に照らし合わせて読みとくと、推理小説のようなおもしろさがある。

公用の電報

　以上で取り上げたのはすべて個人の私用の電報だが、県知事が県内の市町村長に宛てて打った電報などは「公用」扱いとなった。

　大戦中の公用の電報は、私用の電報用紙とは異なり、以下のような特徴がみられる。

―　公用の電報は、私用の「半袖シャツ」型の電報用紙とは異なり、おもに横長の長方形の用紙が使われた。聖書のようなぺらぺらの薄い紙である。寸法は横 25 cm、縦 13 cm 程度と大きく、四つ折にするとちょうど専用の小さな封筒に入れることができた。

―　本文冒頭には「○○県知事から○○村長へ」などの言葉を入れることが多い。

―　私用の電報の場合と違って、日付欄などが空欄になっていることが多い。

―　用紙の左上に「受領表示」、右上に「送信表示」という欄が設けられていることが多い（ここは空欄のことも多い）。

―　1 行目（郵便局内の情報）の最初に「電報の性質および送信先」という欄が追加されていることが多く、この欄に「公用」officiel を意味する off. と書き込まれていることが多い。また、用紙の上部余白に off. と書き込まれていることも多い（以上、電報用紙の書式は年を追うごとに頻繁に微調整されているので、一概にはいえない）。

〚 **1914 年 8 月 2 日 ― 農村の人手不足に関する電報** 〛

　最初に、総動員令が発せられた翌日の 1914 年 8 月 2 日、パリの東隣のセー゠ネ゠マルヌ Seine-et-Marne 県知事が県内の市町村長に打電した電報を取り上げてみよう。

　内容は、若い男たちが全員兵士となって村から出て行ってしまったことで、農作業に支障が出ているので、通常なら農作業をしない者も総出で農作業にあたり、それでも足りない場合は都市部の労働者を回して何とか人手を確保すべし、といったことが書かれている。

　全部で 167 語という長いものなので、表だけでは書ききれず、裏にも続きが書かれている。

　用紙は三つ折にされている。

　表側には「公用」off. という文字が 2 か所に記されている。

　1 行目（郵便局内の情報）はこうなっている。

電報の性質および送信先	発信局	番号	語数	日付	依頼時刻
公用	ムラン	1569	167 語		15 時 40 分

　ムラン Melun はパリの南東 40 km にあるセー゠ネ゠マルヌ県の県庁所在地で、もちろんここに県知事がいた。

　本文にはこう書かれている。

付録2　電　報

「県知事より　セー=ネ=マルヌ県市町村長へ

　予備役軍人の　出征により　農作業に　支障を　来たしつつ　あるという　報告を　多くの
市町村長から　受けた。各市町村では　まず　収穫　ついで　脱穀　さらには　秋の　種まき
を　確実に　続けていけるよう　市町村庁が　努力することが　重要である。できるだけ　作業
を　細分化し　すべての　健康な者　兵役免除者　48歳を超えている者　若者　女性　若い娘た
ちにも　作業させることが　市町村長の　役割であり　それでもなお　人手が　足りない　場合
は　手のあいている　商業　ないし　産業界の　労働者に　仕事を　見つけられる　場所を　斡
旋　したいので　必要な　人数を　正確に　報告　されたい。同じ　理由により　都市部の　市
町村長は　仕事がなく　働く　意思のある　人の　数を　至急　通知　されたい。」

この文で「48 歳を超えている者」とあるのは、特に志願しない限り、徴兵義務によって召集されたのは、おおむね 20 歳〜 48 歳前後の男たちだったからである。

　用紙の表の右上に押された印は、電信を受け取った村の郵便局の日付印で、

　　「セー=ネ=マルヌ県シュヴリュ村、14 年 8 月 2 日」

と読める。シュヴリュ村 Chevru はパリの東約 60 km 少々のところにある。

　この大戦が始まった 8 月は、ちょうど農作業の繁忙期にあたっていた。パンの元になる麦もワインの元になるぶどうも、夏に収穫される。この忙しい時期に戦争が始まり、若くて健康な男たちが全員いなくなって、村人は途方に暮れていた。

　この電報のあとも農村の人手不足はなかなか解消されず、この年の 10 月以降は「農業休暇」の制度が整備され、農村出身の兵士は繁忙期には一時的に帰郷し、農作業を手伝えるようになった。

〘 1914 年 9 月 6 日 ― 許可なく自動車の通行を禁止する電報 〙

　次の電報は、開戦の約 1 か月後の 1914 年 9 月 6 日、英仏海峡に近いウール Eure 県（パリの西、ルーアンの南あたり）の県知事が副知事と県内の各市町村長に宛てて打電したもの。

　用紙は長方形で、裏面には何も書かれていない。四つ折にされた跡がついている。

　1 行目（郵便局内の情報）はこうなっている。

電報の性質および送信先	発信局	番号	語数	日付	依頼時刻
	エヴルー	3732	77 語	9 月 6 日	21 時 15 分

　このうち 2 と 7 の数字は、当時の郵便局員特有の字体で書かれている。

付録 2　電　報

　エヴルー Evreux はルーアンの南 46 km にあるウール県の県庁所在地で、ここにウール県知事がいた。
用紙の上部中央に大きく「公用」off. と記されている。
　本文にはこう書かれている。

　　「ウール県　知事より　副知事　ならびに　電信・電話を　備えた　本県　市町村の　長へ
　　 9 月 8 日　火曜　以降　昼夜を　問わず　何人も　自動車　または　オートバイで　通行するこ
　　とを　禁じる　ただし　正当な　要請に　基づき　ルーアンの　ムーリネ　通り　5 番地にある
　　第 3 管区の　司令官たる　将軍が　交付した　許可証を　携行している　場合は　除く。明日　す
　　なわち　火曜　午前に　印刷された　告示を　受け取り　次第　直ちに　各市町村にて　掲示され
　　たい」

　ここに出てくる「管区」とは、複数の県によって構成される、地理的に固定された軍事的な単位のこ
と。当時、アルジェリアを含むフランス全土は全部で 21 の「管区」に分かれ、これが 21 の「軍団」に
対応していた。「第 3 管区」の本拠地はルーアン（ムーリネ通り 5 番地）に存在し、ウール県も第 3 管
区に属していた。

　用紙の右上には、電信を受け取った村の郵便局の日付印が押されており、
　　「ウール県コルメイユ村、14 年 9 月 7 日 11 時」
と読める。コルメイユ村 Cormeilles はリジウー（p.274 参照）の北東 15 km にある村。
　この電報が打電されたのは 1914 年 9 月 6 日（日曜）21 時 15 分だが、日曜の夜だったためか、電信
を受け取ったコルメイユ郵便局の日付印は翌 9 月 7 日（月曜）11 時となっている。いずれにせよ、本
文では「9 月 8 日（火曜）以降」のことが書かれているし、最後の文でも「明日　すなわち　火曜」と
書かれているので、打電を依頼した県職員はこの電報を月曜扱いにして差し支えないと思っていたこと
がわかる。
　この電報が打たれた 1914 年 9 月 6 日は、まさに大戦初期の「マルヌ会戦」が始まった日だった。マ
ルヌ会戦の直前は、ドイツ軍がフランス北部と北東部に深く侵入し、フランス軍の背後を突くべく、大
きく西側から回り込むような動きも見せていた。もしこのままいけば、ウール県に達するのも時間の問
題だった（実際にはマルヌ会戦でドイツ軍が敗北を喫し、その手前で退却することになる）。民間人が
自動車に乗っていたりしていると、緊急時の軍用車両の通行や軍事作戦の妨げになる可能性があったの
で、このように許可なく自動車の通行を禁止するという措置が取られたのだろう。

〚1917 年 2 月 21 日 ― 脱走した捕虜の指名手配の電報〛

　次の電報は、南仏のリヨンとトゥールーズの間にある、山がちなオート゠ロワール県の県知事から、
県内のモニストロル゠ダリエ Monistrol-d'Allier 村の村長に宛てて打たれたもの。
　ドイツ兵捕虜が脱走したことが書かれ、捕虜の人相が描写されている。
　用紙は長方形で、裏面は何も書かれていない。四つ折にされた跡がついている。

433

1 行目（郵便局内の情報）はこうなっている。

電報の性質および送信先	発信局	番号	語数	日付	依頼時刻
モニストロール＝ダリエ	ピュイ	95	61 語		18 時 50 分

「ピュイ」（正しくは「ル・ピュイ」Le Puy、現ル・ピュイ＝アン＝ヴレ Le Puy-en-Velay）は、オート＝ロワール県の県庁所在地。ここに県知事がいた。

この電報の場合、「電報の性質および送信先」欄には、「送信先」に対応する「モニストロール＝ダリエ」という村の名が書かれている。

「日付」欄は空欄になっている。そもそも急を要する電報なので、当日中に相手の郵便局に届くのが当然だと思い、日付は省略したのだろう。

本文にはこう書かれている。

　「県知事から　モニストロール＝ダリエ村長へ

　20 日　モニストロール＝ダリエの　現場から　捕虜が　脱走した　名はヨーゼフ・マイヤー　登録番号　962　人相は　頭髪と眉は　黒色、目は　灰色、額は　普通、鼻は　平均的、口は　平均的、顎は　卵形、顔は　卵形、身長は　1 m 61　服装は　ドイツの毛織物、加えて　粗布と　コートも　持ち出した　フランス語は　話さない　発見した場合は　打電されたい」

「現場」というのは、土地柄からして、採石現場かもしれない。採石場での作業は重労働だったから、よく捕虜が活用された（p.218 参照）。

用紙の右上には、電信を受け取ったモニストロール＝ダリエ郵便局の日付印が押されており、

　「オート＝ロワール県モニストロール＝ダリエ、17 年 2 月 21 日　16:40」

と読める。

上で見たように、郵便局内の情報の「日付」欄が空欄になっているので、打電された日付は直接はわからない。しかし、おそらく 20 日に脱走したことが翌 21 日になって判明し、急いで電報が打たれたのではないかと推測される。

依頼時刻が 18 時 50 分なのに、電信を受け取ったモニストロール＝ダリエ郵便局の印がそれよりも前の 16 時 40 分となっているのは、前掲の「1917 年 4 月 2 日 – 駅への到着時刻を知らせる電報」と同様の事情（手作業によるスタンプの時刻の切替え）による。

いずれにせよ、この郵便局から村役場に電報が届けられ、村長または村役場の職員が電報用紙の左上の「受領表示」の欄に、

　　「受領、19 時 15 分（サイン）」

と書き込んでいる。

オート＝ロワール県の職員が 18 時 50 分に依頼し、19 時 15 分に村役場に届けられているのだから、この間 25 分。さすが電報である。

なお、この電報の場合、電報用の封筒（袋）も残されている。

宛名には「モニストロール＝ダリエ村長殿」と書かれている。

左側に押された日付印は、電報用紙に押されているものと同じ。封筒上部で破かれている。

上の電報を四つ折りにし、この封筒に入れて届けられたことがわかる。

付録 3　用語解説

軍事関連その他の用語

連隊 régiment：司令部付中隊 compagnie hors rang

　　フランス軍の単位は、大きい順に、軍＞軍団＞師団＞旅団＞連隊＞大隊＞中隊＞小隊となる。このうち、本書でよく出てくる「連隊」は、理論上は約 3,400 人からなる単位（現役歩兵連隊の場合）。連隊は 3 個の「大隊」で構成され、各大隊は 4 個の「中隊」で構成され、各中隊は 4 個の「小隊」で構成される。

　　　連隊　　約 3,400 人　　連隊長＝大佐

　　　大隊　　約 1,000 人　　大隊長＝少佐

　　　中隊　　約 250 人　　　中隊長＝大尉

　　　小隊　　約 60 人　　　　小隊長＝中尉または少尉、曹長など

　　これとは別に、連隊司令部（参謀部）直属の「司令部付中隊」が存在し、これは指揮・伝達や兵站・補給を担当し、具体的には書記官、従卒、電信兵、担架兵、炊事兵などが含まれた。

　　ただし、以上には例外も多く、たとえば猟兵の場合は連隊は存在せず、大隊が最大の単位だった。

　　連隊名の訳し方は、英語の 1st Infantry Regiment や自衛隊の「第 1 普通科連隊」等を踏まえて「第 1 歩兵連隊」等と訳されることも多いが、本書では戦前の日本陸軍の名称を踏まえ、「歩兵第 1 連隊」等と訳した。

〜年組　classe

　　当時の徴兵制度では 20 歳になる年の秋に軍に徴集され、兵役義務は 3 年間だった。軍隊では満年齢に基づく「何歳か」ではなく、いわば数え年方式で、西暦何年に 20 歳になるのか（なったのか）によって分類された。

　　たとえば、1913 年に 20 歳になる者（1893 年 1 月 1 日〜 12 月 31 日生まれ）は 1913 年秋に満 19 歳か 20 歳で軍に徴集され、「1913 年組」と呼ばれた。この大戦が始まったのは 1914 年 8 月だったから、開戦時点で現役兵だったのは 1911 〜 1913 年組だったが、すぐに 1914 年組（＝ 1914 年に 20 歳となる男性）も徴集された。しかし、死傷者による欠員を埋めるために、戦争中は徴集時期が早められ、

　　　「1915 年組」は 1915 年秋に徴集されるはずだが、実際には 1914 年 12 月

　　　「1916 年組」は 1916 年秋に徴集されるはずだが、実際には 1915 年 4 月

　　　「1917 年組」は 1917 年秋に徴集されるはずだが、実際には 1916 年 1 月

　　　「1918 年組」は 1918 年秋に徴集されるはずだが、実際には 1917 年 4 〜 5 月

　　　「1919 年組」は 1919 年秋に徴集されるはずだが、実際には 1918 年 4 月

に、いずれも満 18 歳か 19 歳で徴集された（Boulanger, 2002, p.13）。

後備軍 territoriale；後備兵 territorial

　当時の健康なフランス人男性は、20 歳から 3 年間の兵役義務が課せられた。この「現役」期間中は、休日には外出許可（休暇※）を得ながら軍隊で訓練を受け、この「現役兵」は有事には即座に動かせる戦力となった。「現役」期間が終わると、順に「予備役」（「現役軍 予備役」）→「後備役」→「後備軍 予備役」へと移り、この「予備兵」、「後備兵」、「後備軍 予備兵」は平時には社会生活を営みながら時々訓練を受け、有事の際には召集（動員）された。

　年齢でみると、1914 年 8 月の開戦時点では「1914 年組※」はまだ徴集されておらず、「現役兵」は 1914 年に 21 〜 23 歳になる者、「予備兵」は 24 〜 34 歳になる者、「後備兵」は 35 〜 41 歳になる者、「後備軍 予備兵」は 42 〜 47 歳になる者だった（Laouénan, 1980, p.192-193）。歩兵の場合、現役軍や予備軍の歩兵連隊（p.35 脚注 5 参照）とは別に、「後備歩兵連隊」が編成された。

　フランス語の territorial(e) は、もともと「領土の」「国土の」という意味で、前線で戦闘を交えるのではなく、後方で自国の領土を守るという含意がある。おもに要塞、駅、橋など国内の要所の守備に当たったが、国境に近いフランス北部・北東部の要塞に詰めていた場合は戦闘に巻き込まれた（p.380 脚注 2、p.136 脚注 1 を参照）。戦力不足に伴い、前線近くに呼ばれるようになり、工兵隊と並んで塹壕掘りなどの土木工事にも従事した（p.73 脚注 4、p.353 脚注 6 を参照）。ヴェルダンとバール＝ル＝デュックを結ぶ補給路「聖なる道」の修繕に当たったのも後備兵だった。

　日本語では、多くの仏和辞典に「国土防衛軍」「国土防衛軍兵士」という訳語が記載されているが、市民権を得ているとは言いがたい。本書では、第一次世界大戦当時の日本軍の制度を踏まえた「後備軍」「後備兵」という訳を採用した（Cf. 吉野, 1916, p.100）。その他、やはり旧日本軍の制度を参考にして「国民軍」「国民兵」と訳されたこともあるが、「国民軍」はフランス史の Garde nationale の訳として使われることもあって、まぎらわしい。また、「在郷軍人」という訳も見かけるが、雰囲気は伝わるものの、これでは予備兵と区別がつかない。

　「現役兵」は若いので独身のことが多く、両親に宛てた手紙が多いが、「後備兵」は年齢層が高く、既婚で子供がいる場合が多いので、妻や子供に宛てた手紙が多い。

留守部隊　dépôt

　留守部隊（補充隊）とは、部隊（連隊など）の大部分が戦地に向けて出征したあとも、駐屯地（衛戍地）に残る（いわば留守を預かる）部隊のこと。新兵が訓練を終えたり、負傷兵が病院を退院すると、一時的に留守部隊にプールされ、戦地の部隊で死傷者が出ると欠員を埋めるために補充要請がきて、選ばれた者が前線の部隊に送られた。留守部隊は「戦争中に軍という機械を円滑に動かすために不可欠な歯車」（Berthier, 2005, p.7）だったといえる。

JMO (Journal des Marches et Opérations)

　JMO（「行軍および作戦日誌」）とは、部隊の動向を逐次記録した陣中日誌のこと。フランス軍事省（旧国防省）のホームページ « Mémoire des hommes »（「人間たちの記憶」）では、ほとんどすべての連隊（場合によっては大隊や中隊）や、それ以上の軍の単位の陣中日誌を閲覧することができる。日付順に記されているので、本書ではページ数は挙げていない。筆記体で書かれているが、ペン習字のように綺麗な字で読みやすいことが多い。戦後になって小冊子の形で各地で個別に刊行された「連隊史」などの部隊史 Historique よりも詳細が記されている。

付録 3　用語解説

戦死者名簿

　フランス軍事省（旧国防省）のホームページ « Mémoire des hommes » では、戦死したフランス兵についての情報がデータベース化されており、検索・閲覧することができる。

　ただし、膨大な戦死者を短期間で処理したためか、誤記が頻繁に見られるので、ここから徴集時の管轄の県の資料庫に所蔵されている軍人登録簿を調べた方が確実（こちらはインターネットで公開されている県と公開が進んでいない県がある）。

ドイツ野郎　boche

　大戦中、ドイツ兵を指す蔑称として盛んに使われた「ボッシュ」という言葉は、本書では「ドイツ野郎」「ドイツども」と訳した。当時フランスに滞在していた島崎藤村はこう書いている。「戦時以来、当地では『ボッシュ』という言葉が流行って居ます。日露戦争の当時露西亜人のことを『露助』と言ったに似て居ます。」（島崎, 1924, p.217）。

　時代は下るが、第二次世界大戦を描いた有名な映画『カサブランカ』でも、ドイツ占領下のフランス領モロッコでフランス人がドイツ人に対してこの「ボッシュ」という言葉を呟き、殴り合いになるシーンがある。

休暇　permission

　「休暇」（直訳すると「許可」、つまり外出許可）とは、軍にいる兵士が一時的に家族のもとに帰ることが許される一時休暇のこと。開戦の直前から休暇は取りやめとなったが、戦争の長期化に伴い、1915 年 6 月頃から再開された。一度に多くの兵士が休暇を取ると軍務に支障が出るので、おおむね数か月から 1 年ごとのローテーションで順番に許可が下りた。家族のもとでの滞在期間は 1 週間程度。兵士とその家族にとって、待ちに待った貴重な瞬間だった。ただし、前線の「非日常」と銃後の「日常」とを行き来する体験となるため、兵士たちにとっては落差が激しく、前線への復帰直後は「憂鬱の虫」に取りつかれることも多かった（p.184, 218, 236 参照）。いずれにせよ、「休暇」という言葉が兵士にとって特別な響きを持ち、戦争体験において一つのクライマックスを形成したことは、たとえば小説『西部戦線異状なし』の一シーン（レマルク, 1955, p.218-230）や本書「付録 1」の 2 ～ 3 通目、29 通目を読んでも想像がつく。1917 年のフランス兵士による大規模な命令不服従後は、兵士の待遇改善のために 4 か月ごとに 1 週間の休暇を取ることが兵隊の「権利」として認められるようになり、休暇の予定表まで掲示されるようになった。

　とはいえ、アフリカなどのフランス植民地から召集された兵隊は、長い船旅で祖国に戻るわけにもいかないので、家族のもとには戻らず、前線から離れた後方で休息をとることが多かった。サロニカに派遣された兵士の休暇については p.364 を参照。

　これとは別に、農家の場合は、農作物やワイン用のぶどうを育てるために「農業休暇」が与えられた。怪我や病気で病院に後送された場合も、退院後、快癒して部隊に復帰する前に長めの「快癒休暇」が与えられた。

戦時代母　marraine de guerre

　本来、「代母」とはキリスト教の教会で幼児が洗礼を受けるときに立ち会い、以後の信仰生活の支えとなる夫婦の妻の方を指す。夫の方は「代父」と呼ばれ、逆に幼児の方は「代子」と呼ばれる。代

439

父母は実の親が早死にしたときはその代わりとなる役割を果たしたので、通常なら自分の親にあたる世代の人がなる。おじ・おば夫婦が代父・代母になることも多く、また村の教区司祭が代父になることもあった。

これをモデルにした「戦時代母」（戦争代母）の制度は、家族が被占領地域に住んでいて家族と文通ができない孤独な兵士の精神的・物質的な支えとなるために作られた。一部の新聞・雑誌に掲載された「戦時代母」募集の広告に女性が応募するなどして兵士と組み合わされ、兵士の文通相手となり、手紙や小包（日本の太平洋戦争中の「慰問袋」に相当）を兵士に送った。「戦時代母」は「母」とはいっても年齢制限がなかったので、若い未婚の女性のことも多く、兵士が「休暇※」を利用して実際に会いにいって恋人になることもあった（p.336 脚注 2 参照）。

「戦時代母」に手紙を書く場合は、相手との距離を置く「あなた」vous で呼びかけることが多く、故郷や知人などの具体的な話題は出さずに、ありきたりの定型文句と小包のお礼しか書かない場合が多いので、文面だけを見ても、本来の「代母」なのか「戦時代母」なのか見当がつくことも多い。

フラン　franc

当時の貨幣単位。現在の日本円に換算することは難しいが、大雑把な目安として、「当時の 1 フラン＝現在の千円」と考えるとわかりやすい（100 分の 1 フランである 1 サンチームは 10 円となる）。

本書の中では、たとえば前線ではワイン 1 本が 1.5 フラン以上もすると書かれた葉書（p.334）や、女性が 1 日に 8 フランも稼ぐと書かれた葉書（p.204）がある。

大戦中は物価高騰が進行し、大戦初期と末期とでは貨幣価値が半分程度にまで下落した。その一環として、通常の葉書料金は 1916 年末までは 10 サンチームだったが、1917 年以降は 15 サンチームに値上がりした。

440

郵便関連の用語

F. M., S. M., C. M.

  F. M. は Franchise Militaire「軍事（郵便につき）郵便料金免除」の略。

  S. M. は Service Militaire「軍事（郵便）業務」の略。

  C. M. は Correspondance Militaire「軍事郵便物」の略。

 大戦中は、切手を貼っていないことの理由として、こうした文字を差出人が手書きで書き込むことが多かった。しかし、こうした文字を書き込まなくても、1914年8月3日のデクレ（大統領令）に基づき、軍人に宛てた手紙と軍人が差し出した手紙（葉書および20g以下の封書）は基本的にはすべて郵便料金が免除された（昔は郵便料金のことを「税」と呼んだので、「郵便料金免除」も「郵税免除」と呼ぶべきかもしれない）。

 軍人が差し出す場合、郵便料金を免除にするためには、所定の手続きを踏む必要があった。部隊内にいる場合は、郵便係（郵便物担当下士官）に郵便物を手渡せば、所属する部隊の印（「主計及び郵便」印*や女神座像印*など）が押されたから、これによって郵便料金が免除された。しかし、休暇*中だったり任務を帯びたりして、前線の部隊を離れて後方を移動している場合は、注意が必要だった。この場合は、駅軍事行政官（p.314脚注3参照）が指名した郵便物取集担当の兵に手渡し、COMMISSAIRE MILITAIRE DE GARE（駅軍事行政官）やCOMMISSION DE GARE（駅軍事委員会）などの印を押してもらうことで郵便料金が免除になった（Cf. Bourguignat, 2010, p.151）。あるいは、民間の郵便局の窓口で、軍人としての身分を証明したうえで郵便局員に直接手渡せば、郵便料金を免除にすることができた。

 逆に、F. M. などの文字を書き込んだからといって、郵便料金が免除されるとは限らず、免除されるかどうかはあくまで配達する民間の郵便局によって判断され、免除対象外と判断された場合（たとえば、部隊を離れて移動している兵士が上記の手続きを踏まずに民間の郵便箱に投函してしまった場合など）は、不足料切手が貼られ、届け先で不足料金が徴収された。だから、F. M. などの文字は郵便料金免除の適用の有無には影響を与えることがなく、実質的には意味のない書き込みだったといえる。

 以上とは別に、「種まく女」の切手にF. M. と加刷されたものも知られている。例として、大戦直前の1914年7月24日の消印のあるものを掲げておく。

 このF. M. 加刷切手は、1900年以降、毎月決められた枚数が下士官と兵に配られたが、第一次世界大戦中は使用されなかった。そもそも切手は不要だったからである。

 ただし、とくに大戦初期には、親があらかじめ切手を貼った葉書を持たせたり、上記の手順が周知されていなかったなどの理由で、兵士が切手を貼って投函した葉書も存在する。

郵便区 secteur postal

 郵便区とは、大戦中に軍の部隊に割り当てられていた一種の暗号化された郵便番号のこと。スパイによって機密情報が盗まれたり、郵便配達車が敵に襲撃されて郵便物が奪われた場合に部隊の所在地がつつ抜けになるのを防ぐため、戦地から差し出す郵便物には地名を記載してはならない決まりになっており、その代わりに一種の暗号として、おおむね1師団（1万数千人の将兵）につき1つの郵

便区が割り当てられていた。郵便区は部隊に対応したものなので、地理的な場所には対応していない。部隊の改変等によって郵便区の割り当てが変更になることもあった。

　この制度は、大戦初期の軍事郵便物の混乱と配達の遅れを受け、1914年12月11日の制度改革の一環として誕生した。それまでは兵士宛の郵便物は留守部隊※を経由して前線に転送されていたが、この制度により、部隊に直接届けることが可能になった。当初は郵便区は1から154までだったが、その後241まで追加され、さらにモロッコ向けの400番台、サロニカ遠征に伴う東洋軍向けの500番台、イタリア等向けの600番台の郵便区なども使用され、休戦後もこの制度は活用された（Cf. Strowski, 1976 ; Deloste, 1968 ; Delpard, 2014）。

「主計及び郵便」印　cachet "TRESOR ET POSTES"

　第一次世界大戦中の兵士の手紙は、基本的には郵便料金が無料となったので、切手を貼る必要がなく、代わりに「この郵便物は軍事郵便であるがゆえに郵便料金は免除となる」という意味を兼ねた、所属部隊の印が押された。そのなかでも代表的なのが、外周の上側にTRESOR ET POSTESの文字、下側に「郵便区※」の番号が記された部隊印である。

　「郵便区※」の番号は、それ以前から存在した軍の郵便制度の番号がそのまま受け継がれたので、「郵便区※」制度が創設される1914年12月11日以前から似たような「主計及び郵便」印は存在する。「主計」とは軍の経理のこと。戦争前に財務省の役人だった者がおもに「主計」担当の下士官となり、戦争前に郵便局員だった者がおもに「郵便」担当の下士官となった。

女神座像印　cachet "Déesse assise"

　フランス共和国そのものを図像化した「女神座像」（別名「共和国座像」République assise）の図柄は、フランス最初の普通切手「セレス」をデザインしたことでも知られる彫刻家ジャック＝ジャン・バールが第2共和制（1848～1852年）発足時の1848年にデザインした国璽にさかのぼる。「共和国」を表現したものなので、第2帝政（1852～1870年）では使われず、第3共和制（1870～1940年）になって再び使われるようになった。

　この女神像にはさまざまな寓意が込められている。まず、頭部から後光のように放射状に7本突き出ているのは七条の太陽光線を表す。この頭部は、のちにフランス人オーギュスト・バルトルディがアメリカの自由の女神像（1886年完成）をデザインしたときに借用し、今ではアメリカの自由の女神の方が有名になっているが、このフランスの国璽が本家本元である。女神が右手に持っているのは、ラテン語でファスケス fasces（フランス語でフェッソー faisceaux、日本語では束桿ないし権標と訳される）と呼ばれるもので、伝統的には束ねた棒に斧を差したものでできており、古代ローマでは「斬

首刑」と「鞭打ち刑」を執行する権利を意味し、「正義」の象徴とされてきた（ホール, 1988,「権標」の項）。女神の腰の下に置かれた壺には小さく S. U. と書かれているが、これは「普通選挙」を意味する suffrage universel の頭文字。フランスは普通選挙を実施した世界初の国だった。女神が左腕を掛けている椅子の下部には、フランスの象徴「ガリアの雄鶏」が彫り込まれている。その他、女神の足元には農民が畑を耕すための犂（すき）や、芸術の象徴としての画家のパレットなどが置かれている（Agulhon, 1979, p.109）。

　さて、この国璽と同じ図柄の印は、第一次世界大戦中もフランス軍のさまざまな部隊や臨時病院、あるいは行政機関の印として広く用いられた。

　ここに掲げた左の画像は 1914 年 8 月 4 日に農家から馬を徴発したときの引換え証書に押された南仏「オード県サン＝マルセル村役場」の印（郵便物以外に押された例）。右の画像は 1914 年 9 月 8 日にフランス北東部ヴェルダン付近にいた兵士が書いた葉書に押された「歩兵第 364 連隊 連隊長」の印。

　兵士が差し出す郵便物には、「郵便料金免除」の意味を兼ねてさまざまな印が押されたが、この大きな女神座像印もよく用いられた。ただし、前線の部隊では、郵便区※の番号が記載される「主計及び郵便※」の印がおもに用いられた。他の例は p.127, 183, 241 を参照。

コンプレザンス印　oblitération de complaisance

　「コンプレザンス印」とは、フランスの切手や葉書のコレクターの間で使われる用語で、人によって指すものが異なる場合もあるが、ほぼすべての使い方に当てはまるように定義するなら、次のように定義できるだろう。「コンプレザンス印とは、印の本来の目的（消印であれば郵便物に貼られた切手を再使用できなくするという目的）とは異なる意図をもって押された印のことである。」

　もともと「コンプレザンス」とは、「喜ぶこと」「喜ばせること」という意味だが、「愛想、媚びへつらい、ご機嫌取り、お世辞、自己満足、うぬぼれ」などの意味もあり、実体とはかけ離れて（あるいは実体を伴わずに）必要以上に喜ぶ・喜ばせるというニュアンスがある。さらに「コンプレザンスの」de complaisance というと「本当は違うけれども義理で付与する」といった意味もある。ここから、「コレクターを喜ばせるために押した印」、「本来は押すべきではないが（本来の機能を伴わずに）押してもらった印」などの意味が出てくる。

　かつてのフランスでは、旅先などで、訪れた土地の風景を写した絵葉書に最低料金の切手を貼り、郵便局の窓口できれいに日付入りの消印を押してもらうことがよくあった。現代のカメラで、写真を撮ると自動的に隅に日付がプリントされる機能がついたものがあるが、それに似たような役割を果たしたともいえる。日付入りの消印を押してもらうことで、実際にその瞬間、その場所にいた記録が残るからである。大戦中は、戦争という稀有の歴史的瞬間に立ち会ったことを記念するために「コンプレザンス印」がよく押された。もともと大戦中の郵便物には切手が貼られる割合が低く、郵便料金免除を示す多様な印（部隊印や臨時病院の印など）が押されたから、こうした印も「コンプレザンス印」の対象となった。こうした印をわざと押してもらった葉書は、誰にも差し出さずに記念として取っておくこともあった。実例は p.51, 303, 307, 339 を参照。

穴あき封筒　enveloppe à trou

　当時は、葉書を封筒に入れて送ることも多かった。アパルトマンの管理人、裕福な家庭の場合は使用人、郵便配達夫などに盗み読みされるのを防ぐためである。封筒に入れる場合は、もちろん封筒に

宛名や住所を書き、封筒に切手を貼ったが、封筒に入れる場合でも、葉書の所定の欄には宛名や住所を記入することがよくあった。

しかし、奇妙なことに、宛先が書かれていないのに、切手が貼られ、消印も押されている葉書を見かけることがある。宛先が書かれていないのに、なぜ届くのか不思議に思ってしまうが、これは「穴あき封筒」に葉書を入れて出すことがあったことによる。当時は、盗み読みされないように葉書を封筒で覆い、封筒の上から消印を押せるよう、穴のあいた封筒が使われることがあった。穴はちょうど消印と同じくらいの大きさで、丸いことが多い。

この背景には、メインとなるのは葉書（とくに絵葉書）であり、封筒は単なる目隠しだという意識があったからだと思われる。葉書を入れる場合、封筒は破り捨てられてしまうことが多かったので、切手がついた状態で絵葉書を手元に残したいという心理も働いたのかもしれない（絵葉書や切手は当時からコレクションの対象として人気があった）。当時の封筒の多くは、今よりも薄いぺらぺらの紙で作られていたことも考慮に入れる必要がある。

切手の貼り方は二通りある。一つは、ちょうど封筒に入れたときに穴のところに切手がくるような位置にあらかじめ葉書に切手を貼ってから、葉書を封筒に入れる方法。この場合、郵便局では封筒の穴の上から消印を押すので、よほどうまく押さない限り、葉書に貼られた切手上では消印の一部が欠けてしまう。だから、局員が念を押して消印を二度押すことも多い。もう一つは、葉書を封筒に入れたあとで、穴の上から封筒に一部またがるようにして葉書に切手を貼る方法。この場合、破り捨てた封筒の紙の一部が挟まれるように残ることになる。穴あき封筒に入れて送られた葉書の実例は p.17, 21, 189, 237 を参照。

カルト・フォト　carte-photo

カルト・フォトとは、「葉書（カルト）」と、「写真（フォト）」を組み合わせた言葉で、大量に市販される印刷された絵葉書とは異なり、個人または写真屋が撮影した写真を、葉書と同サイズの厚紙に直接現像して作られたものを指す。第一次世界大戦当時は、カメラと現像用具が広く普及していたので、個人でも気軽に写真を撮って葉書に現像することができた。カルト・フォトは、自分の姿を撮影して離れたところに住む家族に近況を知らせる目的で送ることが多かったので、差出人が写っていることが多い。複数の人物が写っている場合は、通常、そのうちの誰かが差出人である。

これとは別に、写真屋が試作品として少数のみ現像したカルト・フォトもあるが、この場合は、後日、同じネガを用いて印刷された絵葉書が市販される場合もある。いずれにせよ、一枚または少数しか現像されないので、希少価値が高い。

付録3　用語解説

　見分け方は、市販の絵葉書の場合は、写真面に地名などの説明文が印刷され、通信面には隅に小さな活字で印刷会社名が印刷されているが、カルト・フォトの場合は通常それらの記載がない（葉書用紙自体を製造した会社名などが印刷されていることはある）。また、カルト・フォトは写真面に光沢があり、通信面は紙質が粗くて水分を吸いやすいので、実物は写真面が凹んで反っていることが多い。「葉書」というよりも「写真」という意識が強かったためか、多くの場合、封筒に入れて送られた。本書にも多数収録したが、とくに p.55, 59, 385 を参照。

カルト・レットル　carte-lettre

　カルト・レットルとは、「葉書(カルト)」と、「封書(レットル)」を組み合わせた言葉で、いわば封筒と便箋が一体化していて、広げた封筒の内側に通信文を書くようになっているものを指す。

　当時よく使われたのは、封をした状態では葉書よりも小さくなる、一枚の紙でできたもので、書き終わったら、文面を内側にして二つ折りにし、外周に沿ってあけられた点線状の穴の外側にのりづけして投函した。受け取った人は、点線のところで周囲を破り捨て、広げて読んだ（p.27, 29, 67, 235参照）。これとは別に、電報に似た形の紙を折りたたんで使用する「カルト・レットル」もあった（p.125, 353 参照）。

ヴィニェット　vignette

　「ヴィニェット」とは、切手と同じ形をしたラベルのことで、当時はよく切手の脇に貼られた。切手と違って額面の記載がなく、単なる装飾の意味しかない。プロパガンダや寄付金集めの目的で、わずかな金額で販売された。実例は p.33, 59 を参照。

年賀状

　1900 年前後から大戦頃までは、フランスでは「絵葉書の黄金時代」と呼ばれるほど絵葉書が盛んだったので、「よい年になりますように」Bonne Année と印刷された年賀状向けの図柄の絵葉書も多数発行された（p.189 参照）。

　こうした絵葉書に限らず、12 月の終わりから 1 月の初めに葉書や手紙を送る場合は、新年にあたっての「〜しますように」という「祈念」vœux の言葉を添えた。戦争中は「（フランスが勝って）早く戦争が終わりますように」というものが多い（p.72, 74, 186, 188, 226, 340, 394 参照）。

　日本の年賀状と違って、葉書には元旦の日付ではなく、実際に葉書を書いた日付を記入した。郵便局の側でも年賀状を特別扱いにして元旦まで配達を保留にしたりせずに、通常の郵便として扱った。日頃疎遠な人に対して義理で毎年年賀状だけは書くということもあまりなかった。それゆえ、ことさら「年賀状」という言葉で呼ぶべきではなく、単にその頃に出す葉書や手紙には「よい年になりますように」という意味の言葉を記すことが多く、そのためだけに一筆書くことも多かった、というべきかもしれない。

　今では、郵便の形で書き送る習慣はすたれてしまったが、こうした祈念を送るという伝統は健在で、Eメールでも年末年始にやり取りするときはほとんど時候の挨拶のように「祈念」の言葉を添えることが多い。祈願文なので、文法的には接続法がよく使われる。

445

参考文献

本文・脚注で言及した文献だけを掲げた。

ADRIAN Roger, *Saint-Amarin 1914-1918*, bulletin nº 2, Le cercle cartophile de Thann et de la vallée de la Thur, 2003.

AFGG : Service historique de l'état-major des armées, *Les Armées françaises dans la Grande guerre*, Impr. nationale, 1922-1934.

AGULHON Maurice, *Marianne au combat : l'imagerie et la symbolique républicaines de 1789 à 1880*, Paris, Flammarion, 1979. （モーリス・アギュロン『フランス共和国の肖像——闘うマリアンヌ 1789 ～ 1880』、阿河雄二郎他訳、ミネルヴァ書房、1989 年）

ALTAROVICI Max, *Catalogue oblitérations Croix-Rouge 1914-1918*, s.d.

AMARA Michaël, *Des Belges à l'épreuve de l'Exil : les réfugiés de la Première Guerre mondiale : France, Grande-Bretagne, Pays-Bas*, Université de Bruxelles, 2014.

APOLLINAIRE Guillaume, *Calligrammes : poèmes de la paix et de la guerre (1913-1916)*, Paris, Mercure de France, 1918.

APOLLINAIRE Guillaume, *Œuvres poétiques,* Paris, Gallimard, coll. « Bibliothèque de la Pléiade », 1965.

APOLLINAIRE Guillaume, *Calligrammes : Poems of Peace and War (1913–1916)*, translated by A.H. Greet, with commentary by A.H. Greet and S.I. Lockerbie, Berkeley, University of California Press, 1980.

APOLLINAIRE Guillaume, *Lettres à Madeleine*, édition revue et augmentée par Laurence Campa, Paris, Gallimard, coll. « Folio », 2005.

AUDOIN-ROUZEAU Stéphane, *Cinq deuils de guerre 1914-1918*, Paris, Editions Noêsis, 2001.

AUDOIN-ROUZEAU Stéphane & BECKER Jean-Jacques (dir.), *Encyclopédie de la Grande Guerre*, Paris, Bayard, 2004 ; rééd. revue et complétée, Paris, Perrin, coll. « tempus », 2012, t.I et II.

AURIOL Jean-Claude, *Les Barbelés des Bannis : la tragédie des prisonniers de guerre français en Allemagne pendant la Grande Guerre*, Paris, Tirésias, 2002.

BECKER Annette, *Les cicatrices rouges : 14-18 France et Belgique occupée*, Paris, Fayard, 2010.

BECKER Annette, *Oubliés de la Grande Guerre : humanitaire et culture de guerre 1914-1918 : populations occupées, déportés civils, prisonniers de guerre*, Paris, Noêsis, 1998 ; rééd. Paris, Fayard, coll. « Pluriel », 2012a.

BECKER Annette, « Églises et ferveurs religieuses », dans AUDOIN-ROUZEAU & BECKER, 2012b, t.II, p.267-281.

BECKER Annette, *La Grande Guerre d'Apollinaire, un poète combattant*, Paris, Tallandier, 2009 ; rééd. coll. « Texto », 2014.

BECKER Annette, *La Guerre et la foi : de la mort à la mémoire, 1914 - années 1930*, Paris, Armand Colin, 1994 ; 2ᵉ éd. revue et augmentée, 2015.

BECKER Jean-Jacques, « Les innovations stratégiques » et « 1917 : l'année terrible », dans *14-18 : mourir pour la patrie*, Paris, Seuil, 1992, p.85-103, 261-276.

BECKER Jean-Jacques, *La Grande Guerre*, Paris, PUF, coll. « Que sais-je ? », 2004, 2ᵉ éd. mise à jour, 2013. （ジャン゠ジャック・ベッケール著『第一次世界大戦』、幸田礼雅訳、白水社、2015）

BECKER Jean-Jacques & KRUMEICH Gerd, *La Grande Guerre : une histoire franco-allemande*, Paris, Tallandier, 2008 ; rééd. coll. « Texto », 2012. （ジャン゠ジャック・ベッケール、ゲルト・クルマイヒ著『仏独共同通史 第一次世界大戦（上下）』、剣持久木、西山暁義訳、岩波書店、2012 年）

BÉNARD Daniel & GUIGNARD Bruno, *La carte postale : des origines aux années 1920,* Saint-Cyr-sur-Loire, Alan Sutton, coll. « Mémoire en images », 2010.

BERTHIER Jean-François, « Les bâtiments auxiliaires de la Marine nationale : pendant la guerre de 1914-1918, pendant la guerre de 1939-1945 », *Le Collectionneur philatéliste et marcophile*, nº 121, janvier 1999.

BERTHIER Jean-François, « Rôle du dépôt régimentaire pendant la Grande Guerre », *Le Collectionneur philatéliste et marcophile*, nº 148, octobre 2005, p.7-10.

BERTHIER Jean-François, « La main-d'œuvre coloniale pendant les deux guerres mondiales », *Le Collectionneur philatéliste et marcophile*, nº 174, avril 2016, p.39-40.

BLANCPAIN Marc, *Quand Guillaume II gouvernait de la Somme aux Vosges*, Paris, Fayard, 1980.

BONIFACE Xavier, *L'Aumônerie militaire française (1914-1962)*, Paris, Cerf, 2001.

BOTREL Théodore, *Les chants du bivouac (1er août-31 décembre 1914)*, Paris, Payot, 1915.

BOUHÉLIER (Saint-Georges de) (dir.), *Les Allemands destructeurs de cathédrales et de trésors du passé (documents officiels) : mémoire relatif aux bombardements de Reims, Arras, Senlis, Louvain, Soissons, etc.*, Paris, Hachette, 1915.

BOULANGER Philippe, « Les conscrits de 1914 : la contribution de la jeunesse française à la formation d'une armée de masse », *Annales de démographie historique*, n° 103, 2002, p.11-34.

BOULESTEIX, Calixte (dir.), *Le livre d'or du clergé et des congrégations (1914-1922) : la preuve du sang*, t.1, Paris, Bonne Presse, 1925.

BOURGUIGNAT Jérôme, *Le contrôle postal et télégraphique français pendant la Première Guerre mondiale (1914-1921)*, Paris, Académie de Philatélie, 2010.

BRASME Pierre, « Metz de 1914 à 1918. De la dictature à la délivrance », dans GRANDHOMME Jean-Noël (dir.), *Boches ou Tricolores ? Les Alsaciens-Lorrains dans la Grande Guerre*, Strasbourg, La Nuée Bleue, 2008, p.135-150.

BUFFETAUT Yves, *Notre-Dame de Lorette, t.1 : 1914*, Louviers, Ysec, 2015.

CABANES Bruno, « Ce que dit le contrôle postal » dans PROCHASSON Christophe & RASMUSSEN Anne (dir.), *Vrai et faux dans la Grande Guerre*, Paris, La Découverte, 2004, p. 55-75.

CABANES Bruno, « Démobilisation et retour des hommes », dans AUDOIN-ROUZEAU & BECKER, 2012, t.II, p.679-700.

CABANES Bruno, *Août 1914. La France entre en guerre*, Paris, Gallimard, 2014.

CAZALS Rémy, « Hudelle, Léon (1881-1973) », http://www.crid1418.org/temoins/, 2016.

CAZALS Rémy & LOEZ André, *14-18 : vivre et mourir dans les tranchées*, Paris, Tallandier, 2012.

CHARPIER William, « Joseph Sansbœuf (1848-1938). Itinéraire d'un gymnaste alsacien engagé. (De l'AGA à la LNEP en passant par la LDP) », *Staps*, n° 56, 2001.

CHRISTMAS (Dr de), *Le Traitement des prisonniers français en Allemagne*, Paris, Chapelot, 1917.

COCHET François, *1914-1918, Rémois en guerre, l'héroïsation au quotidien*, Presses universitaires de Nancy, 1993.

COCHET François, *1ère guerre mondiale : dates, thèmes, noms*, Levallois-Perret, Jeunes Editions, 2001.

COCHET François & PORTE Rémy (dir.), *Dictionnaire de la Grande Guerre 1914-1918*, Paris, Robert Laffont, 2008.

COCTEAU Jean, *Œuvres romanesques complètes*, Paris, Gallimard, coll. « Bibliothèque de la Pléiade », 2006.（ジャン・コクトー『山師トマ』、河盛好蔵訳、角川文庫、1989 年）

COCTEAU Jean, *Lettres à sa mère, t.1 : 1898-1918*, Paris, Gallimard, 1989.

COLLECTIF, *Almanach Hachette : petite encyclopédie populaire de la vie pratique*, Paris, Hachette, 1914.

COLLECTIF, *Rapports des délégués du Gouvernement Espagnol sur leurs visites dans les camps de prisonniers français en Allemagne 1914-1917*, Paris, Hachette, 1918.

COLLECTIF, *Le saillant de Saint-Mihiel*, Clermont-Ferrand, Michelin & Cie, coll. « Guides Illustrés Michelin des Champs de Bataille », 1919.

COLLECTIF, *Colmar-Mulhouse-Schlestadt*, Clermont-Ferrand, Michelin & Cie, coll. « Guides Illustrés Michelin des Champs de Bataille », 1920.

DEBON Claude, *Calligrammes dans tous ses états : édition critique du recueil de Guillaume Apollinaire*, Paris, Calliopées, 2008.

DE GAULLE Charles, *Lettres, Notes et Carnets 1905-1918*, Paris, Plon, 1980.

DE GAULLE Charles et al., *La génération du feu : textes de Charles de Gaulle, Jacques Vendroux, Gérard Boud'hors, Philippe de Gaulle, Rémy Roure, Fernand Plessy*, Paris, Plon, 1983.

DELOSTE C., *Histoire postale et militaire de la Première Guerre mondiale : postes militaires françaises alliées et ennemies sur le front français*, Bischwiller, Éditions de l'Échangiste Universel, 1968.

DELPARD Raphaël, *Courrier de Guerre : la poste aux armées 1914-1918*, Paris, l'Archipel, 2014.

DUFEIL Yves, LE BEL Franck & TERRAILLON Marc, « Navires de la Grande Guerre – Navire Lafayette », http://www.navires-14-18.com/, 2008.

DUROSELLE Jean-Baptiste, *La France et les Français, 1900-1914*, Paris, Richelieu, 1972.

DUROSELLE Jean-Baptiste, *La Grande Guerre des Français, 1914-1918 : l'incompréhensible,* Paris, Perrin, 1994 ; rééd. coll. « tempus », 2002.

FARCY Jean-Claude, *Les camps de concentration français de la première guerre mondiale (1914-1920)*, Paris, Anthropos-Economica, 1995.

FISCHBACH Bernard & WAGNER François, *1914-1918 en Alsace*, Saint-Cyr-sur-Loire, Alan Sutton, coll. « Mémoire en images », 2007.

FOCH Ferdinand (maréchal), *Mémoires pour servir à l'histoire de la guerre 1914-1918,* t.1, Paris, Plon, 1931.

FRANCE Anatole, *Sur la voie glorieuse*, Paris, Champion, 1915.

FRANÇOIS Guy (général), *Les canons de la Victoire 1914-1918,* t. 2 : *l'Artillerie lourde à grande puissance*, Paris, Histoire et Collections, 2008, réimpr. 2015.

FRANÇOIS Guy (général), *Le canon de 75 modèle 1897*, Louviers, Ysec, 2013.

GABRIEL Marc, *La Grande guerre à l'ombre du fort de Manonviller : un épisode méconnu de la bataille de Lorraine dans le Lunévillois*, Nancy, NMG éd., 2013.

GIDE André, *Journal 1889-1939*, Paris, Gallimard, coll. « Bibliothèque de la Pléiade », 1948. (『ジッドの日記』 II、新庄嘉章訳、小沢書店、1999 年)

GRAILLES Bénédicte, « *Gloria Victis : vétérans* de la guerre de 1870-1871 et reconnaissance nationale », *Revue d'histoire du XIXᵉ siècle,* 30, 2005.

GRANDHOMME Jean-Noël, « Introduction : les Alsaciens-Lorrains dans la Première Guerre mondiale », « Refugiés en Vaucluse » et « L'emploi des prisonniers et internés alsaciens-lorrains : l'industrie de guerre du bassin de Saint-Étienne », dans GRANDHOMME Jean-Noël (dir.), *Boches ou Tricolores ? : les Alsaciens-Lorrains dans la Grande Guerre*, Strasbourg, La Nuée Bleue, 2008, p.19-33, 151-162, 163-178.

GRANDHOMME Jean-Noël, *La première Guerre Mondiale en France*, Rennes, Edition Ouest-France, coll. « Poche histoire », 2009.

GRASSER Jean-Paul, *Une histoire de l'Alsace*, Editions Jean-paul Gisserot, 2013.

HART B.H. Liddell, *History of the First World War*, London, Cassell, 1970 ; rééd. London, Papermac, 1992. (L. ハート、『第一次世界大戦』（上・下）、上村達雄訳、中央公論新社、2000 年)

HINZ Uta, « Prisonniers », dans AUDOIN-ROUZEAU & BECKER, 2012, t.II, p.327-338.

HORNE John, « Ouvriers, mouvements ouvriers et mobilisations industrielles », dans AUDOIN-ROUZEAU & BECKER, 2012, t.II, p.93-109.

HORNE John & KRAMER Alan, 1914. *Les atrocités allemandes : la vérité sur les crimes de guerre en France et en Belgique*, trad. française, Paris, Tallandier, 2005 ; rééd. coll. « Texto », 2011.

HOSSENLOPP René, *Mes souvenirs 1913-1921*, édité à titre privé par son fils Yves Hossenlopp, Cernay, s.d.

HUYON Alain, « La Grosse Bertha des Parisiens », *Revue historique des armées*, nᵒ 253, 2008, p.111-125.

ISSELIN Henri, *La ruée allemande : printemps 1918*, Paris, Arthaud, 1968. (アンリ・イスラン 『第一次世界大戦の終焉－ルーデンドルフ攻勢の栄光と破綻 1918 年春』、渡辺格訳、中央公論新社、2014 年)

JOUINEAU André, *Officiers et soldats de L'Armee française de 1914 d'août à décembre*, Paris, Histoire & Collections, 2008.

KASPI André, « Les Etats-Unis dans la guerre : avril 1917 - novembre 1918 », dans AUDOIN-ROUZEAU & BECKER, 2012, t.I, p.657-667.

KRUMEICH Gerd & AUDOIN-ROUZEAU Stéphane, « Les batailles de la Grande Guerre », dans AUDOIN-ROUZEAU & BECKER, 2012, t.I, p.385-401.

LACOUTURE Jean, *De Gaulle 1, Le rebelle 1890-1944*, Paris, Seuil, coll. « Points Histoire », 1984.

LAOUÉNAN Roger, *Août 1914 en Bretagne : le tocsin de la moisson*, Paris, France-Empire, 1980.

LAPARRA Jean-Claude *et al.*, *Quand la marine impériale bombardait Nancy, 1916-1917 : le centenaire du « Gros Max » de Hampont*, Mondorf-les-Bains, Gérard Klopp, 2016.

LE NAOUR Jean-Yves, *Misères et tourments de la chair durant la Grande Guerre : les mœurs sexuelles des Français 1914-1918,*

Paris, Aubier, 2002.

LE NAOUR Jean-Yves, *1914 : la grande illusion*, Paris, France Loisirs, 2012.

LE NAOUR Jean-Yves, *La grande guerre à travers la carte postale ancienne*, Paris, HC, 2013.

LE NAOUR Jean-Yves (dir.), *Dictionnaire de la grande guerre*, Paris, Larousse, 2014.

LEPICK Olivier, « Les armes chimiques », dans AUDOIN-ROUZEAU & BECKER, 2012, t.I, p.347-361.

LOPEZ Jean, *14 - 18 En première ligne*, Montpellier, LeSir, 2000.

LUCAS Jean, *La D.C.A. (défense contre aéronefs) : de ses origines au 11 novembre 1918*, Paris, Baudinière, 1934.

MARIVAL Guy, *La Chanson de Craonne : enquête sur une chanson mythique*, Orléans, Regain de lecture, 2015.

MASSIEU Benjamin, *Les demoiselles aux pompons rouges : la résistance héroïque des fusiliers marins à Dixmude*, Villers-sur-Mer, Pierre de Taillac, 2014.

MÉDARD Frédéric, *Les prisonniers en 1914-1918 : acteurs méconnus de la Grande Guerre*, Soteca, 2010.

MICHEL Marc, « Les troupes coloniales dans la guerre », dans AUDOIN-ROUZEAU & BECKER, 2012, t.I, p.439-448.

MIQUEL Pierre, *Les Poilus : la France sacrifiée*, Paris, Plon, 2000.

MONTAGNON Pierre, *Dictionnaire de la Grande Guerre 1914-1918*, Paris, Pygmalion, 2013.

MULLER Claude & WEBER Christophe, *Les alsaciens : une région dans la tourmente (1870-1950)*, Paris, Les Arènes, 2012.

NIEUWLAND Norbert (Dom) & TSCHOFFEN Maurice, *La légende des francs-tireurs de Dinant : réponse au mémoire de M. le professeur MEURER de l'université de Wurzbourg*, Gembloux, J. Duculot, 2ᵉ éd., 1929.

NIVET Philippe, *La France occupée : 1914-1918*, Paris, Armand Colin, 2011, 2ᵉ éd., 2014.

PERTHUIS Bruno de, « Le Sacré-Cœur » dans *Cartes postales et collection*, nᵒ 205, sept.-oct. 2002, p.12-21.

PIERRARD Pierre, *Lille et les Lillois*, Paris, Bloud et Gay, 1967.

POINCARÉ Raymond, *Au service de la France : neuf années de souvenirs, V : l'invasion 1914*, Paris, Plon, 1929.

POINCARÉ Raymond, *Au service de la France : neuf années de souvenirs, VII : guerre de siège 1915*, Paris, Plon, 1931.

POPELIER Jean-Pierre, *Le premier exode : la Grande guerre des réfugiés belges en France*, Paris, Vendémiaire, 2014.

POUGET Jean, *Un certain capitaine De Gaulle*, Paris, Fayard, 1973.

PROUST Marcel, *Correspondance de Marcel Proust*, t.XIV, établie par Philip Kolb, Paris, Plon, 1986.

PROUST Marcel, *À la recherche du temps perdu*, Paris, Gallimard, coll. « Bibliothèque de la Pléiade », t.IV, 1989.

RAYNAL Sylvain Eugène (Colonel), *Le drame du fort de Vaux : journal du commandant Raynal*, Verdun, Éditions lorraines Frémont, s.d.

RENOIR Jean, *La grande illusion : découpage intégral,* Paris, Seuil, coll. « Points - Films », 1971.

SCHAEPDRIJVER Sophie de, *La Belgique et la Première Guerre Mondiale*, trad. française, Bruxelles, P.I.E.-Peter Lang, 2004.

SCHIAVON Max, *Le Front d'Orient : du désastre des Dardanelles à la victoire finale 1915-1918*, Paris, Tallandier, 2016.

SPINDLER Charles, *L'Alsace pendant la guerre*, Strasbourg, Treuttel & Würtz, 1925.

STROWSKI Stéphane, *Les estampilles postales de la Grande Guerre, ca* 1925 ; rééd. Amiens, Yvert et Tellier, 1976.

THIÉRY Maurice, *Paris bombardé par zeppelins, gothas et berthas*, Paris, E. de Boccard, 1921.

VALÉRY Paul, *Œuvres*, t.I, Paris, Gallimard, coll. « Bibliothèque de la Pléiade », 1957.

WILLMÉ Daniel, *La Grande Guerre dans la vallée de Masevaux : d'après le journal de guerre d'Isidore André*, La société d'histoire de la vallée de Masevaux, 2014.

芥川龍之介『芥川龍之介全集 第一巻』岩波書店、1977 年。

石川三四郎『一自由人の放浪記』平凡社、1929（昭和 4）年。

大橋尚泰『ミニマムで学ぶフランス語のことわざ』北村孝一監修、クレス出版、2017 年。

大橋尚泰「白樺の皮に兵士が記したことわざ」『ことわざ』8 号（ことわざ学会）、2018 年。

片岡覚太郎『日本海軍地中海遠征記――若き海軍主計中尉の見た第一次世界大戦』C・W・ニコル編、河出書房新社、2001 年。

河盛好蔵『藤村のパリ』新潮社、1997 年。

紀脩一郎『日本海軍地中海遠征記　第一次世界大戦の隠れた戦史』原書房、1979 年。

工藤美代子『黄色い兵士達　第一次大戦日系カナダ義勇兵の記録』、恒文社、1983 年。

島崎藤村『エトランゼエ』春陽堂、1922（大正 11）年。

島崎藤村『佛蘭西だより』下巻、新潮社、1924（大正 13）年。

田中克彦『ことばと国家』岩波書店（岩波新書）、1981 年。

土井晩翠『曙光』金港堂、1919（大正 8）年。

中本真生子「アルザスと国民国家 ─『最後の授業』再考 ─」『思想』887 号、1998 年。

蓮實重彦『反 = 日本語論』筑摩書房（ちくま文庫）、1986 年。

平野千果子『アフリカを活用する　フランス植民地からみた第一次世界大戦』人文書院、2014 年。

ホール、ジェイムズ『西洋美術解読事典』（高階秀爾監修、高橋達史・高橋裕子・太田泰人他訳）、河出書房新社、1988 年。

松尾秀哉『物語 ベルギーの歴史』中央公論新社（中公新書）、2014 年。

松沼美穂「1917 年春のフランス軍の「反乱」──共和国の市民－兵士の声をどのように聞き取るか──」、『歴史学研究』883 号、
　　2011 年。

諸岡幸麿『アラス戦線へ』、軍人會館事業部、1935（昭和 10）年。

吉江孤雁『佛蘭西印象記』精華書院、1921（大正 10）年。

吉江喬松『佛蘭西文藝印象記』新潮社、1923（大正 12）年。

吉野作造編『現代叢書　歐洲大戰』德富蘇峰監修、民友社、1916（大正 5）年。

レマルク『西部戦線異状なし』秦豊吉訳、新潮社（新潮文庫）、1955 年。

連隊史・部隊史

Historique du 2ᵉ RIT : Le 2ᵉ Régiment Territorial d'Inf ᵣᵢᶜ pendant la Guerre, numérisé par Paul Chagnoux, 2006.

Historique du 2ᵉ RMA : Historique du 2ᵉ Régiment de Marche d'Afrique pendant la guerre 1914-1918, Nancy, Impr. Berger-Levrault, s.d.

Historique du 2ᵉ Zouaves : Historique du 2ᵉ Régiment de Marche de Zouaves du 2 août 1914 au 11 novembre 1918, Paris, Henri Charles-Lavauzelle, 1921.

Historique du 3ᵉ RAP : Historique du 3ᵉ Régiment d'Artillerie à Pied, Metz, Impr. Paul Even, 1921.

Historique du 15ᵉ RI : Historique du 15ᵉ Régiment d'Infanterie, Impr. F. Cocharaux, 1920, numérisé par Ancestramil.

Historique du 15ᵉ ETEM : Historique du 15ᵉ Escadron du Train des Equipages Militaires pendant la campagne 1914-1918, Avignon, Impr. Rullière, 1920.

Historique du 19ᵉ RAC : 19ᵉ Régiment d'Artillerie (A.D. 30) Historique Août 1914 à Août 1919, Nîmes, Impr. La Rapide, s.d.

Historique du 24ᵉ RAC : Historique du 24ᵉ Régiment d'Artillerie de Campagne, du 2 août 1914 au 11 janvier 1919 ; et du 5ᵉ groupe du 118ᵉ Régiment A.L., du 26 mars 1918 au 11 janvier 1919, Tarbes, Impr. de Lesbordes, 1920.

Historique des 28ᵉ et 228ᵉ RAC : Historique des 28ᵉ et 228ᵉ Régiments d'Artillerie pendant la guerre 1914-1918, Nancy, Impr. Berger-Levrault, s.d.

Historique du 47ᵉ RAC : Le 47ᵉ Régiment d'Artillerie, les 232ᵉ et 247ᵉ régiments, le dépôt, Besançon, Impr. Jacques et Demontrond, 1919.

Historique du 53ᵉ RI : 53° Régiment d'Infanterie, Historique 1914-1918, Toulouse, Imprimerie Ouvrière, transcrit par Catherine Gasnier en 2007.

Historique du 58ᵉ BCP : Historique du 58ᵉ Bataillon de Chasseurs à Pied pendant la guerre 1914-1918, Nancy, Impr. Berger-Levrault, s.d.

Historique du 64ᵉ BCP : Historique du 64ᵉ bataillon de chasseurs à pied pendant la guerre 1914-1918, Nancy, Impr. Berger-Levrault, s.d.

Historique du 110ᵉ RIT : Historique du 110ᵉ Régiment Territorial d'Infanterie : campagne 1914-1918, Romans (Drôme), Impr. Générale H. Deval, numérisé par Jean-Pierre Kretzschmar, 2013.

Historique du 111ᵉ RI : Historique du 111ᵉ Régiment d'Infanterie depuis le 2 août 1914 jusqu'au 1 juillet 1916, Antibes, Impr. de Fugairon, s.d.

Historique du 173ᵉ RI : Historique du 173ᵉ Régiment d'Infanterie, Librairie Chapelot, numérisé par P. Chagnoux, 2012.

Historique du 252ᵉ RI : Historique du 252ᵉ régiment d'infanterie pendant la guerre 1914-1918, Nancy, Impr. Berger-Levrault, s.d.

Historique du 286ᵉ RI : Historique du 286ᵉ Régiment d'Infanterie, Le Puy, Impr. Peyrillier Rouchon & Goujon, s.d., numérisé par Jérôme Charraud.

JMO

http://www.memoiredeshommes.sga.defense.gouv.fr/

赤十字国際委員会（CICR）捕虜資料

https://grandeguerre.icrc.org/fr

その他、新聞、官報、各県資料庫所蔵の軍人登録簿などは脚注に記した。

おわりに

　本書の出発点となったのは、4年前の2014年の夏、ちょうど第一次世界大戦の開戦100周年でフランスが盛り上がっていた頃、たまたま当時の兵士が書いた葉書を手に取り、文字どおり目がくらむような衝撃を受けたことだった。100年前の兵士が戦場で走り書きした実物を目にするというのは、それこそ竜宮城を往復するタイムトラベルのような、強烈な体験だった。

　それ以来、筆記体との格闘が始まった。とくに、友人の葉書商 Daniel ROMAIN 氏には手取り足取り教えていただいた。夢の中でも筆記体の文字の曲がる角度を思い浮かべる暗中模索の日々が続き、だんだんと読めるようになっていった。

　続いて、葉書や手紙を書いた兵士たちの背景を調べる方向に向かった。この過程で驚いたのは、大戦中の兵士の個人情報がインターネットで調べられるという点だった。本書に収録した将兵についても、氏名がわかる場合は可能なかぎり手を尽くして調べた。戦死した兵士については、仏軍事省（旧国防省）のホームページ « Mémoire des hommes » で公開されている戦死者カードで生年月日、出身地、軍人登録簿の番号、死亡日、死亡場所などを知ることができる。多くの場合、そこから徴集時の管轄の県の資料庫で軍人登録簿を探し出し、写真画像によって詳細な記録に接することができる（これは県によってはホームページでは公開していない場合もあり、また死亡していなくても生年がわかれば軍人登録簿が見つかる場合もある）。さらに、捕虜になっている場合は、赤十字国際委員会（CICR）のホームページから当時の捕虜資料の写真画像を閲覧することができる。その他、聖職者で従軍し、勲章または表彰を受けている場合は聖職者芳名録（Boulesteix, 1925）で調べることができる。

　それと並んで、所属する部隊名がわかる場合は、可能なかぎり陣中日誌（JMO）や連隊史にあたって調べ、手紙や葉書が書かれた背景を理解しようと努めた。

　本書を書くにあたっては、多くのフランス人の力をお借りした。

　まず、フランス軍の歴史について多数の記事を書かれている博識の Jean-François BERTHIER 氏には、筆記体の読み方、語義の解釈、軍隊の常識など、実に多くのことを教わった。氏の祖父は大戦中にヴェルダンとサロニカで戦った兵士だった。蒐集家でもある氏に譲っていただいた多くの葉書や手紙が本書に収録されることになった。心からの感謝を捧げたい。

　ロレーヌ大学（旧ナンシー第1大学）名誉教授の Marc GABRIEL 氏にも親身になってご指導いただいた上に、序文を寄せていただいた。氏は大戦当時の独仏国境に近いロレーヌ地方マノンヴィレール村の出身で、大戦初期に降伏したマノンヴィレール要塞についての著書（Gabriel, 2013）で知られている。その著書に収録されている葉書を含む貴重な資料を詳細な解説つきで譲っていただき、そのうちの数枚を本書に収録することができた。

　フランスの砲兵隊に造詣が深く、とくに列車砲の第一人者として知られる Guy FRANÇOIS 将軍にも、気さくにいろいろと教えていただき、やはり快く文章を寄せていただいた。フランス陸軍憲兵少将を務め、定評ある著書を数冊書かれているだけでなく、本書でも活用した辞典（Cochet & Porte, 2008）の大

砲・砲兵隊関連の項目はすべて将軍が執筆を担当されている。大戦中の祖父の姿については「刊行によせて」でエピソードが語られている。

大戦中のセネガル狙撃兵についての博士論文準備中にセネガルで教職に転じた Jean-Loup SALÈTES 氏にも親身になって教えていただいた。氏が編纂したアフリカの諺の本はフランスでロングセラーとなっている。氏の父方の祖父は、軍医として大戦に従軍して真情のこもった日記を残し、それを書き起こしたものを氏に送っていただいたが、本書では活用できなかったのは少し心残りとなった。氏の母方の祖父は、アンドレ・ジッドやジャン・コクトーらと交友のあった多芸な作家 Renaud ICARD で、氏はこの祖父についての論文も書かれている。氏の祖母の兄弟 Pierre CHAINE も文学者で、やはり大戦に従軍し、鼠の視点から塹壕の兵士たちの姿を描いたフランス版『吾輩は鼠である』とでも呼ぶべき小説『ある鼠の回想録』を 1916 年に発表し、アナトール・フランスに序文を書いてもらっている。

筆者も所属する消印愛好研究会の会長 André VAN DOOREN 氏にも、特にベルギーの手紙や葉書について親切に質問に答えていただいた。特に大戦中の郵便物に造詣が深い氏は、国王アルベール 1 世が戦っていたベルギー最西端のフュルヌ村の隣村で子供時代をすごされた。

アルザス在住の Yves HOSSENLOPP 氏は筆者の知人の中では最高齢の 86 歳で、なんと祖父ではなく父親が大戦で戦っている。氏の父親はアルザスのミュルーズ出身で、開戦の前年に高校を卒業するとフランスに帰化して志願してフランス軍に加わり、負傷してドイツの捕虜となったが、脱走して中立国オランダまで 800 km 歩き、再度フランス軍に合流して戦ったという武勇伝の持ち主だったが（p.393 脚注 4 参照）、残念ながら第二次世界大戦中にレジスタンス活動家となってドイツ軍に殺害されたらしい。この父親が遺した貴重な回想録を活字化したものを同氏に分けていただき、これは本書でも大いに役に立った。

また、ご本人の希望により詳しくは書けないが、Jean-Paul CLAUDEL 氏にも、跡継ぎがいないからというので、先祖の貴重な手紙を譲っていただき、家に伝わる話を詳しく聞かせていただいた。さらに、親戚の最高齢の方に連絡を取って確認する労も取っていただいた。

以上の人々は、全員、70 ～ 80 歳台である。なかには、両大戦で 2 度にわたってドイツの侵略を受けた傷がまだ完全には癒えていないと感じている人もいれば、すべてを水に流して現在のドイツを受け容れている人もいる。いずれにせよ、こうした大戦を生きた人々の主として孫にあたる世代の人々の記憶や感情も、何らかの形で受け継いでいきたいと思っている。

ひ孫にあたる世代（筆者もこの世代に属する）の人々では、カリカチュアの歴史の第一人者で大戦中の絵葉書についての著作も出されている Guillaume DOIZY 氏、フランス各地の史料室に通いつめていて県資料庫の軍人登録簿の探し方などについても教えていただいた Emmanuel SCHAFFNER 氏、養蚕研究家の Alain AUDEJEAN 氏にも感謝したい。オランダ在住の名尾葉さんにはオランダ語の発音について教えていただいた。さらに、前著に続いて、Valérie NONJARRET さんにも細かいことでご協力いただいた。

こうしたひ孫にあたる世代の場合、祖父ではなく曾祖父の話となるので、親から間接的に話を聞く形となり、大戦の記憶が遠くなっている感は否めない。父親があまり話をしなかったために先祖の話が伝わっていなかったり、曾祖父まで遡ると外国人だったという場合もある。その中で、最後にお名前を挙げた 40 代前半の Valérie さんには、ご両親の協力を得て、先祖から伝わる話を伺い、家に残されている資料を全部見せていただいたので、かいつまんで記しておく。Valérie さんの曾祖父は 4 人とも大戦で戦っている。1 人目の曾祖父は 17 歳で志願して歩兵となり、1916 年にヴェルダンの 202 高地で負傷し、

1917 年にはシュマン・デ・ダムのカリフォルニー高地（「クラオンヌの歌」に出てくるクラオンヌの高地）で負傷した。サーベルで指を 3 本切断された上に、毒ガス中毒となって大戦後も肺を病み、肺癌で亡くなったという。2 人目の曾祖父は後備兵として輜重隊に属していたが、やはり毒ガスのためか、視力が極端に低下し、大戦の途中で除隊となった。3 人目の曾祖父はヴェルダンの戦いで心理的ショックを受け、人が変わったように話をしなくなり、孫は怖がって寄りつかなくなったという。4 人目の曾祖父もヴェルダンでショックを受けて鬱っぽくなり、戦後は何かにつけて「おまえは 304 高地に行ったことがないんだな。あそこじゃ〇〇なんか手に入らなかったんだぞ」、「おれは背が低かったから砲弾が頭の上を飛んで助かったが、背の高かったやつらは死んだんだ」と言うのが口癖だったという。

　末筆ながら、本書の内容に最初に興味を持っていただき、レイアウトに関する希望も叶えていただいた、えにし書房代表の塚田敬幸氏に深く感謝したい。

　　2018 年 6 月

大橋尚泰

索　引

「フランス」などの一般的すぎる語は載せていない。「ヴェルダン」などの頻出する語は主要なページを載せた。
手紙の宛先に出てくるだけの戦地から離れた小村の地名は、不要と思われたので掲げなかった。

《地　名》

〈ア行〉

アヴィニョン　9, 23, 26, 28, 310-311
アヴォクール　86
アヴリクール　11, 16
アダンケルク　342
アドリア海　58, 166, 348, 362
アノネー（収容所）　310, 312
アブヴィル　10, 126
アミアン　9, 10, 149, 422-423
アメリカ（国）　84, 102, 197, 206, 220, 231,
　240, 366
アラス　10, 68, 79, 186-187, 202-203, 264,
　278-279
アルゴンヌの森　11, 86, 110, 138, 154, 396-
　398, 400
アルザス（地方）　9, 11, 15, 36, 38, 96, 293-
　318, 454
アルザス・ロレーヌ（地方）　15, 16, 36,
　38, 295, 308, 312, 314
アルジェ　22-23, 42, 348
アルジェリア（国）　22-23, 42, 104, 122, 214,
　312, 334, 348
アルス　114
アールスト　320, 324
アルデンヌ県　34, 264-273, 286, 288, 326
アルトキルシュ　294, 296
アルトワ（地方）　9, 10, 68, 74, 78-79
アルバニア（国）　348, 356, 362-363
アルベール　10, 100
アルマンチエール　10, 68-69, 79
アロクール　40
アンギャン＝レ＝バン　368
アングーレーム　9, 182-183
アントウェルペン→アントワープ
アントワープ　320, 321, 324, 328, 334, 342
アンヌマス　288
アンポンの森　150
イエナ　346
イエール　376
イス＝スュール＝ティーユ　11, 46-47, 62-63
イスタンブール→コンスタンチノープル
イゼール川　10, 15, 79, 320-321, 328, 334,

346
イープル　9, 10, 15, 79, 116, 222, 320-321,
　332
イーペル→イープル
インゴルシュタット（収容所）　372, 393-394
インドシナ　22, 204, 214
ヴァイセンブルク　372, 394
ヴァドンヴィル　210
ヴァランシエンヌ　10, 190, 380
ヴァランティニエ　72
ヴィエルゾン　9, 91, 162
ヴィエンヌ＝ラ＝ヴィル　124-125
ヴィトリー＝ル＝フランソワ　4, 10-11, 64
ヴィミー　196, 202-203
ヴィミリッヂ→ヴィミー
ヴィル＝スュール＝トゥルブ　398, 400
ヴィルトン　390
ヴィルフランシュ＝スュール＝メール　30
ヴィルヌーヴ（スイス）　392
ヴィルヌーヴ＝ド＝マルサン　216
ヴィレール＝コトレ　10, 231
ヴィレール＝レ＝モワンヌ　415
ヴェズリーズ　28
ヴェズレー　52
ヴェッセルリング　294, 306
ヴェルサイユ　9, 10, 60, 230, 234-235, 248,
　256
ヴェルジー　134, 136
ヴェルダン　9, 11, 15, 40, 79, 86, 148-150,
　162-164, 168, 172, 176, 178, 182, 197, 204,
　210, 222, 282, 314, 362, 370, 371, 388,
　393, 396, 413, 415, 417, 438, 453, 455
ヴェルトコブ　362-363
ヴォー（要塞）　80, 148-149, 172, 228
ヴォーコワ　86
ヴォージュ（山脈、地方、県）　9, 11, 68, 79,
　96, 264, 294, 300, 316
ヴーズィエ　187
ヴュルツブルク（収容所）　372, 394
エヴィアン　288, 372
エヴルー　432-433
エクス＝ヌーレット　74

エスト（要塞）　212
エダン　126
エーヌ川　10, 44, 180, 195, 197, 208
エーヌ県　44, 195, 264-265
エペルネー　10, 136-137
オステンデ　320, 328
オスマン帝国→トルコ
オーディニクール　229
オート＝アルザス（地方）　293, 302, 304, 306
オート＝マルヌ県　264, 286, 374
オート＝リヴォワール　252
オーブ県　84, 160, 264
オー＝ラン県　264, 294, 296, 302, 314
オランジュ　9, 398-399
オランダ（国）　320-321, 342-343, 390, 393-
　394
オルレアン　9, 10, 52-53
オワーズ川　10, 32
オワーズ県　32, 50, 264

〈カ行〉

カサブランカ　348, 439
カッターロ　58, 166
カナダ（国）　182, 196, 203
カネ　86, 91, 160
カポレット　196, 348
カリフォルニー高地　455
ガリポリ（半島）　347-356, 370
カールスルーエ（収容所）　372, 388
カーン　9, 218-219
カンティニー　230, 240
キュスティーヌ　54-55
ギュータースロー（収容所）　372, 382
キュベルリー　120, 128
ギリシア（国）　348-362
クラオンヌ　10, 79, 195, 228, 455
グラセー　56
グランヴィル　319
グラン・クーロネ　40
クルイユ　244
クレムラン＝ビセットル→ル・クレムラン＝ビ
　セットル

索引《地名》

クレルモン＝アン＝ナルゴンヌ　90-91
クレルモン＝フェラン　9, 188
クロナッハ　372, 393
ゲブヴィレール　38, 294
コトブス　372, 384
コトル→カッターロ
コニャック　384
コルシカ島　82, 348
コルマール　11, 294, 314-316, 318
コンスタンチノープル　348-349
コンピエーニュ　9, 10, 32, 77, 79, 238, 246

〈サ行〉
ザイスト（収容所）　342-343
サラエヴォ　14-16, 348-349
サルデーニャ島　166, 348
サロニカ　232, 346-349, 356-370
サンス　10, 86, 90-91
サン＝タドレス　10, 14, 321, 328-329
サン＝タマラン　114, 294-295, 304, 306, 312
サン＝タマン＝スー　54-55
サン＝タンブロワ　396, 399-402, 412-414
サン＝ティレール＝ル＝グラン　128, 258
サン＝ドニ　10, 212, 334
サント＝マリー＝ア＝ピ　383
サント＝ムヌー　268
サン＝ナゼール　9, 196, 220, 240
サン＝ミイエル　11, 70, 79, 82, 240
サン＝ミシェル→サン＝ミイエル
サン＝メダール　29
サン＝メダール＝アン＝ジャル　216
サン＝ラファエル　9, 348, 350, 352
サン＝ランベール＝スュール＝ロワール（収容所）　308-309
サンリス　10, 50-51, 265
ジヴェ　264, 266-267, 320
シェピーの森　86, 90
シェールブール　9, 102
シャティヨン＝スュール＝セーヌ　400
シャトー＝ティエリー　10, 242
シャトノワ　147
シャフハウゼン　288, 372, 393
シャルルヴィル　264, 286
シャルルロワ　32, 320
シャロン・キャンプ→ムルムロン・キャンプ
シャロン＝スュール＝マルヌ　10-11, 18, 92-93
シャンパーニュ（地方）　9, 10-11, 40, 76, 79, 86, 128, 160, 258, 354
シュトゥットガルト　372, 378
ジュネーヴ　9, 288, 372, 394
シュマン・デ・ダム　10, 195-197, 208, 228,

230, 238, 417, 455
ショーモン　9, 11, 172
ジョワニー　10, 90-91
スース　22, 348
スタインバック　310
スダン　11, 34, 36, 264, 270
ストラスブール　11, 76, 264, 294, 314, 316
スーピール　195
スユイップ　11, 258
セダン→スダン
セッシュプレ　70
セッデュル・バール　347-348, 354
セット　23
セーヌ河　9, 10-11, 40, 102, 106, 198
セルビア（国）　14-16, 18, 348-349, 356-358, 362
ソムスー　224-225
ソメイユ　174
ゾルタウ（収容所）　372, 390-392
ソワソン　9, 10, 44, 79, 150, 180-181, 197, 202, 229, 238, 242
ソンム川　9, 10, 149,182, 262
ソンム県　77, 202, 264, 422

〈タ行〉
ダーダネルス（海峡）　78, 347-350, 354
ターラント　348, 360
タルドノワ（地方）　242-243
ダンケルク　9, 10, 73, 150, 320, 334
タンヌ　294-295, 302-303, 306, 310, 312
ダンヌマリー　294, 298-299, 306
タンネンベルク　14, 348
チュニジア（国）　22-23, 59, 166, 214, 348
青島　14, 218
チンタオ
ツォッセン（収容所）　372, 380
ディウーズ　376, 396
ディウー＝スュール＝ムーズ　162
ディエップ　10, 368-369
ティオーモン（要塞）　178
ディクスミュード　10, 79, 320, 334
ディジョン　9, 11, 46, 52, 68, 185, 375
ディナン（ベルギー）　14, 320-321, 324-327, 370
ディナン（フランス）　330
ティーネン　320, 344
テッサロニキ→サロニカ
ドゥオーモン（要塞）　148-149, 164, 178, 262, 282, 388, 393
ドゥワルヌネ　218-219
ドゥーラン　10, 62
トゥール（Toul）　11, 40, 48, 240
トゥール（Tours）　9, 36, 262, 268

トゥールコワン　264, 278-280
トゥールーズ　9, 55, 70, 80, 186, 192, 204-205, 268, 302, 306, 386, 433
ドーモン→ドゥオーモン
トルコ（オスマン帝国）　15, 58, 331, 348-354, 366, 368-369
トレヴー　114
ドンレミ　11, 190

〈ナ行〉
ナミュール　11, 14, 32, 266-267, 320-321, 324
ナンシー　9, 11, 28, 40, 70, 144, 146, 150, 246-247, 272, 453
ニウーポール　10, 79, 320, 334, 346
ニース　9, 30-31, 270, 350, 376
日本（国）　14, 58-59, 104, 140, 182, 196, 200, 201, 203, 218, 234-235, 244, 304, 323, 421, 437-438, 440
ニーム　9, 132, 144, 146, 396-399, 412-413
ニューポール→ニウーポール
ニュルンベルク　372, 393-394
ネッタンクール　174
ノジャン＝ラルトー　242-243
ノートル＝ダム・ド・ロレット　68, 74, 79, 228
ノール県　32, 264-265, 276, 282, 288, 380, 382
ノワイヨン　10, 66, 79, 202, 229

〈ハ行〉
バスティア　82
パッサンス　214, 216
バドンヴィレール　11, 71, 112-113
パ＝ド＝カレー県　186, 256, 264
バ＝ラン県　264, 294
パリ
　アンヴァリッド（廃兵院）　212, 260
　イエナ橋　346
　エッフェル塔　106-107, 142-146, 346
　凱旋門　106, 260-261, 裏表紙
　北駅　236
　グラン・ブールヴァール　表紙
　クーロンヌ駅　156
　コンコルド広場　38
　サクレ＝クール寺院　190
　サン＝ジェルヴェ教会　234
　サン＝トノレ通り　358
　シャンゼリゼ　230, 260
　シャン＝ド＝マルス（広場、通り）　106
　ストラスブール像　38-39
　チュイルリー公園　212
　ノートルダム大聖堂　146

パレ=ロワイヤル　142-143
ベルヴィル通り　156
ペール・ラシェーズ墓地　156, 158
ボンヌ=ヌーヴェル大通り　表紙
メニルモンタン通り　158
モンマルトル　106, 190
リュクサンブール（美術館）　168-169
13区　132, 206
16区　156, 260, 428-429
20区　156, 168
パルニー=スュール=ソー　64
バール=ル=デュック　11, 149, 210, 396, 438
パレクール　178
パレ=ル=モニアル　190
ハンメルブルク（収容所）　372, 376
ビアリッツ　9, 32
ピカルディー（地方）　9, 10, 44, 230-231, 240
ビゼルト　58-59, 166, 348
ビュアント川　86
ビュッサン　294, 300-302, 304, 306
ブーヴレーニュ　77
フェール=シャンプノワーズ　174
フォークークール　96
フォントノワ　44, 180
フュルヌ　320, 336-337, 454
ブラッフェンホーフェン　393
フランクフルト・アム・マイン　286, 372, 394
フランダース→フランドル（地方）
フランドル（地方）　230, 332
プランファン　308-309
ブリュッセル　266, 320-321, 322-326, 340, 344
ブルガリア（国）　78, 230, 348-349, 356-360, 368-370, 418
ブールジュ　9, 54, 56, 91
ブルポット　296
ブーローニュ=スュール=メール　382
フロリナ　348, 362-363
フロワドテール　415
ベチューヌ　10, 68-69, 320
ベッソンクール　222
ベルサイユ→ヴェルサイユ
ベルダン→ヴェルダン
ベルト=レ=ユルリュス　258
ベルニ　396-398, 404, 418
ベルネクール　70-71
ベルフォール　9, 11, 72, 98, 222, 294-298
ベレーム　24
ベロンヌ　10, 79
ヘント　320, 324-326, 334, 339
ボー→ヴォー（要塞）
北海　9, 10, 15, 58, 68, 79, 366

ホーヘ　332
ボモン（要塞）　98
ボモン=スュール=ヴェール　134
ポーランド（国）　116, 144, 372, 384, 393
ボルドー　9, 14-15, 32, 36-38, 54, 64, 214-216, 270, 366-367, 429
ポン=タ=ムッソン　11, 70, 79, 132, 198, 200, 265, 272-273
ポンタルリエ　382

〈マ行〉
マイイー・キャンプ　11, 160, 224-225
マ川　10, 238
マクデブルク（収容所）　372, 373, 394
マケドニア（地方）　232, 348, 364
マスヴォー（マズヴォー）　295, 306, 318
マノンヴィレール（村、要塞）　3, 11, 16-17, 40, 118-119, 234, 453
マメルス　24
マランクールの森　332
マルセイユ　9, 76, 82, 348, 350-351, 356
マルタ島　58-59, 348
マルヌ川　9, 10-11, 15, 40, 61, 136, 242-243
マルヌ県　264
マン　190, 380
マンスバック　296-297
マンチェスター　296, 310, 312
マンハイム　392
ミュルーズ　294-296, 298, 306, 311-312, 314, 454
ムーズ川　11, 326
ムーズ県　70, 174, 178, 210, 264
ムール=テ=モゼル県　16, 28, 48, 70, 256, 264, 272
ムールト県　264
ムルムロン・キャンプ　10-11, 120, 128, 160, 226
ムルムロン=ル=グラン　10-11, 208, 226
メス→メッス
メ=スュール=オルヌ　218
メッス　11, 254-255, 264, 316
メヘレン　320, 322-323
モゼル県　16, 264
モナスティル　348, 356-357, 360, 362, 418
モニストロール=ダリエ　433-435
モブージュ　10, 14, 320, 380
モロッコ（国）　14, 22, 122, 214, 312, 348, 388, 439, 442
モン=サン=ミシェル　9, 319, 429
モンス　10, 32, 320, 326
モンディディエ　10, 244
モントルー（スイス）　372, 390-392

モンプリエ　9, 86, 239, 266, 365, 396
モンベリアール　294, 298
モンペリエ→モンプリエ

〈ラ行〉
ラヴァル　20
ラガルド　28-29, 396
ラ・ポンベル（要塞）　136
ラ・ロシェル　9, 35, 36, 108
ラン（Laon）　10, 234
ラングル　11, 374-375
ランス（Reims）　9, 10-11, 13, 52, 60-61, 79, 80-81, 92-93, 134, 180, 190, 292, 304, 396, 401, 411
ランツフート（収容所）　372, 386-387
リエージュ　14, 234, 320-321, 324, 340-341
リオンス　202, 262
リジウー　9, 274-276, 280-283, 288
リュネヴィル　11, 16, 28, 40, 116-118, 248, 256, 376, 396
リュネル　238-239
リヨン　9, 22-23, 26-28, 80, 94, 114, 118, 176, 286-287, 308, 310, 312, 380-381
ル・アーヴル　9, 10, 14, 32, 84, 102, 321, 328
ルーアン　9, 10, 32, 432-433
ルヴモン　164
ル・クレムラン=ビセットル　132
ル・ショームの森　262
ルトンド　246
ル・ピュイ（=アン=ヴレ）　9, 70-71, 434
ル・ブールジェ　236
ルーベ　264, 278-280
ルーマニア（国）　148, 348, 356-358
ル・マン　9, 24, 234, 247
レマン湖　288, 372, 392
ローゼンベルク（収容所）　372, 393-394
ロッシュ　262
ロレーヌ（地方）　3, 9, 11, 15, 16, 28-29, 40, 48, 55, 68, 70, 79, 86, 112, 116, 118, 132, 146, 149, 190, 198, 240, 246, 254, 256, 272, 295, 314, 376, 396, 453
ロワ　202
ロワール河　9, 52, 173, 220
ロンギュイヨン　268-269
ロンドン　9, 142

〈数字〉
202高地　455
304高地　176, 206, 455

《人　名》

〈ア行〉

アッティラ　56
アポリネール（ギヨーム・）　110, 142, 144-146, 270, 411
アラコック（マルグリット＝マリー・）　190
アルベール1世　321, 328, 336, 338-339, 342, 454
イエス（キリスト）　180, 190-191
ヴァレリー（ポール・）　79
ヴィヴィアニ（ルネ・）　78, 122, 214, 349
ヴィルヘルム2世　27, 76, 330-331

〈カ行〉

カイヨー（ジョゼフ・）　230, 232
カステルノー（エドゥアール・ド・）　40, 122, 314
カチュール＝マンデス→マンデス
カミュ（アルベール・）　420, 422
ガリエニ（ジョゼフ・）　15, 38, 122
カルメット（ガストン・）　232
ガロス（ロラン・）　393
ガンベタ（レオン・）　15, 36, 38, 270
ガンベッタ→ガンベタ
キッチナー（ハーバート・）　120-122
ギャロス→ガロス
クレマンソー（ジョルジュ・）　79, 122, 196-197, 231, 232, 254, 290, 314, 316
コクトー（ジャン・）　92, 334, 346, 454
ゴーチエ（テオフィル・）　208, 428

〈サ行〉

サライユ（モーリス・）　60-61, 356-357
サレイユ→サライユ
サンブフ（ジョゼフ・）　36, 38-39, 295
ジッド（アンドレ・）　156, 174, 454
ジャンヌ・ダルク　92, 190, 200
ジョッフル（ジョゼフ・）　68, 79, 120-122, 128, 148, 197, 202, 302, 318, 334, 346, 370, 裏表紙
ジョレス（ジャン・）　14, 18, 232-233

〈タ行〉

ダルビエ（ヴィクトール・）　126-127
ダンリ→ドリアン
チャーチル（ウィンストン・）　79, 321, 349
デュバイユ（オーギュスタン・）　150-151
テュルパン（ウージェンヌ・）　70-71
デルベック（オーギュスタン・）　190
デルレード（ポール・）　36, 38
ド・ゴール（シャルル・）　14, 34, 108, 148, 200, 226, 326, 370, 371, 393-394, 453
ドーデ（アルフォンス・）　318
ドリアン（エミール・）　21

〈ナ行〉

ナポレオン（1世）　79, 260, 346
ナポレオン3世　36, 270
ニヴェル（ロベール・）　148, 196, 197, 202, 231
ニコライ（エルネスト・）　152-155, 172-173, 198, 388-389

〈ハ行〉

ヒトラー（アドルフ・）　148, 321
ピュエシュ（アルマン・）　86-91, 104, 120-123, 128-131, 160-165, 186, 193, 212-213, 226, 403
ヒンデンブルク（パウル・フォン・）　108, 148, 196, 202
ファルケンハイン（エーリッヒ・フォン・）　148-149
フォッシュ（フェルディナン・）　62, 122, 222, 230-231, 裏表紙
フランス（アナトール・）　72, 180, 454
ブリアン（アリスティッド・）　78, 122, 349, 370

プルースト（マルセル・）　42, 168
ペタン（フィリップ・）　122, 148, 168, 172, 174, 196-197, 206, 231, 254, 370, 393
ボトレル（テオドール・）　190, 366
ポワンカレ（レイモン・）　14, 21, 32, 76, 122, 196-197, 231, 254, 290, 304-305, 314, 316

〈マ行〉

マタ・ハリ　196
マンジャン（シャルル・）　148, 149, 172, 229, 231, 238
マンデス（カチュール・）　208
ミルラン（アレクサンドル・）　72, 120-122

〈ヤ行〉

ユデル（レオン・）　154, 192-194, 357
ユロー（ルイ・）　24-25, 390-392

〈ラ行〉

ラファイエット侯爵　366
ラングレ（ジャン＝バティスト・）　292
ルージェ・ド・リール　76, 260
ルーデンドルフ（エーリヒ・）　62, 148, 230-231, 234, 238, 242, 244
ルノワール（オーギュスト・）　208
ルノワール（ジャン・）　231
レナル（シルヴァン・）　80
ロティ（ピエール・）　208, 304-305
ロンバール（レオポルド・）　362, 396-418

〈日本人〉

芥川 龍之介　166
石川 三四郎　15, 201, 253, 323
島崎 藤村　32, 107, 158, 204, 350, 439
土井 晩翠　244
永井 荷風　84
諸岡 幸麿　46, 82, 116, 200, 203
吉江 喬松（孤雁）　76, 174, 201, 234, 356

《事 項》

〈ア行〉

穴あき封筒　443-444
アフリカ原住民騎兵　68-69, 122
『アラス戦線へ』　203
アルジェリア戦争　453
アルジェリア狙撃兵→ 狙撃兵
アルトワの戦い　68, 74, 78-89
アルプス猟兵　30, 128-129, 310, 316
アンビュスケ→ 茂みに隠れる者
イゼールの戦い　334
イタリア参戦　106-112
イープルの戦い→ イープル
イペリットガス　222
慰問　190, 412, 440
慰問袋　440
インフレ（物価高騰）　188, 197, 210, 214,
　　413, 440
ヴィニェット　445
ヴィミーの戦い　196, 202-203
ヴェルサイユ条約　230, 248, 256
ヴェルダンの戦い　147, 148-149, 162-164,
　　168, 172, 176, 178, 197, 210, 314, 370, 393,
　　396, 415-417, 455
海への競争　14-15, 66, 74, 274
運動会　120-122
衛生兵→ 看護兵
閲兵式→ 観兵式
厭戦　6, 74, 197, 214, 232
『大いなる幻影』　24, 231, 393
「大鍋」　82, 118, 124, 130, 162, 164, 193
オチキス社　194, 347
オリエント（東洋）軍　349, 354, 357-358,
　　362, 364, 442
音楽隊→ 軍楽隊

〈カ行〉

海軍、海戦　58-59, 84-85, 102, 147, 150,
　　166, 196, 224-225, 321, 334, 347, 349
海軍陸戦隊　334, 346
蚕 → 養蚕
解放地域　256-257
火炎放射器　172, 332
書留　81, 138, 397, 398
革命記念日　230, 260
『カサブランカ』　439
加刷　340-341, 441
餓死　265, 373, 380, 386
ガスマスク　116, 134, 222
学校　56, 93, 132, 134, 150, 178, 235, 252-

253, 283, 295, 300, 304, 310-311
火薬工場　204-205, 214-216
カリグラム　144-146
仮繃帯所、救護所　44, 90, 176, 178, 210
ガリポリの戦い→ ガリポリ（半島）
カルト・フォト　444-445
カルト・レットル　445
看護兵（衛生兵）　48, 178-179, 298, 342,
　　364, 366, 393
観測　86, 402, 404, 407, 416
缶詰　64, 200, 382
観兵式（閲兵式）　120-122, 260, 319
機関銃　79, 88, 106, 122, 128-130, 164, 187,
　　194, 249, 250, 412
騎士道　80
ギーズの戦い　37
虐殺　14-15, 76, 174, 190, 266-267, 321,
　　324-327, 366
キャンプ　160, 224, 231, 265, 319, 330
休暇　439
救護所→ 仮繃帯所
休戦協定　230-231, 246-256, 290, 314, 344,
　　368-369
境界局　46-47
巨砲、長距離砲　15, 64, 147, 150, 224-225,
　　230-231, 234, 321
キリスト教→ 聖職者、ミサ、聖心、YMCA
口べらし　288, 390
グミエ　122
クラオンヌの歌　79, 228, 455
グラン・クーロネの戦い　40, 314
クリスマス休戦　14, 68, 346
グリニッジ標準時　143
軍医　66, 80, 178, 380, 384, 454
軍楽隊　22, 122, 176, 280
軍需工場　126-127, 132, 204-205, 214, 218,
　　288, 291, 376, 382
軍団　48, 108, 117, 433, 437
軍服　22, 34, 98, 104, 130, 299, 316, 411
結核　265, 390
検閲　5, 129, 144, 170, 184, 214, 232, 240,
　　265, 286, 340, 373, 376-387, 394, 418, 421,
　　423, 428
憲兵　94-95, 394
恋文　68, 182, 336
高射砲　304
交通壕　130, 208, 346, 407
坑道戦　193, 404
後備軍、後備役、後備兵　438

告示　292
国土防衛軍→ 後備軍
国民軍→ 後備軍
故人追悼のしおり　262
国歌　76, 122, 260, 338
国境の戦い　14-15, 24, 32, 37, 79, 324, 350
諺　30-31, 81, 111, 140, 161, 284-285, 352,
　　362, 382, 402, 454
コンプレザンス印　443

〈サ行〉

『最後の授業』　293, 318
サクレ゠クール→ 聖心
サッカー　68, 120
サラエヴォ事件　14-16, 348-349
残虐行為→ 虐殺
塹壕　15, 66, 77, 79, 82, 92, 96, 108, 122
塹壕掃討　130
塹壕の職人芸　111, 124, 411
サンチーム　188, 440
シェル・ショック　238
識字率　138, 380
ジークフリート線→ ヒンデンブルク線
茂みに隠れる者　126, 154, 193, 228
慈善団体　156, 373, 380-381
自転車兵　124
社会主義者　14, 15, 18, 192, 197, 232-233,
　　323
シャルルロワの戦い　32, 37, 320
シャンパーニュ攻勢　78-79, 122, 128, 228
収穫　3, 24, 352, 406, 431-432
従軍司祭→ 聖職者
銃剣　30, 82, 88, 130, 164, 393
十字軍　366
主計及び郵便　442
シュマン・デ・ダムの戦い　10, 147, 195-197,
　　208, 228, 417, 455
手榴弾　130, 132, 240
シュールレアリスム　142, 144
少尉　144, 396, 416
少佐（大隊長）　4, 16, 54, 80, 130, 360, 388,
　　437
蒸気機関車　22, 269, 276, 306
昇進　130, 416
小隊長　437
白樺　110-111
司令部付中隊　437
ズアーヴ→ ズワーヴ
水兵帽　58, 334

索引《事項》

スダンの戦い　36, 270
ステンドガラス　92, 411
ストライキ、デモ　196-197, 212, 214-216, 228
スパイ→ アフリカ原住民騎兵
スペイン風邪　144, 214, 230, 250-251, 368
ズワーヴ　22, 86, 104, 120-122, 128, 162-164, 346
聖職者、司祭、従軍司祭　46, 104, 114, 190, 262, 346, 440, 453
聖心（サクレ＝クール）　190-191, 280, 310
聖なる道　11, 149, 210, 438
性病　100-101, 146
西部戦線　10-11, 15, 334, 349, 370
赤十字　33, 179, 265, 286, 312-313, 373, 374, 384, 390, 453
赤痢　349, 354
戦艦、駆逐艦　58-59, 102-103, 150, 166
戦死者名簿　439
戦時代母　439-440
戦車　80, 104, 148-149, 182, 194, 229-231, 238, 242, 254
潜水艦　58, 78, 84, 102, 166, 196-197, 220, 360
戦争大臣　20, 72, 120
遷都→ 臨時政府
総動員　14-15, 18-22, 46, 250, 322
疎開、避難　32-33, 38, 42, 60, 92, 156, 180, 234-235, 266-276, 280, 308-311, 321, 332-333, 342, 356, 382, 427-429
狙撃兵　22-23, 104, 120-122, 346, 454
ソンムの戦い　79, 100, 147-149, 182, 197, 204, 358

〈タ行〉

大尉（中隊長）　54, 60, 76, 130, 152, 172, 182, 192-194, 370, 388, 393, 437
大佐（連隊長）　120, 370, 437, 443
大隊　16, 28, 30, 130, 172, 229, 282, 358, 362, 388, 396, 437
大隊長　437
タイタニック号　84
第二特務艦隊（日本軍）　59, 196, 234
代母、代父、代子　206, 218-219, 336, 356-358, 402, 439-440
タウベ　62, 106, 133
タクシー→ マルヌのタクシー
脱走　200, 342, 373, 386, 393-394, 433-435, 454
ダルビエ法　126-127
担架兵　22, 44, 46, 176, 178, 210, 262, 437
地下室　70, 92-93, 150, 174, 346

地下鉄　156, 276
蓄音機　411-412
チフス　384
中尉（小隊長）　88, 130, 226, 314, 326, 346, 370, 409, 437
中隊長　437
聴音哨　404
長距離砲→ 巨砲
懲罰房、懲罰　342, 373, 376-377, 386, 394
徴兵忌避　94-95
徴兵制度　72, 94-95, 120, 126, 144, 156, 186, 240, 295, 308, 322, 432, 437-438
ツェッペリン　106, 133, 142, 156-159, 168
ディナンの虐殺　321, 324-327
ディナンの戦い　14, 321, 326, 370
鉄条網（有刺鉄線）　66, 77, 86, 130, 342, 373, 392, 404
鉄道　22-23, 27, 91, 117, 118, 147, 224, 236, 256, 268, 276, 288, 290, 306, 314-15, 360, 366, 390, 394
デモ→ ストライキ
東洋軍→ オリエント軍
毒ガス　78, 80, 116, 134, 136, 172, 210-211, 222, 239, 240, 258, 262, 321, 332, 455
突撃　34, 46, 68, 79, 80, 86-88, 122, 128-131, 149, 162-164, 195-197, 203, 208, 228, 258, 326, 370
ドレフュス事件　14, 224
トレンチコート　346

〈ナ行〉

ニヴェル攻勢　195-197, 208, 214, 417
肉ひき機、「肉屋」　149
人間の盾　30, 321, 324
鼠　200, 454
年賀状　445
年組　437
脳震盪　238
ノー・マンズ・ランド　96

〈ハ行〉

売春　100
梅毒　100-101, 144-146
背嚢　16, 62, 88-90, 120-122, 144, 162
バカンス　54, 234
ハーグ陸戦条約　116, 214, 265, 274, 373, 374
バスケットボール　206
バーバリー　346
早鐘　14, 20, 253
パリ砲→ 太っちょベルタ
パン　96, 198, 218, 266, 292, 310, 376-377,

378, 386, 432
蛮族　40-41, 56, 366
反乱→ 命令不服従
飛行機　68, 102, 106, 150, 182, 194, 222, 244, 248-249, 304, 312, 360, 365, 393, 412
飛行船→ ツェッペリン
非武装都市　274
病院船　366-367, 368
ヒンデンブルク線　196, 202
封鎖　58, 84, 288, 314, 386
不公平感　126, 152, 193
プジョー社　72, 296
物価高騰→ インフレ
復活祭　168-169, 190, 206, 212, 234, 256, 265
復興　250, 256-258
太っちょベルタ、パリ砲　16, 168, 234, 321, 340
ぶどう　3, 76, 79, 86, 128, 352, 406, 432, 439
普仏戦争　14-16, 18, 36-39, 52-53, 248, 254, 270, 293, 295-298, 300, 302, 308, 318
プラタナス　350
フラン（貨幣単位）　440
フランクフルト条約　14, 295
フランス革命　76, 230, 260
プロパガンダ　112, 296, 304, 306, 445
兵士の家　206-207, 250-251, 390-391
「兵隊の日」　194
ベルサイユ条約→ ヴェルサイユ条約
ベルダンの戦い→ ヴェルダンの戦い
ベルン合意　390
放火　50, 174
補充隊→ 留守部隊
墓地　60, 209, 258-259, 409
ボッシュ　439
捕虜（ドイツ兵）　52, 218, 214, 250, 256-257, 371, 386, 433-435
捕虜（フランス兵）　371-394
捕虜交換　373, 384, 390
ボワリュ　192

〈マ行〉

埋葬　4, 60, 200, 208-209, 258, 260
マスタードガス　222
マの攻勢　230, 238-239
マラリア　349, 358, 364, 368
マルヌ会戦　4, 10-11, 13-15, 30, 32, 40-44, 50, 60-61, 64, 66, 79, 136, 174, 180, 242, 265, 270-274, 324, 334, 396-397, 429, 433
マルヌ会戦（第2次）　230, 242
マルヌの奇跡　15

461

マルヌのタクシー　15, 表紙
ミサ　46, 70, 92, 104, 234, 262, 282, 346
無制限潜水艦作戦　84, 196-197, 220, 360
命令不服従　160, 196-197, 206, 214-216,
　　228, 364, 439
女神座像印　442-443
喪　56, 90, 100, 168, 190, 208, 230, 262
モンスの戦い　32, 326
文盲→ 識字率

〈ヤ行〉

野戦病院　48, 80, 90, 132, 136, 144, 178,
　　210, 390, 409
憂鬱の虫　184, 218, 236, 439
郵便区　441-442
指輪　124, 411
養蚕　176, 454
予備軍、予備役、予備兵　35, 431, 438

〈ラ行〉

ラファイエット号　366-367
ラ・ブラバンソンヌ　338
ラ・マルセイエーズ　76, 122, 228, 260, 裏表
　　紙
陸軍大臣→ 戦争大臣
猟兵、猟歩兵　30, 128-129, 228, 250, 276,
　　282, 284, 310, 316, 358, 437
臨時政府、首都移転、遷都　14-15, 36-38,
　　54, 270, 321, 328, 429
臨時病院　178, 210, 283, 330, 423, 443
ルシタニア号　78, 84, 102
留守部隊、補充隊　82, 98, 354, 356-358,
　　438, 442
ルーデンドルフの攻勢　62, 230-231, 234,
　　238, 242
ルノー社　表紙 , 194, 229, 231
レイプ　174-175
列車砲　147, 224-225, 453

レッド・ゾーン　258
連隊　437
連隊史　438, 451-452
連隊長　437
ロシア革命　196-197
路面電車　106, 276, 350-351

〈ワ行〉

ワイン　132, 198, 200, 334, 408, 432, 439

〈英数字〉

JMO　438
YMCA　206, 250-251, 390-391
42 cm 砲　16, 64, 224, 340
75 mm 砲　88, 96, 104, 146, 172, 224, 304,
　　334, 354, 395, 408

著者紹介
大橋尚泰（おおはし・なおやす）
1967年生まれ。早稲田大学仏文科卒。東京都立大学大学院仏文研究科修士課程中退。現フランス語翻訳者。著書『ミニマムで学ぶフランス語のことわざ』（2017年、クレス出版）。HP「北鎌フランス語講座」「葉書で読みとくフランスの第一次世界大戦」。

フランス人の第一次世界大戦
戦時下の手紙は語る

2018年 6月30日 初版第1刷発行

- ■著　者　　大橋尚泰
- ■発行者　　塚田敬幸
- ■発行所　　えにし書房株式会社
　　　　　　〒102-0074　東京都千代田区九段南2-2-7 北の丸ビル3F
　　　　　　TEL 03-6261-4369　FAX 03-6261-4379
　　　　　　ウェブサイト　http://www.enishishobo.co.jp
　　　　　　E-mail info@enishishobo.co.jp
- ■印刷／製本　モリモト印刷株式会社
- ■組版／装幀　板垣由佳

ⓒ 2018 Naoyasu Ohashi　　ISBN978-4-908073-55-7 C0022

定価はカバーに表示してあります
乱丁・落丁本はお取り替えいたします。
本書の一部あるいは全部を無断で複写・複製（コピー・スキャン・デジタル化等）・転載することは、法律で認められた場合を除き、固く禁じられています。

周縁と機縁のえにし書房

第一次世界大戦　平和に終止符を打った戦争
マーガレット・マクミラン 著／真壁広道 訳／滝田賢治 監修
定価 8,000 円＋税／A5 判／上製／ISBN978-4-908073-24-3 C0022

世界中で話題を呼んだ The War That Ended Peace: How Europe Abandoned Peace for the First World War の邦訳。なぜ大規模戦争に突入してしまったのか？ 開戦に至るまでの皇帝や国王、外務大臣や高位の外交官、軍司令官らの人間ドラマを緻密かつ冷徹に描き出しながら、外交史家の視点で、現代史の様々な事象との比較を試み、歴史の教訓を探る基本図書。

マタハリ伝　100年目の真実
サム・ワーヘナー 著／井上篤夫 訳
定価 3,000 円＋税／A5 判／上製／ISBN978-4-908073-46-5 C0022

没後 100 年。マタ・ハリ評伝の古典的名著本邦初訳！
世紀の冤罪か？ 放蕩な女スパイのレッテルを貼られながらも、気高く死んでいった女性の生涯を辿り、その真の姿に迫る本格評伝。丁寧な現地取材などもしながら、マタハリの真の姿に迫る渾身の翻訳！

丸亀ドイツ兵捕虜収容所物語
髙橋輝和 編・著
定価 2,500 円＋税／四六判／上製／ISBN978-4-908073-06-9 C0021

日本も参戦した第一次世界大戦開戦から 100 年！ 映画「バルトの楽園」の題材となり、脚光を浴びた板東収容所に先行し、模範的な捕虜収容の礎を築いた 丸亀収容所 に光をあて、その全容を明らかにする。公的記録や新聞記事、日記などの豊富な資料を駆使し、当事者達の肉声から収容所の歴史や生活を再現。貴重な写真・図版 66 点収載。

アウシュヴィッツの手紙
内藤陽介 著
定価 2,500 円＋税／A5 判／並製／ISBN978-4-908073-18-2 C0022

アウシュヴィッツ強制収容所の実態を、収容者の手紙の解析を通して明らかにする郵便学の成果！ 手紙以外にも様々なポスタルメディア（郵便資料）から、意外に知られていない収容所の歴史をわかりやすく解説。

朝鮮戦争　ポスタルメディアから読み解く現代コリア史の原点
内藤陽介 著
定価 2,000 円＋税／A5 判／並製／ISBN978-4-908073-02-1 C0022

「韓国／北朝鮮」の出発点を正しく知る！　日本の敗戦と朝鮮戦争の勃発から休戦までの経緯をポスタルメディア（郵便資料）という独自の切り口から詳細に解説。郵便事情の実態、軍事郵便、北朝鮮のトホホ切手、記念切手発行の裏事情などがむしろ雄弁に歴史を物語る。退屈な通史より面白く、わかりやすい、朝鮮戦争の基本図書ともなりうる充実の内容。